国家社会科学基金一般项目
"秦汉国家建构与中国文学格局之初成"（12BZW059）
教育部人文社科基金青年项目
"国家建构与两汉文学格局的形成"（12YJC751005）
结项成果

陕西师范大学优秀著作出版基金
资助出版

古代中国研究丛书／曹胜高　主编

秦汉文学格局之形成

一　曹胜高　著　一

中国社会科学出版社

图书在版编目（CIP）数据

秦汉文学格局之形成／曹胜高著．—北京：中国社会科学
出版社，2016.10

ISBN 978 - 7 - 5161 - 8980 - 1

Ⅰ．①秦… Ⅱ．①曹… Ⅲ．①中国文学—古代文学史—
文学史研究—秦汉时代 Ⅳ．①I209.32

中国版本图书馆 CIP 数据核字（2016）第 227569 号

出 版 人	赵剑英
责任编辑	张　林
特约编辑	张甲子
责任校对	张依婧
责任印制	戴　宽

出　　版	中国社会科学出版社
社　　址	北京鼓楼西大街甲 158 号
邮　　编	100720
网　　址	http://www.csspw.cn
发 行 部	010 - 84083685
门 市 部	010 - 84029450
经　　销	新华书店及其他书店

印刷装订	北京君升印刷有限公司
版　　次	2016 年 10 月第 1 版
印　　次	2016 年 10 月第 1 次印刷

开　　本	710×1000　1/16
印　　张	27.75
插　　页	2
字　　数	451 千字
定　　价	99.00 元

凡购买中国社会科学出版社图书，如有质量问题请与本社营销中心联系调换
电话：010 - 84083683

"古代中国研究丛书"编委会

"古代中国研究丛书"总序

曹胜高

　　求木之长者，必固其根本；欲流之远者，必浚其泉源。中华文明经历了五千年的发展，既积累了丰富的国家治理经验，作为我们的历史传承；也形成了许多优秀的文化传统，作为我们的民族标识。这些经验和传统，已经成为当代中国建设的历史基础和文化积淀，必然会作为未来中国发展的思想资源和学理支撑。

　　研究古代中国，一是要以历史视角观察中华文明的演进过程，更为理性地思考古代中国在国家建构、行政调适、社会整合、文化建制方面的历史经验，清晰地揭示中华文明何以如此，将之作为世界文明史的基本结论。有了准确的自我认知，便能以学术自觉推动文化自觉，广泛地参与未来全球文明的共建。二是要从学理角度辨析古代中国演进的规律性特征，概括出中华文明一以贯之的历史渊源、发展脉络、基本走向，总结出中华文化的独特创造、价值理念、鲜明特色，作为世界秩序建设的理论支撑。有了清醒的文明定位，便能以学术自信支撑文化自信，全面地参与未来世界秩序的重建。

　　这就需要当代的学术研究者，能以赓续中国学术的学脉为己任，以新的人文主义情怀面对一切历史经验、思想进程、文学创作，注重以新方法、新材料、新思路、新视野审视中国固有之学问，通过对中国古典文献的推陈出新，对中国优秀文化的温故知新，对中国传统学术的守正创新，以历时性的研究、共识性的成果，推动古代中国研究的不断深入。

　　基于上述考量，我们编辑出版"古代中国研究丛书"，意在对中国传统学术、中国基本典籍与中国优秀文化的一些重要问题、重大关切进行跨学科综合研究，选取古代中国在文学、历史、哲学及艺术等学科发展演生的关键环节进行深入研究，不仅致力总结其"所以如此"，而且着力分析其"何以如此"，资助出版一批具有前瞻眼光、原创意识、深厚学理的研究成果。我们期待与同道者合作。

2015 年 12 月 8 日

目　录

绪　论

　　本书意在从秦汉国家建构的层面，讨论国家制度如何促成文学认知、文体样式和文学意识的形成，从"大传统"的角度描述秦汉文学"何以形成"；进而辨析秦汉社会形态、精神世界、民间情绪对文学想象、文学基调和文学表达的影响，从"小传统"的角度分析中国文学格局"以何形成"。

一　问题的提出

　　秦汉时期不仅形成了古代中国的国家意识和社会结构，也奠定了中国文学的基本格局。但秦汉文学研究却相对薄弱，尤其是国家制度如何要求文学与行政运作相调适？作为精神世界的文学认知，如何满足社会生活的需要？作为社会情绪的文学基调，如何随着社会思潮不断演生？这些关乎中国文学建构的基础性问题，恰是秦汉文学演进的关节所在，我们有必要深入讨论。

　　第一，从历史上看，秦汉的政治文化、行政习惯，构成了古代中国帝制的基本框架，由此而形成的国家礼乐建制、文化活动、艺术形态等，促成了中国文学格局中最为基础的"制度文学"，即作为国家政治行为和行政运作的文学活动及其表达方式。诸多学者曾从政治史和社会史等角度进行探讨，但对"制度文学"的形成及其作用模式缺乏详尽讨论，尤其是秦汉在帝制建构中所强调的历史经验、行政系统、管理秩序，如何促进"制度文学"的形成，并使之成为中国文学的基本样式，亟须深入研究。

　　第二，从思想上看，传统研究多集中在儒学、经学的讨论上，无暇深入论及诸子学说在秦汉的延续与融通。先秦诸子思想在秦汉是如何分化并汇融？这些思想意识如何衍化进入其他学术体系？先秦的信仰和方术如何经过整合与重组，最终形成神仙谱系、巫术学说、神道观念？这些思想观念，如何通过社会思潮构建了古代的精神世界？这些亦需要借助文化人类学、民俗学和艺术学等学科理论展开讨论，深入分析其对神话理论的开创、对文学时空的拓展、对生命体验的理解等。

第三，从文学上看，尽管近年来对秦汉文学的研究有较大进展，但仍需具有更为尖锐的问题意识、拓宽更具立意的研究领域、探寻更为开阔的研究视角。郊庙歌辞、疏奏论策、颂赞箴铭、诔碑哀吊等，如何成为具有文学意义的文体？秦汉社会批判如何调整文学的基本功能？从制度需求、行政运行、社会交流和艺术审美等历史纵深中探讨，分析其作为帝制建构、思想表述和社会交流媒介的基础功能与附加意义，有助于理解秦汉何以成长出分工不同的文学样式，形成体系有别的文学形态。

因此，以制度建构、行政运作和社会认知为视角，系统梳理秦汉文体形态、文学基调、文学想象、文学功能和文学认知，能够描述出秦汉政治形态、行政制度、社会结构、文化需求对中国文学格局的建构过程，可以多维度地审视中国文学的形成肌理、演进线索和塑造环境，多层面地分析国家建构、行政秩序、社会情绪与精神世界对中国文学的作用方式。

二　主要研究思路

第一，分析秦汉国家建构与"制度文学"的关系，讨论在国家层面如何通过制度的建构，整合秦汉思想观念、社会形态和民间信仰的关系；分析秦汉公文文学化的历史认知过程和创作实践过程；描述出文学服务于制度的基本模式、制度之于文学的主要影响。我们试图将制度史、政治史和文学史打通，分析先秦文体样式、艺术格调、语言习惯、表达技巧等文学性因素，在服务于国家制度建设、使用于礼乐活动的过程中，如何重组以适应制度要求而形成"制度文学"，并借此总结帝制形成期的文化需求对文学艺术的外在规范和内在驱动。

第二，在讨论秦汉社会精神与文学形态时，以民间精神生活和想象空间对文学认知的影响为视角，关注秦汉民间信仰和官方信仰的互动关系，利用出土简帛和画像石作为印证资料，对神话、小说乃至部分诗文的想象模式进行比较研究，通过个案分析，历时性地考察秦汉时期民间信仰的变迁及具体线索。研究秦汉思想、观念和风俗，既可以看到诸子思想如何经过官方主导变成社会意识，又能看到非主流的社会认知如何在民间流传，整合、分流、演化、变异为汉人的想象空间和精神世界，能够对秦汉基于

"大传统"的庙堂文学与基于"小传统"的民间文学的二元格局进行整体观照，弥合某些支离破碎的描述，更为立体地勾勒出想象空间和精神生活对于秦汉、魏晋文学演进的作用方式。

　　第三，在研究服务于制度的文体形成、流变时，既重视文体的内在延续，又要分析不同文体之间的相互浸润，还要分析文体风格、样式、语言等要素的演进规律，力争更为妥帖地总结出秦汉文体演进的轨迹。制度需要文化作为精神支撑，文化需要制度作为行政保证。先秦出于自发的文学创作和缺少理论支撑的制度建构，随着儒家学说的完善和行政实践的积累，在秦汉逐渐融合，文学活动被纳入国家建构的视角下全新审视和重新定位。先秦文学传统对制度建构做出了相应的反应，在彼此互动中完成了对文学的改造和创新。在这其中，重点讨论文学如何作用于制度，制度如何保障并要求文学参与，文学在帝制建构和行政活动中如何运作。秦汉逐渐完善的公文制度，使得颂、赞、书、论、箴、铭、碑、诔等文体得以形成，并不断约定俗成，随着行政效率和政治文化的需求而强化其形式、结构与风格。作为外部形态的礼制，通过礼乐精神、文化教养和社会观念浸入到政治学说和行政秩序中，国家制度和行政运作所需求、所衍生出来的文学价值论、文本结构论、文章风尚论和艺术审美论，成为"制度文学"系统而持久的要求，对秦汉文学产生了基础性的影响，促进了文学格局中主流价值、主体意识和主导倾向的形成。

　　第四，在行政批判、社会情绪与文学基调的研究中，侧重于文本分析和史料考辨，对秦汉重要的典籍创作指向和作者的社会干预意识进行分析，由点到面，采用归纳法阐述秦汉著述的基本用意及其对中国文学基调的作用方式。秦汉精神世界由官方的"大传统"与非官方的基于民间信仰的"小传统"汇融而成，以两者间的互补和互动作为切入点，讨论社会管理对社会认知、民间信仰、文化心态的作用方式，描绘道教形成和佛教初入时期秦汉社会的精神生活和想象世界，讨论这些思想、观念、学说的演变轨迹及其诠释的逻辑结构，审视其对文学思想、观念的滋养和塑造。分析源自社会思潮的文学认知，在想象世界和精神生活的驱动下是如何转化、衍化和分化，并对神话、小说、辞赋、诗歌中相关题材的叙述方式、建构特征、表现逻辑、语言习惯进行系统总结，从精神生活史的角度分析文学认知的变动过程。

三　基本观点

本书以"秦汉国家建构与中国文学格局之初成"为基本视角，从如下几方面展开：

第一，分析帝道学说如何主导了秦汉政治秩序的建构与调整。从商鞅与秦孝公的对谈可以看出，帝道学说是与王道、霸道并列的学说之一，其学理源自对天帝的崇拜，因附益五帝传说而被视为一种治道。秦在对天帝的祭祀和对五帝功业的效法中，持续以建立帝业作为追求，并由此确立了秦行帝制的基本形态。帝道学说的渊源在于遵从天帝、思服天道，以"体道"为学理依据，以"道不变，法亦不变"为旨归，注重因循自然、无为而治，此同于老子之学，因其以黄帝为代表，汉初遂将二者合称为"黄老"之学。帝道学说推崇以黄帝为代表的五帝，秦汉在对黄帝进行重塑时，强化了黄帝利用阴阳刑德治理天下的特征。秦朝依照阴阳刑德思想确定了尚水重刑的治国思路，形成了严苛的秦政。西汉融合了儒家之教化刑德论、法家之庆赏刑德论和阴阳刑德论，以阴阳运行所带来的灾异祥瑞观察政治秩序的运行。学术界习惯将汉宣帝所谓的"霸王道"解释为"霸道和王道"的融通，然从史料考证，先秦学者已经意识到霸道、王道不可独行，开始分析二者之别，并试图融合二者之长，在此基础上所提出的"霸王之道"，便是兼容了力政与德政的优长，成为秦汉"帝王之道"形成的学理来源。

第二，阐释了两汉儒生对周制的接受、对秦制的反思中逐渐形成的改制思潮。王道学说的历史起点是先王之道，而学理指向为外王之道。周秦学者在探讨王道的实现时，提出了以"法先王、法圣王"为要求的王制论，孔子立足先王之制，从中总结先王之道；孟子依据外王之道，追述古圣王之制；荀子则以圣王之道，提出后王之制的建构。秦汉儒生在此基础上，逐渐形成了以先王之制为经验、以王道学说为依据、以圣王之制为指向的王制学说，成为秦汉改制的理论支撑。秦统一六国前的政策，曾得到孔子、荀子、司马迁的充分赞扬，然其统一六国之后，未及遐迩，便很快亡国。汉初的过秦诸论，对其骤亡的原因，有仁义不施、攻守异术、不行礼义等诸多论述。从社会动因来看，其以峻急之法行郡县，彻底打破了分封制所形成的六国贵族的利益。从文化动因来看，秦汉间多言"秦弃礼义"，实以周礼传统审视秦礼。其实秦有仪法，且其多杂戎狄传统，兼采六国形制，呈现出明显的综合性。周秦礼制因时势演化，周以礼作为治国精神，秦视礼为行政手段，二者秉持不同，形制迥异，但秦重礼法而不重礼义，使得秦法失去了内在的道德约束，显得刻薄寡恩。

两汉儒生在汉承秦制的过程中，不断从学理和实践中推动汉制的调整，并期望通过述旧制、明王制等方式推动改制，从而形成了风起云涌的改制思潮，最高潮是为王莽托古改制而建立新朝。在西汉不断强化的改制语境中，赋家在大赋结尾处，总希望以天子自省的方式表达自己对汉制建构的理解。西汉辞赋之所以形成"劝百讽一"，正在于赋家在结尾处的讽谏，常常蹈入西汉所形成的改制语境之中，其见解既不能独到，其学理亦不能标新，并不能超出时人的政治见解，其卒章所显之志更多接近于政治套语，从而使得汉赋的劝谏失去了针对性和有效性，被视为陈陈相因之辞。

第三，讨论义政学说如何影响了秦汉社会共识的确立，并成为秦汉士风、文风变化的学理依据。道义是基于天地秩序对人类社会秩序的理解，义政是基于社会运行规则而提出的行政学说，其要求君臣上下服从于社会的道德共识、价值认同和行为规范。相对于仁政，其侧重强调国君对天下的责任和义务、强化民众对社会道义的谨守和遵从，因而成为周秦诸子对公共秩序理解的学说基点，成为秦汉帝制建构的理论来源之一。

由周秦义政论发展而来的义兵说，得到了包括兵家在内的诸子的认同，成为对秦汉军事行为合法性进行阐释的理据。特别是《吕氏春秋》所倡导的义兵论，是强秦统一六国的有力依据；刘邦为义帝发丧，成为楚汉之争的军事转折点；西汉在处理民族军争时，仍以"义"为基本策略，将华夷之防转化为华夷共存，形成了具有文明史意义的地缘政治观。

西汉在此基础上形成的道义观，确立了衡量历史得失、国家意志、行政措施的标尺：一在于董仲舒从天人关系上，对天道和人道运行的本质要求进行凝练，形成了政治道义观；二在于司马迁从历史经验上，对历史运行秩序的重构，使"义"成为观察历史秩序的参照，形成了历史道义观；三在于盐铁辩论从行政理念的角度，对西汉制度进行了讨论，使得参与讨论的御史、大夫们意识到国家必须承担起社会道义，才能长治久安，初步讨论了国家道义观。

第四，讨论社会情绪与两汉文学创作的关系。秦汉之际强调"义"的公共性，就在于肯定了"义"作为调整公共关系的学理，是维系社会秩序的最大公约数，其理论阐释和运行规则应由深通人之为人、人之能群的君子来制定。《淮南子》中提出的"君子制义"，强化了士阶层对政治行为和社会事务进行评骘的话语权。以此为理论基点，两汉学者不断强化"义行"的示范性，将之作为理想人格最重要的品质；当东汉朝野发生冲突时，士人坚守"行义""守义"的认知，以公共舆论对抗权贵意志，坚守士人对社会公义的责任。

秦汉时期不断强化的"公天下"，促进了士大夫对天下事务的自觉承担，也吸引了大量士人入仕。但当天下秩序不能按照朝野预设的共同想象发展时，"再受命"便成为调和王室与天命关系的基本学说，一度成为西汉调整国家秩序的主要方式，并强调是在刘姓王室之内的调整。但当这些调整不能有效实现国家秩序的正常运转，异姓称帝的禅让学说便成为调整国家秩序的新方式，王莽和曹丕代汉正是因这样的理解而实现。

刘邦立汉时所宣称的"天下共治"，成为两汉选贤机制的根源。每逢灾异而选拔直言极谏、贤良文学等，最初是主动以朝野对话来纾解民间积怨，以作为调整行政措施的参考，并成为两汉的行政惯例。在两汉行政实践中，一方面直言极谏的制度仍在，其作用却在不断淡化、弱化；另一方面两汉文人却坚守天下的责任，秉持着直言的传统，为了引起朝廷对意见的重视，不断强化直言的力度与强度，使得两汉政论散文的批评愈加尖锐。随着两汉士人从行政的参与者转化为旁观者，西汉政论多为建构式的策略，而东汉散文多为批评式的指责。

第五，考察了文学制度对文学群体形成的促进作用。秦始设文学之职，以掌文书。汉武帝元朔五年（前124）经公孙弘与孔臧提议，遂为博士置弟子、受业如弟子，岁试以为文学掌故，品秩一百石，为朝廷二千石、内郡守属员，目的在于使明布谕下之文书能"文章尔雅，训辞深厚"。西汉文学职务的设立，既强化了文书的义理、考证、辞章，使之更具有文学性；也促成了官员的文学修养，成为两汉文学形成的制度保障。汉明帝永平十四年（71）后，博士弟子补为吏员的考试由射策改为明经，并将其成绩合并为甲乙科，由太常主持，与丞相主持的意在选拔官员的四科取士相补充。随着甲乙科录取人数的增多，东汉吏员中的文学职务越来越多，这不仅促进了文学群体的形成，而且也促进了文学创作的繁荣。自汉武帝下令郡国各修文学之后，郡国文学便逐渐承担起两汉经学教育、礼乐教化和文学创作的职能，在西汉多作为儒生学习之处，在东汉则成为文士交流之所，逐渐形成州郡学术活动中心，促进了两汉文学群体的形成。特别是建安年间，曹操下令郡县普遍设置文学，文学群体迅速扩大，创作日益增广，这成为魏晋文学繁荣的制度动因。

鸿都本为东汉藏书之所，汉灵帝即位后在鸿都门设待诏，以辞赋、书画等技艺相招。后出于校订经书的需要，遂置鸿都门学。汉灵帝不通过东汉官吏选任机制，开卖官鬻爵之路，直接敕命鸿都门待诏、鸿都门生出任地方高官，此被后世称为鸿都门榜。蔡邕、杨赐、阳球等人上书反对的是鸿都门榜，而非鸿都、鸿都门学本身，我们有必要厘清这一历史误读。

第六，辨析了秦汉文学认知对文学思想的推动方式。孔门四科之"文学"，常被视为"文学"的概念形成，然详细考证，可知孔门所谓"文学"，多指的是礼学，是对文治之道、礼乐之法的概括。与之相关的"文章"一词，指的是礼仪制度。荀子所倡之"积文学"，强调的正是人文化过程。墨子出于对礼乐的抵触，将"文学"限定为典籍或著述，指向了后世"文章"的含义。韩非子对"文学"的排斥，也是出于对文学修饰性的清醒认知，而主动采取的行政策略。

两汉是文学教化理论形成的时期，先秦诸子的教化观念，在秦汉之际日渐成为建立良好社会秩序的共识，在两汉的政治理论和行政实践中不断被强化，成为国家治理的基本策略，从中央到地方都进行了深入的推广。在此背景下，经学教化与文学教化观念相互作用，也成为文学担负社会功能的基本要求，成为诗歌、辞赋、散文创作的理论动因。如果我们视魏晋为中国文学的自觉时代，那么两汉特别是东汉的文学认知与文学实践，便是量变式的积累阶段。

汉赋所形成的"劝百讽一"，其责任不在赋家，而在于两汉文学的讽诵之法和讽谏机制。一是用于君臣交流的讽与诵，在秦汉时期演化为诵读，其内在的讽喻性被削弱，逐渐成为一种语言技巧。二是讽诵之法为倡优习用，两汉赋家作赋时身份卑微，其所诵之赋，只被视为调笑之辞，不被视为正式的政见之论。三是两汉采用的五种劝谏机制，讽谏最为含蓄委婉，相比于政论而言，其论政力量最弱，很难得到君主的重视。两汉间对文学表意功能的探讨，文章撰述更加重视技法，使文学与经学重义理的表述手法有了分野；东汉不断强化作家的属文著述技能，并主动要求以文传世，促成了作家的个体自觉；在民间文人创作风气的影响下，汉灵帝设置鸿都门学、汉献帝提倡著述、三曹雅好文学，使得文章著述成为朝野共同崇尚的文化活动。

第七，分析了知识视阈对文学形态的影响。通过想象对文学空间进行建构，使得文学摆脱写实而形成独特的叙述策略，这其中对异域空间的虚构、对历史过程的重塑和对叙事肌理的强化，使得文学的叙述立足于真实却超越了真实，建构了秦汉文学的空间结构。作为文学想象，熟悉的陌生化和陌生的熟悉化不仅是秦汉时期人们的精神生活方式，也是文学作品建构的主要模式。

谶纬是两汉儒学神学化的产物，其作为一种文化认知，支配了两汉学术的观察角度和思维模式，成为思考天、地、人互动关系的基本维度，丰富了两汉想象空间的多元性，通过神化帝王、圣人等形象，对历史进行了艺术想象，实现了古史的神化和神话的历史化，并对自然感物和人心应物等艺术机制进行思考，促成了汉魏六朝物感说的成型。

艺术境界体现的是创作主体对艺术创作形态的主观感知，以什么样的审美愉悦来对待文学作品形成的艺术效果，不仅考量着一个时代艺术品位的高下，而且影响着这个时代艺术生产的主导倾向。《古诗十九首》所形成的浑雅之美，代表了汉代文人诗的天成之趣；曹丕诗歌所开启的清怨之美，既是建安风骨的余响，也是六朝诗风的先声；曹植诗歌所体现的天工之美，既是对传统诗歌创作方法的直接继承，又是对汉魏辞赋创作重思力的反拨，为六朝天工、思力两种创作方法的形成，做了经验的积累。

第八，讨论了文学文体之间的互动关系。骚体为两汉辞赋的重要形式，汉人不仅拟楚骚作辞，而且不断推动骚体的新变：通过骚体句式的散化，使散体大赋注重抒情性和音韵美；通过减省"兮"字，促成了三言诗、七言诗，完成了骚体的诗化；广泛采用减省"兮"字的四言、六言句式，在推动骚体赋向小赋发展的同时，也促进了骈赋的形成。先秦诗歌主要是合乐的"歌诗"，有着特定的演唱形式。由于《诗经》《楚辞》等音乐形式的失传和两汉音乐创作的衰落，这种合乐演唱的文学传播形式在两汉逐渐衰微，而不得不采用"不歌而诵"的赋法进行传播。

汉魏之际，诵读方式被引入到诗歌的传播中，从外部促进了诗歌与音乐的分离，从而使诗歌不再以乐府歌辞的形式出现，而成为具有独特艺术品位的文人诗。汉赋作者接受了诗教理论，并在此理论的指导下进行创作和评论，实际是对先秦诗歌传统的延续。汉赋使诵读成为文学交流的主要模式，从而促进了诗歌从音乐和舞蹈中分离出来，成为独立的艺术形式，可以按照诗歌本身的规律发展，从而使文人诗能够替代民歌和乐歌，成为诗歌史的主流。汉赋促进了"赋"的叙事化、"比"的咏怀化、"兴"的意境化，为诗歌艺术的成熟积累了丰富的经验，并在注重文学功用的基础上，逐步重视文学自身的特点，开始强调文学"绮丽"的语言形态，魏晋诗歌与之一脉相承，继续探索形象思维的艺术构思特征，这也成为魏晋文论的先导。

汉魏文人诗的形成，得益于歌诗与乐府诗的滋养。两汉诗人通过拟骚，逐渐推动了骚歌的散化，促成了骚体诗的文人化；汉魏诗人通过对杂言、四言、五言等体式的模拟与改造，促使诗歌在句式、体式上进行突破；魏晋诗人在对乐府题材的重写中，踵事增华，完成了对文人诗艺术技巧的积淀。

第 一 章

帝道说与秦汉治道的形成

秦以法立，汉承秦制，自汉武帝独尊儒术，便以儒表法里为治。孔子"罕言利，与命与仁"，[①] 儒家后学亦少言天道而重人道，法家学说更少天命之论，儒、法二家皆重人事而轻天道。然西汉立国之后，天人之论日增；至两汉之际，以天人相副察天道、人事，因谶纬以至于虚妄。两汉如此重视天人关系，并将之作为臧否两汉政治优劣的参照，用为衡量朝政得失的标准，其必有深厚的学理渊源。由此观察周秦史料，可见秦汉所崇之帝制，实出于周秦之帝道学说。帝道以参天贰地为立意，以五帝三王为榜样，以阴阳刑德为理据，崇尚帝王之道。秦以法家行政，以帝业为尚，融通二者建立帝制，汉仍则之，遂形成一套完善的天人相处机制，作为帝制的运行模式，为后世帝王所效法。辨析帝道说的形成及其理据，有助于我们理清秦汉帝制建构的学理来源。

第一节　帝道说的学理建构与实践形态

《史记·商君列传》载商鞅以"帝道""王道""霸道"游说秦孝公后，又对景监解释道："吾说君以帝王之道比三代。"以"帝王之道"释帝道。《管子·轻重戊》亦载管子对齐桓公说："帝王之道备矣，不可加也。"[②] 则知帝王之道是为先秦君王所尚之业，且已为诸子所深论。《庄

---

① 《论语·子罕》，（清）阮元校刻：《十三经注疏》本，北京：中华书局，1980年，第2489页。

② 马非百《管子轻重篇新诠》："战国末叶以前之人无言及帝道者。孔子但言王道，《孟子》始创为王霸之说，荀子亦有《王霸篇》。《韩非子》始以帝与王并称。至汉代则'帝王之道'一语乃成为常用之口头语。"北京：中华书局，1979年，第694页。

子·天道》言："天道运而无所积，故万物成；帝道运而无所积，故天下归；圣道运而无所积，故海内服。"后《战国策·燕一》亦载郭隗先生言："帝者与师处，王者与友处，霸者与臣处，亡国与役处。"将帝、王、霸三者并提，与商鞅所言一致。《管子·乘马》又言"尤为者帝，为而无以为者王，为而不贵者霸"，帝道、王道、霸道各有所指。马王堆帛书《称》亦帝者、王者、霸者、危者、亡者并提，论之更详。① 《白虎通·号》言："德合天地者称帝，仁义合者称王。"并引《礼记·谥法》"德象天地称帝，仁义所生称王"以论之，认为"帝者天号，王者五行之称也"。上述诸论皆将帝道与王道、霸道并列，说明帝道是周秦治道的选项之一。这就让我们不由得思考，帝道的历史渊源何在？学理构成如何？我们有必要追本溯源，以明其端绪。

一　帝道崇拜与秦行帝制之思想动因

秦国对"帝"之崇拜甚早，按照《史记·封禅书》的记载，早在秦襄公时，便开始郊祀上帝："秦襄公既侯，居西垂，自以为主少暤之神，作西畤，祠白帝，其牲用骝驹黄牛羝羊各一云。"可知秦在封伯之初，便以少昊帝为神进行祭祀，不守周之四望之礼。依《山海经·西山经》记载："长留之山，其神白帝少昊居之。其兽皆文尾，其鸟皆文首。是多文玉石。实惟员神磈氏之宫。是神也，主司反景。"少昊司西方，西方于五行属金，色白，故又称白帝。秦襄公祭祀白帝，以少昊为神，实是祭祀上帝。司马迁在《封禅书》中叙述如此，不著褒贬，但在《六国年表》中却表明了自己的态度：

> 太史公读《秦记》，至犬戎败幽王，周东徙洛邑，秦襄公始封为诸侯，作西畤用事上帝，僭端见矣。《礼》曰："天子祭天地，诸侯祭其域内名山大川。"今秦杂戎翟之俗，先暴戾，后仁义，位在藩臣而胪于郊祀，君子惧焉。

认为秦襄公以伯侯之身份祭祀天帝，已属僭越。至秦文公时，秦文公言自己梦见黄蛇由天而下，史敦直接解释为"此上帝之征，君其祠之"，

---

① 《马王堆汉墓帛书·经法》，北京：文物出版社，1976 年，第 89—90 页。

鼓舞秦文公作鄜畤，用三牲郊祭白帝，已有直接祭祀最高神之意。这一祭祀，被秦人视为秦可以直接祭天的开始，其理由是："自古以雍州积高，神明之隩，故立畤郊上帝，诸神祠皆聚云。盖黄帝时尝用事，虽晚周亦郊焉。"以雍州之地高而自尊，试图在秦地立畤，以便直接祭祀天帝。此论虽然"语不经见，缙绅者不道"，却可见秦人不臣之心早已有之。待秦德公迁雍时，"用三百牢于鄜畤"，司马贞《史记索隐》认为"百"当为"白"："秦君西祀少昊时牲尚白。秦，诸侯也，虽奢侈，祭郊本特牲，不可用三百牢以祭天，盖字误耳。"① 认为秦祭祀白帝已属僭越，不可能再用三百牢祭天，这简直就是谋反。然《史记·秦本纪》亦记载为："初居雍城大郑宫，以牺三百牢祠鄜畤。"《汉书·郊祀志》再次记载为"用三百牢于鄜畤"。三牢为三牲之礼，秦祀白帝、建鄜畤时，便以三牢祭祀。秦建都雍城，以其思路使之，用三百牢祭天帝最显隆重。秦本已僭越，又何必在僭越之中守制？故其用三百牢祭天，不臣之心已明。

依据《周礼》的设计，大宗伯"以禋祀祀昊天上帝"，小宗伯"兆五帝于四郊"，② 祭天出于天子之命，由周王室主持。然秦襄公位不过伯，直接祭祀西方之帝，已不合周制。秦德公直接以天子祭天之礼郊鄜，更不合周礼。至秦宣公时，"作密畤于渭南，祭青帝"，按照周秦间人的观念，青帝为太昊，司东方。然秦直接祭祀之，更表明此时秦已不以周制、周礼为约束，而期望直接沟通天帝。后秦缪公"病卧五日不寤；寤，乃言梦见上帝，上帝命缪公平晋乱。史书而记藏之府。而后世皆曰秦缪公上天"，③ 又一次以天帝托梦的说辞，鼓动臣属出兵。如果说，秦文公言自己梦见黄蛇，让史官进行解释还有些含蓄的话，那么，秦缪公直言自己梦见天帝，并转达天帝要自己平定晋乱的旨意，则是赤裸裸的"挟天帝以自重"。秦之史官以之为训，并详加记载，秦人由此认为秦缪公可以直接与天帝沟通，秦王已经以"天帝"之命来行事，秦人亦以秦得天帝眷顾而自信。至秦灵公时，作吴阳上畤祭黄帝，作下畤祭炎帝，俨然行天子四望之礼。后秦献公以栎阳雨金为瑞，作畦畤而祀白帝。至此，秦已经祭祀

---

① 《史记》卷28《封禅书》，北京：中华书局，1959年，第1358—1360页。

② 《周礼》，（清）阮元校刻：《十三经注疏》本，北京：中华书局，1980年，第757、766页。

③ 《史记》卷28《封禅书》，第1360页。

东、西、南、中四方之帝。在这样的舆论氛围中，秦自认为得到了四方之帝的护佑，相信对东方六国的征伐，不仅有源自上天的合法性，而且有持续不绝的精神支撑。

秦对"帝"的崇拜，一是源于宗教情结，即认为秦王室之所以能由士而至大夫、再至伯、再称王，与其郊祀天帝有着密不可分的关系，祭祀愈隆而秦愈强，秦愈强更祭祀以重，二者相辅相成。二是在于周礼已经崩坏。楚于秦文公二十六年（前740）自称王，周王无力征伐，只好默认。秦献公七年（前378）齐称王，秦惠文王四年（前334）魏称王，秦惠文王十三年（前325），秦也自立为王。两年后，魏、韩、赵、燕、中山五国相王，尊周为天子，则诸侯行王事。在此背景下，秦相魏冉为了瓦解五国合纵，转而鼓励秦、齐并称为帝。秦昭王十九年（前288），"秦昭王为西帝，齐湣王为东帝"，后苏代劝说齐湣王放弃帝号，"月余，皆复称王归帝"。① 诸侯称王，周王被尊为天子，秦、齐称帝，则周天子无以存焉，秦欲取天下而自为之心已明。

尽管秦、齐称帝不过月余而复归称王，但其企图借助天命而一统天下之心昭然若揭。《韩非子·外储说左上》言："夫慕仁义而弱乱者，三晋也；不慕而治强者，秦也。然而未帝者，治未毕也。"认为秦尚未内修国政，外统诸侯，其不能称帝，非不得其势，乃不得其时。从秦、齐相约称帝的尝试中可以看出，在秦王室及秦人的心中，王之地位高于侯，而帝之地位高于王。既然天下皆称公侯，秦期望以"王"号令天下；而五国相王之时，秦便期望以"帝"号令天下。东方六国皆知秦有称帝之心、楚有称王之意，意在一统天下。苏秦见楚威王分析形势时言："从合则楚王，横成则秦帝。"② 楚王毫不回避称王之意。顿弱见秦王时也直接说："天下未尝无事也，非从即横也。横成，则秦帝；从成，即楚王。秦帝，即以天下恭养；楚王，即王虽有万金，弗得私也。"③ 秦王也不掩饰称帝之心。因此，苏秦在给燕昭王的书信中认为："今泾阳君若高陵君先于燕、赵，秦有变，因以为质，则燕、赵信秦矣。秦为西帝，赵为中帝，燕

---

① 《史记》卷44《魏世家》，第1853页。

② 《战国策·楚一》，上海：上海古籍出版社，1985年，第502页。

③ 《战国策·秦四》，第239页。

为北帝，立为三帝而以令诸侯。"① 指出秦孜孜以求称帝，甚至以称帝蛊惑赵、燕二国国君，有火中取栗的意味。在秦围赵时，魏国"欲令赵尊秦为帝"，② 换取赵国的保全，可见秦称帝之意一以贯之，诸侯早已心知肚明，秦也毋庸讳言。

吕不韦对秦国未来治道的设想，正是以三皇、五帝、三王的经验作为借鉴的。③《吕氏春秋·贵公》言："天下非一人之天下也，天下之天下也。……万民之主，不阿一人。……天地大矣，生而弗子，成而弗有，万物皆被其泽、得其利而莫知其所由始，此三皇、五帝之德也。"认为三皇、五帝之所以成就伟业，在于其做法体现了天地运行之道，又为天地所眷顾，成为后世推崇的圣王。在吕不韦眼中，三皇、五帝、三王所代表的治国之法，是合乎天理、世道、人心的。《吕氏春秋·孝行》言："夫孝，三皇五帝之本务，而万事之纪也。"三皇、五帝是一切德行和功业的榜样。他在《吕氏春秋·禁塞》中描绘了秦国君臣对帝王之道探求的情形："自今单唇乾肺，费神伤魂，上称三皇五帝之业以愉其意，下称五伯名士之谋以信其事，早朝晏罢，以告制兵者，行说语众，以明其道。"点明秦国之所以能够如此强大，在于对三皇、五帝、三王之业的推崇和仿效。他甚至试图辨析帝道、王道、霸道的差异："帝者同气，王者同义，霸者同力，勤者同居则薄矣，亡者同名则粗矣。其智弥粗者其所同弥粗，其智弥精者其所同弥精，故凡用意不可不精。夫精，五帝、三王之所以成也。"④以求更为清晰地理解帝道的精髓。尽管秦王嬴政后来废黜了吕不韦，但《吕氏春秋》中对三皇、五帝、三王的推崇，作为秦人的文化共识，并未中断。李斯《谏逐客书》中也说："地无四方，民无异国，四时充美，鬼神降福，此五帝、三王之所以无敌也。"依然坚信五帝、三王是前代治世的榜样。

---

① 《战国策·燕一》，第 1068 页。

② 《战国策·赵三》，第 703 页。

③ 《周礼·春官宗伯》载外史"掌三皇五帝之书"。《庄子·天运》："故夫三皇、五帝之礼义法度，不矜于同而矜于治。故譬三皇、五帝之礼义法度，其犹柤梨橘柚邪！其味相反，而皆可于口。"《九章·惜诵》："惜诵以致愍兮，发愤以抒情。所作忠而言之兮，指苍天以为正。令五帝以折中兮，戒六神与向服。"

④ 许维遹撰，梁运华整理：《吕氏春秋集释》卷 13《应同》，北京：中华书局，2009 年，第 287 页。

　　从秦人的理解来看，三皇是出于宗教的考量。秦统一六国后，丞相王绾、御史大夫冯劫、廷尉李斯等上书议立"皇帝之制"时言："古有天皇，有地皇，有泰皇，泰皇最贵。臣等昧死上尊号，王为'泰皇'。……王曰：去'泰'著'皇'，采上古'帝'位号，号曰'皇帝'，他如议。"① 王绾、冯劫、李斯等人认为治道出自天皇、地皇，一统于泰皇，"皇"为至高无上的称呼。之所以请秦王改称"泰皇"，是因为秦王统一的天下，远比五帝分治天下时的规模更大，而五帝也未能如秦王一般成就统一全国的伟业。秦始皇则认为秦以五帝为业："吾德出于五帝，吾将官天下，谁可使代我后者？"② 认为自己要继承前代秦王称"帝"的遗志，最终完成帝业，遂直接号为"皇帝"。

　　由此可见，秦建立帝制，导源于对天帝的崇拜，得益于秦对五帝三王功业的追慕，更根植于秦试图建立超越五帝的功业之心。汉承秦制，之所以继承皇帝之称呼者，亦出于此一心理。扬雄曾赞颂汉家功业："惟汉十世，将郊上玄，定泰畤，雍神休，尊明号，同符三皇，录功五帝，恤胤锡羡，拓迹开统。"③ 在郊祀时，认为汉王室的功业"同符三皇，录功五帝"，④ 比秦始皇自认为超越五帝三王要谦虚得多，表明汉对帝业的理解更为中正平和。《白虎通·号》解释"帝"引用《礼记·谥法》的说法："德象天地称帝，仁义所生称王。"⑤ 认为"帝"是对天地之道的体认，而"王"更多是对德行的描述。后应劭进一步解释："帝者，德象天地，言其能行天道，举措审谛，父天母地，为天下主。"⑥ 认为"帝"体现的是天地之德，代表着天地秩序的运行，进一步巩固了自商周以来对"帝"

---

　　① 《史记》卷 6《秦始皇本纪》，第 236 页。

　　② （西汉）刘向撰，向宗鲁校正：《说苑校正》卷 14《至公》，北京：中华书局，1987 年，第 347 页。

　　③ 《汉书》卷 87《扬雄传》，北京：中华书局，1962 年，第 3523 页。

　　④ 《史记》卷 6《秦始皇本纪》记载秦始皇巡守时刻石："古之帝者，地不过千里，诸侯各守其封域，或朝或否，相侵暴乱，残伐不止，犹刻金石，以自为纪。古之五帝三王，知教不同，法度不明，假威鬼神，以欺远方，实不称名。故不久长。其身未殁，诸侯倍叛，法令不行。今皇帝并一海内以为郡县，天下和平。昭明宗庙，体道行德，尊号大成。群臣相与诵皇帝功德，刻于金石，以为表经。"认为五帝三王不过尔尔，远比不上秦始皇的功业，此非无知，乃无畏尔。

　　⑤ （清）陈立撰，吴则虞点校：《白虎通疏证》卷 2《号》，北京：中华书局，1994 年，第 43 页。

　　⑥ （清）孙星衍等辑，周天游点校：《汉官六种·汉官仪》，北京：中华书局，1990 年，第 174 页。

的理解，使之成为德合天地、体认阴阳的象征，可以看成秦汉对帝王之道探寻的一个基本结论。

二　帝道说的学理渊源

帝道说的肇端，在于认为"帝"是万物之化育者。见《老子》四章言："道冲而用之或不盈，渊兮似万物之宗。挫其锐，解其纷，和其光，同其尘。湛兮似或存，吾不知谁之子，象帝之先。"其中之"帝"，王弼注云："天帝也。"[①] 言"道"在天帝之前便已形成。《老子想尔注》言："帝先者，亦道也。与无名万物始同一耳。未知谁家子，能行此道；能行者，便像道也，似帝先矣。"[②] 从宗教的视角来看，天地万物皆生于"帝"；从哲学的视角来看，"道"存在于天地未形之前。老子的道论，也是庄子学派审视宇宙秩序的一个视角。《庄子·天道》言："天道运而无所积，故万物成；帝道运而无所积，故天下归；圣道运而无所积，故海内服。明于天，通于圣，六通四辟于帝王之德者，其自为也，昧然无不静者矣。"在这其中，庄子学派提出了"帝道"的概念，将"帝道"与言天之"天道"、言学之"圣道"并列，视为国家治理的一种形态。在庄子学派的观念中，能够成就"帝道"者，必能够明天、通圣：

> 夫帝王之德，以天地为宗，以道德为主，以无为为常。无为也，则用天下而有余；有为也，则为天下用而不足。故古之人贵夫无为也。上无为也，下亦无为也，是下与上同德，下与上同德则不臣；下有为也，上亦有为也，是上与下同道，上与下同道则不主。上必无为而用天下，下必有为为天下用，此不易之道也。故古之王天下者，知虽落天地，不自虑也；辩虽雕万物，不自说也；能虽穷海内，不自为也。天不产而万物化，地不长而万物育，帝王无为而天下功。故曰：莫神于天，莫富于地，莫大于帝王。故曰：帝王之德配天地。此乘天地，驰万物，而用人群之道也。[③]

---

①　（三国·魏）王弼注，楼宇烈校释：《老子道德经注校释》，北京：中华书局，2008 年，第 10—11 页。

②　饶宗颐著：《老子想尔注校证》，上海：上海古籍出版社，1991 年，第 7 页。

③　（清）王先谦注：《庄子集解》卷 4《天道》，北京：中华书局，1987 年，第 115 页。

在这其中，帝王被视为与天地并立、与万物为一的体道者，其无思无虑，顺天地之道而治理百姓，无为化育万物，无事天下安宁，是为"帝王之德"。由此观察庄子学派对帝王的描述，我们可以发现，几乎所有的帝王都是体道者，法天地之道而治理国家，从而形成了庄子心目中的理想治道。《天道》言："夫天地者，古之所大也，而黄帝、尧、舜之所共美也。故古之王天下者，奚为哉？天地而已矣。"认为黄帝、尧、舜之所以为帝为王，在于能法天地之行。天地合乎于道，帝王循天道、地道治理，不加人为干涉，顺应自然，以无为无不为，以无成而有成，从而形成治世。在《知北游》中，更是借黄帝之语言得道之法："无思无虑始知道，无处无服始安道，无从无道始得道。"认为得道不在修炼，而在体悟，通过"以恬养知"，便可以洞彻天地之道，实现天、地、人"至一"的状态。

依照"天地有大美而不言，四时有明法而不议，万物有成理而不说"之论，① 帝道以因循天地运化为特点。天地之数不变、不更、不化，效法天地之道的人道也因循不变。这样来看，帝道论在形成的学理上，便天然具有因循自然的内在要求，从而保证了其与道家在学说起点上的相同。老子的"圣人之治，虚其心，实其腹，弱其志，强其骨"之论，② 正是要求人道合乎天地之道，见素抱朴，复归其根，回到无欲无求、无巧无利、少私寡欲的小国寡民时代。但帝道与老子、庄子学说的指向却不尽相同，老子认为今世不合乎道，故天下必须返归于远古；庄子认为人要全乎天性，现实的礼乐之则、仁义之说既不合乎道、也不能全乎德，那就逍遥而外之，不杂尘俗。帝道则以入世为要求，主张积极参与政治，循道而理天下。这样，本出于老子学说、庄子学理的帝道说，却与老庄学说的本核有了区分，这可以看作是庄子后学的发展。

《庄子》中将帝王之道合而论之，但偏义复合于"义"，认为帝王之道是天道、帝道与圣道的合一，都是"道"的体现。自其同而观之，三者皆通于"道"。然随着道家学说的深化，帝道与王道的区分便日趋显著。《文子·道德》对举解释二者之别：

---

① 《庄子集解》卷6《知北游》，第186页。
② 《老子道德经注校释》，第8页。

夫道者，小行之小得福，大行之大得福，尽行之天下服，服则怀
之。故帝者天下之适也，王者天下之往也，天下不适不往，不可谓
帝王。①

认为"帝"能够合乎"道"行事，而"王"能够依照"道"行事。
帝道、王道之差异，在于帝道能够自觉把握阴阳，体认天地之道；王道则
能够认真遵守阴阳，按照天地秩序行事。而霸道所言的帝王之道，则与阴
阳无关，全在人事的应用。②

帝道之论，宗以天地之道，认为"帝"之所以能够成就大业，在于
能自觉按照天地之道行政。《子华子》所载子华子与晏婴的讨论：

子华子谓晏子曰："天地之间有所谓隐戮者而莫之或知，知之
者，其几于道乎？"晏子曰："何谓也？"子华子曰："天地之生才也
实难，其有以生也，必有所用也，如之何其将壅之蔽之，而使之不得
以植立也？天地之所大忌也，日月之所烛燎也，阳阴之所机移也，鬼
神之所伺察也，是以帝王之典，进贤者受上赏，不荐士者罚及其身，
善善而恶恶，其实皆衍于后。"③

此话或出于后世附益，但在其中却可以看出周秦诸子眼中的帝王之
道，绝非儒家所言之王道，而是立足于天志之说、明鬼之论、阴阳之道而
形成的新学说，有着一套严密的学理系统。

一是认为帝道是在最高层面上对"道"进行体认。《文子·自然》假
托老子之言说："帝者有名，莫知其情。帝者贵其德，王者尚其义，霸者
通于理。"认为帝道合乎道家道德之说，而王者重视仁义之论，霸者重视
法理之事。在道家看来，作为哲学意义上的"太一"，即"道"所生之
"一"，是"道"的本原、本始、本真之朴未散、未化之前的状态；其后
所生之"二"为阴阳，阴阳化为四时、天地人三才合而成六律，故王者、

①　王利器撰：《文子疏义》卷5《道德》，北京：中华书局，2000年，第219页。

②　《韩非子·六反》："故明主之治国也，适其时事以致财物，论其税赋以均贫富，厚其爵
禄以尽贤能，重其刑罚以禁奸邪，使民以力得富，以事致贵，以过受罪，以功致赏而不念慈惠之
赐，此帝王之政也。"

③　吴则虞撰：《晏子春秋集释·附录》，北京：中华书局，1962年，第566页。

霸者、君者所用非"道"之根本，仅为"道"之末梢。所以，"帝者体阴阳即侵，王者法四时即削，霸者用六律即辱，君者失准绳即废。故小而行大，即穷塞而不亲；大而行小，即狭隘而不容。"① 如果帝道者不能依照"道"行事，等而下之用王者所用阴阳之法，则其必然无所适从。同样，王者取法乎下之用霸者之法、霸者用君王之法，皆不合其理，自然无益于治。

二是注重天人感应之理。既然帝者行事须合于"道"，因而其所作所为，皆应于天地之理。《文子·上仁》言体道的状态为"芒芒昧昧，因天之威，与天同气"，以阐释《吕氏春秋·应同》中对"帝者同气"的描述。按照先秦学者的理解，气是驱动阴阳运行的巨大能量，体气的帝王自然能够感应天地之间的变动，也能够影响万物的形态。《吕氏春秋·应同》将之视为同类相应："凡帝王者之将兴也，天必先见祥乎下民。"既然帝王秉持天地之气而治理天下，自然能够得到天地秩序的响应，产生某些特异的形态，以验证帝王的神异："夫精，五帝三王之所以成也。成齐类同皆有合，故尧为善而众善至，桀为非而众非来。"② 在这样的视阈中，天地的灾异祥瑞也就成了帝王行政的参照，此乃汉代天人感应说之先声。

三是强调帝王体无为、任自然。《管子·乘马》讨论帝道时言："无为者帝，为而无以为者王，为而不贵者霸。不自以为所贵，则君道也。"言帝道治国以无为为法，实际是在最高层面体认"道"，不轻易改变人世的传统；而王者是顺应人心去教化，做了众人期盼之事；霸者是做应该做的事，并不以此逞强。《管子·势》又具体分析无为之法，可以看作对帝道的全面阐释：

> 知静之修，居而自利。知作之从，每动有功。故曰：无为者帝，其此之谓矣。……天因人，圣人因天。天时不作，勿为客，人事不起，勿为始。慕和其众，以修天地之从。成功之道，赢缩为宝。毋亡天极，究数而止。事若未成，毋改其刑，毋失其始。静民观时，待令而起。故曰：修阴阳之从，而道天地之常。

---

① 《文子疏义》卷9《下德》，第422页。
② 《吕氏春秋集释》卷13《应同》，第287—288页。

帝王行政，无为不是什么都不做，而是因天地之道而作息，人道不自为、不乱为，天地成之以道，人承之以德。即《老子》二十五章所谓的"人法地，地法天，天法道，道法自然"。由于帝者行事合乎无为之道，其循道而行、不必自为，把握了天道与人道之枢纽，以合道精神调适人道运行，将之作为督促臣下职责的原则，便是最高明的治道，即前引《庄子·天道》所言的"上无为也，下亦无为也"，上下皆合乎道，形成上下合同的运行方式，完成国家的治理。

如果说，庄子强调"帝王之道"必须合乎天地自然、无为之道，是出于由哲学至行政的演绎推理；那么，子华子强调帝王行政必须合乎"道"，则更多是由行政经验反观乎"道"的归纳。前者由因及果，后者由果证因，从两个角度论证了帝道的要义在于合乎天地之道，行自然、无为之法则。

三　帝道说的行政论

秦汉间学者对帝道的讨论，是围绕如何"体道"展开的。在这一过程中，进一步强化了"体道者帝""无为者帝""帝者同气""帝者体太一"等认知，使得法自然之事、行无为之政成为帝道说的基本立场。帝道在被视为合道前提的同时，也被想象为人间完美治道的实现。

在秦汉间人的宇宙观里，太一是至高无上的神祇，常被视为哲学上的本根。① 既然"帝"要替天行道，便需要站在太一的高度来审视治道。《管子·兵法》说："明一者皇，察道者帝，通德者王，谋得兵胜者霸。"其中的"明一"，当然是洞察天地万物之规律，在稷下学派看来，应该存在比帝道更高的皇道；能够体察道之运行者，则是帝道的特征；等而下之才是施行德政的王道。②《管子》并未明言如何明一、体道，但在稍后的《文子·下德》中，则阐释了帝道的运行之法在于"体太一"：

> 帝者体太一，王者法阴阳，霸者则四时，君者用六律。体太一者，明于天地之情，通于道德之论，聪明照于日月，精神通于万物，

---

① 曹胜高：《"太一"考》，《洛阳大学学报》，2002 年第 3 期。

② 皇道之说在秦汉的讨论并未展开，只在《管子》中偶尔提到。《管子》在其他篇章讨论治道时，仍以帝道为最高。

动静调于阴阳，喜怒和于四时。覆露皆道，溥洽而无私，蜎飞蠕动，莫不依德而生，德流方外，名声传乎后世。

此论显然是站在道家的立场来看帝、王、霸、君的治国之道，区别在于他们体道的境界不同，唯有帝者能够在最高层面，理解如何合乎天地秩序、阴阳运化、四时运行、六律法则。文子此论，亦见于《淮南子·本经训》，语意基本一致。《氾论训》也言："帝者诚能包稟道，合至和，则禽兽草木莫不被其泽矣，而况兆民乎？"帝道被视为完美治道的体现。

1973 年河北定县汉墓出土《文子》残简，与今本相同者六章，可知其与《淮南子》所言的"帝者体太一"，是秦汉学者之共识，将帝道视为最高明的治道。贾谊便借黄帝之言道而论其治，认为"道高比于天，道明比于日，道安比于山"，是世间秩序的来源与总括。作为帝道代表的黄帝，"职道义，经天地，纪人伦，序万物，以信与仁为天下先。然后济东海，入江内取绿图，西济积石，涉流沙，登于昆仑。于是还居中国，以平天下。天下太平，唯躬道而已"①。通过对天地秩序全部的、最高层面的体认，黄帝成为推行帝道的楷模与榜样。

秦汉哲学中所形成"气"的概念，也被视为帝者何以体道的描述。前文所言《吕氏春秋·应同》"帝者同气，王者同义，霸者同力"的观念，在《淮南子·泰族训》中进一步深化，并托黄帝之言道出："同气者帝，同义者王，同力者霸，无一焉者亡。"在秦汉时期，"气"被视为道生万物的驱动力量，帝者要合乎道的秩序，自然需要借助于道的运化力量来面对世间万物。② 这是秦汉哲学在从本体论转向宇宙论的学理过程中，对人间治道进行推导所得出的结论。这一推导的过程如下：

首先，认定帝者顺应天地而不自为，顺天行政而民自化。《黄石公三略·中略》言之为："帝者，体天则地，有言有令，而天下太平；群臣让功，四海化行，百姓不知其所以然。故使臣不待礼赏；有功，美而无

---

① （西汉）贾谊撰，阎振益、钟夏校注：《新书校注》卷 9《修政语上》，北京：中华书局，2000 年，第 359 页。

② 《文子·上仁》解释为："道之言曰：'芒芒昧昧，因天之威，与天同气。同气者帝，同义者王，同功者霸，无一焉者亡。'故不言而信，不施而仁，不怒而威，是以天心动化者也。施而仁，言而信，怒而威，是以精诚为之者也。施而不仁，言而不信，怒而不威，是以外貌为之者也。故有道以理之，法虽少，足以为治；无道以理之，法虽众，足以乱。"

害。"帝者所定法则，合乎天道、地道，自然便于在人道中推行，不轻易扰动百姓，天下便可安化。桓谭将这种做法视为"有制令而无刑罚"："无制令刑罚，谓之皇；有制令而无刑罚，谓之帝；赏善诛恶，诸侯朝事，谓之王；兴兵众，约盟誓，以信义矫世，谓之伯。"① 在这样的视角下，三皇的业绩在于任民自为，故天下太平可归功之；五帝因天地之道设立制度，教而不诛、不赏而信，自然得到天下拥护。

其次，认为道之运行在于执本驭末，帝道正是以简御繁的体现。《管子·禁藏》言用兵之道，在于明白天下时势，帝者因能体气而明大势，故能洞察天地万物之情："凡有天下者，以情伐者帝，以事伐者王，以政伐者霸。"情即天下情势，事乃治国之法，政乃行政措施。帝者因天下大势而用兵，王者因行事得法而兴兵，霸者因行政得力而出兵。帝道顺应大道运行，故可以不战而胜。《淮南子·兵略训》也如此描述，认为帝者善于庙战，王者善于神化：

> 所谓庙战者，法天道也；神化者，法四时也。修政于境内而远方慕其德，制胜于未战而诸侯服其威，内政治也。静而法天地，动而顺日月，喜怒而合四时，叫呼而比雷霆，音气不戾八风，诎伸不获五度。下至介鳞，上及毛羽，条修叶贯，万物百族，由本至末，莫不有序。是故入小而不偪，处大而不窕，浸乎金石，润乎草木，宇中六合，振豪之末，莫不顺比。道之浸洽，滒淖纤微，无所不在，是以胜权多也。

庙战讲究谋先而动后，因帝者体认天地秩序，能够洞察人道兴衰，只用顺应天道人心、理解万物兴衰之理，按照天下成败之道顺势而为，一举而天下应，不战而天下定。这也正是《吴子》中津津乐道的帝者图国之术。②

然后，明确帝者之所以成，在于以贤为师。通过礼乐制度将尊尊秩序

---

① （东汉）桓谭撰，朱谦之校辑：《新辑本桓谭新论》，北京：中华书局，2009 年，第 3 页。

② 《吴子·图国》："天下战国，五胜者祸，四胜者弊，三胜者霸，二胜者王，一胜者帝。是以数胜得天下者稀，以亡者众。"

确定之后，贤贤理想便成为秦汉学者关注的焦点，儒有尊贤之论、墨有尚贤之说、法有用贤之言、道有容贤之述，皆强调国家之成败系于选贤任能。但贤者如何与君主相处，不取决于贤，而取决于君。因此，秦汉学者将帝道视为最高治道时，帝者对贤能的使用，也便被寄托了最完美的想象。《战国策·燕一》载郭隗先生曾对燕昭王说："帝者与师处，王者与友处，霸者与臣处，亡国与役处。"言以贤为师，能成帝业，其次是以贤为友、为臣可成王霸之业，而将贤臣视为徒属而不加尊重者，必然自蹈覆亡。《鹖冠子·博选》也有"帝者与师处，王者与友处，亡主与徒处"之言，《韩诗内传》亦有"师臣者帝，友臣者王，臣臣者伯，鲁臣者亡"之说，《白虎通》中更是强调"王者不臣"，皆要求帝王尊重人才，学会与贤能合作治国，才能成就帝王之业。

以贤臣为师友，被视为帝王行政的一个基本措施，代表了秦汉学者对君臣关系的理想。在《黄帝内经》中，黄帝与岐伯、雷公、伯高、俞跗、少师、鬼臾区、少俞论养生；在《六韬》中，文王、武王向太公请教国事。其中，帝王虚心求教的描述，正是"帝者与师处"的具象化。在这样的想象中，"帝王师友"不仅表明了贤者的自我肯定，更意味着士人对明君的期许。陆贾在《新语·辅政》中便提醒刘邦，要想成为有道的帝王，那就需要借助圣贤的力量：

> 昔者，尧以仁义为巢，舜以稷、契为杖，故高而益安，动而益固。处宴安之台，承克让之涂，德配天地，光被八极，功垂于无穷，名传于不朽，盖自处得其巢，任杖得其人也。秦以刑罚为巢，故有覆巢破卵之患；以李斯、赵高为杖，故有顿仆跌伤之祸，何者？所任者非也。故杖圣者帝，杖贤者王，杖仁者霸，杖义者强，杖谗者灭，杖贼者亡。

其所谓"杖"，乃得力的辅臣。尧舜之所以能够行帝道，是因为有圣贤如后稷、契等的辅佐；三王能得天下，在于有贤能伊尹、太公、周公等的辅助。在陆贾心中，帝王固然受命于天，但能够成就帝王之业，却在于人事安排。天命、人事合一，才能成就大业：前者是必要条件，后者是充分条件。秦二世能即位，在乎天命；然其覆亡，却在于人事上不能选贤任能。《白虎通·辟雍》引《论语谶》对此做了集大成式的总结："'五帝立师，三王制之'。帝颛顼师绿图，帝喾师赤松子，帝尧师务成子，帝舜师尹寿，禹师国先生，汤师伊尹，文王师吕望，武王师尚父，周公师虢叔，孔子师老聃。天子之大子，诸侯之世子，皆就师于外者，尊师重先生之道也。"人皆有师，帝者之所以高过常人而成就伟业，正在于重师道，勤学习。

理越辨越明，想象便愈加具体。两汉学者对帝王之道的理解，强化了天子对天地之道的认同。其一方面继续强化帝者依天行道的特点，《礼纬·斗威仪》所言的"帝者得其英华，王者得其根核，霸者得其附枝"，更加明确帝之合法性，在于明确天地之本理。另一方面更加细化帝道的行政措施，《春秋繁露·符瑞》言天子："欲以上通五帝，下极三王，以通百王之道，而随天之终始，博得失之效，而考命象之为，极理以尽情性之宜，则天容遂矣。"必须将天理、人情和行政融合为一，才能有高度地理解天地之道，有理论表述天人关系，有方法执行天地法则，从而将天地秩序和人伦秩序合二为一，建立起既合于天道，又明于人道的良好秩序。

天地秩序与人伦秩序的融合，虽在学理上以天地秩序为主导，但在操作上却以人伦秩序为抓手。因此，两汉学者高度认同天道对人道的主导作用，但相对于周秦学者，则更多论述君如何行事、民如何养德才能应和天地秩序。这样一来，两汉学者对天道的关注者，便更多集中于阴阳之论对人事的干预，在经典阐释中形成了感应之论、谶纬之学；对人道的讨论者，则更多集中于行政措施如何完成，在策略讨论中形成了章表议对、政论散文。

四　"道生法"与汉初黄老之治

"体道者帝"的论述本身，便包含着因循自然的理路。《管子·任法》中描述了黄帝的治国之道是如何因循成法：

> 黄帝之治天下也，其民不引而来，不推而往，不使而成，不禁而止。故黄帝之治也，置法而不变，使民安其法者也。所谓仁义礼乐者，皆出于法，此先圣之所以一民者也。

其中所谓的"置法而不变"，可以解释为黄帝教而不诛，赏而不罚，更可以理解为黄帝因传统而为法，行无为之政。战国时期的学者，只要讨论社会秩序，就无法回避"法"的使用，其乃时世使然。稷下学派从理论上将帝道视为最高治道，但在具体措施上，必须面对帝道如何使用"法"的问题。理论的转圜，从来不可能一蹴而就，稷下学派只能按照帝道的基本原理，对黄帝用"法"进行推导，既然黄帝行"无为"之政，那么对"法"也不轻易变更。

　　"置法而不变"被视为黄帝治国的一个基本策略。《申子·君臣》中也承认："尧之治也，盖明法审令而已。圣君任法而不任智，任数而不任说。黄帝之治天下，置法而不变，使民而安乐其法也。"申不害将之作为治世的写照，其在黄帝时期已经实现。但《管子》的"置法而不变"是作为一种治国理念加以提倡的，《申子》则是作为一个历史过程进行描述。申子秉承的是法家的基本行政理念，认为法应因时而变，此与商鞅"前世不同教，何故之法？帝王不相复，何礼之循"之论，① 李斯"五帝不相复，三代不相袭，各以治，非其相反，时变异也"之说，② 理论同源，学理相承。由此联系到西汉立国之初，叔孙通"三王不同礼，五帝不同乐"之言，我们就会发现在《管子》"置法而不变"的背后，是非常强大的因时立制的思潮。那么，《管子》的这一理念，在秦汉间会是绝响吗？

　　以往进行思想史的讨论，并不重视这句话的意义，就在于其似乎只是不经意之谈，但随着马王堆《黄帝四经》的出土，我们才发现"置法而不变"不仅不是一个普通的观点，而是帝道学说的核心立场、黄老之学的理论基点，更是汉初推行黄老之政的理据。《经法·道法》言：

　　　　道生法。法者，引得失以绳，而明曲直者殹（也）。故执道者生法而弗敢犯殹（也），法立而弗敢废 ［也］。□能自引以绳，然后见知天下而不惑矣。

"法"在《黄帝四经》中被视为纲纪，即作为天下必须遵从的秩序。按照道家学说，"法"生于"道"，体现的是道的运行秩序。这与《鹖冠子·

---

① 蒋礼鸿撰：《商君书锥指》卷 1《更法》，北京：中华书局，1986 年，第 4 页。
② 《史记》卷 6《秦始皇本纪》，第 254 页。

兵政》中"贤生圣，圣生道，道生法"的观念一脉相承，皆认为"法"
必须循道而行。道至高，故法至上；道不变，法亦不变。道之本在于一，
因道所立之法，一是守道，二是简易。《十大经·成法》言由道所生之
法："吾闻天下成法，故曰不多，一言而止。循名复一，民无乱纪。"正
在于简单易行。由道所生之法至高无上，体道之法又简单易行，这可以视
为《黄帝四经》对"道生法"的基本立场。

尽管法家也承认道的存在，如韩非子曾说"理者，成物之文也；道
者，万物之所以成也"，① 但法家出于对上古、中古、近古历史演进的基
本判断，认为法应因时而变，便消解了"道"的不损不益性，其理论不
可能如道家那样将"道"视为至上法则。法家转而认同商鞅"当时而立
法，因事而制礼"的观念，② 强调"法与时转则治，治与世宜则有功"，③
认为世道变而法必变。学理立场上的根本差异，决定了其与帝道所谓的
"法立而弗敢废"的观念，④ 存在着认知上的差异。

由此可以认为，法家尽管承认"道"与"法"有着某种关联，但
只是对"法"的来源及其合理性进行解释，而不是将"道"视为"法"
的直接来源。其所立之"法"，是因时而制的法令，是可操作的、用于
理民的律条，并不强调合乎于无上之道。而《黄帝四经》所言之
"法"，则以合道为用，按照道的本义、原则、秩序来定法，其目的是
以"法"保证天下合乎道、体认道，回到"天下无事"的状态，故其
所立之法，是用来保障"名形已定，物自为正"的天地恒常状态。⑤ 这
样将黄帝治理天下的秘诀设定为"置法而不变"，体现了帝道学说对
"法"的基本立场：依照道来治理天下，道不变，法亦不变，百姓安于
俗，自然能够心悦诚服。

"置法而不变"的提出，一是基于"道生法"而形成的"法"的学
理至上性；二是出于因循自然、令民自化的现实考量。早在周初，周公旦
就曾论齐、鲁治法之不同，在于"因俗为制"与"移风易俗"的取向差

---

① （清）王先慎撰，钟哲点校：《韩非子集解》卷6《解老》，北京：中华书局，1998年，
第146—147页。

② 蒋礼鸿撰：《商君书锥指》卷1《更法》，北京：中华书局，1998年，第4页。

③ 《韩非子集解》卷20《心度》，第475页。

④ 《马王堆汉墓帛书·经法·道法》，第1页。

⑤ 同上书，第3页。

异：因俗为制是按照百姓的生活习俗，不轻易变更，化为而为；移风易俗则按照理想的社会模式，为百姓制定礼乐制度进行教化。① 前者行政以无为而为近乎帝道，后者以无不为之教化而近乎王道。《黄帝四经》对黄帝之治的描述，便是强化了因任自然的因俗为制。《经法·君正》言："一年从其俗，二年用其德，三年而民有得，四年而发号令，[五年而以刑正，六年而]民畏敬，七年而可以正（征）。"这种看似循序渐进的思路，其实蕴含着两个重要关节：一是尊重百姓生活形态，不轻易改弦更张，这就需要爱民、安民，即《管子·枢言》所言："'爱之利之益之安之'。四者道之出，帝王者用之而天下治矣。"通过因循自然而治民。二是统治者无为而无不为。前文所引《庄子》阐述无为之法，对统治者来说，无为便是"王公慎令，民知所繇"，② 不要轻易扰乱百姓，让百姓按照习惯做事。对于这种做法，《淮南子·原道训》进行了系统的总结："圣人一度循轨，不变其宜，不易其常，故准循绳，曲因其当。"③ 因循其常，因俗为治，不轻易改变法令，不轻易变革传统。

在《黄帝四经》中，遵循天道体现在行政措施中，便是因循传统，虚静以守成。《十大经·观》言"天因而成之。弗因则不成"，《姓争》又言："毋逆天道，则不失所守"，《兵容》再言："天地刑（形）之，圣人因而成之"，皆强调治国、理政、用兵要因循天地之道，不要轻易人为。《经法·君正》还具体描述这种行政的细节："[省]苛事，节赋敛，毋夺民时，治之安。"认为执政之本在于清静无为，不扰民，不生事。

帝道学说清静无为的基本立场，被作为汉初行政的基本经验。陆贾《新语·道基》提醒高祖刘邦："君子握道而治，据德而行，席仁而坐，杖义而强，虚无寂寞，通动无量。"强调治国必须以道为本，采用虚无寂静的行政措施，任民自化，方能为治。贾谊在《新书·道术》中也主张继续实行清静之政："明主者南面而正，清虚而静，令名自命，令物自定，如鉴之应，如衡之称。有謦和之，有端随之，物鞠其极，而以当施之，此虚之接物也。"其所谓的"清虚而静"是国君不要轻易扰民，"令

---

① 西周初年，唐叔封于晋，由于晋国封于夏墟，便"启以夏政，疆以戎索"；康叔封于卫，由于卫国封于殷墟，便"启以商政，疆以周索"；伯禽封于鲁，用时三年，"简其俗，革其礼"；姜尚封于齐，也"简君臣礼，从俗所为"。

② 《马王堆汉墓帛书·十大经·三禁》，第 76 页。

③ 何宁撰：《淮南子集释》卷 1《原道训》，北京：中华书局，1998 年，第 61 页。

名自命，令物自定"是因顺自然，任民自安，静观其成。黄、老之说在汉代被并提，我们习惯上认为是二者都强调因循、无为，尽管存在差异，却有着天然契合的学理。① 但倘若从学理上看，帝道学说实出于老庄学说，以黄帝为代表的五帝行政经验作为参照，以"置法而不变"的因循论与"清虚无为"的自然论为基本学理。这一学理契合了汉初恢复国力、令民自化的现实需求，被作为汉初治道的主导理论。萧何、曹参、陈平持续推行的无为之政，正是出于对传统秩序的固守和行政经验的延续。由于《黄帝四经》的长期失传，我们在过往的研究中，没有注意到从《庄子》《管子》以至于《淮南子》中不断强化的帝道说，是融通老子、黄帝之学日趋完善，而成为与王道、霸道并列的行政学说。其在汉武帝后，与王道融通成为"帝王之道"，其学理中的"阴阳刑德"论被汉儒借用，成为两汉解释宇宙人事的基本观点。

第二节　阴阳刑德与秦汉秩序的形态

秦始皇称帝，是秦襄公以来秦对"帝"的崇拜使然，可以看作秦之先王追求帝业的实现，也可以看作秦对帝道之说的认同与延续。② 秦始皇称帝后的做法，其实也是按照阴阳刑德观念选择的结果：

> 推终始五德之传，以为周得火德，秦代周德，从所不胜。方今水德之始，改年始，朝贺皆自十月朔。衣服旄旌节旗皆上黑。数以六为纪，符、法冠皆六寸，而舆六尺，六尺为步，乘六马。更名河曰德水，以为水德之始。刚毅戾深，事皆决于法，刻削毋仁恩和义，然后

① 帝道以"体道合德"为理念，实与《老子》为同一学理。或认为"老子著书以明黄帝自然之治"，见宋翔凤《老子校释》，即老子学说本是黄帝自然无为之道的学理化总结，但若如此，则何必后世以黄、老并称？再如《史记·老子韩非列传》所言："申子之学本于黄帝而主刑名""韩非者，韩之诸公子也。喜刑名法术之学，而其归本于黄老。"显然黄、老有所异，方有所同。或以为田骈、慎到、接予、宋钘、尹文等人皆言黄老之术，又游于稷下，学术不断交融，百家融为黄老。黄、老既然在秦汉间为学者广泛并提、普遍征引，其必各有所长，而不必为一家。故论黄则取其帝道，论老则取其学理。二者之同，在于体道、无为、自然；二者之异，在于帝道虽体认天地至道，然理政在于刑德并用，老子道论，虽有刑德之义，其释道在于虚静自然。

② 《韩诗外传》："传曰：……由余因论五帝三王之所以衰，及至布衣之所以亡，缪公然之。"前文已论，商鞅曾为秦孝公言帝道、王道，秦孝公最后选择霸道。

合五德之数。于是急法，久者不赦。①

如果说，秦始皇称"皇帝"有取"皇"至高无上之义、取"帝"德合天地之义，带有理性色彩，那么随后所制定的国家制度和政策取向，则完全出于对阴阳刑德学说的接受。其以水为德，崇尚黑色，补上了郊祀五帝时对北帝（黑帝）的缺失，从而使得秦完全合乎五帝之德。其行水德而取阴刑之意，进而推行刻薄寡恩之法政，也完全是对阴阳刑德的遵从。司马贞《史记索隐》中说："水主阴，阴刑杀，故急法刻削，以合五德之数。"在今日看来，秦推行严刑峻法，不以恩德治国，甚为荒唐，但这恰恰表明了阴阳刑德学说在秦汉时期的影响深远。当阴阳刑德学说成为秦汉学者观察宇宙运行、社会变动、人事成败的视角，影响着秦汉国家意识形态的形成、行政措施的取向和人事变动的取向，融合了儒家的刑德之论、法家的刑德之说和帝道的阴阳刑德之论，便形成了帝国的天人运行机制。

一　儒、法刑德学理的融合

秦汉刑德之说，因诸子所执不同，故立论有别。王利器曾言："秦汉间人言刑德者各执一端，儒家言尚德，法家言尚刑。"②此乃就学理大概而言，治国实践中必须兼顾刑德。按照桓范《世要论》的说法，刑德作为治国的基本手段，在实践中有着孰轻孰重的区分："故任德多，用刑少者，五帝也；任德相半者，三王也；杖刑多，任德少者，五霸也；纯用刑强而亡者，秦也。"以刑德的多寡来区分帝道、王道、霸道，也是观察三者治国理念的一个视角。我们不妨深入到诸子学说内部，来观察刑德之说如何演化，而最终成为秦汉学者的基本观点的。

倘若仔细分辨，秦汉学者所言之刑德，在周秦间有三个理论来源：一是以赏罚论刑德；二是以教化论刑德；三是以阴阳论刑德。

以赏罚论刑德，为法家的基本观点，可以看作是霸道对刑德的思考。韩非子就认为治理国家的手段，便是刑赏结合："凡治天下，必因人情。

---

① 《史记》卷6《秦始皇本纪》，第237—238页。

② 王利器撰：《新语校注》卷上《道基》案语，北京：中华书局，1986年，第30页。

人情者有好恶，故赏罚可用；赏罚可用则禁令可立，而治道具矣。"① 罚体现的是刑，赏体现的是德。刑赏并用，可以约束百姓在国家设定的合理范围内行事，不至于违法，国君有意识采用赏罚督责官吏、管理百姓，是为"刑德二柄"："明主之所导制其臣者，二柄而已矣。二柄者，刑、德也。何谓刑德？曰：杀戮之谓刑，庆赏之谓德。为人臣者畏诛罚而利庆赏，故人主自用其刑德，则群臣畏其威而归其利矣。"② 在法家的学理中，刑德只是作为君主驾驭手下的手段，有功则赏，有过则罚。赏罚之权操之于君，群臣听命而已。③ 由于法家秉持严刑峻法而忽略德治，其所理解的"德"，只不过是庆赏的恩惠和爵禄，属于手段，既非帝道论本乎阴阳之德，亦非王道论出于仁义之德。而"刑"主要体现在对百姓的惩罚上，是以法律手段惩处违法者，与天地秩序无关。

　　以教化论刑德，是儒家刑德的思路。在儒家看来，刑、德不可或缺。从《论语·为政》中孔子"道之以政，齐之以刑"的主张，及上博简《鲁邦大旱》《孔子家语》中《相鲁》《始诛》等记述来看，孔子治国亦不弃刑罚，常常采用以刑正德的手段，引民向善。④ 这一做法为后世儒家所继承，至荀子时形成德主刑辅的治民思路："不教而诛，则刑繁而邪不胜；教而不诛，则奸民不惩；诛而不赏，则勤厉之民不劝；诛赏而不类，则下疑俗俭而百姓不一。"⑤ 相对于法家单纯依靠刑德赏罚进行国家治理的思路，儒家更注重礼法相辅，刑德相成，反对不教而诛。在经过了秦法严苛而骤亡的教训后，汉初儒生更强调德主刑辅，如贾谊所言："或道之以德教，或驱之以法令。道之以德教者，德教洽而民气乐；驱之以法令者，法令极而民风哀。"⑥ 强调以德治国，以刑为辅，通过教化改良百姓，将刑罚作为最后的手段和无奈的措施。在这样的学理基础上，汉儒持续推崇以教化治国、以礼乐导民的做法，并将之作为尧舜王道之治的经验。《尚书纬·刑德放》言："尧知命表，稷、契赐姓于姬。皋陶典刑，不表

　　① 《韩非子集解》卷18《八经》，第430—431页。

　　② 《韩非子集解》卷2《二柄》，第39页。

　　③ 许建良：《韩非的"刑德"世界图式》，《苏州科技学院学报》，2007年第4期。

　　④ 常佩雨：《从上博简〈鲁邦大旱〉看孔子的刑德观与宗教观》，《郑州大学学报》，2012年第3期。

　　⑤ （清）王先谦撰，沈啸寰、王星贤点校：《荀子集解》卷10《富国》，第191页。

　　⑥ 《汉书》卷48《贾谊传》，第2253页。

姓，言天任德远刑。"即便是执法的皋陶，也主张任德远刑。

　　讨论以法家为代表的霸道、以儒家为代表的王道、以黄帝为代表的帝道中普遍存在的刑德论，既是为了区分三者对刑德理解的差异，更是为了思考三者之间存在的某些共通之处，毕竟在实际的政治运作中，帝道和王道融通而成的帝王之道、霸道和王道融通而成的霸王之道，都在不同的层面整合着刑德论。在这其中，儒家所谓的"德"，是以礼义为基础的心性培养、道德养成和行为修养，而非法家狭隘的"庆赏"；其所谓的"刑"，则指因礼义而形成的法度，对社会秩序的维持，与法家所谓的"杀戮"立意迥异。因而，儒家承认社会有先天的道德要求，"法"作为对后天恶性的惩戒，有卫道护德的意味，由此形成的注重教化养民、先德后刑的思路，与帝道说更为契合。王道刑德论与帝道刑德论都承认刑德源自先天秩序，是外在天理赋予人的约束性，这是人之所以能群的客观要求。虽然王道更多强调先天秩序的道德感，而帝道更多强调先天秩序的规律性，但都承认人间秩序的运行，必须遵照与天地俱来的客观要求。从这个角度来看，帝道和王道很容易融通成为帝王之道。

　　在"霸王道杂之"的思路中，儒家和法家的刑德论在学理层面进行了融通。盐铁会议时，文学与大夫专门就刑德问题展开辩论。大夫们认为"令严而民慎，法设而奸禁"，即通过刑罚的手段可以使百姓循规蹈矩。文学则认为法令之繁、罪名之重，连官员都不知道何去何从，更何况普通老百姓。为了管理老百姓，就需要制定更多的法令，法令越多，罪名越多，老百姓违反的就越多，只有意识到司法的根本在于导民向善，而不是设罪陷人，刑不能不用，但应以德为本，"治民之道，务笃其教"，培养百姓的德行，德主刑辅，"德明而易从，法约而易行"。①

　　刘向在《说苑》中，便认为王、霸之别在于王道任德，其假托孔子答季孙问凿实刑德理论：

　　　　治国有二机，刑德是也，王者尚其德而希其刑，霸者刑德并凑，强国先其刑而后德。夫刑德者，化之所由兴也，德者，养善而进阙者也，刑者，惩恶而禁后者也，故德化之崇者至于赏，刑罚之甚者至于诛。夫诛赏者，所以别贤不肖而列有功与无功也。

---

①　王利器校注：《盐铁论校注》卷10《刑德》，北京：中华书局，1992年，第566页。

这里借孔子之口，讲了一通阴阳、刑德、赏罚的道理，肯定刑、赏是治国不可或缺的两手，又认为王道、霸道的区别在于德刑孰先孰后，王道先德后刑，霸道先刑后德。刘向认为要想天下大治，必须推行王道："圣王先德教而后刑罚，立荣耻而明防禁；崇礼义之节以示之，贱货利之弊以变之，修近理内，政橛机之礼，壹妃匹之际，则下莫不慕义礼之荣，而恶贪乱之耻，其所由致之者，化使然也。"① 王者之政首重教化，教化正是培养百姓的道德观念，德立则民化，民化则知廉耻，廉耻明则能自行约束，无须用刑罚惩处。汉代帝王不断探寻的五帝三王之道，落实到治道上，便是要重德轻刑。这既符合天道阳主阴辅之理，也符合人道德主刑辅之理，最终形成了"刑可畏而禁易避，吏不专杀，法无二门，轻重当罪，民命得全，合刑罚之中，殷天人之和，顺稽古之制，成时雍之化"的理想状态。②

二　阴阳刑德与两汉政治秩序的建构

以阴阳论刑德，是出于帝道说对阴阳之道的运用。《易传·系辞上》曾言"一阴一阳之谓道"，以阴阳相生、相存、相根为道之形态。阴阳能够化成万物、正在于气之变动，因而治理天下，需要精通阴阳变动之理。《庄子·说剑》以天子之剑比喻治国："制以五行，论以刑德，开以阴阳，持以春夏，行以秋冬。"言治理国家当合乎阴阳五行之道，依照四时使用刑德。③ 这一见解，在《管子·四时》中被进一步确认：

> 是故阴阳者，天地之大理也。四时者，阴阳之大径也。刑德者，四时之合也。刑德合于时则生福，诡则生祸。……日掌阳，月掌阴，星掌和。阳为德，阴为刑，和为事。是故日食则失德之国恶之，月食则失刑之国恶之，彗星见则失和之国恶之，风与日争明则失生之国恶之。是故圣王日食则修德，月食则修刑，彗星见则修和，风与日争明

---

① 《说苑校正》卷7《政理》，第143页。
② 《汉书》卷23《刑法志》，第1112页。
③ 《汉书·艺文志》言兵阴阳家之特点，在于"顺时而发，推刑德，随斗击，因五胜，假鬼神而为助者也"，乃寻求因阴阳而变动。《风俗通义·祀典》："戌者，土气也，用其日杀鸡以谢刑德，雄著门，雌著户，以和阴阳，调寒暑，节风雨也。"以生应德，以杀应刑。

则修生。此四者，圣王所以免于天地之诛也。……德始于春，长于夏。刑始于秋，流于冬。刑德不失，四时如一。刑德离乡，时乃逆行。作事不成，必有大殃。

认为天地之所以运行，在于阴阳变动，四时不过是阴阳变动的结果，阴阳有生有杀，四时才有生长收藏之理，以此行政，百姓生活才能人寿年丰，国家运行方才无咎无忧。马王堆帛书《十大经·观》由此进一步推演，认为天下治乱，不过是刑德运行之向背：

不靡不黑而正之以刑与德。春夏为德，秋冬为刑。先德后刑以养生。姓生已定，而适（敌）者生争，不谌必定。凡谌之极，在刑与德。刑德皇皇，日月相望，以明其当，而盈口无匡。

春夏养阳，秋冬养阴，阳生为德，阴生为刑，刑德相推则四时序，阴阳离合而万物成。由于刑德合于阴阳，相生相长，相辅相成，所以二者不可偏废，"并时以养民功，先德后刑，顺于天"，① 按照阳主阴辅之理，便是德主刑辅。《十大经·姓争》将二者的关系称之为"刑德相养"：

刑德皇皇，日月相望，以明其当。望失其当，环视（示）其央（殃）。天德皇皇，非刑不行。缪缪（穆穆）天刑，非德必顷（倾）。刑德相养，逆顺若成。刑晦而德明，刑阴而德阳，刑微而德章（彰）。

刑德相养的学理，是认为阴阳互根，独阴不生，独阳不长，阴阳互济而相成。② 天之运行，在于阴阳，阴阳互生互克，是为刑德。既然帝王受命于天，天地运行之顺、逆自然要应于帝王所治之国；帝王治理国家既然要依道而行，也必须按照刑德运行来治国。这就需要帝王能感应到或意识到天象失和所代表的意味，主动调整治道，使之合于天道。

秦汉术数系统重视阴阳刑德，其学理基点源自对天地秩序的遵循，遵

---

① 原书作"失"，根据上下文义，当作"先"。

② 许建良：《〈黄帝四经〉"刑德相养"思想探析》，《东南大学学报》，2007 年第 2 期。

循天地秩序而获得的福报被视为天德，违背天地秩序而受到的灾异祸患被视为天刑。《墨子·天志中》言："观其事，上利乎天，中利乎鬼，下利乎人，三利无所不利，是谓天德。"做事合乎天、地、人的利益，便是至高的道德。《庄子·天地》也认为："通于天地者，德也；行于万物者，道也；上治人者，事也；能有所艺者，技也。技兼于事，事兼于义，义兼于德，德兼于道，道兼于天。"行事合乎天道，便是合乎天德；个人心性要合乎天德，则要做到"虚无恬淡"。《文子·自然》进一步解释说："夫慈爱仁义者，近狭之道也。狭者，入大而迷。近者，行远而惑。圣人之道，入大不迷，行远不惑，常虚自守，可以为极，是谓天德。"天德被视为人的心性修为、言行处事的最高要求。

在儒家学说体系中，天德即是按照仁义道德的要求行事。《荀子·不苟》言："惟仁之为守，惟义之为行。诚心守仁则形，形则神，神则能化矣。诚心行义则理，理则明，明则能变矣。变化代兴，谓之天德。"通过后天的修为，让自己的道德境界符合先天道德的要求。落实到政治行为中，便是能够对奸言、奸说、奸事、奸能、遁逃反侧之民进行教化，对瘖、聋、跛躄、断者、侏儒之人进行赡养，"才行反时者死无赦。夫是之谓天德，王者之政也。"① 使得天德之说落实到个人修养和政治行为之中。

西汉的刑德之说，是融合着墨家的行事之法、道家的自然之论和儒家的德政要求，形成了新的天德说。董仲舒在《春秋繁露·威德所生》中，按照圣人配天进行理解："天有和有德，有平有威，有相受之意，有为政之理，不可不审也。……不和无德，不平无威，天之道也，达者以此见之矣。我虽有所愉而喜，必先和心以求其当，然后发庆赏以立其德。虽有所忿而怒，必先平心以求其政，然后发刑罚以立其威。能常若是者谓之天德，行天德者谓之圣人。"天对人道的刑赏，是出于对人道行事进行的评骘。元光五年（前130），公孙弘在《举贤良对策》中进行了更为清晰的概括："天德无私亲，顺之和起，逆之害生。此天文地理人事之纪。"承认上天具备的先天道德是人类行事的参照，顺应得以赐福，悖逆当被惩处。天德作为自然纲纪，体现于天、地、人三者的呼应之中。

---

① 《荀子集解》卷5《王制》，第149页。

违背天的意志受到惩处，便是天刑。①《国语·周语下》中太子姬晋劝谏周灵王时说："夫事大不从象，小不从文。上非天刑，下非地德，中非民则，方非时动而作之者，必不节矣。作又不节，害之道也。"认为不顾天的警告，不按照时令、时机做事，必然会带来严重祸患。因此，周人曾设立专门的机构观察天地运行的规律，探寻天象，以避免灾异。《国语·鲁语下》中言："天子大采朝日，与三公、九卿祖识地德；日中考政，与百官之政事，师尹维旅、牧、相宣序民事；少采夕月，与大史、司载纠虔天刑；日入监九御，使洁奉禘、郊之粢盛，而后即安。"韦昭注："朝日以五采，则夕月其三采也。载，天文也。司天文谓冯相、保章氏，与大史相俪偶也。因夕月而恭敬观天法、考行度以知妖祥也。"②通过对日月运行、自然现象的仔细观察，以之作为行政的参考。

这一观念，在秦汉时期成为讨论帝王之道的基本视角，言帝王行事治国者，其多论如何精通刑德之论，以求合于天地之道。如《鹖冠子·王鈇》云："天子执一以居中央，调以五音，正以六律，纪以度数，宰以刑德。"主张阴阳互济，刑德并用。《尚书大传》描述五帝治国，因天地运化而用刑德："天立五帝以为相，四时施生，法度明察，春夏庆赏，秋冬刑罚。帝者任德设刑，以则像之，言其能行天道，举措审谛。"③应依照四时变动施德用刑，以人间秩序呼应天地秩序。④

董仲舒以阴阳刑德理论讨论天人关系，解释儒家学说的人伦秩序和治国理念，形成了融合帝道学说与王道学说的新的"帝王之道"。从学理上说，便是以帝道的阴阳刑德论解释天人关系，以王道的德主刑辅论解释人伦秩序，建构了法阴阳四时、以刑德治国的行政学说。董仲舒认为，帝王既然受命于天，当然要按照天道的运行模式，以阴阳互动的方式行事，从而形成有序的自然秩序和社会秩序。其在元光元年（前134）的对策中，阐明了这一理论：

———————————

① 《庄子·德充符》言老聃与无趾的对话："老聃曰：'胡不直使彼以死生为一条，以可不可为一贯者，解其桎梏，其可乎？'无趾曰：'天刑之，安可解？'"王先谦注："言其根器如此，天然刑戮，不可解也。"刘武补正："言彼之本性，自愿受此桎梏，如天之所刑也。"

② 《国语·鲁语下》，上海：上海古籍出版社，1978年，第205—207页。

③ （东汉）应劭撰，王利器校注：《风俗通义校注》卷1《皇霸》，北京：中华书局，2011年，第10页。

④ 崔永东：《帛书〈黄帝四经〉中的阴阳刑德思想初探》，《中国哲学史》，1998年第4期。

王者欲有所为，宜求其端于天。天道大者，在于阴阳。阳为德，阴为刑。天使阳常居大夏而以生育长养为事，阴常居大冬而积于空虚不用之处，以此见天之任德不任刑也。阳出布施于上而主岁功，阴入伏藏于下而时出佐阳。阳不得阴之助，亦不能独成岁功。王者承天意以从事，故务德教而省刑罚。刑罚不可任以治世，犹阴之不可任以成岁也。今废先王之德教，独用执法之吏治民，而欲德化被四海，故难成也。①

这段话有三个理论基点：一是帝王体阴阳之道，是为合乎天意。二是阴阳的属性为刑德，刑德不可偏废；阳主阴从，故天道以德为主，以刑为辅，人道亦当遵循天道。三是秦以水为德，水为阴，故而秦法峭刻而不用恩，此不合乎阴阳之道，必须实行政改，转而推行德政。这一解释所释放出来的建议是明确的，那就是汉朝要想长治久安，必须合乎阴阳之道，缓刑重德，从而顺应天意。

为了系统阐释这一理论，董仲舒在《春秋繁露》中进一步用阴阳理论解释德主刑辅："天数右阳而不右阴，务德而不务刑。刑之不可任以成世也，犹阴之不可任以成岁也。为政而任刑，谓之逆天，非王道也。"②鼓励汉王室以教化推行德政："圣人多其爱而少其严，厚其德而简其刑，以此配天。"③ 按照阴阳学说的基本理论，对儒家德主刑辅、重德轻刑的主张进行了重新阐释。④

如果说，以阳主阴辅的角度阐释德主刑辅而鼓励帝王推行德政，推动了汉朝采用儒家学说治国，是董仲舒对儒学的一大贡献；那么，基于同类相召而建立的感应学说，不仅制约了两汉儒学的理性发展，而且影响了两汉行政秩序的理性判断。董仲舒认为天人感应之所以发生，在于天人相副、同类相动：

---

① 《汉书》卷22《礼乐志》，第1031—1032页。

② 苏舆撰，钟哲点校：《春秋繁露义证》卷11《阳尊阴卑》，北京：中华书局，1992年，第328页。

③ 《春秋繁露义证》卷12《基义》，第352页。

④ 周乾：《董仲舒刑德理论发微》，《天津师大学报》，1995年第5期。

美事召美类，恶事召恶类，类之相应而起也。如马鸣则马应之，牛鸣则牛应之。帝王之将兴也，其美祥亦先见；其将亡也，妖孽亦先见。物故以类相召也，故以龙致雨，以扇逐暑，军之所处以棘楚。美恶皆有从来，以为命，莫知其处所。[①]

同类相动这一认知不是董仲舒的发明，前文所引《管子》《吕氏春秋》《淮南子》中也有类似的论述，但关键在于董仲舒的学说被汉武帝接受，而且浸润在公羊学的学理阐释中，被视为两汉儒学建构的基本理论，也成为两汉政论的一个角度。其逻辑便是德行天下，则祥瑞出；恶行于人间，则灾异现。在完美的王道之治下，百姓和睦，自然天降祥瑞，各种灾异消失殆尽。

这类论述作为一种基本认知，很快被汉儒接受，并成为立论的基本视角。《大戴礼记·易本命》居然说："帝王好坏巢破卵，则凤凰不翔焉；好竭水搏鱼，则蛟龙不出焉；好刳胎杀夭，则麒麟不来焉；好填溪塞谷，则神龟不出焉。故王者动必以道，静必以理。动不以道，静不以理，则自夭而不寿，祅孽数起，神灵不见，风雨不时，暴风水旱并兴，人民夭死，五谷不滋，六畜不蕃息。"将自然现象与帝王行政完全等同起来，帝王做好人好事，天马上就有祥瑞，是为德；帝王做坏人坏事，天马上显示灾异，是为刑。以此为原理，纬书中相继列举了各种自然现象所对应的人事，如《春秋纬·汉含孳》言："臣子谋，日乃蚀。"《孝经纬·钩命决》言："失义不德，白虎不出禁，或逆枉矢射，山崩日蚀。"这些说解妄托于圣人之口，附会于经书之间，成为汉儒论政的理据。

可以说，阴阳刑德学说在西汉的发展，既在于这种学说只是一种假设，作为对天地秩序的解释，其本身便存在着学理的不足，因而不可能对天地万物进行事无巨细的解释；更在于汉儒在使用时，忽略了这一学说是以要求人按照天地秩序行事作为基本逻辑指向的，将之理解为人与天地互动的互为因果，并且强化人对天地秩序的影响，试图通过改元、改德、改制以及人事变动来调整天地秩序。任何学说都有一定的学理边界和适用范围，超出使用或者超范围的应用，即便是正确学理，也会呈现出荒谬的结论，更何况阴阳刑德学说本就存在着诸多不足。因而，在经过了汉儒的尝

---

① 《春秋繁露义证》卷12《同类相动》，第358—359页。

试后，阴阳刑德学说在魏晋之后便被儒家学理所扬弃，其阴阳之论、刑德之说遂回归到术数学说之中，作为一种民间信仰、风俗习惯延展下去。①

三　刑德与两汉对宇宙秩序的推演

阴阳刑德在国家层面的应用和在思想层面的持续讨论，使得其成为秦汉学者观察世界、建构宇宙运行秩序的一种基本模式。

刑德被视为术数的基本学理。《淮南子·兵略训》判断作战的成败，将刑德作为考量的要素之一："明于星辰日月之运，刑德奇赉之数，背乡左右之便，此战之助也，而全亡焉。"其中的"奇赉"，高诱注："奇赉，阴阳奇秘之要。"对阴阳运行所形成的刑德进行解释。《史记·龟策列传》亦载西汉初年的龟占，"明于阴阳，审于刑德。先知利害，察于祸福。"采用阴阳刑德之说进行推断。崔骃《北征颂》说："人事协兮皇恩得，金精扬兮水灵伏，顺天机兮把刑德，戈所指兮罔不克。"东汉时人在判断个人穷达时，也是从阴阳刑德的角度来观察天机所在。袁宏《越绝书·计倪内经》记述计倪与勾践论刑德关系："阴阳万物，各有纪纲。日月、星辰、刑德，变为吉凶，金木水火土更胜，月朔更建，莫主其常。顺之有德，逆之有殃。是故圣人能明其刑而处其乡，从其德而避其衡。凡举百事，必顺天地四时，参以阴阳。用之不审，举事有殃。"全面解释了阴阳刑德与吉凶祸福的对应关系。

按照阴阳的运行推演刑德的存在特点、运行方式，是秦汉术数建构的模式之一。《管子·四时》中言："德始于春，长于夏，刑始于秋，流于冬，刑德不失，四时如一，刑德离乡，时乃逆行。"按照四时运行的规律对阳德、阴刑进行推演的，春夏阳生，故主德，秋冬阴生，故主刑，要按照自然规律行政，并提出了"日德"与"岁德"的概念："九暑乃至，时雨乃降，五谷百果乃登，此谓日德。……春赢育，夏养长，秋聚收，冬闭藏。大寒乃极，国家乃昌，四方乃服，此谓岁德。"②后《吕氏春秋》十二纪、《淮南子·时则训》《礼记·月令》《大戴礼记·夏小正》便由此

---

① 没有了阴阳刑德作为学理支撑的帝道学说，只能与王道、霸道融通，不再以独立的学说形态出现，其对后世的影响，更多是观念史中对帝王神异性的描述，对朝代替换中无法解释的神秘性进行辨析，没有了一流学者参与讨论的学说，最终只能等而下之，成为"帝王之术"而已。

② 黎翔凤撰，梁运华整理：《管子校注》卷14《四时》，北京：中华书局，2004年，第847页。

推演，将自然的生、长、收、藏秩序与人类的生产生活、国家的行政事务结合起来，以求合乎天道天德。

在此基础上，马王堆帛书《刑德》进一步从学理上讨论阴阳运行规律，按照时间推导了一年四季的刑德转化，将刑德学理细化到对日月、时辰的推断中。其基本学理是："德始生甲，太阴始生子，刑始生水。孔子故曰：刑德始于甲子。"这一做法实际是将十天干、十二地支循环而形成的六十甲子按照阴阳属性进行分配。甲属阳，子属阴，分别代表德、刑，由于十天干、十二地支分属阴阳，其所形成的六十个组合便有了阴阳的不同，阳阳组合为天德，阴阴组合为天刑。这样一来，大而在年、中而在月、小而在日、具体在时，都有了刑德的属性。年、月、日、时皆有刑德，故而一年之中便有德高之日，也有刑重之时，《刑德》一书便是对刑德运行规律的推演。在其中，甲本侧重于推算以刑德日徙为方式的小游，乙本侧重于以刑德岁徙为方式的大游，按照时间序列中推断了一年四季、六十甲子的刑德存在。

在这一视角下，《淮南子·天文训》进一步从空间上讨论阴阳刑德的所在，明确了刑德与方位的关系："阴阳刑德有七舍。何谓七舍？室、堂、庭、门、巷、术、野。十二月德居室三十日，先日至十五日，后日至十五日，而徙所居各三十日。德在室则刑在野，德在堂则刑在术，德在庭则刑在巷，阴阳相德则刑德合门。八月、二月，阴阳气均，日夜分平，故曰刑德合门。"将七舍两两对应，分属阴阳，便自然具有了刑德属性。按照月令的不同进行游徙，在时间上，二月、八月阴阳平衡；在方位上，十二月刑德相合于门。以此推演，便可判断出不同时间刑德所在的方位。

从时间、空间上对阴阳刑德的推演，其确立的一些基本规则，成为后世术数的定律。如马王堆帛书《刑德》甲本所言："刑德之岁徙也，必以日至后七日之子午卯酉。德之徙也，子若午；刑之徙也，卯若酉。"确立了"子午相刑，卯酉对冲"的基本认知，子、午、卯、酉若配以方位，为四方之正，与之阴阳相同的干支为壬子、丙午、乙卯、辛酉，《淮南子·天文训》中将之称为四仲之神，因为值之正位，阴阳相同，故而其对冲自刑。[①]

---

① 饶宗颐：《马王堆〈刑德〉乙本九宫图诸神释：兼论出土文献中的颛顼与摄提》，《江汉考古》，1993 年第 1 期。

后世流行的奇门遁甲之术，便是按照阴阳刑德的关系，结合阳开阴闭、阳动阴静的特征进行推演的。从时间上，先确立四正刑德，再对一年四季进行推演："冬至德在卯，刑在酉；夏至德在酉，刑在卯。春分德在午，刑在子；秋分德在子，刑在午。立春德在辰，刑在戌；立秋德在戌，刑在辰。立夏德在未，刑在丑；立冬德在丑，刑在未。……将兵以开阖分主客，以刑德定坐击，阖为主、开为客，坐阳德、击阴刑是也。"在解释方位时，按照孟甲、仲甲、季甲三甲推演上元、中元、下元："三元三甲直符之时，举事视刑德为动静，将兵视刑德为战守，皆以在门决之。在门者，刑德在直使之门也。……凡三元入局，五百四十时中，五卯时德在门，五酉时刑在门。德在门之时，宜动宜战；刑在门之时，宜静宜守。"①由此确立德、刑所在的位置，趋吉避凶。

后世占断灾异，常以阴阳刑德之说进行判断，如兵阴阳中，对吉祥之风的判断，在于"从岁、月、日、时德并德合，……应德者阳德自处，谓丙戌庚子为阳。假如甲日已德在甲也。阴德在阳，谓乙德在庚，丁德在壬，己德在甲，辛德在丙，癸德在戊，为德合。其有王气者，随四时王方也"②，五行学说的引入，使得吉凶的判断又增加了更多变量，如《开元占经·风占》言："怒风起止，皆详其五音，与岁、月、日、时、刑德、合冲、墓杀、五行生克，王相囚死，以言吉凶。"干支之间有合、冲、刑，其运行又与长生、沐浴、冠带、临官、帝旺、衰、病、死、墓、绝、胎、养相配；五行之间有生克，与四季相配又有王、相、丘、死、休、废之说。这样一来，五行、十天干、十二地支因其属性的不同，相互制约、相互生发，形成了一个复杂的宇宙解释系统，用以判断自然、社会、人生的吉凶。

阴阳刑德作为观察人与自然协调的基本视角，已经深入到百姓的日常生活之中。《风俗通义·祀典》载太史丞邓平对腊月的解释："腊者，所以迎刑送德也，大寒至，常恐阴胜，故以戌日腊。戌者，土气也，用其日杀鸡以谢刑德，雄著门，雌著户，以和阴阳，调寒暑，节风雨也。"鸡为酉，为阳金，戌为阳土，金赖土埋，土赖金泄，刑主杀，冬为刑，故戌日

---

① 金志文点校：《御定奇门遁甲》，北京：世界知识出版社，2011年，第27页。
② 《武经总要后集》卷17《灾祥》，《中国兵书集成》第5册，沈阳：辽沈书社，1988年，第1948—1949页。

杀鸡以养土气，以人力之举涵养土气，以合乎冬藏之理。《太平经·明刑德法》详细记述了按照阴阳刑德观察自然、社会、行政的学理，认为"夫刑德者，天地阴阳神治之明效也，为万物人民之法度"。并逐月对德刑的位置、德刑调整的时间进行推算，认为圣人明阴阳运行，帝王则应该循刑德治国："古者圣人独深思虑，观天地阴阳所为，以为师法，知其大□□万不失一，故不敢犯之也，是正天地之明证也，可不详计乎？可不慎哉？"谨慎地协调人与天地自然的关系。

思想观念对社会行为的影响，既基于学理的认同，也基于社会舆论的强化。两汉居于主导地位的政治学说，受阴阳刑德观念浸染甚深。元寿元年（前2）正月朔，汉哀帝准备尊皇后之父傅晏为大司马卫将军、帝舅丁明为大司马骠骑将军，临拜之日，发生日食，只好诏举方正直言何以如此。杜邺便说：

> 臣闻阳尊阴卑，卑者随尊，尊者兼卑，天之道也。是以男虽贱，各为其家阳；女虽贵，犹为其国阴。……日食，明阳为阴所临，……坤以法地，为土为母，以安静为德。震，不阴之效也。占象甚明，臣敢不直言其事！①

认为日食的出现，是外戚之阴遮蔽了国君之光辉，天以此进行警告。孔光在对策中也说：

> 臣闻日者，众阳之宗，人君之表，至尊之象。君德衰微，阴道盛强，侵蔽阳明，则日蚀应之。……臣闻师曰，天左与王者，故灾异数见，以谴告之，欲其改更。若不畏惧，有以塞除，而轻忽简诬，则凶罚加焉，其至可必。②

认为汉哀帝应尊重天意，"承顺天戒，敬畏变异，勤心虚己，延见群臣，思求其故，然后救躬自约"，③ 要求汉哀帝反省天意的警告，改良朝政，

---

① 《汉书》卷85《杜邺传》，第3475—3476页。
② 《汉书》卷81《孔光传》，第3359页。
③ 同上书，第3360页。

选用贤良，使国家行政回归到天人合一的正常轨道上来，同时上书的周护、宋崇也纷纷建言如是。

汉桓帝即位，太后临朝，朱穆因推灾异而劝诫梁冀：

> 穆伏念明年丁亥之岁，刑德合于乾位，《易经》龙战之会。……谓阳道将胜而阴道负也。今年九月天气郁冒，五位四候连失正气，此互相明也。夫善道属阳，恶道属阴，若修正守阳，摧折恶类，则福从之矣。……今年夏，月晕房星，明年当有小厄。宜急诛奸臣为天下所怨毒者，以塞灾咎。议郎、大夫之位，本以式序儒术高行之士，今多非其人；九卿之中，亦有乖其任者。惟将军察焉。①

太岁在丁、壬，岁德在北宫，太岁在亥、卯、未，岁刑亦在北宫，故合于乾位。梁冀不懂术数，觉得朱穆"龙战"之言非常准确，便请奏种暠为从事中郎，推荐栾巴为议郎，提拔朱穆为侍御史。

杜邺、孔光对日食的判断，都以阴阳失序解释朝廷人事；朱穆以刑德预测岁时，鼓励朝廷以德胜刑，表明阴阳刑德在两汉已经成为审视行政秩序的一套成熟理论，并且可以作为经典论据直接佐证。其有利的地方在于，儒生可以根据阴阳刑德理论对朝廷人事进行学术干预，从而保证儒家学说对政治干预的主导权。其不利的地方，则是阴阳刑德理论存在着天然的不足：层出不穷的祥瑞可以随意附会，锦上添花的解释无伤大雅；但对于无法避免的灾异，却无法通过人事调整彻底解决。一个不能雪中送炭的理论，不仅经不起实践检验，久而久之连学说的信奉者也会产生怀疑，东汉桓谭、王充、王符等人对刑德理论的疑虑，便是对阴阳刑德学说虚妄成分的怀疑。

在这一尴尬处境的形成之初，是国君面对灾异无所适从，只好下诏求言，儒生强为说解，朝廷通过改元、改德来调整。这种周而复始的循环，会出现两种可能：一是按照儒生的解释彻底改制，以祥瑞为方向，以灾异为警戒，朝着儒生设计的理想思路去走，王莽便是在儒生的祥瑞阐释中不断被寄予期望，最终在禅让的蛊惑下建立了新莽。二是按照儒生的解释调整了朝政，但灾异还是连绵不断出现，硬着头皮改元、改德、改制仍不能

---

① 《后汉书》卷43《朱穆传》，北京：中华书局，1965年，第1462页。

解决问题，那只好不敢相信这一学说了，东汉学者对纬书的批判，以及魏晋之后纬书的散佚，正是儒生逐渐对此类学说厌弃的结果。

第三节　帝道与"霸王道"的学理融通

关于"霸王道"，学界一般习惯解释为霸道和王道的融通，即汉王室吸收法家力政和儒家仁政的合理之处，作为治国的策略。① 此就学理而言，并无大的问题，汉承秦制，继承秦之霸业；而汉武帝独尊儒术，采信儒家王道学说。然就学说史来看，"霸王道"一词仅见于汉宣帝之言，并未成为汉人论政之共识。而周秦多有论"霸王之道"者，《左传·闵公元年》载齐仲孙湫与鲁闵公论"霸王之器"，《国语·晋语八》载叔向与赵文子论"霸王之势"，《墨子》《孟子》《荀子》《礼记》《管子》《韩非子》《吕氏春秋》《淮南子》中亦多论如何成就"霸王"之业，《战国策》《吴越春秋》《越绝书》广记诸侯相臣属求教"霸王"之道。可见"霸王道"之论早在先秦便已形成。若此，"霸王道"当为"霸王之道"的省称乎？这就需要我们对汉宣帝"汉家自有制度，本霸王道杂之，奈何纯任德教，用周政乎"之论深加考察，② 以明其究竟。前文已言，秦汉学者讨论的帝王之道的，已经融通了帝、王、霸之说，我们有必要对传统的"霸王道"学说的走向进行讨论，来观察三者是如何融通为帝王之道的。尤其是汉宣帝所言的汉家本"霸王道杂之"，是否为简单地撮合霸道与王道，其与秦汉间不断强化的"霸王之道"有着怎样的关系？由此我们可以从一个更为细微的视角，对汉制的形成进行更为深广的讨论。

一　霸道与王道的现实困境

霸道说与王道说的差异，就其理论形态而言，是以力服人和以德服人的区别。然落实到现实政治行为中，推崇王道者，亦有征伐之论，如《孟子·离娄》《孟子·公孙丑》中所记载孟子关于齐燕争霸之间的困惑和无奈，正反映出王道说不足以德化天下，而不得不以兵争面对现实。即

---

① 韩星：《"霸王道杂之"：秦汉政治文化模式考论》，《哲学研究》，2009 年第 2 期；杨生民：《汉宣帝时"霸王道杂之"与"纯任德教"之争考论》，《文史哲》，2004 年第 6 期。

② 《汉书》卷 9《元帝纪》，第 277 页。

便是维护传统秩序的《春秋》，也称赞齐桓、晋文等霸主以征伐稳定天下秩序的努力。顾炎武曾言"春秋时犹宗周王，而七国则绝不言王矣"，①即春秋时期的霸主虽以力服国，然尚有尊王之号召，故而王道仍存。如齐桓称霸，"周襄王使宰孔赐桓公文武胙、彤弓矢、大路，命无拜。"②晋文公称霸，"王命尹氏，及王子虎、内史叔兴父，策命晋侯为侯伯。赐之大辂之服，戎辂之服，彤弓一，彤矢百，玈弓矢千，秬鬯一卣，虎贲三百人。"③以确认其方伯地位，赋予镇抚周边诸侯之权。而至战国诸侯，却罔顾周天子的封赐，皆自称王，无视周天子的存在。秦随意灭掉东周，诸侯亦不作声。司马迁所言："天子微，诸侯力政，五伯代兴，更为主命。自是之后，众暴寡，大并小。秦、楚、吴、越，夷狄也，为强伯。"④战国时期的以力服国，非维护天下秩序，乃是出于一国之私。

孟子的见闻最能反映出诸侯急功近利的心态。尽管孟子一度认为王与霸是对立的，畅言王道而不言齐桓、晋文霸道之事，并云"仲尼之徒，无道桓文之事者，是以后世无传焉"，然其入魏，梁惠王直接问"亦将有以利吾国乎"，梁襄王思考的是"天下恶乎定"，齐宣王关注的是"德何如，则可以王矣"，面对这些对"欲辟土地，朝秦楚，莅中国而抚四夷"充满渴望的诸侯，⑤孟子也不得不重新思考仁政与力政的关系。

在孟子看来，仁政出于王道，虽有力政，却是以力辅仁。也就是说，即便动用武力相强的霸业，一要出于王道，二要基于王道。《孟子·公孙丑上》所言的"以力假仁者霸"，便反映出儒家并非反对霸道，而是要求将霸道限制在仁政的范畴之内。用这样的眼光来观察，春秋时期的霸主因举着"尊王攘夷"的大旗，就得到了儒生的默许。换句话说，儒家并不天然反对力政，而是反对罔顾道德诉求的霸业。正是基于这样的认知，司马迁在撮合史料叙述周秦间的霸王时，便多举其德政之举，如齐桓公的

① （清）顾炎武著，黄汝成集释：《日知录集释》卷 13《周末风俗》，上海：上海古籍出版社，2006 年，第 749 页。

② 《左传·僖公二十八年》，（清）阮元校刻：《十三经注疏》本，北京：中华书局，1980 年，第 1825—1826 页。

③ 《史记》卷 32《齐太公世家》，第 1490 页。

④ 《史记》卷 27《天官书》，第 1344 页。

⑤ 《孟子·梁惠王上》，（清）阮元校刻：《十三经注疏》本，北京：中华书局，1980 年，第 2665—2671 页。

"修善政""赡贫穷，禄贤能"，① 晋文公的"修政，施惠百姓"，② 秦穆公的"施德诸侯"，③ 宋襄公的"修行仁义"等，④ 从历史的叙述中保证了霸道在王道的轨辙中运行。

战国儒家认为，力政与仁政可以相辅相成，是以春秋五霸之尊王为标准的，因而他们有信心去强调王道和霸道的融通，觉得能将霸业纳入王道的体系中，使之成为新的王道论。如荀子眼中的"霸道"，本质仍是"诈心以胜"，⑤ 但为了保护王道，还是要尽量符合"信立而霸"的要求："君人者隆礼尊贤而王，重法爱民而霸，好利多诈而危，权谋、倾覆、幽险而尽亡矣。"⑥ 霸业，不是完全靠着逞强好胜、强迫他国获得，而是依照法令、爱护百姓来成就。⑦ 管子所提倡的治国之道，也是霸道与王道的融通，如《管子·霸言》所言："霸王之形，德义胜之，智谋胜之，兵战胜之，地形胜之，动作胜之，故王之。"既承认王道必须建立在霸业之上，又认同霸道必须以王道为终极目标，二者相辅相成。《管子·兵法》亦如是言："谋得兵胜者霸。故夫兵虽非备道至德也，然而所以辅王成霸。""因霸而王"是依靠力政实现王道，如商汤文武；"辅王成霸"是以仁义之举辅佐霸业，如春秋五霸。这样，力政与仁政的融通，便是稳妥而长远的霸王之道。

春秋五霸的言行举止并不背离周政，故仁政、力政之间尚存有弥合的空间。但殆至战国中期，周天子不能号令天下，传统的方伯已失去了周制中作为王藩而统帅一方诸侯的功能，转而以"王"的身份灭掉附庸国，

---

① 《史记》卷 32《齐太公世家》，第 1513、1487 页。

② 《史记》卷 39《晋世家》，第 1662 页。

③ 《史记》卷 68《商君列传》，第 2234 页。

④ 《史记》卷 38《宋微子世家》，第 1633 页。

⑤ 《荀子集解》卷 3《仲尼》，第 108 页。

⑥ 《荀子集解》卷 11《天论》，第 317 页。

⑦ 关于"信立而霸"之意，《荀子·王霸》批评五霸："非本政教也，非致隆高也，非綦文理也，非服人之心也，乡方略，审劳佚，谨畜积，脩战备，齺然上下相信，而天下莫之敢当。故齐桓、晋文、楚庄、吴阖闾、越勾践，是皆僻陋之国也，威动天下，强殆中国，无它故焉，略信也。是所谓信立而霸也。"《荀子·仲尼》则云："然而仲尼之门人，五尺之竖子言羞称乎五伯，是何也？曰：然！彼非本政教也，非致隆高也，非綦文理也，非服人之心也。乡方略，审劳佚，畜积修斗而能颠倒其敌者也。诈心以胜矣。彼以让饰争，依乎仁而蹈利者也，小人之杰也，彼固曷足称乎大君子之门哉！"可知两段文字均为评论春秋五霸，部分文字相似，当出于同一源头，但《仲尼》亦言五霸以"诈心以胜矣"，说明"信立而霸"有逐于智谋之意在内。

迅速扩张。没有了"尊王"的号召，也除去了"仁义"的约束，建立在力政上的霸业，便成为赤裸裸的军事攻伐和强力威胁。《荀子·强国》也意识到王、霸有着本质的区别："粹而王，驳而霸。"王者信守德政，霸者则不论各家各派，杂而用之，唯以强国图霸为目的。现实是"天下争于战国，贵诈力而贱仁义，先富有而后推让"，① 从而使得力政与仁政只能渐行渐远。

由此来看，无论从理论上还是从实践上，以力政为基础的霸道都有其存在的合理性，无须回避，亦无法避免。但儒家与法家对霸道的认知差异在于：儒家将力政视为手段，而法家将力政视为目的。也就是说，儒家在承认商汤、文、武的军事行为时，强调其诛罚不义暴君之于天下的正面意义，力政之后的国家建构是对强力的改弦更张，而不是变本加厉。法家眼中的霸道，只着力于眼下的战局和争斗，尚没有足够的时间去考虑如何由攻天下而转为守天下。如秦孝公面对商鞅给出的帝道、王道、霸道之说，最后选择霸道，其理由是：

> 鞅曰："吾说君以帝王之道比三代，而君曰：'久远，吾不能待。且贤君者，各及其身显名天下，安能邑邑待数十百年以成帝王乎？'故吾以强国之术说君，君大说之耳。然亦难以比德于殷周矣。"②

帝道需要百年积累，王道更需数世厚德，当时的秦国内外交困，只有先图存，再求强。宋襄公守古道而循周制，反被楚国一再紧逼的历史故事，成为诸侯的借鉴。国之不存，君将焉在？故秦孝公用霸道，非愿为，乃时势不得不为。与王道对立的霸道，是单纯以力政为方式、以征服为目的的技术手段，兵家、纵横家、法家等技术官僚眼中的霸道，便是罔顾仁政的威逼利诱。如《孙子兵法·九地》："夫霸王之兵，伐大国，则其众不得聚；威加于敌，则其交不得合。"纯粹以军争立意。《战国策·韩三》："夫先与强国之利，强国能王，则我必为之霸；强国不能王，则可以辟其兵，使之无伐我。然则强国事成，则我立帝而霸；强国之事不成，犹之厚德我也。"以国之形势立论。《黄石公三略·中略》："霸者，制士以权，结士

---

① 《史记》卷30《平准书》，第1442页。
② 《史记》卷68《商君列传》，第2228页。

以信，使士以赏。"以组织为论。但技术官僚眼中的力政与霸道，只是一时一地之争，更注重军事形成、组织策略和国际冲突，并不对霸道进行学理上的辨析。

历史观往往决定社会观和政治观，建立在道德衰微而权谋、气力新起的历史判断之中，以韩非子为代表的法家，自然强调霸道的建立在于气力的强劲。这种强劲是以国富兵强作为唯一目的，并不关注于百姓的福祉与民生的艰辛。其与王道仁政之论有着立意上的不同，自然也有了方向上的差异。韩非子旗帜鲜明地反对道德治国和智能选士："今世皆曰'尊主安国者，必以仁义智能'，而不知卑主危国者之必以仁义智能也。故有道之主，远仁义，去智能，服之以法。"① 认为智能和仁义都是人治的产物，不能信从。唯有法令，才能成为衡定社会秩序的准则。在韩非子看来，要靠法令来维护国君的权威，在"去智与巧"的前提下，推行霸道。没有仁义作为服人的手段，不用智巧作为安天下的方式，剩下的便是单纯的以力相攻："力多则人朝，力寡则朝于人，故明君务力。"② 力政成为秦推行霸道的唯一手段。

需要指出的是，秦国所推崇的霸道并非法治。③ 法治尽管否定仁义之论，但其强调的"法"，是基于社会公义形成的，《韩非子·有度》言："明主使其群臣，不游意于法之外，不为惠于法之内，动无非法。"言君主遵法而治，故法家之论力政，虽有相强之义，然其相强之中，义取公平。当初商鞅变法时，对秦太子及其师傅的处罚，便是最大限度的依法治国。但随着商鞅被车裂，秦便将立法权赋予君主，自此"法"便成为君主治理臣民的手段，而非人人所应遵守的条规。这是典型的以法制民，而非以法治国。

以此为开端，秦之法制，已非法治精神，而是君主以法制为工具，用于惩治臣民。建立在这种法制基础上的帝制，只能是君主专制，即从法理上确认了君主的独裁地位，却缺少对君主的必要约束。由于君主至高无上的地位，国家之政治清明或昏暗，完全取决于一人之高下。贾谊《过秦

① 《韩非子集解》卷17《说疑》，第400页。
② 《韩非子集解》卷19《显学》，第461页。
③ 萧公权：《中国政治思想史》，引自刘梦溪主编《中国现代学术经典·萧公权卷》，石家庄：河北教育出版社，1999年，第227页。

论》中所言:"秦王怀贪鄙之心,行自奋之志,不信功臣,不亲士民,废王道,立私权,禁文书而酷刑法,先诈力而后仁义,以暴虐为天下始。"秦始皇的精明强干,使得他能够统一全国;而统一全国的强悍,又使得他过于自负,以致其缺少调整政策的省思,没有能够实现由治乱向治平的转化。秦二世所继承的,也是天下为己有的固执。李斯对其所言的"专用天下适己而已矣",便道出了君臣耳濡目染而成的共识,即视天下为己有,君主掌握立法、释法、修法之权,丞相、御史大夫只能建议与执行。这便使得秦之法制,成为"主独制于天下而无所制"的君主独裁。①

秦以集权建立起来的行政模式,尽管可以在短时间内实现国力的增强,但由于这种模式是通过剥夺百姓的个体福祉获得的,是一种掠夺式的强大,而不是自下而上的内部自足,也不是上下合同的管理体系,其所建立的国家能在数十年内强大,也必将在数十年后崩盘,而且这种崩盘,往往是来自内部的秩序紊乱。依靠掠夺、占有和私利至上的国家,看上去很美,但却只是表面的富丽堂皇;其内部,当百姓被以国家名义剥夺得一无所有时,被以行政秩序钳制得毫无自由时,便最终会突破这种压抑、剥夺和牵制,在人性觉醒中成为推动这一体制解体的内驱力。

历史是以成败论王寇的,思想是以是非论成败的。学理上融通仁政与力政的霸王之道,并没有在现实中战胜纯以力政为指向的霸道。秦以狡诈、武力、残暴所建立起来的国家,似乎一夜之间否定了仁政的全部价值,强化了霸道的唯一可行性。但历史又还了思想一个公道,没有学理支撑的霸道,充其量只是一个暂时存在的肥皂泡,不可能持久。没有采用法家义取公平的学理,更罔顾儒家以德服人的仁义,作为攻天下手段的霸道,不可能作为守天下的策略。秦汉间对力政的反思和对仁政的接受,正是由此继续展开。

二 《吕氏春秋》对霸道、王道的融通

王道以仁政为旨归,霸道以力政为指向。霸道说以尊君为前提,法、术、势皆以立君权、强公室、杜私室为指向,这是战国政治改革的潮流。没有君权的独尊,秦国不可能迅速强大起来,并彻底抛弃周政的价值体系而一统全国。《吕氏春秋》所设计的介乎王道和霸道之间的行政路线,看

---

① 《史记·李斯列传》,第2553—2554页。

似完善而折中，却逃不出《管子》的框架。如果没有秦一统天下的历史真实，王道和霸道的对峙还会持续成为学者们辩论调和的话题，而这种理论上的想象，无论如何完美，都必待历史实践才能检验出其骨子里的残缺。

任何政权都要先求存，后立威。春秋五霸之所以霸业不能持久，非国政之不修，而在于霸道制度一决于君，国君明则国强，国君弱则国疲。霸道之所以建立并能持久，必赖制度以为保障。从春秋至战国，尚霸业者众，但能建霸业者，非用法家立制而不能成。李悝、吴起、商鞅、申不害等人的积极实践，以及慎到、管子学派及韩非对霸道说的理论构建，不仅形成了霸道论，而且形成了力政传统。吕不韦任秦相十余年，最能体会力政论的弊端，其召集门客编著《吕氏春秋》，已不是简单地改变秦不文之弊，而是试图为秦制立法，以补缺秦政之不足。

《吕氏春秋》对霸道说的调整，正是吸收了王道说的心性论，对秦推行已久的霸道说中的病理进行补救。郭沫若认为《吕氏春秋》是以荀子学说为其中心思想的，[①] 正是看到了吕不韦门客对荀子德主刑辅观念的认同。荀子与吕不韦几乎是同时代人，《荀子》与《吕氏春秋》都在公元前230—前239年间撰成，[②] 二者融合儒法之说，表明此时的学者已经意识到王道偏于理想而霸道过于功利的弊端，试图折中而形成更为稳妥的政治学说。分析吕不韦及其门客对霸道、王道学说的思想融通方式，大致可分为三点：

一是因人性论治道。儒家论人性之善恶，只是理论起点，其结论皆在导恶向善或弃恶扬善。孟子言为"扩性"，即将性善之心扩充出去，由善心而至于善政。荀子言为"伪饰"，意在防范恶性之浸染，故以礼法约束。其所借用的礼法，皆试图从外在的规范约束人之私欲，使之免于毁伤群体利益，建构起利于整体的公共秩序。而法家认为人之性恶甚深，不能以礼约束，只能以法严惩。如慎到言"人莫不自为也"，[③] 韩非子强调人

---

① 郭沫若《十批判书》："杂家代表《吕氏春秋》一书，事实上是以荀子思想为其中心思想。"北京：东方出版社，1996年，第258页。

② 钱穆：《先秦诸子系年·吕不韦著述考》，引自《钱宾四先生全集》，台北：台湾联经公司，1998年，第560—564页。

③ 许富宏撰：《慎子集校集注》，北京：中华书局，2013年，第24页。

"皆挟自为心也"。① 孟子、荀子眼中的恶，只是人性的一部分，韩非子则认为恶是人性的全部，不仅不能够改造，而且必须依靠严刑峻法去抑制。抑制人性之私的"法"，因其具有维护公共利益的性质，在这样的认知中，便具有了天然的合理性。守法则赏，违法则刑，刑赏并重，设爵禄以诱好利之心，设刑罚以防自私之心，最终形成一决于法的法制系统。

吕不韦及其门客并不纠缠于性恶、性善的讨论，反倒吸收了道家的天性论和杨朱的生性论，认为性乃天成，"性者所受于天也，非人之所能为也"，② 不去辨析其究竟义，而是致力于思考其功用义，认为治国要因人之性："性者万物之本也，不可长，不可短，因其固然而然之，此天地之数也。"③ 因人之性，就是要明白人性趋利避害之本能，此无关性善性恶，关键在于如何利用。《吕氏春秋·用民》言："为民纪纲者何也？欲也恶也。何欲何恶？欲荣利，恶辱害。"与其对人性进行缘木求鱼的改造，莫不如以刑惩戒其恶、以赏鼓励其善，以引导人的行为合乎社会要求。

经典意义上的法家并不承认仁义学说的价值，商鞅曾开诚布公地说："仁者能仁于人，而不能使人仁；义者能爱于人，而不能使人爱。是以知仁义之不足以治天下也。"④ 认为仁义之论不能成为治国的理念。但吕不韦则意识到，"仁"是存于个体的道德人格，"义"是服务群体的社会责任，强化义先而刑后，就能建构起一个有序的社会。《吕氏春秋·上德》言："为天下及国，莫如以德，莫如行义。以德以义，不赏而民劝，不罚而邪止。"主张德政和义政为先，刑罚次之。《吕氏春秋·用民》又言："凡用民，太上以义，其次以赏罚。"虽不言仁，但义主刑辅的思路不仅是对刑先赏后的纠正，更是对仁义之说的接受。

二是以道德建秩序。王道贵民，以得民得天下为追求："得天下有道，得其民，斯得天下矣。得其民有道，得其心，斯得民矣。"⑤ 民先君后，国君自然要服务于百姓："天之生民，非为君也。天之立君，以为民也。"⑥ 霸道尊君，以君主为主体，君立而民安，韩非子的"国者，君之

---

① 《韩非子集解》卷 11《外储说左上》，第 274 页。
② 《吕氏春秋集释》卷 7《荡兵》，第 158 页。
③ 《吕氏春秋集释》卷 24《贵当》，第 655 页。
④ 《商君书锥指》卷 4《画策》，第 113 页。
⑤ 《孟子·离娄上》，第 2721 页。
⑥ 《荀子集解》卷 19《大略》，第 504 页。

车也"之言，① 强调国家只是君主治民的工具而已。当然，这只是学理上的推导，落实到国家建制中，无民何以有君！无君何以成国！儒、法对君民何者为先的思考，意在确立谁依附于谁。王道论者寄希望于君主之道德，要求其能以身作则，通过道德垂范建立秩序，如《论语·子路》的"其身正，不令而行"，《孟子·离娄上》的"其身正，而天下归之"，《荀子·君道》的"闻修身，未尝闻为国也"等，寄希望于君主贤明而后国安。霸道论者亦寄希望于君主，不过不是君王的道德，而是君王的权威，期望君王以"势"为前提，以"术"为条件，以"法"为凭借，建立三位一体的行政体系，形成尊卑有序的行政秩序。

与法家学说不同，吕不韦强化了君主的道德责任，即君主不仅是"有术之主"，能"知百官之要"，② 更要以家国责任审视自身修为，《吕氏春秋·执一》言："以为国之本在于为身，身为而家为，家为而国为，国为而天下为。故曰：以身为家，以家为国，以国为天下。"此说简直就是撮合儒道两说而成：《老子》之"以身观身，以家观家，以乡观乡，以国观国，以天下观天下"，言身修而事成；《孟子·离娄上》之"天下之本在国，国之本在家，家之本在身"，言身心治则家国治。吕不韦不再将君王看成是独立于法律之上的独裁者，而是视为接受社会公共价值的管理者，必须符合社会基本的道德要求，才能担负起治国理政的责任。《吕氏春秋·先己》又言："昔者，先圣王成其身而天下成，治其身而天下治。"这话显然与《论语·子路》"其身正，不令而行；其身不正，虽令不从"之论遥相呼应。

三是以民本论国家。王道者主张先富民后富国。有若有"百姓足，君孰与不足？百姓不足，君孰与足"之论，③ 孟子亦有"制民之产"而求国富之言，④ 要求以富民来富国。法家则主张富国方可富民，如慎到言"善为国者，移谋身之心而谋国，移富国之术而富民"，⑤ 然至韩非子只言

---

① 《韩非子集解》卷14《外储说右下》，第343页。
② 《吕氏春秋集释》卷17《知度》，第454页。
③ 《论语·颜渊》，第2503页。
④ 《孟子·梁惠王上》，第2671页。
⑤ 《慎子集校集注》，第108页。

富国，不言富民。① 故法家诸书，处处论富国之法，却少言富民之策。章太炎所谓的"韩非有见于国，无见于人；有见于群，无见于子"，② 便是看到了霸道有国无民、富国弱民的特点。霸道富国的目的，是谋求国家的"治""富""强""王"，③ 即建立上下不悖的行政秩序，渐次实现国家的富足，再通过强兵策略，完成统一。

吕不韦及其门客所期望的治道，是以民为本而建立起来的新秩序。这一秩序以天下来审视国家，因为有了"天下非一人之天下也，天下之天下也"的基本认知，④《吕氏春秋》便强调治国之根本在于治民，治民之根本在于顺应民心。《顺民》言："先王先顺民心，故功名成。"又言："凡举事，必先审民心，然后可举。"民心拥护，取天下便易如反掌："人主有能以民为务者，则天下归之矣。"⑤ 从这个意义上说，君主的成败、王室的兴衰，皆取决于民之向背。《务本》言："宗庙之本在于民。"这类观念，与荀子的"天之生民，非为君也。天之立君，以为民也"之论遥相呼应，显然是吸收了儒家民本论的观念。⑥

由此观察，吕不韦对儒家学说的接受，并不是在儒家立场上的认同，而是在法家立场上借助儒家学说的合理性，对法家学说进行补充。因而他的人性论，放弃了"仁"的本源而论"义"，而是将之作为公共秩序的起点，从行为上要求社会成为相互责任关系，在刑赏之上增加一层道德约束，减弱了一统于法、过于峻苛的社会治理。他的道德论，是在法、术、势的前提下，期望君主能够加强个人修为，以便更好地担负起家国治理的责任，并不是要求国君以仁德治国。他的民本论，意识到了百姓愿望与国家行为之间的互动关系，强化了国家对民众的义务，可视为对秦政弊端的深刻反省。

儒家和法家学说的意图，都是期望通过确立一种社会公共认知，来保

① 《韩非子》中仅一处提到"富民"，《八说》云："不能具美食而劝饿人饭，不为能活饿者也；不能辟草生粟而劝贷施赏赐，不能为富民者也。"而言富国，如《六反》言："官官治则国富，国富则兵强，而霸王之业成矣。"《五蠹》言："无事则国富，有事则兵强，此之谓王资。"

② 章太炎：《国故论衡·原道下》，上海：上海古籍出版社，2003 年，第 115 页。

③ 杨宽：《战国史》，上海：上海人民出版社，1998 年，第 509 页。

④ 《吕氏春秋集释》卷 1《贵公》，第 25 页。

⑤ 《吕氏春秋集释》卷 21《爱类》，第 593 页。

⑥ 徐复观、李泽厚、金春峰等人皆持此说。参见李维武：《〈吕氏春秋〉古今研究》《〈吕氏春秋〉古今研究续》，《国内哲学动态》，1986 年第 6、7 期。

证尊尊、亲亲秩序得到有序的运行，从而实现作为群体集成的国家秩序的稳定。只不过由于二者学理逻辑不同，得出的结论自然有差异。如王道学说中的秩序建构，立足于个体，由修身至于家国，最终实现个体和群体的合一。霸道的国家想象立足于国家，因而有群体无个体，完全削弱个性而强调共性，人人皆为国家机器之一部分，绝对服从群体的利益或者君主的权威。学说的起点决定了结论的走向，《吕氏春秋》对王道论的吸收，是期望以王道补全霸道之不足，为秦之力政论提供更为合理的理论支撑。不幸的是，吕不韦为秦建构的新的理论体系，还没有来得及实践，便因吕不韦的免职自杀，而只能成为思想史上的一个节点，未能纠补秦政的弊端。幸运的是，思想史从来不会忽略任何一个有意义的探索，即便在当时是孤独者，在后世必然会寻找到一个知音，去继承其方法，去探讨其观念，从而形成更有系统的理论阐释。两汉在此基础上所形成的道义论，便是在《吕氏春秋》的认知基础上进一步展开。

三 秦汉对"霸王之道"的新阐释

落实到现实政治操作中的是治道，落实于纸面讨论的是学说。学说往往具有理想性，可以为观点鲜明而走向极端；现实却很骨感，落实到具体的行政措施上，要允执厥中，不可能将德政或力政推向极致。从这个角度来看，霸道、王道作为学说各有侧重，而作为现实政治的手段，仁政和力政不可分离使用，两者相辅相成，周秦间人有时讨论治道，便以"霸王"一词出之。如《左传·闵公元年》载齐仲孙湫入鲁省难，对鲁闵公言："亲有礼，因重固，间携贰，覆昏乱，霸王之器也。"杜预注："霸王所用，故以器为喻。"① 其所言的霸王，非简单的霸道和王道，显然是作为一个复合词使用的，指代成就霸业之王。其所谓的四条措施，便是成就霸王之业的基本策略。其中，亲有礼言义、因重固言信、间携贰言和、覆昏乱言仁，"义与信，和与仁，霸王之器也"②，即借助仁义手段成就霸业。可见在现实政治层面，儒家并不排斥霸道，甚至认为霸道是辅佐王道的手段。儒家学说在"霸王"二词合用时，更多强调的是其对于儒家核心价

① 《左传·闵公元年》，第1786页。
② 《礼记·经解》，（清）阮元校刻：《十三经注疏本》，北京：中华书局，1980年，第1610页。

值观的尊崇，即承认王道基础上的霸道之举。

从周秦文献记载来看，生活在现实政治中的君王们，似乎对霸道和王道的理论分野并不在意，反倒对霸王之业、霸王之道有着浓厚的兴趣。据《吴越春秋》记载，阖闾元年（前514），打算大有作为的阖闾"举伍子胥为行人，以客礼事之，而与谋国政"，开门见山就问伍子胥曰："寡人欲强国霸王，何由而可？"伍子胥回答说："凡欲安君治民，兴霸成王。"①在伍子胥看来，"霸王"就是"兴霸成王"，即效仿齐桓、晋文之事称霸，仿效楚灵、平、昭称王。勾践七年（前490），卧薪尝胆后的勾践臣吴归越，跟范蠡讨论复国大计时说："今王受天之福，复于越国，霸王之迹，自斯而起。"②也以霸王之业作为梦想。勾践用大夫文种和范蠡，正是看到了二人精通霸王之道。计研向勾践推荐二人时就曾说："范蠡明而知内，文种远以见外。愿王请大夫种与深议，则霸王之术在矣。"③《越绝书》详细记载两人曾经相互切磋，最终形成了"霸王之道"："大夫种入其县，……得蠡而悦，乃从官属，问治之术。蠡修衣冠，有顷而出。进退揖让，君子之容。终日而语，疾陈霸王之道。志合意同，胡越相从。"④此后勾践灭吴、朝西周、会诸侯，正是依二人计策行事，最终"越兵横行于江、淮之上，诸侯毕贺，号称霸王"。⑤其所推行的治道，便是大夫文种和范蠡研究出来的霸王之道。

由此可见，如何成就霸王之业，成为战国诸侯君臣戚戚于心的向往。叔向曾与赵文子论"霸王之势，在德不在先歃"；⑥齐景公也曾问晏子："吾欲善治齐国之政，以干霸王之诸侯"⑦；邹忌曾以鼓琴见齐宣王，"为王言琴之象政状，及霸王之事"；⑧甚至公孙丑也劝孟子入齐："夫子加齐

①　《吴越春秋辑校汇考·阖闾内传》，上海：上海古籍出版社，1997年，第39页。

②　《吴越春秋辑校汇考·勾践归国外传》，第130页。

③　《吴越春秋辑校汇考·勾践阴谋外传》，第142页。

④　（东汉）袁康撰，吴平辑录，乐祖谋点校：《越绝书》，上海：上海古籍出版社，第45—46页。

⑤　《吴越春秋辑校汇考·勾践伐吴外传》，第170页。

⑥　《国语·晋语八》，第466页。

⑦　《晏子春秋集释》，第182页。

⑧　（西汉）刘向编著，石光英校释，陈新整理：《新序校释》卷2《杂事》，北京：中华书局，2001年，第205页。

之卿相，得行道焉，虽由此霸王不异矣。如此则动心否乎？"① 结果孟子以不动心回答。据《战国策》记载，石行秦曾谓大梁造言"欲决霸王之名，不如备两周辩知之士"；② 范雎也曾对秦昭王说："以秦卒之勇，车骑之多，以当诸侯，譬若驰韩卢而逐蹇兔也，霸王之业可致。"③ 苏秦游说六国合纵，对楚威王说以"霸王之资"如何；④ 王钟对魏武侯说"霸王之业"如何；⑤ 季梁劝阻魏王攻邯郸，也说以"今王动欲成霸王，举欲信于天下"之辞；⑥ 诸侯君臣言及霸王，既不讳言，也不阐释，明显说明"霸王"之概念已经昭然明晰而成为诸侯共同的目标。

"霸王"既为诸侯的共同目标，但如何实现，却并未达成共识，诸子多立足于个人学说论之。如《墨子·辞过》言："府库实满，足以待不然，兵革不顿，士民不劳，足以征不服，故霸王之业可行于天下矣。"强调积储为富，不战而强。《商君书·慎法》说："吾教令民之欲利者非耕不得，避害者非战不免，境内之民莫不先务耕战而得其所乐。故地少粟多，民少兵强。能行二者于境内，则霸王之道毕矣。"主张农耕富国，力战强兵。《孙子兵法·九地篇》道："夫霸王之兵，伐大国，则其众不得聚；威加于敌，则其交不得合。是故不争天下之交，不养天下之权，信己之私，威加于敌，故其城可拔，其国可堕。"主张不战屈人，成就霸业。

从学术史意义上来说，"霸王"一词在不同的学说中，有着不同的学理侧重。但落实到行政措施中，霸王之道如何推行，却愈加明晰。《管子》中分析了管仲和齐桓公关于霸王的讨论，《大匡》记载：

> 桓公二年，践位召管仲。管仲至，公问曰："社稷可定乎？"管仲对曰："君霸王，社稷定。君不霸王，社稷不定。"公曰："吾不敢至于此其大也，定社稷而已。"管仲又请。君曰："不能。"管仲辞于君曰："君免臣于死，臣之幸也。然臣之不死纠也，为欲定社稷也。社稷不定，臣禄齐国之政而不死纠也，臣不敢。"乃走出。至门，公

---

① 《孟子·公孙丑上》，第 2685 页。
② 《战国策·东周》，第 20 页。
③ 《战国策·秦三》，第 189 页。
④ 《战国策·楚一》，第 500 页。
⑤ 《战国策·魏一》，第 781 页。
⑥ 《战国策·魏四》，第 907 页。

> 召管仲，管仲反。公汗出曰："勿已，其勉霸乎！"管仲再拜稽首而
> 起，曰："今日君成霸，臣贪承命。"趋立于相位，乃令五官行事。

管仲要求齐桓公要存霸王之志，自己才有必要去辅佐。齐桓公一度勉为其难，只承认愿意成霸业，而未答应霸王之事。但在《霸形》中，却记载了管子与齐桓公论霸王之事："君若将欲霸王，举大事乎，则必从其本事矣。"其所谓的"本事"，即是重民而轻赋税："齐国百姓，公之本也。人甚忧饥，而税敛重。人甚惧死，而刑政险。人甚伤劳，而上举事不时。公轻其税敛，则人不忧饥。缓其刑政，则人不惧死。举事以时，则人不伤劳。"可见，尽管最初齐桓公并未思考霸王之业，但在管仲的辅佐下，内实国本，外举义兵，最终还是成就了霸王之业。①

稷下学派对"霸王之道"的学理建构，正是以齐国治道为蓝本，《管子》所论成就霸王之道，代表了齐鲁学者对管仲治道的总结和发展。其《重令》言"地大国富，人众兵强，此霸王之本也，……兵虽强，不轻侮诸侯，动众用兵，必为天下政理。此正天下之本，而霸王之主也"，即国富兵强、担负道义是行霸王之道的前提。而"明王之务，在于强本事，去无用，然后民可使富。论贤人，用有能，而民可使治。薄税敛，毋苟于民，待以忠爱，而民可使亲。三者，霸王之事也"。② 强本节用、任用贤人、推行仁政等都是行霸王之业的具体措施。此外，《小匡》具体论述如何通过劝善惩恶而亲百姓以立为霸王："匹夫有善，可得而举。匹夫有不善，可得而诛。政成国安，以守则固，以战则强。封内治，百姓亲，可以出征四方，立一霸王矣。"《霸言》则论如何匡救天下而增进"霸王之资"："霸王之形，象天则地，化人易代，创制天下，等列诸侯，宾属四海，时匡天下。大国小之，曲国正之，强国弱之，重国轻之，乱国并之，暴王残之。儌其罪，卑其列，维其民，然后王之。"《问》中论如何提纲挈领理政，以作为"霸王之术"："凡立朝廷，问有本纪。爵授有德，则大臣兴义。禄予有功，则士轻死节。上帅士以人之所戴，则上下和。授事

---

① 《吕氏春秋·知度》认为"霸王者托于贤"，并举伊尹、吕尚、管夷吾、百里奚为"霸王者之船骥"，认为管仲辅佐齐桓公成就霸王之业。在《吕氏春秋·下贤》中具体评价道："世多举桓公之内行，内行虽不修，霸亦可矣。诚行之此论而内行修，王犹少。"认为齐桓公"霸"的成分多，"王"的成分少。

② 《管子校注》卷3《五辅》，第201页。

以能，则人上功。审刑当罪，则人不易讼。无乱社稷宗庙则人有所宗。毋遗老忘亲，则大臣不怨。举知人急，则众不乱。"可以说，《管子》中系统讨论了霸王之道的形成条件、必要环节、具体措施，将齐桓公和管仲的霸道实践，推展为"霸王之道"的学理总结。

周秦诸侯皆以富国强兵作为立国之本，富国需以农耕强本，强兵需以百姓为用，此乃诸子学说之共识。然王道言国君修身而治民，霸道主张立法以治官。《管子》中对霸王之道的探讨，既关注了选贤任能，又意识到以法著令的重要性，这显然不是通过学说杂糅而简单融通，而是基于实践经验的总结，才使得"霸王之道"的讨论，成为《管子》学说的核心命题。

这一命题在《淮南子》中得到了进一步的阐释。如果说《管子》的讨论兼顾了王道、霸道而形成了新的"霸王之道"，那么《淮南子》则是在对儒家、法家学说的审察中，借鉴了黄帝体道、老子因循之说而形成了对"霸王之道"的讨论。

《淮南子》中承认了强国富民是成就霸王之业的前提："今谓强者胜则度地计众，富者利则量粟称金，若此则千乘之君无不霸王者，而万乘之国无不破亡者矣。"① 但反对用法家的严刑苛法来强国："体道者逸而不穷，任数者劳而无功。夫峭法刻诛者，非霸王之业也；箠策繁用者，非致远之术也。"② 认为清静无为也可以成就霸王之业，关键在于要能得民心。得民心不在于官有多强，而在于能以柔弱胜刚强，以不胜而大胜："能成霸王者，必得胜者也；能胜敌者，必强者也；能强者，必用人力者也；能用人力者，必得人心也；能得人心者，必自得者也；能自得者，必柔弱也。强胜不若己者，至于与同则格；柔胜出于己者，其力不可度。故能以众不胜成大胜者，唯圣人能之。"③ 乃是以黄老柔弱之术审视霸王之业。

《淮南子》也肯定民本、仁义对于教民的重要性，但对儒家过分强调的圣王尽人事而得天命之说，有了一定的修正："趋舍同，诽誉在俗，意行钧，穷达在时。汤、武之累行积善，可及也；其遭桀、纣之世，天

----

① 《淮南子集释》卷13《氾论训》，第947页。
② 《淮南子集释》卷1《原道训》，第32页。
③ 《淮南子集释》卷14《诠言训》，第998页。

授也。今有汤、武之意，而无桀、纣之时，而欲成霸王之业，亦不几矣。"① 认为能否成就霸王之业，既要行王道，也要得天时，汤、武之德若不遭逢桀、纣之恶，也无法成就革故鼎新之大业，这在一定程度上纠正了儒家认为王道无所不能的偏执，使得王道学说更契合于现实实践。

从理论来看，周秦对"霸王之道"的实践总结和学理探讨，绝非简单地将霸道和王道杂糅，而是出于对"霸王"如何行事、如何成功的综合思考。在这其中，霸道、王道说的不足得以互补：霸道必须以王道之业为号召，才能得其民；王道必须依赖霸道为护卫，才能守其地。在战国的实践中，"霸王之道"全方位融合了各家学说，如伍子胥、范蠡分别为吴、越建立都城所采用的阴阳观念，稷下学派用"轻重"论霸王之术，《淮南子》用黄老学说纠补儒家学说的固执等，都是试图以超越霸道、王道乃至帝道之间的学理障碍，建构起一套符合现实需求的政治学说。从实践来看，西汉对"霸王道"的认知，也在逐渐深化。高祖刘邦称帝定都时，刘敬、张良等不约而同地认为汉之得天下，依靠的是霸业而不是王道，主张都关中成就霸业，西汉遂都于关中。此后陆贾作《新语》、叔孙通制礼，皆以儒术说服为汉作制，遂使得西汉逐渐意识到王道之用。又由于汉初采用因循自然的黄老之政，已经将霸道、王道和帝道融会贯通，成为一种综合黄、老、儒、法、兵等诸多学说的新的"帝王之道"，汉宣帝刘询所谓的"霸王道杂之"，正是在这样的思想背景下道出，② 意在强调汉政是融合德政与刑政的合一，而不是简单地使用周政。从汉宣帝多次假借祥瑞改元、因灾异大赦的做派来看，其对阴阳刑德有着深刻的敬畏，显然受到了帝道思想的影响。

四　秦汉对帝王之道的探求

秦汉间学者对帝道、王道与霸道的理解，在比较中进行表述，其分野在越来越多的讨论中日渐明晰，那便是强调帝道合乎天地之道，而王道合乎人心，霸道以力战为本。如《吕氏春秋·应同》言："帝者同气，王者

①　《淮南子集释》卷11《齐洛训》，第815页。

②　陈苏镇：《〈春秋〉与"汉道"：西汉政治与政治文化研究》，北京：中华书局，2011年，第207—306页。

同义，霸者同力。"在这样的视野中，帝道被视为治道的最高境界。《淮南子·汜论训》又言："帝者诚能包裹道，合至和，则禽兽草木莫不被其泽矣，而况兆民乎？"认为"帝"既然能够体认天帝的心思，代表天帝的意志，自然能够牢笼天地，沟通天人。《淮南子·本经训》进一步比较了帝者、王者、霸者的区别：

> 帝者体太一，王者法阴阳，霸者则四时，君者用六律。秉太一者，牢笼天地，弹压山川，含吐阴阳，伸曳四时，纪纲八极，经纬六合，覆露照导，普汜无私，蠉飞蠕动，莫不仰德而生。阴阳者，承天地之和，形万殊之体，含气化物，以成坯类，赢缩卷舒，沦于不测，终始虚满，转于无原。四时者，春生夏长，秋收冬藏，取予有节，出入有时，开阖张歙，不失其叙，喜怒刚柔，不离其理。

帝者、王者、霸者境界的高下分别，出于对宇宙运行之道体认境地的不同：帝者能在道的层面掌握天地、阴阳、四时、八极、六合秩序，按照最高的秩序形态治理国家；王者体会天地之和，依照人道来治理；霸者明晓四时法则，按照月令来耕战；而一般的国君只能亦步亦趋，学着制定律令来行政。辨析四者的用意，在于立判高下，从而明确体认天地之道的帝王，有着至高无上的灵性和手段。由此可推知，当年商鞅游说秦孝公时，其说以帝道、王道为论，大要如此，其言帝王之道必待百年之积而后可成，霸道不过数十年便可强国，便是认为天地之道、德政之业难以一时洞察，唯有霸道可以直接上手。以秦孝公面临的处境，以及秦人当时的格局，难以理解帝王之道的深意，最终选取立竿见影的霸道立国。

秦汉之间，对帝道的讨论依然不绝于耳。《黄石公三略·中略》中，相对平实地分析了帝、王、霸三者在行政措施上的区别，不妨看作对三者学说旨趣的总结：

> 夫帝者，体天则地，有言有令，而天下太平；群臣让功，四海化行，百姓不知其所以然。故使臣不待礼赏；有功，美而无害。王者，制人以道，降心服志，设矩备衰，四海会同，王职不废。虽有甲兵之备，而无斗战之患。君无疑于臣，臣无疑于主，国定主安，臣以义

退，亦能美而无害。霸者，制士以权，结士以信，使士以赏；信衰则
士疏，赏亏则士不用命。①

落实到治道中，帝道按照天地运行规律来治理天下，合乎天道、地道，损
有余而补不足，因循守职，不轻易改弦更张，百姓素朴，官吏清静，因而
可以推行无为之政，彼此谦让，相互敬重，以道德治天下；王道按照人道
来治理，人道"损不足而补有余"的特点，决定了王道必须设立礼乐制
度，用来规范上下远近秩序，君臣相安，彼此相合，以仁义治国家；霸道
则以权谋治臣、以赏罚用人，依照制度形成一个有序的社会，以律令约束
臣民。

《黄石公三略》对帝道、王道和霸道的探寻，可以看作周秦以来对三
者进行讨论的总结。在此之前对帝道的描述，或侧重从宗教观念进行审
视，认为帝者应乎天帝，可以得到天帝的护佑；或侧重从哲理思辨进行解
说，认为帝者可以体气，能在宇宙之运行中把握基本规律。《黄石公三
略》则从行政措施的角度阐述帝道的关键，在于依据道家所论道、德之
义而行清静无为之政，将帝道落实为治道。这一论述，既合乎《老子》
对社会"失道而后德，失德而后仁，失仁而后义，失义而后礼"的基本
判断，认为社会治理每况愈下，皆不能恢复到"象帝之先"的道本始状
态；又符合《庄子》依照"体道合德"的要求对帝道的描述，要恢复无
为而治的理想状态，必须先使百姓忘记礼乐之道，恢复到"不知其所以
然"而浑然为治的境地，是为最高的治道。

秦行霸道而亡的教训，使得西汉在立国之初，便放弃了"马上治天
下"的思路，转向对帝王之道的探寻。在这其中，五帝、三王被视为帝
王之道的榜样，被重新作为实践经验和治国样板加以审视。其所代表的治
道，也被汉人总结为"帝王之道"，从而使得两汉政治理念的讨论，便是

---

① 《黄石公三略》为秦汉兵书。（清）孙怡让《札迻》卷10："《隋志》分为两卷，似失
考。案《后汉书·臧宫传》光武诏引《黄石公记曰》：柔能制刚，弱能制强。马总《意林》卷6
引《黄石公记》云：与众好生者莫不称，与众同恶者莫不倾。文并见今本《上略》。又云：四民
用虚，国家无储；四民用足，国家安乐。文见《下略》，是此书即《七录》之《黄石公记》
也。"《后汉书·臧宫传》载光武引《黄石》，分别见于今本《上略》《下略》。范晔论曰："光
武审《黄石》，存包桑，闭玉门以谢西域之质，卑词币以礼匈奴之使，其意防盖已弘深。"言光
武帝曾审订黄石兵法，则此时黄石兵法已有定本。

对"帝王之道"的不懈探求。淮南宾客编著《淮南子》的立意，正是探寻帝王之道："著书二十篇，则天地之理究矣，人间之事接矣，帝王之道备矣。"① 以之作为汉政的参照。这一明确的宗旨，使得《淮南子》处处关注于五帝三王之道的经验，如《人间训》："古者，五帝贵德，三王用义，五霸任力。今取帝王之道，而施之五霸之世，是由乘骥逐人于榛薄而蓑笠盘旋也。"帝王之道得到全面总结，而霸道则被严厉批判。《淮南子》在行文中，有时也会依照帝王之道的理想，对汉政进行一番品评，见《齐俗训》："五帝三王，轻天下，细万物，齐死生，同变化，抱大圣之心，以镜万物之情，上与神明为友，下与造化为人。今欲学其道，不得其清明玄圣，而守其法籍宪令，不能为治亦明矣。"认为汉朝虽有心行帝王之道，但居于汉承秦制的现实，依然守着法家的刑罚传统，使得天下困顿，百姓艰辛，委婉地指出汉天子若有心学习帝王之道，那就要放弃律令法条，洞察帝王之道、霸王之业的区别，改弦更张，回到帝王之道的轨辙上来。

在这样的舆论氛围中，汉武帝意识到帝王之道是稳定汉家制度的本源，开始探寻。其在元光元年（前134）举贤良的诏书中，明确提出："何行而可以章先帝之洪业休德，上参尧舜，下配三王！朕之不敏，不能远德，此子大夫之所睹闻也。贤良明于古今王事之体，受策察问，咸以书对，著之于篇，朕亲览焉。"② 号召天下士人总结五帝三王的治国经验，并入朝对策，以资国之参考。董仲舒在《举贤良对策》中，便指出秦之亡在于"师申商之法，行韩非之说，憎帝王之道，以贪狼为俗，非有文德以教训于天下也"，主张废弃霸道，推行王道，列举尧、舜、禹、文王之做法，说明"帝王之条贯同，然而劳逸异者，所遇之时异也"，③ 认为帝王之道一以贯之，关键要改正朔、易服色以应时，广教化以条贯，才能起振帝王之业。

董仲舒的《举贤良对策》，是一问一答、不能跑题、不能枝蔓的试卷，所以只回答了如何行贤王之政，多言王道而不及帝道。但他在《春秋繁露》中，便将五帝三王之道如何贯通进行了全面解释。董仲舒认为

---

① 《淮南子集释》卷21《要略》，第1454页。

② 《汉书》卷6《武帝纪》，第161页。

③ 《汉书》卷56《董仲舒传》，第2509—2510页。

天子沟通天人，正是推行帝王之道的关键，其《符瑞》言：

> 然后托乎《春秋》正不正之间，而明改制之义，一统乎天子，
> 而加忧于天下之忧也，务除天下所患，而欲以上通五帝，下极三王，
> 以通百王之道，而随天之终始，博得失之效，而考命象之为，极理以
> 尽情性之宜，则天容遂矣。

秦汉学者的讨论，已经明确了王道的落脚点在于依照人道来治国，帝道的落脚点在于结合天地秩序来行政。董仲舒在建构天人秩序时，采信了帝道学说中对帝者法阴阳、体太一的认知，将之作为新王道论的形成前提，帝王能够体认天地之道，才能够依照阴阳刑德来行政。《三代改制质文》言："王者改制作科奈何？曰：当十二色，历各法而正色，逆数三而复。紃三之前曰五帝，帝迭首一色，顺数五而相复，礼乐各以其法象其宜。顺数四而相复，咸作国号，迁宫邑，易官名，制礼作乐。"实际是将周秦的帝道、王道融通，主张帝王须按照天地的运行秩序、客观法则来推行仁政，明确了仁政的来源在于天地秩序，而不同于思孟学派出于心性的王道观，从而形成了天地秩序、人伦秩序统一的新的天道观。①

如前所述，五帝代表的是帝道，三王代表的是王道，二者的结合便是汉人所谓的"帝王之道"。汉武帝决心将"五帝三王之道"作为治道榜样，从而成为汉家皇帝对帝王之道的基本理解。如汉武帝在元朔元年（前128）冬十一月诏中提出："公卿大夫，所使总方略，壹统类，广教化，美风俗也。夫本仁祖义，襃德禄贤，劝善刑暴，五帝三王所繇昌也。"② 以五帝三王作为治道的典范，表明其对帝王之道的信从。由此开启，帝王之道便成为汉朝皇帝下诏求贤的基本命题。如汉昭帝在始元五年（前82）六月《举贤良文学诏》中说："朕以眇身获保宗庙，战战栗栗，夙兴夜寐，修古帝王之事，通保傅，传《孝经》《论语》《尚书》，未云有明。"③ 以古帝王行政之事为效法。汉宣帝在甘露二年（前52）冬十二

---

① 新的天道观以"五帝三王之道"为探求对象，如董仲舒谓："盖闻五帝三王之道，改制作乐而天下洽和，百王同之。"东方朔所言："使遇明王圣主，得清燕之闲，宽和之色，发愤毕诚，图画安危，揆度得失，上以安主体，下以便万民，则五帝三王之道可几而见也。"

② 《汉书》卷6《武帝纪》，第166页。

③ 《汉书》卷7《昭帝纪》，第223页。

月诏中说："盖闻五帝三王，礼所不施，不及以政。"① 以五帝三王之成法为行政理据。汉元帝在永光元年（前43）三月诏中言："五帝三王任贤使能，以登至平，而今不治者，岂斯民异哉？"② 疑惑自己按照五帝三王之道行政，为何还没能将国家治理好，其原因何在？汉成帝在鸿嘉二年（前19）三月《选贤诏》中，更是将国家推行帝王之道的疑惑告知天下："朕既无以率道，帝王之道日以陵夷，意乃招贤选士之路郁滞而不通与，将举者未得其人也？"③ 认为自己辛辛苦苦遵循帝王之道治理国家，却总不见效果，是帝王之道出了问题？还是自己对帝王之道的理解出了问题？想不明白，便请贤良来对帝王之道进行辨析。

东汉皇帝依然坚持探寻帝王之道，汉安帝阳嘉二年（133）七月《求言诏》也说："昔在帝王，承天理民，莫不据璇玑玉衡，以齐七政。朕以不德，遵奉大业，而阴阳差越，变异并见，万民饥流，羌貊叛戾。夙夜克己，忧心京京。"④ 遂下诏求言。马融随后在《举敦朴对策》中回答：

> 臣闻立天之道，曰阴与阳，立地之道，曰柔与刚。夫阴阳刚柔，天地所以立也。取仁于阳，资义于阴，柔以施德，刚以行刑，各顺时月，以厚群生。帝王之法，天地设位，四时代序，王者奉顺，则风雨时至，嘉禾毓植。天失其度，则咎征并至，饥馑荐臻。

我们只要比较一下董仲舒当年的对策，就会发现两汉君臣对帝王之道的讨论，陷入了一个循环互证的逻辑：在皇帝心目中，自己确实按照帝王之法行事，兢兢业业，但却总是遭遇连绵不断的灾异、灾荒，原因何在？大臣的回答常是，祥瑞的出现是对帝王德行的肯定，灾异的出现则是对帝王行政的惩戒。这问题自然无法解决，因为几乎每个皇帝都遇到过这样或那样的灾异，帝王行事要合乎天意，那么帝王面对灾异也只能充满警惕之心、自省之疚，以面对天帝连绵不断的惩戒。

在这样的逻辑困境中，汉王室不断通过改元以应天，通过隆重祭祀以

---

① 《汉书》卷8《宣帝纪》，第270页。
② 《汉书》卷9《元帝纪》，第287页。
③ 《汉书》卷10《成帝纪》，第317页。
④ 《后汉书》卷5《孝安帝纪》，第210页。

尊重天地秩序，以祈求获得天地的护佑。匡衡就主张："帝王之事莫大乎承天之序，承天之序莫重于郊祀，故圣王尽心极虑以建其制。祭天于南郊，就阳之义也；瘗地于北郊，即阴之象也。天之于天子也，因其所都而各飨焉。"① 认为人事无差，还有如此多的灾异，问题便出在祭祀上。元始四年（4），王莽也在奏疏中说："帝王之义，莫大承天；承天之序，莫重于郊祀。祭天于南，就阳位；祠地于北，主阴义。……天地神所统，故类乎上帝，禋于六宗，望秩山川，班于群神。皇天后土，随王所在而事祐焉。"② 认为重新整理祭祀体系，按照阴阳规则来祭祀，就能获得实现帝王与天地秩序的合一。由此观察两汉不断的改元、建元以及祭祀改革，就会发现其背后的期望，恰是通过人事的调整来改变天地秩序。这一期望形成的学理，是认为帝王可以体道、可以应天、可以把握天地秩序。当天地秩序出现异常时，帝王必须按照天地的臧否进行调整，或改元、或改制，以求合乎天道、应乎地理，忙得不亦乐乎，累得无所适从。所以说，帝道学说在巩固皇帝为天之子的神圣地位的同时，也为天子行政的困境埋下了伏笔，原因便在于帝道学说的学理建构过于强化仿象天地，体认大道。

---

① 《汉书》卷25《郊祀志》，第 1253—1254 页。
② 《续汉志》卷7《祭祀志》注引《黄图》，北京：中华书局，1965 年，第 3158 页。

第 二 章

秦制反思与西汉的改制思潮

汉制的建构，是以周制为参照，以对秦制的反思为起点，以对周秦治道的兼容为方式。在这其中，汉儒对"秦弃礼义"的警惕，成为两汉持续制礼的精神动力，辨析此一命题的本义，有助于理解秦汉礼制的因革。目前对"汉承秦制"的基本判断，是否全部概括了秦汉制度的承接关系，还可以进一步讨论，由此可以明确汉制的来源，进而审视贯穿于两汉的改制论有着怎样的理论前提。从汉初儒生的为汉建制，到两汉之际的复古改制，再到东汉的"考之王制"，改制成为两汉儒生审视汉家制度的一个视角，同时也成为两汉官员政论、学者著述的一个命题。

第一节　王制论与周秦儒学的建制意识

如果说，春秋时期儒家的王道说，是以恢复"先王之道"为期许，那么，战国时期儒家所理解的"王道"，则更侧重于以实现"外王之道"为要求。先王之道指向于历史总结，外王之道指向于现实实践。如何借鉴先王之道的经验，作为外王之道的行事策略或制度依据，这成为秦汉间学者就如何落实"王道"要求而不得不思考的问题。在这一时段所形成的王制论，正是以先王之道为理论来源、以外王之道为建构要求的儒学建制论，[①] 可以视为"德政"说的延展。《周礼》《礼记·王制》《荀子·王

---

① 儒学建制问题，实际是理论和现实的结合问题。陈寅恪曾言："夫政治社会一切公私行为莫不与法典相关，而法典为儒家学说具体之现实。故二千年来华夏民族所受儒家学说之影响最深最巨者，实在制度法律生活之方面。"出自其对冯友兰《中国哲学史》的《审查报告三》，见冯友兰《中国哲学史》，上海：华东师范大学出版社，2000 年，第 440 页。余英时也说："儒家思想与建制化之间是一种理想与现实的关系，因此必须具有理想与现实之间的距离与紧张。但在

制》等著述中对王制的讨论，正是周秦儒家试图进行制度设计的尝试。分析此一时期王制学说的形成，不仅有助于分析儒家建制思想的基本走向，更可以理清周秦儒家学说与现实政治的调适路径。

一　周之建制与德政学说的关系

在周秦儒学的语境中，王道本义有二：一是"先王之道"，此就历史渊源言之。《论语·学而》一出："礼之用，和为贵。先王之道，斯为美，小大由之。"以之代称尧舜以来的治国传统。后《孟子》凡五出，《荀子》凡九出，皆以"先王之道"为前代治国经验，作为儒家行政学说建构的参照。二是外王之道，内圣外王之说虽出于《庄子》，但却为《大学》《中庸》等儒家经典所宗，以"修齐治平"作为实现方式，主要关注于个人如何走向社会而成就事业。从这些文献来看，儒家的内圣外王是以性善为学理基础，通过修养自我至于内圣，然后以按照"先王之道"为行政参照，最终成就治国平天下的伟业。在这其中，作为行政参照的"先王之道"，实际上继承和延续了三代的政治道德、政治理念、政治秩序，这便是后世所谓的王道说。

王道说的理论成型，以周初所形成的敬德以治、循礼以治的政治理念为基础。[①]这些理念成为周政的价值取向，是西周国家建制的理论背景。《尚书·洪范》曾如此描述周政：

> 皇建其有极。敛时五福，用敷锡厥庶民。惟时厥庶民于汝极。……无偏无陂，遵王之义。无有作好，遵王之道。无有作恶，遵王之路。无偏无党，王道荡荡。无党无偏，王道平平。无反无侧，王道正直。会其有极，归其有极。……天子作民父母，以为天下王。

（接上页）具体的历史进程中，二者又是互相维系的。"见余英时《现代儒学的回顾与展望》，北京：生活·读书·新知三联书店，2012年，第254页。两人皆提到儒家学说必赖制度化，方可成为古代帝制的理论支撑。干春松《制度儒学》（上海：上海人民出版社，2006年）则从宏观角度对中国儒学制度化的思想史意义做了总体考察。我们更需要结合周秦汉学者对王制的理解、对儒学制度的建构进行横断面式的解剖，从实证进一步考察"建制"的过程。

① 陈来：《古代的宗教与伦理：儒家思想的根源》，北京：生活·读书·新知三联书店，1996年，第298页。

这段很有文学色彩、类似铭箴的话，说的只是周政的原则，即君施惠于民，为民立则；官循则而治，民循治而行。君臣士民，各安其位，各行其是，彼此相守，天子才能赢得天下的信任。任何原则和理念落实到操作层面，都需要具体而细致的制度设计。周公旦被后世儒家视为道统的关键，正在于其通过建章立制，将周武王所谓的"先王之道"制度化，初步形成了用于国家治理的周政，即以尧、舜、禹等"先王之道"为榜样，以礼乐制度为保证，形成一套行之有效的政权运行模式。

周政的核心，便是如何通过制度保障德行，建构既有价值取向，又具现实操作的制度体系，从而形成了典型的以德治国。《左传·定公四年》载周以"选建明德"为原则进行分封：

> 以先王观之，则尚德也。昔武王克商，成王定之，选建明德，以藩屏周。故周公相王室以尹天下，于周为睦。分鲁公以大路大旂、夏后氏之璜、封父之繁弱。殷民六族：条氏、徐氏、萧氏、索氏、长勺氏、尾勺氏，使帅其宗氏，辑其分族，将其类丑，以法则周公，用即命于周。是使之职事于鲁，以昭周公之明德。

按照周王室"皇天授命，惟德是辅"的理解，周之所以得天下，在于周之先王允公允能，得到天下的支持，依靠的正是日渐积累的德行。周之子孙基于这种德行的护佑，方才具有分封的权利。因而从文化视角来看，西周分封制度是对这些日积月累的德行进行继承、维持或发扬。可见，西周制度建构是基于文化价值判断而形成的。其中所谓的"德"，若解释为"制度之德"，只是从史实的角度进行理解；[①] 而解释为"道德之德"，则可以从政治理念的高度，观察西周的政治理念基于制度的影响。王国维曾言："其旨则在纳上下于道德，而合天子诸侯卿大夫士庶民以成一道德之团体，……故知周之制度典礼，实皆为道德而设。"[②] 其所言之"道德"，乃社会共同生活准则、行为规范，即周制所体现出的"王道"，是以社会秩序维系伦理形态，建构君臣士民的公共认知和行为标准。

---

① 晁福林：《先秦社会思想研究》，北京：商务印书馆，2007年，第109页。
② 王国维：《殷周制度论》，引自《观堂集林》卷10，北京：中华书局，1959年，第454页。

　　周王室认为周之得天下，在于皇天授命，我们还可以将"德"理解为天德，作为周政建构的理论支撑。天命集于天子，天子奉天命治国，为其合法性；承德而治，为其合理性。[①] 这样一来，周天子既然代表天下，自然必须体现全部的先天道德。周天子又将天下分封为诸侯，则诸侯必然分担道德的要求，辅佐周天子一起对得起天命，对得起由天命而来的道德。行政制度的分封建国，是为"选建"；政治理念的惟德是依，是为"明德"。周天子将天下分封给诸侯、卿、大夫，是将本属于一族、一家、一人之天命，托付给一个组织体系，层层任用，形成天下管理系统："天子建国，诸侯立家，卿置侧室，大夫有贰宗，士有隶子弟，庶人工商各有分亲，皆有等衰。是以民服事其上，而下无觊觎。"[②] 这样来看，"选建明德"从合法性和合理性来说，就是天子将因天命而来的天下，与诸侯、卿、大夫共管，实现"普天之下，莫非王土，率土之滨，莫非王臣"，[③]建立起一个一统的"尚德""明德"的行政系统。

　　西周王室为了纠正殷纣无德的弊端，为了实现"唯德是辅"的政治理念，就必须把统治的网络推广至全国，以保证周政的实行，通过层层级级的分封制度，保证行政秩序的有条不紊。与此同时，周王室实行内爵与外爵并行，对不同的爵位提出不同的德行要求，立意正在于形成由周王为最高典范、层层铺展的道德示范体系，从而使得周朝的治理体系有基本的价值共识。在这其中，王室成员之所以成为合法的管理者，在于其具有与天命俱来的先天道德感，这一道德是支配周王室行政的学理。周王室通过宗族和联姻所形成的血缘关系，将制度上的分封与思想上的尚德相互呼应，周政不仅作为制度形式，更作为文化形态。周王室经常所言"同姓则同德，同德则同心，同心则同志""异姓则异德，异德则异类"之类的话，[④] 便是分封制度与尚德传统的合二为一。以此为视角，后世遂以德政说概括周政的文化取向。

　　周之德政说，包括自上而下和自下而上的双向互动。从天命论来说，周王自身具有与天德相应的明德，才能够得授天命，并以此教化百姓，使

　　① 曹胜高：《中国文学的代际》，北京：商务印书馆，2013 年，第85—96页。

　　② 《左传·桓公二年》，第1744页。

　　③ 《诗经·小雅·北山》，（清）阮元校刻：《十三经注疏》本，北京：中华书局，1980年，第463页。

　　④ 《国语·晋语四》，第356页。

之向善；从民本论来说，百姓要求周王以明德为政，与"惟德是辅"相辅相成，周王必须能够发自内心的"敬德"，方才能够承担治国理民的重任。可以说，"敬德"必须是周天子的内在要求，才能保证周王室地位的巩固；"明德"是周王行政的外在需求，才能巩固周天子在道德上的至尊。①《尚书·召诰》言："天亦哀于四方民，其眷命用懋。王其疾敬德。"正是强调周王室必须以德治民，才能永固天命。

作为理念，周政的要求在于恪守天德，各司其职；作为制度，周政的实践在于上下有度、彼此节制，形成相互协同、彼此协调的运作秩序。《国语·鲁语上》载鲁庄公如齐观社，曹刿谏曰："先王制诸侯，使五年四王、一相朝"，便言周公制礼的目的，在于形成制度以维系行政秩序。晋臣赵衰曾说："礼乐，德之则也。"② 点出了制度所体现的价值观，在于承载德行。季文子也曾追述周公制周礼的目的："则以观德，德以处事，事以度功，功以食民。"③ 礼乐规则承载着"德"的全部伟大意义，正是通过尚德、明德、敬德来形成上下顺畅的运行秩序。

这些基于德政形成的礼乐制度，无处不体现着周政的道德要求。《礼记·文王世子》言："父子君臣长幼之道，合德音之致，礼之大者也。""礼"的规定，是要维持以父子为代表的伦理秩序、以君臣为代表的等级秩序、以长幼为代表的社会秩序。这些秩序，个体能够遵守，便是敬德；社会能够信守，便是明德；国家能够维持，便是尚德。从这个角度来看，周政尚德，意在表明自己的治国之道是延续前代圣王的传统，是从正义性和合理性上阐述了周治天下的正统性。这样，周王室便将"皇天授命"这种基于血统论为重心的政治学说，转移到"唯德是辅"的新的学理阐释中，实现了天命和道德的合一，使得周政的思想阐释更具有人文理性。在此基础上，将尚德、明德、敬德的政治理念制度化，建立了合乎道德要求的制度形态，使得周政不仅作为一种行政制度，更作为一种治国理念，成为后世儒家建构学说的参照。

---

① 徐复观认为，"'敬德'是行为的认真，'明德'是行为的明智"。参见《中国人性论史》，上海：上海三联书店，2001 年，第 21 页。

② 《左传·僖公二十七年》，第 1822 页。

③ 《左传·文公十八年》，第 1861 页。

二　原始儒学对周政的想象与重构

周秦之际，西周苦心设计的周政建构已经瓦解。① 现在来看，这一瓦解是历史发展的结果。但东周儒家对周制的反思，是在与"陪臣执国命"的乱象比较中得出的，他们认为周制的解体不是周制本身的问题，而恰恰是不守周制造成的结果。

孔子"祖述尧舜，宪章文武"，② 更多的是从学理层面对周制进行理论概括和原理阐释。相对于周公从行政制度方面的建构，孔子的阐述使得周政不再潜藏于规则之中，而成为一种可以被直接认知、较为系统的理论体系。这一阐述使得周政作为尧舜等先王之道的延续，不再是维持一家一姓的统治，而是更为深广的历史经验、更为深厚的文明传统，是贯穿于尧、舜、禹、商汤、文、武而来的，是通行于天下的治国理念。孔子及其弟子不可能如周公那样，通过建立自上而下的行政秩序去推行德政，只能自下而上地通过教育来培养与王道之德要求相符合的君子，局部地改变社会秩序，逐步恢复到周政的形态。孔子"明王道，干七十余君"，③ 正是他试图恢复周政的努力。作为制度形态已经解体的周制、作为治国理念不能重现的周政，与东周诸侯争霸、国政日乱的政治秩序已不相吻合，单纯的复古已不可能，其只能作为一种治国理念，可以用以审视现实。

孟子讨论王道，更多集中于理论探讨，主张从内到外地熏陶以培养君子，作为实现仁政的前提，甚至描绘出了王道形态下百姓的生活形态。但孟子忽略了对实现王道基本路径的分析，即如何使内忧外患的诸侯建立起的德政，能够强大到不被周边诸侯侵扰。缺少了对眼前具体的强国措施的分析，使得思孟学派更接近于理论言说，因而会被诸侯视为"迂远而阔于事情"。④

如果我们从行政的角度来看，诸侯的评价似乎是对这一时期儒家学说的一种批评；但从思想史的角度来看，这一定性恰恰是儒家学说的价值所在，即作为思想资源的儒家学说，必须在一段历史时期内脱离具体的行政

---

① 吕思勉：《中国制度史》，上海：上海教育出版社，1985 年，第 374 页。

② 《礼记·中庸》，（清）阮元校刻：《十三经注疏》本，北京：中华书局，1980 年，第 1634 页。

③ 《史记》卷 14《十二诸侯年表》，第 509 页。

④ 《史记》卷 74《孟子荀卿列传》，第 2343 页。

操作，才有可能从形而上的高度对学说内部的学理进行思考、整合和调适，形成一个超越具体时代、具体区域的学理系统，才能作为一种持久而稳定的思想体系，不会轻易被取代，或者被湮没。孔子、孟子为代表的原始儒家，正是通过理论思考，将周制的核心制度礼乐、周政的核心理念仁德进行提炼，将之作为儒家政治理念的核心，用以观察现实行政的得失，并作为建构先王之制的学理。

王道论是以"天下有道，则礼乐征伐自天子出"为社会基础的，而春秋"天下无道，则礼乐征伐自诸侯出"的乱境，① 以及社会结构的急剧变化，理念上的先王之道与现实秩序发生了根本的错位。司马迁曾说："当是之时，秦用商君，富国强兵；楚、魏用吴起，战胜弱敌；齐威王、宣王用孙子、田忌之徒，而诸侯东面朝齐。天下方务于合从连衡，以攻伐为贤，而孟轲乃述唐、虞三代之德，是以所如者不合。"② 孔子、孟子等主张王道者不与时合，其学说自然不能用于现实。

想象与现实的差异是：想象是愿景式的，制度是模型式的，而现实是操作式的。想象越高远，以此而设计的制度便越笼统，放在现实操作中便越困顿窘迫。王道论所提供的国家想象是建立在历史观中，因而其所提出的小康、大同，自然带有指向未来的历史远见，需要持之以恒，不能轻易中断。但问题是，政治从来没有几十年的耐心，行政也不可能一如既往地坚持，朝代更替、君王废立、官僚升黜，皆成为政治变动、秩序重构、政策调整的契机。儒家学说中一以贯之的王道理想，在支离破碎的现实政治面前，既不能全部保留，也不能完全坚持，只能断断续续、周而复始地渐次建构，三者至于平衡时，国家趋向鼎盛，一度接近王道政治。但这种平衡是暂时的，而历史的变动是永恒的，这就注定王道图景更多成为了乱世的想象。

儒学以《六经》为王道之渊薮，信古而拘泥。孔子用周政，孟子行仁政，强调先王之道，守正有余而出新不足。孟子所论的行政措施，无非宗法、封建、井田等，《礼记·王制》的设计，既不能适合战国君主专制的政治现实，更无视社会形态的急剧变更，仍津津乐道于分封制度。由于有三皇五帝的法则在，固守传统的儒家学者论制度，常常过分纠缠于经

① 《论语·季氏》，第 2521 页。
② 《史记》卷 74《孟子荀卿列传》，第 2343 页。

义，不敢轻易变通。前有规矩，后有典籍，这一度使得儒家的学说难以应对随时而变的国家形式和诸侯关系，尤其在动荡之世，容易守成而无助进取。

过分强调对君王的道德要求，也是王道论在学说上的病理。孟子便过分强调培养君主之"仁心"，方能推行仁政，这种设计在战国时期充其量只是缘木求鱼。内圣外王之君，从理论上说得通，在现实中却难以找到榜样，因而他的仁政之论，只能成为思想史的理念，却不能成为历史实践。商鞅就看得很清醒，其《商君书·画策》云："仁者能仁于人，而不能使人仁；义者能爱于人，而不能使人爱。是以知仁义之不足以治天下也。"人的自然禀赋不同，善恶有别；社会属性各异，尊卑差等，若过分强调"贤能不待次而举，罢不能不待须而废，元恶不待教而诛，中庸民不待政而化"，① 商鞅试图建立一个通用的道德规范，为君臣士民所共同遵守，不能说幼稚，至少是思路过于简单。在这样的道德社会中，最高的榜样是君主，当君主无法达到君子标准时，以道德教化为基础的官僚选用机制、官民协调手段，便无法畅通。

当我们描述儒家学说如何制度化时，就会发现一个有趣的现象：儒家学说从周制、周政中提炼出来时，只是选取了部分符合其学说理念的制度作为资证，忽略甚至遮蔽了周制中如怪、力、乱、神等方面的制度设计。因此，留存在儒家经典中的周制，本身便是经过被过滤、被升华、被放大、被强化之后的制度描述，而不是完整的历史真实。从近百年来的商周考古新出土的历史资料中就可以证明，周秦汉儒生所描述的周制，只是儒家经典中描述的制度，而不是历史真实，至多只是局部的历史真实。从这个角度来说，孔子在对周制的叙述中，已经开始按照自己的理解进行设计。

这一带有设计色彩的制度建构，本身便是王道学说的制度化。其来源是历史经验，即郑玄所言的"先王班爵授禄祭祀养老之法度"，② 作为前代制度的遗留，成为王制的基本参考。因为这些制度在历史文献中有过记载，是得以实践并被作为经验留存下来的，如《左传·隐公元年》载祭

① 《荀子集解》卷5《王制》，第148页。
② （东汉）郑玄：《三礼目录》，引自《周礼正义·王制》（唐）孔颖达疏，（清）阮元校刻：《十三经注疏》本，第1321页。

仲言："都城过百雉，国之害也。先王之制：大都不过三国之一，中五之一，小九之一。"以西周都城制度作为共叔段僭越的参照。《国语·周语上》亦言先王之制："邦内甸服，邦外侯服，侯、卫宾服，蛮、夷要服，戎、狄荒服。甸服者祭，侯服者祀，宾服者享，要服者贡，荒服者王。日祭、月祀、时享、岁贡、终王，先王之训也。"也被作为治国经验的总结。先秦典籍中这类记述甚广，如《墨子·节用中》有"古者圣王制为饮食之法""古者圣王制为衣服之法""古者圣王制为节葬之法"之言，便是出于对周制细节的认同。由此反观儒家典籍中所谓的先王之制，其既包括对周制的具体讨论，也包括对周政理念的概括。

所谓制度重构，是基于周政的理念重新设计制度。周政的理念在被不断总结中越来越明晰，如《左传·襄公九年》所言的"君子劳心，小人劳力，先王之制也"；《礼记·礼器》所谓的"是故先王之制礼也"云云，正是对周制中政治理念的阐述，成为后世进行制度设计的原则。这些阐述是基于制度形态进行总结，在西周已有端绪，或后出转精而被作为治国理念，或后出转详而成为制度建构。由此我们来审视《周礼》中"惟王建国，辨方正位。体国经野，设官分职，以为民极"的意图，[①] 可以很清晰地看到其以职官架构的设计来统筹国家管理，以职责分配来驱动行政运行，以图形成一个运转有序、权限分明、相互协作、彼此制约的官吏运作体系。正是儒家对王制的一个系统设计，那便是假先王之道以定制，以外王之道而立制，即以先王之制为经验，以圣王之道为标尺，以外王之道为指向，所形成的一个具有系统性特征的制度建构。[②]

---

① 《周礼·天官冢宰》，第 639 页。

② 后世学者在考证《周礼》成书时，常常不自觉地考证其官制、其思想、其器物更符合于周，还是更符合于秦或汉，结论莫衷一是。原因就在于将制度化的学说建构、学说的制度化设计视为历史的记录，单纯的名物考证从来就不能解决理论著述中的思想。一方面是由于古书有因干续叶的倾向，《周礼》不可能是一时、一地、一人的独撰，也有时代积累的痕迹，在流传过程中有了增补。通过考证名物来断定《周礼》的成书，其基于传说、典籍、现实和想象混杂起来的名物形态，就像一部科幻电影一样，并不能以其中的物像判定其真实时代，以致很多学者将之视为周代的史料，与《诗经》《左传》等进行比较，结果只能如几何题中的相似形，总有现实的影子，但却很难严丝合缝。另一方面是思想史从来不像考古地层那样有着明显的递进性，完全可以跳跃式地隔代发展。因而《周礼》中的王制建构，代表的是一个时段内学者对国家运转形态的思考。依照学说史或者思想史去衡量一部著述的成书，只能是基于特定的学术史理解，因为所有的学术史都有当代史的印痕，某些被历史忽略的、被思潮掩盖的学说，可以草蛇灰线、千里伏脉的在学术发展史中流传，成为后世思潮的胎息。

我们将《周礼》视为儒家制度化设计的产物，便自然会忽略对其成书年代进行精确考证的必要性。原因就在于，《周礼》中的器物使用、官职分配与现实不可能截然对立，《周礼》是基于现实，至少是编撰者所理解的现实所设想出来的制度形态。这种考证容易陷入自证自论，在成为一家之言的同时，也陷入到了不可避免的自我预设中，有时不免成为为求异而立说的强词夺理。

三　秦汉儒学建制意识的形成

与《周礼》以制度体现德政理念相比较，《荀子》所设计的王制，更多是按照儒家理念进行制度讨论，已经带有明显的建制意识。① 荀子敏锐察觉到孟子的缺失，认为思孟学派"略法先王而不知统"，王先谦解释说："言其大略虽法先王，而不知体统。统，谓纪纲也。"② 认为思孟学派只注重强调先王的学说如何，并不知道何以如此，固守理论阐释而忽略学说形成的历史语境，使得其看起来完美无缺的学说距离现实甚远，几乎无法实践。荀子用《王制》重新绘制王道的政治秩序，强调"天下之大隆，是非之封界，分职名象之所起，王制是也"，③ 试图从制度层面，实现王道学说的软着陆。

当然，荀子骨子里是提倡"法先王"的，这保证了其学说没有如其弟子韩非子、李斯那样滑出儒学的轨道。他评论惠施、邓析"不法先王，不是礼义"，④ 批评二人学说不能按照约定俗成的传统思考问题，过分别出心裁而毫无现实指向，表明他依然固守着儒家基本精神。他在《非相》中说："凡言不合先王，不顺礼义，谓之奸言，虽辩，君子不听。"认为先王之道是制度的保障，这样建立起来的王制，才是基于儒家学说的新制度。因此，荀子将孔子津津乐道的恢复周之礼制，变更为恢复周之礼义，而不再固守仪式、礼器和礼制，显示出其与时俱进的变通，这样才使得他

---

① 《礼记》是在追寻先王之制，意在保存史料。《礼记·王制》在晚清今文经学运动中被视为"素王之制"，正是将之作为先王之制的记录，为"王者之大经大法"，便是明显地固守古制。此说的批判，正是对其存古制的疑虑。参见章可《〈礼记·王制〉的地位升降与晚清今古文之争》，《复旦学报》，2011 年第 2 期。

② 《荀子集解》卷 3《非十二子》，第 94 页。

③ 《荀子集解》卷 12《正论》，第 342 页。

④ 《荀子集解》卷 3《非十二子》，第 93 页。

的学说走出了原始儒家墨守周制的桎梏，转而成为可以与时俱进的理论体系。①

在荀子看来，"法先王"不是法其具体的规制，而是法其精神。《荀子·儒效》言："先王之道，人之隆也，比中而行之。曷谓中？曰：礼义是也。"礼乐制度只是形式，其中体现的精神特质便是礼义。以礼别异，以乐合同，只要按照这个精神建构起来的制度，便是"王制"。荀子眼中的先儒先王之所以成功，在于基于传统、注重经验地"法先王"；之所以失败，在于忘乎所以、任性而为地"法先王"。没有实践检验的理论，只能是学者们的假想，是智力的展现，不能用于现实；不顾现实经验、妄顾历史传统、没有充分讨论的行政决策，同样也只是君王的假想，是拍脑瓜的空想。学者的胡思乱想，顶多落一个同行的嘲笑；而政治家按照这些空想进行实践，只能是祸国殃民。

但荀子面对的现实是：历史传统愈行愈远，现实需求如此迫切。如果坚守周制，会让学说在现实面前无所适从，思想便会进入到哲学层面；如果抛弃传统，与时变化，学说就会失去本根，最终会成为没有断续的不知所云。于是，他提出以"法先王"为前提，以"法后王"为目的的制度建构思路："略法先王而足乱世术，缪学杂举，不知法后王而一制度"，②先王之道固然有参考意义和借鉴作用，但无视现实的拘泥成说，只会让先王之道死亡，而不能让先王之道新生。新生的关键，则在于按照后世之王的要求，重新设计王道制度。

荀子眼中的"先王之道"，所要维持的正是德政，这是作为"王者之政"的前提。这其中包括了任贤、教民、养民等基本的政治要求和道义责任，他明确提出国家对"奸言、奸说、奸事、奸能，遁逃反侧之民，职而教之，须而待之，勉之以庆赏，惩之以刑罚，安职则畜，不安职则弃"，③即国家要担负起教民化民的责任，而不是一味治民。对待百姓，固然要用刑罚，但其前提是教民向善，令民自安，让百姓获得必要的生活资料，在此基础上建章立制，才能管理好百姓。国君听政要刑礼并重，保

---

① 刘涛：《"礼论"与"王制"：荀子对儒学制度化的理论贡献》，《江淮论坛》，2008 年第 4 期。

② 《荀子集解》卷 4《儒效》，第 138 页。

③ 《荀子集解》卷 5《王制》，第 149 页。

持公平中和的心态，既没有成见，也没有偏祖，便能最大限度地保持秩序稳定。而真正实现内外合服，自然能够由王而霸。想要成为王者，则要：

> 无德不贵，无能不官，无功不赏，无罪不罚，朝无幸位，民无幸生，尚贤使能而等位不遗，析愿禁悍而刑罚不过。①

明君、贤臣要与百姓同安危、同贫富。荀子具体列出了王者之人、王者之论、王者之制、王者之法，辨析了圣王之治和圣王之用，认为王道亦可霸，不在于建立规章，而在于确立制度的精神。春秋之时，作为制度的王道礼乐虽毁，然作为观念形态，其尚未完全崩溃，周政所蕴含的德政论，还可以作为行政的参照。战国之时，周政不再成为共识，各国建制皆不能体现德政理想。《荀子》的立制，是要让后王所立之制回归到先王之道中，即以先王之道为理念，以后王之制为用。如《解蔽》中，将王制作为衡量是非对错的依据："学者以圣王为师，案以圣王之制为法，法其法以求其统类，以务象效其人。""传曰：'天下有二：非察是，是察非。'谓合王制不合王制也。"便是结合先王之道和外王之制建立起新的王道论。

一种学说，如果以道德作为最高标尺，那么其只能越来越高地被视为理想境界，进入"道"的层面，越具有高远的超脱性，其应对现实的能力便越显得薄弱，但其作为思想史的价值却越被强化。儒家所倡导的王道学说，之所以能通行中国社会近两千年之久，是因为王道学说是被作为一种政治理想而存在的，成为道统的核心理念，秦汉儒生的政治评价、行政批判、社会省思和文化取舍，皆以此类理想为参照标尺。秉此理据，秦汉批评派的知识分子有了可资审核的工具。但这种理想容易治平，却不能治乱。因为理想的超脱性虽符合民众诉求和历史规律，但要在具体执行中落实到行政操作的层面，才能够得以推行，因而又必须辅之以干吏的执行力。秦汉干吏有两种，一派是秦所强调的实用主义的行政操作，此类干吏只管执行，不论是非，敬守法条，不问对错，可称为时新派；另一派则立足于儒家基本理念，有步骤地对政治文化、行政制度、社会风气和文化观念进行变革、更新与调整，可称为改造派。在这其中，时新派也强调建章立制，但并不以儒家理念为支撑；批评派更多从第三方的视角审视秦汉建

---

① 《荀子集解》卷5《王制》，第159页。

制，提出评论而不进行或者较少进行具体的操作，其更多在学理层面对秦汉制度产生影响。①

建制儒学，是立足于儒家外王之道的学理，或对前代制度进行重构，或对现有制度进行改造。② 在这其中，学理是理论形态的，秦汉封禅前，皆要求儒生能够结合"先王之制"以确定"封禅仪"，汉文帝曾"使博士诸生剌《六经》中作《王制》，谋议巡狩封禅事"，③ 汉武帝让"群儒采封禅《尚书》《周官》《王制》之望祀射牛事"，④ 儒生们考究古义而进行的制度设计，是出于对先王之制的理解。重构则是经验形态的，即按照前代制度形态，进行重构后付诸实践，如汉初叔孙通结合周礼秦仪重订的汉礼、汉武帝时期重构的封禅仪、王莽改制时对《周礼》的采信，皆是现实的操作。由于秦汉改制并非凿孔设计，因而建制只能是在原有基础上的改造，故而可称为改造派。

如果说先王之道是历史经验，先王之制则是经验的总结；如果外王之道是理想的推论，后王之制则是理想的实践。但历史的悖论在于，先王之道是追述，带有以今论古的想象；外王之道在现实意义上是梦想，但必须辅助实践。秦汉的改制学说，看似在历史追述中的"法先王"，实际是理念的历史化表述，即以理念重塑历史，以历史传统、制度形态表现出来的政治理念。在这其中，"先王之道"作为"后王之制"的参照，成为汉代儒生改制的历史参照。

第二节　"秦弃礼义"与秦礼之形态

秦汉间多有秦无礼之说，如齐之义士鲁仲连曾言："彼秦者，弃礼义

---

① 批评派、时新派、改造派儒生的分类，参考了［英］鲁惟一《剑桥中国秦汉史》的说法。

② 儒家学说在秦汉时期的调整，主要是试图按照礼乐、王制的基本理念进行制度建构。现在来看，只有两种思路，一种是基于儒家学说的基本精神设计新的制度，如《周礼》《礼记·王制》《荀子·王制》等著述中按照礼乐制度、仁政学说的建章立制，我们可以视为建制派儒生设计出来的王制论，具有浓郁的理想色彩。另一种则是依照现实需求修订儒家学说，以满足当下的治国需求，如《新语》《春秋繁露》《白虎通义》等，是儒生结合现实进行新的诠解，我们可以视为因秦汉帝制生成的新的制度论。

③ 《史记》卷28《封禅书》，第1382页。

④ 《史记》卷12《孝武本纪》，第473页。

而上首功之国也。"① 西汉刘安谋士伍被亦言："昔秦绝圣人之道，杀术士，燔诗书，弃礼义，尚诈力，任刑罚。"② 董仲舒《对贤良策》亦有秦"弃捐礼谊而恶闻之，其心欲尽灭先圣之道"之论。③《盐铁论·刑德》更言秦"非网疏而罪漏，礼义废而刑罚任"。秦之不重礼义，是为秦汉间人之共识。董巴《汉舆服制》直言秦"灭去礼学"，④ 以为秦无礼。这种定性的判断，是相对于此前之周、此后之汉而言的。若从文献资料的记述来看，秦并非没有完善的礼仪，且其部分礼乐制度，甚至为汉所承。两汉学者对"秦失礼义"的指责，其本义究竟为何？秦礼与周礼究竟有何差异，使得学者如此判断？"礼"既然为周秦文化之标识，考察汉初对秦礼的看法，有助于审视此间学者对秦制的文化省思。

一　"秦弃礼义"本义辨析

从史料来看，秦有礼仪，毋庸置疑。据《秦会要》所列，可知秦有系统的祭祀、朝聘、丧葬、军戎之礼。⑤ 此亦见于史料记载，如《战国策·燕三》载秦王见荆轲时，"乃朝服，设九宾，见燕使者咸阳宫"。朝服九宾为款待使者之礼。蔺相如入秦，亦言于秦王曰："赵王送璧时，斋戒五日，今大王亦宜斋戒五日，设九宾于廷，臣乃敢上璧。"秦王果如是。韦昭言："九宾则《周礼》九仪。"司马贞解释道："《周礼》大行人别九宾，谓九服之宾客也。"⑥ 此时秦已效六国而建聘礼。《史记·秦始皇本纪》又载将闾之言："阙廷之礼，吾未尝敢不从宾赞也。廊庙之位，吾未尝敢失节也。"直言秦礼规范之严格。《汉书·叔孙通传》亦言"高帝悉去秦苛仪法，为简易"，以秦礼、秦法并称，且支持刘邦对其简化，可知秦礼的细密。后叔孙通"颇采古礼与秦仪杂就之"，⑦ 当然是在秦之礼仪的基础上重订汉礼。

①《战国策·赵三》，第 705 页。

②《史记》卷 118《淮南衡山列传》，第 3086 页。

③《汉书》卷 56《董仲舒传》，第 2504 页。

④（北宋）李昉等撰：《太平御览》卷 690《服章部七·袞衣》，北京：中华书局，1960年，第 3079 页。

⑤（清）孙楷著，徐复订补：《秦会要订补》卷 4、5、6、7、8，北京：中华书局，1959年。

⑥《史记》卷 81《廉颇蔺相如列传》，第 2441 页。

⑦《史记》卷 99《叔孙通传》，第 2722 页。

秦礼有着严格的器物制度。史载尉缭至秦，秦主"见尉缭亢礼，衣服食饮与缭同"。① 秦始皇称帝后，规定"衣服旄旌节旗皆上黑。数以六为纪，符、法冠皆六寸，而舆六尺，六尺为步，乘六马"。② 《之罘刻石》云："普施明法，经纬天下，永为仪则。"③ 《东关刻石》云："作立大义，昭设备器，咸有章旗。职臣遵分，各知所行，事无嫌疑。"制度、器物、法令、旗帜皆有规则。

秦一统六国后，仍保留着传统礼仪。就祭礼而言，"秦并天下，令祠官所常奉天地名山大川鬼神可得而序也"。④ 二世元年（前209），又下诏令群臣议"增始皇寝庙牺牲及山川百祀之礼"："今始皇为极庙，四海之内皆献贡职，增牺牲，礼咸备，毋以加。先王庙或在西雍，或在咸阳。天子仪当独奉酌祠始皇庙。自襄公已下轶毁。所置凡七庙。群臣以礼进祠，以尊始皇庙为帝者祖庙。"⑤ 不仅遵从此前天地山川祭祀与宗庙祭祀，还遵守严格的轶毁制度。《秦会要》中更列举了秦国所行吉、嘉、宾、兵、凶之礼，足见秦礼之多。

由此可见，秦汉间"秦失礼义"之论，断非言秦国没有礼仪制度，而是针对秦不以礼治国，没有将礼治之精神贯穿到治国行为中，没有将礼所承载的仁、义、道、德等观念贯穿到制度建设中，使得秦礼只是仪式、制度，而不是闪烁着理念光芒的制度，细密的制度规定与约束百姓的法律条文无异。更何况秦礼之建构，与六国所继承周礼的做法截然不同。

第一，秦先"法"后"礼"，"礼"完全依附于"法"。秦作为一方诸侯，立制甚早；而作为区域性大国，建制则始于商鞅。商鞅变法，意在立公义而杜私门，这便使得"礼"维系亲亲秩序的功能迅速削弱。失去了区分贵贱亲疏的作用，"礼"只能成为"法"的附庸。司马谈《论六家要指》："法家不别亲疏，不殊贵贱，一断于法，则亲亲尊尊之恩绝矣。"周礼以君臣、父子、夫妇、兄弟、朋友五伦立意，通过伦理关系维系社会秩序，"礼"被作为处理人伦秩序的规则，维系着社会上最为基本的人际关系。而法家以君臣尊卑为制，削弱人伦关系而强化社会秩序，只有尊尊

---

① 《史记》卷6《秦始皇本纪》，第230页。
② 同上书，第237—238页。
③ 同上书，第249页。
④ 《史记》卷28《封禅书》，第1371页。
⑤ 《史记》卷6《秦始皇本纪》，第266页。

没有亲亲，形成了秦国单纯的上下关系，"因人情而为之节文"的"礼"，便失去了约束社会关系的决定性作用。

第二，秦礼依俗为制，并未因循周礼。司马迁曾言："今秦杂戎翟之俗，先暴戾，后仁义，位在藩臣而胪于郊祀，君子惧焉。"① 可见秦礼循俗而行，而缺少系统的理论建构。《史记·封禅书》载秦始皇封禅，"其礼颇采太祝之祀雍上帝所用，而封藏皆秘之，世不得而记也"，封禅之类的大典，亦自为之。民俗与礼制的差异，在于民俗是自然流传形成的传统，尚自然而失之蒙昧；礼制是基于理性思考和理念追求而设计出来的规则，贯穿着丰富的人文设计。西周以人文理性精神而建构的礼乐制度，淘汰了殷商所流传的某些蒙昧的、野蛮的风俗，相对于北戎、西狄的风俗，更具有文化自觉的意味。六国及两汉学者以周礼的观念来审视秦之礼乐，会得出其少文而无礼的判断。

第三，秦礼服务于君主专制，缺少制衡体系。唐杜佑曾言："秦平天下，收其仪礼，归之咸阳，但采其尊君抑臣，以为时用。"② 言秦礼的实质在于尊君抑臣，而非周礼中所强调的君臣相互协调、彼此制衡。《盐铁论·忧边》比较鲁、秦改制的差异："鲁定公序昭穆，顺祖祢，昭公废卿士，以省事节用，不可谓变祖之所为，而改父之道也？二世充大阿房以崇绪，赵高增累秦法以广威，而未可谓忠臣孝子也。"可见鲁之改制，意在便民；而秦之改制，意在增威。秦礼不顾一切扩大君主的绝对权威，使得作为平衡社会关系的礼制，单方面地朝着君主对臣下制约的方向发展。

由此看来，秦之制礼，不是以设计一种约束全部社会关系的理念作为框架，使之成为社会关系的调节器；而是强化民众对国家、臣下对君主的依附，使礼制成为法律规定之下的附属规范。这样，《礼记·礼运》所谓的"父慈，子孝，兄良，弟悌，夫义，妇听，长惠，幼顺，君仁，臣忠"十义，被改造成臣民对国君的全部义务。而父子、兄弟、夫妇、长幼之间的关系，则要服从"以吏为师"的原则。由于秦之官吏体系完全服从于国君，以吏为师的实质，实际剥夺了道德规范、社会认知和传统习俗在社会中自我制衡、自我完善的机制，转而使国家建立在一种单向的服从关系之中。只有仪式却背弃了"礼"的基本精神而形成的秦礼，徒有其表而

---

① 《史记》卷15《六国年表》，第685页。
② （唐）杜佑撰，王文锦等点校：《通典·礼一》，北京：中华书局，1988年，第1120页。

无其实，故两汉学者多以"无礼"论之。

二　秦礼的历史形成及其特质

秦初与犬戎混居，周宣王时方立秦仲为大夫，周平王始封秦襄公为诸侯，赐予岐西之地，誓而爵之，列为诸侯。尽管后来"与诸侯通使聘享之礼"，① 但秦国与犬戎杂处，秦君又起于民间，因而秦国礼仪秩序的基础，远不如山东诸国深厚。这既造成了秦国礼仪制度的缺失，也使秦国与山东诸国的礼仪传统有所区别。

第一，秦杂戎狄风俗。秦所据旧地，为戎狄久居之所。戎狄之俗，与华夏迥异。殷末公刘曾入西岐，化戎狄旧俗。② 但从史料来看，其效果并不明显。至少在司马迁看来，秦立国之后，戎狄旧俗也并未廓清，有"秦始小国，僻远，诸夏宾之，比于戎翟"之说，③ 可知秦与西戎混居，风俗浸染既久，遂因俗为制，并不依周礼行事。秦在征服西戎的过程中，收归众多少数民族，④ 自然兼采各种民俗，形成秦礼之基础。撮合史料，可知有如下数端：

一是尚存蒙昧原始之旧俗。孔子曾言："微管仲，吾其被发左衽矣。"⑤ 颜师古曰："被发左衽，戎狄之服。"⑥ 戎狄服制，与周制不同。荀子亦言："诸夏之国同服同仪，蛮、夷、戎、狄之国同服不同制。"⑦ 服制既别，其义远矣。周定王曾言于范武子说："夫戎、狄，冒没轻儳，贪而不让。其血气不治，若禽兽焉。"⑧ 其论虽不无偏见，然周礼的人文理性与戎狄蒙昧习俗之差异，于是可见。《诗经·秦风·黄鸟》所言秦穆公殉葬事，在中原诸侯早已绝迹，为论者所不取，而贤明如秦穆公者，依然不能更张。故顾炎武感叹道："朱子作《诗传》，至于秦《黄鸟》之篇，谓其初特出于戎翟之俗，而无明王贤伯以讨其罪，于是习以为常，则虽以

① 《史记》卷5《秦本纪》，第179页。
② 《吴越春秋·吴太伯传》："公刘避夏桀于戎、狄，变易风俗，民化其政。"
③ 《史记》卷15《六国年表》，第685页。
④ 《史记》卷110《匈奴列传》："秦穆公得由余，西戎八国服于秦，故自陇以西有绵诸、绲戎、翟、豲之戎，岐、梁山、泾，漆之北有义渠、大荔、乌氏、朐衍之戎。"
⑤ 《论语·宪问》，第2512页。
⑥ 《汉书》卷73《韦玄成传》（唐）颜师古注，第3128页。
⑦ （清）王先谦撰，沈啸寰、王星贤点校：《荀子集解》卷12《正论》，第329页。
⑧ 《国语·周语中》，第62页。

穆公之贤而不免，论其事者亦徒闵三良之不幸，而叹秦之衰。"① 此类蒙昧流俗，作为一种传统的力量，自然成为秦礼形成的文化基础。

二是秦攻城掠地，斩首坑卒，与周所推行的仁政、德治有着认知上的差异。戎狄性情贪狠为六国学者所共识，管仲言于齐桓公："戎狄豺狼，不可厌也；诸夏亲暱，不可弃也。"② 对戎狄存警惕之心。晋悼公也说："戎狄无亲而贪，不如伐之。"③ 其所谓无亲，显然指其缺少如周礼那样对亲亲关系的认同。魏无忌曾说于魏惠王："秦与戎翟同俗，有虎狼之心，贪戾好利无信，不识礼义德行。苟有利焉，不顾亲戚兄弟，若禽兽耳，此天下之所识也，非有所施厚积德也。"④ 认为秦之贪狠，源自与胡俗杂居而形成的文化心性。《史记》中也多记秦坑卒、斩首之事，可见司马迁对其残酷杀戮的不满，可证秦得天下而失礼义。

三是崇尚强力而霸。班固认为西北地区民风彪悍，因与戎狄同居，常处于备战状态："及安定、北地、上郡、西河，皆迫近戎狄，修习战备，高上气力，以射猎为先。故《秦诗》曰'在其板屋'；又曰'王于兴师，修我甲兵，与子偕行'。及《车辚》《四载》《小戎》之篇，皆言车马田狩之事。"⑤ 基于备战而形成的彪悍民风，以及在此基础上所形成的恃强习惯，与山东诸国所推崇的文质彬彬的君子之风不同。

第二，秦礼采六国形制。尽管在周宣王前后，秦仲已有"车马、礼乐、侍御之好"，⑥ 但并没有形成系统的礼制。秦襄公护送平王东迁后，始"与诸侯通使聘享之礼"，⑦ 方有聘使往来。商鞅在说秦孝公时言："始秦戎翟之教，父子无别，同室而居。今我更制其教，而为其男女之别，大筑冀阙，营如鲁卫矣。"⑧ 说明至秦孝公时期，秦国仍未确立礼制。也正是从商鞅变法开始，秦才系统建立起礼乐制度，其策略正如商鞅所言，是模仿山东诸国。见前文所引，蔺相如入秦，言秦当设九宾礼云云，可见秦

---

① （清）顾炎武撰，黄汝成集释：《日知录集释》卷19《立言不为一时》，第1088页。

② 《左传·闵公元年》，第1786页。

③ 《左传·襄公四年》，第1933页。

④ 《史记》卷44《魏世家》，第1857页。

⑤ 《汉书》卷28《地理志》，第1644页。

⑥ 《诗经·秦风·车辚》诗序，第368页。

⑦ 《史记》卷5《秦本纪》，第179页。

⑧ 《史记》卷68《商君列传》，第2234页。

礼不仅不完善，亦不知道如何使用。后荆轲以燕使身份入见，秦王便设九宾迎见，正是其学习山东诸国礼仪之证明。《史记》多记载秦襄公"初为西畤"、① 秦文公"初为鄜畤"②"初腊"、③ 秦德公"初伏"，④ 显示出秦国不断完善祭祀制度的努力。而且，秦在与东方诸国交往过程中，不断采其礼仪而建立秦礼。司马迁曾评价说："至秦有天下，悉内六国礼仪，采择其善，虽不合圣制，其尊君抑臣，朝廷济济，依古以来。"⑤ 这套礼制杂采六国形制，自出其意，成为秦制运行的秩序。

第三，秦不循周礼。秦礼既采东方诸国之制，自然与周制有所因袭。⑥ 但秦在具体形制上与周礼差异甚大，如在祭祀、用人、神权崇拜等礼俗上，便与周礼不同。⑦ 这种差异形成的原因有二：

客观原因在于，一为秦因古俗制礼，秦地居于关中，民风通于周旧。然先秦之礼，如《礼记·曲礼上》虽云礼不下于庶人，孔子倡言以礼教于民众，贵族礼俗浸染日久，民间必有效法，关中尚留存周制。而平王东迁，关中贵族随行东迁；留于宗周之地者，已非周之贵族，秦襄公有心制礼，却无法全部恢复，难循古旧。陈傅良曾言："秦自襄公始列诸侯，有田狩之事，而不能遵周礼。"⑧ 故秦礼既有周俗印痕，又不能尽复周制。二为平王东迁，天子与诸侯的朝觐、聘问之礼几乎废止，山东六国尚且不能重订旧礼，何况忙于平定戎狄的秦君？在这种状况下，秦有心恢复周礼，亦不能全用周制。

主观因素在于，一则秦自商鞅起，便以"三代不同礼"的观念审视旧礼、旧制。商鞅对秦孝公谈其变法原则："三代不同礼而王，五伯不同

① 《史记》卷6《秦始皇本纪》，第285页。

② 《史记》卷5《秦本纪》，第179页。

③ 《史记》卷5《秦本纪》，（唐）张守节《史记正义》："秦惠文王始效中国为之，故云初腊。猎禽兽以岁终祭先祖，因立此日也。"第207页。

④ 《史记》卷5《秦本纪》："（秦德公）二年，初伏，以狗御蛊。"（唐）张守节《史记正义》："以狗张磔于郭四门，禳却热毒气也。"第184页。

⑤ 《史记》卷23《礼书》，第1159页。

⑥ 陈成国：《中国礼制史（秦汉卷）》，长沙：湖南教育出版社，1993年，第3—82页。

⑦ 王晖：《西周春秋周秦礼制文化比较简论》，引自《秦俑秦文化研究：秦俑学第五届学术研讨会论文集》，西安：陕西人民出版社，2000年，第51—58页。

⑧ 《历代兵制》卷1《秦》，引自《中国兵书集成》（第7册），北京：解放军出版社，1992年，第230页。

法而霸。智者作法，愚者制焉；贤者更礼，不肖者拘焉。"认为礼法当循时而变，不可拟古，"治世不一道，便国不法古"，① 这种鄙弃古礼的做法，割裂了秦礼与周礼之间的必然联系，形成了秦礼因时而变、因需而改的原则。二则秦习惯自为礼制。商鞅曾言："圣人苟可以强国，不法其故；苟可以利民，不循其礼。"② 既表明礼不可因循，又确定制礼定法的权力，在于国君及其股肱之臣。自此之后，秦君多据需要自行立制，如秦襄公"自以为主少皞之神，作西畤，祠白帝，其牲用骝驹黄牛羝羊各一云"，③ 始皇二十六年（前221），议天子自称朕，定十月朝贺之制，封禅泰山，亦自立其仪等，皆自出心裁。

由此可见，秦礼既继承了周制，又有所变革；既杂采了戎狄之俗，又兼取了六国仪制，还有自行为之的制礼思路。扬雄曾评价说："秦之有司负秦之法度，秦之法度负圣人之法度。"④ 认为秦之法制、礼仪皆随意为之而不合传统。客观上没有可资凭据的规制，主观上没有遵循旧制的动机，秦礼制定完全出乎现实需要，无所凭借，不议而定，与周礼不仅有了原则上的区分，也有了本质上的差异。这样，当汉初学者依据周礼原则审视秦礼秦仪，自然将这种随心所欲的礼制和杂采民俗的做法视为"无礼""失礼"，对秦礼进行了彻底否定。

三　周秦礼法观念的融通

秦制以礼、法合一，故讨论秦礼，不能忽略"礼"与"法"的内在关联。与道德相比较，"礼"为规则、为秩序、为约束，几近于法，带有硬约束的意味；而与法律相比较，"礼"则表彰道德、维系共识，与法有着天然的区隔，明显属于软约束。对"礼"与"法"的认知，既是先秦诸子审视社会秩序的学说分界之一，也是先秦社会治理观念不断深化的标志。从西周的礼法混同，到春秋的礼法分途，再到战国的礼法合流，"礼"与"法"的关系经过了一个由混沌到清晰、由清晰到再调适的过程。

---

① 《史记》卷68《商君列传》，第2229页。
② 同上书，第2229页。
③ 《史记》卷28《封禅书》，第1358页。
④ 汪荣宝撰，陈仲夫点校：《法言义疏》卷7《寡见》，北京：中华书局，1987年，第245页。

西周治国，礼、法混同。《尚书·吕刑》言："苗民弗用灵，制以刑，惟作五虐之刑曰'法'。"因周重德治，"礼"被视为国家管理的根本原则，"法"之地位不彰。《左传·成公十二年》所言"政以礼成"，《论语·先进》所言"为国以礼"，《论语·颜渊》言士人"约之以礼"，皆从不同层面阐述了"礼"在国家治理中的基础性地位。

儒家并不否定"法"为治道之一，只不过认为"法"是含在"礼"之中，主张先礼而后法。① 孔子曾言："子季孙若欲行而法，则周公之典在。"② 强调法应合乎礼义之精神。又说："礼乐不兴，则刑罚不中；刑罚不中，则民无所错手足。"③ 认为以礼治国为本，以刑齐政为末。还言："道之以政，齐之以刑，民免而无耻；道之以德，齐之以礼，有耻且格。"④ 礼为主导，法为辅助。孔子主张通过"礼"的教化、示范和约束来建立道德观念，完善社会秩序，强调从内到外的自我修养、自我约束，避免触犯刑律而遭到处罚，这是"为政以德"思路下对礼法关系的审视。

但道家和墨家主张废弃"礼"，无论是以道治国，还是以兼爱治国，都是让社会回归到原始淳朴的状态。老子认为"礼"为乱国之首："夫礼者，忠信之薄而乱之首。"⑤ 韩非子解释说："为礼者，事通人之朴心者也。众人之为礼也，人应则轻欢，不应则责怨。今为礼者事通人之朴心，而资之以相责之分，能毋争乎？有争则乱。"⑥ 由此推导，自然认为礼无益于治。庄子也认为，"礼"不过是世俗的文饰，不仅不能达到道境，而且是社会动荡不安的罪魁祸首。《庄子·知北游》曾说："礼者，道之华而乱之首也。"《渔父》又言："礼者，世俗之所为也；真者，所以受于天也，自然不可易也。""礼"既为文饰，自然不能保真，所以隆礼并不能臻于治道，只能增乱。《淮南子·氾论训》中还说："礼者，实之华而伪之文也，方于卒迫穷遽之中也，则无所用矣。""礼"只能枉费生产而无

---

　① 钱穆说："礼者，《周语》：'随会聘于周'归而讲聚三代之典礼，于是修《执秩》以为晋法。故礼即古代之遗制旧例，与本朝之成法也。《楚语》子木曰：'楚国之政，其法刑在民心，而藏在王府。'其《祭典》有之曰：'国君有牛享，大夫有羊馈。'此所谓法、典，皆礼也。"《国学概论》，北京：商务印书馆，1997 年，第 21 页。

　② 《左传·哀公十一年》，第 2167 页。

　③ 《论语·子路》，第 2506 页。

　④ 《论语·为政》，第 2461 页。

　⑤ 《老子道德经注校释》，第 93 页。

　⑥ 《韩非子集解》卷 6《解老》，第 134 页。

益于治。墨子亦认为,隆礼是无端消耗财富,损害生计,儒家"累寿不能尽其学,当年不能行其礼",① 正是繁冗无益的礼学。在礼学认知上,墨家和道家的相似之处在于:在物质资料并不丰富的时期,繁琐的礼仪、礼数和礼器,不仅是生产浪费,而且是消费奢靡。②

春秋后期,"礼乐征伐自天子出"的贵族共和政局被打破,"礼"失去了在国家管理中的支配性作用,诸侯不得不寻求新的思路,以应对"陪臣执国命"之类的乱局。在这种背景下重新审视礼法,便呈现两种不同的思路:一派主张通过宣扬德、仁、义等观念恢复古礼,继续实现礼治,以孔、孟为代表;另一派则强化周礼本具有的刑、法手段,以惩戒来抑制僭越礼制的行为,如郑国子产"铸刑书"、晋国赵鞅"铸刑鼎",均通过明确法令,确定刑罚的标准和适用范围,一改此前儒家所言的"议事以制,不为刑辟"传统,③ 通过建立社会的强硬约束力,来维系秩序的运转。刑书类似于今天的成文法,公布之后必循之以断是非;而儒家所言的"议事以制",则类似于一事一议,因其所维护的是"刑不上大夫,礼不下庶人"和尊尊、亲亲的贵族利益,不具有严格的标准。正是在这一传统下,后一种思路甫一出现,便遭到晋国的叔向、鲁国的孔子等人的极力反对,认为刑书出而仁义废。

这两种观点交锋的焦点在于:儒者主张刑法当设,但不当公布,国君只要以仁义为德、礼乐为教,引导百姓向善,自然天下太平,"法"只能用于治理下民,不能用于惩罚士以上的贵族。④ 法家则认为"陪臣执国命"的现象屡禁不止,不是庶民罔法,而是贵族乱政,必须取消"刑不上大夫"的传统,臣民一尊于"法",国君的地位方可保证。所以,法律条文应当明白易知,使"天下之吏民无不知法者","吏不敢以非法遇民,

---

① (清)孙诒让撰,孙启治点校:《墨子间诂》卷9《非儒下》,北京:中华书局,2001年,第300页。

② 这一说法在一定意义上是有道理的。儒家也意识到这一问题,认为"礼"具有节制和分配财物的功能,而且,儒家的礼学侧重解决贵族之间的问题,其"礼不下庶人,刑不上大夫"的说法,正道出了"礼"所面向的群体。从《仪礼》和《礼记》的描写来看,儒家对礼仪的论述,更多集中在对士阶层以上的政治行为的强调。

③ 《汉书》卷23《刑法志》,第1093页。

④ 这种思想在荀子中还有残留。见《荀子·富国》:"由士以上则必以礼乐节之,众庶百姓则必以法数制之。"参见杜明德《荀子的礼分思想与礼的阶级化》,《中国文化研究》,2006年第1期。

民不敢犯法以干法官也",① 通过"刑过不避大臣，赏善不遗匹夫",② 建立起贵贱平等、一尊于法的社会秩序。

随着李悝《法经》、商鞅《法令》的颁布，"法"开始替代"礼"，成为治国的必要手段。《群书治要》引《商君书·修权》言："法者国之权衡也。"将"法"提升到至尊的地位，一改自西周以来法融于礼、春秋礼法分立的传统，开始推动礼融于法的实践。法律条文的颁布，使春秋时期依靠道德仁义维系的礼乐秩序，演化为靠律令保证的制度体系，"礼"只能作为对社会成员衡量的充分条件，不再是必要条件。以前以礼仪、礼度、礼制形态传承下来的社会认知，被制定成一项项可以明白公布的外在规定。约定俗成的共识，变成了具体而明晰的条例与律令，《管子·七法》明确说："尺寸也，绳墨也，规矩也，衡石也，斗斛也，角量也，谓之法。"这些法律条文的颁行，一是以文法的形式明文流传，如睡虎地秦简《秦律十八种》《秦律杂抄》《效律》，张家山汉简《二年律令》等，成为吏民可资参考的行为准则。二是采用"以吏为师"的方式来推广、普及法律条文，睡虎地秦简《法律答问》便是对法律条文的具体解释。这些法律条文明确规定社会成员之间的义务和责任，"明主者有法度之制，故群臣皆出于方正之治，而不敢为奸"。③ 这样，民众不必知道其他的道德礼义，只需循法而行，政权便可保证无灾无咎。

殆至战国，争讼日多，"礼"用于维系社会秩序的作用越来越突出。《礼记·曲礼》言："分争辨讼，非礼不决"，"礼"由一种文化尺度和精神气质，开始转化为一种社会规则和行为规范，担负起了"定亲疏、决嫌疑、别同异、明是非"的作用，④ 越来越具有制度意味。礼，一旦作为强制的约束，便越来越接近于法。在这样的行政实践中，礼和法被视为同等重要的行政手段。《礼记·乐记》言："礼以道其志，乐以和其声，政以一其行，刑以防其奸。礼乐刑政，其极一也，所以同民心而出治道也。"礼乐与刑法不仅不可分割，而且都是规范百姓的方式。郭店竹简《六德》便言："作礼乐，制刑法，教此民尔使之有向也，非圣智者莫之

---

① 《商君书锥指》卷5《定分》，第144页。
② 《韩非子集解》卷2《有度》，第38页。
③ 《管子校注》卷21《明法解》，第1213页。
④ 《礼记·曲礼》，第1231页。

能也。""礼"与"法",皆用于导民向善。只不过"礼者禁于将然之前,而法者禁于已然之后",① 礼以教化为主,法以惩戒为用。在这里,礼法并用得到了全面的体认。荀子确认礼、法皆能维护等级制度和社会秩序,礼体现的是德,法体现的是刑,礼是个人修养的最高境界,法是社会秩序的必然保证。《荀子·性恶》言:"圣人化性而起伪,伪起而生礼义,礼义生而制法度。"礼是法的纲纪,法则能维持礼的秩序:"明礼义以化之,起法正以治之,重刑罚以禁之。"礼与法相辅相成,缺一不可,隆礼与重法并重,德主与刑辅互用。

荀子对礼、法的解释,侧重从礼的角度审视法,这是儒家经典的学理推导。但基于行政实践的法家,更愿意强化法的作用。《管子·禁藏》直言不讳:"法者,天下之仪也,所以决疑而明是非也。"虽然"法"要合乎"礼",但"法"作为治理天下的最后准则,是必须被遵从的。《管子·心术》进一步说:"礼出乎义,义出乎理,理因乎宜者也。法者,所以同出不得不然者也。"礼、法同源并重,二者皆意在确立公义公理。《慎子》:"法制礼籍,所以立公义也。凡立公,所以弃私也。"公理是社会的公共认知,公义则体现着群体价值。"礼"和"法"作为两种基本手段,正是通过软约束和硬约束来维持公理、公义不被扭曲。

战国是贵族共和制政体向君主专制政体转型之时。② 贵族共和,依靠的是礼乐传统和道德秩序,而君主专制需要建立起集中的权力运作模式。③ 由兼顾人情的一事一议的决策模式,转化为不论亲疏、一决于法的管理体制,自然需要对传统礼制进行调整。《礼记·曲礼上》所确立的"礼不下庶人,刑不上大夫"的观念,《周礼·秋官·小司寇》所明确的依"亲、故、贤、能、功、贵、勤、宾"减免刑罚的规定,是共和制度下对贵族利益的保护。在法家看来,这种体制已经损害了国家秩序,大国之治,必须

① (清)王聘珍撰,王文锦点校:《大戴礼记解诂》卷2《礼察》,北京:中华书局,1983年,第22页。

② 冯友兰《中国哲学史》:"当时现实政治之一种趋势,为由贵族政治趋于君主专制政治,由人治礼治趋于法治。"上海:华东师范大学出版社,2011年,第234页。

③ 先秦著述多有言下民不治礼者,《左传·僖公二十七年》载子犯言于晋文公:"民未知礼,未生其共。于是乎大蒐以示之礼,作执秩以正其官。民听不惑,而后用之,出谷戍,释宋围,一战而霸,文之教也。"联系到孔孟所言以礼教化百姓的说法,则西周、春秋时期的"礼"是与贵族共和制度相适应的。

一刑。《管子·任法》直接把君主也纳入守法的序列中："君臣上下贵贱皆从法，此谓为大治。"但《商君书·赏刑》却强化了君主的专制权："壹刑者，刑无等级，自卿相、将军以至大夫、庶人，有不从王令、犯国禁、乱上制者，罪死不赦。"臣下各级官吏以至百姓皆需循法，"爵自二级以上有刑罪则贬，爵自一级以下有刑罪则已。"① 国君之下，任何人只要违纪，必然要受到处罚。《史记·商君列传》载商鞅治秦时，太子犯法，未有施刑，仅仅刑其傅公子虔，黥其师公孙贾，即以其师、傅替罪，体现了秦以法治民的一刑实质。秦昭襄王以此为傲，曾言"吾秦法使民有功而受赏，有罪而受诛"，② 将法制视为秦以法立国的经验。

秦以法制替代礼制，在于春秋时期礼崩乐坏的政治局面，使法家意识到个人的私欲和人性的弱点如果不加控制，便会彻底毁掉日渐紊乱的社会秩序。孔子言"克己复礼"，便是注意到了人性的弱点；孟子对齐宣王"好色""好货"等欲望表示理解，也因其意识到食、色乃人性之本；荀子直接提出"性恶"说，并把礼作为"明群使分"的工具，作为压抑私欲的手段。荀子又从儒家学说的理论推导中，意识到"礼"不能解决所有的问题，转而强调"以善至者待之以礼，以不善至者待之以刑"，③ 认为人性之恶，只能凭借刑罚这种强制性才能约束。李斯摒弃了荀子学说中对"礼"的依赖，将《荀子》礼、法的施行原则，细化为可供管理执行的法律条文，把社会秩序完全用成文的制度固定下来，形成了一套完善的秦制，这既包括法律条文、条例解释及治狱案例，也包括职官、舆服、书仪、军制、度量衡和文字等规定，从而使得自周以来维系社会秩序的礼制转入到法制架构内。

秦将礼、法、制合一，是秦废礼而尊法的创举，也是礼、法实践到战国时期必须进行的调整。通过将春秋时儒家广泛宣扬的礼义，转化为一条条可供具体参照的行为准则，成为维系社会秩序的便捷手段，秦由此编成了烦琐而又细致的法律条文，组成维系帝国运转的基本程序。今日所见秦法，可征于文献的有任人法、上计法、失期法、度量衡法、挟书律等不下三十种，仅睡虎地秦简就又可见三十多种，此远非秦律全部。由此来看，

---

① 《商君书锥指》卷5《境内》，第120页。
② 《韩非子集解》卷14《外储说右下》，第337页。
③ 《荀子集解》卷5《王制》，第149页。

秦律并非单纯刑律，还包括各种规章制度，① 其中就有"上殿不得挟剑"之类的礼制规定。这一开创性的工作，很为秦国君臣所自豪。秦始皇在巡游的刻石中，反复宣扬秦国"作制明法"的举措，是国家长治久安的保证。② 其所谓作制，便是一更六国之乱象，建立了全新的秦制，这些制度正是通过明确的法令得以固定、得以细化、得以发布，成为治理国家的一个个程序。

第三节　"汉承秦制"问题辨析

最早明确提出"汉承秦制"说法的，是东汉的班彪。其对隗嚣说："汉承秦制，改立郡县，主有专己之威，臣无百年之柄。"③ 言汉承秦之郡县制。班固则言："汉兴，因秦制度，崇恩德，行简易，以抚海内。"④ 又言："秦兼天下，建皇帝之号，立百官之职。汉因循而不革，明简易，随时宜也。"⑤ 以汉简易秦制，用于便利。建安中，曹操亲耕藉田，有司奏言，"汉承秦制，三时不讲，唯十月都试车马，幸长水南门，会五营士为八阵进退，名曰乘之"。⑥ 言汉承秦之校猎制度。袁宏径言："汉初，文学既缺，时亦草创，舆服旗帜，一承秦制，故虽少改，所用尚多。至是天子依《周官》《礼记》制度，冠冕衣裳、珮玉乘舆拟古式矣。"⑦ 认为汉在诸多方面继承秦制。司马彪的《续汉志》中多次言及汉承秦舆服、官制等。随着在秦汉职官、赋税、钱币、土地、军制、建筑等方面研究的深入，汉承秦制之细节逐渐得以厘清。但也有学者以为，汉代只是借鉴了秦

①　吴宗国：《中国古代官僚政治制度史研究》，北京：北京大学出版社，2004 年，第 44 页。

②　《史记》卷 6《秦始皇本纪》载其巡游刻石。《峄山刻石》："皇帝临位，作制明法，臣下修饬。……治道运行，诸产得宜，皆有法式，大义休明，垂于后世，顺承勿革。"《琅邪台刻石》："端平法度，万物之纪。……除疑定法，咸知所辟。"《之罘刻石》："大圣作治，建定法度，显著纲纪。……普施明法，经纬天下，永为仪则。"《会稽刻石》："秦圣临国，始定刑名，显陈旧章。初平法式，审别职任，以立恒常。"

③　《后汉书》卷 40《班彪传》，第 1323 页。

④　《汉书》卷 28《地理志》，第 1543 页。

⑤　《汉书》卷 19《百官公卿表》，第 722 页。

⑥　《三国志·魏书》卷 1《武帝纪》注引《魏书》，北京：中华书局，1959 年，第 47 页。

⑦　《两汉纪·后汉纪》卷 9《孝明皇帝纪》，北京：中华书局，2002 年，第 165 页。

的基本制度，并没有在政治文化上继承秦制。① 此类讨论因视角不同而结论迥异，自其不变而观之，秦汉相承，不可能另起炉灶；自其变而观之，则汉必有兴废继绝之事，以远绍周政。讨论"汉承秦制"问题，要审视其对秦制的继承是出于绍续还是权衡：所谓绍续，即承认秦制的合理性，不轻易变更；所谓权衡，是暂时继承而不断进行调整。如汉高祖刘邦约法三章，是出于权衡，待汉立国，则循行秦律，渐次修订而成汉律，推行郡县制则出于绍续，尽管楚汉间有所权衡，终废封建。因此审视汉制问题，必须放在更长的历史进程中加以审视。

一　强置郡县与秦之骤兴骤亡

秦在统一全国前，曾得到诸多称赞。孔子曾言："秦，国虽小，其志大；处虽辟，行中正。身举五羖，爵之大夫，起累绁之中，与语三日，授之以政。以此取之，虽王可也，其霸小矣。"② 荀子入秦，大赞秦国民风朴素，政风恭俭。③ 司马迁言商鞅相秦十年，"秦民大说，道不拾遗，山无盗贼，家给人足。民勇于公战，怯于私斗，乡邑大治。"④ 这说明，秦变法所采取的措施是合理的，秦充分利用商鞅的变法，迅速成长，灭掉东方六国，也证明了其政治制度和行政体制的行之有效。但问题在于，"秦之盛也，繁法严刑而天下振；及其衰也，百姓怨望而海内畔矣"。⑤ 其原因，贾谊言其仁义不施，不懂攻守异势；陆贾言"秦非不欲治也，然失

---

① 朱永康：《"汉承秦制"说质疑》，《上海师范大学学报》，1987 年第 2 期；孙景坛：《汉史研究中的几个重要问题新探》，《南京社会科学》，2005 年第 6 期。

② 《史记》卷 47《孔子世家》，第 1910 页。

③ 《荀子·强国篇》载荀子对应侯问入秦所见，答曰："其固塞险，形执便，山林川谷美，天材之利多，是形胜也。入境，观其风俗，其百姓朴，其声乐不流污，其服不挑，甚畏有司而顺，古之民也。及都邑官府，其百吏肃然莫不恭俭、敦敬、忠信而不楛，古之吏也。入其国，观其士大夫，出于其门，入于公门，出于公门，归于其家，无有私事也，不比周，不朋党，偶然莫不明通而公也，古之士大夫也。观其朝廷，其间听决百事不留，恬然如无治者，古之朝也。故四世有胜，非幸也，数也。是所见也。故曰：佚而治，约而详，不烦而功，治之至也。秦类之矣。虽然，则有其谂矣。兼是数具者而尽有之，然而县之以王者之功名，则倜倜然其不及远矣。是何也？则其殆无儒邪！故曰：粹而王，驳而霸，无一焉而亡。此亦秦之所短也。"荀子所言，涉及秦的民风、吏治、政风，尽管其略有微词，但不可否认，秦国已经建立起了稳定而有效的社会管理体系，且形成了良好的社会秩序。

④ 《史记》卷 68《商君列传》，第 2231 页。

⑤ 《史记》卷 6《秦始皇本纪》，第 278 页。

之者，乃举措太众，刑罚太极故也"；① 董仲舒认为秦"诛名而不察实，为善不必免，而犯恶者未必刑也"；② 司马迁则说："论秦之德义不如鲁卫之暴戾者；量秦之兵，不如三晋之强也，然卒并天下，非必险固便形势利也，盖若天所助焉。"③ 亦对秦之骤兴骤亡感到疑惑。这些议论，皆从政治文化的角度讨论秦之兴亡。但若从社会动因来看，秦实亡于过急地推行郡县制。

　　秦以军争起家，以征伐为国策，与山东六国传统的政治文化、行政行为不同。西周时期，秦一直在周之西疆发展，为周守卫西陲，因"西戎皆服，所以为王"。④ 后以秦州为邑，以和西戎。周厉王时期，诸侯反叛，西戎随即反周。周宣王即位，以秦仲为大夫，攻西戎。秦仲战死，周宣王令仲子庄公昆弟五人，与兵七千人，伐西戎，取得胜利。秦庄公不但恢复了原先属于先祖的封地，也占领了西戎的部分土地，力量渐强。此后，秦一直与犬戎争斗，确立了以武力立国的基本格局。周幽王时期，"申侯怒，与缯、西夷犬戎攻幽王"，西周遂亡。秦襄公因护送周平王东迁有功，被封为诸侯，受赐岐以西之地，并言为："戎无道，侵夺我岐、丰之地，秦能攻逐戎，即有其地。"⑤ 实将为戎狄所占的关中土地在名义上封给秦。此时，秦襄公名义上是居于关中的诸侯，但并非实封。至秦文公十六年（前750），秦"以兵伐戎，戎败走。于是文公遂收周余民有之，地至岐，岐以东献之周"，秦国才战败犬戎，收复失地。此时关中之地虽然部分被献给周王室，但实由秦以方伯身份管辖。后秦逐渐灭掉周边小国，东得陈宝、南伐陈仓、北灭亳王，不断扩充。至秦武公即位，"伐彭戏氏，至于华山下"，领土东扩至关中全境。此后，秦孝公"获楚、魏之师，举地千里"，⑥ 秦惠王"拔三川之地，西并巴、蜀，北收上郡，南取汉中。包九夷，制鄢、郢，东据成皋之险，割膏腴之壤"，⑦ 不断蚕食诸侯，持续用兵，终以武力灭六国而一统天下。

① 王利器撰：《新语校注》卷上《无为》，北京：中华书局，1986年，第62页。
② 《汉书》卷56《董仲舒传》，第2510页。
③ 《史记》卷15《六国年表》，第685页。
④ 《史记》卷5《秦本纪》，第177页。
⑤ 《史记》卷4《周本纪》，第149页。
⑥ 《史记》卷5《秦本纪》，第179、182页。
⑦ 《史记》卷87《李斯列传》，第2542页。

　　由此可见，秦之兴起实出于军争，实际已经确立了以"霸道"取天下的基本国策。《史记·商君列传》载商鞅见秦孝公，上王道、霸道、帝道三策，最终秦孝公取霸道。刘向感慨道："夫商君极身无二虑，尽公不顾私，使民内急耕织之业以富国，外重战伐之赏以劝戎士，法令必行，内不私贵宠，外不偏疏远，是以令行而禁止，法出而奸息。……此所以并诸侯也！"① 基于这种动机而形成的法令，一是要杜绝私门而强公室，迅速集聚国家资源，形成合力，攻城略地，以成霸业；二是必须严刑峻法，政令畅通，才能保证帝国战车的快速开进。此后，大夫甘龙提出"因民而教""缘法而治"，杜挚提出"法古无过，循礼无邪"等主张，② 试图引入教化、礼乐等观念，但均被商鞅、秦孝公所驳斥。故从秦国的发展史来看，与其说"霸道"是秦孝公的选择，莫不如说是"霸道"更契合秦国的既定国策。

　　《史记·商君列传》载商鞅曾恳请好友赵良言变法得失，赵良指出百里奚治秦，"功名藏于府库，德行施于后世"，并说商鞅"相秦不以百姓为事，而大筑冀阙，非所以为功也。刑黥太子之师傅，残伤民以骏刑，是积怨畜祸也"，不如"劝秦王显岩穴之士，养老存孤，敬父兄，序有功，尊有德，可以少安"，注重德政。赵良屡次称引儒家言论，并劝商鞅推行德治，而商鞅弗从，由此可知秦立法之初，便彻底抛弃了德治。最后，商鞅被系捕而走投无路时感慨："为法之敝一至此哉！"说明商鞅不是不知峻法之弊端，而是时势使然，其不得不以峻急法令保证强国之术立竿见影。商鞅被车裂后，秦任用张仪，以诈变与武力相结合的连横之术继续侵食六国，扩大强秦之霸业。

　　这种峻急的"霸道"，既使秦国能够迅速灭掉六国，也为其统治埋下了隐患。秦灭六国后，立即在新占领区域推行郡县制，不仅激起了贵族的反对，也激起了民变。吕思勉说："秦初苟能改弦更张，又确可使众不思乱，故始皇之因循旧法，实为招乱速亡之原。汉人之言，率多如此。当时去秦近，其所言自有所见，未可以为老生常谈而笑之也。"③ 道出秦法峻急所招致的速亡之祸。但秦峻急的政风，是从商鞅变法之初就确立起来

① 《史记》卷68《商君列传》集解引（西汉）刘向《新序》，第2238页。
② 同上书，第2229页。
③ 吕思勉：《秦汉史》，上海：上海古籍出版社，2005年，第9—10页。

的，此为秦以"霸道"得天下之关键，已是秦人之共识，不可轻易更张。这种形成于秦国强大过程中的政治惯性，因连续胜利而没有得到反思，加上秦贪狼之俗和历代秦王的拓疆野心，使秦确立的"霸道"没有机会、更没有可能放缓。特别是秦始皇"怀贪鄙之心，行自奋之智，不信功臣，不亲士民，废王道，而立私爱，禁文书而酷刑法，先诈力而后仁义，以暴虐为天下治"，不懂得"并兼者高诈力，安定者贵顺权"的攻守之道，①使得秦之战车可以碾碎六国，但却不能适时刹车，终驶向毁亡。

自商鞅变法开始，屡有大夫提醒秦国应行教化、施德政。秦始皇时期，也有博士谏行德治仁义，均被驳斥。依照周秦间人的理解，德治的本义在于"选建明德"，即分封土地给功臣，通过屏藩拱卫王室，从而保证天下一统。但秦过于峻急地推行郡县制，直接消除了山东贵族的经济基础，成为秦末义兵蜂起的直接根源。

秦所推行的郡县制，使土地、官吏控制于中央，与六国政体不同，故遭到山东贵族的抵触。早在秦武公十年（前688），"伐邽、冀戎，初县之"，《史记集解》引《地理志》言陇西有上邽县，应劭注："即邽戎邑也。"冀县属天水郡。秦国将新占领的西戎领土依郡县制管理。秦武公十一年（前687），秦"初县杜、郑"，依《史记集解》引《地理志》："京兆有郑县、杜县也。"《史记正义》引《括地志》："下杜故城在雍州长安县东南九里，古杜伯国。华州郑县也。"秦孝公十三年（前349），商鞅开始全面推广郡县制，"并诸小乡聚，集为大县，县一令，四十一县。为田开阡陌"。② 第二年开始征收赋税，由中央统辖。这种将土地直接归属于中央政府，国君派遣官吏管理的做法，改变了周之分封制度，有效地保证了中央政府的财税收入，使国家可以直接控制全国的田租、赋税和徭役，能够迅速动员力量，从经济上巩固了中央集权。③ 由国君任命郡县首长的制度，也从政治上确保了君主的独尊地位，实现政令一统，使秦国的政治

---

① 《新书校注》卷1《过秦》，第14页。

② 《史记》卷5《秦本纪》，第182、203页。

③ 张金光认为：秦国社会经济制度的支配形态，是在土地国有制基础上，通过国家份地授田制，建立起具有强制性的份地农分耕定产承包制，这种政社合一的官社或公社经济体制，促进了国家税收的迅速增加。其政治经济关系是在国家与社会、政府与民之间发生的统治、剥削关系，所谓阶级关系也都表现在官民之间。参见《秦制研究》，上海：上海古籍出版社，2004年。

和经济形态迅速转型，形成了与山东六国贵族共和体制迥异的君主专制。①

秦国在蚕食六国的过程中，每攻其地，便设立郡县。如取上郡、蜀郡、汉中、上党，皆列为郡，新立南郡、黔中郡、南阳郡、三川郡、太原郡等，将原属于六国贵族之土地收归秦国所有，秦王直接派官吏管辖。在秦统一六国的过程中，这种郡县制的推广，一方面迅速扩大了秦国的国土面积，增加了赋税收入；另一方面压缩了山东贵族的利益空间，使山东大大小小的贵族无以为生。特别是在秦灭亡六国的过程中，"每破诸侯，写放其宫室，作之咸阳北阪上，南临渭；自雍门以东至泾、渭，殿屋复道周阁相属。所得诸侯美人钟鼓，以充入之"，不仅强占六国诸侯贵族财产，而且毁名城、销兵器，"徙天下豪富于咸阳十二万户"，弱山东六国而充实关中。这样一来，六国的王室、贵族沦为贫民，山东六国的基层也缺乏有效管制，导致人心浮动。秦丞相王绾已经意识到山东诸侯不服，曾上言道："诸侯初破，燕、齐、荆地远，不为置王，毋以填之。请立诸子，唯上幸许。"② 希望分封诸子以威服，但秦始皇采纳李斯建议，不置诸侯，分天下为三十六郡，设守、尉、监治之。

秦王对郡县制的坚持，源于秦国强大的经验。秦立国之初，因周贵族多居封地，关中并没有集中大量世袭贵族，且或为犬戎掳掠，或随平王东迁，秦襄公接手的周地，多为平民。这自然减少了秦推行社会变革的阻力。商鞅变法时，甘龙、杜挚、赵文、赵造、周绍、赵俊等人提出异议，秦孝王、商鞅通过辩论便能说服，可见此论只限于政见，并不直接损害贵族的切身利益。虽然商鞅变法时，秦国"宗室贵戚多怨望者"，然其非商鞅之论，多在"刑黥太子之师傅，残伤民以骏刑""日绳秦之贵公子"③，弊端在变法之峻急而不在法令本身，故"孝公、商君死，惠王即位，秦法未败也"。④ 此后秦国形成的贵族，多因军功而起，得失全赖君权，故秦王能够有效控制。况且秦之专制政体，亦不允许诸侯坐大，"穰侯擅权于诸侯，泾阳君、高陵君之属太侈，富于王室。于是秦王悟，乃免相国，

---

① 翦伯赞：《秦汉史》，北京：北京大学出版社，1999 年，第 45—82 页。
② 《史记》卷 6《秦始皇本纪》，第 238—239 页。
③ 《史记》卷 68《商君列传》，第 2223—2234 页。
④ 《韩非子集解》卷 17《定法》，第 398 页。

令泾阳之属皆出关，就封邑。……穰侯卒于陶，……秦复收陶为郡。"①
穰侯魏冉为昭王舅，曾使"天下皆西乡稽首"，坐大即被贬斥，其舅尚且
如此，何论其他？可见秦"强公室，杜私门"政风之烈，足以荡平豪门
贵族，而一统权势于君王。这种体制有效保证了君主专制的执行，使秦国
能够号令统一，战争意志得以贯彻。秦一统六国后，有议再行封建事，李
斯力排众议："周文武所封子弟同姓甚众，然后属疏远，相攻击如仇雠，
诸侯更相诛伐，周天子弗能禁止。今海内赖陛下神灵一统，皆为郡县，诸
子功臣以公赋税重赏赐之，甚足易制。天下无异意，则安宁之术也。置诸
侯不便。"② 认为对长治久安而言，行郡县便于控制天下，秦始皇亦以
"求其宁息"为由，推行郡县。

　　秦变法成功，实赖于秦之贵族少，封爵日多，疆域不断扩充，内部并
无利益冲突；山东六国之变法，皆因贵族抵触或失败、或异化，至秦兵压
境亦尚未完成。然秦灭六国之后，废封建而行郡县，原六国贵族封地被
夺，财产被征，收入骤减，初则讥秦少恩，后则应陈涉而起者，如张耳、
陈余、魏咎、武臣、田儋、韩广、周文、孔鲋、张良、项梁、项羽等，或
贵族之后，或依于贵族，起兵响应，正因早怀怨望。张耳、陈余还劝陈胜
"遣人立六国后，自为树党，为秦益敌"，③ 意在通过恢复六国贵族，换取
天下支持。孔鲋也劝其"兴灭继绝"，④ 以赢得民心。《史记·张耳陈余列
传》中记载陈中豪杰父老游说陈涉：

　　　　将军身被坚执锐，率士卒以诛暴秦，复立楚社稷，存亡继绝，功
　　德宜为王。且夫监临天下诸将，不为王不可，愿将军立为楚王
　　也。……今始至陈而王之，示天下私。愿将军毋王，急引兵而西，遣
　　人立六国后，自为树党，为秦益敌也。敌多则力分，与众则兵强。如
　　此野无交兵，县无守城，诛暴秦，据咸阳以令诸侯。诸侯亡而得立，
　　以德服之，如此则帝业成矣。今独王陈，恐天下解也。

----

① 《史记》卷72《穰侯列传》，第2329页。
② 《史记》卷6《秦始皇本纪》，第239页。
③ 《史记》卷89《张耳陈余列传》，第2573页。
④ 傅亚庶撰：《孔丛子校释》，北京：中华书局，2011年，第432页。

这段话最能看出当时楚国民众心理，仍有楚遗民之心，期望恢复楚国，以为号召。陈胜不听，自立为王，遂失去号召天下的机会。

陈胜亡后，范增则言于项梁："今陈胜首事，不立楚后而自立，其势不长。今君起江东，楚蜂午之将皆争附君者，以君世世楚将，为能复立楚后也。"① 认为项氏立楚后为号召，方可起大事。项梁于是寻求楚怀王之孙熊心复立为楚怀王，司马迁以"从民所望也"括之，可知楚人对复立楚国的渴望，其余五国之情形亦如是。如张耳、陈余也接收了说客的建议："独立赵后，扶以义，可就功。"② 立赵歇为赵王。

由此可见，此时六国贵族仍在旧地有相当的号召力，以致新起豪强不得不假托其名起事。二世二年（前208）八月，武臣自立为赵王，田儋自立为齐王，韩广自立为燕王，魏咎自立为魏王，六国复立。在此背景下，赵高乃召秦之大臣、公子，商议秦取消帝号，改称王："秦故王国，始皇君天下，故称帝。今六国复自立，秦地益小，乃以空名为帝，不可。宜为王如故，便。"③ 遂立公子婴为秦王。

秦之称帝，在于一统六国；秦之自降为王，在于其不能治天下。而项羽已定天下，便分封天下，六国前义军所立之魏王豹、韩王成、赵王歇、燕王韩广、齐王田市仍封王，加上此前所拥立的楚之义帝，则六国之王室尽复。包括秦之重臣在内的新起贵族，亦因军功而被分封，章邯为雍王、司马欣为塞王、董翳为翟王，加上刘邦的汉王，据关中；山东则以申阳为河南王、司马昂为殷王、张耳为常山王、黥布为九江王、吴芮为衡山王、共敖为临江王、臧荼为燕王、田都为齐王、田安为济北王、项王自立为西楚霸王。秦二世一亡，天下立刻恢复分封制，恰证明秦国过急地推行郡县制，严重损害了六国贵族的利益，使他们走投无路，而不得不铤而走险，热烈响应陈胜首义。由此说，汉初学者所谓的刑罚峻急，非仅为司法之急，亦含有推行郡县之急，使得六国贵族无法适应突然一无所有的生活窘境；又为秦弃礼而一刑，使得习惯了"刑不上大夫"的六国贵族，难以接受秦法之冷酷。因而自秦始皇统一之后，就涌动着反抗的暗流，秦始皇不得不一次次巡狩以威服，最终还是未能阻止六国臣民的叛乱。

---

① 《史记》卷7《项羽本纪》，第300页。
② 《史记》卷89《张耳陈余列传》，第2578页。
③ 《史记》卷6《秦始皇本纪》，第275页。

　　所以说，秦国的灭亡，主要在于秦政过于峻急，特别是统一六国后，采用暴风骤雨式的政治、经济、军事和文化变革，试图在数年之内建立起"车同轨，书同文"的一统政体，直接搬用秦在数百年间形成的尚法传统，忽略了六国的经济生活现状和文化形态，引起了山东贵族的强力反弹。而汉初行封建，正是在此背景下不得不采用的暂时策略。

二　"汉承楚制"问题再讨论

　　田余庆曾考证张楚于秦汉间之重要性，指出了张楚对刘邦帝业的启发作用。[①] 阎步克也曾提到秦之法治，多以三晋法家为指导，而汉初黄老多受南楚文化影响；儒学独尊，是齐鲁文化的胜利。[②] 此一观点，在于看到项氏所行乃用楚制，项梁起兵后，"时立楚之后，故置官司皆如楚旧也。"[③] 刘邦初立，也以楚制行事，自为沛公。孟康曰："楚旧僭称王，其县宰为公。陈涉为楚王，沛公起应涉，故从楚制，称曰公。"[④] 后叔孙通拜见，"变其服，服短衣，楚制，汉王喜"。王先谦亦引沈钦韩语："高祖初起，官爵皆从楚制。"[⑤] 秦末起事的张楚、项羽和刘邦等政权，都曾循楚制而立，后刘邦立为汉王，治汉中及巴蜀，逐步将秦制和楚制结合起来，形成了汉制的基本形态，这一问题已有学者研讨。[⑥] 秦制与楚制是有相通之处的，如秦、楚都设有县，而且存在一定的相似之处。[⑦] 楚国在楚悼王时期，吴起所推行的变法，正与秦之治道趋同，楚的中央集权倾向也在不断加强。但据李开元考证，刘邦早在西楚元年（前206）四月进入汉中后，不久就废除了楚制，转依秦制。[⑧] 其论亦有据，我们还可以再做进

---

　　① 田余庆：《说张楚：关于"亡秦必楚"问题的探讨》，引自《秦汉魏晋史探微》，北京：中华书局，2004年，第1—29页。

　　② 吴宗国：《中国古代官僚政治制度研究》，北京：北京大学出版社，2004年，第54页。

　　③ 《史记》卷8《高祖本纪》注引，第356页。

　　④ 《汉书》卷1《高帝纪》注引，第11页。

　　⑤ （清）王先谦：《汉书补注》，上海：上海古籍出版社，2008年，第3358页。

　　⑥ 参见罗新《从萧曹为相看所谓"汉承秦制"》，《北京大学学报》，1996年第5期。高敏在《论两汉赐爵制度的历史演变》中指出，"刘邦在起义过程中实行的赐爵制，从爵名来说，实因袭了秦国、秦王朝及东方诸国曾经使用过的各种旧爵名，尤其是因袭楚国的官爵名，并非单纯因袭秦制。"《文史哲》，1978年第1期。

　　⑦ 杨宽：《春秋时代楚国县制的性质问题》，《中国史研究》，1981年第4期。

　　⑧ 李开元：《前汉初年军功受益阶层的成立》，载《史学杂志》第99编第11号，1999年，第1017—1890页。

一步考察，查看汉制与楚制、秦制的关系究竟如何？

刘邦即位之初，"曰义帝无后，齐王韩信习楚风俗，徙为楚王，都下邳。立建成侯彭越为梁王，都定陶。故韩王信为韩王，都阳翟。徙衡山王吴芮为长沙王，都临湘。番君之将梅鋗有功，从入武关，故德番君。淮南王布、燕王臧荼、赵王敖皆如故"，[①] 司马迁以此作为"天下大定"的标志。刘邦取代项羽所封，重新分封诸王，通过划分疆土来安抚属下，奖掖功臣，以确立自己的皇帝地位。但此时所封诸王不仅拥有兵权，而且拥有属地行政管理权。这说明刘邦继承了张楚的做法，并未废除分封制度，此后剪除异姓王，仍赐刘姓宗室成员为诸侯王，一仍封建制。如果说楚汉之争中的分封是出于无奈，天下大定后分封刘氏宗亲，则是刘邦的自觉选择。《史记·汉兴以来诸侯王年表》："内地北距山以东尽诸侯地，大者或五六郡，连城数十，置百官宫观，僭于天子。……何者？天下初定，骨肉同姓少，故广强庶孽，以镇抚四海，用承卫天子也。"这一分封，显然继承了六国旧制而试图避免秦因王室孤危而一呼天下动。徐天麟之言"汉祖龙兴，取周、秦之制而兼用之，其亦有意于矫前世之弊矣"，[②] 正意识到西汉对秦制的矫正，是采用了周行封建以屏藩王室的经验。

在分封过程中，刘邦也继承了秦封户之法。《史记·高祖功臣侯者年表》言："大侯不过万家，小者五六百户。后数世，民咸归乡里，户益息，萧、曹、绛、灌之属或至四万，小侯自倍，富厚如之。"这些诸侯虽然只享有封户，但不享有对封地的管理权，只能以关内侯的形式存在于关中，从而保证王室在都城周围的绝对权威。

汉初在关中封户，以郡县管理；在山东封地，以封建管理，既照顾到了六国的不同国情，便于各地依照传统模式实行管理，也确保了关中地区的一统，是对秦制和楚制的兼用。在分封的诸侯国内设立相国，辅佐王、侯处理朝政，则可以看作是对楚制的继承。[③] 而且，汉初之侯采取赐邑食户之法与居于封地两种制度结合的方式，也是将秦制与楚制融通。从这个角度来看，汉承秦制，并非全盘吸收，而是充分汲取了以楚制为代表的六

---

① 《史记》卷8《高祖本纪》，第380页。

② （南宋）徐天麟撰：《东汉会要·封建上》，上海：上海古籍出版社，1978年，第237页。

③ 卜宪群：《秦汉官僚制度》，北京：社会科学文献出版社，2002年，第67—83页。

国旧制，按照便宜行事的原则确立具体细节。

这种相对简易的制度，是汉高祖刘邦有意识地对秦制的反拨。刘邦定关中之后，善待秦王，用秦旧吏，封存府库，这可以看作是安抚民心的政治举措。刘邦所谓的"除去秦法"，更当被视为政治表态，因为西汉立国之后，便意识到"三章之法不足以御奸，于是相国萧何捃摭秦法，取其宜于时者，作律九章"。① 萧何所修订的《九章律》，包括《具律》《盗律》《贼律》《囚律》《捕律》《杂律》六律，本秦之用。而《兴律》《厩律》《户律》三章，则为新订。后叔孙通又补《傍律》、张汤又作《越宫律》、赵禹再作《朝律》，组成汉律。可知"汉承秦制"，在法律上乃承其有，而增益其所无。至汉武帝时，汉之"律令凡三百五十九章，大辟四百九条，千八百八十二事，死罪决事比万三千四百七十二事"。② 可知西汉律令之繁苛，与秦不相上下。

柳宗元在《封建论》中指出"（秦）失在于政，不在于制"，王夫之也认为秦之失不在制度，而在秦王私天下之心过重。③ 西汉以后，国家多废封建而行郡县，且律令严酷，至清末不绝，足知秦制并非导致强秦亡国的根本原因，而在于秦统一六国之后，不能与民休息，并大肆利用六国财力，满足一尊之威严，才致迅速败亡。汉儒对此批评甚多。后刘邦立国，采用较为简易的行政措施，如一度废除秦国苛法以换取百姓的拥护、延续六国旧制安抚将士，实际是便宜从事。

刘邦取关中时就非常担心秦之礼仪法令会对自己的政权造成损害，曾一度废止秦法，来获取关中父老的拥护。但若完全废止，却又走向了另一个极端，毕竟秦法、秦制也是总结了三代以至于六国的行政经验，虽失之于严苛繁琐，却不可或缺。刘邦在立国后不久便恢复秦制，所以当叔孙通提出"共起朝仪"的建议时，刘邦的第一反应是"得无难乎"？并要求

---

① 《汉书》卷23《刑法志》，第1096页。

② 同上书，第1101页。

③ （明）王夫之《读通鉴论》卷1《秦始皇》："故秦、汉以降，天子孤立无辅，祚不永于商、周；而若东迁以后，交兵毒民，异政殊俗，横敛繁刑，艾削其民，迄之数百年而不息者亦革焉，则后世生民之祸亦轻矣。郡县者，非天子之利也，国祚所以不长也；而为天下计，则害不如封建之滋也多矣。呜呼！秦以私天下之心而罢侯置守，而天假其私以行其大公，存乎神者之不测，有如是夫！"北京：中华书局，1975年，第2页。

"可试为之，令易知，度吾所能行为之"。① 可见，刘邦在汉初对待秦礼、秦法，最初是抱着排斥的态度，后逐渐尝试着借用。班固也说："汉兴，因秦制度，崇恩德，行简易，以抚海内。"② 既看到了汉初对秦制的继承，也看到了依照简易从事原则的变更。西汉由此奠定的行政习惯，一方面导致了汉制确定的迟缓，如汉文帝时贾谊"悉草具其事仪法"，③ 但未能迅速铺开，议而不定；另一方面则形成了汉初因旧为制、循俗少更的行政风气。

　　除了前文所提及的萧何因秦律而定汉法、刘邦循六国旧制而封山东之外，汉初在礼仪制度的制定中，采用循旧制为法、因传统而治的手段，既保证了汉对秦制的继承，也有效避免了秦政的弊端。《汉书·律历志》言汉初"袭秦正朔"，《郊祀志》亦言刘邦下令："今上帝之祭及山川诸神当祠者，各以其时礼祠之如故。"不轻易更张。叔孙通"颇采古礼与秦仪杂就之"的汉朝仪礼，司马迁就评价说："王者必因前王之礼，顺时施宜，有所损益，即民之心，稍稍制作，至太平而大备。"④ 认为这种因循成例的做法，保证了秦汉制度的平稳过渡。

　　汉初君臣集团显然意识到秦国的急剧覆亡，在于不顾六国的经济条件和社会习俗，强行采用暴风骤雨式的郡县制改革，彻底颠覆了传统的经济秩序、社会形态和文化观念，激起了山东贵族的强烈反对。因而，在汉初便采取"顺时施宜"的行政措施，简易而行地利用秦制，逐步调整秦制，回避诸多矛盾，保证了汉初政权的平稳过渡。在此基础上推行的黄老之政，正是"顺时施宜"的政风的延续。

三　因俗为制与汉初帝道论的实践

　　汉之所以承秦制，在于汉初实行以"置法而不变"的帝道观念行政。帝道的核心是因循旧法，少行变更，秦吏得以续任；清静治国，无为而治，秦制得以留存。汉初因循自然治国之道的形成，主要在于曹参的实践。《史记·曹相国世家》如是记述：

---

① 《史记》卷 99《叔孙通传》，第 2722 页。
② 《汉书》卷 28《地理志》，第 1543 页。
③ 《史记》卷 84《屈原贾生列传》，第 2492 页。
④ 《汉书》卷 22《礼乐志》，第 1029 页。

天下初定，悼惠王富于春秋，参尽召长老诸生，问所以安集百姓，如齐故俗。诸儒以百数，言人人殊，参未知所定。闻胶西有盖公，善治黄老言，使人厚币请之。既见盖公，盖公为言治道贵清静而民自定，推此类具言之。参于是避正堂，舍盖公焉。其治要用黄老术，故相齐九年，齐国安集，大称贤相。

曹参初至齐地，征询治国之策，儒生百余人论之，说明此时尚未形成治理思路。曹参采用盖公言"清静"的治国之道，七年之后，居然使齐国大治。其所谓"清静"之道，一在于遵循旧制，慎勿扰民，在行政上"举事无所变更"，不轻易变更旧法，通过尊重民俗、成法，以维持社会的稳定。二在于选用长者为吏，一变秦"以吏为师"之风，而改为"以师为吏"，其"择郡国吏木讷于文辞，重厚长者，即召除为丞相史。吏之言文刻深，欲务声名者，辄斥去之"。① 任用忠厚者为吏，既可以发挥长者的道德示范作用，"我无为而民自化，我好静而民自正，我无事而民自富，我无欲而民自朴"，② 形成简约、宽容、厚道的政风；又可因官吏之忠厚，少鞭扑于民，使百姓能从旧法之残酷峻急中得以缓解。

曹参所采用的清静无为的治国理念，与其说是受黄老之学的启发，不如说是汉初学者们的共识。陆贾著《新语》十二篇，为刘邦君臣设计治国之道。其《至德》言：

是以君子之为治也，块然若无事，寂然若无声，官府若无吏，亭落若无民，闾里不讼于巷，老幼不愁于庭，近者无所议，远者无所听，邮无夜行之卒，乡无夜召之征，犬不夜吠，鸡不夜鸣，耆老甘味于堂，丁男耕耘于田，在朝者忠于君，在家者孝于亲，于是赏善罚恶而润色之，兴辟雍庠序而教诲之，然后贤愚异议，廉鄙异科，长幼异节，上下有差，强弱相扶，大小相怀，尊卑相承，雁行相随，不言而信，不怒而威，岂特坚甲利兵、深牢刻令、朝夕切切而后行哉？

此段描述，远合乎道家小国寡民之清静无为，近合乎帝道之论的因循自

---

① 《史记》卷54《曹相国世家》，第2029页。
② 《老子道德经注校释》，第150页。

然，与曹参所学的黄老之道遥相呼应。同时，贾谊对汉初行政"以道为
虚，以术为用"的见解，亦错杂黄老之论。① 《韩诗外传》言："故大道
多容，大德众下，圣人寡为，故用物常壮也。"亦通清静无为之说。② 这
说明，因循成法、顺时施宜的行政策略，不仅是汉初学者的共识，③ 也是
汉初君臣的共识。正是基于这种共识，才使得刘邦、吕后选择了曹参，并
持续给予支持。

　　曹参之后，接任相国的陈平，"少时本好黄帝、老子之术"，他之所
以能够担任丞相，正在于能行因循之术而不强为。任丞相后，陈平继承曹
参之道，一仍其旧。曾有人进言说，"陈平为相非治事，日饮醇酒，戏妇
女。"陈平闻之，日益甚。这正说明他一任百姓自化，并不轻易扰民。当
汉文帝问他政事时，对曰："陛下即问决狱，责廷尉；问钱谷，责治粟内
史。"上曰："苟各有主者，而君所主者何事也？"他则回答："主臣！陛
下不知其驽下，使待罪宰相。宰相者，上佐天子理阴阳，顺四时，下育万
物之宜，外镇抚四夷诸侯，内亲附百姓，使卿大夫各得任其职焉。"④ 其
所言的协理阴阳、调顺四时，实是辅佐君主行帝道。这种上无为而令下有
为的做法，《淮南子·主术论》总结为清静之道："人主之术，处无为之
事，而行不言之教。清静而不动，一度而不摇，因循而任下，责成而不
劳。"正是帝道行政之法在汉初的实践。

　　汉初之所以推行无为之政，经济的凋敝、百姓的艰辛和对秦政的省思
是客观原因，当时君臣之间的微妙关系，也是一个不可忽视的主观动因。
刘邦起兵称帝，多赖亲故。其立国后虽翦除了七个异姓王，但朝中仍多有
功臣。这些大臣"习兵，多谋诈，其属意非止此也，特畏高帝、吕太后
威耳"，⑤ 受制于刘邦，暂时保持一种安定团结的局面。刘邦也需要保证
功臣们的利益，以平衡彼此关系，换取政权的暂时稳定。曹参任相国时，
刘邦已逝，功臣仍在，吕后专权，曹参只能采用息事宁人的方式来调节、
平息功臣们的矛盾，特别是消除属吏对功臣、权贵的不满，"卿大夫已下

① 马晓乐、庄大钧：《贾谊、荀学与黄老：简论贾谊的学术渊源》，《山东大学学报》，
2003 年第 1 期。
② 李知恕：《论〈韩诗外传〉的黄老思想》，《社会科学研究》，2002 年第 2 期。
③ 丁原明：《黄老学论纲》，济南：山东大学出版社，1997 年，第 212—302 页。
④ 《史记》卷 56《陈丞相世家》，第 2060—2062 页。
⑤ 《史记》卷 10《孝文本纪》，第 413 页。

吏及宾客见参不事事，来者皆欲有言。至者，参辄饮以醇酒。间之欲有所言，复饮之，醉而后去，终莫得开说，以为常"，① 遇事便用吃饭喝酒的温和方式来解决，调和了不少鸡毛蒜皮的小事。曹参在秦末战争中作战骁勇，身多被疮，断非怯懦无能之辈，他之所以采用这种理政策略，正是为了不引起汉惠帝、吕后的怀疑，而且能够有效避免大臣之间的逞强使能。尽管这种做法有些违背礼制和法令，但却最大限度地回避了汉初布衣将相之间的冲突，稳定了政治局面。陈平任相期间，正值吕后专政，其也采用了饮酒而不理政的方式加以回避。因此，当吕媭向吕太后禀报陈平耽于酒色时，"吕太后闻之，私独喜"，② 不仅训斥吕媭于陈平前，反而对陈平更加信任。这种微妙的平衡关系，决定了汉初只能无为而治，令民自化。

这种政风反过来又影响到接班人的选择，曹参、陈平是因为通于黄老之术，才被刘邦指定为相国。吕氏被诛灭后，群臣议立新帝，因代王"最长，仁孝宽厚。太后家薄氏谨良。且立长故顺，以仁孝闻于天下"，③ 温良宽厚，能够安时处顺，才为各方所接受。汉文帝即位二十余年，将清静无为之治推行到了极致，其"宫室苑囿车骑服御无所增益。有不便，辄弛以利民。……身衣弋绨，所幸慎夫人衣不曳地，帷帐无文绣，以示敦朴，为天下先。治霸陵，皆瓦器，不得以金银铜锡为饰，因其山，不起坟"，④ 帝王自身简易朴素，自然引导政风简约，让民风淳朴。其如此作为，非其选择，乃心性为之，也是当初被选立为帝的原因。汉文帝因时处顺的做法，正是发自内心的坚持，因此延续了汉初因循自然、清静无为的治国传统。汉文帝对诸侯群臣多加安抚，如"吴王诈病不朝，就赐几杖。群臣如袁盎等称说虽切，常假借用之。群臣如张武等受赂遗金钱，觉，上乃发府，以金钱赐之，以愧其心"⑤。这种俭朴清静的行政风气，使西汉迅速恢复了社会生产，稳定了社会秩序："百姓无内外之徭，得息肩于田亩，天下殷富，粟至十余钱，鸣鸡吠狗，烟火万里，可谓和乐者乎!"⑥ 逐渐从秦政所造成的凋敝中恢复过来。由此来看，"汉承秦制"既有制度

---

① 《史记》卷 54《曹相国世家》，第 2029 页。
② 《史记》卷 56《陈丞相世家》，第 2060 页。
③ 《史记》卷 9《吕太后本纪》，第 411 页。
④ 《汉书》卷 4《文帝纪》，第 134 页。
⑤ 《史记》卷 10《孝文本纪》，第 433 页。
⑥ 《史记》卷 25《律书》，第 1242 页。

层面的继承，也有措施方面的调整，但更多是西汉出于"顺时施宜"的原则而便宜为之。其采用因循旧制的做法，避免了轻易改弦更张而导致的社会剧烈变动，逐步稳定了天下形势。

第四节　改制语境与汉赋的劝百讽一

我们讨论两汉儒学，传统上习惯从汉武帝"罢黜百家"开始，但汉武帝之所以"独尊儒术"，一在于法家之霸道、道家的黄老之政已经过秦及汉初的实践，不足以支撑一统帝国的思想所需；二在于汉初儒家经过学理整合和学说重构，使得儒学更加适应帝制的内在要求。从这个角度来看，与其说董仲舒说服了汉武帝采用儒术，莫不如说经过汉初儒生孜孜不倦的努力，使得儒家学说成为帝制建构不可忽略的思想资源，最终为西汉王室所接受。由此不断强化的儒家改制语境，不仅完成了西汉制度的基本建构，而且成为推动西汉行政调整的基础性力量。

一　汉初儒生的建制实践

儒生在战国时期的尴尬，正在于自孔子"述而不作"的学说传承，造就了后学"蔽于古而不知今"的学术风气，成为儒生在现实中实现"修齐治平"的隔膜。在此背景下，儒生若参与政治，就必须消除这种隔膜，否则必然于与其前辈一样，仅限于坐而论道。而这种隔膜的消除，要么搜罗典籍，修订儒家学说向现实靠拢，这既需要有大儒的出现，又需要长时间的学术积累，并获得儒生共识后才能完成；要么不再固守儒学成说，而是兼采诸子，灵活变通地参与社会或者迎合政治。秦之儒生必须先解决的是此身此生的生计问题，无暇退而立说，唯一的选择就是通过改变自己来迎合现实。

儒学作为一种建制的力量，在于其并非屈从于政治，而是按照儒家的学说宗旨，尽可能地影响政治，使之成为国家的治理思想。陆贾撰著《新语》并得到刘邦的承认，可以视为汉初建制儒学的尝试。

《汉书·艺文志》列《高祖传十三篇》，入儒家类，班固注言："高祖与大臣述古语及诏策也。"可知刘邦曾与臣下讨论的治道及其所形成的观念接近于儒家学说。其所谓"述古语"，当是借用六经为代表的儒家经典，否则刘向不可能将其录入"儒家"。随后，刘邦又请儒生叔孙通担任太子太傅，可知在汉惠帝的知识结构中，有相当数量的内容来自儒学。后来，刘邦又在鲁南宫接见了儒生申公及其弟子，并以太牢之礼祭祀孔子。而汉初君臣对儒学的接受，与陆贾、叔孙通等人的努力是分不开的。相对于叔孙通从实践层面为汉代定制度，陆贾更多的是在理论层面对汉初政治施以影响。班固曾言："天下既定，命萧何次律令，韩信申军法，张苍定章程，叔孙通制礼仪，陆贾造《新语》。"① 将此五者并提，作为汉制的基础建构。如果说前四者分别在法律、军事、条令、礼仪制度方面为西汉定制，那么陆贾的《新语》当然可以视为汉朝国家治理理念的渊源。

之所以如此认为，是因为陆贾的《新语》只是就西汉如何建构行政制度提出了一些纲领性的理念，并没有制定具体可行的细节，因而他对汉制的启发，主要是对刘邦及其功臣集团提供学理上的支撑。陆贾先后仕高祖、惠帝、吕后、文帝诸朝，《新语》形成于汉高祖时期，这部被汉高祖称"善"、群臣呼"万岁"的著作，成为汉文帝之前的治国总纲。②

贾谊对陆贾学说的延续，在于贾谊更强调制度是国家行政运行的基础。在这其中，用于规范君臣秩序、社会秩序的"礼"，不仅是社会公共价值的体现，而且是先王行政经验的总结，是伦理观念、典章制度和礼节仪式的总括。③ 贾谊认为，国家要实现长治久安，必须确定必要的制度，作为调解社会秩序、调适阶层矛盾、调整经济问题的依据，④ 西汉面临的主要问题，可以通过定制加以解决。

在贾谊看来，汉初三十年采用因循之政，诸侯王在名号、服饰、宫室、车舆等方面与帝王等齐，已经成为君主潜在的隐患。汉文帝时期

① 《汉书》卷1《高帝纪》，第81页。

② 有学者认为陆贾的治国之道是一种"新无为"之论，并认为陆贾有援道入儒的倾向，这实际是立足于黄老或者道家来看待陆贾的思想体系。参见李禹阶《陆贾"新无为"论探析：论汉初新儒家的援道入儒思想》，《中华文化论坛》，2003年第1期。也有学者认为陆贾吸收了法家的思想，有整合儒法的倾向。参见韩星《儒法整合：秦汉政治文化论》，北京：中国社会科学出版社，2005年，第151—154页。我们认为，战国后期的学者虽各有所宗，然并非守其一家，如后世所分百家之壁垒分明，三晋法家、稷下学派、吕不韦门客集团等皆能兼容百家，取长补短，形成具有综合性质的学术体系。而荀子虽宗儒家、道家、名家、法家等学术思想，开始实现学术之兼容，《吕氏春秋》更是融合儒、道、兵、法、墨、阴阳诸家而成。因此，陆贾的思想体系与其说是有意识地援道入儒，不如说是更多继承了荀子的礼法思想，接受了《吕氏春秋》的阴阳和顺化意识。

③ 谢子平：《贾谊的礼义论》，《贵州大学学报》，2002年第2期。

④ 徐复观：《两汉思想史》，上海：华东师范大学出版社，2001年，第86—95页。

"本末舛逆，首尾横决，国制抢攘"的现状，[①] 根源在于没有建立制度：
"君臣相冒，上下无辨，此生于无制度也。"[②] 要改变这种局面，只有通过
"定经制，令君君臣臣，上下有差；父子六亲，各得其宜"，[③] 才能建立起
运行顺畅的行政秩序。贾谊入朝之初，就明确提出建立完善的制度来巩固
国家秩序："固当改正朔，易服色法制度，定官名，兴礼乐，乃悉草具其
仪法，色尚黄，数用五，为官名，悉更秦之法"，[④] 通过对宫室、器物、
舆服等的规定，实现"等级既设，各处其检，人循其度。擅退则让，上
僭则诛"，[⑤] 不仅保证中央的权威，而且能够明确各级官员的职责。

　　叔孙通制定朝仪与宗庙仪法，只是在仪式和器物上对朝仪和祭仪做了
规定，充其量只是对"礼"的外在形式进行调整，并没有从政治理念的
高度强调用以"别异"的"礼"，不仅可以对君臣秩序进行规范，更能够
从政治观念上强化君臣秩序，使得诸侯王对皇帝心存敬畏，不敢轻易僭
越。汉文帝似乎意识到了这一问题，但出于反对力量的强大，最终放弃了
贾谊"定制度、兴礼乐"的建议。

　　单从一朝一代的视角看，贾谊的定制论是按照儒家学说确立一套合乎
西汉行政秩序的礼制。但从秦汉制度延续的视角看，贾谊的主张实际是以
礼制纠正秦制的弊端，完全可以看作是改制论。他在《治安策》中说：
"商君遗礼义，弃仁恩，并心于进取，行之二岁，秦俗日败。……曩之为
秦者，今转而为汉矣。然其遗风余俗，犹尚未改。"在贾谊的眼中，"汉
承秦制"继承的不过是秦法的严酷，即便推行与民休息，意在使百姓自
化，但这种放任又导致了社会风俗的败坏。贾谊认为单纯地依靠法律并不
能解决社会问题，必须重建礼制："夫礼者禁于将然之前，而法者禁于已
然之后。……以礼义治之者，积礼义；以刑罚治之者，积刑罚。刑罚积而
民怨背，礼义积而民和亲。"[⑥] 只有以礼义教化百姓，才能移风易俗，使
"诸侯轨道，百姓素朴，狱讼衰息"。[⑦]

---

① 《汉书》卷 48《贾谊传》，第 2230 页。

② 《新书校注》卷 3《瑰玮》，第 104 页。

③ 《汉书》卷 48《贾谊传》，第 2247 页。

④ 《史记》卷 84《屈原贾生列传》，第 2492 页。

⑤ 《新书校注》卷 1《服疑》，第 53 页。

⑥ 《汉书》卷 48《贾谊传》，第 2252—2253 页。

⑦ 《汉书》卷 22《礼乐志》，第 1030 页。

秦法之严苛的弊端有两个办法缓解：一是任用长者治国，如汉惠帝时，曹参多用长者为吏，官员宽厚，法令便不能轻易虐民，其弊端暂时得以缓解。但这种缓解只是短时间内的相安无事，并不能治本。二是重建礼制，从根本上改变秦法的严苛，这才是长治久安之道。汉文帝前元元年（前179），丞相陈平去世后，老臣凋零殆尽，依靠统治者个人威望治国的时代已经过去，国家必须建立系统有效的制度体系，才能按照既定程序维持社会秩序。贾谊试图将法制和礼仪结合起来，恩威并用地来改变汉初的社会风气，是西汉社会发展到一定阶段不得不采用的策略，也是一个成熟社会必须经过的必要阶段。

将重建礼制作为矫正秦法之弊的手段，说明贾谊基本徘徊于儒家的立场。相对于陆贾主张以礼义教化的务虚色彩，贾谊所强调的建立具体礼制规范来约束臣民，更接近于务实操作的层面。他将重建礼制视为西汉长治久安的根本，提出"礼者，所以固国家，定社稷，使君无失其民者也。主主臣臣，礼之正也；威德在君，礼之分也；尊卑大小，强弱有位，礼之数也"①。贾谊提出的重建礼制，主要是用于约束君臣秩序，使西汉能够顺畅地处理皇帝与诸侯王之间的秩序失控。

对于贾谊重建礼制的主张，刘向给予高度肯定，他认为这些见解"其论甚美，通达国体，虽古之伊、管未能远过也。使时见用，功化必盛"，② 是确立汉制必不可少的策略。这是从儒家学说的角度审视其立意。但班固却认为"其术固以疏矣"，③ 则是从历史进程的角度观察，认为贾谊的主张不仅不可能立刻实行，而且根本无法避免七国之乱。因为晁错也有重建礼制之论，一旦付诸实施，便激起了诸侯的叛乱。

自贾谊肇端之后，儒生对重建礼制的呼吁，日渐成为朝廷的共识，为汉武帝时期儒学复兴做了量变的积累。这种积累是从两个角度展开的：

一是修习经典礼乐，即通过传授儒家典籍延续学脉。如申公"独以《诗经》为训以教，无传疑，疑者则阙不传"，④ 他们传授儒家经典，阐释学理，培养弟子。其中部分儒生以博士身份任职，传播儒学。如秦博士伏

---

① 《新书校注》卷6《礼》，第214页。
② 《汉书》卷48《贾谊传》，第2265页。
③ 同上书，第2265页。
④ 《史记》卷121《儒林列传》，第3121页。

生善《尚书》，汉文帝诏太常晁错往受之；伏生弟子欧阳和伯教兒宽；徐生善言《礼》，汉文帝任为礼官大夫，其子孙徐延、徐襄及徐氏弟子公户满意、桓生、单次等后来担任汉礼官大夫；韩婴曾任汉孝文帝时博士，汉景帝时为常山王太傅，弟子孙商为汉武帝博士等。

　　二是将儒家学理付诸实践，在一定条件下进行尝试。如文翁通《春秋》，出任蜀郡太守，其仁爱而好教化，使"蜀地学于京师者比齐鲁焉"，[①] 成为以德治郡的典范。申公弟子中，"孔安国至临淮太守，周霸至胶西内史，夏宽至城阳内史，砀鲁赐至东海太守，兰陵缪生至长沙内史，徐偃为胶西中尉，邹人阙门庆忌为胶东内史。其治官民皆有廉节，称其好学。学官弟子行虽不备，而至于大夫、郎中、掌故以百数。"[②] 儒生在各地从政，有意识地推行礼乐教化，是对儒家学说的践行。

　　儒生参与政治，有两个基本方式，一是坚持儒学基本理念的儒生，他们带有浓厚的理想色彩，有时难免书生意气；二是部分官吏虽能以儒术为缘饰，但并不必然坚信儒家经典的立场，而能根据现实加以演绎新解。比较而言，前者更倾向于理论思考，后者更倾向于实务操作。但从思想史的角度看，前者基于理论思考而提出的诸多建制方案，有些是颠覆性的。如汉景帝时的辕固生，曾与黄生论汤武受命之说，坚持儒家立场，并在与窦太后的讨论中，直接指出尊崇老子之说不过为"家人"之言，不足以治国，彻底触怒窦太后，连汉景帝都认为他过于"廉直"。辕固生因对儒学的坚持得罪了"诸谀儒"，被诋毁罢免时，曾对公孙弘说："务正学以言，无曲学以阿世！"[③] 告诫公孙弘不要圆滑变通以逢迎，而应该坚持儒学的基本立场。当汉景帝"知太后怒而固直言无罪"，[④] 暗中帮助辕固生，可见汉景帝已经意识到了儒学的合理性。但碍于母亲窦太后的权威，只能暗中相助。汉景帝之行事，隐然已有扶儒倾向，此后他任用卫绾为太子太傅、申培公的弟子王臧为太子少傅，用带有理想精神的儒生对太子进行教育。浸染儒学的汉武帝在即位初年，便立即起用"俱好儒术"的魏其侯窦婴、武安侯田蚡，一起为汉定制。他们"推毂赵绾为御史大夫，王臧

---

① 《汉书》卷89《循吏传》，第3626页。
② 《史记》卷121《儒林列传》，第3122页。
③ 同上书，第3124页。
④ 同上书，第3123页。

为郎中令。迎鲁申公，欲设明堂，令列侯就国，除关，以礼为服制，以兴太平"，① 试图用儒家学说对汉制进行调整。

这两类儒生分别在学说传承和学术实践方面，为建制儒学积累着经验：有了经典的传承，可以在更广的层面上培养出信守、信奉或者理解儒家学说的士人，通过他们的入仕来影响汉制；有了儒生的行政实践，儒家学说能够更加贴近现实所需，调整既有了方向，调整的效果又可以得到检验。如果没有批评者的坚持，失去了价值坚守和学理本核的学说，很容易消散在没有止境的变通之中，不仅失去学说的本核，而且也失去了社会对其学理的尊重。如果没有实践者一点一滴的改造，儒学只能如周秦之时那样，停留在书本上的讨论而无法落到实践中。二者相辅相成，不仅推动了儒家学说的制度化，而且也推动了汉制的儒学化，使得儒学成为国家治理学说中的核心理念。

二　西汉改制语境的形成

周秦儒家学说与法家学说的分野，在于儒家固守上古三代的道德观，并试图以周制作为样板，主张以礼乐教化为先。法家则将历史分为三世，不强求恢复旧制，时世不同，制度有异，不应该因循旧制。

在法家看来，历史在不断变化，社会环境不同，治道也应相应调整。精通王道、帝道、霸道的商鞅明确提出："三代不同礼而王，五伯不同法而霸。"② 认为历史环境在不断变动，不可能因循守旧，应该在不同的历史阶段选择不同的治国策略。他进一步解释说："上世亲亲而爱私，中世上贤而说仁，下世贵贵而尊官。"③ 这种分法虽不尽完善，但却明确了不同历史阶段应该采用不同的策略，而不是一味固守旧制，其所言的爱私、悦仁、尊官的做法，概括了西周、春秋、战国时期的制度取向，是法家从进化的历史观中审视出的治道。与此相类，韩非子也将历史分为三段："古人亟于德，中世逐于智，当今争于力。"④ 并认为"上古竞于道德，中世逐于智谋，当今争于气力"，⑤ 不同的历史阶段必须采用与之相应的策

---

① 《史记》卷 107《魏其武安侯列传》，第 2843 页。
② 《史记》卷 68《商君列传》，第 2229 页。
③ 《商君书锥指》卷 7《开塞》，第 52 页。
④ 《韩非子集解》卷 18《八说》，第 426 页。
⑤ 《韩非子集解》卷 19《五蠹》，第 445 页。

略，此所谓"世事变而行道异也"，①如果宁肯抱残守缺而不知变革，最终只会身死国破，让人耻笑。

这种与时俱进的历史观，在秦汉之际逐渐得到认同。《管子·正世》直言："不慕古，不留今，与时变，与俗化。"指出治国理政应因时世而变通。《淮南子·泰族训》径言："圣人事穷而更为，法弊而改制，非乐变古易常也，将以救败扶衰，黜淫济非，以调天地之气，顺万物之宜也。"更是强调改制是顺应天地变化而采用的新措施，不仅行得通，而且做得好。在这样的背景下，儒家也意识到制度需要不断变化，方才能适应时世，而不再强调一味复古。《礼记·乐记》便言："五帝殊时，不相沿乐。三王异世，不相袭礼。"表明了秦汉时期的儒生已经意识到，必须随着社会的发展来调整学理，才能适应已经变化了的历史现实。

汉初儒生在为汉建制的讨论中，也坚决地主张应该与时变化。陆贾在《新语·术事》中明确说："合之者善，可以为法，因世而权行。"这个观点可以看作是秦汉之际儒生的共识。正因为如此，陆贾在确认秦亡于没有实行仁政后，转而指出治国当行无为之政："道莫大于无为，行莫大于谨敬"，②试图将儒家的道德自律与道家的清静无为合二为一，作为汉初治国的基本策略。贾谊言："仁义恩厚者，此人主之芒刃也；权势法制，此人主之斤斧也。"③更是将儒家之仁义观念与法家之法制主张融通，并杂以阴阳五行进行说解。这种立足于儒家、兼采诸子学说形成的理论系统，正是从其"因世权行"的思路中得出的结论。

比较而言，法家认为历史不断变动，侧重强调变化的合理性；道家和原始儒家则注重强调历史的延续性和继承性，看到的是不变的规律和基于这些规律所形成的人文理念与社会共识。商鞅、韩非子、陆贾在看到变动时，提倡因时而变、因世权行，体现了变通的眼光。《礼记·大传》中曾有如下解读：

圣人南面而治天下，必自人道始矣。立权度量，考文章，改正朔，易服色，殊徽号，异器械，别衣服，此其所得与民变革者也。其

---

① 《商君书锥指》卷7《开塞》，第53页。
② 《新语校注》卷上《无为》，第59页。
③ 《新书》卷2《制不定》，第71页。

不可得变革者则有矣，亲亲也，尊尊也，长长也，男女有别，此其不可得与民变革者也。

儒家也承认历史的进化性，不过他们更愿意认同历史之变动者为末，历史之不变者为本。制度、文章、礼法、舆服、器械等生活条件和生活环境可以变动，但人之为人、人之能群的伦理要求和社会共识不能变动，这是人类社会存在的根本。这就使得儒家学说有了更为稳妥的通变观，即以基本的道义观为基准进行细节的调整，而不是毫无原则的变通。受此影响，韩婴在对《诗经》的解读中，也以通变的眼光来审视治道："夫道二，常之谓经，变之谓权。怀其常道而挟其变权，乃得为贤。"① 承认历史进程中不变的是道义观，变化的是局部的制度。

这一视角的形成打开了儒家学说的境界，儒生一改汉初学者习惯的因循为制、遵从古礼的做法，转而能够以经为本、以权为用。这既使得儒家学说能够据经立义，在前贤的基础上增生经义，进行理论建构；又使得儒生能够直面现实需求，按照儒家学理调整制度，为汉初建制建言献策。

汉武帝即位后，建元年间即着力于"议立明堂，制礼服，以兴太平"，② 实际是在制度上进行调整，徘徊于《礼记·大传》所谓的"与民变革"和韩婴所谓的"变权"之中。但在元光年间，汉武帝则开始从历史发展的规律中思考国之兴衰，期望能够获得解答：

固天降命不可复反，必推之于大衰而后息与？

夫帝王之道，岂不同条共贯与？何逸劳之殊也？……夫帝王之道，岂异指哉？

夫三王之教，所祖不同，而皆有失，或谓久而不易者道也。意岂异哉？

董仲舒在对策中，强调守道是治国的基本路径，仁义礼乐是"道"的主要内容。在董仲舒看来，西汉继承的是秦之乱世，遗毒余烈，一直没有能

---

① （西汉）韩婴撰，许维遹校解：《韩诗外传集释》，北京：中华书局，1980 年，第 34 页。
② 《汉书》卷 22《礼乐志》，第 1031 页。

够更化，所以问题成堆，"失之当更化而不能更化也"。① 必须回到自古以来治国的正道上，意识到"道之大原出于天，天不变，道亦不变，是以禹继舜，舜继尧，三圣相受而守一道，亡救弊之政也，故不言其所损益也。繇是观之，继治世者其道同，继乱世者其道变"。② 按照不便的"经"来调整可变的"权"，这样的建制才能有所本，这样的改制才能有所为。

董仲舒的改制主张，深化了汉初儒生的建制期待。如果说陆贾、贾谊、赵绾、王臧、韩婴等人的建制主张是出于现实需求，那么董仲舒则从历史进程中说明了改制的必要性在于彻底纠正秦政的弊端，以汉制来实现长治久安。这就从治道层面确立了汉政的学理在于坚守自古不变的王道，将之作为衡量制度的依据、进行制度调整的理据。董仲舒为了说服汉武帝改制，一方面，抓住了法家学说最薄弱的环节，即忽略了历史经验中所积累的一以贯之的"道"，轻而易举地驳倒了法家学说的合理性，彰显了儒家学说的合理性："王者有改制之名，亡变道之实。"③ 另一方面，董仲舒则抓住了西汉王室最为担心的合法性问题，论证了西汉之所以得天下，在于受命于天。西汉要想长治久安，必须顺应天意："王者必改正朔，易服色，制礼乐，一统于天下，所以明易姓，非继人，通以己受之于天也。"④应天命而改制，不仅可以避免重蹈秦的覆辙，更可以彰显西汉得天下的合理性、西汉王室执政的合法性。其在《春秋繁露·楚庄王》中系统提出了改制的主张：

　　今所谓新王必改制者，非改其道，非变其理，受命于天，易姓更王，非继前王而王也。若一因前制，修故业，而无有所改，是与继前王而王者无以别。受命之君，天之所大显也。事父者承意，事君者仪志。事天亦然。今天大显已，物袭所代，而率与同，则不显不明，非天志。故必徒居处、更称号、改正朔、易服色者，无他焉，不敢不顺天志而明自显也。若夫大纲、人伦道理、政治教化、习俗、文义尽如故，亦何改哉？故王者有改制之名，无易道之实。

---

① 《汉书》卷 22《礼乐志》，第 1032 页。
② 《汉书》卷 56《董仲舒传》，第 2518—2519 页。
③ 同上书，第 2518 页。
④ 《春秋繁露义证》卷 7《三代改制质文》，第 185 页。

此与其《三代改制质文》相呼应，强调了改制不再是单纯地强化西汉王室的合法性，而是源自对新天子或新皇帝继位合理性的确认。如果说刘邦建立汉朝打破了此前传统贵族称侯称王的历史惯性，那么刘彻继位亦打破了习惯上的嫡长子继位的传统。二者在继位初期，急需对其合理性与合法性进行论述，刘邦通过"过秦"的讨论和天生神异的附会，从学理上和传说中，使西汉王朝的建立暂时获得了合法性。但并未解释继位的天子，何以能从诸多王子中脱颖而出获得帝位，董仲舒从天命神授的角度，阐释了天子得以确立在于获得天命的理论，使得天子作为天命在人间的代言者，成为天地秩序的体现者和维持者。

将天子视为天地秩序的体现者，就需要天子能够顺应天地秩序，使天人合一；将天子视为天地秩序的维持者，则需要新的天子能够按照天命，自觉地调整天、地、人之间的变动，从而实现天下秩序的运行不悖。《春秋繁露·符瑞》继续论证：

> 有非力之所能致而自至者，西狩获麟，受命之符是也。然后托乎春秋正不正之间，而明改制之义。一统乎天子，而加忧于天下之忧也，务除天下所患。而欲以上通五帝，下极三王，以通百王之道，而随天之终始，博得失之效，而考命象之为，极理以尽情性之宜，则天容遂矣。

天子之所以能够得到天命的眷顾，在于其肩负着天意、地德和人心所望，故应当利用一统于天、地、人的使命调整制度，使之更适应于不断变动的天、地、人秩序，赓续历代圣王明君的事业，不辜负天命，不辜负民望。董仲舒还通过《度制》《爵国》《保位权》《考功名》等篇章，具体论述如何改制以应天，以确保天子一统的合理性。

从历史观来看，改制是适应现实需求；从天命观来看，改制是适应秩序要求。这就为汉武帝改制提供了学理支撑，也成为此时期制度建构的一个视角。在封禅过程中，兒宽便以"三代改制"为理据，认为封禅不仅是对前代圣王之业的继承，而且会成为后世效仿的榜样："臣闻三代改制，属象相因。间者圣统废绝，陛下发愤，合指天地，祖立明堂辟雍，宗祀泰一，六律五声，幽赞圣意，神乐四合，各有方象，以丞嘉祀，为万世则，天下幸甚。"① 不仅将改制视为调整天地秩序的努力，而且将之作为汉家制度形成的必需。② 这样一来，汉武帝时期确立的改制学说，使得"受命易姓，改制应天"成为西汉儒家改制的基本认知。③ 他们试图通过改制的办法来调整日益显露的政治矛盾和社会弊端，逐渐形成了愈演愈烈的改制思潮，成为西汉后期主导性的政治舆论。

三　更始论与新莽改制的理论积淀

元成时期的改制论，是以儒生日渐强烈的"公天下"之议为导向的，这种改制思潮已经不再单纯地以维系王室一家一姓为目的，而是以建立合乎儒家理想的王制为要求。

这一要求，在汉宣帝时期就已经被提出。时任谏大夫的王吉上疏言："今俗吏所以牧民者，非有礼义科指可世世通行者也，犹设刑法以守之。其欲治者，不知所缘，以意穿凿，各取一切，权谲自在，故一变之后不可复修也。……与大臣公卿延及儒生，述旧礼，明王制，驱一世之民，济之仁义之域，则俗何以不若成康，寿何以不若高宗？"④ 在王吉看来，武宣之政并不符合儒家学说的旨归，应该重新征用儒生，按照儒家的王道之论，建立更为纯粹的王制。这种做法与此时任太子的刘奭的看法不谋而合。刘奭认为汉宣帝"持刑太深"，应该采用儒生之论、行宽厚之政。但汉宣帝对儒生"不达时宜，好是古非今，使人眩于名实，不知所守"的偏见，⑤ 使得其对王吉的提议并没有多高的兴致，最终王吉以病去职。

汉武帝时期董仲舒、兒宽及汉宣帝时期王吉等人的改制主张，在刘奭即位后得到了积极的响应。其在初元元年（前48）夏四月的即位诏中便说："朕承先帝之圣绪，获奉宗庙，战战兢兢。间者地数动而未静，惧于

---

① 《汉书》卷58《兒宽传》，第2632页。

② 汉武帝受此影响，进行了系统的改制，其中最重要的便是对历法和汉德的调整。班固在《汉书》卷25《郊祀志》中评价汉武帝改制："太初改制，而兒宽、司马迁等犹从臣、谊之言，服色数度，遂顺黄德。……由是言之，祖宗之制盖有自然之应，顺时宜矣。究观方士祠官之变，谷永之言，不亦正乎！不亦正乎！"

③ 《白虎通·封禅》："始受命之日，改制应天，天下太平功成，封禅以告太平也。"《风俗通义·正失》："盖王者受命易姓，改制应天，天下太平，功成封禅，以告平也。"

④ 《汉书》卷72《王吉传》，第3063—3064页。

⑤ 《汉书》卷9《元帝纪》，第277页。

天地之戒，不知所缘。"① 面对汉宣帝晚期不断出现的地震、灾异，汉元帝唯一能做的便是不断检讨施政的失误，试图通过罪己、省思等方式避免自然灾害的增广。渴望改制的儒生、官吏正利用了汉元帝的这一心理，以灾异附会人事，不断提出改制的要求，如罢郡国祖宗庙、罢京师部分帝后寝庙园、减省郊祀祠等。

汉元帝出于对儒学的信奉，遂将改制的重任委托给儒生："少而好儒，及即位征用儒生，委之以政。"② 儒生便按照儒家文献的记述对宗庙制度进行诸多调整。由于汉儒过分强调文献记载的制度，使得儒制的建构并不在学理层面，而只是对宗庙规模、礼仪、名物等进行改造和调整。由于缺少系统的理论支撑，这些依据儒家文献不完全记载的制度出现了一些意外情况，并没有按照儒生所言的那样，给西汉王室带来预期的安定、平稳和祥瑞，反而是灾害不断，乱象迭出，于是，汉元帝便对所改的制度产生了怀疑。如汉元帝下决心进行的宗庙改制和祭祀改制，却因在梦中受到祖宗谴责，多数修祀如故。匡衡也曾指出汉元帝的弊端在于："上好儒术文辞，颇改宣帝之政，言事者多进见，人人自以为得上意。"③ 儒生都认为自己懂得儒家学理，汉元帝又觉得都有道理，改来改去，只能是无所适从。班固也评价汉元帝的改制为"牵制文义，优游不断"，④ 正是看到了汉元帝不是从儒学的精神入手对汉家制度进行调整，而是简单地按照儒家文献相互抵牾的记载来调整制度。

武宣时期的儒生汲汲渴求的改制主张，在汉元帝时期得以推行，但效果并不明显。从历史的偶然性来看，是由于汉元帝缺少专断而不能坚持，最终使得所改的制度没有能够持续下来。但从历史的必然性来看，则是汉元帝对改制寄托的希望过高，其真心服膺儒家学说，也真心希望能够按照儒家文献的记载改制，从而实现长治久安。但稍有行政常识的人都能意识到，儒家典籍所记载的制度，既非历史上付诸实施且卓有成效的经验总结，也并非由儒家学说系统而严密的论证得来，而是根据残存的文献记载和后世儒生的想象形成的资料形态。当初秦始皇、汉武帝封禅时，儒生都

---

① 《汉书》卷9《元帝纪》，第279页。
② 同上书，第298—299页。
③ 《汉书》卷81《匡衡传》，第3338页。
④ 《汉书》卷9《元帝纪》，第299页。

不能对封禅仪式提供详切的方案，何况现在对宗庙制度进行系统的调整？但汉元帝及此后西汉的皇帝自幼受儒学教育，他们习惯性地认为按照经典改制是调整当前政治紊乱状态的唯一途径。

儒生最初对改制的效用估计过高，认为改制可以调整一切天人紊乱的局面，使得海晏河清。但汉元帝调整宗庙制度之后，并没有带来相应的福报，反而让他寝食难安。后来，汉元帝对儒生的改制不再如即位之初那样抱有信心，这使得其在一定程度上开始后退。但儒生们却认为这不是改制的方向不对，而是改制的程度不够。如翼奉就认为，既然改制不能改变灾害的一再出现，那就是改制没有改到根子上。他提出通过迁都而彻底更始：

> 如令处于当今，因此制度，必不能成功名。天道有常，王道亡常，亡常者所以应有常也。必有非常之主，然后能立非常之功。臣愿陛下徙都于成周，……汉家郊兆寝庙祭祀之礼多不应古，臣奉诚难堇居而改作，故愿陛下迁都正本。众制皆定，亡复缮治宫馆不急之费，岁可余一年之畜。

翼奉"因天变而徙都，所谓与天下更始者"的主张，实际是期望彻底放弃西汉旧制，通过迁都来全面建立一个新的王制。这一主张，等于基本否定了西汉立国以来的传统。看似对汉元帝提出了建议，实际表达了儒生对汉制的彻底失望。

受汉元帝崇信而"数召见问"的京房，也在探讨如何能够在儒家学说的理论框架内解释汉元帝时期灾异不断增多的原因。他提出了"宜令百官各试其功，灾异可息"[1] 的方法，最终也没有消除连绵不断的灾异。虽然京房和汉元帝都承认了当下处于极乱之世，但却都对改变现状无能为力。可以说，元成时期的儒生们一直期望能够通过改制来继续汉室的中兴，但局部的修改并没有能够让西汉扭转江河日下的局面。这时儒生们的疑问自然产生：明明按照儒经的记载去调整行政策略，却没有立竿见影，是儒经的问题？还是汉王室的问题？作为自幼浸润于儒学的儒生，不可能也不愿意将矛头对准自己，他们本能地开始怀疑改制的效果不彰，原因在

---

[1] 《汉书》卷75《京房传》，第3160页。

于汉王室。

早在汉昭帝时期，作为董仲舒的再传弟子眭弘，便根据儒家的天人感应论，认为"汉家尧后，有传国之运。汉帝宜谁差天下，求索贤人，禅以帝位，而退自封百里，如殷周二王后，以承顺天命"①。尽管这一说法在当时并未成为主流舆论，但却成为成哀时期更始论的主导观点。刘向在《谏营昌陵疏》中明确说：

> 王者必通三统，明天命所授者博，非独一姓也。……自古及今，未有不亡之国也。……陛下慈仁笃美甚厚，聪明疏达盖世，宜弘汉家之德，崇刘氏之美，光昭五帝、三王，而顾与暴秦乱君竞为奢侈，比方丘陇，说愚夫之目，隆一时之观，违贤知之心，亡万世之安，臣窃为陛下羞之。

作为对皇帝的上书，刘向用"天命非授一姓"来劝阻汉成帝缩减昌陵规制，这无疑是大胆的。但汉成帝不至于反目，众臣能够认同，表明此时儒生的改制论，已经不再固守以西汉王室为主导，由刘姓王室进行改制；而是要求按照儒家学说进行改制时，刘姓王室必须配合。建平二年（前4）八月，夏贺良等言赤精子谶，汉家历运中衰，当再受命，宜改元易号。汉哀帝诏书言："皇天降非材之佑，汉国再获受命之符，朕之不德，曷敢不通！夫基事之元命，必与天下自新，其大赦天下。以建平二年为太初元年，号曰陈圣刘太平皇帝。"② 居然接受了再受命学说，按照儒家的更始论，改年号以自新，换帝号而更化，试图以此实现西汉王室的延续。

通过更始获得再受命，或者说为寻求再受命而更始，成为哀平儒生寻求国家安定的主要策略。汉平帝元始年间，王莽秉政，便是以"与天下更始"作为改制的理论依据。汉平帝《即位诏》便公开宣称："夫赦令者，将与天下更始，诚欲令百姓改行絜己，全其性命也。"③ 将"与天下更始"作为挽救西汉政治颓势的理论基点，将改制作为基本策略。元始年

---

① 《汉书》卷75《眭弘传》，第3154页。
② 《汉书》卷11《哀帝纪》，第340页。
③ 《汉书》卷12《平帝纪》，第348页。

间，西汉遂进入了改制的快车道，元年（1）置羲和官来"班教化，禁淫祀，放郑声"；① 二年（2）便开始从上至下进行改制："皇帝二名，通于器物，今更名，合于古制。"② 三年（3）改定舆服制度，"吏民养生、送终、嫁娶、奴婢、田宅、器械之品"，"立官稷及学官"；③ 四年（4）便"奏立明堂、辟雍""分界郡国所属，罢置改易"，④ 五年（5）令刘歆等四人使治明堂、辟雍，由"太仆王恽等八人使行风俗，宣明德化，万国齐同"，⑤ 这些按照儒家典籍所载古制进行的改革，成为新莽改制的前奏。

　　如果我们不从历史结果倒推历史的成因，而是从历史动因的角度来审视历史发展的走向，就会看到：从西汉初期的为汉建制，到西汉中期的为汉改制，再到西汉后期的托古改制，儒生越来越深入地参与到制度的调整和修订之中。他们渴望能够将儒家典籍中记录的理想世界落实到现实，实现儒家经典中所描绘的理想治道。汉武帝、汉宣帝能够将这些要求抑制在承秦制而来的司法系统之内，以现行制度为本，以儒家理念为用，稳步推进，使得儒家教义和现实制度能够相辅相成。但当汉元帝对儒生"委之以政"之后，改制便完全进入复古的轨道，以儒说为本，以制度为末，随意变动的制度扰乱了国家的秩序，让百姓无所适从。在这一过程中，王莽作为儒生的代表，对汉制进行了颠覆性的改革。王莽带有儒家理想化色彩的行为，迎合了哀平时期儒生们的改制思潮，使得王莽一度被视为当时的"周公"，成为复古改制的领导者。

　　可以说，以儒家经典为教条的改制只会扰乱现行的制度体系，最终酿成全面的动荡。西汉儒生们没有意识到这一问题，是因为他们对儒家学说的信奉；汉元帝及其子孙也没有意识到这一问题，是因为他们已经服膺了儒学。当做了高官的儒生和信奉了儒家学说的皇帝们，都毫无警惕地按照再受命、更始改制的要求，不断建元，持续改制时，最终将天下让给了王莽，让王莽以新朝的名义继续改制，不仅断送了西汉天下，也让气势汹汹的复古改制成为新莽的殉葬，从而为西汉持续不断的改制论做了一个暂时的了结。

---

① 《汉书》卷 12《平帝纪》，第 351 页。
② 同上书，第 352 页。
③ 同上书，第 355 页。
④ 同上书，第 357—358 页。
⑤ 同上书，第 359 页。

四　政治套语与汉赋的"劝百讽一"

讨论辞赋的"劝百讽一"，我们是要观察赋家在"讽一"中所提出的见解和主张被君王忽视的原因，是出于君王的熟视无睹，还是出于赋家的人云亦云。如果辞赋结尾的讽谏只是泛泛而谈的套话，那么读者、听众只闻"劝百"不见"讽一"，就只能归咎于赋家的格套陈旧。

从史料记载来看，陆贾、贾山、贾谊、兒宽、董仲舒、王褒、刘向、刘歆等人都曾提出过改制主张，司马相如、扬雄、班固、张衡更是通过大赋创作来表明自己的政治见解。我们先来看一下贾山《至言》中的改制理想："臣不胜大愿，愿少衰射猎，以夏岁二月，定明堂，造太学，修先王之道。风行俗成，万世之基定，然后唯陛下所幸耳。……如此，则陛下之道尊敬，功业施于四海，垂于万世子孙矣。"这是贾山与汉文帝言治乱之道的简略版，主要是建议少射猎，多行文治，推行礼乐，遵循王道。随后，晁错在《贤良文学对策》中也提出了类似的改制要求：

> 今陛下配天象地，覆露万民，绝秦之迹，除其乱法；躬亲本事，废去淫末；除苛解娆，宽大爱人；肉刑不用，罪人亡帑；非谤不治，铸钱者除；通关去塞，不孽诸侯；宾礼长老，爱恤少孤；罪人有期，后宫出嫁；尊赐孝悌，农民不租；明诏军师，爱士大夫；求进方正，废退奸邪；除去阴刑，害民者诛；忧劳百姓，列侯就都；亲耕节用，视民不奢。所为天下兴利除害，变法易故，以安海内者，大功数十，皆上世之所难及，陛下行之，道纯德厚，元元之民幸矣。

这可以看成晁错的政治理想图景，他期望从行政、法律、贸易、教育、农业、军事等角度彻底改良汉政，归结为一条，就是皇帝要亲自抓、全面改，形成一套系统的改制方案，建立起一个完善的理想社会。匡衡在回答汉元帝"问以政治得失"时的主张是：

> 宜遂减宫室之度，省靡丽之饰，考制度，修外内，近忠正，远巧佞，放郑卫，进《雅》《颂》，举异材，开直言，任温良之人，退刻薄之吏，显洁白之士，昭无欲之路，览《六艺》之意，察上世之务，明自然之道，博和睦之化，以崇至仁，匡失俗，易民视，令海内昭然

咸见本朝之所贵，道德弘于京师，淑问扬乎疆外，然后大化可成，礼让可兴也。①

也是期望从俭省用度、改革制度、选用贤能、推行王道等方面，再次重申如何才能保持汉朝中兴局面的长久不衰。我们由此审视西汉皇帝诏问贤良方正的议题以及他们的对策，就会发现，西汉政论散文的内容基本是围绕如何治国、如何行政等问题展开，动因或出于灾异、或出于新君即位，但结论却基本在上述主张中盘旋，要么直接描绘改制后的理想图景，要么间接提出改制理路，大致的表述几乎都是："正明堂之朝，齐君臣之位，举贤材，布德惠，施仁义，赏有功；躬节俭，减后宫之费，损车马之用；放郑声，远佞人，省庖厨，去侈靡，卑宫馆，坏苑囿，填池堑，以予贫民无产业者；开内臧，振贫穷，存耆老，恤孤独；薄赋敛，省刑辟。行此三年，海内晏然，天下大洽……"②

这些在西汉政论散文中被朝廷官员、贤良文学反复提出的建议，所处的历史环境不同，所得出的结论却大致一致，代表了两汉一以贯之的改制主张。关键在于，这些类似的话语也常常成为赋家表达政治主张的套语：

于是乎乃解酒罢猎，而命有司曰："地可以垦辟，悉为农郊，以赡氓隶，隳墙填堑，使山泽之人得至焉。实陂池而勿禁，虚宫观而勿仞。发仓廪以振贫穷，补不足，恤鳏寡，存孤独。出德号，省刑罚，改制度，易服色，革正朔，与天下为始。"

于是历吉日以斋戒，袭朝衣，乘法驾，建华旗，鸣玉鸾，游乎六艺之囿，骛乎仁义之涂，览观《春秋》之林，……放怪兽，登明堂，坐清庙，恣群臣，奏得失，四海之内，靡不受获。于斯之时，天下大说，向风而听，随流而化，卉然兴道而迁义，刑错而不用，德隆于三皇，功羡于五帝。（司马相如《上林赋》）

……亦所以奉太宗之烈，遵文武之度，复三王之田，反五帝之虞；使农不辍耰，工不下机，婚姻以时，男女莫违；出恺弟，行简

①　《汉书》卷81《匡衡传》，第3337页。
②　《汉书》卷65《东方朔传》，北京：中华书局，1962年，第2872页。

易，矜劬劳，休力役；见百年，存孤弱，帅与之同苦乐。……（扬雄《长杨赋》）

罕徂离宫而辍观游，土事不饰，木功不凋，承民乎农桑，劝之以弗迨，侪男女使莫违；恐贫穷者不徧被洋溢之饶，开禁苑，散公储，创道德之囿，弘仁惠之虞，驰弋乎神明之囿，览观乎群臣之有亡；放雉兔，收罝罘，麋鹿刍荛与百姓共之，盖所以臻兹也。……乃祗庄雍穆之徒，立君臣之节，崇贤圣之业，未皇苑囿之丽，游猎之靡也，因回轸还衡，背阿房，反未央。（扬雄《校猎赋》）

两汉赋家的辞赋创作意图，按照班固的说法：一是美，即以劝为劝；二是讽，即以劝为讽。前者作品多不存，后者的实际效果则常被赋家视为"劝百讽一"，正在于本来篇幅极短且在赋家看来最重要的"讽"，由于并不能提出具有针对性的建议，相对于政论散文而言，这些结尾处的劝谏多为泛泛之言，无非是用王制、省刑罚，设礼乐、用教化，尚节俭、安百姓之类的套话。套话一多，便无新意，赋家作赋，多出于模拟，如此一来，讽一便成为"为讽而讽"的格套。

之所以言为格，是赋作多以天子自省的方式结束，成为汉赋"卒章显志"的一贯格式，用于收束文章，很类似于此前骚赋结尾的乱。只不过骚赋中的乱，作为作者个人情感的最高音，常常总括全篇，能够引起读者的共鸣。而大赋中的这些言辞，看似是作者的主张，其实更多是对社会普遍认知的重述。以我们现在的阅读经验，某些特定格式中的格套在很大程度上代表着立场宣示或政治表态，内容相似，说法大体雷同，就不会引起读者的特别重视，更何况赋家是在歌颂、娱乐的背景下说出此类话语。

之所以言为套，是因为两汉诏令、奏疏、章表以及其他政论散文中，这些主张已经被反复陈述，诸如礼乐、教化、王制、节俭之类的观点，在《新语》《新书》《春秋繁露》《盐铁论》《新论》以及《论衡》《潜夫论》中都已经深入而细致地讨论过，有些已经成为政改的基本结论。而赋家在通篇的铺陈描写之后，在结尾处以仅有的篇幅提出的政治见解，居然是政论散文已经深入讨论过的议题，甚至有些是在帝王诏书中不厌其烦宣示过的套话，并无新意。难怪读者读到最后，只记得前面的铺陈如何精彩，忽略了最终见解的平庸。

我们当然不会否定西汉赋家的文学才华，但我们却应该对他们的政治才干和行政能力有一个客观的评估，以司马相如、东方朔、王褒、扬雄、班固、张衡为代表的赋家，他们在作赋时，多在青年时期，位不过郎。就见识而言，并没有陆贾、贾谊、晁错那样深刻的政治见解，能够系统而理性对汉政进行讨论，观点鲜明，独树一帜，成为国家行政的参考。① 就职事而言，他们以言语侍从的身份创作的辞赋，不是被视为论政，而被视为俳优一样的娱乐调笑，人微言轻，又用微言大义去讽谏君王，劝谏的内容又缺少直接的针对性、鲜明的预见性，常常用两汉朝臣人云亦云的套话，难怪辞赋结尾的这些"讽谏"，最后会微不足道地淹没在无边无际的诵读之中。

站在文学史的立场上，我们关注两汉赋作的"劝百讽一"，自然会被这些赋家的苦口婆心所感动，甚至为他们有文学才华而没有得到重用感到惋惜。但平心而论，以辞赋为谏书，以文学干预现实，即便放在现在，既不能立竿见影，也不可能一呼百应，更何况在文学尚未独立的汉代，君王以及朝臣认为辞赋不过是与俳优小说一样的娱乐手段，并没有视为论政的文书。借助辞赋提出政治主张，不可能如政论散文那样条分缕析，观点明确，只能泛泛而谈，大概论之，很容易蹈入政论家们的窠臼。没有新意的见解，不仅不会为君王、朝臣采纳，而且这类套话说得太多，还会令人生厌。我们只要读过一些两汉政论散文，就会产生与两汉读者相似的感觉：赋家们结尾的讽一，常常是重述两汉改制论者的一些基本观点，其深度远不如政论散文，其力度也比不上章表。合卷以后，留下记忆的仍是那些铺陈出来的华美辞藻。由此观察诸多散佚的大赋，便会发现后世类书、注疏之中保存的，也是那些炳炳烺烺的"劝百"，而很少存有一本正经的"讽一"。

两汉赋家的"讽一"，都是寄希望于天子自省来调整制度，建构起一个理想的社会。相比较于两汉儒生的改制论、再受命论和更始论等观点，赋家有明显的改良倾向。这正是大赋作家受诏作赋、献纳辞赋的局限性。

---

　　① 只不过政论散文是以直接阐述的方式出现，语气较为直接，如刘向《说成帝定礼乐》开宗明义就说："宜兴辟雍，设庠序，陈礼乐，隆雅颂之声，盛揖让之容，以风化天下。如此而不治者，未之有也。"剀切劲直，了无忌讳。即便是司马相如的《上书谏猎》也直接阐明立场："夫轻万乘之重不以为安，而乐出于万有一危之涂以为娱，臣窃为陛下不取也。"与《子虚》《上林》二赋中的自省模式不同。

受诏作赋、献纳辞赋的读者是君王，赋家通过诸侯自省、天子反省收束，既表达了作者的改制理想，又强调这种主动的自省、反省，正是改制得以推行的方式。按照赋家的想象，自己殚精竭虑而创作的辞赋，既然君王如此喜爱，自然也不会忽略辞赋结尾的委婉劝谏，转而幡然醒悟，改弦更张。但在大赋结尾所提出的政治主张，因为温柔敦厚的含蓄，因为人云亦云的格套，不仅没有引起君王的重视，而且徒增赋家白白忙活一场的叹息。

第 三 章

义政论与秦汉政论的理据

秦汉帝制的建构，既不是海市蜃楼般地突然出现，也不是空中楼阁式地向壁凿空，而是诸子基于对周制的理解，对国家新秩序的不断想象而进行的学理建构，这为秦汉帝制的实践做了理论上的辨析。其中，儒家的民本意识、道家的无为观念、墨家的尚同之论、法家的静因之术，乃至名家的名实之辨等，皆成为秦汉治术的来源。对此，前贤今学论述甚多。然于此间形成的义政论，强调社会秩序中的彼此责任，使之成为支撑尊尊、亲亲秩序的价值判断和舆论导向，逐渐超越家国框架，开始作为秦汉间军事行为和政治行为评价的标准，并最终成为天下秩序建构的学理。由此延展形成的道义观，则被作为两汉政统建构的学说基础，成为两汉政论的理论依据。

第一节 义政说的学理建构与学说指向

作为个人修为，"仁""义"是儒家眼中人之心性的渊源："仁"出于本心，而"义"见乎事外。作为政治策略，仁政、义政是先秦诸子国家想象中两个相辅相成的思路。仁政说侧重从道德修为要求国君，试图通过唤醒国君的仁爱之心来实现以德治国；而义政说更多强调君臣必须符合天下道义，在传统的社会关系之上建构一个更上位的理念，成为社会秩序的基础要求和公共道德的基本标准。义政说所强化的负责意识，是对君权的约束、对责任的强化。① 相对于强调规则的刑政说，其更注重权力的历

---

① 有学者讨论过义政，着眼点不同，如冯兵《论荀子的义政思想：以荀子礼、法制度的制度伦理蕴涵为中心》（《河南大学学报》，2008 年第 2 期），认为民本、尊君、人治与制度公正是

史担当；相对于源于心性的仁政说，其更强化责任的外在要求，由此，义政说在战国时期的影响越来越广泛，成为秦汉帝制建构的理论支撑。

一　义政说的学理渊源及其问题指向

义，古体作"義"，从我，从羊。"我"形，兵器也，仪仗也；"羊"，祭牲也。故其意乃取宜的道德、行为或道理。而所谓合宜，一是人之行为合乎天地秩序，如《周易·家人·象传》言："男女正，天地之大义也。"男女乃天阳地阴运行秩序在人间的体现。因而君子为人处事，需合乎社会规则，《周易·坤·文言》："君子敬以直内，义以方外。敬义立而德不孤。"其中的"敬"，发乎心性道德；而其中的"义"，则是个人修为在社会中的体现。二是能妥善处理人与物之间关系。《周易·乾·文言》释"元亨利贞"："利者，义之和也。……利物足以和义。"唐孔颖达疏："利者义之和者，言天能利益庶物，使物各得其宜，而和同也。"①天地有大美而不言，人作为天地秩序的践行者、实施者和体现者，如何处理好人与人、人与物的关系，是人之所以能群、之所以能为的前提。

《周易》作者由此审视"义"的来源，实际是强化了"义"作为建构秩序的本源价值。在这样的理解中，"义"便被赋予了两种先天判断：一是"义"源于"道"，代表了人类对于最高理念的"道"的理解。《周易·系辞上》谓："圣人所以崇德而广业也。知崇礼卑，崇效天，卑法地。天地设位而易行乎其中矣。成性存存，道义之门。""成性存存"即要求人能够意识到"天命之谓性，率性之谓道"，②人应该顺着天命、天性来知命、造命，这是天地之道所蕴含的基本运行规则，即"道之义"，落实到人道中，便是人对宇宙秩序的体认和遵循。二是道之义，在天、在地、在人各有不同。《周易·说卦》有言："昔者圣人之作易也，将以顺性命之理。是以立天之道，曰阴与阳，立地之道，曰柔与刚，立人之道，曰仁与义。"仁和义是人道的基本规则。因而人之道义在于内守仁而外求义。

其义政说的学理基础，侧重从制度均衡的角度论述其意义。田正学、张申平《先秦墨家"义政"的和谐理念及其借鉴意义》（《重庆科技学院学报》，2008 第 3 期），李匡夫《与儒家"仁政"分庭抗礼的墨家"义政"》（《中国行政管理》，1999 年第 9 期），多讨论其对当代行政的启示。

①　《周易·乾卦·文言》，第 15 页。

②　《礼记·中庸》，第 1625 页。

　　"仁"乃出于心性，"义"乃见乎事功。《周易·系辞下》还进一步对"义"做了限定："天地之大德曰生，圣人之大宝曰位，何以守位曰仁，何以聚人曰财，理财正辞、禁民为非曰义。""仁"是人之个体修为，出乎心；而"义"则体现在对社会秩序的维护中。唐孔颖达疏："言圣人治理其财，用之有节，正定号令之辞，出之以理。禁约其民为非僻之事，勿使行恶，是谓之义。义，宜也，言以此行之而得其宜也。"①"义"作为行政的一种尺度，如财赋税收要以名正言顺为宜，约束百姓不为非作歹，使之合乎道义。

　　《易传》的作者虽然晚出于战国，然其对"义"的理解却符合商周政治理念，是因其把握住了"义"是维护社会秩序的一个原则。《尚书·仲虺之诰》中有句经典的话："王懋昭大德，建中于民，以义制事，以礼制心，垂裕后昆。"以义制事，便是强调"义"在处理军事、政治大事中的基础性地位，是对行政行为的原则性约束，与"以礼制心"并举。这里的"事"指的是外在事功，也就是说，用"道义"的原则、用"合宜"的标准来审视行政措施和行政制度。所谓"合宜"，诚然是做到"允执厥中"，即照顾到方方面面的利益，选取最为恰当的方式。

　　我们可以将"义"视为对周政的经验总结，《尚书》中曾多次提到"义"在处理社会秩序时的原则性地位，如《泰誓上》载周武王誓师所言："同力度德，同德度义。"意谓君臣唯有同心同德，方能谋义。此所言之"义"，乃灭商之大义："受有臣亿万，惟亿万心；予有臣三千，惟一心。商罪贯盈，天命诛之。予弗顺天，厥罪惟钧。"万众一心，代天罚罪，残除殷纣。在周人看来，殷纣王及其部属的所作所为，已经背弃了"立人之道"的仁和义。《尚书·毕命》说得很直白："兹殷庶士，席宠惟旧，怙侈灭义服美于人，骄淫矜侉，将由恶终。"周人眼中的商族成员骄奢淫逸，恃强自大，不仅不合宜，而且违背道义。这样看来，武王灭商便是守义。《逸周书·太子晋》讨论文王、武王之别，便以仁、义相分：

　　　　如文王者，其大道仁，其小道惠，三分天下而有其二，敬人无方，服事于商，既有其众而返失其身，此之谓仁。如武王者，义杀一人而以利天下，异姓同姓，各得其所，是之谓义。

───────────

① 《周易·系辞下》，第 86 页。

文王之仁，出乎内心之诚；武王之义，出乎外功之利。武王诛杀殷纣王，虽有不忍之心，却符合天下大义。由此看来，如果说"仁"是人之为人的内在心性，更多偏于形容作为个体的修为；那么"义"则是人之所以能群的外在要求，更多偏于描述作为群体的责任。故周朝建立后，便将"义"视为基本的行为准则，如《尚书·康诰》言："汝陈时臬事，罚蔽殷彝，用其义刑义杀，勿庸以次汝封。"伪孔传："义，宜也。用旧法典刑宜于时世者。"谓刑罚合宜。曾运乾进一步解释："义，宜也。刑罪相报、谓之义刑义杀。"① 言法制合宜。在刑杀之事上强调"义"，不仅出于合宜，还更多体现了周人对源自天地秩序而来的社会秩序的认知，将之视为制度建构的道德依据和评判准则。

作为道德依据，即强调官员、民众要自觉体认"义"在维护社会秩序良性运行中的规范性作用。《周礼·地官·大司徒》载"大司徒"教民六德："知、仁、圣、义、忠、和。""义"被视为重要的德行之一，郑玄注为："又能断时宜"，贾公彦疏为"义，宜也，谓断割合当时之宜也"。② 而"合时宜"的依据，便是对天命的认知、对责任的担当、对行为的省思。如《左传·文公七年》载晋郤缺言于赵宣子曰："正德、利用、厚生，谓之三事。义而行之，谓之德礼。""三事"亦见于《尚书·大禹谟》："德惟善政，政在养民。水、火、金、木、土、谷、惟修；正德、利用、厚生、惟和。"郤缺以此告诫赵宣子在位者行政乃出于责任。正是出于责任，君子才能够判断出何时何事的是非曲直。《左传·庄公二十二年》便借君子之言曰："酒以成礼，不继以淫，义也。以君成礼，弗纳于淫，仁也。"能够按照礼制来做事，为合乎礼；能按照道义来思考判断，为合乎义；能按照本心来成善，为合乎仁。

作为评判标准，强调做事做人，要能够依照天命要求、职责规定、身份地位做出合宜的行为，是谓之"义"；而不合乎"义"之规范的，便是"不义"。如郑伯对其弟公叔段不断扩张的野心，说了一句："多行不义，必自毙。子姑待之。"③ 言外之意，便是做事不合身份、规制的要求，迟

---

① 曾运乾：《尚书正读》，北京：中华书局，1964 年，第 165 页。
② 《周礼·地官·大司徒》，第 707 页。
③ 《左传·隐公元年》，第 1716 页。

早会自讨败亡。由此再来审视晋魏舒合诸侯之大夫于狄泉，将以城成周，当时魏子莅政，卫彪傒劝谏说："将建天子，而易位以令，非义也。大事奸义，必有大咎。"① 卫彪傒认为魏子的所作所为已经违背了周制中天子诸侯的约定，虽然自己有实力，但却一不合道义，二不合时宜，这样背弃"义"的准则，会带来无穷的后患。

从历史上的实践来看，"义"作为社会认知不断被明确；作为思想史的建构，"义"则会随着理论总结而日趋自觉。春秋后期的孔子在对内在之"仁"强调的同时，始终将"义"作为外在的尺度。如其对子产说君子之道有四："其行己也恭，其事上也敬，其养民也惠，其使民也义。"② 其中的"义"，正是指"正德、利用、厚生"三事的合宜，实言理民之尺度要合宜。在《论语》中，"义"被孔子赋予了社会责任和社会义务的意义，他的"见义不为，无勇也""见得思义"之说，③ 便是强调君子必须依照群体的要求来判断是非曲直。

这种群体的要求，实际类似于今日所谓的公共价值观，即在一定历史阶段或者特定文化区域，为大多数人所普遍认知的行为准则、伦理规范和道德取向。这种被普遍认知的价值观是浸润着个体心性修养、培养个人道德判断、建立自我行为要求的内在伦理要求，是支配外在行为的学理规范和认知态度。孔子将之视为人的本质所在，"君子义以为质，礼以行之，孙以出之，信以成之。君子哉！"④ 按照前文《周易·系辞下》的说法来理解孔子学说的"仁"和"义"，"仁"是"人之为人"的道德要求，"义"则是"人之所以能群"的社会要求。"仁"作为个体修为的前提条件，那么"义"则可以被视为人类社会得以存在的必要条件。"仁"为个人心性见于人，偏于道德范畴；"义"为人之本质见于事，偏于行为范畴。这样，孔子对"仁"和"义"有着明确的指向，如子路问"君子尚勇"的问题，孔子便解释说："君子义以为上。君子有勇而无义为乱，小人有勇而无义为盗。"⑤ 勇是对个体行为的认知，但对勇的行为判断不是单一的，而是取决于其是否合乎公共利益、是否具有公共价值：合于

① 《左传·定公元年》，第 2131 页。
② 《论语·公冶长》，第 2474 页。
③ 《论语·为政》《论语·子张》，第 2463、2531 页。
④ 《论语·卫灵公》，第 2518 页。
⑤ 《论语·阳货》，第 2526 页。

"义"的要求便是勇，否则便是为乱为盗。

思想的演进是无数细微的观念被聚合、被强化而形成一个条理相对清晰、概念相对明确的语义场。条理清晰的路径是思想史，概念明确的抽象是哲学。在这过程中，有些相似的概念被吸纳、被融通，而相异的概念则被分离、被区别。仁、义等学说的条理清晰，要经过概念辨析；而概念明确，则必须条理化。思想史是哲学学理得以形成的历时过程，哲学学理则是思想史得以演进的理论推力。限于《论语》的体裁，孔子对"义"的学理价值做了明确的界定，但并没有进行更为清晰的阐释，孔门弟子在对"义"和"信"同等重要的范畴内进行的辨析，进一步强调"义"在公共秩序方面的必要性，成为儒家学说的基本概念。

有子说："信近于义，言可复也。"① 信，乃"言合于意也"，② 即言与事实相符，但在有子看来，约定、言语必须要先合乎"义"的要求，才有必要讨论诺言是否一定要践行。言外之意，便是不合乎"义"的诺言，即便合乎事实、合乎"信"，也不值得提倡。由此来看，有子将"信"视为个人与个人、或者某些人与某些人之间的约定，而这些约定虽然符合这个人、这些人的利益，但属于私义；而在其上，有着更为广泛的群体共同利益。"信"作为局部的、下位的概念，必须符合作为总体的、上位的概念，即"义"的要求。孟子对此有着明确的表述："大人者，言不必信，行不必果，惟义所在。"③ 认为作为公共利益代表的天子、诸侯，应该坚持公共价值，不要局限于个人的小恩小惠、所诺所言，而时时处处以"义"作为衡量政策的依据、处理是非的参照。

由此来审视历史，因公共利益作为最大公约数，"义"便成为对天下的责任，"非礼之礼，非义之义，大人弗为"，④ 是做人做事的依据。如果国君违背了"仁""义"的要求，出于公共利益的考量，亦可以诛灭："贼仁者，谓之贼，贼义者，谓之残，残贼之人，谓之一夫。闻诛一夫纣矣，未闻弑君也。"⑤ 因此，孟子学说中的"义"，是基于道义而形成的社会责任。

---

① 《论语·学而》，第 2458 页。
② 《墨子间诂》卷 10《经上》，第 313 页。
③ 《孟子·离娄下》，第 2726 页。
④ 同上书，第 2726 页。
⑤ 《孟子·梁惠王下》，第 2680 页。

在孟子看来，君主行仁政，是出于性善；而必须行仁政，则出于道义。他如此论述"仁"与"义"的关系：

> 人皆有所不忍，达之于其所忍，仁也；人皆有所不为，达之于其所为，义也。人能充无欲害人之心，而仁不可胜用也；人能充无穿窬之心，而义不可胜用也。人能充无受尔汝之实，无所往而不为义也。士未可以言而言，是以言餂之也；可以言而不言，是以不言餂之也，是皆穿踰之类也。①

仁，出于不忍之心的忍心去做；义，出于有所不为的不得作为。经过了性善的浸润和道义的考量，其做人做事，方才体现出仁之爱人、义之合宜。孟子由此认为，君子所应养成的浩然之气，是基于公共价值判断而形成的道义感："其为气也，配义与道；无是馁也。是集义所生者，非义袭而取之也。"② 这种符合公共利益的道义感，是君子人格的支撑，"士穷不失义，达不离道。穷不失义，故士得己焉；达不离道，故民不失望焉。"③ 更是行政者必须坚持的政策思路："杀一无罪，非仁也；非其有而取之，非义也。居恶在？仁是也；路恶在？义是也。居仁由义，大人之事备矣。"④ 孟子认为要以基于善性的"仁"为本源来考量政策的出发点，以基于责任的"义"为思路来衡量政策是否合宜，从而形成有道德要求、有责任担当的政府。

由此可见，"义"的提出，是以群体的要求为指向，是对公共利益的强化和公共价值观的认同。这种强化，意在形成"人何以能群"的外在规范；这种认同，意在达成"人何以能群"的道德共识。有了外在的规范，处理人际关系和物我关系时才能有可资参照的依据；有了道德共识，用于调整不同群体利益诉求的依据才能得到认同。当公共利益变成共同利益、道德共识变成社会约定时，"义"便由早期的学说资源成为学理建构的依据，"义政"由两周的部分实践，逐渐成为秦汉时期日趋重要的行政学说。

---

① 《孟子·尽心下》，第 2778 页。
② 《孟子·公孙丑上》，第 2685 页。
③ 《孟子·尽心上》，第 2764—2765 页。
④ 同上书，第 2769 页。

二　义政说的理论基点及学说史价值

中国思想史的线索，从来都不是一条线索般的泾渭分明，而是观念枝稍交织，观点彼此消长，但其波澜壮阔的主流，是对天人、人人关系的讨论。在国家想象中，个体权利、局部权利和全体权利之间的辨析，随着制度建构的需要，越来越成为决定性的命题。这表现在儒家学说的礼乐建构中，是拓展"亲亲"秩序，使之成为"尊尊"秩序的内核，"老吾老，以及人之老"之说，① 是由伦理秩序而拓展为社会秩序。表现在法家学说的法制建构中，便是建立君臣分明的"尊尊"秩序，来约束长幼有别的"亲亲"秩序，"民一于君，事断于法"之论，② 试图以"尊尊"秩序代替"亲亲"观念，以形成有国而无家、有郡县而无家族的社会结构。

为了走出"亲亲"关系的局限，孔子已经开始将"兄弟"的概念由亲亲关系拓展到"四海之内"的社会关系，③ 这扩大了"仁"的适用范围，可以看出其在东周时期亲亲意识解体的背景下，对维持传统学说架构所做出的努力。但从社会关系上来说，基于血缘的亲亲关系的张力，不足以涵盖所有的社会关系，而单靠内在心性自觉的"仁"，缺少外在的约束，必不能成为维系社会交往的公约数。也就是说，依靠亲亲秩序的分封制度可以在一时维系王室的团结，但不可能在数世之后，仍能以血缘纽带保持天子的尊尊，因此以分封建国为制度形态的亲亲尊尊秩序，必然会随着诸侯相攻而礼崩乐坏。

亲亲秩序既然在兄弟反目、叔侄相攻的历史现实中崩盘，没有制度维系的尊尊便是以方伯争霸形式进行的武力相攻，以胜者控制败者、强者抗衡强者而获得对峙平衡。这种混乱中的平衡和武力掩护的秩序，从历史长河来看，只是暂时的稳定，一旦脆弱的支撑要素此消彼长，历史会作为洗牌者来重新调整秩序。

在亲亲解体、尊尊尚未建立的过程中，墨家试图通过置换"亲亲"的概念，来形成一种新的秩序形态。这个学说在理路上与此前孔子以

---

① 《孟子·梁惠王上》，第 2670 页。

② 《慎子集校集注》，第 64 页。

③ 《论语·颜渊》："君子敬而无失，与人恭而有礼，四海之内，皆兄弟也！君子何患乎无兄弟也。"

"四海之内皆兄弟"的说法类似，使"兄弟"的概念由血缘义拓展到社会义。但墨子放弃了孔孟学说中"仁"以血缘关系作为基点，而是强化了对社会全体成员的"兼爱"，即天下人不论血缘远近，都要互相爱护，互相帮助："天下之人皆相爱，强不执弱，众不劫寡，富不侮贫，贵不傲贱，诈不欺愚"，才能"必兴天下之利，除去天下之害"。① 在墨子看来，社会秩序的紊乱，皆出于一家一国之私。儒家提倡要维护一个上下有序的等级社会，墨子则提倡注重平等的博爱，把儒家局限在"亲亲"范围内的爱发展为不分血缘关系、亲疏远近、高低贵贱的相互尊重的爱。

由于没有局限于血缘关系中，官员任用不再局限于亲亲，而出于任贤："大人之务，将在于众贤而已"，国君选拔贤良，组成贤人政府，"以德就列，以官服事，以劳殿赏，量功而分禄"，② 天下之百姓皆同于天子，听从统一的调配，保持统一的步调，去私服公，下与上同，下情上达，君与民同。这样，"治天下之国若治一家，使天下之民若使一夫"，③ 而不必依靠礼制来维持尊尊秩序，同心同德，各项法令政策便畅行无阻。

墨子强调的"万事莫贵于义"，④ 继承了孔子"君子义以为上"，认为"义"是为人立身之本。在墨子看来，之所以能够兼爱，在于人人放弃一己之私；之所以能够尚贤，在于人人心存道义；之所以能够尚同，在于天子能够"一天下之义"。《墨子·尚同中》言：

> 方今之时，复古之民始生未有正长之时，盖其语曰"天下之人异义"。是以一人一义，十人十义，百人百义，其人数兹众，其所谓义者亦兹众。……是故选择天下贤良圣知辩慧之人，立以为天子，使从事乎一同天下之义。

如果"一人一义"之"义"是个人利益要求、个人价值的体现，那么作为天子要有足够的圣知辩慧，来抽取众人之"义"，建立一个普遍适用于天下的利益观和价值观，成为社会认知的最大公约数。《墨子·尚同上》：

---

① 《墨子间诂》卷4《兼爱中》，第101—103页。
② 《墨子间诂》卷3《尚贤上》，第44—46页。
③ 《墨子间诂》卷3《尚同下》，第96页。
④ 《墨子间诂》卷12《贵义》，第439页。

"乡长唯能壹同乡之义,是以乡治也。……国君唯能壹同国之义,是以国治也。……天子唯能壹同天下之义,是以天下治也。"这个公约数对个体而言,是人之为人的根本;对社会而言,是人类之所以为人类的普世价值。若君臣上下皆能以天下之利为利,以天下之害为害,以天下之义为义,则自然能够得到天下的拥护。

墨子认为,三代圣王之治之所以没落,在于"天下失义"。"天下失义"不是天下缺少了公共价值观和公共利益,而是行政者忘记了天下大义;既不能做到"一同天下之义",更不能按照道义的标准要求自己。要重建天下秩序,行政者必须要强化"义者政也"的宗旨,以道义相守,以天下为利。《墨子·尚贤上》勾勒出一幅以"义"治国的理想图景:

> 是故古者圣王之为政也,言曰:"不义不富,不义不贵,不义不亲,不义不近。"是以国之富贵人闻之,皆退而谋曰:"始我所恃者,富贵也,今上举义不辟贫贱,然则我不可不为义。"亲者闻之,亦退而谋曰:"始我所恃者亲也,今上举义不辟疏,然则我不可不为义。"近者闻之,亦退而谋曰:"始我所恃者近也,今上举义不避远,然则我不可不为义。"远者闻之,亦退而谋曰:"我始以远为无恃,今上举义不辟远,然则我不可不为义。"逮至远鄙郊外之臣、门庭庶子、国中之众、四鄙之萌人,闻之皆竞为义。

其中的富贵指代财富与权力,所谓亲近指代尊崇和近臣。如果能够按照"义"的要求来处理富贵、亲近问题,则志同道合,上下齐一,君臣放弃一家之私、一族之利,便可建立起一个具有历史担当和社会责任感的政府,最大限度地维护公共利益。

墨子"义政"的提出,是对周秦间"力政"的反拨,其理论来源是天志说。《墨子·天志上》言:

> 顺天意者,义政也。反天意者,力政也。然义政将奈何哉?子墨子言曰:"处大国不攻小国,处大家不篡小家,强者不劫弱,贵者不傲贱,多诈者不欺愚。此必上利于天,中利于鬼,下利于人,三利无所不利,故举天下美名加之,谓之圣王。力政者则与此异,言非此,行反此,犹倖驰也。处大国攻小国,处大家篡小家,强者劫弱,贵者

傲贱，多诈欺愚。此上不利于天，中不利于鬼，下不利于人。三不利
无所利，故举天下恶名加之，谓之暴王。"

墨子将顺天意视为义政，这是西周时期对"义"源自天地秩序的理解。
前文已论，在周人看来，天地秩序是人类秩序的决定者，而"义"是处
理人际关系时必须遵循的原则。这一原则放在心性学说中，便是"成性
存存，道义之门"；而放在承认天志、鬼神的宗教意识中，便是天意。墨
子认为国家不分大小强弱，人不分贵贱诈愚不相欺，皆应该彼此相利，彼
此相安，这是天地秩序的要求，人必须遵守。而大小、强弱、贵贱、诈愚
之间的武力相强，是对义政的颠覆，也是对天地秩序的背离。

义政说消解了"亲亲""尊尊"的界限，打破了以血缘定亲疏，以家
族为尊卑的社会关系，使社会成员以同一尺度来审视人际关系，并将等级
秩序进一步弱化，使上下均服从于超越性的道义，以之作为行政的理据。
从社会运行的角度，墨子清晰地看到了天下不安的原因，在于各依其优势
而掠夺他人，小而在人，中而在家，大而在国。从国家管理的角度来说，
墨子认为要通过提倡"兼爱"之心、"非攻"之理、"尚同"之法、"尚
贤"之制来改变"交相害"的社会现状。

墨子在理念上对"义政"的描述，成为后来者学说建构的理论渊源。
稷下学派对义政学说的继承，在于进一步细化"义政"在国家建构中的
基础性作用。《管子》将"礼、义、廉、耻"作为国之四维，"义"是社
会秩序，即"君臣父子人间之事谓之义"，[①] 是人人所应遵守的公共道德，
故而其对"义"的强调侧重于公共责任。《管子·权修》言："凡牧民者，
欲民之有义也。欲民之有义，则小义不可不行。小义不行于国，而求百姓
之行大义，不可得也。"化民的关键在于令百姓认识到个体责任，由个体
而群体，进而担当国家、天下的责任。《管子·五辅》进一步描述作为治
国策略上的"义"的措施：

　　义有七体，七体者何？曰：孝悌慈惠以养亲戚，恭敬忠信以事君
上，中正比宜以行礼节，整齐撙诎以辟刑僇，纤啬省用以备饥馑，敦
懞纯固以备祸乱，和协辑睦以备寇戎。凡此七者，义之体也。

---

① 《管子校注》卷13《心术上》，第759页。

这简直可视为"义政"的具体蓝图，可以与《礼记·礼运》中的小康、大同之论相提并论。由于坚守了"义"的准则，在处理亲戚、君臣、礼仪、刑罚、器用、祸乱、军争关系上，皆能做到以道义为守，以尚同为用。

这种上下尚同的要求，是对君主、臣下的双向约束，即二者必须同时担负着公共义务和历史责任。君臣之间不再是依附和被依附的关系，而是共同肩负天下大义，彼此是合作和制约的关系。所谓合作者，便是君臣各有职责，相辅相成；所谓制约者，便是君臣各有分工，相辅相成。由此来审视孟子的仁政论，就会发现其理论上的窘境，正是在于缺少义政说所强调的"上下尚同"，而学说上的突围也是以此为方向。

由前文所论，孟子的仁政论将先王之道作为历史经验，将性善作为心性基础，明确先王之所以能得天下是行仁政的结果，所谓"三代之得天下也以仁，其失天下也以不仁。国之所以废兴存亡者亦然"，[1] 认为三代失天下在于不仁，与墨子认为的"天下无义"正好相反。因而，孟子便继续提倡德行，认为在上位者有"德"，便能使人心悦诚服。《孟子·离娄上》说："为政不因先王之道，可谓智乎？是以惟仁者宜在高位。"反复强调行王道之君就是要以德服人，方能称王天下。这样，仁政学说便有了一个天然的前提，那就是必须要由有仁爱的君主来实现。

问题是，孟子几乎没有见到过理想中的仁君，即便是齐宣王那样有恻隐之心的国君，亦未能如孟子所愿而行"仁政"，其根源孟子隐约意识到了，但却没有彻底想清楚。之所以说他隐约意识到，是他开始"仁义"并称，即一个国家能否推行仁政，与其说取决于国君的性善，毋宁说取决于国君的责任担当。由于孟子学说是基于由内到外的性善论，带有自我完善的心性修养，而基于交往、交易、交际而产生的社会关系，不可能如亲亲关系那样，具有先天的保护、亲切和照顾的本能，因而以单纯的性善、仁爱等理念熏陶出来的思路去面对复杂的社会关系时，便显得局促。

孟子将"羞恶之心"视为"义之端"，表明其认同"义"的本源，在于人对社会的反应。羞恶之心的产生，是人因社会经验的获得而知道何去何从。也就是说，"义"是基于社会共识而形成的认知。对个体而言，

---

[1]　《孟子·离娄上》，第2718页。

行为若不能获得群体的认同，思致若不能契合公共价值，则必然会被引发由外到内的负面自我判断；对群体而言，某个群体所公认的行为、态度、价值、情绪等，会成为其衡量个体的尺度，某个个体背弃群体要求的远近，决定了群体对其排斥或者接纳的程度。这样来看，孟子已经意识到了在人之心性的培养上，"自内发"和"由外铄"是两种不同的途径，[①] 但受制于时代，孟子只立足于"内发"而论仁政，而把"外铄"留给后起的荀子。

　　理论的出发点常常决定了学说的走向。孔孟基于仁爱、性善的自我修养论，延展到政治学说时，只能寄希望于仁君的出现，其对国家秩序的改造，也是通过培养仁人志士来充实官僚体系，通过由上至下的道德示范、礼乐教化来推行王道。这注定只能用于治世，且需数百年持之以恒的努力。面对诸侯有恻隐之心而不愿行仁政时，孟子意识到要以"义"来劝诫，《孟子·告子下》言：

> 　　为人臣者，怀仁义以事其君，为人子者，怀仁义以事其父，为人弟者，怀仁义以事其兄，是君臣父子兄弟，去利，怀仁义以相接也。然而不王者，未之有也。

君臣要以仁义相召，这其中的"仁"是基于爱人、爱家、爱国的情志；这其中的"义"，便是彼此的责任。但附在"仁"之后的"义"，显然没有墨子"义政"论那样的理直气壮，且因为其认为"义"亦起于心，故其对于"义"的论述，更多强化为君臣相互的责任，而非天下之责任。《孟子·离娄上》："欲为君，尽君道，欲为臣，尽臣道，二者皆法尧舜而已矣。"在他看来，仁之心性，使其彼此尊重；义之责任，使其相互制约。君臣恪守本分，不超越自身的职责，从而保证行政秩序的畅达。

　　孟子对"义"的强调，是由基于亲亲关系的"仁"推导出来的，其"义"更多是心性修养的产物，在此基础上所形成的"君臣之义"，不是基于共同责任的强调，而是基于等级秩序的认同。因而相对于墨家以天下为义、以上下尚同为用的"君臣之义"，中间存在一个天然的区隔，那就是墨子所谓的"天下之义"，是超越君臣关系的天下大义，带有先天法理

---

　　① 《孟子·告子上》："仁义礼智，非由外铄我也，我固有之也。"

依据的意味，是无限责任。墨子之后的学者则强化"义"在社会关系中的相互负责、彼此信任的理念，使之成为社会责任观、政治担当感的理论基础。而孟子所谓的"君臣之义"，是君对臣的责任和臣对君的责任，虽有道德约束，但更多是二者之间的有限责任。此后思孟学派着力强化"仁"的基础性作用，而将"义"蜷缩在君臣关系的狭小境地之中，故而寄希望于明君贤相合作的模式，成为后世儒生不能解脱的一个心结。从这个意义上说，墨子的"义政"学说弥补了孟子仁政论天下秩序建构中的理论困顿，即寄希望于君主德行来推行仁政，方向上是与虎谋皮，方法上是缘木求鱼。秦汉学者在对国家建构的想象中便汲取了义政理念，对天下秩序做了全新的解读。

三　秦汉间义政论的学理走向

义政的提出，从较为宽阔的角度发展了王道学说，使得自上而下的明德论有了一个自下而上的约束，得以成为周秦思想发展史上不可或缺的一环。但孔子、孟子对君臣关系、社会关系的设想，更多的是基于学理探讨；而墨家学派的义政实践，因立足于下层民众，没有能够在国家层面推行，因而其对于王道学说，主要是进行理论上的滋养，而不是制度上的设计，其不能用于诸侯，非诸侯不为，乃因其学说与时势不合拍。秦汉学者对社会秩序的思考，便以义政作为基本的行政理念。

荀子将"义"视为人之能群的基本要素之一。《荀子·王制》言："人何以能群？曰：分。分何以能行？曰：义。故义以分则和，和则一，一则多力，多力则强，强则胜物，故宫室可得而居也。故序四时，裁万物，兼利天下，无它故焉，得之分义也。"分之以礼，和之以义，因而人类社会方可形成既有差异又有共识的合理结构。由于荀子将"天"视为自然之天，直接放弃了孔孟的先天道德感和墨子的天志论，直面社会问题，故其所谓的"义"，不再如《易传》《墨子》那样被赋予超验的色彩，而被视为社会的公平正义，是人类基础的道德共识、基本的社会责任。

荀子由此审视王道，便削弱了孔孟德政、仁政的想象，转而务实地提出了"义立而王"的主张。《荀子·王霸》说：

故用国者，义立而王，信立而霸，权谋立而亡。三者，明主之所谨择也，仁人之所务白也。絜国以呼礼义而无以害之，行一不义、杀一无罪而得天下，仁者不为也，擽然扶持心、国，且若是其固也。之所与为之者之人，则举义士也；之所以为布陈于国家刑法者，则举义法也；主之所极然帅群臣而首乡之者，则举义志也。如是，则下仰上以义矣，是綦定也。綦定而国定，国定而天下定。……故曰：以国齐义，一日而白，汤、武是也。汤以亳，武王以鄗，皆百里之地也，天下为一，诸侯为臣，通达之属莫不从服，无它故焉，以义济矣。是所谓义立而王也。

"义"既然是社会责任、道德共识，那么要想称王，必须以天下大义为衡量选才、用人、立法、行政的依据，完全超越了君臣、父子、兄弟、夫妇、朋友关系，具有超越性。《荀子·子道》明确提出："从道不从君，从义不从父，人之大行也。"又说："父有争子，不行无礼；士有争友，不为不义。""义"是一切社会关系的最高原则，这明显跳出了孟子所谓的"君臣之义"，使之成为更为博大高远的、具有普世价值的大义，是全体社会成员必须服从的社会原则。

这一原则是全体国民都必须遵守的道德底线，是社会秩序得以维持的基础。因而荀子在讨论社会问题时，认为公众是否能以"义"为守是治乱的关键。《荀子·强国》言："凡奸人之所以起者，以上之不贵义，不敬义也。夫义者，所以限禁人之为恶与奸也。今上不贵义，不敬义，如是，则天下之人百姓皆有弃义之志，而有趋奸之心矣，此奸人之所以起也。……夫义者，内节于人而外节于万物者也；上安于主而下调于民者也。内外上下节者，义之情也。然则凡为天下之要，义为本而信次之。"[1]社会秩序紊乱的原因在于某些成员不能够坚守道义，因而要强国，必须立义，并以此作为衡量人心、人性和诚信的依据。

孟子、荀子对"义"理解的差异，在于孟子强调"义"是心的产物，是以"羞恶之心"生出的社会体验，肇端于性善而显现于社会；而荀子则认为"义"是社会运行而形成的道德共识，是作为群体认知而赋予个体的责任，确立于社会而内化为认知。因而相对于孟子"仁本义路"的说法，荀子提出了"唯仁之为守，唯义之为行"的观念，使得"诚心守

---

[1]　《荀子集解》卷 11《强国》，第 305 页。

仁则形"与"诚心行义则理"相辅相成，相互促进，从而形成健全人格，达到最高的道德境界。

至晚在荀子时期，"义"已经被提升到了理念的高度，成为社会义务、历史责任、文化担当的代名词。从儒家学说生成史来看，这是对孟子学说的否定之否定，完成了西周以来对"义"的学理辨析，即确定其来源不再被视为人心生发，而是为社会约定的内化。这样，"仁"与"义"的关系便被明确下来，"仁"是源自人心，是我者的情感体验及其走向；而"义"则来自公论，是他者的理念共识，其对我的作用方式，是由外铄而内化为我者的羞恶认知。

成书于秦汉之际的《礼记》，便因对"义"的全面理解，不但重新阐释了社会理想，还更进一步审视了仁义关系，明确提出"仁者天下之表也，义者天下之制也，报者天下之利也"，将"仁"视为社会关系的表征，将"义"视为社会关系的准则，将知恩图报视为天下互利的方式。在这其中，"义"的强制性、约定性被突出，而"仁之表"只有以"义之制"来维持时才能得以彰显。之所以如此，在于荀子认为"义"是"道"的体现，而"仁"是"心"的产物，"仁者人也，道者义也，厚于仁者薄于义，亲而不尊；厚于义者薄于仁，尊而不亲。道有至，义有考，至道以王，义道以霸，考道以为无失"。①从自我修养的角度来说，"仁"是起点，维系的是亲亲关系；但从外在事功的角度来说，"义"是原则，维护的是尊尊秩序。因而在秦汉间，亲亲观念已经不足以维持社会秩序的良性运转，尊尊秩序越来越被强化时，"义"的学理意义也由此超越"仁"，成为诸子们讨论社会建构的关键概念。

这类讨论有两个明确的指向，都成为秦汉学者的共识。一是"义"的强制意味得到了越来越多的强调，其中所蕴含的"正义"意谓，带有立足于社会共识而与之俱来的法理色彩。《礼记·乐记》提出了德刑源自仁义："刑禁暴，爵举贤，则政均矣。仁以爱之，义以正之。如此则民治行矣。"如果说"爵举贤"出自仁爱，那么"刑禁暴"便属于义正。《大戴礼记·主言》也说："圣人等之以礼，立之以义，行之以顺，而民弃恶也如灌。"日益严重的道德滑坡和人性沦丧，使得单靠德政的庆赏和教化已经无法约束，以礼规范之、以义约束之、以顺引导之，成为乱世治民的

───────────

① 《礼记·表记》，第1639页。

必要策略。而所谓的"立之以义",便是明显的惩戒。《礼记·郊特牲》明确说:"大夫而飨君,非礼也。大夫强而君杀之,义也。由三桓始也。"大夫非礼之举,国君严惩不贷,是基于天下秩序的考量,与性善、性恶无关,这与《逸周书·太子晋》中所谓的"义杀一人而以利天下"同理,都是维护天下大义。

秦汉时期儒家学说对"义"的理解,回到了《尚书》中的"义刑义杀",本身就表明了作为现实的行政不可能如诸子学理上的争辩那样,可以采用矫枉过正的做法来突出学说主张,强化某些观念而忽略其他。儒、墨、道、法在学理上的各执一词,落实到现实行政操作中,只能兼顾而不宜偏废。因而周秦时期"道术为天下合",从学理上说,经过了观念分化和学理争吵之后的学说,才能更加心平气和地意识到自己的不足,主动兼善也好,被动兼善也好,观点之间的壁垒森严界限被打破了。从现实需求来说,诸子学说建构的目的不是完全进行形而上的辨析,而是皆希望有所用,① 这就注定其不可能闭着眼睛去玄思,而是尽可能担负起改造现实的责任。此时儒家学说对"义"的理解,已经接近于法家的概念义。

儒家出于司徒之官,更多秉承司徒德政之论;法家出于理官,则秉承了周政中刑政之说。故其所谓的"义",便是维护社会秩序中惩戒奸宄的依据。《申子·君臣》言:"君必有明法正义,若悬权衡以称轻重,所以一群臣也。"明法是法制,而正义则是法理。法理是基于社会共识而形成的,其一旦形成,便具有严正的威力。《慎子·威德》说:"蓍龟,所以立公识也;权衡,所以立公正也;书契,所以立公信也;度量,所以立公审也;法制礼籍,所以立公义也。凡立公,所以弃私也。"法律、礼仪维持着社会最为基本的秩序,因而代表着社会最大的共识、最基本的原则。

法家强调严刑峻法的学理依据,便是法乃公义的体现。正因为法家认为法制是社会公义的象征,是对私义的约束,所以其不仅至高无上,而且要令行禁止。《韩非子·饰邪》言:

　　夫令必行,禁必止,人主之公义也。必行其私,信于朋友,不可为赏劝,不可为罚沮,人臣之私义也。私义行则乱,公义行则治,故

---

　　① 儒、墨、道、法自不待言,即便略微超脱的名家,也持名实之辨干政,小说家也有"饰小说以干县令"的意图。

公私有分。人臣有私心，有公义：修身洁白，而行公行正，居官无私，人臣之公义也；污行从欲，安身利家，人臣之私心也。明主在上，则人臣去私心行公义，乱主在上，则人臣去公义行私心，故君臣异心。

在韩非子看来，"义"是君臣上下之事，父子贵贱之差，知交朋友之接，亲疏内外之分的依据。但在上述关系中，不可避免地局限于当事者之间的私义，即《墨子·尚同中》所谓的"一人一义，十人十义，百人百义"，但一个国家建构必须要确立作为全体国民必须遵守的公义即最高社会理念，建立社会交往的最低行为准则，这是维持整齐国家的必要手段。①

二是"义"具有公理、公法、公识、公约性质，士大夫、君子必须担负起弘扬道义的职责，依道而行，以义为用。荀子鼓励士君子的修为，在于有勇气、有毅力担负"义"的责任："义之所在，不倾于权，不顾其利，举国而与之不为改视，重死持义而不桡，是士君子之勇也。"② 这与孟子所强调的"集义而生"的浩然之气遥相呼应，也与其"舍生取义"的社会责任一脉相承。《礼记·表记》言："君子之所谓义者，贵贱皆有事于天下。"君子要责无旁贷地承担起利天下的责任。人之果敢，不在于斗狠，而在于能够坚守道义。《礼记·聘义》也说："有行之谓有义，有义之谓勇敢。故所贵于勇敢者，贵其能以立义也。所贵于立义者，贵其有行也。所贵于有行者，贵其行礼也。故所贵于勇敢者，贵其敢行礼义也。"义是君子立身的根本，是因为君子以天下责任为担当，自然要以义为行为准则，以立义为价值追求。

这样，在秦汉之际便形成了基于两种不同学说的独立人格，一是以道家所强调"遗世独立"以全天性，其侧重鼓舞士人鄙弃现实政治的猥琐，通过远遁来保持在精神上和行为上的自由自在。二是以儒家、法家等为代表的"入世独立"以坚守道义，其侧重鼓励士人在现实中坚持个人操守，百折不挠去维护正义、公理，从而保证政治行为不背弃公共利益、社会秩

---

　　① 如此肯定"义"在法家学理中的根本性地位，儒家所推崇的"礼"，便被韩非子视为"义"的形式、文饰，《韩非子·解老》："礼者，所以貌情也，群义之文章也，君臣父子之交也，贵贱贤不肖之所以别也。"成为介于"法"和"义"之间的社会规则。

　　② 《荀子集解》卷2《荣辱》，第56页。

序不远离公共价值。秦汉士大夫对道义的维持和对秩序的建构，是对独立人格的学理认同，其从政过程中入世、出世际遇，在很大程度上是出于对独立人格的保持。从这个意义上说，义政不仅成为秦汉国家建构的理据，也成为政策考量的参照；而且"义"之理念浸润为个体修为，还成为秦汉士人衡量个人品格的依据。

第二节 义兵论与秦汉军争的合法性阐释

孟子曾谓"春秋无义战"，[①] 然《谷梁传·宣公四年》论正月间宣公及齐侯平莒伐郯，却言"伐莒，义兵也；取向，非也，乘义而为利也"。以"义兵"论齐、鲁伐莒之事。至《吕氏春秋》中，"义兵"成为衡量军事行为的标志。秦始皇立，群臣以"今陛下兴义兵，诛残贼，平定天下，海内为郡县，法令由一统，自上古以来未尝有，五帝所不及"之论颂之。[②] 刘邦数罪项羽，亦言："吾以义兵从诸侯诛残贼，使刑余罪人击杀项羽，何苦乃与公挑战！"[③] 刘邦以义兵自况，既源自韩信、郦食其之言，更出于秦汉间流行的"义兵"论。"义兵"者，或谓"不用诈谋奇计"，[④] 或谓"救乱诛暴"，[⑤] 其能够在秦汉间成为评判军争性质的依据，自有深刻的学理渊源。目前已有学者注意到吕不韦及其门客的义兵论，[⑥] 我们若能在更为宽阔的视野上，结合此间义政论审视之，一可明秦汉间义兵论的学理及实践，二可明楚汉政权的合法性如何阐述，三可察西汉地缘政治观的形成，分析"义兵"如何成为秦汉间舆论的基石。

一 义兵论的理论形成

墨子的"义政"学说是对如何建构公共秩序进行的思考。但墨家学

---

① 《孟子·尽心下》，第 2773 页。

② 《史记》卷 6《秦始皇本纪》，第 236 页。

③ 《史记》卷 8《高祖本纪》，第 376 页。

④ （北宋）司马光《资治通鉴》卷 10："成安君尝自称义兵。"

⑤ 《汉书》卷 74《魏相传》："相上书谏曰：'臣闻之，救乱诛暴，谓之义兵，兵义者王；敌加于己，不得已而起者，谓之应兵。'"

⑥ 刘元彦：《〈吕氏春秋〉论"义兵"》，《哲学研究》，1963 年第 3 期；张诚：《从"义兵"主张看吕不韦的思想倾向》，《郑州大学学报》，1984 年第 3 期。

派实现义政的途径，在学理上选择了兼爱，在实践上选择了非攻，乃试图通过一己之力示范、以墨侠救亡方式图存，实现偃兵之愿，可惜只能是扬汤止沸，却不可能以战止战。春秋中"弑君三十六，亡国五十二"，单凭墨家之力，虽能存一国而不能救天下，虽能存一时而不能救长远。故其义政之论只是一种社会理想，不能凭借"摩顶放踵以利天下"的任劳任怨来实现。故其义政说，入乎学理则通，入乎现实则胶，可治长远却不能救一时之急。故至孟子时便不再主张非攻偃兵，而是强调以"义"用兵。

《孟子·梁惠王下》载齐人伐燕，诸侯将谋救燕时，有言："今燕虐其民，王往而征之。民以为将拯己于水火之中也，箪食壶浆，以迎王师。"孟子以"义"论攻伐，言军队若能救民于水火，自然会得到燕国百姓的拥护。显然在孟子心中，军事行为是维持社会秩序必不可少的手段，其不仅合理，而且合法。因为合理合法的军事行为，并不是维系一君、一国之利益，而是铲除不仁之人、不义之事的必要手段，是应该给予充分肯定的。在孟子看来，军事行为就是除暴安良："贼仁者、谓之贼，贼义者、谓之残，残贼之人、谓之一夫。闻诛一夫纣矣，未闻弑君也。"[1] 明确了国君、诸侯乃至公卿大夫们如果残害百姓，行不仁不义之事，便人人可诛之，如商汤放夏桀、武王伐殷纣，即是替天行道的义举。

《荀子·议兵》亦通过陈嚣求教于荀子之言来论证兵事不可避免，当以"义"节之：

> 陈嚣问孙卿子曰："先生议兵，常以仁义为本。仁者爱人，义者循理，然则又何以兵为？凡所为有兵者，为争夺也。"
>
> 孙卿子曰："非女所知也。彼仁者爱人，爱人，故恶人之害之也；义者循理，循理，故恶人之乱之也。彼兵者，所以禁暴除害也，非争夺也。故仁人之兵，所存者神，所过者化，若时雨之降，莫不说喜。是以尧伐驩兜，舜伐有苗，禹伐共工，汤伐有夏，文王伐崇，武王伐纣，此四帝两王，皆以仁义之兵行于天下也。故近者亲其善，远方慕其德，兵不血刃，远迩来服，德盛于此，施及四极。"

荀子认为"仁"不能更化恶人，而"义"必然得罪恶人，既然恶人

---

[1] 《孟子·梁惠王下》，第 2680 页。

存在，那便要禁其暴、除其害。在禁暴除害状态下的用兵，是用来维持仁义的，百姓自然欢欣期盼。古史上的贤君尧、舜、禹、商汤、文王、武王等，皆以兵征不仁不义者，维持的正是天下大义，可称得上是"仁义之兵"。

荀子以这样的视角去看待武王诛殷纣，既合理亦合法："武王虎贲三千人，简车三百乘，以要甲子之事于牧野而纣为禽。显贤者之位，进殷之遗老，而问民之所欲，行赏及禽兽，行罚不辟天子，亲殷如周，视人如己，天下美其德，万民说其义，故立为天子。"① 这几乎是荀子对"仁义之兵"的实践性描述，心忧天下为仁，替天行道为义。武王除暴安良，"义杀一人而以利天下"，② 故其兵为义。商鞅也曾言："武王逆取而贵顺，争天下而上让。其取之以力，持之以义。"③ 认为武王顺应百姓期望，诛灭暴君，以力维持义，其灭商就具有了合理性。

义兵论的形成除了在学理上的推导之外，亦得益于军事经验的总结。《六韬·文韬·文师》言姜太公答周文王何以令"天下归之"之问，曰："与人同忧同乐，同好同恶者，义也。义之所在，天下赴之。"其所谓的"义"，便是强调军事行为要符合天理，用以维持正向的社会秩序，满足大多数百姓的期望，才能得到百姓的拥护。《尉缭子·武议》直接定义军事组织的功能："兵者，所以诛暴乱禁不义也。"认为其职责在于诛灭叛乱，禁止不义行为，此与吴起所谓的"禁暴救乱曰义"同理。④ 此外，《文子·上义》中引老子言，也明确提出军事行为的意图："兵之来也，以废不义而授有德也。"在于匡扶正义，辅助有德之人以安天下。

在这样的认知中，兵家认为军事行为的成败，不是单纯军事实力的比较，而是取决于合乎道义的程度。《六韬·龙韬·奇兵》："战必以义者，所以励众胜敌也。"代表社会正义、坚守天下道义的军队，有足够的正能量去激励部属，从而形成强大的战斗力。《司马法·仁本》亦言："古者，以仁为本、以义治之为正。……故仁见亲，义见说，智见恃，勇见方，信见信。"以"义"为政治原则，方能得上下合同，彼此信任，形成强大的

---

① 《吕氏春秋集释》卷 8《简选》，第 184—185 页。
② 黄怀信撰：《逸周书汇校集注》，上海：上海古籍出版社，1995 年，第 1089 页。
③ 《商君书锥指》卷 2《开塞》，第 54 页。
④ 《吴子·图国》，《诸子集成》（第 6 册），第 2 页。

凝聚力。《吴子·图国》言："凡制国治军，必教之以礼，励之以义，使有耻也。"以"义"作为组织原则，则军队内务分明，组织有序，自然能三军用命，同仇敌忾。

以兵政自强的秦国，在嬴政即位后，不断向东方用兵，只有寻找到用兵的合理性，才能动员民众、说服朝臣持续用兵，从而使得军事行为对内而言具有合理性；对外而言具有合法性。由此来审视《吕氏春秋》中的义兵论，可以看作是吕不韦为秦兴兵灭六国的学理支撑。

《吕氏春秋·荡兵》一节，用排比的手法四论"古圣王有义兵而无有偃兵"之事，明确为稳定天下，不能停止用兵，而只能以战止战。只要用兵合乎"义"的标准，则不必轻言止战：

> 兵诚义，以诛暴君而振苦民，民之说也，若孝子之见慈亲也，若饥者之见美食也，民之号呼而走之，若强弩之射于深溪也，若积大水而失其壅隄也。中主犹若不能有其民，而况于暴君乎！

既然天下有暴君，便会有苦民。若用兵出自救民于水火，就是承担天下大义，百姓不仅期盼，而且会鼎力支持。尤其是诸侯不能承担治国之任，贤能不能为用，"世主恣行，与民相离，黔首无所告愬"的社会失序、政治昏聩、百姓窘迫时，[1]用兵铲除昏君佞臣，使天下安宁，是恢复秩序、匡扶正义的合理举措。

义兵之所以兴起，在于强敌威胁民众生存："敌慑民生，此义兵之所以隆也。"[2]义兵的关键不是简单的援之以手，而是诛灭不义之国，为民除害，维系的是合乎群体最大利益的公共秩序。更何况有军事行为作为威慑，暴君才不敢轻易虐民，乱臣才不敢轻易行非分之事。《吕氏春秋·怀宠》曾列举，用兵要先发布号令，其中开宗明义强调军事行为的合理性："兵之来也，以救民之死。……今兵之来也，将以诛不当为君者也，以除民之雠而顺天之道也。……故克其国不及其民，独诛所诛而已矣。"用兵的目的在于诛灭不义之人，阻止不义之事，张扬正义，调整或恢复天下秩

---

① 《吕氏春秋集释》卷7《振乱》，第162页。
② 《吕氏春秋集释》卷8《论威》，第181页。

序，铲除奸邪，让贤良在位，百姓安居乐业。①

吕不韦及其门客强调，军事行为必须以"义"为前提，使秦国的军事行为不再是简单的恃强凌弱，而有了合理性的解释。并且，他们还将"义"作为军事行为判断的标准。如《吕氏春秋·召类》言"凡兵之用也，用于利，用于义。攻乱则服，服则攻者利；攻乱则义，义则攻者荣"，认为攻乱能够实现义利兼顾，若合乎"义"，则能够得到更多的褒扬。《吕氏春秋·决胜》言"义则敌孤独，敌孤独则上下虚，民解落"，意识到若军事行为合乎"义"，则必然陷对方于不义之中，其获得盟友及其百姓的支持便少，自然不足为虑。此类义兵论在《吕氏春秋》中的反复重述，至少可以使我们意识到：统一六国之前的秦，不仅在军事实力上实现了对东方六国的绝对优势，而且在军事理论上，也已经形成了足以支撑军事行为的合法性解释。

从秦与东方六国的军争中，可以看出《吕氏春秋》所阐释的义兵论，已然成为其用兵的理据。此前秦王与诸侯作战时的动员令，多言恩仇之争。如秦孝公《下令国中》、昭襄王《遗楚怀王书》《遗楚顷襄王书》《遗赵孝成王书》等，发动战争的理由都是以牙还牙的报复。而秦始皇的诏命，则直接指责六国背信弃义，在舆论上确立秦行"义兵"的合法性。如《令丞相御史议帝号》便言："韩王……已而倍约……，赵王……已而倍盟……，荆王……已而畔约……，燕王昏乱……，齐王……绝秦使，欲为乱……，寡人以眇眇之身，兴兵诛暴乱，赖宗庙之灵，六王咸伏其辜，天下大定。"将灭六国之事直言为不得已而为之的行为，所有的军争不是穷兵黩武，而是匡扶正义、恢复秩序，是符合天下道义的，具有合理性。另外，丞相王绾在议立帝号时，也明确讲道："今陛下兴义兵，诛残贼，平定天下，海内为郡县，法令由一统，自上古以来未尝有，五帝所不及。"肯定秦灭六国，方才消除"天下共苦，战斗不休"的困局，② 彻底使得法令一统，天下稳定，是典型的义兵之举。

秦统一全国后，仍以义兵论强化政权的合法性。在用于宣示权威的各

---

① 将恢复社会秩序的努力视为"义"，是自商鞅以来秦国政治学说的基本立场。《商君书·画策》曾言："所谓义者，为人臣忠，为人子孝，少长有礼，男女有别，非其义也。饿不苟食，死不苟生。此乃有法之常也。"但商鞅更强调以法维护义，认为"圣王不贵义而贵法，法必明，令必行，则已矣"。

② 《史记》卷6《秦始皇本纪》，第235—239页。

地刻石上，李斯所拟的碑文，反复强调秦兴义兵而一统天下，实乃不得不为。《绎山刻石》言秦始皇"讨伐乱逆，威动四极，武义直方。戎臣奉诏，经时不久，灭六强暴"；《之罘刻石》言其"遂发讨师，奋扬武德。义诛信行，威燀旁达，莫不宾服。烹灭强暴，振救黔首，周定四极"；《之罘东观刻石》言"作立大义，昭设备器，咸有章旗"；《泰山刻石》言秦"大义箸明，陲于后嗣"；《碣石门刻石》言"遂兴师旅，诛灭无道，为逆灭息"；《会稽刻石》言"六王专倍，贪戾慠猛，率众自强，暴虐恣行，负力而骄，数动甲兵……义威诛之，殄熄暴悖，乱贼灭亡"。历数六国之乱，褒扬强秦的禁乱之力、除暴之功、安良之义，对秦政权进行合法性解释。

秦之立国，本起于军争，自商鞅至韩非，期间学者多宗法家，质木少文，宁刻薄而不缘饰。而秦之刻石却多言如何行义兵之举，有安天下之功，固可视为成王败寇般的精心文饰。然平心而论，秦立国之初，确有过长治久安之梦想，《琅邪台刻石》甚至有"端平法度，万物之纪。以明人事，合同父子。圣智仁义，显白道理"之言，此断非虚伪之辞，实出于重整全国秩序的热望。故其义兵之论，并非自吹自擂，乃是为其政治行为做出理论的解释。但由于秦尚武之惯性、法令之峻急，让六国百姓未暇适应秦政之严苛，便已走投无路、揭竿而起。而成型于秦的义兵论，随即成为六国反秦的号召，也成为决定楚汉战争成败的依据。

二　"合义兵"与楚汉战争之转折

兵家强调义兵论，一在于强化军队内部组织的秩序，使君臣、将士能够各司其职，彼此相安，形成纪律严明、运作有序的组织形态；二在于强调军事行为的合理性，以天下大义作为号召，便于动员部属，分化对手，在更高层面、更大范围内获得支持。秦以除六国暴乱为号召蚕灭六国；而秦末起兵者，乃以天下苦秦、除秦暴政为旗帜，动员六国贵族及天下百姓。

陈胜起义前，与吴广谋曰："天下苦秦久矣。"以之作为起兵的充分理由，尔后方言秦二世不当立云云。陈胜眼中的"天下苦秦"，一是秦法严苛，诸戍卒因雨失期当斩；二是秦吏残酷，律令峻急，诸戍卒几无避祸的可能。以此为号召，不仅立刻得到戍卒们的认同，而且还得到了山东百姓的积极响应。《史记·秦始皇本纪》中描述陈胜一呼，"山东郡县少年苦秦吏，皆杀其守尉令丞反，以应陈涉，相立为侯王，合从西乡，名为伐秦，不可胜数也。"[1] "当此时，诸郡县苦秦吏者，皆刑其长吏，杀之以应陈涉。"[2] 可见"天下苦秦"，已然是秦末百姓不言自明的共识。

武臣起兵，也以"天下苦秦"为理由。在游说赵地豪杰时，武臣具体讲述了苦秦的原因："秦为乱政虐刑以残贼天下，数十年矣。北有长城之役，南有五岭之戍，外内骚动，百姓罢敝，头会箕敛，以供军费，财匮力尽，民不聊生。重之以苛法峻刑，使天下父子不相安。"[3] 这段对赵地贵族所言的"天下苦秦"，显然要比陈胜的动员令更为深刻：赋税之重、徭役之繁、刑罚之苛，断非一时之弊，而是秦兴国之本、立国之基，行政惯性使得其难以改正，因此不可能幻想其变得更好，山东诸侯与其坐而待毙，不如趁乱而反。正因为这一说法合乎大家的切身感受，众豪杰皆以其为是。

"天下苦秦"最初只作为起义者的号召，以赢取最广泛的支持，后逐渐成为起义的合理性解释。最初并没有以此为号召的项羽，最终也接受了这一说法。汉高祖四年（前203），已经处于劣势的项羽，使盱眙人武涉游说韩信，才以"天下共苦秦久矣"为说辞，希望与韩信"相与戮力击秦"，[4] 分地而王，为韩信拒绝。而刘邦则自始至终以"天下苦秦"为起兵之因，不断强化汉军"禁暴救民"的义兵宗旨。如其率军入咸阳后，召诸父老豪杰商量定秦之计，便直指向秦酷法，曰："父老苦秦苛法久矣，诽谤者族，偶语者弃市。"[5] 遂约法三章，去除了动辄得咎的秦国苛法，立刻赢得了关中父老的支持。

以"天下苦秦"为号召，天下揭竿而起，足以乱秦、亡秦；然重建天下秩序，则需要将起兵号召转化为政治理性。刘邦至晚在秦二世三年（前207）便意识到举起"义兵"旗帜，足以使得他在楚汉之争中获得更为广泛而长远的支持，《史记·郦生传》载其言：

　　　　沛公至高阳传舍，使人召郦生。郦生至，入谒，沛公方倨床使两

<hr />

① 《史记》卷6《秦始皇本纪》，第269页。
② 《史记》卷48《陈涉世家》，第1953页。
③ 《史记》卷89《陈余传》，第2573页。
④ 《史记》卷92《淮阴侯列传》，第2622页。
⑤ 《史记》卷8《高祖本纪》，第362页。

女子洗足，而见郦生。郦生入，则长揖不拜，曰："足下欲助秦攻诸侯乎？且欲率诸侯破秦也？"沛公骂曰："竖儒！夫天下同苦秦久矣，故诸侯相率而攻秦，何谓助秦攻诸侯乎？"郦生曰："必聚徒合义兵诛无道秦，不宜倨见长者。"于是沛公辍洗，起摄衣，延郦生上坐，谢之。

郦食其从战略层面，认为汉军应完成的战略转型：一是，要明确在诸侯攻秦与秦攻诸侯相持不下的状态下，汉军所进行的战略选择是使自己成为决定天下局势的砝码。二是，既然决定攻秦，那就要联合反秦诸侯，成为反秦力量的领导者。三是，要成为领导者，就必须以"义兵"作为新的号召，汉军不是简单因"苦秦"起义，而是要恢复天下秩序。从刘邦"辍洗""摄衣""延郦生上坐""谢之"等行为中皆可以看出，郦食其的简单数言，已经点明了汉军的新战略，即不是作为反秦大军的附庸，而是要主动攻秦，伺机夺取天下。第二年，刘邦与韩信长谈，韩信明确提出："以天下城邑封功臣，何所不服！以义兵从思东归之士，何所不散！"[1] 前者用以瓦解项羽的分封体制，后者则力图重建新的天下秩序。而新的秩序是以承认灭秦的合理性作为充分条件，确认诸侯权力正当；是以维系天下大义作为必要条件，要求诸侯信守当初尊崇义帝的义务。

高祖二年（前205）冬十月，项羽杀义帝。春三月，刘邦渡河入洛，听从新城三老董公之言，为义帝发丧，同时发使告诸侯之辞："天下共立义帝，北面事之。今项王放杀义帝江南，大逆无道。寡人亲为发丧，兵皆缟素。悉发关中兵，收三河士，南浮江汉以下，愿从诸侯王击楚之杀义帝者。"[2] 对义帝的推崇和尊重，遂使刘邦迅速获得天下诸侯的支持。在顾炎武看来，"汉王为义帝发丧，而遂以收天下"，[3] 刘邦"祖而大哭，哀临

---

① 《史记》卷92《淮阴侯列传》，第2612页。

② 《通典》卷151《兵四》，第3873页。

③ 《日知录集释》卷8《乡亭之职》，第475页。王夫之对此不甚认同，参见《读通鉴论》卷2。从汉人所述来看，此为关键策略，最典型的是荀彧劝曹操，便以此为证："昔高祖东征，为义帝缟素，而天下归心。……今车驾旋轸，义士有存本之思，百姓怀感旧之哀。诚因此时奉主上以从民望，大义也；秉至公以服雄杰，大略也；扶弘义以致英俊，大德也。天下虽有逆节，必不能为累，明矣。韩暹、杨奉其敢为害！若不时定，四方生心，后虽虑之，无能及也。"（《后汉记》卷29《孝献皇帝纪》）关键时候对曹操的劝说，荀彧的看法符合时人对高祖为义帝发丧的理解，曹操方听从这一建议。

三日”之举动，成为楚汉战争的转折点。

秦末义军所立义帝，乃楚怀王之孙熊心。其初被立为怀王，源自范增之策：“陈胜败固当。夫秦灭六国，楚最无罪。自怀王入秦不反，楚人怜之至今，……今陈胜首事，不立楚后而自立，其势不长。”① 项梁遂寻找到熊心，与众军共立，② 使其成为起义军名义上的共主。此后，义军便以楚怀王为共主，其攻秦所得土地，名义上当为楚王所有。即便佯尊义帝的项羽也不得不承认：“义帝虽无功，故当分其地而王之。”即义帝虽然没有攻城拔地，但其是反秦军队名义上的统帅，义军所取得的土地当归其所有。既为共主，诸将分天下之后，欲自立为王，则只有隆尊熊心为义帝，方合乎制度，故“义帝”之义，实指众所拥戴。③ 洪迈言：“仗正道曰义，义师、义战是也。众所尊戴者曰义，义帝是也。”④ 吴非亦言：“楚义帝者，以诸侯推尊为共主，而奉命由王称帝，故义之。”⑤ 而这位为众所尊戴之义帝，最后却被项羽弑杀。

高祖二年（前205）十月，项羽“阳尊怀王为义帝，实不用其命”，⑥先徙义帝于郴，而后弑之。这成为项羽背信弃义的罪责。韩信曾言：“项王……有背义帝之约，而以亲爱王，诸侯不平。诸侯之见项王迁逐义帝置江南，亦皆归逐其主而自王善地。”⑦ 对项羽的威逼，诸侯感同身受，心有不平，然实力悬殊，不敢抱怨。此时刘邦为义帝发丧，实际挑明了与项羽势同水火。刘邦随即发布《数项羽十罪》，公开宣布与之势不两立，从而举起了重整天下秩序的旗帜。此布告的后四条，直接指出项羽对义帝的不仁不义：“皆王诸将善地，而徙逐其主，令臣下争叛，其罪七也。出义

---

① 《史记》卷7《项羽本纪》，第300页。

② 《汉书·高帝纪》言：“沛公如薛，与项梁共立楚王孙心为楚怀王。”《汉书·楚元王传》亦言：“交与萧、曹等俱从高祖见景驹，遇项梁，共立楚怀王。”

③ （明）杨慎《丹铅总录·史籍·义帝》：“曰义帝，犹义父义子之称。”《文渊阁四库全书》本，第855册，台湾：商务印书馆，1986年，第470页。（明）谢肇淛《文海披沙·义》：“项羽尊怀王为义帝，犹假帝也。”《四库全书存目丛书》，第108册，济南：齐鲁书社，第250页。

④ （南宋）洪迈：《容斋随笔》卷8《人物以义为名》，上海：上海古籍出版社，1978年，第105页。

⑤ 《楚义帝本纪》，原附于《楚汉帝月表》，引自《二十五史补编》，北京：中华书局，1956年，第115页。

⑥ 《汉书》卷1《高帝纪》，第27页。

⑦ 《史记》卷92《淮阴侯列传》，第2612页。

帝于彭城而自都之，多自与己地，其罪八也。杀义帝于江南，其罪九也。夫为人臣自欲争天下，大逆无道，其罪十也。"① 如果说前六项罪名是汉军对项羽个人罪恶的陈述，后四条则是指责了项羽对义军大业的彻底毁灭。所以，刘邦对项羽的反对态度，不是基于个人恩怨，而是对义帝共主身份的拥护，对义军未竟事业的继承。

刘邦为义帝发丧，使其从与诸侯争天下变成了率诸侯共天下，汉军也由诸侯之兵变成了天下义兵。随何曾言："夫楚兵虽强，天下负之以不义之名，以其背盟约而杀义帝也。"② 楚汉战争变成了以汉军之"义"击楚军之"不义"。而后郦食其游说齐王，也以此为说辞："项王迁杀义帝，汉王闻之，起蜀汉之兵击三秦，出关而责义帝之处，收天下之兵，立诸侯之后。"③ 言刘邦定天下非出于私仇，而出乎公义，田广深以为然，转而支持刘邦。

刘邦最终战胜项羽，最根本的原因在于成功塑造了汉军的义兵形象，从而获得了战略上的主动权。④ 楚汉之争若单从军事实力考量，项羽曾分制诸侯，足以一统天下。然其在楚汉战争的失败，在于缺少战略眼光，背盟约而杀义帝，将自己置身于不仁不义的困境中。刘邦及其部属依照"必聚徒合义兵"的战略，先诛无道之秦，后灭不义之楚，最终赢得了诸侯的认同而遂定天下。

三 义兵论与西汉地缘政治观的形成

义兵论作为理据，在秦楚汉军争中屡试不爽，其作用日趋明显。西汉立国后，亟须处理周边民族关系，也不得不借助义兵论。周秦时期由于过分固守华夷之防而没能妥善处理的民族关系，在西汉因义兵论的启发也不断调整，最终形成了威德并重的地缘政治策略。

周秦华夷之辨的目的是出于华夷之防。其所提防的，与其说是文化的

---

① 《两汉纪·前汉纪》卷 3《高祖皇帝纪》，第 33 页。
② 《史记》卷 91《黥布传》，第 2600 页。
③ 《史记》卷 97《郦生传》，第 2695 页。
④ 《新序·善谋下》记载，项羽急围汉王荥阳时，刘邦悲忧，郦生献计曰："陛下诚复立六国后，毕已授印，此君臣百姓，必皆戴陛下德，莫不向风慕义，愿为臣妾。德义已行，陛下南向称霸，楚必敛衽而朝。"继续鼓励刘邦以德义服天下，以封赏立诸侯，在政治道义上与项羽抗衡，从而使得刘邦转危为安。

浸染，莫不如说是治权的安危。居于核心文化圈的中原诸国，常常是周王室的宗盟，虽互有攻伐，然其为同宗、同室、同亲，无论齐、晋谁为霸主，皆可用"尊王攘夷"为号召延续周制。而异族相寇，却意在夺取中央政权，如幽王毁于犬戎。因而周秦皆视异族为大防，如周有"非我族类，其心必异"之心结，① 秦有"亡秦者胡也"之惊惧，② 都是出于对异族本能的抵触。

这种本能的抵触，导致两种认知：一是互不信任，如管仲"戎狄豺狼，不可厌也"之言，认为与夷狄不可能和平共处。③ 二是华夷冲突，只能以战争解决，如苍葛"德以柔中国，刑以威四夷"之论，认为华夷只有征服与被征服的关系。④ 这两种认知可能合成的唯一结果，便是对夷狄进行征伐："戎狄是膺，荆舒是惩，则莫我敢承。"⑤ 直到其屈服为止。

华夏族内部的战争，目的或是为取得一统之治权，如夏、商、周之易代；或者为取得局部的霸权，如春秋五霸的军事行为。而征服四夷的目的，则是为了维持天下秩序，即居于中央区域的政权，对周边民族有着天然管辖权和支配权。这种管辖权，是以"以天下为一家，以中国为一人者"为基本认知，⑥ 即天下只能归属于一个政权，而这个政权以一人来统帅：周人所谓的"溥天之下，莫非王土"，是对"天下为一家"的诗学概括；"率土之滨，莫非王臣"，是对"中国为一人者"的理念表达。⑦ 一家一人的秩序，便是天下臣服于一族、一人。

在周制的设计中，中央政权以德服众，四夷心服口服地归附，这是最理想的模式。《尚书》便将这种四方来朝视为德治的极致，《大禹谟》所言的"无怠无荒，四夷来王"、《旅獒》所言的"明王慎德，四夷咸宾"、《毕命》所言的"道洽政治，泽润生民。四夷左衽，罔不咸赖"，皆是对明王重德、夷狄归化的津津乐道。虽然《尚书》中有部分是出于伪造，然其中的观点却非后世附会，之后倡导德政的儒家将之作为德治的策略，

---

① 《左传·成公四年》，第 1901 页。
② 《史记》卷 6《秦始皇本纪》，第 252 页。
③ 《左传·闵公元年》，第 1786 页。
④ 《左传·僖公二十五年》，第 1821 页。
⑤ 《诗经·鲁颂·閟宫》，第 617 页。
⑥ 《礼记·礼运》，第 1422 页。
⑦ 《诗经·小雅·北山》，第 463 页。

孔子的"远人不服，则修文德以来之"之论，① 正是延续修德政而求归化的思路。

政治学说中的四夷宾服，可能一度实现，但不可能持续出现。周秦时期对戎、狄、夷、蛮的持续用兵，表明了《周礼·夏官·职方氏》中所谓的蛮服、夷服、镇服、藩服之分，只能是一种理想状态中的天下秩序，而非现实的写照。在大多数时段，周边民族的抵触、反叛、侵扰，使中央政权不得不忙于应付，商周史上连绵不断的华夷之战，反映的正是华夷之防策略的破产。

商周时期，四夷对中央政权的威胁较小。一是因为中原地区的统一，原本靠强有力的军事行为才得以实现，如商灭夏、周灭商，都是新兴力量对腐朽力量的摧毁，由此而建立的中央政权，不仅有着较强的军事实力，而且有着高强度的作战实践，能够在较长的时段内对周边分散的民族保持军事上的优势。二是当时周边少数民族尚未形成强有力的政权，不具备与中央政权相抗衡的军事能力。华夏民族的这一优势，在中央政权稳固的情况下可以长期保持。但中央政权衰落之时，则无益延续其攻势，亦为四夷所侵扰，如周幽王时诸侯离心，犬戎得以入侵关中；东周诸侯争霸，王室疲弱，对四夷无法保持攻势，其不断聚合，此消彼长，华夷之间的攻防态势，至秦汉发生了根本变化。

在此背景下，与四夷相邻的诸侯为了腾出精力应付中原诸侯之争，不得不提出和戎之论。如魏绛对晋悼公所论"和戎五利"之说，可以看成华夷秩序的一次局部调整；晋悼公对和戎效果的充分肯定，更可视为华夷之防变为华夷共处的转折：华夏不再将对四夷的征服作为策略，而是较为务实地与四夷和平共处。孔子在夹谷之会上，也不得不承认"裔不谋夏，夷不乱华。俘不干盟，兵不偪好"，② 不再固守华夷之辨的传统看法，而是寻求二者间的彼此相安。

但问题在于，平王东迁至秦一统天下，华夏忙于内部征伐，无暇华夷之防，而此间四夷不断聚合，军事力量持续增强。至秦汉时，华夷间的均衡被打破，秦汉不得不采用守势。秦虽灭六国，却不得不筑长城以御匈奴；西汉立国后，面对匈奴南下，也只能被动地以和亲求取安宁。如何处

---

① 《论语·季氏》，第 2520 页。

② 《左传·定公十年》，第 2148 页。

理民族关系，成为西汉亟待讨论的问题。

受制于周文化的传统认知，秦汉政权最初在两个极端徘徊。一是宣扬"怀德"之仁，如《吕氏春秋·功名》的"善为君者，蛮夷反舌殊俗异习皆服之，德厚也"；《大戴礼记·盛德》的"圣王之盛德，……蛮夷怀服"；《春秋繁露·仁义法》的"王者爱及四夷"等，试图以仁德感化四夷。二是强调华夷之防，认为夷不可以礼相待，只能以诈应对、以威力制服，如刘敬所谓的"冒顿杀父代立，妻群母，以力为威，未可以仁义说也"，[1] 由于骨子里的不信任，始终无法涣释彼此的怀疑，其采用和亲策略，不是出于真心的和好，而是饮鸩止渴地延缓战争的爆发。

汉王室虽然认为与匈奴和亲为屈辱之举，但作为缓解时局的权宜之策，却在客观上开启了西汉与匈奴之间的彼此承认，使得华夷能够平等对话。汉文帝四年（前176），单于遗书言："诸引弓之民，并为一家。北州已定，愿寝兵休士卒养马，除前事，复故约，以安边民，以应始古，使少者得成其长，老者安其处，世世平乐。"[2] 与西汉约定彼此相安。汉文帝也在诏令中强调："和亲已定，亡人不足以益众广地，匈奴无入塞，汉无出塞，犯今约者杀之，可以久亲，后无咎，俱便。"[3] 承认对方的存在，约束臣民相互遵守规定。尽管汉朝不一定是表里如一地相信华夷能够和平，但却不由自主地承认了华夷共处的事实。

汉与匈奴"约为兄弟"，承认为一家，[4] 是传统华夷秩序观的一次突破。其在学理上的积极意义，是将地缘部族视为合理存在，而且能够实现双方和平相处，从而使得华夷之间的秩序，不再是一种简单的征服与被征服、支配与被支配，而是朝着互利互惠的方向发展。

不过，据《史记·匈奴列传》记载，"倍约离兄弟之亲者，常在匈奴"，自汉高祖刘邦所起的仁德怀柔政策，常濒临破产。破产的原因，一是彼此并未基本信任，常因小节而动怒；二是对双方约定的共同义务的执行缺少共识，缺少公论，常各自解释。在这种背景下，西汉常常检讨与匈

① 《史记》卷99《刘敬传》，第2719页。

② 《史记》卷110《匈奴列传》，第2896页。

③ 同上书，第2896、2903页。

④ 《史记·匈奴列传》载汉文帝诏书："朕与单于皆捐往细故，俱蹈大道，堕坏前恶，以图长久，使两国之民若一家子。……朕闻古之帝王，约分明而无食言。单于留志，天下大安，和亲之后，汉过不先。单于其察之。"

奴的相处之道，贾谊《新书·匈奴》便记有西汉朝臣对匈奴屡次毁约行为的思考：

> 建国者曰："匈奴不敬，辞言不顺，负其众庶，时为寇盗，挠边境，扰中国，数行不义，为我狡猾，为此奈何？"
>
> 对曰："臣闻伯国战智，王者战义，帝者战德。故汤祝网而汉阴降，舜舞干羽而三苗服。今汉帝中国也，宜以厚德怀服四夷，举明义，博示远方，则舟车之所至，人力之所及，莫不为畜，又且孰敢忿然不承帝意？"

建国者对匈奴的判断，代表了汉文帝时朝臣对匈奴背信弃义的认定，贾谊则提出"以德怀服"与"以义博示"的两手策略。所谓"王者战义"，一是认为与匈奴之间的约定是出于维护秩序，那就要基于"义"的立场，强调彼此尊重约定的责任和执行约定的义务；二是以义兵论为立场，指出如果匈奴不遵守约定，那便不能一味合约，而应以威力相强，使之回到条约的约定之中。

贾谊提出"举明义博示远方"，相对于此前"修文德而来之"的策略，更加强调彼此关系中的责任和义务。其将周秦原本用于调整社会秩序的公共价值观，转化为调整天下秩序的公共道义观，要求华夷必须基于相互尊重、彼此守信的基本立场来处理双方关系，为西汉处理民族关系提供了学理的支持。

由此来审视汉与匈奴的和亲，就不再是一种绥靖政策，而是一项庄重的约定，既然双方接受，那就要按照约定行使。一方有违背约定的行为，便是背信弃义，必须为之付出代价；守约守信的一方，则有指责、讨伐对方的权利。如元光六年（前129）春，匈奴入上谷，杀掠吏民。汉武帝遣车骑将军卫青、骑将军公孙敖、轻车将军公孙贺、骁骑将军李广主动迎战，诏书公开强调："夷狄无义，所从来久。间者匈奴数寇边境，故遣将抚师。"[①] 其所谓"匈奴无义"，一是指屡次寇侵，杀掠百姓；二是随意毁约，毫无诚信，西汉不得不调兵出击。司马相如《封禅文》言："陛下仁育群生，义征不譓，诸夏乐贡，百蛮执贽，德牟往初，功无与二，休烈液

---

① 《汉书》卷6《武帝纪》，第165页。

洽，符瑞众变，期应绍至，不特创见。"将征伐周边民族视为维持国际秩序的手段。盐铁辩论中，御史大夫言："先帝兴义兵以诛强暴，东灭朝鲜，西定冉、駹，南擒百越，北挫强胡，追匈奴以广北州，汤、武之举，蚩尤之兵也。故圣主斥地，非私其利，用兵，非徒奋怒也，所以匡难辟害，以为黎民远虑。"将汉武帝时期的对外作战视为以战止战的正义行动。扬雄的《幽州箴》有"义兵涉漠，偃我边萌。既定且康，复古虞唐"，《益州箴》有"义兵征暴，遂国于汉。拓开疆宇，恢梁之野"云云，亦将西汉对外作战视为义兵之举，强调其维系国家和平的意义。

以"义"作为衡量华夷关系的视角，是西汉在华夷关系中的自觉，即西汉主动承担起对周边民族守约、守信、守诺的责任，提供必要的军事保障、经济扶持、文化支持，而周边民族承认汉王朝对天下的管辖权，按照约定交聘，形成互利互惠的民族关系。这是义政论在国际关系、民族关系上的延展，成为西汉基本的外交策略。张骞劝汉武帝交通西南诸国时言："诚得而以义属之，则广地万里，重九译，致殊俗，威德徧于四海。"结果"天子欣欣以骞言为然"，① 令其交通西南。

在这样的认知下，西汉王朝将归附的民族视为"归义"。汉官中"典客"一职，本为秦官，乃"掌诸归义蛮夷"，后汉景帝六年（前151）更名大行令，汉武帝太初元年（前104）更名为大鸿胪，至新莽改为典乐，② 其属官日增，正是因归义民族增多而不断增设。政府将少数民族内附成为归义，司马相如《喻巴蜀檄》公开讲："南夷之君，西僰之长，常效贡职，不敢惰怠，延颈举踵，喁喁然，皆乡风慕义，欲为臣妾，道里辽远，山川阻深，不能自致。"初元三年（前46）春，汉元帝《罢珠厓郡诏》言："其罢珠厓郡。民有慕义欲内属，便处之；不欲，勿强。"班固称赞汉宣帝的中兴之功，在于能够威德并重，使得四夷知"义"："遭值匈奴乖乱，推亡固存，信威北夷，单于慕义，稽首称藩。"③ 元始元年（1）册封王莽为安汉公，称赞西汉在他的治理下，"化流海内，远人慕义，越裳氏重译献白雉"，周边民族对汉王室德义并重，而心生向往。

"义"作为策略，需要用政治、外交、军事的手段共同维护，否则只

---

① 《汉书》卷61《张骞传》，第2690页。
② 《汉书》卷19《百官公卿表》，第730页。
③ 《汉书》卷8《宣帝纪》，第275页。

能成为坐而论道的口号。汉武帝之后，西汉采用威德并重的两手策略，威出于军事实力，即"上方征讨四夷，锐志武功"；① 德出于信，即严肃信守约定和义务。汉宣帝神爵二年（前60），下诏嘉奖郑吉都护西域："拊循外蛮，宣明威信，迎匈奴单于从兄日逐王众，击破车师兜訾城，功效茂著。"② 赞扬征伐、德义并重，稳定西域诸国，而王尊居益州，也因"怀来徼外，蛮夷归附其威信"而升迁。③ 郑吉、王尊被赞为"威信"，正是因为他们在处理民族关系中采用了两个基本手段：以信义怀柔和以专征讨逆。

　　以强大的军事实力为后盾，以重视信用、责任为要求的盟约策略，使得西汉王朝走出了周秦华夷之辨、华夷之防的困境，寻找到了与周边民族共处的基本策略。一是变"天下一家"为"华夷一家"，承认其他民族的风俗习惯、社会模式和政治结构，从而实现汉王朝与周边民族的文化共处。二是强化"天下一人"的一统秩序，即在共同存有的政权中，只能有一个天子，其余国君皆为臣属，只要承认西汉天子对天下拥有管辖权，便可以得到汉朝的优待和帮助，遵守则怀柔以德，悖逆则征伐以威。

　　需要强调的是，西汉王朝在外交上的威德并重，正是对周秦日益强化的义政、义兵论的延续。只不过其中的"义"，是从对一个族群的共同认知，扩大为不同族群必须共同遵守的责任和义务，具有更宽泛的适用性。这种学理上的扩大，本是诸子学说的题中之义，因为自西周建政立制，天下便是一体，天子负有对天下的全部责任，"义"本身已具有对全人类公共价值的总体约束性。但在现实中，一个族群基本的公共认知要为其他族群所接受，并为不同文化背景、发展阶段的诸多族群所接受，需要一个漫长的历史进程。在这其中，居于强势地位的族群，其核心价值又需契合人类的基本伦理、人性的基本要求，方能从一国之共识，变为天下之共识，其所张扬的价值观方才能为其他族群所接受、所信从。西汉在处理民族关系时所倡导的"义"，侧重强调尊重彼此的文化习惯、不侵犯对方疆域、尊重双方的约定等，其所形成的更具有文明史意义上的地缘政治观，成为后世处理不同族群关系的基本策略。

---

① 《汉书》卷22《礼乐志》，第1032页。
② 《汉书》卷70《郑吉传》，第3006页。
③ 《汉书》卷76《王尊传》，第3229页。

第三节　西汉道义观的学理形成

周秦时期，"道义"一词逐渐被用来描述社会共识的至高规范。《周礼·天官》中"宫正"一职，有"会其什伍而教之道义"之事，《管子·法禁》言"圣王之身，治世之时，德行必有所是，道义必有所明"，《司马法·严位》言战之道有"等道义、立卒伍、定行列、正纵横、察名实"诸事，《荀子·修身》更言"志意修则骄富贵，道义重则轻王公；内省而外物轻矣"等，皆强调道义为行政之本，可惜仅提及而未进行深入的讨论。至秦汉时期，道义观的辨析不断深入，义政论逐步从学说讨论变为意识形态的建构。在这其中，董仲舒解释《公羊春秋》时所确立的政治道义观、司马迁在此基础上以历史经验所形成历史道义观、盐铁辩论中不断明确的国家道义观，深化了此前学者对义政的理解，最终确立了多维的、立体的道义理论体系，成为两汉评骘政治建构、历史进程和行政得失的标准。

一　《春秋繁露》与政治道义观的初成

吕不韦门客、陆贾、淮南王宾客对义政的讨论，已经逐渐超越了"义"的本体论阐释，开始关注"义"的运行法则，但他们的兴趣并不在于思想的形而上辨析，而在于如何将"义"确立为行政秩序，使之能够成为处理所有秩序的标准，因而他们只能做理念上的辨析，并没有进行更为系统的逻辑分析。不过，他们对社会正义的探索，却成为思考社会、观察历史的一个视角。

董仲舒治《公羊春秋》，欲从中寻求大一统之道，将之作为"天地之常经、古今之通谊"，① 成为汉之统纪。这种使命感使他既要主动寻求天人相参相应之道，解释天人之间的互动方式，又要总结人道运行的本质，描述历史秩序运行的基本法则。② 《春秋繁露》对人道的探寻，是与天道

---

① 《汉书》卷 56《董仲舒传》，第 2523 页。

② 元光元年（前 134）《举贤良对策》："臣谨案《春秋》之中，视前世已行之事，以观天人相与之际，甚可畏也。国家将有失道之败，而天乃先出灾害以谴告之，不知自省，又出怪异以警惧之，尚不知变，而伤败乃至。以此见天心之仁爱人君而欲止其乱也。"以《春秋》所载之天人互动关系作为最基本的视角。

紧密相关的，其《天道施》言："天道施，地道化，人道义。圣人见端而知本，精之至也，得一而应万，类之治也。"董仲舒认为天道、地道、人道相辅相成，治理天下要能知本。而人道之本在于"义"，这是天地法则赋予人类运行的秩序，掌握了"义"，就抓住了人道运行的本核，可以执一驭万。《人副天数》也言：

> 天德施，地德化，人德义。天气上，地气下，人气在其间。春生夏长，百物以兴；秋杀冬收，百物以藏。故莫精于气，莫富于地，莫神于天。天地之精所以生物者，莫贵于人。人受命乎天也，故超然有以倚。物疢疾莫能为仁义，唯人独能为仁义；物疢疾莫能偶天地，唯人独能偶天地。

天之道德在于普施，地之道德在于运化，而人之道德在于重义。人为天地运化的精华，必须要按照天地法则运行，才能得以生存。董仲舒认为天地秩序万世不更，人生于天地之间，自然与天地相参，人之为人、人之能群的基本规则不能改变，这便是与天地之道可以相参的人道。

既然人道参天道、地道，那么人道的合理性便源自天地之道。人对天地之道的遵循，是"义"的本源。《王道通三》言：

> 然而主之好恶喜怒，乃天之春夏秋冬也，其俱暖清寒暑而以变化成功也。天出此物者，时则岁美，不时则岁恶。人主出此四者，义则世治，不义则世乱。是故治世与美岁同数，乱世与恶岁同数，以此见人理之副天道也。……
> 是故人主之大守，在于谨藏而禁内，使好恶喜怒必当义乃出，若暖清寒暑之必当其时乃发也。人主掌此而无失，使乃好恶喜怒未尝差也，如春秋冬夏之未尝过也，可谓参天矣。深藏此四者而勿使妄发，可谓天矣。

君主作为人，可以有好恶喜怒；但君主又受命于天，其好恶喜怒则必须合于天道。这实际是要求君主放弃人之情，秉持天之性，如此才能实现人道与天道相参。人道之义正在于对天道的体认和践行，君主的喜怒哀乐应当合乎天的生长收藏、暖清寒暑之道，这便是"义"的学理来源。体现在具体的行政措施上，便是按照阴阳的法则，以刑德治国。《阴阳义》言："为人主之道，莫明于在身之与天同者而用之，使喜怒必当义而出，如寒暑之必当其时乃发也，使德之厚于刑也，如阳之多于阴也。"国君行政重德轻刑，合乎阴阳之道，便是当"义"。《五行五事》言："王者能治，则义立，义立则秋气得，故义者主秋。"《如天之为》又言："春修仁而求善，秋修义而求恶，冬修刑而致清，夏修德而致宽。此所以顺天地，体阴阳。"人道是天地施化的结果，循道而行的结果是"义"。

董仲舒从天道、人道的互动关系上阐释了"义"的来源，是对此前义政学说的补充。孟子所论的出于个人羞恶之心的"义"，本质上是人对自身行为的判断，是一种自觉的体认。《淮南子》所论的出于众适之心的"义"，其性质是基于无数个体认同而形成的群体共识。二者皆是立足于人、人群本身来审视自我，确认"义"是社会存在的必要条件。董仲舒则从天地秩序中推演出更为高远的法理，从宇宙论的高度对人道的基本特征进行概括，确认"义"是社会存在的充分条件，不仅解释了"义"的本体，还确立了"义"的实现方式，即"义"不是为了满足现实存在，而是为了追求人道运行的完满合理性、天人相参的至上性：

> 故变天地之位，正阴阳之序，直行其道而不忘其难，义之至也。是故胁严社而不为不敬灵，出天王而不为不尊上，辞父之命而不为不承亲，绝母之属而不为不孝慈，义矣夫。[①]

这段话是对《淮南子·缪称训》中"义胜君，仁胜父"观念的延展，即认为"义"是天地秩序在社会秩序中的体现，而作为社会秩序之一的祭祀秩序、君臣秩序、家庭秩序和亲戚秩序，是从属于天地秩序的，是居于下位的理念。因而当天人秩序和人人秩序发生冲突时，应该依照天人秩序去调整人人秩序，这是遵循天人大义的基本要求。

如果说董仲舒从天道论人道的策略是对秦汉流行的阴阳学说的借鉴，是因应时势变化的与世变通；那么他立足于人性而论义之本性，则是对儒家学说的继承和坚守。如果没有前者，其不可能为汉作制而闻名；如果没有后者，其不可能被列为两汉儒宗。在董仲舒看来，人之善性为仁，这是

---

① 《春秋繁露义证》卷3《精华》，第87页。

对人性单一的、静态的理解，是自我道德感的外化；而义则是人与人相处的法则，是群体道德感的实现。《仁义法》言：

> 春秋之所治，人与我也。所以治人与我者，仁与义也。以仁安人，以义正我，故仁之为言人也，义之为言我也，言名以别矣。仁之于人，义之于我者，不可不察也。……是故春秋为仁义法。仁之法在爱人，不在爱我。义之法在正我，不在正人。我不自正，虽能正人，弗予为义。人不被其爱，虽厚自爱，不予为仁。……
>
> 义云者，非谓正人，谓正我。虽有乱世枉上，莫不欲正人。奚谓义？……是义与仁殊。仁谓往，义谓来，仁大远，义大近。爱在人谓之仁，义在我谓之义。仁主人，义主我也。故曰仁者人也，义者我也，此之谓也。

"仁"是人之为人的根本，"义"是人之能群的法则，人无善性而不能为人，人而无义则不能群，以善性对待别人，以秩序约束自我，这便是"仁造人，义造我"。① 这就把孟子所谓的仁内义外落实到了个体体认，就是"仁"可以通过对他人的态度来判断，"义"可以通过对自己的约束来省思；"仁"是个人善性的外化，"义"则是人类秩序的内化。内在善性外发而外在秩序内化相辅相成，便是个人修为的路径。

在先秦儒家的学术视域中，仁、义是两个相辅相成的概念，当二者对举时，仁内而义外，二者合用为仁义之说时，更多用于描述王道的基本特征，即通过发扬国君的仁心，使之担负起家国和天下责任。源自个人仁心的王道说，是先秦儒家理想的政治模式，其要落实到现实之中，必须以义为秩序、以礼为规范，因而其对义的强调，更多是侧重个人修为，使之能够符合"合宜"的原则，彼此合宜、上下合宜而形成一种相互谦让、彼此敬重的秩序形态。而基于天下责任而形成的义政说，则认为人类秩序是与天地俱来的法则，是个人的，更是社会的，这就使得"义"带有明显的外部约束性，作为群体性的社会共识，其既是内在的个人修为，更是外在的行为法则。董仲舒从天人论阐释了"人道义"是独立于个体认知的外在要求，又从心性论阐明了"义"是道德感于个人内在体验的生发，

---

① 《春秋繁露义证》卷8《仁义法》，第255页。

从充分条件和必要条件两个角度论证了"义"作为社会秩序的必要性和可能性，将之视为上合于天道、下验于内心的法则。这一法则，源自天道的运行，生发于人性的需要，自然成为可以衡量成败、评骘得失的标准，这便是两汉道义观的雏形。

如果联系到《新语·道基》的"义者圣之学"、《淮南子·主术训》的"君子制义"之言，就能看出秦汉学者试图建构一个用以衡量现实政治行为的尺度。这一尺度是超越君权、治权之上的，是对人性的总括、是对人类基本价值的思考，以之作为道统，便可审察一家、一国的兴亡，给予肯定或否定；以之作为政统，便可审察一君、一人之成败，给予褒扬或批评。

董仲舒是从学理上确立了"人道义"，认为人类的全部法则都源于天地秩序，且人与天相参相用，人道不是被动地依附天地，而是可以独立自主地起作用。这种独立的作用，使得人道有既可能顺应天道，也可能背离天道，还可能与天道并行，这就有必要对人道与天道之间的互动关系进行思考，并对人道的运行过程进行分析。这种例证性的分析，董仲舒借助于《春秋》解释了"圣之学"何以体现"义"，通过分析孔子之论阐明了君子何以制义，将蕴含其中的微言作为大义的来源，使原本作为史书的《春秋》成为道义思想的阐释。

在董仲舒眼中，《春秋》之所以列为经，在于其乃"理百物，辨品类，别嫌微，修本末者也"。① 其所谓的"修本末"，从著史的角度来看，便是从纷纭复杂的历史事件中寻找到兴衰成败的根本动因，将之作为解读一个时段一以贯之的脉络；从论史的角度来看，就是总结在作者无微不至的描述之中所蕴含的、用以解释历史何以如此的学理。阐释史都是时代史，西汉公羊派对于《春秋》的解读是春秋的研究史论，更是两汉的思想史料。董仲舒对《春秋》的阐释正是借助圣学、君子之论昌明其学理的。

从著史的角度来看，董仲舒认为孔子修《春秋》是探求兴衰成败之因："孔子明得失，差贵贱，反王道之本。讥天王以致太平，刺恶讥微，不遗小大，善无细而不举，恶无细而不去，进善诛恶，绝诸本而已矣。"②

---

① 《春秋繁露义证》卷3《玉英》，第76页。
② 《春秋繁露义证》卷4《王道》，第109页。

孔子论得失，意在明王道、致太平，以史笔"进善诛恶"，强化王道之治，为后世提供借鉴。① 从论史的角度来看，董仲舒阐明了孔子退而修《春秋》的意图，在于借助历史事件，以明确历史是非："《春秋》正是非，故长于治人。"② 通过判断政治是非，给王道之治提供历史鉴照，使乱臣贼子惧于历史正义，从而使得一家之主、一国之君不是从个人之私衡量政策，不是从一时之得确定措施，而是担负起对家国、天下的使命，从社会全体之公的高度思考问题。

如果单从著史的角度看，《春秋》不过为一史书而已，然公羊、谷梁乃至汉儒对《春秋》的阐释，侧重阐发孔子著史之立意，分析字里行间所蕴含的经世之道，使之成为探讨人道本质的经书。《俞序》云："仲尼之作《春秋》也，上探正天端王公之位，万民之所欲，下明得失，起贤才，以待后圣。故引史记，理往事，正是非，见王公。"赞扬孔子作《春秋》的意图，在于上探寻天道，下关注人道，明确了天人之间的互动关系。天人之间以天为尊，则君须敬天；君臣秩序以君为尊，则臣忠于君。《玉杯》又言："《春秋》之法，以人随君，以君随天。……故屈民而伸君，屈君而伸天，春秋之大义也。"天人秩序不乱，明法天而行政，则君无咎；诚敬奉事而供职，则臣无过，将之视为历史运行的秩序观，作为个人安身立命的修为论。

这种秩序观和修为论，在董仲舒看来，是社会秩序得以稳定的根本，也是《春秋》的基本立意："春秋之好微与？其贵志也。春秋修本末之义，达变故之应，通生死之志，遂人道之极者也。"③ 人道的核心是"义"，"人道之极"便是大义，即天地、社会运行的根本秩序。其在《正贯》中感慨"《春秋》，大义之所本耶"，在于"援天端，布流物，而贯通其理，则事变散其辞矣"，寄托了孔子对人道的思考；《楚庄王》赞叹"《春秋》，义之大者也。得一端而博达之，观其是非，可以得其正法。视其温辞，可以知其塞怨。……以故用则天下平，不用则安其身，春秋之道也。"认为在看似温和的叙述中，蕴含着严肃的历史是非判断。两汉《春

---

① 《春秋繁露·精华》："今春秋之为学也，道往而明来者也。然而其辞体天之微，效难知也，弗能察，寂若无，能察之，无物不在。"
② 《春秋繁露义证》卷1《玉杯》，第36页。
③ 同上书，第38—39页。

秋》学的使命，便是探求孔子蕴含在其中的人道之义，通过"君子制义"的方式，为汉制提供行政参照。

以史为鉴，以确立人道运行之理；以经立法，以审查人道运行之义。汉儒认为《春秋》明为史，实为经，经史合一，正在于看到了通过微言大义而对"人道"的发微与总结。两汉以《春秋》决狱，便是意识到《春秋》中蕴含的道义观，既是历史经验可供借鉴，又是圣人之学可供继承，因而可以成为超越两汉律令之上的法理，不仅可以作为司法实践的参考，更成为两汉立法的凭据。

二　司马迁与历史道义观的形成

董仲舒以天人秩序审视人道运行，以《春秋》作为历史经验解释政治秩序的合理性，从理论层面建构了一个宇宙运行图式和政治运行法则。这个图式和法则虽可视为董仲舒的总结，却不能将全部知识产权给他。这是因为从阴阳、四时的角度论述帝王之道，是自《庄子》《文子》《黄帝四经》以至于《淮南子》一脉相承的解释，而公羊《春秋》所提供的大一统思路，也是公羊派学者日积月累的结果。董仲舒两合其长，以阴阳、四时作为天人运行要素，以尊王道、正是非作为确立天下一统秩序的要求，使得《春秋》所记载的史实成为其天人学说的参考和王道学说的证据。

董仲舒对《春秋》的解释以及在此基础上确立的道义观，成为司马迁撰述《史记》的理论依据。在司马迁看来，"汉兴至于五世之间，唯董仲舒名为明于《春秋》"，① 司马迁认为董仲舒阐明《春秋》的本核在于："贬天子，退诸侯，讨大夫，以达王事而已矣。"② 即通过历史事件确立一个明确的历史秩序观，以之作为历史经验的总结，成为后世公共秩序建构的参照。司马迁还特意提到："齐之言《春秋》者多受胡毋生，公孙弘亦颇受焉。瑕丘江生为《谷梁春秋》。自公孙弘得用，尝集比其义，卒用董仲舒。"③ 通过公孙弘比较公羊诸家之说、《谷梁春秋》之义，最终采用董仲舒对《春秋》的解读。所以，司马迁对董仲舒"明于《春秋》"这一

① 《史记》卷 121《儒林列传》，第 3128 页。
② 《史记》卷 130《太史公自序》，第 3297 页。
③ 《史记》卷 121《儒林列传》，第 3128—3129 页。

带有极度溢美色彩的评价，不仅是因为他曾跟董仲舒学习公羊《春秋》的守师法之辞，① 更是因为他认同董仲舒对《春秋》的诠释。

司马迁以"究天人之际，通古今之变，成一家之言"作为《史记》撰述的宗旨，② 目的不仅在于存史，更在于探求天人秩序、古今成败的关键何在。既然要揭示天人秩序的运行、分析朝代兴替的原因，就需要寻求到一个客观的评判标准。司马迁在《太史公自序》中用了较大的篇幅阐释自己著史的依据。③ 按照传统的理解，司马迁"述故事，整齐其世传""拾遗补艺""厥协六经异传，整齐百家杂语"，便"成一家之言"。这种简单的整理史料，是任何史官都能完成的工作，绝非司马迁眼中的"一家之言"。那么，司马迁著史的目标为何？一在于在司马迁认为自己著《史记》的动机，是与《诗》《书》《周易》《春秋》《离骚》《国语》《孙子兵法》《吕览》《说难》《孤愤》可以相提并论的，目的在于"述往事，思来者"，阐明"不得通之道"，以"原始察终，见盛观衰"。④ 二在于司马迁全文保存《论六家要指》，其"一家之言"之"家"，当能侧身于诸子之中，绝非简单的个人见解，而是学习孔子"修旧起废，论《诗》《书》，作《春秋》"的用意，⑤ 收拢天下之将废之史文，确立新的历史观。

由此来看，司马迁追述《论六家要指》的目的，正是要辨析诸家学说之长短，意在确定六家之说中的合理之处，以明确自己"究天人之际"的理据，将之作为自己观察、思考并评价天道、人道运行的学理，从而建立自己观察治道的视角：

---

① 有学者认为司马迁与董仲舒没有师承关系。参见陈桐生《司马迁师承董仲舒说质疑》，《山西师大学报》，1994 年第 4 期。即便其不曾受业于董仲舒，其对董仲舒的敬重及《史记》对公羊《春秋》的借鉴，亦不可忽视，参见张强《司马迁与〈春秋〉学之关系论》，《南京大学学报》，2005 年第 4 期。

② 《汉书》卷 62《司马迁传》，第 2735 页。

③ 司马迁祖述家事的目的，意在揭橥著史的动因，即确信著史、论史出于家学。这表现在：一方面，"天下遗文古事靡不毕集太史公"，作为史官，其"绍明世，正《易传》，继《春秋》本《诗》《书》《礼》《乐》之际"，是职责所在；另一方面，司马迁追述其父司马谈《论六家要指》原文并加以分析，绝非简单的保存史料，而是辨析六家之说，斟酌损益，以明确自己"成一家之言"的视角。

④ 《史记》卷 130《太史公自序》，第 3300、3319 页。

⑤ 同上书，第 3295 页。

阴阳之术……其序四时之大顺，不可失也。

儒者……其序君臣父子之礼，列夫妇长幼之别，不可易也。

墨者……其强本节用，不可废也。

法家……其正君臣上下之分，不可改矣。

名家……其正名实，不可不察也。

道家……其为术也，因阴阳之大顺，采儒墨之善，撮名法之要，与时迁移，应物变化，立俗施事，无所不宜，指约而易操，事少而功多。①

在司马迁看来，六家的学说指向不同，但却都在试图为如何治理国家进行理念和策略上的探讨，因而六家学说各有所长：

春生夏长，秋收冬藏，此天道之大经也，弗顺则无以为天下纲纪。

若夫列君臣父子之礼，序夫妇长幼之别，虽百家弗能易也。

彊本节用，则人给家足之道也。此墨子之所长，虽百长弗能废也。

若尊主卑臣，明分职不得相逾越，虽百家弗能改也。

若夫控名责实，参伍不失，此不可不察也。

其术以虚无为本，以因循为用。无成埶，无常形，故能究万物之情。不为物先，不为物后，故能为万物主。有法无法，因时为业；有度无度，因物与合。②

司马迁绍述乃父的看法，明确指出顺阴阳之道、长幼有礼、强本节用、尊卑有序、循名责实、因循为用为六家之长，是百世不得废、不能易、不能改的纲纪与法则。这些纲纪和法则，便是司马迁用于观察"天人之际"的基本视角。在这其中，只有阴阳、四时言天道，即"春生夏长，秋收冬藏，此天道之大经也"，应该顺应其变化。而其余五家分别从不同角度阐释了人道如何运行：儒家能以尊尊亲亲为礼，墨家能以节葬节用富国富

---

① 《史记》卷130《太史公自序》，第3289页。

② 同上书，第3290—3292页。

家，法家能明确职责，名家能循名责实，道家能顺应时势。司马迁以人道为本，以天道为参，审视天道对人道的影响，尤其重视人道自身的规律及其对天道的顺应，以之究天人秩序。

司马迁著述《史记》所抱有的使命感，在于绍续《春秋》，他借助大夫壶遂的讨论，明确了自己通"古今之变"的原则，是借鉴了"《春秋》以道义"的做法。在司马迁看来，五经各有所本，《易》长于变，《礼》长于行，《书》长于政，《诗》长于风，《乐》长于和，而"《春秋》辨是非，故长于治人"。所谓的治人，正在于通过历史记载对人事进行评判，为后世树立一个观察历史和改造社会的依据，在社会秩序紊乱时提供拨乱反正的参照。春秋时期之所以为乱世，是因为"察其所以，皆失其本已"。其本，一是王道秩序，二是公共认知。王道秩序即周礼蕴含的亲亲、尊尊、长长、贤贤的相处之礼，此乃人之能群之行止；公共认知即诸子所论的道、德、仁、义、礼、法等价值观念的整体认同，此乃人之为人之道义。孔子作《春秋》的意图，即通过历史事件，使人意识到礼之紊乱、义之不明，是社会失序的根源，因而其对鲁隐公之后的诸侯进行评判："上明三王之道，下辨人事之纪，别嫌疑，明是非，定犹豫，善善恶恶，贤贤贱不肖，存亡国，继绝世，补弊起废，王道之大者也。"① 只有重新建立王道，才能让社会回归到正常轨道。这个"王道"不是孟子所论的简单的行仁政，而是确立一个足以明辨行政是非、判断秩序得失的价值观，作为解释历史的依据。

董仲舒在元光元年（前134）的《举贤良对策》中言："道者，所繇适于治之路也，仁义礼乐皆其具也。……臣谨案《春秋》之文，求王道之端，得之于正。"认为借鉴《春秋》的经义，便能探求人道的根本，而其中所谓的"道"，便是仁、义、礼、乐。司马迁在此基础上，强化了"《春秋》者，礼义之大宗也"的作用，指出《春秋》是以礼、义作为治道的两手。其中的礼是社会秩序的总和，而义是社会共识的总结，二者相辅相成，才能维持社会的良性运转，② 《春秋》所道之"义"，表面说的是礼、义之事，实际是通过描述社会秩序如何运行来确立观察历史的基本

---

① 《史记》卷130《太史公自序》，第3297页。
② 司马迁接着辨析礼和法的关系，认为礼为禁未然之前，意在约束动机，而法施已然之后，意在衡量结果。约束了动机，执一驭万，自然就能约束结果。

角度、评价历史的基本原则，为后世行事提供经验上的参照。

在董仲舒、司马迁看来，孔子修《春秋》的目的，不是单纯保存鲁国史料，也不是记述某段历史，而是通过历史记录评判历史过程，从而树立起一个具有理想色彩的天下秩序模式，使之代表社会整体的公共价值，承载文明发展的历史共识。所以说，司马迁认为"《春秋》以道义"之"义"，正是维系王道的基本法则，是基于天地法则而形成的公共认知，其具有足以承载人类发展要求的公共价值观，能够作为审查历史事件的标准尺度，对历史人物、历史事件、历史进程进行客观评价，以维护人之能存的基本要求、人之能群的公共秩序。

由此来看，司马迁是以"道"审视"天人之际"，以"义"审视"古今之变"，以"协六经异传，齐百家杂语"而成"一家之言"。[①] 其所执的道义，是义政论的学理深化，是对仁政、力政的融通。之所以是深化，是将周秦时以基本责任、相互义务作为维系社会运行之义，提升为超越一国一君狭隘的利益而存在的、用于维护天下秩序的公共认知，作为衡量历史是非、评判行政得失的最高标准。之所以是融通，是因为仁政说过于依托个人的内在修为去生发，力政说力主仰仗外力去强服，而道义说则将先天秩序作为人事法则，通过"合宜"的原则，形成相互尊重、彼此合作的秩序形态，以维持群体的价值共识，使之成为独立于家国之上的公共认知，作为人类尊严、价值和精神的最高准则，作为评判人类行为的根本依据。

三　《盐铁论》与国家道义的辩论

国家作为源自社会关系而又超越其上的社会权力机构，必须承担起社会群体对其寄托的价值要求、秩序期待与文化认同，国家行政系统才能够获得广泛的民意支持，通过行政的合理性来换取民众的支持，以保证其持续执政的合法性。政府通过行政运作对这些价值要求、秩序期待和文化认同的确认和维护，便是承担了基本的国家道义。被民众视为有责任、有担当的政府，正在于其所作所为不仅符合公众的普遍认知，也符合公共价值的基本立场。

古代中国常在帝制视角下审视政府承担国家道义的程度，这便是以一

---

① 《汉书》卷62《司马迁传》，第2724页。

君、一王的褒贬作为对象。从官方来看，可以通过谥号进行评判；从民间视之，则以"有道明君""无道昏君"进行臧否。其评判、臧否的标准，虽然并未如今日干部考核般地列出若干细则，但却有一个相对明晰的尺度作为参照。大而言之，国家行政必须合乎人类的伦理底线、发展的内在要求，这是"作为社会关系总和"的人的本质发展所需；小而言之，国家行政必须合乎社会的群体认知、个体的生活要求，这是作为具体个人的生存所需。大者谓之道，小者谓之义，二者合而言之，便是政府必须同时承担的国家道义。

从历史进程来看，国家道义的确立，常常需要数百年乃至数千年的生存实践、生活总结和理性反思，最终确立出一个族群最为基本的价值观念、秩序认知和社会共识，并将之反映在对于社会组织方式的理解中。其形成的组织前提，是国家的产生和社会关系的确立；其形成的学理前提，则是历史道义观和政治道义观的确立。因为历史观反映的是这个族群对于既往经验或教训的理性总结，政治观体现的则是这个族群对个体与群体、自我与外在关系的基本理解，是衡量天人秩序、人人秩序是否合理的基准。董仲舒的《春秋繁露》和司马迁的《史记》分别是对政治道义和历史道义的总结，可以看成他们个人对历史经验和社会秩序的学理概括，更可以视为夏商周秦以来无数学者不断省思的结果。

历史道义观立足于既往，而政治道义观多着眼于理念，二者的影响多在学理和学术层面。一个国家的行政固然需要基本的理念，也需要基本的经验，但首先需要在行政系统内达成共识，有一个相对明确的尺度，用以调适不同利益诉求、不同价值取向、不同个体要求，使得社会关系维持在一个相对稳定而又充满活力的区间内。儒家经典所记载的周之礼乐秩序，汉承秦制所延续的秦之行政体系，在汉武帝时期都得到强化，并且依靠汉武帝自身的专断意志得以共存，然而二者势同水火的冲突，却成为西汉行政官员必须面对的难题。

从这个角度审视汉昭帝时期的盐铁辩论，我们就不会将之视为简单的盐铁专卖之争，而可以作为西汉确定国家道义的一场大讨论。作为周之礼乐秩序向往者的文学、作为传统价值观念固守者的贤良，与作为秦汉法吏系统训练出来的御史、行政系统养成的大夫们所进行的争论，实际是以盐铁政策为切入点，对国家应该承担的社会道义、历史责任和群体要求进行全面的辩论。这使得《盐铁论》不仅具有经济史的意义，更具有思想史的价值。① 正因为如此，直到二十年后的汉宣帝时期，② 桓宽才增广条目将这次辩论加以定稿，班固以"欲以究治乱，成一家之法"作为其撰述目的，正是看到了其立意不在盐铁本身，而在讨论秦汉治道中所蕴含的对国家道义的思考：

一是在经济问题上，国家应该实现富国与富民的平衡。在御史、大夫们看来，国家之所以能够在汉武帝时期"兵革东西征伐，赋敛不增而用足"，③ 正是得益于盐铁专卖，使国家财政收支平衡，御史、大夫显然是站在行政的立场强化国家富足的重要性。文学则认为这是将国家富足和百姓生活割裂开来，而应更强调国家和百姓是一体的："民人藏于家，诸侯藏于国，天子藏于海内。故民人以垣墙为藏闭，天子以四海为匣匮。"认为应藏富于民，才能使国家从根本上得到富足，故而主张"王者不畜聚，下藏于民，远浮利，务民之义；义礼立，则民化上"。④ 从这个视角来看盐铁专卖，文学认为平准、均输、酒榷等制度是与民争利，虽然可以使国家获得暂时的财政支持，但久而久之，却容易在社会上形成重末而轻本的风气。一旦风气形成，百姓便会追求浮利而轻视德行，不重农业生产而重视商贾，"夫导民以德，则民归厚；示民以利，则民俗薄"，所以要真正实现国家的长治久安，应该"崇本退末，以礼义防民欲，实菽粟货财"，⑤而不是由国家利用行政手段敛财夺利。

在文学看来，国家尤其应该有清晰的义利观，因为义利观不仅是一个简单的财政问题，而是涉及国家盛衰的问题："古者，贵德而贱利，重义而轻财。三王之时，迭盛迭衰。衰则扶之，倾则定之。是以夏忠、殷敬、

---

① 徐复观认为，盐铁辩论体现出了辩论双方不同的政治原则。参见《两汉思想史》第 85 页。这些政治原则的差异，正是出于对国家与百姓关系的孰重孰轻的认知不同，贤良文学认为国家应该承担更多的社会责任。

② 或认为《盐铁论》成书于盐铁会议后约二十年（前 50）。参见吴慧《桑弘羊研究》，济南：齐鲁书社，1981 年，第 480 页。[日] 日本自由国民社主编《中国古典名著总解说》，台北：台湾远流出版实业股份有限公司，1981 年，第 77 页。赖建诚认为桓宽著书时间，约在盐铁会议后十年（前 70），参见《〈盐铁论〉的结构分析与臆造问题》，《中国文化》，1996 年第 2 期。黑琨比较《盐铁论》与《史记》用语，认为应该不早于公元前 66 年，其大体时间约在公元前 66 年至公元前 49 年，乃是在盐铁会议后二十年左右著成的。参见《〈盐铁论〉成书时间考》，《四川师范大学学报》，2003 年第 2 期。

③ 《盐铁论校注》卷 3《轻重》，第 179 页。

④ 《盐铁论校注》卷 1《禁耕》，第 67—68 页。

⑤ 《盐铁论校注》卷 1《本议》，第 3 页。

周文，庠序之教，恭让之礼，粲然可得而观也。"① 尽管文学没有更为深入地讨论，但却清晰地表明，国家虽然是一姓之家，但国家不是一人、一家统治天下的工具，而是数以千万人、数以百万家组成的社会群体。皇帝、国家行政机构分别作为管理天下的象征和机构，既是社会群体利益的保障者，也是社会关系的调节者，因而国之稳定，取决于一县一郡的稳定；国之富足，取决于一家一民之富足。仓廪实而知礼节，百姓富足，才能有稳定的社会秩序，才能进行良好的教育，才能推广礼让之风，公共利益才能最大化，国家才能长治久安。

二是在外交策略上，应该意识到和、战的选择，在于是否合乎道义。两派围绕西汉与匈奴的关系展开讨论，大夫们认为匈奴"反复无信，百约百叛"，② 无法德服，也无须德服。文学则秉持"义之服无义"的信念，③ 强调"地利不如人和，武力不如文德"，④ 主张在国际关系上确立一个明确的道义观，即以德服人，以威信人。在《世务》的讨论中，文学针对大夫不能对匈奴讲德的见解，明确说："诚上观三王之所以昌，下论秦之所以亡，中述齐桓所以兴，去武行文，废力尚德，罢关梁，除障塞，以仁义导之，则北垂无寇虏之忧，中国无干戈之事矣。"认为三王、齐桓公之所以成就王霸之业，正在于其坚信以德服人，才能令人心服口服。针对大夫"欲以诚信之心，金帛之宝，而信无义之诈，是犹亲蹠、跻而扶猛虎也"的疑虑，文学们坚信《春秋》中"王者无敌"的信念，认为一个国家要在国际上赢得尊重，不是打得过对方，而是让对方不敢打："天下和同，君臣一德，外内相信，上下辑睦。兵设而不试，干戈闭藏而不用。……故正近者不以威，来远者不以武，德义修而任贤良也。"⑤ 这既是取胜于朝廷，又是取胜于道义。

大夫们却从现实的角度认为："自古明王不能无征伐而服不义，不能无城垒而御强暴也。"任何道义必须辅助于军事手段才能实行，纯讲德义很难保全自己。文学则明确提出，尽管道义不能解决全部问题，但道义必须是军事行为的前提。他们比较了周秦安天下的策略："武王之伐殷也，

① 《盐铁论校注》卷1《错币》，第56页。
② 《盐铁论校注》卷8《和亲》，第514页。
③ 《盐铁论校注》卷9《论勇》，第537页。
④ 《盐铁论校注》卷9《险固》，第525页。
⑤ 《盐铁论校注》卷8《世务》，第508页。

执黄钺，誓牧之野，天下之士莫不愿为之用。既而偃兵，搢笏而朝，天下之民莫不愿为之臣。既以义取之，以德守之。秦以力取之，以法守之，本末不得，故亡。夫文犹可长用，而武难久行也。"① 武王用道义，以武力取天下，赢得天下的支持，故而周能长久；秦以武力取天下，成功后未能行道义，最终很快灭亡。文学们认为道义是夺取天下的充分条件，而武力则是必要条件。经过辩论，最终御史大夫们也承认应该以德义来应对匈奴："夫中国天下腹心，贤士之所总，礼义之所集，财用之所殖也。夫以智谋愚，以义伐不义，若因秋霜而振落叶。"② 以此表明西汉在外交策略上对道义原则达成了共识。

三是在社会治理上，国家应该意识到德治和法治的互补。御史、大夫多为法吏，他们习惯性地认为刑罚是治国的有效手段，"绳之以法，断之以刑，然后寇止奸禁"，③ 坚持"令严而民慎，法设而奸禁。罔疏则兽失，法疏则罪漏"的传统，④ 将刑罚视为社会秩序调整的根本。文学则从法家的学理展开讨论，认为商鞅当初的变法，虽然让秦国迅速强大，但却有一个致命的缺点，即形成了重功利而轻道义、重强制而轻礼让的社会风气："崇利而简义，高力而尚功，非不广壤进地也，然犹人之病水，益水而疾深，知其为秦开帝业，不知其为秦致亡道也。"文学们认为这正是秦国忽兴忽亡的文化根源："今商鞅弃道而用权，废德而任力，峭法盛刑，以虐戾为俗，欺旧交以为功，刑公族以立威，无恩于百姓，无信于诸侯，人与之为怨，家与之为雠，虽以获功见封，犹食毒肉愉饱而罹其咎。"⑤ 以此为基点，贤良文学彻底总结了秦法的弊端，认为国家要长治久安，必须推行仁义："圣王之治世，不离仁义，故有改制之名，无变道之实。上自黄帝，下及三王，莫不明德教，谨庠序，崇仁义，立教化。此百世不易之道也。"⑥ 在文学眼中，制度是要与时俱进，但所有的变革必须要合乎基本的道义，即国家不仅是统治的工具，而且要成为社会关系的协调者、社会矛盾的化解者和群体价值的体现者。

---

① 《盐铁论校注》卷 9《繇役》，第 520 页。
② 《盐铁论校注》卷 9《论功》，第 542 页。
③ 《盐铁论校注》卷 10《大论》，第 603 页。
④ 《盐铁论校注》卷 10《刑德》，第 565 页。
⑤ 《盐铁论校注》卷 2《非鞅》，第 96 页。
⑥ 《盐铁论校注》卷 5《遵道》，第 292 页。

从这个角度看，国家的行政理念和行政决策必须担负起社会的责任，才能在行政过程中坚守正义。贤良们认为汉朝之所以能够立国，正是因为汉初的官员能够秉持道义，而武帝之后出现如此多的社会问题，其原因恰恰是官员们缺少坚持道义的勇气：

> 高皇帝之时，萧、曹为公，滕、灌之属为卿，济济然斯则贤矣。文、景之际，建元之始，大臣尚有争引守正之义。自此之后，多承意从欲，少敢直言面议而正刺，因公而徇私。故武安丞相讼园田，争曲直人主之前。夫九层之台一倾，公输子不能正；本朝一邪，伊、望不能复。①

贤良、文学们将矛头直接指向御史、大夫，显然是受到汉昭帝和霍光的默许。也正是以此为契机，他们彻底提出国家必须建立明确的道义观，将之作为衡量国家政策的标准，不是完全遵从上意，更不能按照官场习气去行政。这就需要国家明确以礼义作为立国之本，而不是将权术、利益作为尺度："礼义者，国之基也，而权利者，政之残也。……当此之时，诸侯莫能以德，而争于公利，故以权相倾。"②

文学们敏锐地意识到，政府要担当起政治道义，必须重用有德之君子："圣主设官以授任，能者处之；分禄以任贤，能者受之。"③才能使得国家决策出于公义而非出于私利。这是因为"君子时然后言，义然后取，不以道得之不居也。满而不溢，泰而不骄"，④并举袁盎、公孙弘、东方朔、主父偃的例子，认为他们有君子之贤，是以身为国的榜样。在文学看来，选用君子治国，国家便能够担负起社会道义，政府也容易形成高效的执政团队："上有辅明主之任，下有遂圣化之事，和阴阳，调四时，安众庶，育群生，使百姓辑睦，无怨思之色，四夷顺德，无叛逆之忧，此公卿之职，而贤者之所务也。"⑤汉武帝死后之所以出现经济疲敝、社会松散的情况，正是因为贤者失位，国家不能承担社会道义，因而必须调整，才

---

① 《盐铁论校注》卷6《救匮》，第401页。
② 《盐铁论校注》卷3《轻重》，第178—179页。
③ 《盐铁论校注》卷4《毁学》，第230页。
④ 《盐铁论校注》卷4《褒贤》，第242页。
⑤ 《盐铁论校注》卷5《刺权》，第256页。

能够实现中兴。

任何辩论，如果能够进行，必须有一个双方共同承认的前提作为讨论的起点；大家的争执是路径不同所形成的差异，这样的辩论才能不断深入，鞭辟入里；必须有一个共同遵循的逻辑，这样的辩论才能在一个维度内进行，而不是鸡同鸭讲般地自说自话。盐铁论辩中，尽管御史、大夫与文学、贤良对两汉行政措施存在严重分歧，但却都意识到国家必须承担基本的社会道义，才能够获得百姓的支持，才能够合理解决国际冲突，才能够实现长治久安。有了一个基本前提，才能做到理越辩越明，盐铁辩论能够持续下去，就在于双方都在努力寻找如何建构更为合理的汉政，作为改革或者调整的依据。

盐铁会议的召开，尽管初衷是出于霍光与桑弘羊之间的斗争，但客观上却全面讨论了西汉立国以来的政治理念、外交策略和治国思路，虽然没有立刻改变昭帝时期的行政走势，却通过朝廷大臣与贤良文学的平等辩论，使得大家意识到治理国家，单纯依靠历史传统或者行政惯性，必然不能担负起救弊的责任，而只能走向覆亡，因此就必须适时调整。而这一调整，则需要政治自觉和行政理性。政治自觉便是自觉意识到国家的性质及其定位，提高国家对公共事务的协调能力，对社会矛盾的调解能力，对百姓诉求的治理能力；而行政理性则要有从可执行的角度，实现行政手段、法律制度和道德教化的均衡发展。汉宣帝即位后所推行的连续大赦、司法改革、重用循吏，以及对匈奴注重德化的策略，正是对盐铁辩论所涉及弊政的回应，这使得国家承担了更多的社会道义，得到了官员、百姓乃至匈奴、西域周边民族的响应，实现了西汉的中兴。

第 四 章

国家想象与秦汉文学的批判情绪

两汉士大夫参与政治的际遇，取决于他们对国家秩序、政治形态的理解，先秦诸子学说中的国家建构理论，成为两汉学者对汉朝进行国家想象的学说来源，当他们以带有理想性质的国家想象去审视两汉政治时，就发现了诸多问题。理想与现实的反差，成为士大夫与汉家制度产生冲突的本源。在这其中，"公天下"观念鼓励着士大夫积极参与政治秩序的建构；"君子制义"要求他们自觉承担起建立王道政治的责任，并主动干预帝王行事；"共治天下"赋予他们合法的政治参与权，使得他们能够直言行政之得失，这成为两汉政论散文"直言"风格形成的思想动因。

第一节　君子制义与两汉士人的政治际遇

既然"义"作为社会共识，体现着人之能群的公共责任，那么，对"义"进行阐释和表述的话语权，应该由谁来掌握？秦汉学者提出了"君子制义"，认为"义"作为治道或作为公共价值，是独立于政权运行之外的舆论力量，应该掌握在熟悉历史规律、明晓社会运行、精通道义要求的君子手中，并以此作为衡量政治导向、行政行为、社会秩序和文化风气的参照。"君子制义"的主张与士人守义、行义相辅相成，提升了两汉士人的行为自觉。两汉将"守义"作为教育、察举、婚姻、选官的基本标准，强化对士大夫进行道德人格的培养，由此形成的君子之风，使得东汉士人有了主动抵制朝廷违背社会公义和司法正义的精神支撑，成为汉末党锢形成的思想动因，体现了社会道义与政治权力之间的较量。

一　"君子制义"与汉初政论话语权的认知

周秦学者对义政的讨论，实际是站在社会群体的角度，对公共秩序、群体价值进行了学理探讨，其要求作为社会秩序维护者的行政组织，能够担负起公众期待，实行合理恰当的国家治理。由于这些学者是站在公共立场上思考问题，因而他们眼中的"义"，是超越诸侯、国君个人利益之上的学理思考，这就使得义政论自形成之日起，便成为一种独立于行政系统之外的客观思考。

在吕不韦及其门客看来，"义"作为公共秩序运行的基本法则，是超越了君权、相权的至上标准。如果说"德"是自上而下的教化和恩赐，那么"义"则更强调上下之间的相互责任。这种相互责任削弱了君权对于天下的专制和独裁，强化了君权对于天下的责任和义务。由此来审视君权，便有了外部的约束，即君王的所作所为必须合乎群体要求，符合公共价值认知。《吕氏春秋》提出了行政的基本原则：

一是使民要义："凡用民，太上以义，其次以赏罚。其义则不足死，赏罚则不足去就，若是而能用其民者，古今无有。"① 即动员百姓、征发徭役要兼顾百姓的根本利益，关照他们的基本诉求，寻求国家利益和百姓利益的平衡，协调国与民之间的关系。

二是导民守义："凡治国，令其民争行义也。乱国，令其民争为不义也。强国，令其民争乐用也。弱国，令其民争竞不用也。夫争行义乐用与争为不义竞不用，此其为祸福也，天不能覆，地不能载。"② 若民众皆能以"义"为价值判断、行为规范，则容易形成运行流畅的公共秩序，达成公共价值认同。有了共同的价值认同，很容易形成公共道德规范，依靠社会舆论的引导，道德省察便可以发挥基本的纠偏作用，预防作奸犯科之事的发生，从而减少行政强制力量的干预，政权能够保护公共利益，并能够承担起其公共责任，民众自然乐意与国同忧同乐。

三是断事秉义："凡谋者，疑也。疑则从义断事，从义断事则谋不亏，谋不亏则名实从之。"③ 行政决策要以合乎公众利益、维护社会公共价值作为考量标准，不应该将局部的私利羼杂到行政措施之中，这样才能实现政通人和。

四是风俗向义："君子之自行也，动必缘义，行必诚义，俗虽谓之

---

① 《吕氏春秋集释》卷19《用民》，第523页。
② 《吕氏春秋集释》卷19《为欲》，第534页。
③ 《吕氏春秋集释》卷20《召类》，第562页。

穷，通也。行不诚义，动不缘义，俗虽谓之通，穷也。"① 士民要坚守正义，施行正义，即便不能在现实中获取利益，也要在道义上坚守，"士之为人，当理不避其难，临患忘利，遗生行义，视死如归。"② 背弃公理正义而获得的利益应该被鄙弃。治国先教民，如果士民都能将"义"作为个人修为，主动承担公共责任，自觉履行个人义务，则民风可化、政风能清。

吕不韦及其门客能够将"义"从霸道学理中抽取出来，作为君子独立人格的精神支撑，至少说明一点：周秦间学者已经意识到在国家之上、社会之中，还有一个至高无上的公共价值存在，不为一国一君服务，而成为天下秩序运行的核心理念。其既体现在具体的法律、礼制、舆论之中，又超越这些世俗关系而不为其局限，成为与天道、地道并行的人道运行的根本准则。在这其中，"义"不是国君恩赐的，而是国君和天下百姓相互约定的、彼此必须遵循的法则，从而使"义"成为君权与百姓利益的最大公约数。

在秦汉学者看来，"义"不仅是政权的合法性来源，而且应该成为行政合理性的依据。为汉高祖刘邦执政提供学说支持，并且得到汉初君臣高度认同的《新语》，亦将"义"看作维系公共秩序的根本。其《道基》径言：

> 百姓以德附，骨肉以仁亲，夫妇以义合，朋友以义信，君臣以义序，百官以义承，曾、闵以仁成大孝，伯姬以义建至贞，守国者以仁坚固，佐君者以义不倾，君以仁治，臣以义平，乡党以仁恂恂，朝廷以义便便，美女以贞显其行，烈士以义彰其名，阳气以仁生，阴节以义降，鹿鸣以仁求其群，关雎以义鸣其雄；春秋以仁义贬绝，诗以仁义存亡，"乾""坤"以仁和合，"八卦"以义相承，《书》以仁叙九族，君臣以义制忠，《礼》以仁尽节，乐以礼升降。

"仁"是亲亲相爱之纽带，"义"是人人相处之规则。因此，夫妇、朋友、君臣、百官皆以"义"作为维系彼此存在的关键。仁主义辅，在上者以

---

① 《吕氏春秋集释》卷19《高义》，第513页。
② 《吕氏春秋集释》卷12《士节》，第262页。

仁德，在下者以忠义，便能形成彼此信任的主从关系。君臣秩序紊乱的原因，便是对"义"的背弃。在陆贾眼中，"仁"具有先天道德感，"义"则是后天秩序的来源："仁者道之纪，义者圣之学。"① 圣人体道，贤人守义："夫子当于道，二三子近于义。"② 陆贾不仅将"义"作为衡量全部公共秩序的参照，而且重构了儒家仁义学说，使之更为便利地诠解公共秩序的运行。

在此基础上，《淮南子》从学理上继续明确"义"在社会整合和秩序建构中的核心作用，并将之视为全部社会秩序的根基。③ 《俶真训》言："举大功，立显名，体君臣，正上下，明亲疏，等贵贱，存危国，继绝世，决挐治烦，兴毁宗，立无后者，义也。""礼"和"法"作为维护公共秩序的两个基本手段，必须以"合义"为要求。"夫礼者所以别尊卑，异贵贱；义者所以合君臣父子兄弟夫妻朋友之际也。"④ "礼"用于区别尊卑贵贱，"义"是调整政治秩序、家庭秩序、伦理秩序、男女秩序和社会秩序的总要求。这样，"礼"作为法则，"义"作为原则，便成为衡量尊卑贵贱的最高标准。如果"礼"与"义"发生冲突，则要用"义"的标准来调整"礼"："义胜君，仁胜父，则君尊而臣忠，父慈而子孝。"⑤ 仁、义的原则远远超过君臣父子的法则，所以，"礼"必须以仁义作为标准，而不是以仁义作为附属。

将"义"确立为调整秩序的最高标准，在于淮南宾客认为，"义"是经过长期实践而形成的人之能群的法则。《缪称训》："道者物之所导也；德者性之所扶也，仁者积恩之见证也，义者比于人心而合于众适者也。"道、德、仁是出乎本性而形成的自我体认，"义"则是出于无数个体认同而获得的公共认知。当这一认知得到无数个体认同时，便具有了约束全部社会成员的合理性。在这样的视角下，淮南宾客提出必须按照"义"的原则制定法令："法生于义，义生于众适，众适合于人心，此治之要

---

① 《新语校注》卷上《道基》，第34页。
② 《新语校注》卷下《本行》，第142页。
③ 《淮南子·人间训》言"义者，天下之所赏也""义者，人之大本也""义者，众庶之所高也"，将"义"视为社会生活的标准。
④ 《淮南子集释》卷11《齐俗训》，第759—760页。
⑤ 《淮南子集释》卷10《缪称训》，第722页。

也。"① 其所谓"众适",便是法令要合宜,即法令必须合乎社会群体的价值判断和公共认知,才能为公众所接受,具有普适性,才能执行下去。社会治理是否合理,既取决于其治理理念获得社会认同如何,又取决于其对公共价值体现的多寡。

由此来看,作为社会管理最常用的法令,不能仰仗仁心的发现,这只会让小人更加飞扬跋扈,仁政便无从实现,因而王道失之以柔;更不能依靠君王的独裁,天下规则系于一人之眼耳鼻舌,公平则无法体现,因而霸道失之于刚。《淮南子》将"义"作为立法原则,便是远比王道、霸道学说更清醒的立法思想。因为儒家虽有德刑之论,然因推崇"仁"的立场,不能跳出德主刑辅的思路;又因过执于"礼"的作用,不愿确立在公共秩序维护中刑大于礼的价值。法家虽然确定"法"是维护社会公平的唯一标准,但却将立法权交给国君,个人对司法的独裁,不可避免地使专制成为秦政的最终归宿。淮南宾客举周成王、周康王之例,解释"法生于义"的做法:"成、康继文、武之业,守明堂之制,观存亡之迹,见成败之变,非道不言,非义不行,言不苟出,行不苟为,择善而后从事焉。"② 认为立法不仅要立足现实需要,更要从存亡成败的历史进程中汲取经验教训,从更高的道义角度确定立法准则,并从中选取公众认同的、符合公共要求的做法,择善而从。

淮南宾客认为,择善而从的标准只有"义",而且"义"的确立,不是出自权力之门,而是出自贤能之手:"故仁智错,有时合,合者为正,错者为权,其义一也。府吏守法,君子制义。法而无义,亦府吏也,不足以为政。"③ 王道之说以君主之仁立说,强调发挥君主的仁爱之心,以德治国;霸道之说以君主之智立国,期望君主的睿智专断,以法治国。二者不可得兼,仁厚如宋襄公过执于礼而迂腐,专断如秦始皇独裁于法而峻急,理论上的王霸之道可以相容,但现实中却是各有侧重,上至于君,下至于民,仁者、智者很难统一,与其要求融通和权变,莫不如强调"法"与"义"的统一;与其对行政者的德行动机斤斤计较,莫不如直接考察其行政治理的成效。观察其是否按照"义"的标准制定法令,官僚系统

---

① 《淮南子集释》卷9《主术训》,第662页。
② 同上书,第695页。
③ 同上书,第699页。

执行是否合乎"义"的要求，形成理想的义政运行模式。

"君子制义"是秦汉学者在对先秦尚贤思想、君子人格的继承中对义政学说的新发展。既然"义"是超越一国一君的行政公共秩序的总规则，以"众适"为标准，那么"义"作为价值观，必须合乎众人之心。陆贾认为，孔子及其弟子能够安贫乐道、济困扶危，正是出于对"义"的坚守。淮南宾客以此审视古之君子所为，在于能够行义、守义："世治则以义卫身，世乱则以身卫义。死之日，行之终也，故君子慎一用之。"① 并逐一肯定晏婴、崔杼、殖、华、尧、季札、子罕、务光等人之所以能够立德，正在于守义。② 经过这样的阐述，秦汉学者进一步明确了"义"的公共正义性，使之由孟子学说中被作为羞恶之心的个人主观判断变成了客观的公共要求，作为外在的社会责任也成为社会秩序的总体要求。

二　"义行"与两汉君子人格的强化

"君子制义"之所以能够提出，在于秦汉学者明确意识到"义"足以成为衡量国家制度、政治行为的标准，用于约束君王的行为，由此强调国家必须"以德以义"，③ 国君必须"适身行义，俭约恭敬"。④ 之所以能够践行，在于周秦士人已经在人格修炼中，将"守义""行义"作为士阶层的内在要求。此论一出，君子不仅被视为"义"的坚守者，更被作为"义"的象征者，如此才能"制义"而行之天下。

秦汉之间学者的理想人格，便是推崇君子对天下责任的担当。《大戴礼记·曾子立事》言："君子爱日以学，及时以行，难者弗辟，易者弗从，唯义所在。"认为君子学习日进，不畏艰辛，不仅是自己的社会义务，更是社会责任。《曾子制言下》说得更具体："凡行不义，则吾不事；不仁，则吾不长。奉相仁义，则吾与之聚群向尔；寇盗，则吾与虑。国有

---

① 《淮南子》卷 10《缪称训》，第 728 页。

② 《淮南子·精神训》："晏子与崔杼盟，临死地而不易其义；殖、华将战而死，莒君厚赂而止之，不改其行。故晏子可迫以仁，而不可劫以兵；殖、华可止以义而不可县以利。君子义死而不可以富贵留也；义为而不可以死亡恐也。彼则直为义耳，而尚犹不拘于物，又况无为者矣！尧不以有天下为贵，故授舜；公子札不以有国为尊，故让位；子罕不以玉为富，故不受宝；务光不以生害义，故自投于渊。由此观之，至贵不待爵，至富不待财。"

③ 《吕氏春秋集释》卷 19《上德》，第 517 页。

④ 《管子校注》卷 17《禁藏》，第 1013 页。

道则突若入焉，国无道则突若出焉，如此之谓义。"其衡量君子的标准，不在于穷通，而在于能够坚守正义。君子坚守的正义，是基于天下的考量，而不是守于一国一君的说教，入有道之国，出无道之国，事仁义之人，远不仁不义之长，这都体现着君子的独立人格。这种独立的人格是坚持道义、正义、公义的标准，而不是屈从君权，也不是逢迎世俗。

将"守义""行义"作为士人修为的根本要求，一是出于对士人文化职能的理解，如在庄子看来，即便孤陋寡闻的"一曲之士"，也应该能"判天地之美，析万物之理，察古人之全，寡能备于天地之美，称神明之容"，① 能洞察天地运行之道。二是出于对士人社会责任的要求，只有坚持人之能群的基本准则，才能担负起身为世范的责任："世之所以贤君子者，为其能行义而不能行邪辟也。"② 以自我责任的自觉来引导社会正向发展。三是作为士人的基本道德要求，"义"在周秦间已经内化为人格修为，并被作为衡量个人操守的标准。蒙恬在被胡亥矫命赐死时言："今臣将兵三十余万，身虽囚系，其势足以倍畔，然自知必死而守义者，不敢辱先人之教，以不忘先主也。"③ 坚决固守君臣之义而宁愿去死，也不愿被世间视为叛逆者。苏秦游说赵肃侯时说："天下卿相人臣及布衣之士，皆高贤君之行义，皆愿奉教陈忠于前之日久矣。"④ 鼓励赵王主动承担起抗秦之责，承担政治道义。蔡泽曾对应侯评价吴起说："吴起之事悼王也，使私不得害公，谗不得蔽忠，言不取苟合，行不取苟容；不为危易行，行义不辟难，然为霸主强国，不辞祸凶。"⑤ 认为虽然世间对吴起颇多非议，但其能以"行义"为要求，尽到了一个忠臣的责任。

秦汉时期，"行义"作为士大夫的行为准则而得到了明确肯定。《吕氏春秋·劝学》言："为师之务，在于胜理，在于行义，理胜义立则位尊矣，王公大人弗敢骄也，上至于天子朝之而不惭。凡遇合也，合不可必，遗理释义以要不可必，而欲人之尊之也，不亦难乎！故师必胜理行义然后尊。"明确教育职责，是培养能够"守义""行义"的士人，并将之作为士阶层的基本要求。贾谊谈及太子及王室子弟的教育时，不仅将"义行"

① 《庄子集解》卷 8《天下》，第 288 页。
② 《吕氏春秋》卷 22《壹行》，第 612 页。
③ 《史记》卷 88《蒙恬列传》，第 2569 页。
④ 《史记》卷 69《苏秦列传》，第 2245 页。
⑤ 《史记》卷 79《蔡泽传》，第 2420 页。

作为要求之一，主张师傅要"制义行以宣翼之，章恭敬以监行之，勤劳
以劝之，孝顺以内之，敦笃以固之，忠信以发之，德言以扬之"；① 而且
要求普通的家庭教育也要注重行义，"谨为子孙婚妻嫁女，必择孝悌世世
有行义者。如是，则其子孙慈孝，不敢淫暴，党无不善，三族辅之"，②
将"行义"作为衡量一个家族家风的基本要求。

　　这种认知的不断强化，便形成了一系列"行义"的家风家教。刘向
明确提出"义"不仅可以作为治国的行为准则，而且也必须成为齐家的
价值尺度："公正诚信，果于行义。夫义其大哉！虽在匹妇，国犹赖之，
况以礼义治国乎！"他在《列女传》中塑造的"守义"典范，便成为家庭
教育的楷模。其中，鲁宣公之女伯姬之言"越义求生，不如守义而死"
之言，以及其"逮于火而死"的行为，③ 在刘向看来，正是践行"义"
的要求。

　　两汉对妇德的评价中，行义被视为至高的品行。《后汉书·列女传》
记载刘长卿妻忠贞之事：

　　　　沛刘长卿妻者，同郡桓鸾之女也。……生一男五岁而长卿卒，妻
　　防远嫌疑，不肯归宁。儿年十五，晚又夭殁。妻虑不免，乃豫刑其耳
　　以自誓。宗妇相与愍之，共谓曰："若家殊无它意；假令有之，犹可
　　因姑姊妹以表其诚，何贵义轻身之甚哉！"对曰："昔我先君五更，
　　学为儒宗，尊为帝师。五更已来，历代不替，男以忠孝显，女以贞顺
　　称。……"沛相王吉上奏高行，显其门闾，号曰"行义桓厘"，县邑
　　有祀必膰焉。

尽管桓氏与鲁伯姬一样，皆出于对妇道的遵守或甘受其苦、或自愿赴死，
于今日看来有几分迂腐，但刘向、范晔所强调的，正是二人对妻子责任的
遵守、对婚姻义务的承担。朝廷对于桓氏以"行义"的褒扬，便是肯定
其对家庭的责任担当。由此观察两汉对女德的评价，"贞"与"义"并

———————————

　　① 《新书校注》卷5《傅职》，第172—173页。
　　② 《新书校注》卷10《胎教》，第390页。
　　③ （清）王照圆撰：《列女传补注》卷4《宋恭伯姬》，北京：商务印书馆，1938年，第
62—63页。

重，阮瑀《止欲赋》便言："历千代其无匹，超古今而特章。执妙年之方盛，性聪惠以和良。禀纯洁之明节，后申礼以自防。重行义以轻身，志高尚乎贞姜。"认为与其赞赏女子的形貌美，不如赞赏其贞正而守义。

在这种视角下，"行义之家"成为对一个家族德行的最高概括，以至于后妃的选聘，也要求从这类家族中选拔。杜钦曾劝说王凤："将军辅政，宜因始初之隆，建九女之制，详择有行义之家，求淑女之质，毋必有声色音技能，为万世大法。"① 从"行义之家"中选择后妃，有助于约束汉成帝自幼好色的毛病，并期望以此作为后世选妃的依据。范晔评价东汉马太后的所作所为，称赞她重视在家族中的义行："其外亲有谦素义行者，辄假借温言，赏以财位。如有纤介，则先见严恪之色，然后加谴。其美车服不轨法度者，便绝属籍，遣归田里。"② 在一段时间内使得皇室、外戚不仅能够自律，还能够承担起更多的社会责任。

从家庭到学校对行义的教育，使得行义、守义成为汉朝日渐推崇的行为，不仅进行褒扬，而且视为衡量士人行止的依据。从汉昭帝起，便多次褒奖民间行义者。如汉昭帝元凤元年（前80）"赐郡国所选有行义者涿郡韩福等五人帛，人五十匹"，③ 对行义者进行物质赏赐。汉宣帝地节三年（前67）"令郡国举孝弟有行义闻于乡里者各一人"；④ 神爵四年（前58）"及颍川吏民有行义者爵，人二级，力田一级"，⑤ 用爵位褒扬行义者。汉元帝永光元年（前43），"诏举质朴、敦厚、逊让、有行义各一人"；⑥ 汉成帝鸿嘉二年（前19），"举敦厚有行义能直言者，冀闻切言嘉谋，匡朕之不逮。"⑦ 将行义作为察举士人的一个渠道。通过制度设计鼓励士人行义，有助于鼓励士人的责任担当，建构起有益于社会正向发展的舆论环境。

从相关史料来看，两汉所言"行义"，一是能坚守正义，关键时候挺身而出。如范晔言第五伦"少介然有义行"，在于"王莽末，盗贼起，宗

---

① 《汉书》卷60《杜周传》，第2668页。
② 《后汉书》卷10《皇后纪》，第413页。
③ 《汉书》卷7《昭帝纪》，第225页。
④ 《汉书》卷8《宣帝纪》，第250页。
⑤ 同上书，第264页。
⑥ 《汉书》卷86《何武传》（唐）颜师古注，第3482页。
⑦ 《汉书》卷10《成帝纪》，第317页。

族闾里争往附之。伦乃依险固筑营壁，有贼，辄奋厉其众，引强持满以拒之，铜马、赤眉之属前后数十辈，皆不能下"，① 在关键时候挺身而出，不避险危，保护家园。二是能担负责任，很多是超越自身义务之外对社会贫困者的救济，如张奋"节俭行义，常分损租奉，赡恤宗亲，虽至倾匮，而施与不怠"；② 刘敞"谦俭好义，尽推父时金宝财产与昆弟"，③ 荆州刺史上其义行，拜为卢江都尉。三是坚持道义，能够引导乡民百姓向善，如汉明帝时尚书仆射钟离意上书推荐刘平、王望、王扶时说："皆年七十，执性恬淡，所居之处，邑里化之，修身行义，应在朝次。臣诚不足知人，窃慕推士进贤之义。"④ 认为这些长者能够终生身体力行，坚守道义，应该予以褒扬，以彰显朝廷对于贤良的重视，勉励士人向善。汉明帝立刻下诏征召诸人，拜为议郎，多次召见，以为美谈。范晔还专门记载了陈寔弟子王烈感化以"义"教化乡邻的事例，⑤ 以证明义行对促成基层社会秩序的重要性。

在这样的风气下，汉代对官吏的评价也将"行义"作为一个至高的标准，如汉成帝时丞相何武言"光禄勋庆忌行义修正，柔毅敦厚，谋虑深远"，⑥ 期望予以提拔。何武还与尚书令唐林皆上书，认为傅喜"行义修洁，忠诚忧国，内辅之臣也"，⑦ 主张因之重用。东汉尚书令周景与尚书边韶推荐韦著的理由是"隐居行义，以退让为节"，⑧ 应予以提拔。范晔评价东汉官吏之操行，多重义行、义举，如言马棱因为德义，"肃宗以棱行义，征拜谒者"；⑨ 言任隗之誉，在于"以玄默守真，不求名誉，然内修义行，人以此服之"；⑩ 叙窦融之人品，亦言"事母兄，养弱弟，内

---

① 《后汉书》卷 41《第五伦传》，第 1395 页。
② 《后汉书》卷 35《张奋传》，第 1198 页。
③ 《后汉书》卷 14《城阳恭王传》，第 560 页。
④ 《后汉书》卷 39《刘平传》，第 1297 页。
⑤ 《后汉书》卷 81《独行列传》，第 2696—2697 页。
⑥ 《汉书》卷 69《辛庆忌传》，第 2997 页。
⑦ 《汉书》卷 82《傅喜传》，第 3380 页。
⑧ 《后汉书》卷 54《杨震列传》，第 1771 页。
⑨ 《后汉书》卷 24《马棱传》，第 862 页。
⑩ 周天游辑注：《八家后汉书辑注·袁山松后汉书》卷 3，上海：上海古籍出版社，1986 年，第 659 页。

修行义"等，① 将这些作为其人品的概括和提升的依据。

朝廷对行义者的拔擢，使得两汉朝野对行义、义行者高度褒扬，地方官吏也以义行鼓励民众，作为治理地方的策略。如何敞迁汝南太守时，曾"分遣儒术大吏案行属县，显孝悌有义行者。及举冤狱，以《春秋》义断之。是以郡中无怨声，百姓化其恩礼"，② 让儒生巡行辖区，表彰义举，推行道义，汝南郡百姓循义而安。韩稜任南阳太守时，"下车表行义，拔幽滞，权豪慑伏"，③ 推举勇于担当社会责任者，使正人君子得以大行其道，权豪者自然不能当道。陈俊任琅邪太守时，亦"抚恤贫弱，表有行义，百姓录之"，④ 推行义举，表彰义士，使得社会风气卓然向善，赢得百姓的赞誉。

两汉在教育、察举、婚姻、选官中对义行、义举的推崇和强调，使得先秦时期尚在学理讨论下的"义"，不仅只在士大夫中提倡，而且得以下行到普通民众，并成为一种社会风尚。这种社会风尚的形成，一方面得益于道义观在历史、政治和行政领域中不断得以阐发，作为日趋完善的理论体系，得到士大夫的认同，成为他们自觉坚守道义、践行仁义的精神动力；另一方面得益于两汉朝廷的大力提倡，特别是将"行义"作为察举士人、提拔官员的一个科目，从而鼓励士大夫勇于担当社会责任，作为百姓示范。对汉王室而言，士大夫行义不仅是礼乐教化的结果，更是君子人格培养的成果，是汉朝稳定的文化基石。对士大夫而言，将行义、守义作为立身处世的准则，不是源于外在的政治需求，而是出于君子修为的自觉。当汉王室接受了"义"的价值观并对"义"进行褒扬时，儒家的君子人格理想在士大夫身上得以统一。而士大夫对汉王室的高度认同，正是出于汉王室与士大夫共治的做法符合了他们的心理预期，使"君子制义"能够得到体现。

三　行义与东汉党人的价值取向

东汉党人之祸的起因，学界多承绍钱穆的观点，将其归因为士族与皇

---

① 《后汉书》卷 23《窦融列传》，第 795 页。

② 《后汉书》卷 43《何敞传》，第 1487 页。

③ （东汉）刘珍等撰，吴树平校注：《东观汉记校注》卷 16，北京：中华书局，2008 年，第 717 页。

④ 《八家后汉书辑注·司马彪续汉书》卷 2，第 345 页。

权之争。① 在两汉的行政体系中，士人是通过参与政府而获得共治天下的权利，皇权是通过任用宦官来维系皇室内部的运转。二者发生交际的关节点在皇帝，皇帝既要任用士人为官吏，也要选用宦官做助手，这就使得皇帝清正明通时，一如分水岭使得士人与皇权互不干犯，但若皇帝昏聩时，士人与宦官便争相通过支配皇帝而获得更多的领地。东汉党锢之祸时，汉桓帝、汉灵帝皆处成年，且能独断朝纲，其直接站在士人的对立面，实为士人对皇帝权威的抵触而导致皇权的强烈反弹。但如果进一步思考，就需要说清楚：士人之所以敢于抵抗皇权，是简单地出于一时激愤？还是有着更为深厚的学理支撑？秦汉以来日渐强化的"君子制义"之说与士人"守义"的实践，使得"义"成为士人衡量是非曲直的一个基本判断，当皇权与社会正义一致时，士人与皇室是相互支持的；而二者一旦发生冲突时，士人便用"义"作为判断皇室行为的依据，并坚守义行，对皇室及宦官进行抵制。从这个角度审视东汉清流的形成，正在于士人坚持守义而不轻易阿附皇权、屈从权贵。

从史实来看，秦汉所形成的"守义"的朝野共识，至汉桓帝时开始分野：在士人看来，皇室已经不再遵循与"贤大夫共治"的传统，不再依据"守义"标准处理政事，而是倾向于以皇权压制公议。这一分野的标志，便是汉桓帝永兴元年（153），太学书生刘陶等数千人诣阙上书：

> 伏见施刑徒朱穆，处公忧国，拜州之日，志清奸恶。……而穆独亢然不顾身害。非恶荣而好辱，恶生而好死也，徒感王纲之不摄，惧天网之久失，故竭心怀忧，为上深计。臣愿黥首系趾，代穆校作。②

太学生的这次群体上书，与其说是期望营救朱穆，不如说是对宦官势力的极度愤怒，他们不惜以集体入狱来替换朱穆，表明皇权与士大夫冲突到了极致。被誉为"海内奇士"的朱穆作为士大夫的代表，宦官赵忠则是皇帝内侍的代表，二者发生冲突时，皇帝站在了宦官一侧，从而引起太学生的集体不满。这次冲突以皇权暂时退让，赦免朱穆为暂停，但朱穆却因此走上了与宦官对抗的前沿，成为清流的代表，其后出任尚书，屡次要求汉

---

① 钱穆：《国史大纲》，北京：商务印书馆，2011年，第180—184页。
② 《后汉书》卷43《朱穆传》，第1470—1741页。

桓帝"遵复往初，率由旧章，更选海内清淳之士，明达国体者，以补其处""博选耆儒宿德，与参政事"，起用士大夫共治天下。但由于宦官已经形成利益集团，"中官数因事称诏诋毁之"，① 最终朱穆愤懑发疽而死。

这次太学生群讼事件，虽然保全了朱穆，却使得皇权对士大夫有了本能的抵触。士人可以通过集会公开要挟皇室去释放一个官员，也就意味着传统的皇室与士大夫共治的机制已经不再能够从内部协调彼此的矛盾，维持微妙的平衡，而是开始采用相互抵触、彼此冲突的做法来对抗。在士人看来，他们代表的是社会公义；而在皇权看来，这种公义已经影响到皇权对国家的掌控。共治既然不能运行，权力掌握在皇室手中，最终的解决方式只能是皇权对士人进行打压。

由此观察党锢之祸，直接起因在于风角杀人，即"河内张成善说风角，推占当赦，遂教子杀人。李膺为河南尹，督促收捕，既而逢宥获免，膺愈怀愤疾，竟案杀之"，李膺则认为此等做法于理不通，于心可诛，遂不遵赦令而杀之。但根本原因在于皇权对太学生的提防，张成弟子牢修上告李膺的罪名，不是其抗旨杀人，而是"养太学游士，交结诸郡生徒，更相驱驰，共为部党，诽讪朝廷，疑乱风俗"，认为李膺等人不遵守诏令的背景，在于自认为其掌握公议，依靠日益强大的士人舆论的支持，才得以如此妄为。牢修明确指出，那些支持李膺的士人恰恰是当年集体抗议皇权的太学生们。汉桓帝顿时醒悟，随后大打出手，不仅针对李膺本人，更直接面向其背后可能存在的士人群体，"班下郡国，逮捕党人，布告天下，使同忿疾，遂收执膺等"，② 形成了党锢之祸。

范晔叙述党锢形成的文化背景时言："叔末浇讹，王道陵缺，而犹假仁以效己，凭义以济功。举中于理，则强梁褫气；片言违正，则厮台解情。盖前哲之遗尘，有足求者。"③ 认为在治道崩缺之时，仍有坚守仁义之理的士人，并将之视为"守义"之风的延续。而李膺的抗诏，正在于其按照"义生法"的理解，认为正义大于法律，张成居然利用风角之术令子杀人，公然损害社会公义，对抗司法正义，知法犯法，其心可

①　《后汉书》卷43《朱穆传》，第1472页。
②　《后汉书》卷67《党锢列传》，第2187页。
③　同上书，第2183页。

诛，因而不赦诛杀之。汉桓帝因诏令受到李膺的抵制，而且士大夫皆支持李膺，士人与皇权的对抗达到了极点，故而不得不广开党禁，以维护皇权的利益。至建宁二年（169），汉灵帝下诏大肆搜捕党人，范晔言为"于是天下豪桀及儒学行义者，一切结为党人"，① 即汉末坚持道义者宁愿被视为党人株连，也不屑为朝廷所用，表明士大夫与皇权已经势不两立。

以"守义"来审视党锢之祸，就会发现汉末士人对"义"的坚持是其与皇权对抗的精神动力。党锢之祸中，李膺"居阳城山中，天下士大夫皆高尚其道，而污秽朝廷"。② 范滂被释南归，"汝南、南阳士大夫迎之者数千两"。③ 郭太归乡里，"衣冠诸儒送至河上，车数千两"。④ 凡此种种，证明东汉士人与皇权的共治局面已经结束，而对抗朝廷的士人，也就是范晔所谓的"天下善士"，则誉满士林。士大夫与皇权的公开对抗，表明此时的士人对皇权已经失去了耐心与信心，他们或守义自处而归隐，或依附州郡而立身，不再相信皇权能够肩负天下责任，因而对汉末州郡割据熟视无睹，并在三国分立中各为其主。

第二节　"公天下"与两汉国家秩序的理解

两汉士大夫对政治的参与，是以公天下为学理支撑，主动干预行政职务，自觉思考天下秩序的调整方式；受天命观的影响，两汉不断强化的"再受命"思潮，促进了西汉政权的主动变革；在这一过程中，由尚贤思想不断深化的禅让学说，经过儒家经典的阐述、儒生的论述以及谶纬学说的细化，成为两汉政权转移的基本方式。此一过程既在于学说的演进，又在于行政秩序的变化，更在于士大夫对政治态度的转换，此前或有论者，⑤ 其端绪仍可更加清晰，故申而论之。

---

① 《后汉书》卷 8《孝灵帝纪》，第 330—331 页。

② 《后汉书》卷 67《党锢列传》，第 2195 页。

③ 同上书，第 2206 页。

④ 《后汉书》卷 68《郭太传》，第 2225 页。

⑤ 曲利丽：《从公天下到"王命论"：论两汉之际儒生政治理念的变迁》，《史学集刊》，2010 年第 4 期；张分田、刘佳：《论"王侯无种"和"天下为公"的基本思路》，《天津师范大学学报》，2012 年第 6 期等。

一　秦汉"公天下"观念的形成

如果我们将"天下为公"视为古代中国进行社会建构的一种理想的话，①那么"公天下"学说的形成，便是对此的学理细化，于此而产生的辨析和实践。从《礼记·礼运》的叙述来看，"天下为公"的立意是强调天下秩序的走向，以公共事务的共同管理、共同承担为特征。而"公天下"观念的提出，可以看作是"天下为公"理想在行政秩序讨论中的具体要求。

《六韬·文韬·文师》中记述姜太公回答周文王"树敛若何，而天下归之"的问题时，明确提出：

> 天下非一人之天下，乃天下之天下也。同天下之利者则得天下，擅天下之利者则失天下。天有时，地有财，能与人共之者仁也。仁之所在，天下归之。……与人同忧同乐，同好同恶者，义也。义之所在，天下赴之。凡人恶死而乐生，好德而归利，能生利者道也，道之所在，天下归之。

《汉书·艺文志·诸子略》"儒家类"著《周史六弢》六篇，班固自注："惠、襄之间。或曰显王时，或曰孔子问焉。"颜师古注："即今之《六韬》也，盖言取天下及军旅之事。弢字与韬同也。"陈振孙《直斋书录解题》、王应麟《汉书艺文志考证》、明代胡应麟《四部正讹》、张萱《疑耀》、黄震《日钞》、清姚鼐《读〈司马法〉〈六韬〉》、崔述《丰镐考信录》断为"伪书"。后银雀山汉简出，其残存内容与今本的《文韬》《武韬》《龙韬》等大多相合。该墓葬为西汉前期墓，不晚于汉武帝元狩五年（前118），竹简不避汉初皇帝名讳，乃西汉前抄录。河北定县四十号汉墓发现定名为《太公》之简，有篇题十三，其中《治乱之要》等三篇见于今传本，另六篇未见篇题，亦见于后世传本，另有记"武王问""太公曰"的简文若干，可见《六韬》之论可出于西汉前。此可视为公天下最为直接的表述，此后《武韬·发启》又再次重述："天下者，非一人之天

---

① 赵轶峰：《中华传统文化中的"天下为公"及其现代回响》，《东北师大学报》，2011 年第 5 期。

下，乃天下之天下也。取天下者，若逐野兽，而天下皆有分肉之心。若同舟而济，济则皆同其利，败则皆同其害。"即明确提出天下为全天下之民的天下，而非一家一人之天下，故而要想获得天下，必须与天下百姓同利害，方才能得到天下之民的支持。

如果我们对这一说法出现的时代尚存有犹疑的话，《吕氏春秋·贵公》的观点足以证明在秦立国之前，"公天下"的说法已经被明确提出，而且还被吕不韦所接受："昔先圣王之治天下也必先公，公则天下平矣，平得于公。尝试观于上志，有得天下者众矣，其得之以公，其失之必以偏。凡主之立也生于公。……天下非一人之天下也，天下之天下也。"吕不韦修撰《吕氏春秋》是抱着对治道的思考，期望能够为秦之立国提供思想的支撑，更多是站在一统天下的视角，审视已经变化了的社会现实。其重申"天下非一人之天下"，直接否定了家天下、私天下的传统，认为国家是天下事务的总和，政治是天下秩序的总括，因而国家行政的立意，便是维持所有的公共秩序。

《吕氏春秋》对"公天下"的提法在西汉得到发展。刘邦立国之初，曾以"今吾以天之灵，贤士大夫定有天下，以为一家"的号召，将"共定天下"作为西汉治国策略。这一提法的直接意图，是期望能够换取士大夫对新生政权的支持，但客观上却承认了"公天下"的合理性，并由此成为西汉政治学说的一个基点。贾谊《新书·修政语下》再次引周文王与师尚父的对话："故天下者，非一家之有也，有道者之有也。故夫天下者，唯有道者理之，唯有道者纪之，唯有道者使之，唯有道者宜处而久之；故夫天下者，难得而易失也，难常而易忘也，故守天下者，非以道，则弗得而长也。故夫道者，万世之宝也。"鼓励汉文帝依道行政，实现国家的长治久安。

从朝廷的理解来看，"公天下"可以被视为在西汉基本的政治学理。汉文帝时，廷尉张释之在处理百姓事务时惊动汉文帝舆驾，仅处以罚金，汉文帝非常生气，张释之明确说："法者天子所与天下公共也。今法如此而更重之，是法不信于民也。"[1] 法令是天子用以维持天下秩序的公共权力，不能因为天子的好恶而随便轻忽或者严打。张释之以"天子所与天下公共"解释"法"，其立足点在于天下的公共性，即天子代表的不是个

---

① 《史记》卷102《张释之传》，第2754—2755页。

人，而是天下的责任，因而不能凭借一己之私的好恶来轻易改变用于维持天下秩序的"法"，这样才能取信于民。这样的"法"才具有公共性，天下秩序才能够得以维持。

从王室成员的观念来看，"公天下"更多体现为皇帝维持汉王室的利益，至少在汉王室内部对朝廷事务有着干预权，即王室事务本身便具有公共性。汉景帝时，窦太后一度想传位给梁孝王。汉武帝时为太子，也曾以此赢得窦太后欢心，但窦婴却说："天下者，高祖天下，父子相传，此汉之约也，上何以得擅传梁王！"① 太后由此憎恶窦婴。窦太后与窦婴的争执，相同点在于认为帝位具有一定的公共性，可以在王室成员之间选择，但窦太后试图以子代替孙子继承，窦婴则认为汉王室是天下秩序的维持者，窦太后无权以一己之私来选择皇帝。这一认知的本身，便是强调皇权为皇族所有，而不是为一人所有。东汉永平元年（58），汉明帝因让长水校尉樊鯈、任隗审讯刘荆，其罪按律令当诛。汉明帝因不想诛杀其弟而愤怒，樊鯈也有类似的说辞："天下，高皇帝之天下，非陛下之天下也。"② 劝汉明帝治天下应当重视天下秩序，而不是轻易地按照个人私情来变通。

王室成员和朝廷官员讨论帝位传承、法律使用时，都站在公共立场上进行阐释。在汉王室成员看来，汉家天下非一人之天下；在朝廷官员看来，天下是基于公共利益而建立的秩序，从而否决了帝王对司法的干预，并强化了皇帝职务的公共性也就是说作为皇帝，其小而言之，代表的是王室的公共利益；大而言之，代表的是天下的公共秩序。

这一观念在西汉不断强化。汉宣帝时，盖宽饶引《韩氏易传》言："五帝官天下，三王家天下，家以传子，官以传贤，若四时之运，功成者去，不得其人则不居其位。"③ 在西汉学者的语境中，"官天下"是本着"天下为公"的思路，按照"尚贤"的原则实现权位的转换，而"家天下"则是将皇权维持在一家一族之中。汉宣帝认为此论大逆不道而欲治罪，盖宽饶自杀。而在元延元年（前12），谷永答汉成帝灾异之对时却径言："臣闻天生蒸民，不能相治，为立王者以统理之，方制海内非为天

---

① 《史记》卷107《魏其武安侯列传》，第2839页。

② （东晋）袁宏：《后汉纪》卷10《孝明皇帝纪》，引自张烈点校：《两汉纪》，北京：中华书局，2002年，第184页。

③ 《汉书》卷77《盖宽饶传》，第3247页。

子，列土封疆非为诸侯，皆以为民也。垂三统，列三正，去无道，开有德，不私一姓，明天下乃天下之天下，非一人之天下也。"① 明确提出天下不在一家一族手中，而应该归于天下所有人，重新以"公天下"论之。至汉哀帝时，鲍宣更为直接地说："天下乃皇天之天下也，……治天下者当用天下之心为心，不得自专快意而已也。上之皇天见谴，下之黎庶怨恨，次有谏争之臣，陛下苟欲自薄而厚恶臣，天下犹不听也。"② 从而将天下之论推到新的高度，认为天下非皇帝之天下，皇帝肩负着天下的责任，就不应该随意妄为，而应该按照天意治理国家，上不负天谴，下不辜民望，若不能依照天理治理天下，则天下自然不会继续拥护天子。

"公天下"的观念明确了士大夫干预天下事务的合理性，既然天下为公，皇帝只是公天下的产物，而不再是公天下的结果。因而当内政出现严重问题时，士人便将矛头对准皇帝，通过讨论皇帝的过失来改良政治。东汉学者对"公天下"的共识，使得他们的批评极其尖锐。如东汉阳嘉二年（133），李固在《京师地震对策》中说："《易》不远复，《论》不惮改，朋友交接且不宿过，况于帝王承天理物以天下为公者乎！"③ 就连朋友都不能轻易隐瞒过失，更何况肩负着天下责任的皇帝，更不能轻易地原谅其过失，必须严厉批评。蔡邕在光和元年（178）的《对诏问灾异》中讨论蝗虫灾异时说："《易》曰'得臣无家'，言有天下者，何私家之有？"也以"公天下"为理据劝汉灵帝不要私设府库，行贪苛之政，以一己之私损天下之公，最终天怨人怒，酿成灾异。

需要明确的是，汉代学者、朝臣对"公天下"的理解，在两汉初期是与汉王室紧密结合起来的，即承认皇帝或者天子代表着天下的利益，拥护汉王室对天下的有效管理，即便有所不满，也是进行委婉劝谏。但随着汉王室的腐败和皇帝的无能，"公天下"学说便立即转向对皇帝的严厉批评。当这种批评不能奏效，或者皇帝的调整仍不能改变紊乱的行政秩序与连绵不断的灾异时，士大夫转而以"天下为公"的视野，提出替代方案，不再固守一家一君的传统，由此形成了对两汉政权更迭影响甚深的"再受命"之论。

---

① 《汉书》卷 85《谷永传》，第 3466—3467 页。
② 《汉书》卷 72《鲍宣传》，第 3089—3091 页。
③ 《后汉纪》卷 18《孝顺皇帝纪上》，第 357 页。

二　"再受命"与汉王室的执政危机

自《尚书·尧典》载舜受尧禅让之后，在历法、祭祀、巡狩、划分州域、制定刑典和草创更新之后，[①] 受命改制被视为一种经验，并在文王受命实践中得以实行。[②] 经过董仲舒的论述和汉武帝的改制，受命理论基本成型，并被作为解决帝王执政合法性的阐释体系。[③] 董仲舒在《春秋繁露·为人者天》中做出的阐释："唯天子受命于天，天下受命于天子，一国则受命于君。君命顺，则民有顺命，君命逆，则民有逆命，故曰：'一人有庆，兆民赖之。'此之谓也。"被视为阐释两汉政权合法性的理论来源，成功解释了汉武帝之前对汉何以取天下、何以定天下的困惑。

这一理论的缺失在于：既然汉王室及其代表汉天子受命于上天，上天通过祥瑞进行了表示，而且还会通过灾异进行警告，那么倘若这类灾异连绵不断地出现，汉王室及其代表汉天子该如何反应呢？

最初的解释，当然要从阴阳相类的观念中寻求答案。汉昭帝元凤三年（前78）正月，"泰山莱芜山南匈匈有数千人声，民视之，有大石自立，高丈五尺，大四十八围，入地深八尺，三石为足。……后上林苑中大柳树断仆地，亦自立生有虫食树叶成文字曰：'公孙病已立'"。眭弘根据其师董仲舒的理论，认为泰山为岱宗之岳，王者易姓告代之处。按照阴阳学说推断，"今大石自立，僵柳复起，非人力所为，此当有从匹夫为天子者。"[④] 而至于大柳自立重生，其原理为木性属阴，其象下民，应该有故废之家的公孙从民间受命为天子者。这一解释最后被史书记载，是因为刘病已以汉武帝曾皇孙的身份继承了皇位，是为汉宣帝。班固记述这一事件的目的在于印证刘病已得以继位，不仅是天意，更得益于某些社会舆论的共识。但我们却从中可以看到，西汉民间的知识分子可以随意讨论皇帝的废立以及接班人的选定。

---

① 陈桐生：《秦汉之际的受命改制说与儒学独尊》，《齐鲁学刊》，1997 年第 1 期。

② 王晖：《周文王受命称王考》，《陕西师范大学学报》，2002 年第 4 期。

③ 晋文：《论经学与汉代"受命"论的诠释》，《学海》，2008 年第 4 期。葛志毅：《战国秦汉之际的受命改制思潮与封禅：对封禅礼形成的学术思想探源》，《学习与探索》，2006 年第 5 期。葛志毅：《战国秦汉之际的受命改制思潮与谶纬之学的兴起》，《中国古代社会与思想文化研究论集》，哈尔滨：黑龙江人民出版社，2010 年，第 204—225 页。

④ 《汉书》卷 75《眭弘传》，第 3153—3154 页。

这种带有预测性质的记述，在两汉史料中被大量记载。如汉元帝初元四年（前45），皇后的曾祖父墓门梓柱卒生枝叶，高高向上而出屋。刘向以为这是王氏贵盛，将代汉家之象。此后王莽代汉，便以此为理据，表明王家得以继承汉家天下，上天早有预兆："初元四年，莽生之岁也，当汉九世火德之厄，而有此祥兴于高祖考之门。门为开通，梓犹子也，言王氏当有贤子开通祖统，起于柱石大臣之位，受命而王之符也。"[①] 将之作为受命的征兆，以此解释代汉的合法性。

眭弘让友人内官长上替自己上奏时直接提出的建议：汉朝皇帝应该寻访贤人，禅让帝位，一如殷王、周王的后裔，退居封国而为诸侯，以顺应天命，是眭弘直接按照其师董仲舒建立起来的受命论所推断出来的新结论。那就是，倘若汉王室不能担负起历史责任，皇天可以重新授命，以寻找更合适的替代者。尽管眭弘及其友人内官长上被霍光以大逆不道之罪处死，但汉宣帝却因为从"公孙病已立"的谶言中受益，封眭弘之子为郎。眭弘之子为郎，其《春秋》公羊传学通过弟子严彭祖、颜安乐得以流传，并培养出对宣元学术影响深远的贡禹。

再受命学说有两个基点：一是阴阳刑德论，即将天生灾异视为上天之警告，其含义取决于对其征象的解释。河平、元延年间，岷山崩以致江水逆流，刘向便认为："周时岐山崩，三川竭，而幽王亡。岐山者，周所兴也。汉家本起于蜀汉，今所起之地山崩川竭，星孛又及摄提、大角，从参至辰，殆必亡矣。"[②] 按照阴阳学说，天地、日月、四时等秩序的错乱意味着君臣失序，若罪不在君，必然要有大臣替过；若罪在君，则可以重新反思君之能否胜任。二是尚贤论，墨子曾有"夫明乎天下之所以乱者，生于无政长。是故选天下之贤可者，立以为天子"之论，[③] 主张贤者可为天子。儒家的圣人说又进一步强化了贤者的天下责任，《大戴礼记·诰志》言："仁者为圣，贵次，力次，美次，射御次，古之治天下者必圣人。"强化了圣人对天下的责任。圣人既不可得，而贤人则可以立为天子，《尚书·帝命验》言："天道无适莫，常传其贤者。"便是认为上天必然选择贤者担负重任。

---

① 《汉书》卷27《五行志》，第1413页。
② 同上书，第1457页。
③ 《墨子间诂》卷3《尚同上》，第75页。

从这两个基点出发，很容易推导出这样的结论：汉王室若能胜任，便可继续执政，而倘若不能胜任时，则可以通过再受命的方式，完成天下责任的转换。汉哀帝时，待诏夏贺良公开引《赤精子谶》的话："汉家历运中衰，当再受命，宜改元易号。"作为皇帝，面对这种关乎汉家天下变色的思潮，只能采用被动防守的方式："汉兴二百载，历数开元。皇天降非材之佑，汉国再获受命之符，朕之不德，曷敢不通！夫基事之元命，必与天下自新，其大赦天下。以建平二年为太初元年。号曰陈圣刘太平皇帝。"① 这一诏书中体现出来的无奈，可以看出民间汹汹而来的再受命要求，已经在怀疑汉王室执政的合法性，而汉王室在群起而攻之的舆论中，只能勉强维持。

如果说董仲舒的受命理论解决了汉王室执政的合法性，从而得到汉武帝的承认；那么阴阳刑德学说，便是通过祥瑞灾异分析汉王室执政的成败得失；再受命学说则是通过执政的成败得失，来审视汉王室执政的合理性。当阴阳刑德学说不能有效改变社会秩序、自然秩序时，西汉儒生没有去怀疑其学说的正误，而是直接怀疑汉王室执政的合理性。自认为精通阴阳五行的刘向，就曾在上疏中直接指出："王者必通三统，明天命所授者博，非独一姓也。……虽有尧舜之圣，不能化丹朱之子；虽有禹汤之德，不能训末孙之桀纣。自古及今，未有不亡之国也。"② 这些带有训诫性质的直谏，实际反映出刘向的焦虑不安：倘若汉元帝仍不能顺应天意解决问题，汉王室的合理性便不断受到挑战，再受命理论所关注的"贤者得天下"，必然会成为现实。不信图谶的刘向对再受命理论的观点不能不重视，③ 关键在于这一学说的现实指向，正是针对皇位。

哀平之际的社会舆论，对再受命学说深信不疑，④ 其中既有固守学理的学者，也有跃跃欲试的野心家，连博学多才的刘歆也在汉哀帝建平元年（前6），因为期望能再授命于己，改名为秀，取字颍叔，冀应符命。钱穆评价期间的思潮言："莽之篡汉，歆、舜之徒以革新政教相翼，而愚人争

---

① 《汉书》卷11《哀帝纪》，第340页。

② 《汉书》卷36《楚元王传》，第1950—1951页。

③ 张衡曾在上书中说："自汉取秦，用兵力战，功成业遂，可谓大事。当此之时，莫或称谶。若夏侯胜、眭孟之徒，以道术立名，其所述著，无谶一言。刘向父子领校秘书，阅定九流，亦无谶录。成、哀之后，乃始闻之。"

④ 曾德雄：《谶纬中的帝王世系及受命》，《文史哲》，2006年第1期。

言符命，则甘、夏之流也。"① 是言再受命之思潮为朝廷层面的大舆论、民间层次的小舆论皆有之共识。王莽正是在这样的舆论背景下得以再受命而代汉。扬雄在《剧秦美新》中论述王莽代汉的合理性，便着力强调其上合天道，祥瑞迭出；下应民心，以王道行政，对汉政进行彻底革新，最终建立起一个完善的新国家，从而合乎天下臣民的期望。②

凭借再受命思潮代汉的王莽，也遭遇到再受命学说的攻击。地皇元年（20），精通天文历数的郅恽认为，"方今镇、岁、荧惑并在汉分翼轸之域，去而复来，汉必再受命，福归有德"。③ 上书劝谏王莽禅位。郅恽曾对友人说："如有顺天发策者，必成大功。"④ 认为新莽气数已尽，必然有新君代出。更始败后，窦融召豪杰及诸太守计议出路时，便有人提出："自前世博物道术之士谷子云、夏贺良等，建明汉有再受命之符，言之久矣，故刘子骏改易名字，冀应其占。及莽末，道士西门君惠言刘秀当为天子，遂谋立子骏。事觉被杀，出谓百姓观者曰：'刘秀真汝主也。'"⑤ 遂追随刘秀。如公孙述根据再受命理论所言的"孔子作《春秋》，为赤制而断十二公，明汉至平帝十二代，历数尽也，一姓不得再受命"，先认为汉家气数已尽；依照《录运法》《括地象》《援神契》等，又认为新皇帝出于西方，加之自己"手文有奇，及得龙兴之瑞"，⑥ 试图称帝。刘秀不得不通过对此类谶纬的重新解释，证明那些谶纬中的说法不是在暗示公孙述。班彪则通过《王命论》论述了再受命不在异姓中，只是刘家天下的再受命，支持刘秀称帝的合法性。

刘秀称帝后，在肯定谶纬学说的同时，也对再受命学说进行了改造，其诏令尹敏"校图谶，使蠲去崔发所为王莽著录次比"，⑦ 就是通过对谶

---

① 钱穆：《两汉经学今古文平议》，北京：商务印书馆，2005 年，第 86—87 页。

② （西汉）扬雄《剧秦美新》："于是乃奉若天命，穷宠极崇，与天剖神符，地合灵契，创亿兆，规万世，奇伟倜傥诡谲，天祭地事。其异物殊怪，存乎五威将帅，班乎天下者，四十有八章。登假皇穹，铺衍下土。非新家其畴离之，卓哉煌煌，真天子之表业。若夫白鸠丹乌，素鱼断蛇，方斯蔑矣。受命甚易，格来甚勤。……旬内币洽，侯卫厉揭。要荒濯沐，而术前典。巡四民，迄四岳，增封泰山，禅梁父，斯受命者之典业也。"

③ 《后汉书》卷 29《郅恽传》，第 1024 页。

④ 同上书，第 1024 页。

⑤ 《后汉书》卷 23《窦融传》，第 798 页。

⑥ 《后汉书》卷 13《公孙述传》，第 538 页。

⑦ 《后汉书》卷 79《儒林列传》，第 2558 页。

纬的校订，使再受命学说最终指向再授命于刘，从而证明东汉王室的合法性。其拜谒西汉帝陵、修复长安旧宫及封禅泰山等，以及汉明帝立世祖庙、太学等，皆用意于再受命的合法性。① 班固正是以史学家的眼光审视东汉，将再受命作为其合法性的来源。其《南巡颂》言："惟汉再受命，系叶十一，□帝典，协景和，则天经，郊高宗，光六幽，通神明。既禘祖于西都，又将祫于南庭。是时圣上运天官之法驾，建日月之旖旌，赁列宿而赞元。"以汉帝合于天意而赞美之。其《典引》更是通过对秦政的反思，总结东汉得以建立的原因：

> 是以凤皇来仪集羽族于观魏，肉角驯毛宗于外围，扰缁文皓质于郊，升黄晖采鳞于沼，甘露宵零于丰草，三足轩翥于茂树。若乃嘉谷灵草，奇兽神禽，应图合谍，穷祥极瑞者，朝夕坰牧，日月邦畿，卓荦乎方州，羡溢乎要荒。……夫图书亮章，天哲也；孔猷先命，圣孚也；体行德本，正性也；逢吉丁辰，景命也。顺命以创制，定性以和神，答三灵之繁祉，展放唐之明文，兹事体大而允，寤寐次于圣心。瞻前顾后，岂蔑清庙惮敕天乎？②

班固对东汉政权合法性的解释，正是立足于前文所言两个基点：以阴阳刑德说论述刘家再受命，有无穷的祥瑞出现，以表明天意如此。而东汉王室能够"案《六经》而校德，眇古昔而论功，仁圣之事既该，帝王之道备矣。至于永平之际，重熙而累洽，盛三雍之上仪，修衮龙之法服，敷鸿藻，信景铄，扬世庙，正予乐。人神之和允洽，群臣之序既肃"，③ 建立起合乎天人秩序、体现王道政治的社会形态，初步形成了合乎儒家理想形态的帝王之道。

东汉王室有意识地宣扬刘姓的再受命，源自天意，得乎民心，意在明确东汉政权的合法性，并在社会舆论强化"汉家天下"的传统，从而使得东汉学者不再从皇权的更替上来解决政治困境，转而思考外戚、宦官等

---

① 《后汉书》卷99《祭祀志》注引蔡邕《表志》："孝明立世祖庙，以明再受命祖有功之义。"

② 《后汉书》卷40《班固传》，第1382—1384页。

③ 同上书，第1361—1363页。

人事上的安排如何左右朝政的走向。特别是随着桓谭、王充、张衡等人对谶纬学说进行学理上的反思，从而使得对西汉影响深远的"再受命"学说转而沉潜下来，不再能轻易决定东汉皇权的更迭，但由此而形成的禅让论，却成为更有影响的政治学说。

三　"禅让"与汉家天下的终结

春秋时期形成的禅让学说，作为一种原始民主思潮，成为战国学者对天下秩序转换模式的一种思考，被越来越广地得到承认。[1] 墨子以尚贤、尚同的视角阐释了应该选择"天下贤良圣知辩慧之人"立为天子，[2] 彻底削弱了传统的家天下概念。孟子则解释了尧、舜、禹之间何以能禅让，益、伊尹、周公、孔子何以有德而不能有天下，[3] 明确了禅让的前提是德才兼备，条件是天子主动逊位。韩非子亦接受了广泛传播的禅让学说，指出禅让的终结在夏禹将权力移交给了儿子启之后，使其夺取天下。

吕不韦在对禅让制度进行考察的过程中，意识到这种做法是出于"公天下"的考量："尧有子十人，不与其子而授舜；舜有子九人，不与其子而授禹，至公也。"[4] 将权力移交给有德有才之人，体现的是"天下为公"的思路，与"家天下"之私形成了两种截然不同的治国理路。前者将天下公权赋予天下，按照"人人可以为尧舜"的理念，挑选可以胜任君王之人继承王位；后者则将天下公权视为家族所有，只在家族中选择可继承王位之人，其他人对王位的觊觎被视为篡逆。

《吕氏春秋》所阐释的"贵公"思想，对秦始皇有所影响。《说苑·至公》记载了秦始皇曾有过禅让的念头：

> 秦始皇帝既吞天下，乃召群臣而议曰："古者五帝禅贤，三王世继，孰是？将为之。"博士七十人未对。鲍白令之对曰："天下官，则禅贤是也；天下家，则世继是也。故五帝以天下为官，三王以天下为家。"秦始皇帝仰天而叹曰："吾德出于五帝，吾将官天下，谁可

---

① 李振宏：《"禅让说"思潮何以在战国时代勃兴：兼及中国原始民主思想之盛衰》，《学术月刊》，2009 年第 12 期。

② 《墨子间诂》卷 3《尚同中》，第 78 页。

③ 《孟子·万章上》，第 2737—2738 页。

④ 《吕氏春秋集释》卷 1《去私》，第 29 页。

使代我后者?"鲍白令之对曰:"陛下行桀、纣之道,欲为五帝之禅,非陛下所能行也。"秦始皇帝大怒曰:"令之前!若何以言我行桀、纣之道也?趣说之,不解则死。"令之对曰:"臣请说之。陛下筑台干云,宫殿五里,建千石之钟,立万石之虡。妇女连百,倡优累千。兴作骊山宫室,至雍相继不绝。所以自奉者,殚天下,竭民力。偏驳自私,不能以及人。陛下所谓自营仅存之主也。何暇比德五帝,欲官天下哉?"始皇闇然无以应之,面有惭色,久之,曰:"令之之言,乃令众丑我。"遂罢谋,无禅意也。

无论历史上是否确有其事,至少在刘向或者同时代的人看来,连秦始皇都认为有可能以禅让的形式传承帝位,说明禅让已经成为统治权转换的一种模式。从《吕氏春秋》基于公天下而对禅让的承认,以及陈胜吴广起义时喊出的"王侯将相宁有种乎"口号来看,秦始皇有可能从"公天下"与"非命"的思潮中接受"五帝官天下"的传统,认为可以按照"天下为公"的理想,将"禅让"作为一种选择。但鲍白令对其政策毫不留情的贬低,使得秦始皇不再考虑禅让的选择。不过,柳宗元、王夫之还是认为秦放弃贵族分封制而选用郡县制,实现了朝廷官员的公选、政策的公议,①是历史条件下对"公天下"有限的实现。

秦始皇所理解的禅让,是出于对"帝道"的继承,即期望按照五帝禅让的模式来转换天下权力。通过司马迁在《史记·武帝本纪》中进行的系统描述,可知此在秦汉间已经达成共识,是天下权力转移的一种秩序形态,是基于制度的思考。但儒家所理解的禅让,却寄托了儒家对仁政的期盼和对王道的渴望。从郭店竹简《唐虞之道》的描述来看,禅让所采用的"禅而不传",体现的是贤人政治,在代表家族利益的孝、亲观念之上。儒家肯定了仁、义等理念更多代表着"利天下"的责任,因而禅让制不是基于家族之私来考量,而是出于天下之公来考量,是基于道德的建构。

西汉学者对禅让的理解,正是从制度设计和道德建构两个角度思考其可能性和可行性。作为可能性,董仲舒在对策中已经明确指出:"尧在位七十载,乃逊于位以禅虞舜。尧崩,天下不归尧子丹朱而归舜。舜知不可

---

①　张传玺:《秦汉中央集权制的"公天下"因素》,《文史知识》,2007 年第 6 期。

辟，乃即天子之位，以禹为相，因尧之辅佐，继其统业，是以垂拱无为而天下治。"以此来回答汉武帝"盖闻虞舜之时，游于岩郎之上，垂拱无为，而天下太平"何以形成，[1] 认为贤能在位是建立天下大治的根本。作为可行性，尧、舜、禹禅让的成功在两汉儒家学说中被不断美化。而燕王禅让子之所导致的失败，则被重新加以解读。司马迁在《史记·燕世家》中完成故事叙述之后，随即引用孟子建议齐王伐燕，表明这一所谓的"禅让"，既非帝道所谓的"官天下"，也不是王道所谓的"公天下"，更像是为苏代、鹿毛寿、子之等人的一场阴谋，即利用燕王哙对禅让的误读，通过纵横家的说辞将王位让于子之，从而导致燕国大乱。

在汉王室看来，禅让不仅作为一种为秦汉学者公认的理论，而且被视为一种曾经的历史实践，对"非刘氏而王"的家天下制度是实实在在的挑战。刘邦诛灭功臣所强化的汉家天下，差点被吕氏代替，结结实实地印证了连刘邦的妻子吕后都不接受"刘家天下"的概念。汉文帝在即位当年的诏书中，回答了朝臣令其立太子问题时说：

> 今纵不能博求天下贤圣有德之人而嬗天下焉，而曰豫建太子，是重吾不德也。……今不选举焉，而曰必子，人其以朕为忘贤有德者而专于子，非所以忧天下也。朕甚不取也。[2]

汉文帝之所以立，是丞相陈平、太尉周勃等朝臣公议的结果，其作为汉高祖之后，身份地位皆不如汉高祖其他子孙，因而即位之初便立太子，容易为诸侯王所敌视，故而以禅让之论婉拒。其在此诏中传递出两个信息：一是有限承认了禅让的合理性，在帝道、王道的学说阐释中，禅让对天下所有人开放，但汉文帝明确了汉家不能在全天下博选，而仅限于汉王室成员，在强化自身继承帝位的合法性的同时也安慰支持禅让说的天下人。二是暗示其他王室成员有继承王位的可能，汉文帝通过不立太子而给那些觊觎王位者以希望，从而鼓励他们按照禅让所提倡的贤能、德行要求，固守职位，安心职事，一心一意辅佐朝廷。汉文帝即位之初，羽翼未丰，此诏通过有限禅让的暗示，暂时安抚了诸侯、朝臣和天下人。

---

[1]　《汉书》卷 56《董仲舒传》，第 2508—2509、2506 页。
[2]　《史记》卷 10《孝文本纪》，第 419 页。

但这一暂时表态的隐患在于，既然承认禅让的合理性，那就鼓励了诸侯王对帝位的渴望，为诸侯坐大谋反提供了思想动因。吴王、淮南王等谋逆的背后，便是自认为有德而不能得以禅让。同时也使得民间学者进一步要求扩大禅让的范围，使得贤能不仅可以出将入相，而且能够直接获得帝位。眭弘在《上书预推昌邑王宣帝事》中便公开提出："汉帝宜谁差天下，求索贤人，禅以帝位，而退自封百里，如殷周二王后，以承顺天命。"这表明在昭宣时期，民间学者对禅让的要求已经直接指向了汉家天下。尽管眭弘被处死，但汉宣帝对眭弘之子眭孟的表彰，无疑默许了此类思潮的流行。

在"再受命"思潮的推波助澜中，禅让被视为"再受命"实现的方式。汉哀帝曾有过禅让的冲动：

> 后上置酒麒麟殿，贤父子亲属宴饮，王闳兄弟侍中中常侍皆在侧。上有酒所，从容视贤笑，曰："吾欲法尧禅舜，何如？"闳进曰："天下乃高皇帝天下，非陛下之有也。陛下承宗庙，当传子孙于亡穷。统业至重，天子亡戏言！"上默然不说，左右皆恐。于是遣闳出，后不得复侍宴。①

汉哀帝在酒酣耳热中，突然提出欲将帝位禅让，王闳急忙以天下非帝王之天下制止。汉哀帝冲动的背后，不光是对董贤父子的一己之喜，而是西汉已对禅让制度产生共识，即禅让不仅在制度上合理、合法，在行为上也是至善、至美。

我们从汉文帝、汉哀帝的举动中可以看出，汉王室在接受禅让学说的同时，也对禅让本身存在着高度的警惕：禅让在学理上被美化的同时，汉家天下终结的方式也已经被确定，那就是通过禅让的方式，将天下移交给德才兼备的贤能之士，何时会完成禅让取决于再受命的时机，而这一时机的到来，则通过天降祥瑞的方式进行。

王莽便是在这样的背景下得以建立新朝，他所塑造的德才兼备形象，满足了朝臣、学者对贤能之士的全部想象，又通过不断出现的"天告帝符"之类的祥瑞推波助澜，使得再受命的舆论至于高潮。再通过论证唐

① 《汉书》卷93《佞幸传》，第3738页。

承尧德，让王氏成为继承汉家天下的不二人选。其在受禅即位时的公开宣示："予以不德，托于皇初祖考黄帝之后，皇始祖考虞帝之苗裔，……赤帝汉氏高皇帝之灵，承天命，传国金策之书，予甚祗畏，敢不钦受！"①以天命、贤德和德运三者合一，②表明自己被禅让的合理性。又亲自到高庙拜受金匮神嬗，以显示自己获得的不是汉平帝的帝位，而是汉家天下的皇权。

东汉立国之后，"刘氏再受命"学说得以强化，成为东汉王室的合法性来源。但禅让学说并没有消解，反而成为正统史观被加以强化。《汉书·律历志》在列出帝王世系时，明确了唐尧、虞舜和伯禹之间的禅让关系，将之作为信史。荀悦亦有类似之言："禅位于帝舜，号曰有虞氏，故为土德。即位五十载，禅位于伯禹，号曰夏后氏，故为金德。四百四十二年。"③承认禅让制度是历史经验，是天下秩序重建的基本模式。与之相补充的是以商汤伐夏桀、武王伐殷纣为模式的革代模式。东汉袁宏总结说：

> 夫君位，万物之所重，王道之至公。所重在德，则弘济于仁义；至公无私，故变通极于代谢。是以古之圣人，知治乱盛衰，有时而然也。故大建名教以统群生，本诸天人而深其关键，以德相传，则禅让之道也。暴极则变，变则革代之义也。废兴取与，各有其会，因时观民，理尽而动。④

袁宏认为禅让、革代是天下秩序转移的两种模式，其之所以形成在于天下为公。禅让是主动将权力移交给更具德能之士的和平转移。革代则是德能之士通过武力获得天下，在位者被动失去统治权，是以暴易暴。最终取决于哪种形式，是由不同的历史时势决定的。

袁宏的这一论述，表明汉魏之际的学者对禅让学说已经能够理性分

① 《汉书》卷99《王莽传》，第4095页。
② 郑杰文认为禅让学说经过了"禅让天命说""禅让贤德说""禅让德运说"三个阶段的历史演化。参见《禅让学说的历史演化及其原因》，《中国文化研究》，2002年第1期。
③ （东汉）荀悦：《前汉纪》卷1《高祖皇帝纪》，引自张烈点校：《两汉纪》，北京：中华书局，2002年，第2页。
④ 《后汉纪》卷30《孝献皇帝纪》，第589页。

析，而不再将之视为理想的模式，如汉儒那般极力推崇，从而使得学界能够客观看待朝代转移的方式，不至于将某种方式作为社会思潮进行褒贬。因而当汉献帝禅让帝位于曹魏时，其诏书便说："瞻仰天文，俯察民心，炎精之数既终，行运在乎曹氏。……大道之行，天下为公，选贤与能，故唐尧不私于厥子，而名播于无穷。朕羡而慕之，今其追踵尧典，禅位于魏王。"① 以"天下为公"为基调，公开承认自己的德能不及，按照选贤任能的方式将统治权禅让给曹氏，以保证天下秩序的平稳过渡。

禅让学说得以成立的条件是天下为公，天下为公即以天下为公有，通过选贤任能实现对天下的管理，选贤任能的方式便是受命论。三者相辅相成形成了儒家学说的易代学说，并由此拓展，成为中国流行最为广泛的天下秩序观。尽管在看似客客气气的禅让背后，是赤裸裸的攘夺与篡弑，② 但相继为魏、晋、宋、齐、梁、北齐、后周、陈、隋、唐、宋所采用，与其视为历史实践与国家想象之间的巨大反差，莫不如视为二者之间的相互调适：无论攘夺者是何等的奸人之雄，但都希望能够用理想的王道形态粉饰自己的行迹，使得新建立的朝代自建元之初，便合乎天下人对国家秩序的正面想象，成为王道政治的践行者。

第三节　天下共治与两汉政论的直言

刘邦立汉，为维系汉家制度的长久，提出与"天下豪士贤大夫共定天下"，③ 形成了两汉灾异求贤的机制。两汉察举所产生的贤良方正，以"义"的标准来审视两汉形成，要求国家必须在道义的轨道中运行，并以"直言极谏"要求汉王室主动变革。作为制度传统，直言极谏成为朝野沟通的一种互动模式，一直存在于两汉的行政系统内。但这一制度在元成之后只是作为一种形式性的存在，并没有如西汉前期那样发挥着调适制度的作用，直言之士被冷落的际遇，促使他们将忧愤之思托笔于政论散文之中，形成东汉政论的批判格调。

---

① 《后汉纪》卷30《孝献皇帝纪》，第588页。

② （清）赵翼撰，王树民校证：《廿二史劄记校证》卷7，北京：中华书局，1984年，第143—147页。

③ 《汉书》卷1《高帝纪》，第78页。

一　"天下共治"与灾异选贤机制的形成

汉之初立，朝廷本布衣将相格局，因叔孙通制朝礼、陆贾作新语，汉高祖刘邦始识文治之理。西汉行文治，必赖贤士大夫，这本是刘邦起兵以来的心法，其曾言："夫运筹策帷帐之中，决胜于千里之外，吾不如子房。镇国家，抚百姓，给馈饷，不绝粮道，吾不如萧何。连百万之军，战必胜，攻必取，吾不如韩信。此三者，皆人杰也，吾能用之，此吾所以取天下也。"[①] 这正是其能用贤士以成大业的做法的总结。故立汉之后，将与贤士大夫共治作为一项政策。其于十一年（前196）二月所颁求贤诏言："今吾以天之灵，贤士大夫定有天下，以为一家，欲其长久世世奉宗庙亡绝也。贤人已与我共平之矣，而不与吾共安利之，可乎？贤士大夫有肯从我游者，吾能尊显之。"号召居于江湖的士大夫能够归心，以给予富贵换取士人共襄帝业。第二年（前195）三月又布告天下："与天下之豪士贤大夫共定天下，同安辑之。"[②] 其临终重申与贤士大夫"共定天下"，足见刘邦绝非文饰之辞，乃以此号召天下贤士共扶汉室。

有与项羽交手的经验，使得刘邦深知帝业之长久，断非取决于一人之英明，而决定于辅佐者的深谋远虑，待其诛灭异姓王后，将天下贤能收归于汉廷，以其贤良才气辅弼汉室，则可汉祚绵延。故其"共定天下"之论，并非口是心非，而是作为宗旨，成为汉王室的经验积累。元狩元年（前122）公孙弘病，汉武帝报其疏言："朕夙夜庶几，获承至尊，惧不能宁，惟所与共为治者，君宜知之。"[③] 汉武帝一生更换丞相甚众，乃视丞相为附庸，然其仍称丞相为"共治"者，虽非有汉高祖之赤诚，且带有勉强而言的意味，但却足以看出在时人的认识中，天下秩序是靠作为王室代表的皇帝、作为贤士大夫代表的丞相共同来维持的，即便心中不服，口中亦要称之如此。

刘邦所立下的与贤士大夫"共定天下"的宗旨，既然是汉王室赢得士大夫支持的经验，便自然成为后代帝王举贤的理由。汉文帝二年（前179）十一月，因日食而下诏求言曰：

---

① 《史记》卷8《高祖本纪》，第381页。
② 《汉书》卷1《高帝纪》，第71、78页。
③ 《汉书》卷58《公孙弘传》，第2622页。

　　朕获保宗庙，以微眇之身托于士民君王之上，天下治乱，在予一
人，唯二三执政犹吾股肱也。朕下不能治育群生，上以累三光之明，
其不德大矣。令至，其悉思朕之过失，及知见之所不及，匄以启告
朕。及举贤良方正能直言极谏者，以匡朕之不逮。因各敕以职任，务
省繇费以便民。①

这一求言诏，是从更广博的层面来看待"共定天下"：如果说汉高祖举贤
使能，更多局限于邀请贤士任职，汉文帝的求言，则是希望士大夫能够发
现行政之不足，直陈时弊，匡正朝政，从而实现国家大治。为了鼓励贤良
方正直言不讳地进行劝谏，汉文帝还在当年五月废除诽谤妖言法，以鼓励
"通治道而来谏者"的上书："今法有诽谤妖言之罪，是使众臣不敢尽情，
而上无由闻过失也。将何以来远方之贤良？其除之。……自今以来，有犯
此者，勿听治。"②诽谤、妖言之罪的解除使得言禁大开，士大夫可以臧
否朝政，畅所欲言。

　　以此为契机，汉王室便形成了灾异求言、举贤的通例。汉史所列举
贤、求言之诏，皆因天灾如地震、水旱、疾疫等事，意欲调整政策，而下
诏由官吏议论对策。如汉文帝十五年（前165）九月下诏直接策贤良文
学，希望能够寻找到"明于国家之大体，通于人事之终始，及能直言极
谏者"，能够议论朝政、辅佐政事。晁错在《贤良文学对策》中认为，方
正之士之所以能为君之辅佐者，在于其"察身而不敢诬，奉法令不容私，
尽心力不敢矜，遭患难不避死，见贤不居其上，受禄不过其量，不以亡能
居尊显之位"；直言极谏之士为"救主之失，补主之过，扬主之美，明主
之功，使主内亡邪辟之行，外亡骞污之名"，③二者公心论政，忠心事主，
足以担负辅佐重任。汉文帝后元元年（前163）三月因为"数年比不登，
又有水旱疾疫之灾"，而意欲补察行政之失，下诏求言："吾未能得其中，
其与丞相列侯吏二千石博士议之，有可以佐百姓者，率意远思，无有所
隐。"④鼓励官员上对策而论之。

---

①《汉书》卷4《文帝纪》，第116页。
②同上书，第118页。
③《汉书》卷49《晁错传》，第2290、2295页。
④《汉书》卷4《文帝纪》，第128页。

　　汉武帝即位后，意欲有所作为，遂向天下求言。其元光元年（前134）《策贤良制》言，"广延四方之豪俊，郡国、诸侯公选贤良修絜博习之士，欲闻大道之要，至论之极"，期望能够重订朝纲，改弦更张。他鼓励"子大夫明先圣之业，习俗化之变，终始之序，讲闻高谊之日久矣。其明以谕朕。科别其条，勿猥勿并，取之于术，慎其所出"，对朝政畅所欲言，不必隐晦，"乃其不正不直，不忠不极，枉于执事，书之不泄，兴于朕躬，毋悼后害。子大夫其尽心，靡有所隐，朕将亲览焉"，这些上书可以直接呈送皇帝，不必担心因言获罪。汉武帝专门提到"各悉对，著于篇，毋讳有司。明其指略，切磋究之，以称朕意"，鼓励有识之士为国献策。这次高规格、大规模的求言，"举贤良文学之士前后百数"，[①] 董仲舒、公孙弘等深明儒学的学者皆得以显出。

　　汉武帝的这次贤良对策，不仅找到了西汉得以确立的合法性依据，还找到了西汉建章立制的合理性策略，使得西汉王室有了可以作为意识形态的学理依据。汉武帝由此继续深问，其元光五年（前130）再策贤良，问及天人之道、吉凶之效、仁义礼知、天命之符如何运行，已经不满足于问对于朝廷的行政措施，而是欲究天人秩序的运行。汉武帝以"子大夫"称呼那些应策之人，表达对其之尊重，在汉武帝看来，这些人熟悉"天文地理人事之纪"，[②] 是深明治道、行政之人。

　　西汉举贤之所以成为制度，在于元朔元年（前128）冬十一月诏将选贤视为官员的份内之事，"其与中二千石、礼官、博士议不举者罪"，而有司直接提出管理办法："今诏书昭先帝圣绪，令二千石举孝廉，所以化元元，移风易俗也。不举孝，不奉诏，当以不敬论。不察廉，不胜任也，当免。"[③] 经汉武帝批准后成为定制，为西汉诸帝效法，逐渐成为西汉"进拔幽隐"的机制。

　　一是每逢灾异，西汉王室便要下诏求言，要求上自公卿大夫，下自普通百姓，能够有益于治者，皆可直接上书。如汉元帝初元二年（前47）二月戊午，地震于陇西郡，一年再地动，汉元帝便诏："群司其茂思天地

---

①　《汉书》卷56《董仲舒传》，第2495、2498、2507页。
②　《汉书》卷58《公孙弘传》，第2614页。
③　《汉书》卷6《武帝纪》，第167页。

之戒，有可蠲除减省以便万姓者，各条奏。悉意陈朕过失，靡有所讳。"①
七月又因灾害诏："其悉意陈朕过，靡有所讳。"② 永光四年（前40）六
月因日蚀求言："自今以来，公卿大夫其勉思天戒，慎身修永，以辅朕之
不逮。直言尽意，无有所讳。"③ 汉成帝河平元年（前28）四月因日蚀求
言要求公卿大夫"陈朕过失，无有所讳"等。④ 这类求言诏之所以形成西
汉的灾异反应机制。是因为天人感应学说认为，天之灾异在于朝廷行政不
力而警示之，皇帝每逢灾异求言，应该看作主动应对灾害而进行的制度反
思和行政调适。在此过程中的对策、上疏和政论，虽表面出乎己见，实则
必合乎君臣、百姓之闻见，才能以共识而成政策，故其必须上援经典、中
合掌故、近契制度，久而累积，遂成为一代知识体系。

　　二是与灾异求言相配合，便要求郡国举贤良方正、直言极谏之士以陈
条奏。如汉宣帝本始四年（前70）四月因北海、琅邪地震求言于"丞相、
御史其与列侯、中二千石博问经学之士，有以应变，辅朕之不逮，毋有所
讳"，同时"令三辅、太常内郡国举贤良方正各一人"。⑤ 汉成帝建始三年
（前30）十二月戊申日蚀地震，在下诏令"公卿其各思朕过失，明白陈
之"的同时，要求"丞相、御史与将军、列侯、中二千石及内郡国举贤
良、方正、能直言极谏之士，诣公车，朕将览焉"。⑥ 求言与举贤并用，
成为西汉灾异反应机制。如汉元帝永光二年（前42）三月壬戌日蚀，汉
成帝元延元年（前12）七月因孛星见、汉成帝鸿嘉二年（前19）三月因
连年灾异、汉哀帝元寿元年（前2）正月日蚀等，皆要求郡国举贤以应
天。杜佑便总结说："汉诸帝凡日蚀、地震、山崩、川竭，天地大变，皆
诏天下郡国举贤良方正极言直谏之士，率以为常。"⑦ 将灾异求贤视为一
种政治反应模式。

　　如果说因灾异求言、举贤是一种被动的反应机制，那么主动出于选贤
任能的求贤，最能看出西汉选举之本义。自汉高祖《求贤诏》出，汉王

---

① 《汉书》卷75《翼奉传》，第3172页。

② 《汉书》卷9《元帝纪》，第283页。

③ 同上书，第291页。

④ 《汉书》卷10《成帝纪》，第309页。

⑤ 《汉书》卷8《宣帝纪》，第245页。

⑥ 《汉书》卷10《成帝纪》，第307页。

⑦ 《通典·选举一》，第314页。

室常下举贤之诏，是为通例。其中以汉武帝元封五年（前106）四月之求贤诏最有代表性，其所谓："盖有非常之功，必待非常之人，故马或奔踶而致千里，士或有负俗之累而立功名。夫泛驾之马，跅弛之士，亦在御之而已。其令州郡察吏民有茂材异等可为将相及使绝国者。"① 此乃为国求士，无论身份、资历、学术背景，只要愿为国尽力者、能为国尽力者皆可应策，服务于国家。

选贤共治成为两汉察举制度的动力，也成为处理君臣关系的基点。《白虎通》讨论"王者不臣"时言："亲与先王戮力共治国，同功于天下，故尊而不名。"又在"崩薨"条中说："臣子死，君往吊之何？亲与之共治民，恩深义重厚，欲躬见之。"认为周制中的诸多规定，正是来自对君臣共治的考量。汉顺帝时，李固对策言："今陛下所共治天下者，外则公卿、尚书，内则常侍、黄门，譬犹一门之内，一家之事，安则共其福，危则同其祸。"② 强调天下乃皇帝与士大夫共治，因而不可疏忽。

制度化的选贤能够形成，汉高祖所谓的与"贤大夫共定天下"的约定才可以形成机制。普通的士民只要在德行、政事、言语、文学上有通明者，皆可以通过举贤机制得以遴选，贾谊、晁错、董仲舒、公孙弘、倪宽、萧望之等公卿大夫，虞丘寿王、东方朔、枚皋、王褒扬雄等文学之士，皆是通过应诏而得以入朝。虽然依附于皇权，但他们在"共定天下"的政治文化背景下，还能保持相对的独立，来对汉朝的行政提出意见和建议，成为推动汉王室变革的舆论主导。

二　两汉直言极谏的际遇

查两汉资料，多数帝王都有求贤良方正来直言极谏的经历。汉文帝前元二年（前178）《日食求言诏》言，"其悉思朕之过失，及知见之所不及，丐以启告朕。及举贤良方正能直言极谏者，以匡朕之不逮。因各敕以职任，务省繇费以便民"；③ 汉武帝即位初的建元元年（前140）冬十月，便"诏丞相、御史、列侯、中二千石、二千石、诸侯相举贤良方正直言

---

① 《汉书》卷6《武帝纪》，第197页。
② 《后汉纪》卷18《孝顺皇帝纪》，第355页。
③ 《汉书》卷4《文帝纪》，第116页。

极谏之士"；① 汉宣帝地节三年（前67）诏曰："有能箴朕过失，及贤良方正直言极谏之士以匡朕之不逮，毋讳有司。"② 此后汉元帝初元二年（前47）、汉成帝建始三年（前30）、汉哀帝建平元年（前6）、汉平帝元始元年（1）；东汉章帝建初元年（76）、汉和帝永元六年（94）、汉安帝永初元年（107）、汉顺帝延光四年（125）、汉冲帝建康元年（144）、汉桓帝建和元年（147）、建和三年（149）、永兴二年（154）皆下诏举贤良方正能直言极谏之士，就朝政提出建议。

直言极谏之义，晁错在《举贤良对策》中解释说："救主之失，补主之过，扬主之美，明主之功，使主内亡邪辟之行，外亡骞污之名。事君若此，可谓直言极谏之士矣。"即能够直接对国君提出建议和意见，使国君意识到行政措施的某些不足。既然贤良方正是要对国君政策提出建议，对国君的失误进行规劝，那就必须确立一个论事的标准和言事的标准。论事的标准，便是董仲舒、司马迁、盐铁辩论中日趋明确的政治道义、历史道义和行政道义，逐渐成为贤良方正观察朝政的角度和衡量汉政的尺度。言事的标准，按照诏书的说法是直言极谏，如此做的动机，《大戴礼记·曾子制言中》言：

> 君子直言直行，不宛言而取富，不屈行而取位。畏之见逐，智之见杀，固不难；诎身而为不仁，宛言而为不智，则君子弗为也。君子虽言不受必忠，曰道；虽行不受必忠，曰仁；虽谏不受必忠，曰智。天下无道，循道而行，衡涂而偾，手足不揜，四支不被。……则此非士之罪也，有士者之羞也。

直言极谏，即按照道义的要求、遵循君子制义的原则，对国君进行讽谏，这是由于士大夫肩负着道义的责任。出于对道义的坚守，使他们能够不屈从权势，进行直言极谏。如窦太后召辕固生问《老子》书，固以"此是家人言耳"对，太后怒，使其入圈刺豕。汉景帝"知太后怒而固直言无罪"，③ 暗中相助，并以其廉直，拜为清河王太傅。

---

① 《汉书》卷6《武帝纪》，第155—156页。
② 《汉书》卷8《宣帝纪》，第249页。
③ 《史记》卷121《儒林列传》，第3123页。

　　但在大多数情况下，直言极谏带来的并非都是保护和赞许，而是对直言极谏者的无情打击。贾谊在《惜誓》中便感慨直言的艰难：

　　　　俗流从而不止兮，众枉聚而矫直。或偷合而苟进兮，或隐居而深藏。若称量之不审兮，同权概而就衡。或推迻而苟容兮，或直言之谔谔。伤诚是之不察兮，并纫茅丝以为索。

他回忆自己殚精竭虑为汉建制的建议，不仅没有得到汉初功臣们的理解和支持，反而予人口实，受谗遭贬。这种感慨东方朔看得更清楚，说得也更透彻。其《非有先生论》言：

　　　　昔关龙逢深谏于桀，而王子比干直言于纣，此二臣者，皆极虑尽忠，闵主泽不下流，而万民骚动，故直言其失，切谏其邪者，将以为君之荣，除主之祸也。今则不然，反以为诽谤君之行，无人臣之礼，果纷然伤于身，蒙不辜之名，戮及先人，为天下笑，故曰谈何容易！是以辅弼之臣瓦解，而邪谄之人并进，遂及蜚廉、恶来革等。二人皆诈伪，巧言利口以进其身，阴奉琱瑑刻镂之好以纳其心。务快耳目之欲，以苟容为度。遂往不戒，身没被戮，宗庙崩阤，国家为虚，放戮圣贤，亲近谗夫。……故卑身贱体，说色微辞，愉愉呴呴，终无益于主上之治，即志士仁人不忍为也。将俨然作矜严之色，深言直谏，上以拂主之邪，下以损百姓之害，则忤于邪主之心，历于衰世之法。

按照班固的看法，"朔虽诙笑，然时观察颜色，直言切谏，上常用之。自公卿在位，朔皆敖弄，无所为屈"。① 东方朔之所以采用调笑诙谐的做法，是因为直言极谏不能得，而不得不采用委婉劝谏。从《非有先生论》来看，东方朔对直言极谏者的悲惨遭遇与苟容迎合者的飞黄腾达看得很清楚，但他更清楚如果士大夫都巧言利口，虽然能够给自身带来荣华富贵，但危害的却是整个国家。因此真正的仁人志士只能有两个选择：一是抱着理想直言极谏，二是抱着全身隐退养生。

　　从贾谊、东方朔的赋作来看，汉王室所寻求的直言极谏，是出于应对

_____

　　① 《汉书》卷65《东方朔传》，第2860页。

灾异的现实需求，其必然出于真心；然士大夫所推崇的道义观充满理想色彩，因而其对国君和朝政的要求是精益求精；所崇尚的"君子制义"的原则，又强化了士大夫评判朝政得失的独立性。这就使得直言极谏与帝制专断出现了冲突，君主要求将直言极谏控制在君臣秩序的体制内，而士大夫常常是从体制外进行审视，并要求对体制进行修订。

但西汉多数时期，直言极谏并没有成为一种风气，反而被不断压抑。在《盐铁论·救匮》中，贤良就曾公开说："高皇帝之时，萧、曹为公，滕、灌之属为卿，济济然斯则贤矣。文、景之际，建元之始，大臣尚有争引守正之义。自此之后，多承意从欲，少敢直言面议而正刺，因公而徇私。"认为汉武帝即位后，直言的风气越来越弱，大臣们更多曲意迎合，不再坚持道义。地节二年（前68），山阳太守张敞上书汉宣帝：

> 今朝廷不闻直声，而令明诏自亲其文，非策之得者也。……夫近臣自危，非完计也，……夫心之精微口不能言也，言之微眇书不能文也，故伊尹五就桀，五就汤，萧相国荐淮阴累岁乃得通，况乎千里之外，因书文谕事指哉![1]

张敞提醒汉宣帝意识到霍光、张安世权倾朝野，应该加以约束，其中提到的"不闻直声"，是说人人心中有话而不愿说、不敢说，这是朝政最为可怕之事。由此反观本始二年（前72）夏侯胜因反对汉武帝立庙之事，被众臣合力弹劾，[2] 可以看出武、昭时期直言极谏之士的际遇。

汉宣帝之后，即便朝廷征召直言极谏之士问对，这些士人也深怀不安。永光元年（前43）二月，汉元帝"诏丞相、御史举质朴敦厚逊让有行者，光禄岁以此科第郎、从官"。颜师古注："始令丞相、御史举此四科人以擢用之。而见在郎及从官，又令光禄每岁依此科考校，定其第高下，用知其人贤否也。"[3] 认为汉元帝确立了选择郎官的新标准，即以质朴、敦厚、逊让和有行来审查士人。王夫之将这一变更，视为西汉后期士

---

① 《汉书》卷76《张敞传》，第3218页。

② 汉宣帝时期因为汉武帝庙乐之争，夏侯胜便说："诏书不可用也。人臣之谊，宜直言正论，非苟阿意顺指。议已出口，虽死不悔。"

③ 《汉书》卷9《元帝纪》，第287页。

风转变的一个关节：

> 盖孱主佞臣惩萧、周、张、刘之骨鲠，而以柔惰销天下之气节
> 也。自是以后，汉无刚正之士，遂举社稷以奉人，而自诩其敦厚朴让
> 之多福。①

以此为转关，西汉后期之官员多以谦让为风气，不再以直言极谏为态度。朝政每有不足，虽依照惯例诏举直言极谏之士，然官员中耿直之风气削弱，所直言极谏者，不过泛泛论之。汉元帝初元二年（47），翼奉《因灾异应诏上封事》中，规劝汉元帝要"举直言，求过失，盛德纯备，天下幸甚"②。汉成帝时，李寻在《对诏问灾异》中也明确说："其咎恐有以守正直言而得罪者，伤嗣害世，不可不慎也。"③ 凉州刺史谷永在《黑龙见东莱对》中极其谨慎地说："臣闻王天下有国家者，患在上有危亡之事，而危亡之言不得上闻；如使危亡之言辄上闻，则商周不易姓而迭兴，三正不变改而更用。夏商之将亡也，行道之人皆知之，晏然自以若天有日莫能危，是故恶日广而不自知，大命倾而不寤。……陛下诚垂宽明之听，无忌讳之诛，使刍荛之臣得尽所闻于前，不惧于后患，直言之路开，则四方众贤不远千里，辐凑陈忠，群臣之上愿，社稷之长福也。"④ 朝臣们认为朝廷所提倡的"直言极谏"只不过是应对灾异的惯常做法，带有一定的形式意义，就像现在挂在单位门口的意见箱，虽然依然要求大家提建议，但已不再将之作为改进工作的契机，不过是寻常的做法而已。

东汉立国之初一度提倡直言极谏，汉光武帝建武年间，太常周泽"果敢，数有直言，朝廷嘉其清廉"；⑤ 尚书令申屠刚，"謇謇多直言，无所屈挠。时陇蜀未平，上尝欲近出，刚谏上不听，刚以头轫乘舆车轮，马不得前"。⑥ 这种直言也只是限制在对朝廷的善意批评中，但当涉及帝王

---

① （明）王夫之：《读通鉴论》卷4，北京：中华书局，1975年，第91—92页。
② 《汉书》卷75《翼奉传》，第3172—3173页。
③ 《汉书》卷75《李寻传》，第3184页。
④ 《汉书》卷85《谷永传》，第3458页。
⑤ 《东观汉记校注》卷18，北京：中华书局，2008年，第836页。
⑥ 《东观汉记校注》卷14，第564页。

权威时，直言者要付出的便是生命的代价了，如"好直言"的司徒韩歆，"尝因朝会，闻帝读隗嚣、公孙述相与书，歆曰：'亡国之君皆有才，桀纣亦有才。'帝大怒，以为激发。……坐免归田里。帝犹不释，复遣使宣诏责之。……歆及子婴皆自杀。"① 客观评价汉光武帝与隗嚣、公孙述的才能，便引起刘秀的大怒，不仅免职，而且事后还被迫自杀。

由此来看，东汉的直言极谏只是作为一个察举科目，不再是真正寻找直言之士来匡扶朝政。据《后汉书·陈忠传》记载，汉安帝始亲朝事，"连有灾异，诏举有道，公卿百僚各上封事。忠以诏书既开谏争，虑言事者必多激切，或致不能容，乃上疏豫通广帝意。"这段话很有意思，是说尚书陈忠担心汉安帝没有雅量，不仅不能察纳谏言，而且会被某些直来直去的话惹怒，于是先上书提醒、安抚或者宽慰一番，他用苦口婆心的委婉态度说：

> 今明诏崇高宗之德，推宋景之诚，引咎克躬，谘访群吏。言事者见杜根、成翊世等新蒙表录，显列二台，必承风响应，争为切直。若嘉谋异策，宜辄纳用。如其管穴，妄有讥刺，虽苦口逆耳，不得事实，且优游宽容，以示圣朝无讳之美。若有道之士，对问高者，宜垂省览，特迁一等，以广直言之路。②

这份奏疏，可以与张衡《东京赋》所描绘的东汉君臣相和之象对读："宪先灵而齐轨，必三思以顾愆。招有道于侧陋，开敢谏之直言。聘丘园之耿絜，旅束帛之戋戋。上下通情，式宴且盘。"在张衡赋作中，君明而有雅量，臣贤而有法度，彼此声气相合，大臣能够从容规劝国君依道治国，国君也欣然接受。但我们从陈忠的疏导中，可以体会到汉安帝已经没有面对直言极谏的勇气了。建宁中，蔡邕也曾对汉灵帝说："陛下不念忠臣直言，宜加掩蔽，诽谤卒至，便用疑怪。尽心之吏，岂得容哉？"认为逆耳的忠言得到的不是皇帝对事务警醒，而是对提意见者的警惕，忠而见疑，直而被谤，莫不如曲阿而存世。

汉顺帝阳嘉三年（134）时，周举在《应对灾异》的奏疏中说："公

① 《后汉书》卷26《侯霸传》，第902页。
② 《后汉书》卷46《陈忠传》，第1557页。

卿大臣数有直言者，忠贞也；阿谀苟容者，佞邪也。司徒视事六年，未闻有忠言异谋，愚心在此。"由此可以看出东汉朝臣的分派，一类是抱着忠贞之念的直言之士，另一类是习惯阿谀的逢迎之徒。这种局面的形成，一是帝王不再有察纳谏言的雅量，使得直言极谏流于形式；二是忧国忧民的耿直之士已不能容于朝廷，朝臣中形成了"逆淘汰"，直言者多死于群肖的陷害。如刘瑓、成瑨"并有经术称，处位敢直言，多所搏击，知名当时，皆死于狱中"；①"白马令李云以直言死，鸿胪陈君以救云抵罪"；②"前司徒陈耽、谏议大夫刘陶坐直言，下狱死"。③ 直言被陷害，遂使得士人痛心。高拔者远遁出世，如《后汉书·逸民列传》中的隐士；急切者抗言抨击，如《后汉书·党锢列传》中的名士。

从制度惯性来看，直言极谏作为士人干预政治的直接方式，是基于天人感应生发出来的行政措施，意在邀请天下士人言事以匡政。但随着四科察举的完善、博士弟子射策科考的形成，民间能言能文之士基本进入了中央、郡国的行政体制内，其言事论政则按照体制内的文书制度进行，从而使得元成以下的直言极谏更多作为一种制度的延续，而不复作为真诚求言的渠道。此消彼长，皇帝对于直言者也不再如文、景、武帝那样虚心，直言者的际遇自然不再是受到重用，而常常是受到重罚。东汉皇帝忍不了直言，士人无法忍受不能直言，遂将其忧愤之思与冷静观察注入政论散文之中，形成了东汉政论散文的激切风格。

三　直言与东汉政论散文的格调

在行政科目上存在的直言极谏，在东汉的政治实践中却日渐式微，士大夫对于朝廷事务的反对，采用强力谏诤的方式越来越少，按照《白虎通·谏诤》的解释，谏诤也被规范起来，纳入到温柔敦厚的要求之中。在这其中，直言极谏的指谏、陷谏被列在最后，"未彰讽告""出词逊顺""不悦且却"的讽谏、顺谏、窥谏则被提倡，其中"进思尽忠，退思补过，去而不讪，谏而不露"的讽谏，因为孔子的倡导而成为东汉士大夫

---

①　《后汉书》卷66《陈王列传》，第2165页。

②　（东汉）蔡邕：《述行赋》，引自（清）严可均辑：《全后汉文》，北京：商务印书馆，1999年，第709页。

③　《后汉书》卷8《孝灵帝纪》，第352页。

对待国君的基本态度。作为官方经解的《白虎通》，其对谏诤的理解代表了东汉国君、士大夫对君臣关系的基本定位，那就是臣下的劝谏要做到和颜悦色、温柔敦厚，而不能强行要求国君改正意志。

《白虎通》的这一要求，其实是对东汉君臣关系冲突经验的总结。东汉自光武帝刘秀开始，便削弱尚书台以强化君权，对待直言尚且能够采纳，对极谏则无法容忍。其中最为典型的便是对桓谭的态度。桓谭言辞激烈，常"非毁诸儒"，[①] 曾直接拒绝了刘秀让其演奏俗乐的要求，以致刘秀免去其给事中的身份。[②] 此后，桓谭在图谶问题上坚持己见：

> 其后有诏会议灵台所处，帝谓谭曰："吾欲（以）谶：夫之，何如？"谭默然良久，曰："臣不读谶。"帝问其故，谭复极言谶之非经。帝大怒曰："桓谭非圣无法，将下斩之。"谭叩头流血，良久乃得解。出为六安郡丞，意忽忽不乐，道病卒，时年七十余。[③]

桓谭对于内学是旗帜鲜明地激烈反对，其曾上书劝谏，但刘秀读后"愈不悦"。据范晔记述，刘秀"尚奇文，贵异数，不乏于时矣。是以通儒硕生，忿其奸妄不经，奏议慷慨，以为宜见藏摈"。李贤注："谓桓谭、贾逵、张衡之流也。"[④] 桓谭的这种态度不是基于一时的冲动，而是基于基本理念的坚持。桓谭《新论·遣非》言："如遭上忽略，不宿留，而听行其事，则当受强死也。"桓谭此言是典型的直言极谏做派。这种做法若是放在西汉，不仅会得到同僚们的赞同，也会得到国君的理解，但在东汉却无法得到君臣的支持，最终他只能出任郡官。

由此我们来审视东汉政论散文的新动向，便是更多的作者不再像西汉那样以奏疏的形式向皇帝、朝廷提出建议，而是开始退而著述，将政治批

---

① 《八家后汉书辑注·谢承后汉书》卷2，第24页。

② 《东观汉记校注》卷13《宋弘传》："上尝问宋弘通博之士，弘荐沛国桓谭才学洽闻，几及扬雄、刘向父子。于是召谭拜议郎、给事中。上每谭，辄令鼓琴，好其繁声。弘闻之，不悦，悔于荐举。闻谭内出，正朝服坐府上，遣吏召之。谭至，不与席而让之曰：'吾所以荐子者，欲令辅国家以道德，而今数进郑声以乱雅乐，非颂德忠正也。'后大会群臣，上使谭鼓琴，见弘，失其常度。上怪而问之，弘乃离席免冠谢曰：'臣所以荐桓谭者，望能以忠正导主，而令朝廷耽悦郑声，臣之罪也。'其后不复令谭给事中。"

③ 《后汉书》卷28《桓谭传》，第961页。

④ 《后汉书》卷82《方术列传》，第2705页。

判、行政批判和社会批判的观点集中在著作之中，以之来表述对于汉政的省思。在这其中，王充、王符、崔寔、仲长统都有着直言极谏的耿介性格，也都有着落落寡合的人生轨迹。

王充初仕会稽郡为功曹，"以数谏争不合去"。① 可以看出，王充对郡太守的做法，秉持着直言极谏的态度而提出意见，不被采纳之后，道不同而不再为谋，遂远遁而归隐，不再进入体制内去推动政策的变革，转而著书立说。王符性格"独耿介不同于俗，以此遂不得升进"。② 其所谓的"不同与俗"，便是保持独立不迁的人格，不随流俗阿谀奉承，即便不能入仕，亦以潜隐的方式冷眼观察世俗。仲长统"性俶傥，敢直言，不矜小节，默语无常，时人或谓之狂生"。其曾参谋并州刺史高干幕下，曾直言指出高干的不足："君有雄志而无雄才，好士而不能择人，所以为君深戒也。"③ 高干不纳统言，仲长统遂去之。三人都曾抱着试图挽救汉政之弊的责任感入仕，但此时的刺史、郡守、县令已不再以兴复汉政为追求，而是崇尚私利，使得他们的责任感不被视为高尚的品格，反而成为同僚侧目的笑柄，成为被官场抛弃的理由，最终三人都从积极的朝政参与者转变为冷眼旁观者。

东汉走向衰亡的过程，正是有良知的士人不断被朝廷离析出来的过程。汉安帝以后，真心期望东汉变好的人不断被朝廷冷落，甚至被外戚、宦官之类的群体所敌视。这些士人在失落、无奈之后，先是作为朝政的旁观者，客观理性地对汉政进行批评，遂将对社会的思考、对治道的省思、对文化的批判寄托于著述之中。王充"好论说，始若诡异，终有理实"，④ 在他看来，当时的社会良知已经紊乱："身通而知困，官大而德细，于彼为荣，于我为累。"⑤ 官运亨通者，多为无才无德之辈；盛名之下者，亦非饱学才能之人。王充愿意匡扶正道，疾刺浮华学风，遂"闭门潜思，绝庆吊之礼，户牖墙壁各置刀笔。箸《论衡》八十五篇。二十余万言，释物类同异，正时俗嫌疑"。⑥ 刘盼遂认为《论衡》是王充"蒿目当时，

---

① 《后汉书》卷49《王充传》，第1629页。
② 《后汉书》卷49《王符传》，第1630页。
③ 《后汉书》卷49《仲长统传》，第1644页。
④ 《后汉书》卷49《王充传》，第1629页。
⑤ 《论衡校释》卷30《自纪》，第1205页。
⑥ 《后汉书》卷49《王充传》，第1629页。

恻怛发心"之作,① 正是看到了王充在文章中寄托的直言极谏是出于对是非的重估、对虚实的评判。另外,王符的《潜夫论》也是"志意蕴愤"之作,其"隐居著书三十余篇,以讥当时失得,不欲章显其名",② 立意在于批判,"指讦时短,讨谪物情",不仅对东汉的官制、爵禄、司法、边政、荒政、教育等进行了批评,而且对经学、文学、史学、文风等也进行了反省,从民间学者的角度思考如何重新建立一个理想的社会秩序。仲长统更是眼里不揉沙子,他"每论说古今世俗行事,发愤叹息,辄以为论,名曰《昌言》,凡二十四篇"③,也是抱着愤懑的态度审视汉政,以切中利弊的敏锐为汉室"理乱"。

即便做过五原太守的崔寔,对汉政也有着清晰的认识。崔寔早年"郡举诣公事,称病不对,退而论世事"而作《政论》,试图对日渐衰败的汉政进行分析。他认为"凡天下所以不治者,其患在世承平,政渐衰而不改,俗渐弊而不悟,习乱安危,忽不自觉",④ 因而其《政论》"指切时要,言辩而确",体现出鲜明的直言作风。又因为崔寔"明于政体,吏才有余",⑤ 多从建设性的角度提出改造之道,深化了桓谭、王充、王符、仲长统的讨论,成为魏晋政论的新起点。

汉末政论散文的大量出现,根本原因是西汉直言极谏一科的形式化,使得其不再成为士人直接干预朝政的通道,处于社会基层的士大夫很难获得进入朝廷言事的机会,而崇经、传经、读经的传统并没有衰落,这些失去上升通道的士人们不得不将自己的思考寄托在著述之中,以一个局外人的视角,更加冷峻地审视汉政的得失,或如桓谭、崔寔那样建设性地提出改造路径,或如王充、王符、仲长统那样批判性地提出建构方案。特别是汉末对直言士人的打压,当这些批评引来牢狱之灾、杀身之祸时,这些士人就成了朝廷的反对者。有朝无野的舆论虽然能以淹熄政见的方式暂时一统思想,但没有来自理性批评的调整,众口合一的赞美只不过是掩耳盗铃式的暂时清静,劝谏之声消的背后是民间横议之声渐起。当这些横议之声不再对朝廷发出,而是在民间交头接耳时,舆论的汪洋大海便会波涛汹

① 《论衡校释》附刘盼遂《论衡集解·自序》,第1页。
② 《后汉书》卷49《王符传》,第1630页。
③ 《三国志》卷21《魏书·缪袭传》注引缪袭《昌言表》,第620页。
④ 《后汉纪》卷21《孝桓皇帝纪》,第399页。
⑤ 《后汉书》卷52《崔寔传》,第1725页。

涌。东汉政权已经失去了对士人的吸引力，先是外戚和宦官的重新洗牌，轮流坐庄，但当二者两败俱伤时，推倒重来就不再是外戚和宦官，而是东汉的皇权。

第 五 章

文学之职与制度文学的生成

秦汉文学的生成是以制度文学为动因。秦所设文学之职，意在撰制公文。汉承秦制，文学之吏实为经学之士。汉武帝时设文学之职，以射策择博士弟子员中精通经学者补吏员，后成甲乙科考，为两汉选官之一途。其中的"文学"被界定为以经学缘饰政事，为两千石官吏之属员，遂成定制。东汉以文学入仕者众，朝廷、郡国之属官多有文学掾，遂成为经学传习和文化教育之群体。汉末文学从经学中独立出来，得益于文学群体的形成。

第一节　秦汉"文学"职务的设立

秦官设文学之职，乃掌文书，以佐公文之撰。汉承秦制，不废文学。然至汉武帝时始广设"文学"一职，秩一百石，从博士弟子、受业如博士弟子中射策选拔，文学进入汉官序列。如汉武帝《轮台诏》言"乃者以缚马书遍视丞相御史二千石诸大夫郎为文学者"，[①] 霍光废昌邑王，所上奏疏者亦列"诸吏文学、光禄大夫臣迁、臣畸、臣吉、臣赐、臣管、臣胜、臣梁、臣长幸、臣夏侯胜，太中大夫臣德、臣卬"等，[②] 将文学之臣与其他诸官吏并举。汉武帝何以设文学之职？"诸吏文学"是何职能？考察此一问题，不仅能看出文学如何从诸职事中独立出来，而且还能明晰西汉文学制度如何形成。

---

① 《汉书》卷 96《西域传》，第 3913 页。
② 《汉书》卷 68《霍光传》，第 2940 页。

一　秦汉间"文学"职能的形成

"文学"之职的设定，是以对文学特质的明确为前提的。司马迁记述言："宣王喜文学游说之士，自如驺衍、淳于髡、田骈、接予、慎到、环渊之徒七十六人，皆赐列第，为上大夫，不治而议论。是以齐稷下学士复盛，且数百千人。"① 尽管其将文学之士与游说之士并列，但他们的共同特征是"不治而议论"，这些人作为国君的近臣，并不具体处理朝政，而是给国君参谋、评论行政、提供建议。从司马迁所举之士来看，此"文学"显然是能著书立说的诸子。齐宣王举文学而为上大夫，使之参事，是周秦间明确因文学特长而被征用的尝试。

至秦遂设"文学"之职。秦始皇言自己"悉召文学、方术士甚众，欲以兴太平，方士欲练以求奇药"，② 此处用并提之法言之，言方士"欲练以求奇药"，而文学则"欲以兴太平"。叔孙通便是以"文学征"成为待诏博士。③ 依《汉书·百官公卿表》："博士，秦官，掌通古今。"可见，秦已经意识到了"文学"的独特性，而设"文学"名目征召士人。这些文学的职能，当为秦制作文书。《史记·蒙恬列传》中，司马迁曾记载言："恬尝书狱典文学。"司马贞《史记索隐》解释说："谓恬尝学狱法，遂作狱官，典文学。"言蒙恬最初曾做过负责以文书记录案件的狱官，可知秦之"文学"就功能言，是为文书；就职事言，是为制作文书的小吏。

秦的文学认知，《韩非子》曾有系统的论述。一方面，秦意识到文学有虚辞滥说、无益于用的弊端，有以古例今的不切实际的倾向，故秦始皇让博士参与议帝号、立水德、议封禅、论封建等讨论，但并不委任具体的行政事务。故方士侯生、卢生抱怨"博士虽七十人，特备员弗用"，正反映出秦之博士在于备顾问，与齐宣王时"不治而议论"相似。另一方面，秦始皇也意识到行政运作所需的大量文书，必须依赖于文学之士才能整理成册，文学之职事不能废弃。这就使得他在始皇三十四年（前213）面对焚书之论时，仍保留了文学之职。

---

① 《史记》卷46《田敬仲世家》，第1895页。
② 《史记》卷6《秦始皇本纪》，第258页。
③ 《史记》卷99《叔孙通传》，第2720页。

《史记》记述焚书之事，很值得详察。《李斯列传》记载为：

> 始皇下其议丞相。丞相谬其说，绌其辞，乃上书曰："……臣请诸有文学、《诗》《书》、百家语者，蠲除去之。令到满三十日弗去，黥为城旦。所不去者，医药卜筮种树之书。若有欲学者以吏为师。"始皇可其议，收去《诗》《书》百家之语以愚百姓，使天下无以古非今。明法度，定律令，皆以始皇起。同文书。

而《秦始皇本纪》则记载为：

> 始皇下其议，丞相李斯曰："……臣请史官非秦记皆烧之。非博士官所职，天下敢有藏《诗》《书》、百家语者，悉诣守、尉杂烧之。有敢偶语《诗》《书》者弃市，以古非今者族。吏见知不举者与同罪。……"制曰："可。"

司马迁两处记载李斯的观点，存在的差异便是如何处置"文学"：本传引李斯上书，将"文学"列为当焚者；而在《秦始皇本纪》中，李斯之议论则不含文学。两者差异如此之大，有两种可能：一是秦始皇命令公卿讨论，李斯在议论中只言《诗》《书》、百家语，并没有提及文学。其所谓"杂烧之"等口头语，可知此乃出于朝议，尔后其整理朝议上书给秦始皇时增加了文学。二是李斯拟定的草案原是包括文学在内，而秦始皇主持廷议时有人反对，李斯总结朝议结果时，就不再提及"焚文学"之事，秦始皇同意了后一方案。我们现在无法确知真实情况，然无论如何，秦始皇的焚书是有意识地将"文学"排除在被焚者之外。司马迁在《李斯列传》中引李斯上书之后，紧接着写秦始皇"收去《诗》《书》百家之语以愚百姓"，与李斯上书中所列形成鲜明对比，当为司马迁有意为之。①

第二年（前212），秦始皇坑儒生方士前，曾言"吾前收天下书不中

---

① 《史记》卷87《李斯列传》结尾，司马迁直接评论李斯"斯知六艺之归，不务明政以补主上之缺，持爵禄之重，阿顺苟合，严威酷刑"，认为李斯明明知道六艺的旨归何在，而不以六艺之长处补益秦行政的苛刻，反倒为了一己之私，顺承秦始皇的贪酷，因秦弊而身死，殊为可惜。显然李斯焚"文学、《诗》《书》、百家语"的提议，要比秦始皇更酷烈。

用者尽去之"，可知秦始皇认为《诗》《书》、百家语是不中用者，而文学不在此列，此乃秦始皇认为文学有用之证：一在于秦之文学，是为文章、文书，秦之公文需行于民间，秦始皇巡狩刻石亦需流传，即便民间以吏为师，公文无法废弃，文学禁绝更无从执行。故秦将"文学"排除。二是秦之官吏设有文学一职，若将文学禁焚，则典狱文学之类的小吏何处选用？故秦始皇最终确定民间焚书范围不包括"文学"，是理智之举。

秦虽然不焚民间之文学，然其以吏为师，民间能为文书者寡，以致汉初官府几无能文之吏，萧何乃令"太史试学童，能讽书九千字以上，乃得为史。又以六体试之，课最者以为尚书御史史书令史。吏民上书，字或不正，辄举劾"，[①] 文笔之吏难寻，只能要求上书时能把字写正确、写端正，足见秦文凋敝。在此环境中成长起来的刘邦君臣，也多被史官载为"不好文学"。刘邦就曾敕太子刘盈说："吾遭乱世，当秦禁学，自喜，谓读书无益。洎践祚以来，时方省书，乃使人知作者之意，追思昔所行，多不是。"[②] 言早年以为读书无益，尚自以为喜。然即位之后，方才醒悟治道皆在书中，对此前自己贱学、骂儒之行为有所省思，"吾生不学书，但读书问字而遂知耳。以此故不大工，然亦足自辞解。今视汝书，犹不如吾。汝可勤学习。每上疏，宜自书，勿使人也"。[③] 不仅自己开始读书，而且要求太子勤奋读书，不能质木无文。

汉初所谓"文学"，常指文章。《淮南子·精神训》曾言："藏诗书，修文学，而不知至论之旨，则拊盆叩瓴之徒也。"如果说《诗》《书》为典籍而可藏，修文学则是以文章来立说。[④] 后班固如是评论汉高祖时的文化恢复："汉兴，萧何次律令，韩信申军法，张仓为章程，叔孙通定礼仪，则文学彬彬稍进，《诗》《书》往往间出。"[⑤] 其将律令、军法、章

① 《汉书》卷30《艺文志》，第1721页。

② 《古文苑》，北京：中华书局，1985年，第236页。

③ 《古文苑》，第236—237页。

④ 元狩元年（前122）夏四月，汉武帝公开指责"日者淮南、衡山修文学，流货赂，两国接壤，怵于邪说"。其认定淮南王、衡山王"修文学"，便是招致四方游士著书立说，讨论国事，而意欲有所作为。这个说法延续至汉昭帝时期，《盐铁论·晁错》中，大夫直接踪述汉武帝之诏言："日者淮南、衡山修文学，招四方游士，山东儒、墨成聚于江、淮之间，讲议集论，著书数十篇。然卒于背义不臣，使谋叛逆，诛及宗族。"在他们看来，淮南王、衡山王的"修文学"，与儒墨之士的"讲议集论著书"性质相同。

⑤ 《汉书》卷62《司马迁传》，第2723页。

程、礼仪的编订视为"文学"的成就，可知西汉所谓之"文学"，是包括典章制度在内的全部文章。

汉文帝、汉景帝时期的文学，正是以"属文"为要求的。汉文帝所重用的贾谊，便是"以能诵诗书、属文称于郡中"，入河南守吴公门下学习，因其年少"颇通诸家之书"，① 以博士征召，参与议对诏令，汉文帝超迁而任用为太中大夫。能诵《诗》《书》，是为精通典籍；能属文，是能撰述文章。

与贾谊类似的，是汉文帝对晁错的起用。按照司马迁的理解，晁错"学申商刑名于轵张恢先所，与洛阳宋孟及刘礼同师。以文学为太常掌故"。依秦法，申商刑名之学亦在百家语中，幸而汉惠帝四年（前191）废挟书令，晁错得以学习之。然晁错得以入职太常掌故，在于其通"文学"，而不在于通刑名之学。此处有两点很值得注意：一是晁错能以"文学"入职，乃能撰述文章，精通旧制，故备为掌故。应劭注言："掌故，百石吏，主故事。"《史记索隐》引服虔云："百石卒吏。"② 二是汉文帝时期，朝廷并不设"文学"之职，而是选拔"能属文"者，以文学技能录为掌故，辅佐属官。

晁错任太常掌故期间，受命跟随秦博士伏生治《尚书》，"还，因上书称说。诏以为太子舍人，门大夫，迁博士"，上书汉文帝，主张以"圣人之术"教育太子，升任太子家令。汉文帝前元十五年（前165）下诏有司"举贤良、文学士"，晁错以贤良、太子家令的身份参与对策，班固记载为："时，贾谊已死，对策者百余人，唯错为高第，繇是迁中大夫。"随后又言："错又言宜削诸侯事，及法令可更定者，书凡三十篇。孝文虽不尽听，然奇其材。"③ 言外之意，晁错之所以能够为汉文帝选中，不在于其策之高，而在于其文雄辩，此前善于属文的贾谊已逝，晁错虽超越众人，却不能胜于贾谊，故列为中大夫。

汉文帝前元十五年（前165）诏贤良文学对策，晁错对策中虽言方正之士、直言极谏之士如何如何，但并不言"文学"，可知文学没有得到更多重视。晁错以文学而为太常掌故，以贤良对策，又可知汉兴之后文学技

---

① 《汉书》卷48《贾谊传》，第2221页。
② 《史记》卷101《晁错传》，第2745页。
③ 《汉书》卷49《晁错传》，第2745、2277、2290、2299页。

能不废，在于能属文不仅为公文所需，亦为立说所用。故刘邦要求汉惠帝向学，汉文帝选长于文学之晁错为太子家令，汉景帝选治《诗》的申培弟子赵绾、王臧为太子太傅、少傅，教授太子刘彻。而汉武帝即位后，立刻"延文学儒者数百人"，① 曾任汉武帝太史令、中书令的司马迁在此将文学、儒者并提，显然是当时汉武帝选用士人，文学、儒者是为两途，二者各有所指，儒者为精通儒学之人，那么文学乃谓著述文章、修饰文辞之人。②

二　汉武帝用"文学"的实质

秦汉间文学职能的逐步确立，使得"能属文"成为朝廷选拔士人的技能之一。汉武帝建元元年（前140）初即位，便"征天下举方正贤良文学材力之士，待以不次之位"，③ 以致四方之士纷纷上书，不乏数以千计的自吹自擂者。其中便有东方朔、严助二人，汉武帝对两者的态度，最能看出其对文学的理解。

东方朔的《上书自荐》，《汉书》本传有录，其文辞诙谐而自誉甚高，尽管被汉武帝视之为奇特之文，却是"上伟之，令待诏公车，奉禄薄，未得省见"。④ 可知汉武帝所招文学，并非仅重"文辞粲如"者，⑤ 而是选择能以文章言事者、能以文章论政者。东方朔为自荐之书无关政事，故汉武帝只是让东方朔留在长安，以备使用。而东方朔自知落选，却不甘放弃，遂有吓唬侏儒、作法射覆、巧解典故等滑稽之事，尽管得到了汉武帝的赏赐，却仍不能为汉武帝所重用。

在参与对策的一百余人中，汉武帝最欣赏严助的对策，独将严助拔擢为中大夫。严助此次对策，史料不载。不过从严助诘问田蚡，力主出兵，可知其善策略；后汉武帝遣严助持节至会稽，斩拒发兵之司马，浮海而救东瓯，可知其有行政之才。后闽越再次兴兵，淮南王反对用兵，严助支持

① 《史记》卷121《儒林列传》，第3118页。
② 《史记》卷96《张丞相列传》中，司马迁言："张苍文学律历，为汉名相，而绌贾生、公孙臣等言正朔服色事而不遵，明用秦之《颛顼历》，何哉？周昌，木强人也。任敖以旧德用。申屠嘉可谓刚毅守节矣，然无术学，殆与萧、曹、陈平异矣。"言张苍能撰述文章、制定律历，与班固所谓的"文学稍进"意思相同。
③ 《汉书》卷65《东方朔传》，第2841页。
④ 同上书，第2842页。
⑤ 《史记》卷130《太史公自序》，第3318页。

汉武帝，可见其有韬略。闽越平定后，严助替汉武帝谕南越，又替汉武帝告谕淮南王刘安，言用兵之理在于"义存危国，此则陛下深计远虑之所出也"，[①] 令淮南王折服，可见其为文也雄辩，为政亦干练。这正是汉武帝用文学的本质所在，即重用文学之士，不仅要看文辞，更要看能否以文佐政。班固对汉武帝左右的文学侍从进行了具体的分析：

> 后得朱买臣、吾丘寿王、司马相如、主父偃、徐乐、严安、东方朔、枚皋、胶仓、终军、严葱奇等，并在左右。……上令助等与大臣辩论，中外相应以义理之文，大臣数诎。其尤亲幸者，东方朔、枚皋、严助、吾丘寿王、司马相如。相如常称疾避事。朔、皋不根持论，上颇俳优畜之。唯助与寿王见任用，而助最先进。[②]

其中所列诸人，不外出于方正、贤良、文学、才力之征，皆能属文。作为汉武帝近臣，他们不仅能提供策略，而且还能引经据典地加以论证，成为汉武帝决策时的参谋。如汉武帝打算"筑朔方，公孙弘谏，以为罢敝中国。上使买臣难诎弘"，[③] 朱买臣负责为汉武帝的政策提供理论支持，对外朝的异议进行批驳，支持汉武帝用兵。而东方朔、枚皋虽以辞赋见长，但不得重用的原因在于"不根持论"，颜师古注："论议委随，不能持正，如树木之无根柢也。"[④] 即言辞浮泛，不能提出有效的对策，政论缺少理据，可资调笑而不能行政，故被汉武帝视为俳优一类消遣的角色。[⑤]

---

① 《汉书》卷 64 《严助传》，第 2788 页。

② 同上书，第 2775 页。

③ 《汉书》卷 64 《朱买臣传》，第 2791 页。

④ 《汉书》卷 64 《严助传》颜师古注，第 2776 页。

⑤ 《汉书》卷 65 《东方朔传》曾载汉武帝问东方朔："方今公孙丞相、兒大夫、董仲舒、夏侯始昌、司马相如、吾丘寿王、主父偃、朱买臣、严助、汲黯、胶仓、终军、严安、徐乐、司马迁之伦，皆辩知闳达，溢于文辞，先生自视，何与比哉？"东方朔居然对曰："臣观其舌齿牙，树颊胲，吐唇吻，擢项颐，结股脚，连脽尻，遗蛇其迹，行步偶旅，臣朔虽不肖，尚兼此数子者。"不知武帝所言之意，班固认为"朔之进对澹辞，皆此类也"，又言："刘向言少时数问长老贤人通于事及朔时者，皆曰朔口谐倡辩，不能持论，喜为庸人诵说，故令后世多传闻者。而扬雄亦以为朔言不纯师，行不纯德，其流风遗书蔑如也。"认为东方朔名过其实，虽能为辞赋，却不能有益于政事。故汉武帝不用焉。班固言其好事者多附会其事，为滑稽之雄而录之。

　　汉武帝重用吾丘寿王，与用严助一样，在于其能依据汉武帝的意图言事。《汉书》载寿王事，一为驳斥丞相公孙弘"禁民不得挟弓弩"之议，引经据典，居然使得"弘诎服焉"；二为论周鼎实为汉鼎，使之成为国家祥瑞之征，颇中汉武帝心意；① 三为支持汉武帝为上林苑，东方朔虽引经据典劝阻，但由于汉武帝已经形成了"不根持论"的印象，却"起上林苑，如寿王所奏云"。② 由此可知，汉武帝所用之"文学"，乃上合经义、下称国事，能颂汉德、论汉政，非单纯的文辞之士。

　　司马相如的《子虚赋》，汉武帝善之，恨不能与"此人同时"，但见到司马相如，却只任为郎。司马相如在汉景帝朝曾以赀为郎，任武骑常侍。相对于汉武帝拔擢而任严助、朱买臣为中大夫，汉武帝对司马相如并未重用。其知司马相如文辞之长，便令其润色文章。班固曾言：

　　　　时武帝方好艺文，以安属为诸父，辩博善为文辞，甚尊重之。每为报书及赐，常召司马相如等视草乃遣。③

汉武帝所好的艺文，一是合乎六艺之文，此本于经，其长在于据典而渊博；二是修饰之文，此本于辞，其长在于藻饰而精美。年轻的汉武帝看淮南王刘安、衡山王刘赐等人因"修文学"而文辞甚美，心中向往，亦不甘示弱，便在颁行诏书、赏赐文书时，召集司马相如等人修饰、润色后才颁行，唯恐文辞不善，为诸侯王所轻视。

　　司马相如得到汉武帝的起用，在于其以文章行政。数年后唐蒙在蜀中滥用民力通夜郎，汉武帝使司马相如作《喻巴蜀檄》责之，并喻告巴蜀百姓。后夜郎既通，司马相如建议在邛、筰、冉、駹置郡县，汉武帝深以为然，"乃拜相如为中郎将，建节往使"，④ 司马相如也是以此功业获得了中郎将的身份。

　　可见，汉武帝"招文学"的目的是要"能属文"，但汉武帝眼中的"能属文"，不是滥为浮辞，而是能言事在理，论政切要。这一要求体现

---

① 《汉书》卷64《吾丘寿王传》，第2795—2797页。
② 《汉书》卷65《东方朔传》，第2851页。
③ 《汉书》卷44《淮南王传》，第2145页。
④ 《史记》卷117《司马相如列传》，第3046页。

在元光元年（前134）的策贤良诏中，认为应策者"明先圣之业，习俗化之变，终始之序"，能"著大道之极，陈治乱之端"，① 所论需有益于治。董仲舒对策引经据典，就有为无为、尚质尚文、德治刑治、教育选举等问题综论古今，文美辞丰，理正义严，汉武帝惊异其才学，直接任命董仲舒为江都相。后元光五年（前130）再诏问文学，直接提出六个问题请教，要求对策者"悉意正议，详具其对，著之于篇"，② 对策者以文章论长治久安之道。其中，公孙弘的对策在数百种文学对策中，被太常列为下策，而汉武帝却拔擢为第一。刘勰认为此对策"总要以约文，事切而情举"，③即论点明确，论事准确，文辞、情理兼长，这可以看作是汉武帝选文学的标准。

四十多岁才开始学"春秋杂说"的公孙弘，在六十岁时以贤良应征，举为博士，然并未得到重用。元光五年（前130）又以文学应诏，以对策第一拜为博士。司马迁言其"恢奇多闻"，而又行为敦厚，契合汉武帝好大而专断的性情；"辩论有余，习文法吏事，而又缘饰以儒术"，④ 契合汉武帝对文学的理解，故得以任为相。由此开端，汉武帝时"兒宽等推文学至九卿"，⑤ 也在于能够用儒家义理解释行政措施，援引经书、史实作为借鉴。《汉书·兒宽传》载兒宽能为廷尉张汤重用的过程：

> 时张汤为廷尉，廷尉府尽用文史法律之吏，而宽以儒生在其间，见谓不习事，不署曹，除为从史，之北地视畜数年。还至府，上畜簿，会廷尉时有疑奏，已再见却矣，掾史莫知所为。宽为言其意，掾史因使宽为奏。奏成，读之皆服，以白廷尉汤。汤大惊，召宽与语，乃奇其材，以为掾。上宽所作奏，即时得可。异日，汤见上。问曰："前奏非俗吏所及，谁为之者？"汤言兒宽。上曰："吾固闻之久矣。"汤由是乡学，以宽为奏谳掾，以古法义决疑狱，甚重之。及汤为御史大夫，以宽为掾，举侍御史。见上，语经学，上说之，从问《尚书》

---

① 《汉书》卷56《董仲舒传》，第2498、2514页。

② 《汉书》卷58《公孙弘传》，第2614页。

③ （南朝·梁）刘勰著，范文澜注：《文心雕龙注》卷5《议对》，北京：人民文学出版社，1962年，第439页。

④ 《史记》卷112《平津侯传》，第2950页。

⑤ 《史记》卷103《万石君传》，第2767页。

一篇。擢为中大夫，迁左内史。

兒宽能从一大堆"无文学"的狱吏中脱颖而出，不仅在于其精通文理，能够将条奏写得逻辑分明，更在于其能够引上古行政经验、司法实践作为援例，使得廷尉的判决不仅合法，而且合理，张汤也因为兒宽所拟的公文称意，而得到汉武帝的器重。① 后汉武帝封禅，"及议欲放古巡狩封禅之事，诸儒对者五十余人，未能有所定"，不得已询问兒宽，兒宽认为既然"享荐之义，不著于经"，那就应当由"圣主所由，制定其当""建中和之极，兼总条贯，金声而玉振之，以顺成天庆，垂万世之基"云云。鼓励汉武帝不要拘泥于古礼，自定其仪，汉武帝"乃自制仪，采儒术以文焉"，② 事后拜兒宽为御史大夫。

由此可见，汉武帝选用文学之士虽重文辞，然其要在于辅弼行政，一是代汉武帝行谕，如严助谕闽越、谕淮南王，司马相如谕巴蜀檄等，能将皇帝的意图合理化、将朝廷的诏书经典化。二是为汉武帝的决策提供建议，如董仲舒、公孙弘的对策，司马相如论封禅，兒宽议封禅等，可以在大家莫衷一是、汉武帝寻找答案时提供合理的建议，并能与外朝反对者辩论，帮助汉武帝决策。三是能成为汉武帝决策的执行者，如严助赴会稽、兒宽以侍御史治民、朱买臣带兵平定东越、司马相如持节安抚巴蜀等。

这些政事或言语兼通的文士被视为文学之士，他们的共同特征是"文辞粲如"。汉武帝时期将文学与经学并立，表明文学已经走出了儒学的附庸，开始成为独具意义的专业技能。《汉旧仪补遗》言："武帝初置博士，取学通行修，博识多艺，晓古文《尔雅》，能属文章，为高第。朝贺位次中都官史。"③ 这一技能被强化，从学术层面而言，使文学的缘饰功用得以提升，逐渐脱离了经学，更加强调修辞之美、文体之精、表达之工；从行政层面而言，使文学得以作为官吏的基础技能之一，可以被选拔、被训练和被任用。而西汉"文学"一职的设置，正是出于这样的考量。

───────────────

① 《史记》卷122《酷吏列传》："汤决大狱，欲傅古义，乃请博士弟子治《尚书》《春秋》补廷尉史，亭疑法。奏谳疑事，必豫先为上分别其原，上所是，受而著谳决法廷尉，絜令扬主之明。"

② 《汉书》卷58《兒宽传》，第2630—2631页。

③ 《汉官六种·汉旧仪补遗》，第57页。

三　"文学"职务的正式设置

汉武帝设博士弟子、如博士弟子的初衷，在于博士能够行教化之道，改善风俗。其在元朔元年（前128）诏书中称："旅耆老，复孝敬，选豪俊，讲文学，稽参政事，祈进民心，深诏执事，兴廉举孝，庶几成风，绍休圣绪"云云，① 其所谓"讲文学"，一在于采用包括儒学、经学、文章在内的文化手段，补察时政，教化百姓，形成有益于治的社会风气。二在于自己自幼随赵绾、王臧学《诗》《书》，通经术而能文，深知文学能弥补法吏的质木无文，并意识到要想使政策的合法性得以阐明，必须借助文学之士的修饰，才能使得奏疏文质彬彬，有益于教。

西汉文学职务的系统设置，缘于元朔五年（前124）丞相公孙弘与太常孔臧商议后，联合提请为博士置弟子员：

> 为博士官置弟子五十人，复其身。太常择民年十八以上，仪状端正者，补博士弟子。郡国县道邑有好文学，敬长上，肃政教，顺乡里，出入不悖所闻者，令相长丞上属所二千石，二千石谨察可者，当与计偕，诣太常，得受业如弟子。一岁皆辄试，能通一艺以上，补文学掌故缺；其高第可以为郎中者，太常籍奏。即有秀才异等，辄以名闻。其不事学若下材及不能通一艺，辄罢之，而请诸不称者罚。

> 臣谨按诏书律令下者，明天人分际，通古今之义，文章尔雅，训辞深厚，恩施甚美。小吏浅闻，不能究宣，无以明布谕下。治礼次、治掌故以文学礼义为官，迁留滞。请选择其秩比二百石以上，及吏百石通一艺以上，补左右内史、大行卒史，比百石已下，补郡太守卒史，皆各二人，边郡一人。先用诵多者，若不足，乃择掌故补中二千石属，文学掌故补郡属，备员，请著功令。佗如律令。②

依《汉旧仪补遗》载，自汉武帝建元五年（前136）专设五经博士，对博士的要求便是"取学通行修，博学多艺，晓古文尔雅，能属文章者为

---

① 《汉书》卷6《武帝纪》，第166页。
② 《史记》卷121《儒林列传》，第3119页。

高第。朝贺位次中郎官史"。① 此时为博士设弟子，便是期望博士能将其道德、经术、文章推而广之，以"劝学兴礼、崇化厉贤"，② 应该广开师法，以致贤才。因而，公孙弘和孔臧提出要为博士置弟子五十人，由太常负责选拔补全。这样就将原先举贤良文学的制度规范化，由"郡国县道邑"挑选"好文学，敬长上，肃政教，顺乡里，出入不悖所闻者"，上报至相、长、丞等官吏处，由他们再上报给自己所隶属的二千石官员，由这些官员负责考察确定。在上计时交给太常。他们这些层层选拔的可造之才随同博士弟子一起学习，即"受业如博士弟子"者。

公孙弘和孔臧的这个设计，实际是将西汉的文学之士交由五经博士培养，使其能够如博士弟子那样修习经学。在这些人才的选拔中，"好文学"被列为五条标准之首。这表明公孙弘已经意识到行政官僚系统中急需选拔那些"习文法"并能"饰以儒术"的人才，作为属官润色公文，使得那些定谳判决之辞不致过于直白苛刻。这一提议得到汉武帝批准，标志着汉廷行政系统不仅有意识地选拔文学之士，而且开始自觉培养官员的文学技能。

这个提议明确提出，"受业如弟子"者通过一年的学习，以保证能通一经，以备太常选用。一年学习期满后，博士弟子、受业如博士弟子者一起参加射策考试。③ 射策，颜师古注："射策者，谓为难问疑义书之于策，量其大小署为甲乙之科，列而置之，不使彰显。有欲射者，随其所取得而释之，以知优劣。射之，言投射也。对策者，显问以政事经义，令各对之，而观其文辞定高下也。"④ 射策考的是对经义的理解，回答时需要将经义与政事相联系，太常及其属官根据应试者的义理、政事、文辞判定高下。根据成绩的高下，分别补任文学掌故、郎中。

西汉射策的结果，依据成绩分为甲、乙、丙三科。《汉书·儒林传》载为"岁课甲科四十人为郎中，乙科二十人为太子舍人，丙科四十人补文学掌故"，是为汉武帝时初行甲乙科试时。《汉仪》亦记载："弟子射策，甲科百人，补郎中；乙科二百人，补太子舍人，皆秩比二百石。次郡

① 《汉官六种·汉旧仪补遗》，第 57 页。
② 《汉书》卷 88《儒林传》，第 3594 页。
③ 《汉旧仪补遗》记载为"太常博士弟子试射策，中甲科补郎，中乙科补掌故也。"
④ 《汉书》卷 78《萧望之传》（唐）颜师古注，第 3272 页。

国文学,秩百石。"录用人数有所增加,是为东汉时甲乙科试之数目。参加射策者依据成绩的高下分为三等,分别加以录用:优秀者任为郎中,其次为太子舍人,再次为郡国文学。三者品秩有差,甲科二百石,乙科比二百石,丙科一百石。这样来看,射策实际是分流考试,不同的成绩决定了入仕的起点。

依汉官制,郎中、掌故、舍人本为秦之旧职,西汉循其旧制。唯有文学此前不常备员,而今成为博士弟子、如博士弟子者的出路,以百石的品秩列为汉官之末,亦列入官吏序列。可见文学掌故是对掌故的分化,《汉书》以"文学"省称。掌故品秩二百石,出于乙科,而文学掌故为一百石,为丙科所授。品秩不同,二者服务的级别亦有差异,《汉书·儒林传》言:"择掌故以补中郡属备员,文学掌故补郡属备员。"掌故用以补充中二千石的属员,而文学掌故用于补充二千石的属员。

为了保证低层官吏有深厚的经学基础,改变"小吏浅闻,不能究宣,无以明布谕下"的状况,公孙弘和孔臧还提出应该提拔低层官吏中治礼次、治掌故、以文学礼义为官,仿照射策所定的品秩调整职务。[①] 其中,秩比二百石以上者或秩在百石而通一艺以上者,用来补任左、右内史和大行的属官;秩比百石以下者,补为郡太守属官。目的是提拔懂得经学的低级官吏,使之可以迅速补充到急需经学之士的岗位上。选用的标准便是依据其诵习经典的多少。如果诵习经典的官吏不足,便以射策选拔的掌故、文学来候补。

元朔五年(前124)公孙弘提议,当年便开始执行。兒宽便是在当年参加射策,中乙等而出任掌故,后补为廷尉文学卒史,得到张汤的重用。[②] 以此为开端,博士弟子、如弟子射策成为汉官选拔的常科,也成为诸多官员入仕的起点。[③] 如马宫"治《春秋》严氏,以射策甲科为郎";[④] 何武"诣博士受业,治《易》。以射策甲科为郎";[⑤] 王嘉"以明经射策

---

① 阎步克:《从爵本位到官本位:秦汉官僚品位结构研究》,北京:生活·读书·新知三联书店,2009 年,第 412—418 页。

② 刘跃进:《秦汉文学编年史》,北京:商务印书馆,2006 年,第 160 页。

③ (清)王先谦《汉书补注》引苏舆言:"文帝时立此名,武帝兴学之后,始定员数,至此复申旧制。"上海古籍出版社,2008 年,第 318 页。

④ 《汉书》卷 81《马宫传》,第 3365 页。

⑤ 《汉书》卷 86《何武传》,第 3481 页。

甲科为郎"；① 翟方进受《春秋》，以射策甲科为郎，② 皆以甲等出任郎官。而兒宽则从欧阳生治《尚书》，从郡国选诣而随博士孔安国学习，射策而为乙等，任掌故；房凤"以射策乙科"，出任大夫掌故等，皆为乙等任掌故。匡衡，曾从博士受《诗》，却因为"才下，数射策不中，至九，乃中丙科"，才得以为太常掌故，后"补平原文学卒史"。③

博士弟子参加射策考试，可以大量吸纳通经致用、才学兼该的文士进入朝廷官吏体系中，通过对他们的培训、选拔和任用，建立起一支高效的行政队伍。在这其中，作为最低等的文学虽然品秩为比一百石，但他们所受的教育与博士弟子一样，且其考核的内容及方式与郎、太子舍人、掌故一样，因而都通明经术，且文辞雅驯。将之补充为两千石的属员，帮助上司起草、修改文书，使得朝廷公文既有义理，又有辞章，并能辅之以典故考据。这不仅有效提升了汉代文书的文学品位，足以润色鸿业，而且使得汉代行政因为经术的缘饰更具有合理性，因经学的滋养而更具有学理性。

第二节　两汉"文学"选用与升迁

自汉武帝以公孙弘建议于博士弟子、如博士弟子受业而试，补为百石"文学"者，"文学"始进入汉官序列，成为博士弟子员的入仕途径，也成为基层官吏的提升通道。两汉不断完善甲乙科考，使得其成为与四科取士相并列的察举制度，成为两汉"文学"选用的基本路径，也是两汉文学职务不断增多的基本途径。两汉普遍设立郡国文学，担负着经学传授、公文写作、风俗教化等职能，成为汉魏经学教育的主导者和文学活动的参与者。汉魏之际文学的繁荣既受益于文学职务的不断增广，又得益于郡国文学的普遍设立。

一　两汉文学之职的选用

独尊儒术博士、为博士设弟子员、从博士弟子、如博士弟子中选取低级官吏，是汉武帝时期儒生逐渐加大政治影响的具体路径，这一方面保证

① 《汉书》卷 86《王嘉传》，第 3488 页。
② 《汉书》卷 84《翟方进传》，第 3411 页。
③ 《史记》卷 96《张丞相列传》，第 2688 页。

了儒士可以通过察举成为汉朝的高级官吏，另一方面也促使低层的官员文吏化，从而开启了西汉的士大夫政治。① 我们可以如此判断，是因为董仲舒早在《元光元年对策》中，就对西汉的官吏任用制度提出了看法：

> 夫长吏多出于郎中、中郎，吏二千石子弟选郎吏，又以富訾，未必贤也。且古所谓功者，以任官称职为差，非谓积日累久也。故小材虽累日，不离于小官；贤材虽未久，不害为辅佐。是以有司竭力尽知，务治其业而以赴功。今则不然。累日以取贵，积久以致官，是以廉耻贸乱，贤不肖浑淆，未得其真。臣愚以为使诸列侯、郡守、二千石各择其吏民之贤者，岁贡各二人以给宿卫，且以观大臣之能；所贡贤者有赏，所贡不肖者有罚。夫如是，诸侯、吏二千石皆尽心于求贤，天下之士可得而官使也。遍得天下之贤人，则三王之盛易为，而尧舜之名可及也。毋以日月为功，实试贤能为上，量材而授官，录德而定位，则廉耻殊路，贤不肖异处矣。②

董仲舒注意到西汉官吏任用机制的问题，并提出改良的建议：一是以钱财訾选、以高官荐举的官吏，多为"富二代""官二代"，累日积功进行考核，按资排辈进行升迁，久而久之，很容易形成庸官、昏官。二是訾选、荐举本身很容易营私舞弊，礼义廉耻难以区分，贤良庸才不宜分判，因而必须对这些人亲自考核，荐贤者给予褒扬，推庸者进行惩罚。三是选用官吏应该按照德、能陟罚臧否，从而形成良性的官吏升迁任用机制。

从《元光元年对策》来看，董仲舒官吏选用机制的建议只是治标的策略，而他提出了建构太学的主张，则是改良吏治的治本之策：

> 故养士之大者，莫大太学；太学者，贤士之所关也，教化之本原也。今以一郡一国之众，对亡应书者，是王道往往而绝也。臣愿陛下兴太学，置明师，以养天下之士，数考问以尽其材，则英俊宜可得矣。今之郡守、县令，民之师帅，所使承流而宣化也。③

---

① 阎步克：《士大夫政治演生史稿》，北京：北京大学出版社，1996年，第412—463页。
② 《汉书》卷56《董仲舒传》，第2512—2513页。
③ 同上书，第2512页。

在董仲舒看来，官吏的选拔应该有一个基本的门槛，那就是必须受过一定的教育，而不应该直接从民间选用；应该有一个基本的路径，那就是必须数加考问，才能发现其贤能如何。因而，最好的策略便是通过学校系统培养，为国家训练出一批德才兼备的文史。

从元光元年（前134）董仲舒提出问题，到元朔五年（前124）十年间，汉武帝一方面忙于出兵匈奴，另一方面广泛寻求贤能，其在元光五年（前130）《复征贤良诏》中问以天人之事，以明治道，体现出其对贤能之士的渴求。而在元朔元年（前128）十一月的《议不举孝廉者罪诏》中，也可以看出他对高官不愿荐举孝廉的不满："今或至阖郡而不荐一人，是化不下究，而积行之君子壅于上闻也。且进贤受上赏，蔽贤蒙显戮，古之道也。其议二千石不举者罪。"可见，推举孝廉之事一度受到抵触，从而影响了汉武帝改良吏治的努力。汉武帝在元朔三年（前126）三月，决心封公孙弘为侯，正是体现了他试图打破功臣任相、战功封侯的传统，重新建立一套官员升迁的标准。其在封公孙弘为侯的诏书中说："朕嘉先圣之道，开广门路，宣招四方之士，盖古者任贤而序位，量能以授官，劳大者厥禄厚，德盛者获爵尊，故武功以显重，而文德以行褒。"①这段话强调了两个意图：一是开门纳贤，只要是贤能之士，足以为国家用者，不拘常例；二是宣示了此后选任官吏的标准，是以贤能选任职务，以德行赏赐爵位，不再按资排辈，不再累日积功。将此言与《元光元年对策》对读，可知汉武帝已然接受了董仲舒的见解。

因而当元朔五年（前124）公孙弘被任用为丞相时，标志着汉武帝彻底决心借助儒生的力量来改良汉政，为汉朝建立起与武功相对应的文治系统。当年六月，汉武帝下《劝学诏》，接受董仲舒的建议，正式建立太学。而公孙弘的《请为博士置弟子员议》，便是试图通过射策考试，为汉朝补充具有经学素养的低层文吏。这样一来，由博士弟子、如博士弟子参加的甲乙科考，便成为两汉士人入仕的通道，"文学"也成为诸多士人仕途的起点。

从两汉的实践来看，这一制度得以有效执行，并在两汉的察举制度中占据越来越重要的地位，主要取决于这一制度的合理性。

一种制度是否合理，一是取决于此一制度在运作过程中能否实现其设

---

① 《汉书》卷58《公孙弘传》，第2620页。

计的初衷，就"文学"之职来说，便是其能否起到公孙弘、孔臧所设想的，使朝廷公文的义理、辞章、考据三者融通，成为汉代公文的新风格。这在汉武帝时期便已得到验证。例如，张汤最早意识到汉武帝有"乡文学"之意，便决心采用儒家经说处理公文，其"决大狱，欲傅古义，乃请博士弟子治《尚书》《春秋》补廷尉史，亭疑法"，即选择博士弟子补为廷尉属官，以求公文合乎汉武帝嗜好。在这其中便有参加甲乙科试而射策中乙等出任掌故的兒宽，后被张汤补为廷尉文学卒史，替张汤润色公文，"汤虽文深意忌不专平，然得此声誉。而深刻吏多为爪牙用者，依于文学之士。丞相弘数称其美。"①张汤对文学卒史的使用，以及兒宽由此得到汉武帝的提升，体现了汉武帝时期对文学之职的使用在于"以儒学缘饰吏事"，这是在中央政府层面，"文学"职务得到的最高承认。

二是取决于此制度是否能够真正选拔人才，既保证其能为国选优异之士，又足以吸引有志之士选择此制度作为进身的途径。从两汉的时段来看，文学职事的重要性在不断加强，"文学"吸引了越来越多的士人应考。在这其中，诸多名臣便是由此进阶，无形提高了文学一职的含金量。最具有代表性的便是匡衡：

> 衡射策甲科，以不应令除为太常掌故，调补平原文学。学者多上书荐衡经明，当世少双，令为文学就官京师；后进皆欲从衡平原，衡不宜在远方。事下太子太傅萧望之、少府梁丘贺问，衡对《诗》诸大义，其对深美。望之奏衡经学精习，说有师道，可观览。宣帝不甚用儒，遣衡归官。而皇太子见衡对，私善之。会宣帝崩，元帝初即位，乐陵侯史高以外属为大司马车骑将军，领尚书事，前将军萧望之为副。望之名儒，有师傅旧恩，天子任之，多所贡荐。高充位而已，与望之有隙。长安令杨兴说高曰："……平原文学匡衡材智有余，经学绝伦，但以无阶朝廷，故随牒在远方。将军诚召置莫府，学士歙然归仁，与参事议，观其所有，贡之朝廷，必为国器，以此显示众庶，名流于世。"高然其言，辟衡为议曹史，荐衡于上。上以为郎中，迁博士，给事中。②

---

① 《史记》卷122《酷吏列传》，第3139页。
② 《汉书》卷81《匡衡传》，第3331—3332页。

经学名家匡衡在太学随博士受《诗》，连续九次参加甲乙科试，方才中丙科。颜师古曰："投射得甲科之策，而所对文指不应令条也。《儒林传》说岁课甲科为郎中，乙科为太子舍人，景科补文学掌故。今不应令，是不中甲科之令，所以止为掌故。"① 由丙科出任太常文学掌故，秩一百石。依照"选择其秩比二百石以上及吏百石通一艺以上补左右内史、大行卒史"的规定，② 得以为平原王文学卒史，但由于其才学甚高，为学界钦慕，故多有上书要求其以"郡国文学"之身份回京任职。即便汉宣帝重用的萧望之、梁丘贺赞同，但汉宣帝依然要求匡衡回平原国就职。此与其说是汉宣帝不用儒者，不如说汉宣帝"综核名实"之严格，不会对一个连续九次甲乙科考才中丙等者轻易提拔，众人对匡衡的赞美，不足以成为其超迁的理由。

从匡衡的经历可以看出，汉武帝至汉宣帝时期对文学之职的使用是严格而又谨慎的。所谓的严格，在于文学作为秩百石的低级官吏，其人数既多，职事又卑，故而多数"文学"之官淹没于大量的吏员之中，而不会被轻易提拔。所谓的谨慎，是朝廷对文学的使用，主要限于润色公文，其能够得以升迁者，或出于众人推举如匡衡，或出于文辞甚明如兒宽，或再次参加察举考试。如韩延寿，先被任为郡文学，汉昭帝时"征郡国贤良文学，问以得失"，③ 以文学对策，言赏罚应得当，霍光纳其言，直接任为谏大夫，算是一鸣惊人。盖宽饶也是先以明经出任郡文学，然后再举孝廉出任郎官，又被举为方正，对策高第，迁谏大夫。先后参加甲乙科考、孝廉察举、方正察举，逐次升职至谏议大夫，可谓千锤百炼。谏议大夫秩六百石，相对于郡文学的秩一百石，算是超迁。韩延寿与盖宽饶后出任谏大夫，路径不同，却可以看出文学升迁的基本方式。

郡文学若能出任中央机关的属官，则必须有人提拔重用。而诸葛丰先是以明经出任郡文学，贡禹为御史大夫时，直接任用其为属官，出任侍御史。郑崇少为郡文学史，后为丞相大车属，即丞相公府御属。后因傅喜推

---

① 《汉书》卷 81《匡衡传》（唐）颜师古注，第 3332 页。
② 《汉书》卷 88《儒林传》，第 3594 页。
③ 《汉书》卷 26《韩延寿传》，第 3210 页。

荐，直接出任尚书仆射。贡禹、傅喜皆位列三公，秩二千石，可以直接荐举中层官吏。一般的官吏要想推荐文学之类的低级官吏，则需要推荐者参加察举。如隽不疑，"治《春秋》，为郡文学，进退必以礼，名闻州郡"。汉武帝任用暴胜之为直指使者"督课郡国"，胜之"知不疑非庸人，敬纳其戒，深接以礼意，问当世所施行"，① 遂向汉武帝推荐，朝廷"征诣公车"，通过对策之后，拜隽不疑为青州刺史。

郡文学不过是百石卒史，但其已经获得了官吏的身份，可以直接补充出任相应的官吏，如梅福自幼在长安学习《尚书》《谷梁春秋》，以"郡文学"的身份补任南昌县尉。但多数只能出任低级官吏，级级累迁。如魏应，在建武年间太学随博士受《鲁诗》后，回郡任吏，举明经出任济阴王文学，直到永平初才得以察举为博士，再迁侍中。张玄在建武初举明经，补任弘农文学，由郡文学再迁陈仓县丞，其继续研读经书，后被弘农郡举为孝廉，任为郎，再参加试策，以第一身份拜为博士。

由于两汉选拔官吏多重视明经、策试，多委以文学之职，并不以政事为重，转而讲学授徒，潜心经学，闻名天下。如前文所言张玄为陈仓县丞时，"清净无欲，专心经书，方其讲问，乃不食终日。及有难者，辄为张数家之说，令择从所安。诸儒皆伏其多通，著录千余人"。② 待其学问累计为大儒时，直接参加策试而出任博士。东汉杨伦为郡文学掾，"更历数将，志乖于时，以不能人间事，遂去职，不复应州郡命，讲授于大泽中，弟子至千余人。元初中，郡礼请，三府并辟，公车征，皆辞疾不就。后特征博士，为清河王傅。"③ 与其在基层仰人鼻息，不如与弟子演习经学，天下闻名时再直接出任博士、太傅。

由此可见，得人荐举、累迁升职、参加察举是两汉"文学"升迁的三个基本路径，西汉至东汉前期的文学之职，基本循此路径，以经学作为立身之本，以科考作为进身之途，步入官员的行列，期间既有超迁的惊喜，可以颂君国之伟业；也有滞止的伤感，足以抒不遇之牢骚。两汉文学的颂美与骚怨，由此可见一斑。

---

① 《汉书》卷 71《隽不疑传》，第 3035 页。
② 《后汉书》卷 79《儒林列传》，第 2581 页。
③ 同上书，第 2564 页。

二　东汉对甲乙科考的规范

西汉科考博士弟子、博士如弟子以射策为主，要求论者必须据一经而立意，论对政事，因用意在于以经术缘饰政事，应试者自然长于政论而短于经学。此弊端积聚既久，至东汉明帝永平十四年（71），司空徐防提出以明经代替射策，其论言：

> 孔圣既远，微旨将绝，故立博士十有四家。设甲乙之科，以勉劝学者，所以示人好恶，改敝就善者也。伏见太学试博士弟子皆以意说，不修家法，私相容隐，开生奸路。每有策试，辄兴诤讼，论议纷错，互相是非。……今不依章句，妄生穿凿，以遵师为非义，意说为得理，轻侮道术，浸以成俗，诚非诏书实选本意。改薄从忠，三世常道，专精务本，儒学所先。臣以为博士及甲乙策试，宜从其家章句，开五十难以试之。解释多者为上第，引文明者为高说；若不依先师，义有相伐，皆正以为非。《五经》各取上第六人，《论语》不宜射策。虽所失或久，差可矫革。①

在徐防看来，西汉以来为考查博士弟子、受业如弟子者而设置的射策科考，存在两个弊端：一是各家博士弟子为了能够射策成功，不再遵守所师之说，并杂采诸家之说，目的在于能够迎合策论，不顾经学之本义。由于诸博士所传经义不同，故射策之论不重经说本义，妄自穿凿，既无助于经学传承，更无益于学风之端正。二是在博士弟子、如博士弟子中进行射策的本意，在于试图让"好文学"者能够接受一经以上的训练，以提高公文质量，强化儒学对吏事的缘饰，但在实际操作中，却强化其长于政论的培养，忽略其对经学的掌握，经学驳杂，持论当然无根。因此，徐防建议博士弟子员的射策应提倡对家法的信从，强化对经义的理解。汉明帝将诏书下公卿议论，为大家所认同，颁诏而为定制。

徐防的建议直接要求甲乙之科以明经为主，意在强化策试所选拔的郎、舍人、文学的经学素养。这一提议并非徐防的偶然发现，而是对西汉策试实践省思的结果。

---

① 《后汉书》卷44《徐防传》，第1500—1501页。

西汉宣帝初年，萧望之就"选博士谏大夫通政事者补郡国守相"之论发表意见："悉出谏官以补郡吏，所谓忧其末而忘其本者也。朝无争臣则不知过，国无达士则不闻善。愿陛下选明经术，温故知新，通于几微谋虑之士以为内臣，与参政事。诸侯闻之，则知国家纳谏忧政，亡有阙遗。"认为朝廷应该简选明经之士留于中枢，以昌明国事，而不应该将精通经学之士随意外派为郡吏，浪费其才学。汉宣帝因此认为萧望之"经明持重，论议有余，材任宰相"，① 遂试之治左冯翊。

萧望之提议重明经本无新意，不过重申西汉重明经之传统。此前孔安国、平当、贡禹、夏侯胜、张禹等，便皆以明经直接任为博士，宣元间博士论经多重家法、师法，其弟子应策亦多依经立意，较少旁出，才有石渠阁经议之辩经说异同。但其强调中枢官员应多选明经，以强化中央决策中对经学的信从，尤其是政府官员应重明经，影响尤大。故宣元之后的察举策试、甲乙科试，渐重明经。如金钦举明经，直接任太子门大夫；盖宽饶"明经为郡文学"，② 后举孝廉经策试而补为郎；诸葛丰"以明经为郡文学"，③ 后为御史大夫贡禹除为属，举侍御史等。策试、科试日重明经。

徐防的建议得到批准，标志着明经成为东汉科试、测试的首要标准。《后汉书·儒林列传》言"于是制诏公卿妙简其选，三署郎能通经术者，皆得察举"云云，可知明经更为显学。受此影响，"永平中，崇尚儒术学，自皇太子诸王侯及大臣子弟莫不受经，又为外戚樊氏、郭氏、马氏诸子弟立学，号曰四姓小侯。置五经师。醢以明经充焉。"④ 在这种风气下，明经成为官员选拔的必考科目，举明经成为察举之常科。如汉章帝元和二年（85）五月，因祥瑞诏曰："令郡国上明经者，口十万以上五人，不满十万三人。"相对于西汉灾异祥瑞常举贤良、孝廉，东汉则多举明经，可知徐防的建议得到了执行。汉质帝本初元年（146）夏四月，所下诏书亦言：

---

① 《汉书》卷78《萧望之传》，第3274页。

② 《汉书》卷77《盖宽饶传》，第3243页。

③ 《汉书》卷77《诸葛丰传》，第3248页。

④ 《后汉纪·孝和皇帝纪》，第286—287页。

令郡国举明经，年五十以上、七十以下诣太学。自大将军至六百石，皆遣子受业，岁满课试，以高第五人补郎中，次五人太子舍人。又千石、六百石、四府掾属、三署郎、四姓小侯先能通经者，各令随家法，其高第者上名牒，当以次赏进。[①]

这一诏书最能看出东汉甲乙科考的运作模式：由郡国推举明经之士参加选官的策试，选中者由丞相等按照才能选用。其中精通经学、年龄较长者不宜补为官员，则入太学参加甲乙科考试。此外，高、中等官员的孩子可以不参加郡国推举，直接入太学随博士学习，一年后参加甲乙科试，分类授秩；其余官员能通一经者，也可以参加甲乙科试，依成绩选用。

以此为例，东汉的甲乙科试遂以明经为科目，不再选用策论。汉顺帝起太学，在阳嘉新制中更强化明经的地位，[②] 对博士弟子、如博士弟子的策试方式进行了调整。汉顺帝时太学的重修，源自左雄奏疏："学者懈怠，宜崇经术，缮治太学。"[③] 修太学的目的在于推崇经学。永建五年（130）秋七月丙辰，太学新成；阳嘉元年（132），汉顺帝便"诏试明经者补弟子，增甲乙之科，员各十人。除京师及郡国耆儒年六十以上为郎、舍人、诸王国郎者百三十八人"，[④] 即先令郡国举明经，入太学，通过射策者直接出任官吏，未能通过者进入太学，补为博士弟子员，继续学习。为了应对这些新增的博士弟子，在每年的甲乙科试中增加录取员额，每科十人。与此同时，对太学中那些连年积压、年岁已高的博士弟子员，直接分为甲乙科录为郎、舍人，以缓解太学博士人数众多的压力。

依照西汉公孙弘、孔臧的建议，博士弟子为"年十八以上仪状端正者"，博士如弟子为"郡国县道邑有好文学敬长上肃政教顺乡里，出入不悖所闻者"，[⑤] 二者经二千石举荐，岁贡入太常跟随博士学习一年，通过

---

① 《后汉书》卷6《孝质帝纪》，第281页。

② "阳嘉新制"采用阎步克的说法，参见《察举制度变迁史稿》，沈阳：辽宁大学出版社，1997年，第62—66页。

③ 《后汉纪·孝顺皇帝纪》，第353页。

④ 《后汉书》卷61《左雄传》，第2019—2020页。

⑤ 《史记》卷121《儒林列传》，第3119页。

射策而分甲、乙、丙三科任用为吏。但阳嘉新制中改为由郡国试明经，而由太学直接选拔，通过者任为官员，下第者补为博士弟子，这样一来就把西汉"好文学"为首的标准转化为"明经"为首，也强化了郡国文学对士人的培养作用。

东汉科考虽名为甲乙之科，但在实际操作中依然分为三类。如建和初，汉桓帝下诏举行甲乙科考："诸学生年十六以上，比郡国明经，试，次第上名。高第十五人、上第十六人为中郎，中第十七人为太子舍人，下第十七人为王家郎。"将科考的学生分为三等，依然为郎中、舍人和王家郎。永寿二年（156），汉桓帝下诏复课试诸生，以补充郎、舍人，这次考试的制度如下：

> 学生满二岁，试通二经者，补文学掌故；其不能通二经者，须后试复随辈试，试通二经者，亦得为文学掌故。其已为文学掌故者，满二岁，试能通三经者，擢其高第，为太子舍人；其不得第者，后试复随辈试，第复高者，亦得为太子舍人。已为太子舍人，满二岁，试能通四经者，擢其高第为郎中；其不得第者，后试复随辈试，第复高者亦得为郎中。……满二岁，试能通五经者，擢其高第，补吏，随才而用；其不得第者，后试复随辈试，第复高，亦得补吏。①

这一制度明确了文学掌故、太子舍人和郎中的区别在于通经的多寡。而且文学掌故、太子舍人、郎中依次递进，能通五经者可以补为更高级别的官吏。这一制度使得甲乙科考由每年一度选举考试，变成了可以持续升迁的选拔考试，成为东汉后期甲乙科考的新方式，使得太学的考试不再作为资格考试，而成为可以连续参加的水平考试。

三　甲乙科考与四科取士之关系

尽管东汉的甲乙科试不再由丙科出任文学掌故，但东汉官制中的"文学"一职，却在不断强化。从《续汉书·百官志》注所引《汉官》的记载中，我们大致可以看出东汉"文学"的设置：

---

① 《通典·选举一》，第318页。

（大司农）员吏百六十四人，其十八人四科，九人斗食，十六人二百石，文学二十人百石，……

（太仆）员吏七十人，其七人四科，一人二百石；文学八人百石，……

（廷尉）员吏百四十人，其十一人四科，十六人二百石廷吏，文学十六人百石，……

（大行）员吏四十人，其四人四科，五人二百石，文学五人百石，……

（大鸿胪）员吏五十五人，其六人四科，二人二百石，文学六人百石，……

（卫尉）员吏四十一人，其九人四科，二人二百石，文学三人百石，……

（执金吾）员吏二十九人，其十人四科，一人二百石，文学三人百石，……

此为东汉中央行政系统的管理编制。在这其中，"文学"一职仍承西汉的品秩设计，是为百石。但其在员吏序列中位次于四科之士。《汉官》记载河南尹设员吏九百二十七人，其中的文学守助掾，即后世的文学掾有六十人之多，可见，东汉"文学"已经成为仅次于四科的官吏群体。

四科出自汉武帝时令丞相设四科之辟而选拔的异德名士：

第一科曰德行高妙，志节清白。二科曰学通行修，经中博士。三科曰明晓法令，足以决疑，能案章覆问，文中御史。四科曰刚毅多略，遭事不惑，明足以照奸，勇足以决断，才任三辅令。①

这四类由丞相考试选拔直接补任官吏："第一科补西曹南阁祭酒，二科补议曹，三科补四辞八奏，四科补贼决。"② 四科所取之士是用来补充能吏，出任各司、各曹的官员。

东汉时，光武帝又颁行《四科取士诏》，重新订正延续西汉的"四科

---

① 《汉官六种·汉旧仪》，第37页。

② 同上书，第37—38页。

取士"法，沿袭西汉之名，只不过重新强调：

> 自今以后，审四科辟召，及刺史、二千石察茂才尤异孝廉之吏，务尽实核，选择英俊、贤行、廉洁、平端于县邑，务授试以职。有非其人，临计过署，不便习官事，书疏不端正，不如诏书，有司奏罪名。①

仍将四科为两汉行政官员选任的常科，是其补充干吏的基本途径。《汉官旧仪》言之甚详：

> 刺史举民有茂材，移名丞相，丞相考召，取明经一科，明律令一科，能治剧一科，各一人。诏选谏大夫、议郎、博士、诸侯王傅、仆射、郎中令，取明经。选廷尉正、监、平，案章取明律令。选能治剧长安、三辅令，取治剧。

主管行政的丞相按例选拔官吏，负责劝谏、议论、教育、辅佐等职务者，选取明经之士充任，治理、平狱、纠察、捕盗等职务，则由干练之人充任。

　　由此来看，汉制选官分为两途：一是由太学举行的甲乙科试，是为博士弟子、如博士弟子者而举行考试，根据考试成绩补为郎、舍人、文学掌故等品秩三百石之下的属吏。依《汉书·百官公卿表》："郎掌守门户，出充车骑，有议郎、中郎、侍郎、郎中，皆无员，多至千人。议郎、中郎秩比六百石，侍郎比四百石。"郎乃侍从皇帝之官，其初入职称为郎中。《汉官仪》："郎以孝廉年未五十，先试笺奏。初上称郎中，满岁为侍郎。"甲乙科初选的郎中，是担任"宿皇帝"之职。《汉官仪》又载议郎与郎中的区别在于："议郎秩比六百石，特征贤良方正，敦朴有道。第公府掾，试博士者，拜郎中。"即先参加甲乙科试，中甲科初为郎中，秩二百石。期年进秩比三百石，再升为侍郎，秩比四百石；再升为议郎、中郎秩比六百石。此为一般郎官的进阶途径。从史料看，甲乙科考中为郎者，可以参加四科策试，中者可以直接提升。如翟方进先随博士受《春秋》十余年，

---

① 《汉官六种·汉官仪》，第125页。

以博士弟子身份参加甲乙科试，得甲科为郎，后参加四科取士的明经，直接迁议郎。郎中不仅为皇帝侍从，且多出补地方县令长、谒者等，[①] 是入仕的捷径。因而汉武帝之后，甲乙科考常被视为利禄之途。东汉太学甲乙科试，"弟子射策，甲科百人补郎中，乙科二百人补太子舍人，皆秩比二百石"；汉顺帝时，"增甲、乙科员各十人"，[②] 每年有三百二十多人以郎官、舍人入仕。

二是由朝廷主持的察举策试采用四科取士，范围面向全国士人，既包括各郡、封国推举的贤良文学，又包括已经通过甲乙科考试的属吏，级别高于三百石。二者主考机构不同，科考的内容亦有别，选出的官吏任职途径也不一样。在这其中，四科取士有明经，甲乙亦考明经，然二者并不相同：四科策试中的明经任职较高。如眭弘以明经直接为议郎，任符节令，是参加四科取士中的明经一科。而甲乙科考中的明经考即便中甲科，也是从比二百石的郎中做起。汉顺帝时，"试明经下第者补弟子"，[③] 即四科策试落选者入太学，以博士弟子身份跟随学习，然后参加甲乙科考。前文提到的匡衡参加甲乙科考中丙科，出任平原文学，后经长安令杨兴推荐给车骑将军史高，辟为议曹史；史高又向汉元帝推荐，经过四科策试后才增补为郎，再进为博士。

由此可见，《续汉书·职官志》中所列"四科"，丞相主持的四科取士，因四科考试所选官吏品秩差异较大，故而才有秩有二百石者数人，百石、斗食不等的区别。[④] 而次四科之后的文学之职，品皆百石，是为太学选拔任用，一般较为固定。由此可见，文学的品秩在西汉、东汉不曾调整，较为固定；东汉文学已经在中央各部曹设置较多。其中廷尉、大司农员吏中文学职员几近三分之一，而太仆、大行中文学超过四科，大鸿胪中文学等于四科，与这些职务中公文、文书职事繁重有关。

---

① 安作璋、熊铁基：《秦汉官制史稿》，济南：齐鲁书社，2007 年，第 380—381，400—401 页。

② 《史记》卷 121《儒林列传》（唐）司马贞《史记索隐》引如淳云，第 3120 页。

③ 《后汉书》卷 6《顺帝纪》，第 260 页。

④ 《后汉书》卷 33《朱浮传》注引《汉官仪》博士举状："'生事爱敬，丧没如礼。通《易》《尚书》《孝经》《论语》，兼综载籍，穷微阐奥。隐居乐道，不求闻达。身无金痍痼疾。卅六属不与妖恶交通、王侯赏赐。行应四科，经任博士。'下言某官某甲保举。"以合乎四科要求而保举。班固在《为第五伦荐谢夷吾疏》亦谓巨鹿太守会稽谢夷吾，"英姿挺特，奇伟秀出。才兼四科，行包九德，仁足济时，知周万物"云云，以为荐举。

东汉通过四科取士、甲乙科考两个路径建立起相互补充而又相对完善的选拔机制，有效实现了士人得以通过严格的考核进入官僚系统，从而保证了官吏选拔的效率和公平，也促使了两汉士大夫政治的形成。

第三节　郡国文学的运行机制

汉武帝在元朔五年（前124）六月的《劝学诏》中，明确提出博士及其弟子的职责："其令礼官劝学，讲议洽闻，举遗兴礼，以为天下先。太常其议予博士弟子，崇乡党之化，以厉贤材焉。"[①] 在于绍续旧闻，以广礼乐教化。前者是对太学经学教育功能的强调，后者是对太学社会教化职能的要求。《汉书·循吏传》言"至武帝时，乃令天下郡国皆立学校官"，各郡国学校是太学功能在地方的延续。据考证，两汉地方设立学校的郡国共39个，[②] 由此建立起的自上而下的学校系统，承担起了两汉经学教育、社会教化、文学创作的职能，是太学职能在郡国的延续。[③] 这成为两汉文化的建制性设计，是两汉文学得以发展繁荣的历史背景。

一　郡国文学的教育职能

郡国文学的设置，既符合儒家以圣人之道教化百姓的理论，也是蜀郡太守文翁设文学以为教化的实践经验总结。[④] 据《汉书·循吏传》记载，文翁通《春秋》，以郡县吏察举，景帝末，出任蜀郡太守：

见蜀地辟陋有蛮夷风，文翁欲诱进之，乃选郡县小吏开敏有材者张叔等十余人亲自饬厉，遣诣京师，受业博士，或学律令。……数岁，蜀生皆成就还归，文翁以为右职，用次察举，官有至郡守刺史

---

① 《汉书》卷6《武帝纪》，第172页。

② 江铭认为这些郡国文学多数建于东汉，39所郡国学分布于13个刺史部，而以扬州、兖州、益州、荆州为最盛，其中扬州刺史部所辖6个郡国全部建立了学校。参见江铭《两汉地方官学考论》，《华东师范大学学报》，1986年第1期。

③ （清）纪昀：《历代职官表》："盖当时太常以博士名官，郡学则以文学名官。"上海：上海古籍出版社，1989年，第891页。

④ 余英时：《士与中国文化》，上海：上海人民出版社，2003年，第141页。

者。又修起学官于成都市中，招下县子弟以为学官弟子，为除更徭，高者以补郡县吏，次为孝弟力田。常选学官僮子，使在便坐受事。每出行县，益从学官诸生明经饬行者与俱，使传教令，出入闺阁。县邑吏民见而荣之，数年，争欲为学官弟子，富人至出钱以求之。繇是大化，蜀地学于京师者比齐鲁焉。至武帝时，乃令天下郡国皆立学校官，自文翁为之始云。

《华阳国志》卷三《蜀志》载为"孝文帝末年，以庐江文翁为蜀守。……翁乃立学，选吏子弟就学。遣隽士张叔等十八人东诣博士，受七经，还以教授。学徒鳞萃，蜀学比于齐鲁。巴、汉亦立文学。孝景帝嘉之，令天下郡、国皆立文学。因翁倡其教，蜀为之始也。"与《汉书》所载事实有出入。[①]在班固看来，司马相如能够有文学之才，或出于蜀郡学官之设。而后蜀郡所出王褒、严遵、扬雄等文学之士，与其少年在蜀学习有关。《华阳国志》则直接记述为："始文翁立文学精舍，讲堂作石室，在城南。永初后，堂遇火。太守陈留高镟更修立，又增造二石室。州夺郡文学为州学，郡更于夷里桥南岸道东边起文学，有女墙。其道西城，故锦官也。"其所谓文学精舍，即文翁最早建造的用于郡文学讲学之所，其中建造为石室的讲堂在城南，一直使用到东汉安帝永初年间。后由蜀郡太守高镟修缮扩大，将之改建为州学，又重新修建文学之舍。《华阳国志》又载汉明帝永平年间，第五伦出任蜀郡太守时，"有鸾鸟集于文学十余日"，[②]是蜀郡文学长期存在之征。

从现存资料看，郡国文学的设置在东汉陆续完善。班固在《两都赋》中说："是以四海之内，学校如林，庠序盈门，献酬交错，俎豆莘莘，下舞上歌，蹈德咏仁。"言明章时期已经普遍建立了郡国学术。从史料看，当时的郡国文学已初具规模，诸多官吏、学者出于郡国文学。其中，王尊"事师郡文学官，治《尚书》《论语》，略通大义。复召署守属治狱，为郡决曹史"。涿郡文学与蜀郡文学一样，担负有讲学的使命。颜师古曾言西

---

① 令天下郡国立文学，乃在汉武帝元朔五年（前124），汉书所载为是。

② 任乃强撰：《华阳国志校补图注》卷10《先贤士女总赞论》，上海：上海古籍出版社，1987年，第535页。

汉"郡有文学官，而尊事之以为师也"，[①] 便是肯定郡国文学讲学传经的作用。东汉初年，尽管太学尚未恢复，但作为建制的郡文学依然存在。被列入云台二十八将之一的李忠，于建武六年（30）出任丹阳太守，"以丹阳越俗不好学，嫁娶礼仪，衰于中国，乃为起学校，习礼容，春秋乡饮，选用明经，郡中向慕之"。[②] 李忠在丹阳建立郡学，选用明经之士为吏，引导郡中士人读书、习礼，使得丹阳郡大治。和帝时期会稽郡太守张霸任上，为"拨乱兴治"而"立文学，学徒以千数，风教大行，道路但闻诵声。百姓歌咏之"，[③] 先后培养出顾奉、公孙松、毕海、胡母官、万虞先、王演、李根等名士，这些曾仕高位的士人都曾在郡国文学学习。

崔瑗所作的《南阳文学颂》，亦赞美南阳郡文学的教育功能：

> 昔圣人制礼作乐也，将以统天理物，经国序民，立均出度，因其利而利之，俾不失其性也。故观礼则体敬，听乐则心和，然后知反其性而正其身焉。取律于天以和声，采言于圣以成谋，以和邦国，以谐万民，以序宾旅，以悦远人。其观威仪，省祝福也，出言视听，于是乎取之。

> 民生如何，导以礼乐，乃修礼官，奋其羽簋。我国既淳，我俗既敦，神乐民别，嘉生乃繁。无言不酬，其德宜光，先民既没，赖兹旧章。我礼既经，我乐既馨，三事不叙，莫识其形。

按照张衡《南阳文学儒林书赞》的记述，南阳郡文学由太守鲍君设置："愍文学之弛废，怀儒林之陵迟，乃命匠修而新之。崇肃肃之仪，扬济济之化。"目的是通过设置郡文学，推广礼乐教化，改正风俗，引导百姓向善。

汉末州郡文学的具体形态，王粲《荆州文学记官志》中有着详细的记述，其所言意义在于"设教导化，叙经志业"，与西汉公孙弘、董仲舒，东汉徐防、蔡邕、曹操所言类似，皆在于其能担负导民向善的教化职

----

① 《汉书》卷76《王尊传》，第3227页。
② 《后汉书》卷21《李忠传》，第756页。
③ 《华阳国志校补图注》卷10《先贤士女总赞论》，第535页。

能，又能承担经学教育职责。按照王粲的描述，荆州文学由宋衷负责，"延朋徒焉，宣德音以赞之降嘉礼以劝之，五载之间，道化大行，耆德故老綦母闿等负书荷器，自远而至者三百有余人"。宋衷以五业从事的身份主管荆州文学，实际出任文学祭酒一职。前引朱宠循行，便以州文学祭酒为前驱。文学祭酒实为州郡文学之优异者。《汉官仪》载："太常差次有聪明威重一人为祭酒，总领纲纪。其举状曰：'生事爱敬，丧没如礼。通《易》《尚书》《孝经》《论语》，兼综载籍，穷微阐奥。隐居乐道，不求闻达。身无金痍痼疾，世六属不与妖恶交通、王侯赏赐。行应四科，经任博士。'下言某官某甲保举。"是为太学祭酒，总领博士及其弟子，从太常荐举文书的通例来看，不仅要求祭酒德行良好，足以为人师表；更强调其精通经学，学术优异。州郡文学祭酒亦效此例，方才能为学者所服。这三百人聚集在荆州文学之中，"遂训六经，讲礼物，谐八音，协律吕，修纪历，理刑法，六路咸秩，百氏备矣。"① 是一个以经学教育、礼乐教化为基础的学术机构，同时担负着修定历法、制定法规等职责，王粲列出荆州文学在《易》《书》《尔雅》《诗》《礼》《春秋》等研究的情形，可以看出州郡文学之大致。

由此可见，郡国文学实际担负了经学教育的功能，是两汉经学、文学下行的重要通道。从行政职能来说，正是按照西汉武帝时公孙弘、孔臧所设计的那样，这些文学"通明经术"，在地方承担起礼乐教化的使命，既使两汉经学自朝廷博士之官而普及于地方，也使地方经学之士得以受到指教而能进入太学学习，成为中央与郡国学术交流的通道，从而使两汉经学不再仅仅停留于博士学官，而是能够深入民间。从文化功能来说，郡国文学或出于博士弟子而为郡守从官，其能够协助官员起草公文、参赞教化，提升了地方官员的文化品位，也提高了地方官吏的文化素养，保证了经学自上至下的一统；或出于民间好学者而为官吏，其能够与博士弟子共事，则有利于促进民间学术与正统学术的交流，保证民间学术的纯粹，从而通过郡国文学为太学的甲乙之科、为丞相的四科考试输送人才，形成了优异人才自下而上的流动。

---

① （唐）欧阳询撰，汪绍楹校：《艺文类聚》卷38《学校》，上海：上海古籍出版社，1982年，第693页。

二　郡国文学的教化职能

两汉郡学所承担的社会教化职能，是两汉学校教化职能的体现。汉成帝阳朔二年（前23）九月在《举博士诏》中明确说："古之立太学，将以传先王之业，流化于天下也。儒林之官，四海渊原，宜皆明于古今，温故知新，通达国体，故谓之博士。否则学者无述焉，为下所轻，非所以尊道德也。"视太学为教化之所。汉兴武帝建武七年（31），朱浮上书请立太学时言："夫太学者，礼义之宫，教化所由兴也。"① 建议立太学，以彰明东汉向学慕化之态度。汉桓帝时襄楷后来也在《诣阙上疏》中说："太学，天子教化之宫，其门无故自坏者，言文德将丧，教化废也。"直接将太学视为教化的象征。

郡国文学在设置之初便被赋予了教化职能。班固在叙述文翁为蜀郡太守时，之所以立郡学，在于其"仁爱好教化"，设郡学以鼓励士人向学，通过改良士风来改进民风。《汉书·韩延寿传》记述了韩延寿担任颍川太守时，通过郡学施行教化的做法：

> 颍川多豪强，难治，国家常为选良二千石。先是，赵广汉为太守，患其俗多朋党，故构会吏民，令相告讦，一切以为聪明，颍川由是以为俗，民多怨仇。延寿欲更改之，教以礼让，恐百姓不从，乃历召郡中长老为乡里所信向者数十人，设酒具食，亲与相对，接以礼意，人人问以谣俗，民所疾苦，为陈和睦亲爱销除怨咎之路。长老皆以为便，可施行，因与议定嫁娶丧祭仪品，略依古礼，不得过法。延寿于是令文学校官诸生皮弁执俎豆，为吏民行丧嫁娶礼。百姓遵用其教，卖偶车马下里伪物者，弃之市道。……
>
> 延寿为吏，上礼义，好古教化，所至必聘其贤士，以礼待用，广谋议，纳谏争；举行丧让财，表孝弟有行；修治学官，春秋乡射，陈钟鼓管弦，盛升降揖让，及都试讲武，设斧钺旌旗，习射御之事。治城郭，收赋租，先明布告其日，以期会为大事，吏民敬畏趋乡之。又置正、五长，相率以孝弟，不得舍奸人。

韩延寿治理颍川，提升了郡国文学的教化职能，使之能够担负起"教以

---

① 《后汉书》卷33《朱浮传》，第1144页。

礼让"的职责，其中"令文学校官诸生皮弁执俎豆，为吏民行丧嫁娶礼"，颜师古注："校亦学也。"① 韩延寿令郡国文学中的学官带着各种礼器，帮助百姓在婚丧嫁娶时实行礼仪，久而久之，使得百姓按照儒家的礼仪制度举行活动，从而改掉诸多陋习。韩延寿的"修治学官"，乃整修郡国学校；"春秋乡射"是定期举行礼仪活动，使百姓懂得礼乐荣辱，形成良好的社会秩序。

国家礼仪活动多由太学生担任礼生。而郡国重要的礼仪活动，亦多由郡国文学负责。汉碑《史晨飨孔庙碑》记载了建宁元年（168）四月鲁国祭祀孔子的情形：

> 时长史庐江舒李谦敬让、五官掾鲁孔畅、功曹史孔淮、户曹掾薛东门荣、史文阳马琮、守庙百石孔赞、副掾孔纲、故尚书孔立元世、河东大守孔彪元上、处士孔褒文礼皆会庙堂，国县员冗，吏无大小，空府竭寺，咸俾来观。并畔官文学先生、执事诸弟子，合九百七人。雅歌吹笙，考之六律，八音克谐，荡邪反正，奉爵称寿，相乐终日。于穆肃雍，上下蒙福，长享利贞，与天无极。史君飨后，部史仇誧、县吏刘耽等，补完里中道之周左。

在隆重的礼乐活动中，鲁国文学及其弟子们作为重要的参与者，协助各级官员举行相关活动，"雅歌吹笙"即演奏音乐，"奉爵称寿"即举行祭祀仪式。而"于穆肃雍"诸语，则是形容此类礼乐活动的气氛，以之赞颂祭孔活动的文质彬彬。按照《鲁相史晨奏祀孔子庙碑》的记述，鲁相史晨"祠孔子以大牢，长吏备爵，所以尊先师重教化也"，是表明尊师重教，至孔庙是尊先师，而郡文学及其弟子参与，则表明重教化。

为了保证最底层的百姓亦能了解礼乐教化，东汉还派遣文学循行乡里，以了解百姓疾苦，承担起最为广泛的教化职能。

循行，是古制中了解百姓疾苦的基本做法。《礼记·月令》载季春"循行国邑，周视原野"，孟夏之月"命司徒巡行县鄙"，是为旧制。《公羊传解诂·隐公八年》进一步解释："五年亲自巡守，巡犹循也，守犹守也，循行守视之辞，亦不可国至人见，为烦扰，故至四岳，足以知四方之

---

① 《汉书》卷76《韩延寿传》，第3211页。

政而已。"认为遣吏循行，有助于了解四方之政。《白虎通·巡守》总结西汉循行之制言："巡者，循也。狩牧也。为天下巡行守牧民也。道德太平，恐远近不同化，幽隐不得所者，故必亲自行之，懂敬重民之至也。考礼义，正法度，同律历，计时月，皆为民也。"通过循行可以了解民意，理清积案，纾解民瘼。

西汉时中央政府有时派遣博士循行，如汉武帝元狩六年（前117）夏六月，"遣博士大等六人分循行天下，存问鳏寡废疾，无以自振业者贷与之。谕三老孝弟以为民师，举独行之君子，征诣行在所。"① 元鼎二年（前115）九月，又遣博士循行振饥："遣博士中等分循行，谕告所抵，无令重困。吏民有振救饥民免其厄者，具举以闻。"② 汉宣帝五凤四年（前54）四月，"复遣丞相、御史掾一十四人循行天下，举冤狱，察擅为苛禁深刻不改者。"③ 汉元帝初元元年（前48）夏四月，"临遣光禄大夫褒等十二人循行天下，存问耆老鳏寡孤独困乏失职之民，延登贤俊，招显侧陋，因览风俗之化。"④ 建昭四年（前35）四月发《遣使循行天下诏》："朕承先帝之休烈，夙夜栗栗，惧不克任。间者阴阳不调，五行失序，百姓饥馑。惟烝庶之失业，临遣谏大夫博士赏等二十一人循行天下，存问耆老鳏寡孤独乏困失职之人，举茂材特立之士。相将九卿，其帅意毋怠，使朕获观教化之流焉。"汉成帝建始三年（前30）九月，"遣谏大夫林等循行天下"等。⑤

东汉郡文学还担负着循行的职务。司马彪《续汉书》载北海靖王刘兴迁弘农太守时，"弘农县吏张申有伏罪，兴收申案论，郡中震慄。时年旱，分遣文学循行属县，理冤狱，宥小过，应时甘雨降澍。"⑥ 循行又称巡行，是平理冤狱、安抚百姓的重要手段，⑦ 中央政府遣使循行是为了纠正郡国之弊，其所遣多为谏议大夫、光禄大夫、博士等，而在郡国一级，此类劝善教化一职多由文学承担。故刘兴则派遣郡文学循行，用以平理冤

---

① 《汉书》卷6《武帝纪》，第180页。
② 同上书，第182页。
③ 《汉书》卷8《宣帝纪》，第268页。
④ 《汉书》卷9《元帝纪》，第279、295页。
⑤ 《汉书》卷10《成帝纪》，第307页。
⑥ 《后汉书》卷14《北海靖王兴传》注引，第556页。
⑦ 张强、杨颖：《两汉循行制度考述》，《南京师大学报》，2008年第3期。

情，简释囚徒，宣示政教，以明德政，此乃郡文学直接干预行政之征。州郡太守以文学循行的情形，《后汉纪·孝顺纪》中有一段记述：

> 朱宠，……初为颍川太守，……每出行县，使文学祭酒佩经书前驱，顿止亭传，辄复教授。周旋阡陌，观课农桑。吏安其政，民爱其礼。所至县界，父老迎者常数千人。宠乃使三老御车问人得失，百姓翕然，治甚有声。

朱宠治颍川，选用明经为属官，表明其重视经学之士，而自己每次去基层视察，则令郡文学祭酒携带经书前行，有空则在亭舍教授百姓读书。在这样的循行中，"文学"一方面承担了向百姓讲学、教化的使命，另一方面也协同太守了解民间疾苦，掌握行政得失，从而让百姓理解行政措施，引导百姓尊礼守法。

三　"郡国各修文学"与建安文学的繁荣

建安八年（203）秋七月，曹操"丧乱已来，十有五年，后生者不见仁义礼让之风，吾甚伤之。其令郡国各修文学，县满五百户置校官，选其乡之俊造而教学之。庶几先王之道不废，而有以益于天下。"[1] 命令各郡国普遍设立"文学"，五百户以上的县必须设立校官，负责对境内才学之士进行培养。两汉所设的郡文学是以郡为单位选拔才俊之士进行培养，而曹操则要求将人才培养下移到县一级。这样一来，"郡国文学"实际变为了"郡县文学"，具备了郡学、县学的雏形。

自西汉时期，郡文学之官来源有二：一是由博士弟子、如博士弟子参加甲乙科考而出任郡文学者；二是由郡国自行辟除者。纪昀认为在汉元帝时期，各郡国多置五经百石卒史，其大致相当于郡县学校官吏。[2] 至东汉，郡国文学之官多数由各郡县长官自行选任。这使得各郡县、各刺史、各部司可以直接聘任"文学"为掾属，从而迅速扩展了文学掾的数量。

建安前后，文学掾可以直接由郡守选任。《陈留耆旧传》记载："太

---

① 《三国志》卷1《魏书·武帝纪》，第24页。
② 《历代职官表》卷51《元帝好儒郡国置五经百石卒史》，第521页。

守冷宏召补文学，宏见异之，擢举孝廉。"① 言吴佑参加陈留太守冷宏召补文学的面试，被冷宏所重视，直接提升为孝廉。杨伦曾为郡文学掾，但因"志乖于时，以不能人间事，遂去职，不复应州郡命。讲授于大泽中，弟子至千余人"，多次拒绝"郡礼请，三府并辟，公车征"等。② 陈寔"复为郡西门亭长，寻转功曹。时中常侍侯览托太守高伦用吏，伦教署为文学掾"，③ 陈寔曾任郡功曹，后亦出任高伦的文学掾，"于是乡里咸以寔为失举。寔晏然自若"。④ 二人都是直接由陈留太守高伦聘为文学掾。此外，从赵孔曜《荐管辂于冀州刺史裴徽》来看，刺史亦可以直接征召文学：

> （管辂）雅性宽大，与世无忌，可为士雄。仰观天文则能同妙甘公、石申，俯览《周易》，则能思齐季主，游步道术，开神无穷，可为士英。抱荆山之璞，怀夜光之宝，而为清河郡所录北黉文学，可为痛心疾首也。使君方欲流精九皋，垂神幽薮，欲令明主不独治，逸才不久滞，高风退被，莫不草靡，宜使辂特蒙阴和之应，得及羽仪之时，必能翼宣隆化，扬声九围也。⑤

按照《三国志·魏志·方技传》记载："裴徽于是辟为文学从事，引与相见，大善友之。"管辂最初为清河太守所召，出任北黉文学之职，后因好友赵孔曜举荐，出任冀州刺史文学从事。其得以如此，一在于其个人名声，二在于推荐者的声誉。

东汉后期之文学，更多是各郡国名士聚集之所。李固《临荆州辟文学教》曾言："欲采名珠，求之于蚌；欲得名士，求之文学。或割百蚌不得一珠，不可舍蚌求之于鱼；或百文学不出奇士，不可舍文学求之于半筲也。由是言也，蚌乃珠之所藏，文学亦士之场矣。"充分肯定了州郡文学中文士的才华。西晋苏彦亦言："不食八珍，何以知味之奇；不为文学，

---

① 《后汉书》卷 64《吴祐传》（唐）李贤注引，第 2100 页。

② 《后汉书》卷 79《儒林列传》，第 2564 页。

③ 《后汉书》卷 62《陈寔传》，第 2065 页。

④ 《后汉纪·孝灵皇帝纪》，第 455 页。

⑤ 《三国志》卷 29《魏书·方技传》注引《管辂别传》，第 819 页。

何以知世之资。"① 将文学视为个人最高修为的表现。因此，建安年间选用文学掾，多辟名士。如司马懿，"汉建安六年，郡举上计掾。魏武帝为司空，闻而辟之。……及魏武为丞相，又辟为文学掾，敕行者曰：'若复盘桓，便收之。'"② 王观，"少孤贫厉志，太祖召为丞相文学掾，出为高唐、阳泉、酂、任令，所在称治"。③ 二人因才学为世人称道，曹操以丞相身份直接征辟为文学掾。曹植清选官属，以司马孚为文学掾。曹丕为太子时，命郑冲为文学，还专设五官中郎将文学，用于征辟文学之士，刘桢、徐干、应场、夏侯尚等皆曾出任"五官将文学"。在这样的风气中，曹魏普遍设立文学掾，太子宫、王侯均设立文学掾，王昶则是"文帝在东宫，昶为太子文学"；④ 李丰、毕轨、荀闳便是明帝任太子时"在文学中"；⑤ 毌丘俭为"平原侯文学"；⑥ 高堂隆则"为历城侯徽文学"。⑦ 可见从建安至曹魏时期，"文学"已普遍设立，《晋书·职官志》言："王置师、友、文学各一人"，已将诸侯王设置文学作为建制固定下来。

值得注意的是，建安以至黄初年间，"文学"所从事的活动不再以经学教育、礼乐教化为主，转而以尚博通、能著述为指向。如与二曹友善的"徐干、陈琳、阮瑀、应场俱以文章知名"；⑧ 邯郸淳"博学有才章，又善《苍》《雅》、虫、篆、《许氏》字指"，曹操"素闻其名，召与相见，甚敬异之""博延英儒，亦宿闻淳名，因启淳欲使在文学官属中"，曹植"亦求淳"。三曹对于邯郸淳的赏识，体现了当时他们对"文学"的态度。曹植与其"评说混元造化之端，品物区别之意，然后论羲皇以来贤圣名臣烈士优劣之差，次颂古今文章赋诔及当官政事宜所先后，又论用武行兵倚伏之势"，⑨ 显然，邯郸淳精通玄学、经学、史论、策略、文章，是曹魏时期博学之士的代表，因而赢得三曹的重视。荀闳曾为太子文学掾，

---

① （北宋）李昉等撰：《太平御览》卷607《学部》，北京：中华书局，1960年，第2732页。
② 《晋书》卷1《高祖宣帝纪》，北京：中华书局，1974年，第2页。
③ 《三国志》卷24《魏书·王观传》，第693页。
④ 《三国志》卷27《魏书·王昶传》，第743—744页。
⑤ 《三国志》卷9《魏书·曹爽传》注引《魏略》，第289页。
⑥ 《三国志》卷28《魏书·毌丘俭传》，第761页。
⑦ 《三国志》卷25《魏书·高堂隆传》，第708页。
⑧ 《后汉书》卷80《文苑列传》注引《魏略》，第2640页。
⑨ 《三国志》卷21《魏书·邯郸淳传》注引《魏略》，第603页。

"时有甲乙疑论，闳与钟繇、王朗、袁涣议各不同"，以致曹丕在与钟繇的信中说："袁、王国士，更为唇齿，苟闳劲悍，往来锐师，真君侯之勍敌，左右之深忧也。"① 称赞苟闳的议论具有强烈的说服力。由此可见，建安时期的"文学"已经走出了传统的经学范畴，是集议论、学识与文章为一体的学术形态。

从曹丕对建安文人的评价中，亦能看出其眼中的文学之才，主要是以著述为主。其在《典论》评价当时文学之士："粲之《初征》《登楼》《槐赋》《征思》，幹之《玄猿》《漏卮》《圆扇》《橘赋》，虽张、蔡不过也，然于他文未能称是。琳、瑀之章表书记，今之俊也。应场和而不壮，刘桢壮而不密。孔融体气高妙，有过人者，然不能持论，理不胜辞，至于杂以嘲戏；及其所善，扬、班之俦也。"皆以文学创作之高下着眼，可见曹丕审视文学掾之高下，多是在审视文学著述能力。

建安时期，曹氏兄弟与文学属官的活动，曹丕《与吴质书》言为"既妙思六经，逍遥百氏，弹棋间设，终以博弈，高谈娱心，哀筝顺耳。……时驾而游，北遵河曲，从者鸣笳以启路，文学托乘于后车"云云，文学不仅参与诸王的贵游，而且还进行意气相投的文学创作。待曹魏立国后，文学创作遂转为撰述。《三国志·魏书·文帝纪》径言："初，帝好文学，以著述为务，自所勒成垂百篇。又使诸儒撰集经传，随类相从，凡千余篇，号曰《皇览》。"将著述创作视为文学之活动，并邀请儒生编纂、撰述、创作。可见此时"文学"之职事已转为著述、创作。《魏略》便言桓范于"延康中，为羽林左监，以有文学，与王象等典集《皇览》"，② 因为文学才华参与编纂。而曹衮则是：

> 少好学，年十余岁能属文。每读书，文学左右常恐以精力为病，数谏止之，然性所乐，不能废也。……每兄弟游娱，衮独覃思经典。文学防辅相与言曰："受诏察公举错，有过当奏，及有善，亦宜以闻，不可匿其美也。"遂共表称陈衮美。衮闻之，大惊惧，责让文学曰："修身自守，常人之行耳，而诸君乃以上闻，是适所以增其负累

---

① 《三国志》卷10《魏书·苟彧传》注引《苟氏家传》，第316页。
② 《三国志》卷9《魏书·曹爽传》注引《魏略》，第290页。

也。且如有善，何患不闻，而遽共如是，是非益我者。"其戒慎如此。①

如果说曹丕、曹植爱好文学到了如痴如醉的地步，曹衮对文学几乎到了舍生忘死的痴迷，而这种痴迷又以读书、著述出之。

郡县文学的设立，使得汉灵帝、汉献帝所开启的好文风尚在制度层面得以固定，并随着文学掾的普遍充任，成为一种建安时期的社会风尚和文化风气，经过曹氏父子的强化，文学不再作为"缘饰政事"的工具，而成为抒写性情、表现才学的新方式。建安文学的形成，或有这样或那样的因缘际会，但郡国文学的普遍设立与文学掾的大量设置，是汉魏文学创作得以繁荣的制度动因。

第四节　鸿都门学的历史误读

对鸿都门学的讨论，往往以光禄大夫杨赐、尚书令阳球和议郎蔡邕的奏疏作为资料，对其文化作用进行辨析，涉及鸿都门学设置的政治背景、文化意图以及文学功能等。② 从反对者的视角来看鸿都门学的性质，很容易被他们牵着鼻子，先入为主地审查鸿都门学的弊端，将三人的反对意见作为证据，论点自然带有倾向性。假如我们回到历史现场，从制度渊源来考察鸿都门学设置的历史动因，才可能对鸿都门学的性质进行客观的分析，③ 就会发现后世对鸿都门学的文化功能并不否定，而反对的是鸿都门选，即汉灵帝直接敕命鸿都门待诏、鸿都门生出任高官，彻底摧毁了东汉选官制度，因而引起广泛的非议。我们有必要还原鸿都的性质、鸿都门学的功能和鸿都门选的实质，如此才能更加客观地审视鸿都门

---

① 《三国志》卷 20《魏书·中山恭王衮传》，第 583 页。

② 孙明君：《第三种势力：政治视角中的鸿都门学》，《学习与探索》，2002 年第 5 期；曾维华、孙刚华：《东汉"鸿都门学"设置原由探析》，《东岳论丛》，2010 年第 1 期；陈君：《鸿都门学之兴衰及其历史启示》，《中国典籍与文化》，2007 年第 2 期；王永平：《汉灵帝之置"鸿都门学"及其原因考论》，《扬州大学学报》，1999 年第 5 期。

③ （北宋）司马光曾言："熹平中，诏引诸生能文赋者，待制鸿都门下。蔡邕力争，以为辞赋小才，无益于治，不如经术。自魏、晋以降，始贵文章，而贱经术，以词人为英俊，以儒生为鄙朴。下至隋、唐，虽设明经、进士两科，进士日隆，而明经日替矣。"参见《司马温公文集》卷 8《起请科场札子》，北京：中华书局，1985 年，第 205 页。

学的文化属性、历史作用及其被误读的原因。

一　鸿都藏书职能考辨

通过历史资料的比对，我们大致可以确定：东汉鸿都的基本职能是藏书。按照范晔的记述，鸿都是与兰台、石室、东观等并立的藏书之所：

> 及董卓移都之际，吏民扰乱，自辟雍、东观、兰台、石室、宣明、鸿都诸藏典策文章，竞共剖散，其缣帛图书，大则连为帷盖，小乃制为滕囊。及王允所收而西者，裁七十余乘，道路艰远，复弃其半矣。后长安之乱，一时焚荡，莫不泯尽焉。①

在范晔看来，辟雍、东观、兰台、石室、宣明、鸿都一样，是两汉"藏典策文章"之所。我们知道，东观、兰台、石室乃是皇室秘藏图书的场所。② 辟雍实谓太学，蔡邕曾言："取其宗祀之清貌，则曰清庙。取其正室之貌，则曰太庙。取其尊崇矣，则曰太室矣。取其堂向明，则曰明堂。取其四门之学，则曰太学。取其四面周水圆如璧，则曰辟雍。异名而同事，其实一也。"③ 辟雍代指太学的藏书之所。宣明殿也是东汉藏书、校书之所。当年汉明帝请侍中桓郁"常居中论经书，问以政事，反复乃行，受章录事，不离左右。明帝自制《五行章句》，令郁校定于宣明殿中"，④ 实际是皇帝的书房，集读书、校书和写书为一体。

隋朝开皇初，秘书监牛弘上表请求隋文帝开献书之路时，言及东汉藏书："光武嗣兴，尤重经诰，未及下车，先求文雅。……肃宗亲临讲肄，和帝数幸书林，其兰台、石室、鸿都、东观，秘牒填委，更倍于前。"⑤ 认为自汉章帝、汉和帝时期，鸿都就与兰台、石室、东观并列，作为东汉

---

① 《后汉书》卷79《儒林列传》，第2548页。
② 《汉书》卷19《百官公卿表》："御史大夫……有两丞，秩千石。一曰中丞，在殿中兰台，掌图籍秘书。"《史记》卷130《太史公自序》："周道废，秦拨去古文，焚灭《诗》《书》，故明堂石室金匮玉版图籍散乱。"
③ 《后汉书》卷98《祭祀志》引（东汉）蔡邕《明堂论》，第3178页。
④ （西晋）华峤：《后汉书》卷2《桓荣传》，引自周天游辑注：《八家后汉书辑注》，第545页。
⑤ 《隋书》卷49《牛弘传》，北京：中华书局，1973年，第1298页。

的藏书、校书、写书之所。范晔、牛弘对东汉书籍聚散的描述都提及鸿都，不同的是，范晔叙述的是全部典籍的流散，太学所藏之书乃颁行天下之作，宣明本是皇帝读书著书之所，朝臣常于此讨论政务，非专门的藏书之处。故牛弘言及的"秘牒"，只有兰台、石室、鸿都、东观四处。

鸿都所藏，资料阙如。其既与三处并列，其作用亦如之，多藏秘不示人之书。扬雄在《答刘歆书》中曾说："令尚书赐笔墨钱六万，得观书于石室。"以能观秘藏之书为荣。而班固"徵诣校书，除兰台令史，迁为郎，典校秘书令史，卒前所续史记也"，[1] 入兰台方得以官方史料撰成《汉书》。黄香之所以名闻天下，在于"元和元年，肃宗诏香诣东观，读所未尝见书"，[2] 所未见之书乃皇宫之外不能见到之书，黄香得以阅读秘藏之书，学识自然超群。

记述这两则史料的是史学家和目录学家。其中，范晔"删众家《后汉书》为一家之作"，[3] 翻检资料，比勘记录，其言必有据；牛弘主撰《四部目录》，对隋前藏书之流传，言必有序，故二人对于鸿都性质的确定，绝非道听途说，必有史实依据，方才确定鸿都乃东汉藏书之所，又称鸿都府。[4]《太平御览》引《后汉书》言："灵帝时，地震，海水溢，又震鸿都府门。"此文今本不见，既称为"鸿都府"，其规模可以想知。

东汉秘藏之书非常丰富，且不轻易示人。李固在《对策后复对》中曾提醒汉顺帝："陛下宜开石室，陈图书，招会群儒，引问失得，指擿变象，以求天意。"黄琼也曾在《因灾异上疏荐黄错任棠》中说："陛下宜开石室，案《河》《洛》，外命史官，悉条上永建以前至汉初灾异，与永建以后讫于今日，孰为多少。"二人所谓的"开石室"，实际是恳求皇室能够将秘藏之书示人，让群臣得以明白灾异的成因究竟为何，以便于行政参考。这些秘藏之书一直存于皇宫之中，后曾随汉献帝迁徙。

---

① （唐）徐坚编：《初学记》卷21《史传》，北京：中华书局，1962年，第504页。

② 《后汉书》卷80《黄香传》，第2614页。

③ 《宋书》卷69《范晔传》，第1820页。

④ （南朝·陈）徐陵《玉台新咏序》亦言："但往世名篇，当今巧制，分诸麟阁，散在鸿都。不籍篇章，无由披览。于是，燃脂暝写，弄笔晨书，撰录艳歌，凡为十卷。"后世遂以鸿都代指藏书机构。参见（清）吴兆宜注，穆克宏点校：《玉台新咏笺注》，北京：中华书局，1999年，第13页。

初平元年（190），董卓迁都关中，司徒王允"悉收敛兰台、石室图书秘纬要者以从。既至长安，皆分别条上。又集汉朝旧事所当施用者，一皆奏之。"① 直到汉末依然密存，并且不计代价地随皇室迁徙，范晔认为鸿都所藏之书与其他秘藏书籍一样，在汉献帝迁徙途中大多散失，故后世多无睹。

我们要考察的第二个问题，是鸿都门位于什么地方？依李贤注，鸿都门为东汉洛阳城之内门，即皇宫之门。《汉宫殿名》亦记载："洛阳有太夏门、阊阖门、西华门、万春门、苍龙门、长秋门、景福门、永巷门、丙舍门、鸿都门、金牙门、不老门、章台门、濯龙门、定鼎门。"② 但具体位置尚存争议：《太平寰宇志》认为其为洛阳北宫之门，③ 但顾祖禹却认为"南宫正门即端门，旁有鸿都、盛德、九龙及金商、青琐诸门。其正殿曰崇德殿，旁为嘉德殿，崇德殿西则曰金商门也。"④ 此与《河南志》所载相同。且《后汉书》记载汉安帝时期，诸多大臣为了证明太子无过，"俱诣鸿都门证太子无过"，其中来历"独守阙，连日不肯去"。⑤ 汉制以阙为正门，东汉洛阳宫城坐北朝南，故鸿都门当为洛阳南宫正南门端门之侧门。⑥

第三个问题是，光和元年（178），汉灵帝"始置鸿都门学生"是别出心裁还是制度需要？按照李贤注："鸿都，门名也，于内置学。时其中诸生，皆敕州、郡、三公举召能为尺牍辞赋及工书鸟篆者相课试，至千人焉。"⑦ 鸿都是为藏书之所，鸿都门学则是汉灵帝为鸿都藏书而设置的机构，位于鸿都门内，故名。

两汉藏书、校书、写书多在藏书机构之中，汉灵帝下令各州、郡以及三公推举所能为尺牍、辞赋、精通书法者，恰是西汉藏书、校书、写书之官的必备技能。尺牍为两汉公文通用格式，颜师古注："咫尺者，言其简

　①《后汉书》卷66《王允传》，第2174页。

　②《太平御览》卷183《门下》，第889页。

　③（北宋）乐史《太平寰宇记》卷3《河南道三·河南府一》："鸿都门，洛阳北宫门也"。

　④（清）顾祖禹撰，贺次君、施和金点校：《读史方舆纪要》卷48《河南三》，北京：中华书局，2005年，第2234页。

　⑤《后汉书》卷15《来历传》，第591—592页。

　⑥ 杨继刚：《汉鸿都门学地理位置与政治斗争考论》，《暨南学报》，2014年第2期；张军威：《鸿都门学探究》，《洛阳理工学院学报》，2012年第4期。

　⑦《后汉书》卷8《孝灵帝纪》，第341页。

牍或长咫，或长尺，喻轻率也。今俗言尺书，或言尺牍，盖其遗语耳。"①
能为尺牍者，实乃擅长公文写作且深通公文格式者。工书法，更是两汉史
官考核的必备技能。依汉制，"太史试学童，能讽书九千字以上，乃得为
史。又以六体试之，课最者以为尚书、御史、史书令史。"韦昭注："若
今尚书兰台令史也。"认为尚书兰台令史亦出于此类史官。在这其中，学
童所考的"六体"，即"古文、奇字、篆书、隶书、缪篆、虫书，皆所以
通知古今文字，摹印章，书幡信也"。② 皆为校书所必须掌握的基本字体。
缪篆，清桂馥《缪篆分韵》认为是汉魏印采用的多体篆文之统称，"工书
鸟篆者"实乃要求参加课试者精通各种形体的篆文，其中就包括秦视为
"八体"的鸟篆，③ 是带有装饰意味的古文字，至王莽合为六体。④ 由此
看来，汉灵帝下诏选用的能为尺牍、工书鸟篆者，实乃源自西汉选举史官
的必备技能。

至于能为辞赋者，实出于汉灵帝的爱好，西汉诸帝皆曾以其所好而令
士人待诏金马门，如汉武帝时公孙弘、东方朔、主父偃、严安、徐乐，汉
宣帝时刘向、张子侨、华龙、柳褒、郑朋，汉元帝时贾捐之，汉成帝时冯
商，汉哀帝时的夏侯良等，都曾待诏金马门，或以容貌秀丽，或以能调
笑，或以能辞赋，或以能撰述，其备为皇帝顾问，随时可以入于禁中参与
议论、起草诏令。东汉光武时的策士马援、名士桓谭等，汉章帝时制作四
分历的张盛、京房、鲍业、杨岑等，汉和帝时的相工苏大等都曾待诏公
车。待诏作为皇帝考察、选用士人的一个方式，并不局限于经术，这些士
人"诸以材技征召，未有正官，故曰待诏"，⑤ 其根据所表现出来的才能
由皇帝量才使用，一般多以郎官入仕，担任百石左右的低级职务。汉灵帝
好辞赋篇章，其招能为辞赋者至鸿都门参加考试，蔡邕也承认"其本以

---

① 《汉书》卷 34《韩信传》，第 1872 页。

② 《汉书》卷 30《艺文志》，第 1721—1722 页。

③ 容庚：《鸟书考》，《中山大学学报》，1964 年第 1 期。

④ （东汉）许慎《说文解字·叙》："及亡新居摄，使大司空甄丰等校文书之部，自以为应
制作，颇改定古文。时有六书：一曰古文，孔子壁中书也。二曰奇字，即古文而异者也。三曰篆
书，即小篆，秦始皇帝使下杜人程邈之所作也。四曰左书，即秦隶书。五曰缪篆，所以摹印也。
六曰鸟虫书，所以书幡信也。"

⑤ 《汉书》卷 11《哀帝纪》注引，第 340 页。

经术相招"，是以待诏身份进行选举，合乎两汉的待诏传统。①

由此来看，鸿都为皇宫的藏书之所，汉灵帝所选用的能尺牍、善辞赋、工书法者，乃藏书、校书和写书的需要，且招用、选用这些士人是符合两汉待诏传统的。也就是说，光和元年（178）灵帝设置鸿都门学，其做法并无不妥之处。

二　鸿都门学与熹平石经的刊刻

在鸿都门学设置之前，汉灵帝已经下诏令诸儒正定五经，鸿都门学与在此期间刊定的熹平石经有无关系呢？我们有必要考察鸿都门学与熹平石经刊刻的内在关联，才能确认汉灵帝设置鸿都门学的意图。

首先，我们可以确定汉灵帝熟知经学。蔡邕言汉灵帝即位之初，"先涉经术，听政余日，观省篇章"，② 一度喜欢经书，渐而喜欢文章。又言："灵帝颇好学艺，每引见宽，常令讲经"，③ 对经学抱有浓厚的兴趣。但此时的经学既无家法之守，亦无师法之专，已经"章句渐疏，而多以浮华相尚，儒者之风盖衰矣"。之所以如此，一在于汉顺帝之后，博士弟子、如博士弟子扩招，自然鱼龙混杂，学门不能清静，好利之徒自然云集，学问不精者，必附庸风雅而信口开河，使得章句之学变为议论之所；二在于"天下豪杰及儒学行义者，一切结为党人"，④ 学无大儒，遂使庸才成名。自古好利之徒多竞进，庸俗之才好卖弄，其假经术为路径，必然有哓哓之争，若即学问而论之，则存敬畏之心。然其非学问之士，妄作辩论，不能说服对方者，遂私自改定经书而为证。熟知经学的汉灵帝知此弊端，遂下诏一统经学。

其次，刊订熹平石经反映了汉灵帝试图一统经学的努力。对于熹平石经刊定的推动者，在《后汉书》有着不同的叙述。《后汉书·儒林列传》言为：

---

① （元）马端临：《文献通考》卷54《职官考》："盖以言语文字被顾问，以翰墨技艺侍中、待诏，则汉武帝所以处邹、枚、严、徐，灵帝所以招鸿都文学之类是也。至于出入禁闼，特被亲遇，参谋军国，号称内相，则汉、魏以来侍中、领尚书事、秘书监、中书监之类是也。若代言典诰之任，则武帝所以命司马相如，历代所以置中书舍人是也。"
② 《后汉书》卷60《蔡邕列传》，第1996页。
③ 《后汉书》卷25《刘宽传》，第887页。
④ 《后汉书》卷8《孝灵帝纪》，第330—331页。

　　党人既诛，其高名善士多坐流废，后遂至忿争，更相言告，亦有私行金货，定兰台漆书经字，以合其私文。熹平四年，灵帝乃诏诸儒正定五经，刊于石碑，为古文、篆、隶三体书法以相参检，树之学门，使天下咸取则焉。

从经书紊乱、经学混乱的角度言之，是为刊定石经的大背景。《后汉书·宦者列传》则说：

　　时宦者济阴丁肃、下邳徐衍、南阳郭耽、汝阳李巡、北海赵祐等五人称为清忠，皆在里巷，不争威权。巡以为诸博士试甲乙科，争第高下，更相言告，至有行赂定兰台漆书经字，以合其私文者，乃白帝，与诸儒共刻五经文于石，于是诏蔡邕等正其文字。自后五经一定，争者用息。

由宦官李巡将太学中博士及博士弟子的弊端报告给汉灵帝。《后汉书·蔡邕列传》记述为：

　　邕以经籍去圣久远，文字多谬，俗儒穿凿，疑误后学，熹平四年，……奏求正定六经文字。灵帝许之，邕乃自书（册）丹于碑，使工镌刻立于太学门外。于是后儒晚学，咸取正焉。

蔡邕提出解决办法，主张刊定经书文字，汉灵帝遂召集诸儒共同校订。其中所提到的蔡邕等人"正其文字"的工作，便是前文提到的"为古文，篆、隶三体书法以相参检"，使讹误多出、歧义日显的经书得以统一。卢植有《始立太学石经上书》，言当时正定经书的基本做法：

　　臣少从通儒故南郡太守马融受古学，颇知今之《礼记》特多回冗。臣前以《周礼》诸经，发起秕谬，敢率愚浅，为之解诂，而家乏，无力供缮写上。愿得将能书生二人，共诣东观，就官财粮，专心研精，合《尚书》章句，考《礼记》失得，庶裁定圣典，刊正碑文。古文科斗，近于为实，而厌抑流俗，降在小学。中兴以来，通儒达士班固、贾逵、郑兴父子，并敦悦之。

他也意识到《礼记》中颇多讹误，应该比较不同的版本加以勘定，但他又觉得独自一人难以完成，希望能够寻找两个善书的助手，一起到东观核对典籍，考察相关文献的得失，比对文字，确定最后的文字，刻为碑文。

可以看出，熹平石经的正定不仅需要儒生去校雠经义，而且需要精通书法者对经书的古文、奇字、缪篆、虫书等进行核定，才能刊定正文。最后由擅长古文、篆文、隶书三种书法者对刊定的经文进行书写，交付刻工刻成。卢植"就官财粮"的说法，也表明一经的刊刻，绝非能在短时间内完成，更何况有五经之多。学界一般认为，熹平石经从熹平四年（175）汉灵帝下诏正定《五经》，到光和六年（183）"凡历九年而始告成"，① 参与者人数众多，是汉灵帝时期一项宏大的文化工程。②

熹平四年（175），汉灵帝下令刊刻石经，卢植上书要求参与《礼记》的刊刻；熹平六年（177），汉灵帝亲自视察太学，体现出对正定五经工作的重视。光和元年（178），汉灵帝设置鸿都门学，最初用意正在提倡经学。《后汉书·蔡邕列传》明确说：

> 初，帝好学，自造《皇羲篇》五十章，因引诸生能为文赋者。本颇以经学相招，后诸为尺牍及工书鸟篆者，皆加引召，遂至数十人。

又载为：

> 光和元年，遂置鸿都门学，画孔子及七十二弟子像。

范晔认为，汉灵帝设置鸿都门学的最初目的是出于经学考量，并在学内由画工刘旦、杨鲁等"画孔子及七十二弟子像"，表明鸿都门学的宗旨在于

---

① 马衡《从实验上窥见汉石经之一斑》："此伟大之工作，起于熹平四年，讫于光和六年（《水经注》言光和六年，当有所据，疑是刻成之年载在碑文者），凡历九年而始告成。"引自《庆祝蔡元培先生六十五岁论文集》，中央研究院历史语言研究所，1935 年，第 65 页。

② 杨九诠：《东汉熹平石经平议》，《文史哲》，2000 年第 1 期。

尊儒校经。尽管范晔在《后汉书》中记载诸多反对鸿都门选的奏疏，但皆未否认鸿都门学校订经书的功用。

再次，鸿都门学为熹平石经选拔了书写者，为书写者提供了书法训练。据唐张彦远所辑录的《法书要录》记载，鸿都门学内集聚了当时最优秀的书法家。其中，师宜官被认为是鸿都门学中书法成就最高者："灵帝好书，征天下工书于鸿都门，至数百人，八分称宜官为最。大则一字径丈，小乃方寸千言，甚矜其能。"① 关于八分书，卫恒《四体书势》言："秦既用篆，奏事繁多，篆字难成，即令隶人佐书，曰隶字。汉因行之，独符、印玺、幡信、题署用篆。隶书者，篆之捷也。上谷王次仲始作楷法。至灵帝好书，世多能者，而师宜官为最。"② 是隶书的前身，在汉灵帝时习者最广。其弟子梁鹄，"受法于师宜官，以善八分知名。举孝廉为郎，灵帝重之，亦在鸿都门下。"③ 这些知名的书法家云集一堂，相互切磋，为熹平石经的书丹做了技术上的滋养。

作为熹平石经的撰写者，蔡邕正是得力于鸿都门学的训练，才得以卓然自立。《笔阵图》言："昔秦丞相斯见周穆王书，七日兴叹，患其无骨；蔡尚书入鸿都观碣，十旬不返，嗟其出群。"④ 依《后汉书·窦宪传》注："方者谓之碑，圆者谓之碣。"蔡邕入鸿都观碑百余日，可见鸿都所藏碑碣之丰富。蔡邕在鸿都门中见识了当时一流的书法作品，成为其撰写石经的参照。后魏江式《论书》言："左中郎将陈留蔡邕，采李斯、曹喜之法，为古今杂形，诏于太学立石碑，刊载五经，题书楷法，多是邕书也。"⑤ 可知当时鸿都珍藏了许多前代书刻，蔡邕才能够博采众长，形成独特的楷法，作为熹平石经的字体。泽被后世深远的飞白，正是得益于蔡邕在鸿都门学的揣摩："时方修饰鸿都门，伯喈待诏门下，见役人以垩帚成字，心有悦焉，归而为飞白之书。"⑥ 飞白之书经蔡邕之手，成为后世书家常用的技巧。

----

① （唐）张怀瓘：《书断》，引自（唐）张彦远辑录，范祥雍点校：《法书要录》卷8，上海：上海古籍出版社，2013年，第189页。

② （清）严可均辑：《全晋文》卷30，北京：商务印书馆，1999年，第296页。

③ 《书断》，第189页。

④ 《法书要录》卷1，第4页。

⑤ 《法书要录》卷2，第53—54页。

⑥ 《书断》，第170页。

最后，熹平石经书写于鸿都门学之中。熹平石经最后竖立于太学，此无异议。然自古却有"鸿都石经"的说法，按照南宋娄机《汉盘字源·序》的理解，将"熹平石经"说成"鸿都石经"，"误始于唐张怀瓘《书断》，而北宋黄伯思《东观余论》、晁公武《石经考异》等书因之"，并由此得出结论："蔡邕以刻鸿都学生被谴，尤不可以邕正字书丹之碑归之鸿都"，① 后代研究者多由此认为"鸿都石经"为"熹平石经"的误读。② 此乃就经学史言之，看的是石经竖立的最终位置在太学。假如我们从工程史的角度来思考：历时九年而完成的熹平石经，其文字刊定工作在东观、兰台等地进行，其书写和刻碑当在何地进行？

鸿都门学本是为校订经书而设置，集中了汉灵帝时期最好的书法家、画工的鸿都，完全有理由成为书丹、刻碑的工作场所。后世书法史论者，多称将石经称为"鸿都石经"，当是着眼于石经的书丹之所。《太平广记·书四·潞州卢》："东都顷年创造防秋馆，穿掘多蔡邕鸿都学所书石经。后洛中人家往往有之。"认为洛阳出土的石经乃是蔡邕在鸿都门学所书。后董逌《广川书跋·蔡邕石经》仍之，陶宗仪《书史会要》、顾炎武《石经考》、朱彝尊《西岳华山庙碑跋》、倪涛《六艺之一录》等皆以"鸿都石经"称之，正出于认定石经刊刻之于鸿都而名之。

由此来看，鸿都门学是汉灵帝为刊刻石经而设置的训练书法的场所，承担着文字校订、书法训练和书碑撰写的功能，蔡邕、师宜官、梁鹄等人对隶书、楷书的改造，得益于鸿都门学对书法技巧的训练，大量云集的书法家相互切磋，提升了书法的技巧，③ 其所培训的书工协助勘定五经文字，其所滋养的书法家蔡邕最终书丹刻石而成为熹平石经。④

三　鸿都门选对东汉选官制度的冲击

现存对鸿都门激烈批评的三篇奏疏，分别出自光禄大夫杨赐、尚书令

---

① 《四库全书考证》，北京：商务印书馆，1986年，第509页。

② 杨继刚：《汉鸿都门学地理位置与政治斗争考论》，《暨南学报》，2014年第2期。

③ （北宋）谢采伯《密斋笔记》卷3："魏晋以来，楷书日盛，皆鸿都门学之余，习正书，遂与后世不刊之法，与李斯之篆、程邈之隶同科。"北京：中华书局，1985年，第24页。

④ （元）马端临《文献通考》引郑玄言："按石经之学，始于蔡邕。始也，秦火之后，经籍初出，诸家所藏，传写或异；笺传之儒，皆凭所见，更不论文字之讹谬。邕校书东观，奏求正定六经文字，灵帝许之。乃自为书，而刻石于太学门外。后儒晚学，咸所取正。"

阳球和议郎蔡邕，如果我们对其综合考察，就会发现他们并不是反对鸿都门生的辞赋、书画创作，甚至不反对鸿都门学，而是反对汉灵帝对鸿都门待诏、鸿都门生的超拔而形成的鸿都门榜，因为其彻底扰乱了东汉的选官制度。

蔡邕《上封事》谏阻的理由很明确，是汉灵帝选拔鸿都门待诏至于高官，不符合传统：

> 当代博弈，非以教化取士之本。而诸生竞利，作者鼎沸。其高者颇引经训风喻之言；下则连偶俗语，有类俳优；或窃成文，虚冒名氏。臣每受诏于盛化门，差次录第，其未及者，亦复随辈皆见拜擢。既加之恩，难复收改，但守奉禄，于义已弘，不可复使理人及仕州郡。①

蔡邕看到诏鸿都门者，非以经学入仕，而以小艺加官，认为此种做法极不合适。他强调汉武帝时以射策选拔文学之士，本重策论；汉明帝审之以明经为甲乙科考，文学的选拔更尚经学。范晔为了证明蔡邕此文的一针见血，还专门记载汉灵帝用待诏鸿都门者："本颇以经学相招，后诸为尺牍及工书鸟篆者，皆加引召，遂至数十人。侍中祭酒乐松、贾护，多引无行趣势之徒，并待制鸿都门下，喜陈方俗闾里小事，帝甚悦之，待以不次之位。"② 本想招致经学之士，但由于汉灵帝好文辞、喜技艺，此类人士转相援引，以致诸多民间辞赋、书画之士蜂拥而入鸿都门，被超拔任用。蔡邕认为文学之选应该首先注重经术，即便重视能为辞赋、文章之士，可以给他们官禄，已经算是超迁，不能给予这类辞赋、技艺之士以实职。可见蔡邕反对的并不是文辞、书画之士的选拔，而是反对这些人士的任职，尤其是给予刺史、郡守等"不次之位"。王夫之在《读通鉴论》中曾言："夫蔡邕者，亦尝从事矣，而斥之为优俳，将无过乎！……而以之取士于始进，导幼学以浮华，内遗德行，外略经术，则以导天下之淫而有余。故邕可自为也，而不乐松等之辄为之，且以戒灵帝之以拔人才于不次也。"认为蔡邕的辞赋创作与鸿都门生的辞赋创作同向，其之所以如此反对，是

---

① 《后汉书》卷60《蔡邕列传》，第1996—1997页。
② 同上书，第1991—1992页。

告诫汉灵帝不可以此选官。

光和元年（178）七月，杨赐也上书反对，理由是鸿都门选扰乱了汉官的选用机制：

> 今妾媵嬖人阉尹之徒，共专国朝，欺罔日月。又鸿都门下，招会群小，造作赋说，以虫篆小技见宠于时，如讙兜、共工更相荐说，旬月之间，并各拔擢，乐松处常伯，任芝居纳言。郤俭、梁鹄俱以便辟之性，佞辩之心，各受丰爵不次之宠，而令搢绅之徒委伏畎畝，口诵尧舜之言，身蹈绝俗之行，弃捐沟壑，不见逮及。冠履倒易，陵谷代处，从小人之邪意，顺无知之私欲，不念《板》《荡》之作，虺蜴之诚。殆哉之危，莫过于今。①

光禄大夫看鸿都门选，关注的是合理不合理。杨赐认为汉灵帝时期有两个弊政：一是宦官专权，使得正直之士在朝廷无法立身，行政秩序紊乱；二是鸿都门选，小人以小技而身居高位，使得饱学之士在社会无以立足，选举秩序崩溃。二者共同作用，使得东汉政局一如周幽王、周夷王时期般的乌烟瘴气。

光和元年（178），尚书令阳球在《奏罢鸿都文学》中反对的也是鸿都门选：

> 案松、览等皆出于微蔑，斗筲小人，依凭世戚，附托权豪，免眉承睫，微进明时。或献赋一篇，或鸟篆盈简，而位升郎中，形图丹青。亦有笔不点牍，辞不辩心，假手请字，妖伪百品，莫不被蒙殊恩，蝉蜕浊秽。是以有识掩口，天下嗟叹。臣闻图象之设，以昭劝戒，欲令人君劝鉴得失。未闻竖子小人，诈作文颂，而可妄窃天官，垂象图素者也。今太学、东观足以宣明圣化。愿罢鸿都之选，以消天下之谤。②

阳球认为汉灵帝私设鸿都门学极不合法，并指出开鸿都门榜，有两点扰乱

---

① 《后汉书》卷54《杨赐传》，第1780页。
② 《后汉书》卷77《酷吏列传》，第2499页。

了汉制：一是鸿都门学的士人，不是经过传统的察举得以入职，而是经过外戚、权贵的推荐而得到皇帝的重用，入仕途径不正，扰乱了传统的选举秩序。二是自汉立国，得以图像传赞者，非功臣即鸿儒，此类艺文之士，凭借与汉灵帝同好而得以图赞，彻底打破"立德、立功、立言"而不朽的文化传统。因而，阳球认为鸿都所承担的藏书、校书职能东观足以实现；而鸿都门学对艺文之士的培养职能，太学亦足以承担；汉灵帝设鸿都门学，属于重屋叠构，应立即撤销。

　　由此可见，蔡邕、阳球、杨赐的批评主要集中于汉灵帝对一艺之士超出常规的提拔，即鸿都门选。范晔记述了引起三位集中批评的原因：

　　　　其诸生皆敕州郡三公举用辟召，或出为刺史、太守，入为尚书、侍中，乃有封侯赐爵者，士君子皆耻与为列焉。①

汉灵帝对鸿都门生的使用，是采用诏书令州郡、三公直接选用，其中有些还直接外任为州之刺史、郡之太守，或者任用为尚书、侍中，甚至还有直接封为关内爵位的。这与汉选官制度有着截然对立。在他看来，自古买官者，一无才学，不能通过正常的科考途径入仕；二无德行，不能安贫乐道以求自足。此等无才无德之人，循此途径飞黄腾达者，一必聚敛再鬻新职，二必招摇以充饱学，其既以此获利，必定另售所掌之职于他人获利，则官场遂为一生意场。选举制度毁则官吏乱，官吏乱则社会正义亡。长此以往，君子道消而小人道长，皇帝、三公、官员皆徇私而罔顾汉家之公，东汉政治的崩塌指日可待。

　　我们知道，汉制选官有严格的程序：一是丞相四科取士，即通过郡国、二千石察举经射策察举的方正、孝廉，任用为议郎、博士等职务，使用之后再出任外职，这是五百石左右的中层官吏的来源。二是由太常主持的甲乙科考，对博士弟子、如博士弟子者进行考核，分甲乙科录取为郎中、舍人、文学，这是一二百石左右低层卒史的来源。自汉武帝之后，二者为汉官选举的基本途径。此即马端临所言"汉制郡国举士，其目大概有三：曰贤良方正也，孝廉也，博士弟子也"。② 其中贤良方正、孝廉参

---

① 《后汉书》卷60《蔡邕列传》，第1998页。
② 《文献通考》卷28《选举一·举士》，第264页。

与的是四科取士，博士弟子参与的是甲乙科考。除此之外，西汉也有待诏选官，但这些官吏的身份多为"宦皇帝"者，即作为皇帝的私人侍从多以比秩出现，而不直接担任外朝之职，如霍光以"大将军"秉政，而外朝则由丞相、御史大夫及九卿管理。皇帝任命待诏官员，亦多从较低职务做起，累功而渐转为外朝官吏，经察举之后才能出任州郡长官。汉灵帝任命鸿都门生，若合乎待诏之制，则不能超迁至数百石之上；若合乎四科、甲乙科考，则必须经过丞相、太常公选。马端临认为汉灵帝任用鸿都门生，引起朝臣愤慨，主要在于私自任命：

> 太学，公学也；鸿都学，私学也。学乃天下公，而以为人主私，可乎？是以士君子之欲与为列者则以为耻，公卿州郡之举辟也，必敕书强之。人心之公，岂可诬也。①

明代的礼部尚书于慎行进一步解释说：

> 此等小人，虽有文技而不本于经训，其进身之途多出私门，不由公辟，故经生文士耻为伍耳。②

马端临、于慎行指出了鸿都门生既不通经学，又不懂经训，本被排除在四科取士、甲乙科考之外，但却通过走皇帝的私门得以成为朝廷官员。因其不是通过丞相府、太常府的科考而入职，徇皇帝之私而为高官，与唐的斜封官性质相同，③ 自然引起经学之士、文学之士的抵触。

那么，汉灵帝为何要重用鸿都之选呢？《后汉书·崔寔传》记述后期的鸿都门，成为汉灵帝卖官鬻爵的机构：

> 灵帝时，开鸿都门榜卖官爵，公卿州郡下至黄绶各有差。其富者则先入钱，贫者到官而后倍输，或因常侍、阿保别自通达。是时，段

---

① 《文献通考》卷40《学校一·鸿都门学》，第387页。

② （明）于慎行：《谷山笔麈》卷7《经子》，北京：中华书局，1984年，第81页。

③ 《宋史》卷345《任伯雨传》："汉之鸿都卖爵，唐之墨敕斜封，此近监也。"北京：中华书局，1977年，第10966页。

颎、樊陵、张温等虽有功勤名誉，然皆先输货财而后登公位。

范晔点明了汉灵帝开鸿都门榜的实质是以对官位明码标价，富足者可以先付款，贫穷者可以先赊账，顿时引起那些不能正常通过察举、科考者蜂拥而至，他们通过宦官侍从、近习之臣的推荐保举得以接近汉灵帝，缴纳钱财，换取汉灵帝的直接任命。中平二年（185）三月，崔寔的从兄崔烈买官司徒，此已在汉灵帝开鸿都门榜之后数年，崔烈仍为士林所不齿，其儿子崔钧亦对此不屑一顾，但这并不妨碍崔烈以无耻而高升。《晋书·食货志》记载汉灵帝卖官鬻爵的动机，不是受到蒙蔽，而是主动为之：

> 　　帝出自侯门，居贫即位，常曰："桓帝不能作家，曾无私蓄。"故于西园造万金堂，以为私藏。复寄小黄门私钱，家至巨亿。于是悬鸿都之榜，开卖官之路，公卿以降，悉有等差。廷尉崔烈入钱五百万以买司徒，刺史二千石迁除，皆责助治宫室钱，大郡至二千万钱，不毕者或至自杀。

汉灵帝卖官鬻爵的目的是聚敛金钱。至光和、中平年间，鬻官变本加厉，一般按照司徒五百万的价格出售，刺史升迁需要二千万。可见，汉灵帝卖官不是暗地受贿，而是公开索贿。汉灵帝曾对亲信者言司徒应该卖一千万，可见其不以为耻，反以为荣；而且对拟升职的刺史们，更是以维修宫室的名义要求直接赞助，逼得有些官员走投无路而自杀。光和元年（178）七月，蔡邕认为这种请托之门，会动摇国本，便对汉灵帝进行谏阻：

> 　　又尚方工技之作，鸿都篇赋之文，可且消息，以示惟忧。……宰府孝廉，士之高选。近者以避召不慎，切责三公，而今并以小文超取选举，开请托之门，违明王之典，众心不厌，莫之敢言。①

这段话尽管语气委婉，但已经点明鸿都门选成了小人进身的通道。他恳请汉灵帝能够停止鸿都门榜，但这不仅不能让汉灵帝觉醒，反而令其更加愤

---

① 《后汉书》卷60《蔡邕列传》，第1999页。

怒，直接将蔡邕贬至朔方。

汉灵帝即位之初，"以经学相召"，后因其书法爱好而多招诸为尺牍及工书鸟篆者入宫，内壁投其所好，转相请托，则使得以一艺而超迁，不再通过正途选官，渐成卖官之路，是为鸿都门榜。后光和元年（178）所设的"鸿都门学"，本为仿照太学之制，意在培养能书之士。然此类士人对经学并不了解，不能通过察举、科考进入选官，只能凭借这些技艺进身，经书勘定之后，私下相托，献以财货，获得汉灵帝任用，成为汉灵帝卖官鬻爵的一个通道。司马彪曾评论说："而灵帝曾不克己复礼，虐侈滋甚，……官非其人，政以贿成，内壁鸿都，并受封爵。"① 此风一开，便一发不可收拾。这类不经过丞相、太常公选，而自行以诏令任命官员，很容易超越平常的官员，以致"永乐宾客，鸿都群小，传相汲引，公卿牧守，比肩是也"，② 久而久之相互招摇，彼此援引，成为东汉末年吏治腐败的一个渊源。

---

① 《后汉书》卷104《五行二》，第 3297 页。
② 《后汉书》卷103《五行一》，第 3272 页。

第 六 章

文学认知与两汉文学的独立

文学的自觉与否，不能来自表象的描述，也不能来自后世的倒推，只能回归于当时的语境，由此去审视时人所思所言，才能更为清晰地洞察其端绪。欲讨论中国文学的自觉，需明晓周秦汉之间文学观念如何演化，用时人的文学认知去审视他们对文学定义、文学功能的理解，最能看出中国文学形成的脉络。与此同时，还能洞悉文学的文化功能如何被社会承认，如何在国家体制中获得认同。这不仅可以作为我们讨论文学价值的一个视角，而且也可以作为我们分析文学如何形成的一个维度。

第一节　周秦文学认知的演生与形成

中国文学的起点何在？这是我们讨论中国文学特质、功能和格调的原点。我们之前所进行的笼统描述，广而言之，是将原始歌谣和上古神话视为文学的滥觞；深而论之，是将孔门四科之"文学"视为文学概念之确立。① 若仔细思考，孔子所谓的"文学"之"文"，本义为何？其何以将之与"德行""政事""言语"并列？且《墨子》《管子》《韩非子》对"文学"的歧见究竟为何？先秦语境中"文学"的意谓如何演生？皆需要

---

① 袁行霈《中国文学概论》，北京：高等教育出版社，2006 年；《中国文学史》，北京：高等教育出版社，2003 年。

进一步辨析，方可明白周秦时期文学认知何以形成，①并如何决定了秦汉文学的格局。

一 "文"的概念生成

"文学"一词最早见于《论语·先进》，为孔门四科之一。其义，皇侃疏引范宁云："文学，谓善先王典文。"②言"文学"乃《诗》《书》《礼》《乐》等文献。邢昺疏："若文章博学，则有子游、子夏二人也。"③钱穆《论语新解》进一步释为"孔子言诗书礼乐文章"，④稍有拓展，但仍将释义局限于文本。我们习惯以此解释，较少进一步辨析。既然德行、政事、言语是对孔门弟子才能的概括，那么"文献""文章"的解释就不宜与之并列。一则《论语》中有"文献"一词，出自孔子之口："文献不足故也，足则吾能徵之矣。"⑤周秦独见于此，显然其与文学有所分别。二则"文章"一词亦见，《论语·泰伯》载孔子言："巍巍乎其有成功也，焕乎其有文章。"朱熹注："文章，礼乐法度也。"⑥后子贡亦言："夫子之文章，可得而闻也；夫子之言性与天道，不可得而闻也。""文章"显指礼乐之事，与今日"作文"义无涉。孔门重名，文学、文献、文章同时出现，其义自然有别，不可随意替代。三则既然"文学"与德行、政事、言语并列，用于描述修辞、表达能力自然归于"言语"一门，而不必另立"辞章"之学。邢昺所谓"博学"释"学"，牵强不足辨，故钱穆不取。

既然孔门论文学，先子游而后子夏，则子游之学最能代表孔门"文学"之义。《论语》另载有子游之事七，有问孝、论交、言友、论治、言礼、评人、论学诸条。其中与子夏辩论事，最能看出二者所持之不同：

①　我们采用"文学认知"（literature cognition）一词描述周秦间人对文学的理解，是基于认知最本原的概念，即通过概念形成、知觉、判断和想象等心理活动，对文学的理解和认识，这中间当然包括对文学的感觉、对文学的理解、文学记忆和文学思维等的过程。并非从认知语言学、认知心理学等微观角度进行文本解读与分析，而是侧重描述周秦学者如何理解"文"的概念，并对之进一步深化，形成接近于后世的"文学"概念。

②　黄侃：《论语集解义疏》，《丛书集成》本，上海：商务印书馆，1937年，第146页。

③　《论语·先进》，第2498页。

④　钱穆：《论语新解》，北京：生活·读书·新知三联书店，2002年，第227页。

⑤　《论语·八佾》，第2466页。

⑥　（南宋）朱熹：《四书章句集注》，第107页。

　　　　子游曰："子夏之门人小子，当洒扫应对进退，则可矣，抑末
也。本之则无如之何？"子夏闻之曰："噫，言游过矣！君子之道，
孰先传焉？孰后倦焉？譬诸草木，区以别矣。君子之道，焉可诬也？
有始有卒者，其唯圣人乎？"①

子游认为子夏之学，重洒扫应对等具体礼节，"特恐子夏之泥于器艺而
忽于大道"，②即重视礼节而忽略礼义。而子夏反唇相讥言，二者皆为
君子之道，先学什么、后学什么本无区别。二者对"礼"的认识之分
歧，表面看为孰先孰后之问题，实则反映出二者在学术上的根本分歧。
《论语·阳货》载子游随孔子至武城，孔子有杀鸡焉用牛刀之论，子游
对曰："昔者偃也闻诸夫子曰：君子学道则爱人，小人学道则易使也。"
孔子遂改口而以子游所言为准。可知子游论治，先言大道而后行事，即
先通礼义尔后学礼节；而子夏则主张先教行事而后大道，即先学礼节尔
后通大道。故孔子曾告诫子夏："女为君子儒，无为小人儒。"③ 这可以
看作孔子对子夏之学过于注重琐事、细节而忽略君子之道的委婉
批评。
　　　子游之学所侧重者，不在文章、文献，而在礼学。④《礼记·檀弓》
载子游向孔子问古礼，又载其论礼之道，并举例言有若之丧，子游依古礼
居左之事；曾子袭裘而吊，子游裼裘而吊之别；司寇惠子之丧，子游服之
以礼；卫司徒敬子死，子夏、子游吊丧之别，以诸事来证明子游行为合乎
礼之本义，而曾子、子夏等人皆看似依礼，实未得礼之宗旨，正是注重礼
的形式。《荀子·非十二子》批评子夏与子游的后学，可以看出二者的差
异："正其衣冠，齐其颜色，嗛然而终日不言，是子夏氏之贱儒也。偷儒
惮事，无廉耻而耆饮食，必曰君子固不用力，是子游氏之贱儒也。"抛开

---

①　《论语·子张》，第 2532 页。
②　《论语新解》，第 490 页。
③　《论语·雍也》，第 2478 页。
④　《礼记·礼运》一文，康有为、郭沫若皆认为出自子游之手。参见康有为：《康南海先
生口说·礼运》，广州：中山大学出版社，1985 年，第 30 页；郭沫若：《十批判书》，北京：东
方出版社，1996 年，第 135 页。

荀子推崇子弓之学的门户之见，① 可以看出，子夏的后学常泥于形式，稍显拘谨；而子游之后学多通礼学，常在主持民间喜丧之事，不重形式而多言君子之道如何。二者后学的弊端，正是二人学术旨趣的流波所及，与前文所言子游之学重礼义而不拘形式、子夏之学重形式而不善变通的特征一脉相承。

　　由此可见，子游、子夏之学，分而言之为文学之别，合而言之为文学之同。后世之所以以"文献、文章"解释"文学"，在于子游之礼学寝息，子夏之学因文献传承而彰明。至《孟子·公孙丑上》中，便以"子夏、子游、子张"之次序言其三人"皆有圣人之一体"；至《荀子·非十二子》的次序则为子张、子夏、子游。《论语》以子游、子夏排序论文学，显然更多肯定子游的"文学"高于子夏。子夏长于文献文章，若子游亦以此为长，则不至于子游之文章皆付阙如。故孔门"文学"之本义当另有所指。

　　"文"之本义，《说文》言为"错画也"，《释名》则言为"文者，会集众彩，以成锦绣"，此二义周秦典籍皆用之。《周易·系辞下》言"爻有等，故曰物。物相杂，故曰文。"《论语·颜渊》载子贡回答棘子成"君子质而已矣，何以文为"之问，答以"文犹质也，质犹文也。虎豹之鞟，犹犬羊之鞟"，以"外在文饰"为"文"之义。

　　虽然孔门亦用"文"之本义，然孔子所论之"文"，多从匡国理政的角度进行审视。卫公孙朝曾问子贡："仲尼焉学？"子贡对答曰："文武之道，未坠于地，在人。贤者识其大者，不贤者识其小者，莫不有文武之道焉。夫子焉不学？而亦何常师之有？"② 在子贡看来，孔子无事不学、转益多师，意在继承周之文武之道。所谓文武之道，是文王、武王得以建立周朝的手段。《礼记·祭法》言："文王以文治，武王以武功。"文武之道为周政之经验。《鲁颂·泮水》言："敬慎威仪，维民之则。允文允武，昭假烈祖。"其所谓的"文"与克定祸乱之"武"相对应，更多强调经天纬地之道，故孔子将之视为周区别于夏商的标志性特征："周监于二代，

---

① 林桂榛：《大儒子弓身份与学说考：兼议儒家弓荀学派天道论之真相》，《齐鲁学刊》，2011 年第 6 期。

② 《论语·子张》，第 2532 页。

郁郁乎文哉！吾从周。"① 自成王起，周行"偃武修文"之政，② 放弃武力威胁而以怀柔之德服民，孔子描述为："故远人不服，则修文德以来之。"③ 故孔子所谓的"文"，是与"文德"相对应的"文治"之道，是与"行、忠、信"相并列的四教之一。

文德以礼为表现形式，孔子曾言"君子博学于文，约之以礼，亦可以弗畔矣夫"，④ 颜回也曾感慨孔子"博我以文，约我以礼"，⑤ 将"文"作为内在的修为，而外化为礼。顾炎武曾解释"博学于文"曰："自身而至于家、国、天下，制之为度数，发之为音容，莫非文也。"⑥ "文"就整体而言，是人之为人、人之能群的道德积淀、文明经验和制度形态的总称；就个体而言，是个人按照文明经验自觉追求人文化。孔子将之视为四教之首，在于其事难知，其义难明。《论语·学而》言："弟子入则孝，出则悌，谨而信，泛爱众，而亲仁。行有余力，则以学文。"先谨言慎行，明晰人之为人的根本；再爱众亲仁，知道人之能群之关键，然后才能有余力去学文，正在于"文"在内容的繁杂和意义的形式上，孔子认为只有"敏而好学，不耻下问"，⑦ 才是实现"文"的途径。

就有形之制度言之，孔子认为"文"表现为礼乐之事。《论语·宪问》载子路问成人事，孔子答曰："若臧武仲之知，公绰之不欲，卞庄子之勇，冉求之艺，文之以礼乐，亦可以为成人矣。"以礼乐为人之文。其所谓的"质胜文则野，文胜质则史。文质彬彬，然后君子"之论中，⑧ "文"是经过人文化之后的文明形态和文化教养，而"质"则是以原初形态面貌出现的本质存在。在与"质"对举时，"文"是礼乐、制度等形态；而在"礼"对举时，"文"则是带有义理、秩序、教化等意味的内在

---

① 《论语·八佾》，第 2467 页。

② 《尚书·武成》："惟一月壬辰，旁死魄，越翼日癸巳，王朝步自周，于征伐商。厥四月哉生明王来自商至于丰，乃偃武修文，归马于华山之阳，放牛于桃林之野，示天下弗服。"修文偃武是以文治为本，以武备为用。《春秋穀梁传·襄公二十五年》："古者虽有文事，必有武备。"而非弃武从文。

③ 《论语·季氏》，第 2520 页。

④ 《论语·雍也》，第 2479 页。

⑤ 《论语·子罕》，第 2490 页。

⑥ 《日知录集释》卷 7《博学于文》，第 403 页。

⑦ 《论语·公冶长》，第 2474 页。

⑧ 《论语·雍也》，第 2479 页。

规定性。

礼学对"文"的解释，正是从无形的人文精神和有形的制度存在两个角度展开的。《礼记·礼器》言："先王之立礼也，有本有文。忠信，礼之本也。义理，礼之文也。无本不立，无文不行。"礼之本义，在于确立人之为人的原则；礼之形态，在于明确人之能群的方式。故"礼"作为人之"文"，是对人行为的一种约束；这种约束被固定下来，便作为基本的秩序，成为礼制。《礼记·仲尼燕居》言："制度在礼，文为在礼，行之其在人乎。"人人遵守，便成为被视为社会规范的"礼"。

礼的规范是采用节、文两种方式进行的："礼者，因人之情而为之节文。"① 节即节制，文即附益。《礼记·檀弓下》："辟踊，哀之至也。有算，为之节文也。"孔颖达疏："男踊女辟是哀痛之至极也，若不裁限，恐伤其性，故辟踊有算为准节、文章。"② 即通过制定规则，即使哀伤也要有节制，不至于毁伤身体；又有一定的仪式感，使之更合理地表达情感。这种做法，从制礼的角度来说是"称情而立文"："称情而立文，因以饰群，别亲疏贵贱之节，而弗可损益也。……三年者，称情而立文，所以为至痛极也。斩衰，苴杖居倚庐，食粥，寝苫，枕块，所以为至痛饰也。"③ 儒家解释"三年之丧"，强调服丧期间的陋居简食，是用来表达丧痛之情的形式。礼之"文"，正是由礼的仪式、礼的形制和礼的器物所组成的外在形式。《礼记·礼器》言："礼有以文为贵者。天子龙衮，诸侯黼，大夫黻，士玄衣纁裳。天子之冕，朱绿藻，十有二旒。诸侯九，上大夫七，下大夫五，士三，此以文为贵也。"其中的"文"，不仅是文饰，更是形式化的制度，是基于社会秩序、道德认知和人类文明而形成的行为方式。

这些基于理念而形成的约定，是可以内化为个人修为，并在人际关系中得以体现的。《礼记·表记》言："君子服其服，则文以君子之容。有其容，则文以君子之辞。遂其辞，则实以君子之德。"君子不仅要懂礼服、礼容、礼言，更要能够对"礼"进行义理上的解释和制度上的修订。由此来看，这些关于"礼"的学问，便是制度意义上的"文"之学；而

---

① 《礼记·坊记》，第 1618 页。

② 《礼记·檀弓下》，第 1301 页。

③ 《礼记·三年问》，第 1663 页。

支配"礼"的那些人文观念，便是理念上的"文"之学。

所以，孔门所言之"文学"，是比文献、文章更为形上的概念，其源自西周立国时形成的文德之治，体现为人文化成之道，表现为礼乐之具体形态。因此，孔门将子游列为"文学"第一，与子夏长于文献相比，在于其更精通礼义、熟悉礼仪、明晓礼制、掌握礼度，[①] 是孔门中最为精通礼学者。故《论语》中所谓的"文学"，乃指以制度为形态、以文治为指向的礼学。

二　"文学"概念的展开

周秦所言"文章"一词，绝少"作文"一义，而指礼器之花纹。《周礼·考工记》解释其本义："青与赤谓之文，赤与白谓之章，白与黑谓之黼，黑与青谓之黻，五采备谓之绣。"后用以指代色彩斑斓、花纹纵横。屈原《橘颂》言："曾枝剡棘，圆果抟兮。青黄杂糅，文章烂兮。"以形容物品之华美。因而，周秦儒家典籍中的"文章"，多指礼乐制度。

周礼对黼、黻、文、章等花纹的使用，有着严格的规定。《礼记·月令》载季夏之月，"命妇官染采，黼黻文章，必以法故，无或差贷，黑黄仓赤。莫不质良，毋敢诈伪，以给郊庙祭祀之服，以为旗章，以别贵贱等给之度。"将丝织品染成不同的颜色，制作祭祀的服装、旗帜等。这些不同的花纹，体现着贵贱等级，《左传·桓公二年》记载周之"别贵贱等级之度"：

> 昭令德以示子孙，是以清庙茅屋，大路越席，大羹不致，粢食不凿，昭其俭也；衮，冕，黻，珽，带，裳，幅，舄，衡，纮，紞，綖，昭其度也。藻率，鞞，鞛，鞶，厉，游，缨，昭其数也。火，龙，黼，黻，昭其文也。五色比象，昭其物也。锡，鸾，和，铃，昭其声也。三辰旂旗，昭其明也。

周制中等级的区别，一是服形有别，二是数量有差，三是图案不同，四是用具有异。在这其中，火龙黼黻的图案和五色比象的颜色是用以区别尊卑

[①] 曹胜高：《上古礼学的内在层级与逻辑结构》，《河南科技大学学报》，2011 年第 4—5 期。

贵贱的重要标识，是"文物以纪之"的体现。① 在周之分封制度中，图案和色彩被作为封赏的符号，成为描述级别的象征。《左传·隐公五年》："三年而治兵，入而振旅，归而饮至，以数军实，昭文章，明贵贱，辨等列，顺少长，习威仪也。"杜预注"文章"为"车服旌旗"，② 车制、服制、彩饰、旗帜，是古今区别高低贵贱最外在的符号，后渐以指代礼制中尊卑贵贱的安排。

《礼记·大传》言："圣人南面而治天下，必自人道始矣。立权度量，考文章，改正朔，易服色，殊徽号，异器械，别衣服，此其所得与民变革者也。"郑玄注："文章，礼法也。"孙希旦集解："文章，谓礼乐制度。"③ 周秦所谓文章，本出于花纹图案，进而指代礼乐制度，如《韩非子·解老》便言："礼者，所以貌情也，群义之文章也，君臣父子之交也，贵贱贤不肖之所以别也。中心怀而不谕，故疾趋卑拜以明之，实心爱而不知，故好言繁辞以信之。"认为"礼"是对社会关系的形式化设计，是区别尊卑贵贱的基本手段。

在这其中，最精通文章之义的便是儒生。《礼记·儒行》以此自砺："儒有上不臣天子，下不事诸侯。慎静而尚宽，强毅以与人，博学以知服，近文章。砥厉廉隅，虽分国，如锱铢，不臣不仕，其规为有如此者。"认为儒生修身养性，精通礼乐制度，以担负文化传承为己任，以人格养成为诉求，并不求荣达富贵，仍以"近文章"作为学问之本。

孔门"文学"之本义，本谓礼学；儒门论"文章"，又指代礼乐制度。至荀子论文学，则撮合二者，将"文学"视为礼乐教化的必要手段，逐渐侧重讨论文学的功能。《荀子·王制》言为政之事，提出贤能与庶人的区别，不在贵贱，而在是否能正身："虽王公士大夫之子孙，不能属于礼义，则归之庶人。虽庶人之子孙也，积文学，正身行，能属于礼义，则归之卿相士大夫。"礼义是对"礼"的本质性的要求，在荀子看来，贵族子弟如果行为处世不合乎礼的规定，可以黜为庶人；庶人如果经过了"文学"的熏陶，则能成为文质彬彬的君子，修身养性，合乎礼的要求，

---

① 《左传·桓公二年》，第 1741—1743 页。

② 《左传·昭公十五年》："夫有勋而不废，有绩而载，奉之以土田，抚之以彝器，旌之以车服，明之以文章，子孙不忘。"

③ 沈啸寰、王星贤点校：《礼记集解》，北京：中华书局，1989 年，第 907 页。

则可以直接提拔为官员。这个"积文学"的过程，便是人文的熏陶。《荀子·大略》言：

> 人之于文学也，犹玉之于琢磨也。诗曰："如切如磋，如琢如磨。"谓学问也。和之璧，井里之厥也，玉人琢之，为天子宝。子赣、季路，故鄙人也，被文学，服礼义，为天下列士。

荀子论人以德，论治以礼，希望通过约束人性之恶来修养君子之风。荀子举例来说，子贡、子路因为在孔子处受到了礼乐教化，能够按照礼义行事，才从普通民众成长为受人尊敬的士大夫。值得注意的是，荀子称长于言语的子贡、长于政事的子路"被文学"，便是说二人接受了礼乐教化。礼乐，既可以从内让人洗心，又可以从外让人革面，内外兼修，庶人可以成为贤君子。故荀子所论之"文学"，是担负礼乐教化职能的人文化的全部实践：

> 今之人，化师法，积文学，道礼义者为君子；纵性情，安恣睢，而违礼义者为小人。用此观之，然则人之性恶明矣，其善者，伪也。[①]

荀子以性恶论人，其能够化善，在于起伪。伪，即后天修为对人性之恶的约束、抑制。积文学、道礼义，是对纵性情、安恣睢行为的约束。在荀子看来，君子与小人在原初人性上是一致的，差别在于君子能够通过后天修为改变自己的性情，逐渐弃恶向善。在这其中，正是用礼乐制度这一人文化的手段来改变人之恶。其所谓的"化师法"是对儒学的继承，"积文学"则是对礼乐制度的掌握，使自己的言谈举止、心性修为合乎"礼"的规定。

如果说，孔子眼中的文学是指礼学，那么荀子眼中的文学，则具有了"人文之学"的含义。荀子将礼仪制度的概念界定和礼乐教化的功能特征结合起来讨论，强化"文学"对个体修为的作用，从而使"文学"由一项专门的技能，转而成为人人必须接受的人文教养。在这其中，荀子强化

---

① 《荀子集解》卷17《性恶》，第435页。

了文学与"质"相对的"修饰"要素，认为以礼乐为形式的文，正是通过形式要求，来体现质的意义。

值得注意的是，在儒家学说继续沿袭"文学"为礼学，并在这一路径上继续深入讨论的同时，其他学说对"文学"概念的理解，则越来越具象化。墨家学派在节用、节葬、非乐视角下，对形式化的礼仪有着天生的厌恶，因而其所论的"文学"，便抛弃了"礼"的含义。我们知道，在孔门"文学"之中，子游长于礼、子夏长于经。当"礼"被边缘化之后，墨家对"文"的理解，便是经典的存在，而不是经典中蕴涵的学说。《墨子·天志中》言："子墨子之有天之意也，上将以度天下之王公大人为刑政也，下将以量天下之万民为文学、出言谈也。"在这其中，墨家将文学和言谈并列，言谈是平民化的言语，言语是逻辑化的言谈。孔门中言语和文学的区别，在于言语以应对，文学多据典。墨子眼中的二者之别，在于文学是严谨的表达，可以落实到纸面上；言谈则是相对自由的说法，其应该按照经典的做法确立逻辑法则。《墨子·非命中》载子墨子言曰：

> 凡出言谈，由文学之为道也，则不可而不先立义法。若言而无义，譬犹立朝夕于员钧之上也，则虽有巧工，必不能得正焉。然今天下之情伪，未可得而识也，故使言有三法。三法者何也？有本之者，有原之者，有用之者。于其本之也，考之天鬼之志，圣王之事；于其原之也，徵以先王之书；用之奈何，发而为刑。此言之三法也。

其所谓的言谈，是说法、论点、观念。在墨子看来，要想把观点表述清楚，就要按照文学的传统和要求，先确立立言的义法。这一规则是墨子表述观点的基本要求，他因之提出的三表法，便是从本之、原之、用之的角度，对言谈的逻辑形态进行思考。墨子将"文学"与言谈对举，与孔门四科一脉相承，但意义却已有差异。但墨子认为言谈应按照文学的传统、原则和方式才能确立，显然是认为以经典为标尺的"文学"的要求，要远远高于一般意义上的言谈。

墨子的看法代表了儒门之外的学者对"文学"的理解，文学开始被赋予了今之所谓"文章"的含义。《吕氏春秋·荡兵》也进一步将说、谈、文学分立："今世之以偃兵疾说者，终身用兵而不自知悖，故说虽强，谈虽辨，文学虽博；犹不见听。"是说那些期望偃兵之人，有说辞、能辩论、引经据典广博，但并不能说服君王们休兵。作为与说、谈相并列的"文学"，只能是引经据典的文章。由此可见，儒家虽然提出了文学、文章一词，但是从文治之道、文学之法的立意上审视，更多徘徊在礼学、礼乐制度、礼乐教化等本质含义之中，并未展开。反倒是厌弃儒家礼乐繁文缛节的墨家，出于立论的需要，将"文学"的概念转移到"先王典籍"的义项上，并由此设计了文学表达的原则，又将"文学"转入"文章创作"的义项，使之成为与后世"文学"概念同向的表述。

三　诸子对文学特征的体认

孔子所提出的"文质彬彬"理想，即便在儒家学说内部，也并没有得以实现。就个人修为而言，孟子以性善为质，荀子以性恶为质。荀子试图通过礼乐教化，以文修质。但这一做法的悖论在于，荀子强化礼的形式，不仅没能使之成为外在的约束，反倒成为可被模仿、可被复制的形式主义。其弟子韩非子便看到了"文"的形式化，并不必然带来正面的效果，转而开始否定"文学"的形式化。

韩非子对形式化的反感，一在于礼学文饰太过，二在于文章修饰过甚。有意思的是，韩非子的反感不是不懂文质关系的武断，而是洞察文质差别之后的理性选择。《韩非子·难言》从文章写作的角度，比较了"文"与"质"的差异：

> 臣非非难言也，所以难言者：言顺比滑泽，洋洋纚纚然，则见以为华而不实；敦厚恭祗，鲠固慎完，则见以为拙而不伦；多言繁称，连类比物，则见以为虚而无用；揔微说约，径省而不饰，则见以为刿而不辩；激急亲近，探知人情，则见以为僭而不让；闳大广博，妙远不测，则见以为夸而无用；家计小谈，以具数言，则见以为陋；言而近世，辞不悖逆，则见以为贪生而谀上；言而远俗，诡躁人间，则见以为诞；捷敏辩给，繁于文采，则见以为史；殊释文学，以质信言，则见以为鄙；时称诗书，道法往古，则见以为诵。此臣非之所以难言而重患也。

孔子主张文质并重，但其只是原则性的阐述。落实到文章中，文与质如何体现，韩非子进行了区分，他将"顺比滑泽，洋洋纚纚然"的语言、"多言繁称，连类比物"的技巧、"闳大广博，妙远不测"的想象、"言而远俗，诡躁人间"的手法视为"文"。若按照时人的习惯，文章注重形式且多用修辞，容易被视为华而不实，而"敦厚恭祗，鲠固慎完""揔微说约，径省而不饰""激急亲近，探知人情""家计小谈，以具数言""言而近世，辞不悖逆"等特征则被视为"质"。若不用文饰，直陈己意，则容易被视为简陋。理想中的文质彬彬，别说落实在社会风气中，就是落实到文章中，也难以兼顾。

　　韩非子在文与质的对举中，看到了文的特质，在于通过修饰形成形式美，可以纠补质之木讷与粗野。若站在行政的角度来看，文学之巧文长于议论、善于论辩，常以虚辞游说误导君主、吸引百姓，与国无益，韩非子认为应该加以禁止。其列国有八奸，其六为"流行"，即能蛊惑民众的歪理邪说、流言蜚语："人主者固壅其言谈，希于听论议，易移以辩说。为人臣者求诸侯之辩士，养国中之能说者，使之以语其私，为巧文之言，流行之辞，示之以利势，惧之以患害，施属虚辞以坏其主，此之谓流行。"①其所谓的"巧文之言"，既指修饰之辞，更指充满说服力的非议朝政之言。从富国强兵的角度来看，禁文巧是治国者通用的策略。《管子·治国》曾言："凡为国之急者，必先禁末作文巧。末作文巧禁，则民无所游食。"文巧之末禁而民重农耕之本。《管子·牧民》又言："文巧不禁则民乃淫，不璋两原则刑乃繁。"认为文巧过甚，于生产则耗民财力，于朝政则浮言虚辞，无益于治。

　　值得注意的是，在韩非子的论述中，"文学"不再被视为文化技能或学说形态，而被作为某一类人的概括。《韩非子·六反》认为"奸伪无益之民六"，其中将"学道立方，离法之民"称为"文学之士"。学道，即继承古之传统；立方，即注重礼仪。在韩非子看来，文学以修身为用、博学为识，坐而论道，率民不事生产，与农战立国之论极不相符。《韩非子·外储说左上》举例说王登为中牟令，向晋襄主推荐"其身甚修，其学甚博"的中章、胥己，结果晋襄王任用为晋之要职的中大夫，并赐予田宅，结果导致"中牟之人弃其田耘，卖宅圃而随文学者邑之半"。韩非子认为这正是尊文学的结局，平时空论者多而生产者少，这些"居学之士，国无事不用力，有难不被甲，礼之则惰修耕战之功，不礼则周主上之

_____

① 《韩非子集解》卷2《八奸》，第53页。

法。国安则尊显，危则为屈公之威，人主奚得于居学之士哉！"① 久而久之，百姓便会弃武从文，而无法强国。

韩非子最为担心的是，学士们"藏书策，习谈论，聚徒役，服文学而议说"，② 他们精通古学，能以今例古，常以旧章议论朝政，很容易削弱君主的专断之力，对于确立"言无二贵，法不两适"的帝制危害甚大："主上有令而民以文学非之，官府有法民以私行矫之，人主顾渐其法令而尊学者之智行，此世之所以多文学也。夫言行者，以功用为之的彀者也。"③ 没有实用功能的议论就是胡扯，削弱君主权威的议论就是非议，文学采用坐而论道、师徒相传的方式，很容易形成私议，即在君主专断之外另有舆论导向，不仅会削弱政权的威严，而且会扰乱民心："然则为匹夫计者，莫如修行义而习文学。行义修则见信，见信则受事；文学习则为明师，为明师则显荣。此匹夫之美也。然则无功而受事，无爵而显荣，为有政如此，则国必乱主必危矣。"④ 出于政令一统的需要，韩非子认为国家所推崇的，便应该是民众所尊崇的；国家所厌弃的，便应该人人喊打。而文学修身养德，自立其说，容易形成一种独立于朝廷之外的社会风尚、舆论导向，因而不应该加以尊崇。所以，他开出的药方是：

> 息文学而明法度，塞私便而一功劳，此公利也。错法以道民也，而又贵文学，则民之所师法也疑；赏功以劝民也，而又尊行修，则民之产利也惰。夫贵文学以疑法，尊行修以贰功，索国之富强，不可得也。⑤

我们习惯说墨子反对文采、管子反对文巧、韩非子反对文学，似乎他们不解文学的风情之美。其实，韩非子要比荀子更为清晰地理解文学的特质在于巧饰，对文学之士"学道立方"的特点也了然于心，因而他才对"文学"充满坚决的抵触。之所以坚决，是因为韩非子能够意识到"文学"具有源自先王典籍的厚重、出自坐而论道的超然、拥有内外兼修的德行，

---

① 《韩非子集解》卷 11《外储说左上》，第 264 页。
② 《韩非子集解》卷 19《显学》，第 459 页。
③ 《韩非子集解》卷 17《问辩》，第 394 页。
④ 《韩非子集解》卷 19《五蠹》，第 450 页。
⑤ 《韩非子集解》卷 18《八说》，第 425 页。

很容易形成独立于政权之外的势力，容易与君主专制分庭抗礼，必须严加提防。

战国晚期对文学特质的明确，使得"文学"走出了礼学的局限，转而广泛被用于描述精通"文学修辞"进行著述的人。司马迁言齐宣王"喜文学游说之士，自如驺衍、淳于髡、田骈、接予、慎到、环渊之徒七十六人。皆赐列第，为上大夫，不治而议论"。[①] 其中所列之人，皆非出于儒家，可见其眼中的"文学"，实乃能文之人。《史记·蒙恬列传》又言："恬尝书狱典文学。"司马贞《史记索隐》："谓恬尝学狱法，遂作狱官文学。"言蒙恬初为负责以文书记录案件的狱官，"文学"乃负责记录、制作文书的小吏。这样，"文学"不再局限于礼学、儒学的范畴，而具有了"文章之士"的含义。

"文学"在秦的际遇，从实践印证了韩非子对文学之士的非议，绝非莫须有之辞。秦一统六国时，并未废弃文学，用秦始皇的话来说，自己"悉召文学方术士甚众，欲以兴太平，方士欲练以求奇药"，[②] 可见，秦始皇最初并未拒纳文学之士，叔孙通便"以文学征，待诏博士"。[③] 但侯生、卢生却在背后非议秦之杀伐过重，以致相约逃亡。秦始皇处罚的理由是"卢生等，吾尊赐之甚厚，今乃诽谤我，以重吾不德也"，言其以古非今，以义非治。秦始皇要坑杀文学之时，扶苏劝谏时便承认了"诸生皆诵法孔子"。[④] 可见，这些文学之士验证了韩非子"儒以文乱禁"的预判。

以此为鉴，始皇三十四年（前213），因封建、郡县之争，淳于越非议周青臣，李斯继续对文学的判断，同于韩非子，其认为"语皆道古以害今，饰虚言以乱实，人善其所私学，以非上所建立"，强调出于天下一统、权力一尊的需要，民间必须禁绝"入则心非，出则巷议，夸主以为名，异取以为高，率群下以造谤"的"私学"，以确立国家行政系统对学术的主导权，民间不得私相传授学术，以吏为师而绝师道，以国为用而断家法。随后挟书令的颁行，在民间层面中断了《诗》《书》和诸子之学的传播，以致秦之吏民多不习文学，造成了文学传统的暂时中断。而秦之百

① 《史记》卷46《田敬仲完世家》，第1895页。
② 《史记》卷6《秦始皇本纪》，第258页。
③ 《史记》卷99《叔孙通传》，第2720页。
④ 《史记》卷6《秦始皇本纪》，第258页。

姓，对文学亦乏理解，以致汉初君臣质木少文，如汉高祖"不修文学"，[①]
周勃"不好文学"，[②] 灌夫也"不好文学，喜任侠"等，[③] 从而使得西汉
之"文学"必赖百年之培育，才能从"秦无文"的荒芜中抽丝般的成长
起来。

第二节　讽诵之法与两汉讽谏机制的形成

汉大赋"劝百讽一"的模式，肇自于司马迁对司马相如赋作"多虚
辞滥说，然其要归引之节俭，此与《诗》之风谏何异"的评价；[④] 扬雄以
"不免于劝"肯定这一说法；[⑤] 班固进而总结为"必推类而言，极丽靡之
辞，闳侈钜衍，竞于使人不能加也"，[⑥]"靡丽之赋，劝百而讽一，犹骋
郑、卫之声，曲终而奏雅"；[⑦] 刘勰继续阐释为"虽始之以淫侈，而终之
以居正"，[⑧] 最终形成了对汉赋社会功用的共识。汉赋之所以形成这一模
式，主观原因是赋家抱着讽谏目的作赋，没想到"敷陈其事而直言之"
的赋法只强化了赋"劝"的特征，却遮蔽了其中寄托的劝谏意图，作者
的创作目的与读者的接受感知相反，大赋卒章所显之志便显得无足轻
重。[⑨] 除了文本的原因之外，我们还可以从文学传播的视角来分析，一是
观察大赋采用的讽诵传播方式，如何从先秦的乐语转化为诗语，其内在的
讽喻性如何丧失？二是辨析两汉时期的诵法，只被视为一种语言技巧，是
如何强化了大赋的"劝"而弱化了"讽"？三是分析在两汉君臣交流中，
文学的讽谏如何被界定，并在实践中以何种方式进行？借助于此，我们可

---

① 《汉书》卷1《高祖纪》，第80页。

② 《史记》卷57《绛侯周勃世家》，第2071页。

③ 《汉书》卷52《灌夫传》，第2384页。

④ 《史记》卷117《司马相如列传》，第3073页。

⑤ 《法言·吾子》："或曰：'赋可以讽乎？'曰：'讽乎！讽则已，不已，吾恐不免于劝
也。'"

⑥ 《汉书》卷87《扬雄传》，第3575页。

⑦ 《汉书》卷57《司马相如传》，第2609页。

⑧ （南朝·梁）刘勰著，范文澜注：《文心雕龙注》卷3《杂文》，北京：人民文学出版社，
1958年，第256页。

⑨ 孙少华：《桓谭论赋与汉赋的"讽谏"传统》，《复旦学报》，2012年第3期；陈丽平：
《"讽谏"论遮蔽下的汉赋存在》，《辽宁大学学报》，2006年第4期。

以更为全面地观察大赋"劝百讽一"的外部形成机制。

一　"讽"与"诵"的功能融合

"讽""诵"之义，本有明显区分。《周礼·春官宗伯·大司乐》言："以乐语教国子：兴、道、讽、诵、言、语。"将讽、诵视为两种不同的乐语，其分类既殊，方式自别，是"大师陈诗"的基本方式。故郑玄注："倍文曰讽，以声节之曰诵。"二者之别在于是否合乎节奏。贾公彦疏："但讽是直言之，无吟咏；诵则非直背文，又为吟咏以声节之为异。"① 认为"讽"类似今日之背诵，而"诵"类似今日之朗诵。作为乐语，即合乐而言，若有音乐形式存在，讽、诵很容易区分，但倘若音乐形式丢失，讽、诵的差异便很难界定。因为"诵"失去了"以声节之"的环境，只能采用"倍文"的形式传播，"讽"与"诵"没有了明确的区分。郑玄又说："讽诵诗，谓暗读之不依咏也。"② 一是对音乐散佚，诗作不能再"以声节之"状态下的变通解释，即诗歌不按照原有旋律来歌唱，而采用诵读方式传播；二是采用诵读方式后，作为乐语的"讽"与"诵"差异既失，二者便逐渐被混而为一。

在周乐系统中，"歌""诵"并举，即"歌"与"诵"被视为两种不同的表达技巧。《左传·襄公十四年》载师曹用"不歌而诵"引爆了卫国的政局：

> 卫献公戒孙文子、宁惠子食，皆服而朝，日旰不召，而射鸿于囿。二子从之，不释皮冠而与之言。二子怒。孙文子如戚，孙蒯入使。公饮之酒，使大师歌《巧言》之卒章，大师辞。师曹请为之。初，公有嬖妾，使师曹诲之琴，师曹鞭之。公怒，鞭师曹三百。故师曹欲歌之，以怒孙子，以报公。公使歌之，遂诵之。蒯惧，告文子。文子曰："君忌我矣。弗先，必死。"

卫献公不依礼接待孙文子、宁惠子，二人因其无礼而心存不满。正巧孙文子之子孙蒯入朝见卫献公。卫献公设宴，席间使太师歌《巧言》卒章助

---

① 《周礼·春官宗伯·大司乐》，第 787 页。
② 《周礼·春官宗伯·瞽矇》，第 797 页。

兴。《巧言》乃"刺王信谗召乱之诗",其卒章为:"彼何人斯?居河之麋。无拳无勇,职为乱阶。既微且尰,尔勇伊何?为犹将多,尔居徒几何?"① 即便卫献公有借诗告诫的意味,但使用"歌"的形式表达,要含蓄得多。太师显然意识到"歌"《巧言》给孙蒯听,具有一定的告诫意味,故而不愿为之。师曹因为卫献公好色忘义而鞭打自己,便意欲借《巧言》激怒孙蒯,使卫献公与孙氏父子的矛盾激化,因而他故意不去"歌",却采用"诵"的方式表达,使得孙蒯意识到了卫献公的杀机,回去后报告了孙文子,孙文子、宁惠子立刻行动,最终导致卫献公出奔。由此可见,师曹不采用"歌"而采用"诵",就在于"诵"是采用新的节奏、声情对合乐的歌辞进行改编,在削弱了诗的音乐形式的同时,又强化了诗的字面意义,比"歌"更具有讽喻性。

在周乐的语境中,"诵"被作为一门技艺,是《诗》的表达方式之一。《周礼·地官司徒》设"诵训"之职:"诵训掌道方志,以诏观事。掌道方慝,以诏辟忌,以知地俗。"以"诵"为名,一在于"诵"能言地方之实情,便于朝廷观民风;二在于周之地俗,既有地理物产,也有风土人情,故诵训之官道地方志,只能采用朗诵的方式进行。久而久之,诵训便有了告诫的意味。《国语·楚语上》载左史倚相言诵、训与国家治理的关系:

> 昔卫武公年数九十有五矣,犹箴儆于国,曰:"自卿以下至于师长士,苟在朝者,无谓我老耄而舍我,必恭恪于朝,朝夕以交戒我;闻一二之言,必诵志而纳之,以训导我。"在舆有旅贲之规,位宁有官师之典,倚几有诵训之谏,居寝有亵御之箴,临事有瞽史之导,宴居有师工之诵。史不失书,瞽不失诵,以训御之,于是乎作《懿》戒,以自儆也。

这一段描述可以视为对"诵训"之职的实践性总结。左史倚相言卫武公之所以能升为公爵,在于其能够随时采纳民间建议,他要求身边官员对百姓的建言"必诵志而纳之",直接作为训导之辞传诵给自己,并由此形成了卫国的进谏机制:无论是在野的低级官吏,在位的官师,还是身边的侍

---

① 陈子展:《诗经直解》,上海:复旦大学出版社,1997 年,第 697 页。

卫，随时随地都能对自己进行劝谏。其中的"诵训之谏""师工之诵""蒙不失诵"等，即是各级官员普遍采用"诵"的方式，对国君进行训导，从而形成了"近臣谏，远臣谤，舆人诵"的讽谏形式。

《左传·襄公三十年》记载子产"从政一年，舆人诵之曰，……及三年，又诵之曰，……"云云。在东周的行政机制中，舆人是普通吏卒，杜预注为贱官。① 东周行政重百姓耳目之见，故"舆人之诵"常被视为百姓对执政的反应，其所诵内容也被视为议论朝政之辞，近于今日所言的社会舆论，既是普通民众对行政措施的反馈，也可作为行政者的行政参考，故《左传·僖公二十八年》载晋侯听舆人之诵曰"原田每每，舍其旧而新是谋"而生疑虑，由子犯进行说解方才释然。②

当"舆人之诵"被视为行政参考时，必然会涉及几个问题：一是"舆人之诵"有无更广泛的来源？即这些诵词是舆人所为，还是众人传唱至舆人，再为执政者所听闻？《国语·晋语三》记载"国人诵之"言：

> 贞之无报也。孰是人斯，而有是臭也？贞为不听，信为不诚。国斯无刑，偷居幸生。不更厥贞，大命其倾。威兮怀兮，各聚尔有，以待所归兮。猗兮违兮，心之哀兮。岁之二七，其靡有徵兮。若狄公子，吾是之依兮。镇抚国家，为王妃兮。

晋惠公即位后为申生改葬，却"臭达于外"，国人认为其背信弃义，遂以诵讽谏。从中可以看出：第一，周之乐语的"诵"，其文字形式与诗、骚近似，但采用了一种独特的声情表达；第二，相对于舆人而言，"国人诵之"表明民间舆论沸腾，其采用"诵"的形式传达不满，可见"诵"被赋予了讽谏意味，已经成为朝野交流的方式。由此观察"舆人之诵"，舆人并不是诵辞的创作群体，而是作为低级官吏，他们能够听闻到更多的民间舆论，其所诵之辞多数来自民间，这些诵辞又被视为观察民间舆论的窗

---

① 《左传·昭公四年》杜预注："舆、隶皆贱官。"韦昭则注为众人，如《国语·晋语三》："惠公入而背外内之赂。舆人诵之。"韦昭注："舆，众也。"《国语·晋语三》又载"国人诵之"，可知舆人泛指。

② 《左传·僖公二十八年》："楚师背郤而舍。晋侯患之，听舆人之诵曰：'原田每每，舍其旧而新是谋。'公疑焉。子犯曰：'战也！战而捷，必得诸侯；若其不捷，表里山河，必无害也。'"

口，得以被记录。

二是既然作为乐语，诵辞的音乐形态如何？也就是说，诵辞是众口铄金地传诵所形成的？还是经过必要的整理，最终被确定下来的呢？《国语·晋语六》载文子之言："吾闻古之王者，政德既成，又听于民，于是乎使工诵谏于朝，在列者献诗使勿兜，风听胪言于市，辨祅祥于谣，考百事于朝，问谤誉于路，有邪而正之，尽戒之术也。"《左传·襄公十四年》亦言："自王以下，各有父兄子弟，以补察其政。史为书，瞽为诗，工诵箴谏，大夫规诲，士传言，庶人谤，商旅于市，百工献艺。"其中皆提到的"工诵谏于朝""工诵箴谏"，是对乐工掌握诵辞的概括，即周代乐官系统有乐工专门负责整理诵辞，这些经过整理的"师工之诵"，远比"舆人之诵"更凝练精确，内容更广泛深刻，可以作为箴辞与谏辞，用于提醒国君行政。

三是"诵诗"是需要专门传承，还是普遍传承？专门传承即由乐师专门教授、在特定场合使用，而普遍传承是在社会上广泛流传，一般士人即可掌握，并无特别规定。《战国策·秦五》载：

> 王使子诵，子曰："少弃捐在外，尝无师傅所教学，不习于诵。"王罢之，乃留止。

质于赵国的秦公子异人回国之后，秦孝文王令异人诵《诗》，异人说在赵国没有人传授，因而不会使用诵法。在周礼中，诵《诗》是国子教育的基本课程。《礼记·内则》："十有三年，学乐诵《诗》，舞《勺》。"《礼记·文王世子》又载周王室子弟的教育："春诵夏弦，大师诏之；瞽宗秋学礼，执礼者诏之；冬读书，典书者诏之。"秦孝公与异人的对话表明：诵诗是很专业的技巧，确实需要专门的师傅传授，否则无法掌握，以此作为理由，才能向其父证明自己不会诵诗的合理性。

春秋时期，诵诗已由贵族走向平民，并成为《诗》传播的基本方式。《论语·子路》载孔子之言："诵诗三百，授之以政，不达；使于四方，不能专对；虽多，亦奚以为？"乐坏之后，诵诗成为民间传授《诗》的主要方式。《子罕》又载孔子教育子路："衣敝缊袍，与衣狐貉者立，而不耻者，其由也与？'不忮不求，何用不臧？'"于是"子路终身诵之"。"诵"成为士人对规箴之言的反复记诵之法，正在于其内在的讽喻性。

《荀子·大略》则言："少不讽，壮不论议，虽可，未成也。"其中的讽诵、论议更多关注于言语的现实功用，没有了声情节制的讽诵，更多强化的是字面之义，这便成为秦汉时对讽诵的新理解。

二 诵法与赋家的"劝百"

秦汉时，本被视为乐语的"讽"与"诵"合二为一，皆被视为单纯的诵读之法。《汉书·艺文志》载"太史试学童，能讽书九千字以上，乃得为史"，其所谓"讽书"，类似于今日的识字，即能读能写。东方朔也说："今子大夫修先王之术，慕圣人之义，讽诵《诗》《书》、百家之言，不可胜数。"其所言的"讽诵"，只是为了阅读背诵而已。《汉书·艺文志》又言："孔子纯取周诗，上采殷，下取鲁，凡三百五篇，遭秦而全者，以其讽诵，不独在竹帛故也。"正因为儒生们能够口耳相传地诵读，使得古诗不因竹简、帛书的散佚而失传。《论衡·书虚》亦言："世信虚妄之书，以为载于竹帛上者，皆贤圣所传，无不然之事，故信而是之，讽而读之。"此处"讽"只有"诵读"之义。在这样的语境中，先秦"讽诵"所具有的劝谏功能被削弱，而朗诵意味则开始通用。

两汉对"讽诵"的理解，至此便停留在"诵读"上，被视为一种单纯的文学传播手段，用来描述"背文诵读"。如"班固拜为郎中，使终成前所著书，学者莫不讽诵"，① 班固的著述常为学者传诵；隗嚣"善为文书，每上书移檄，士大夫莫不讽诵之也"，② 其奏疏檄文常为官员学者传诵。再如，延笃"少从颍川唐溪典受左氏传，旬日能讽诵之，典深敬焉"；③ 吴祐为胶东侯相时，遇到戴宏，"祐每行园，常闻讽诵之音，奇而厚之，亦与为友，卒成儒宗"；④ 张楷入廷尉诏狱期间，"恒讽诵经籍，作《尚书注》"等，⑤《后汉书》所言"讽诵"，皆取独自朗读背诵之义，并不与人交流，劝谏之义自然不存在。《论衡·定贤》亦言："才高好事，勤学不舍，若专成之苗裔，有世祖遗文，得成其篇业，观览讽诵。"其"观览讽诵"即今日的浏览诵读，更多地被视为典籍阅读之法。

---

① 《八家后汉书辑注》，第 553 页。

② 《东观汉记校注》卷 21，第 905 页。

③ 《后汉书》卷 64《延笃传》，第 2103 页。

④ 《后汉书》卷 64《吴祐传》，第 2101 页。

⑤ 《后汉书》卷 36《张楷传》，第 1243 页。

周乐中的"讽"与"诵",承担着劝谏和讽刺的功能,被视为君臣、朝野交流的话语模式,彼此可以从讽诵之声中听出言外之意,在温文尔雅之中心领神会。然周乐丧失之后,这一机制在实践中不断被削弱,讽诵作为普通的诵读方法,在交流机制中失去了原有的讽谏功能。但在理论上,尤其是传世的儒家典籍中,讽诵所承担的"讽谏"功能却并没有因为实践的削弱而被遗忘,反倒成为儒生试图干预政治的一种模式。

受此影响,这些儒生在理论上继承"讽诵"之法,以达成"讽谏"的目的。① 如韦孟见楚夷王孙王戊"荒淫不遵道,孟作诗风谏",② 便是仿效周人以诗为谏,对刘戊进行劝阻。以这样的视角审视两汉儒生对文学的理解,不难看出他们眼中的讽诵,仍然带有浓郁的劝谏意味。扬雄"讽则已,不已,吾恐不免于劝也"的说辞,刘师培补释:"盖扬子之意以为赋词仅可施于讽诵,舍讽诵而外,则令人观之思卧矣。"③ 认为扬雄是继承儒家经典对"讽诵"的认知,期望通过赋作对君王进行讽谏。由此观察扬雄对大赋"劝百讽一"的痛心,正在于他认为所诵的辞赋要带有讽谏之义,但对两汉大多数人而言,讽诵只不过是诵读而已,感受到的只是赞美和褒扬,很少能从微言婉词中体会到劝谏之意,赋家讽谏的意图,便在那炳炳烺烺的声色中被弱化。扬雄等人认为自己全心全意地为国君好、为国家好,不仅不为国君、朝臣所理解,反被视为俳优一类一笑置之,伤感在所难免。

失去了讽谏的用意,辞赋传播所采用的诵读方式,只剩下声音形式。两汉俳优的表演,经常采用"诵"的方式进行。司马相如《上林赋》言:"俳优侏儒,狄鞮之倡,所以娱耳目乐心意者,丽靡烂漫于前,靡曼美色于后。"颜师古注:"俳优侏儒,倡乐可狎玩者也。"俳优即陪君王游戏玩

---

① 贾谊在《新书·傅职》中言:"天子处位不端,受业不敬,教诲讽诵《诗》《书》《礼》《乐》之不经不法不古,言语不序,音声不中律,将学趋让,进退即席不以礼,登降揖让无容,视瞻俯仰周旋无节,咳唾数顾,趋行不得,色不比顺,隐琴肆瑟,凡此其属,太保之任也。古者燕召公职之。"另,《吕强上疏陈事》:"悦以使民,民忘其劳;悦以犯难,民忘其死。储君副主,宜讽诵斯言;南面当国,宜履行其事。"《延光四年日蚀上书》:"《春秋》传记、《汉注》所载,史官占候,群臣密对,陛下所观览,左右所讽诵,可谓详悉备矣。"

② 《汉书》卷73《韦贤传》,第3101页。

③ 《法言义疏》附录二《刘师培法言补释》,第614页。

乐之人。段玉裁认为："以其戏言之，谓之俳；以其音乐言之，谓之倡，亦谓之优，其实一物也。"① 俳优通过语言技艺、音声技能等取悦于人主，所能调笑者、以言戏之者，正在于诵读。汉武帝便时常"金石丝竹之声不绝于耳，帷帐之私俳优侏儒之笑不乏于前"，② 身边聚拢了一批俳优，同时也聚拢了一批文学侍从。俳优表演采用的诵读，正是赋家传播辞赋所用的手段，但内容是言为小说之类的街谈巷议，以为调笑，而赋家诵读的是自己创作的辞赋。两者的目的都是博得帝王开心。在赋家看来，他们与俳优很不一样；但在王室成员看来，这些诵读都一样地娱心意、快耳目，并无本质区别。

班固记载了王褒与张子侨等人的作赋的场景：

> 上令褒与张子侨等并待诏，数从褒等放猎，所幸宫馆，辄为歌颂，第其高下，以差赐帛。

王褒、张子侨等人作赋时，身份为待诏，即皇帝身边候补的侍从，偶尔陪同皇帝游猎、观赏，待皇帝兴高采烈、优游闲暇时，歌颂宫殿之规模，赞美游猎之壮丽，描写歌舞之华美，但出于助兴而作的赋作，只能先以歌颂出之，微含劝谏，最终以天子醒悟归正。由此观察两汉赋家在创作大赋时的卑微身份，司马相如作《上林赋》时位不过郎，扬雄作《甘泉赋》时只是待诏，作《长杨赋》时只是郎官；马融作《广成颂》时为校书郎中；张衡作《二京赋》时，为"举孝廉不行，连辟公府不就"的布衣；③ 高彪献赋时，官为郎中；王褒作《洞箫赋》时身为待诏；班固作《两都赋》时为郎官。待诏、郎官品秩不过百石左右，其与俳优、侏儒一样，平素伴随皇帝私游，为皇帝内臣，极少参与外朝政事。④ 这些人在武帝、宣帝、元帝、成帝乃至蔡邕等朝臣眼中，不过是卑微的侍从，其

---

① （清）段玉裁：《说文解字注》，上海：上海古籍出版社，1981年，第380页。

② 《汉书》卷64《主父偃传》，第2806页。

③ 《后汉书》卷59《张衡列传》，第1897页。

④ 班固在《汉书》卷64《严助传》中明确说："朔、皋不根持论，上颇俳优畜之。"点明了汉武帝对待赋家的基本态度。在《汉书》卷87《扬雄传》中更是毫不讳言地说："雄以为赋者，……又颇似俳优淳于髡、优孟之徒，非法度所存，贤人君子诗赋之正也，于是辍不复为焉。"写出扬雄的讽谏不仅不被采纳，而且君王看他的所作所为很类似倡优。

"不根持论"，自然不能"匡国理政"，所诵读的赋作不过供皇帝一笑而已。这样身份的人在娱乐场合中规劝帝王改过从善，而且以"微言婉语"的方式劝谏，不仅听众不会重视，甚至还会庄中出谐，让人解颜一笑。

从"讽诵"的角度来看，赋家被视为倡优，不全是出于恶意的中伤，而是赋家的讽诵之法与倡优的表演之法类似；从赋家的身份来看，作为待诏、侍从的赋家与倡优的职能不相上下，都是陪同君王游宴之人；从文学史上来看，赋家这样的遭遇固然令人叹息，但从行政的角度来看，一些赋家的辞赋确实只是文字游戏，就连蔡邕也说某些辞赋作者，"其高者颇引经训风喻之言，下则连偶俗语，有类俳优，或窃成文，虚冒名氏"。① 显然是说他们的赋作是在玩弄文字游戏，与俳优的调笑没有区别。由此看来，"赋家类优"并不是某一帝王的心血来潮，而是两汉间从行政角度对赋家的一贯看法，原因在于辞赋失去了讽喻的作用，只能通过卖弄语言技巧来博得听众与读者的注意。

三　讽谏学理的形成与赋谏的失效

当君王、官员们只能体会到辞赋诵读的听觉感受时，讽诵本身所具有的讽谏意义，却成为赋家作赋的动机。扬雄言其作《甘泉赋》在于"奏《甘泉赋》以风"，李善注《文选》："不敢正言谓之讽。"其所言之"风"，实为"讽"。朱骏声《说文通训定声》言："风动物而无形，故微言婉辞谓之风。汉书志、传凡几十见，皆作'风'，注乃云读为'讽'，反以借字为正字，失之矣。"不仅解释了风之本义，而且认为《汉书》中多以"讽"作"风"。既然"讽"被李善解释为"不敢正言"，又被朱骏声解释为"微言婉词"，那么两汉不断被赋家强调的"讽"，又是怎样一种交流机制呢？

从《汉书》的记载中，可以看出"风"作为含蓄表达的手段，是两汉行政交往中常用的方式。建元六年（前135），"大行王恢击东粤，东粤杀王郢以报。恢因兵威使番阳令唐蒙风晓南粤"；② 同年南越反，汉武帝"乃令严助谕意风指于南越"，颜师古注"风"："风读曰讽，以天子之

---

① 《后汉书》卷60《蔡邕列传》，第1996页。
② 《汉书》卷95《南粤王传》，第3839页。

意指讽告也。"采用摆出武备的事实,讲一番文德的道理,刚柔并济、恩威并施,目的使匈奴、东粤、南越诸王看清时势,与汉朝和好。观察唐蒙与严助的说辞,可以看出"风"具有的语言特征在于言辞谦逊,意思含蓄,态度温和,方式委婉。如元封元年(前110),汉武帝"勒兵十八万骑以见武节,而使郭吉风告单于",① 使节郭吉出使匈奴,行礼文之事,同时动用武备,暗示汉朝对匈奴的和好不是媾和求和,而是出于睦邻友好。

在两汉君臣的交流中,"风"被作为含蓄的暗示。汉初诛吕过程中,灌婴至荥阳,谋曰:"诸吕权兵关中,欲危刘氏而自立。今我破齐还报,此益吕氏之资也。"② 委婉地规劝齐王保持冷静。新莽天凤六年(19),严尤"非莽攻伐西夷,数谏不从,著古名将乐毅、白起不用之意及言边事凡三篇,奏以风谏莽",③ 直接劝谏没有效果,便借古言今,以规劝王莽不可四面出击。

这种含蓄而委婉的劝谏方式被总结为君臣交流的机制之一。刘向在《说苑·正谏》总结了臣下规劝君王的方式:"谏有五:一曰正谏,二曰降谏,三曰忠谏,四曰戆谏,五曰讽谏。"《白虎通·谏诤》则对这五种方式进行了详细的解释:

> 人怀五常,故知谏有五。其一曰讽谏,二曰顺谏,三曰窥谏,四曰指谏,五曰陷谏。讽谏者,智也。知患祸之萌,深睹其事,未彰而讽告焉。此智之性也。顺谏者,仁也。出词逊顺,不逆君心。此仁之性也。窥谏者,礼也。视君颜色不悦,且郤,悦则复前,以礼进退。此礼之性也。指谏者,信也。指者,质也。质相其事而谏。此信之性也。陷谏者,义也。恻隐发于中,直言国之害,励志忘生,为君不避丧身。此义之性也。孔子曰:"谏有五,吾从讽之谏。"事君进思尽忠,退思补过,去而不讪,谏而不露。故《曲礼》曰:"为人臣,不显谏。"纤微未见于外,如《诗》所刺也。若过恶已著,民蒙毒螫,天见灾变,事白异露,作诗以刺之,幸其觉悟也。

---

① 《史记》卷110《匈奴列传》,第2912页。
② 《史记》卷9《吕太后本纪》,第407页。
③ 《汉书》卷99《王莽传》,第4156页。

班固引孔子、《礼记·曲礼》的话以证明诗歌对政治的干预，要采用"谏而不露"的方式进行，意在使君觉悟，而不是对国君进行直接批评或强行制止，这便是最为儒家学说肯定的讽谏模式。这段话不仅可以从政治学角度看出两汉学者对君臣关系的认知，更能从文学功能的角度看出文学对政治的干预方式，在于含蓄而委婉地点到即止，彼此心领神会，文学的作用才能恰到好处。

刘向在《说苑·正谏》中，也认为讽谏是君臣交流为得体的方式：

> 夫不谏则危君，固谏则危身，与其危君宁危身。危身而终不用，则谏亦无功矣。智者度君权时，调其缓急，而处其宜，上不敢危君，下不以危身。故在国而国不危，在身而身不殆。昔陈灵公不听泄冶之谏而杀之，曹羁三谏曹君不听而去，《春秋》序义虽俱贤，而曹羁合礼。

他举出颜蠋谏齐景公、苏从谏楚庄王、门大夫谏晋平公、客谏孟尝君、少孺子谏吴王、椒举谏楚庄王、茅焦谏秦始皇、诸御己谏楚庄王、鲍叔谏齐桓公、司马子綦谏楚昭王、保申谏荆文王、叔向谏晋平公、公卢谏赵简子、晏子谏齐景公、伍子胥谏夫差、诸御鞅谏齐景公、枚乘谏吴王濞等事例，说明劝谏既要有尺度，更要有风度。应劭在《风俗通义·过誉》中亦言："礼谏有五，风为上，狷为下。故入则造膝，出则诡辞，善则称君，过则称己；暴谏露言，罪之大者。"认为应采用"风"的方式，不直接点出国君的过失，而是温和地令其觉悟，促其自省。范晔评论李云奋不顾身地指责汉桓帝，最终死于狱中之事，郑重其事地发表了一段见解："礼有五谏，讽为上。若夫托物见情，因文载旨，使言之者无罪，闻之者足以自戒，贵在于意达言从，理归乎正。"认为讽谏的做法便是托物言志、借古讽今、因景抒情，先让国君听进去，然后再图国君觉悟，而不是强悍蛮干，把事情闹得不可开交，伤了彼此的和气，只能把事情闹僵弄砸。

由此来看，臣下采用温和的方式进行讽谏，通过赞美国君而使其觉悟自省，最终达成双方都不说破但彼此意会的默契，保全君臣之间一团和气，已经成为两汉学者、官员的共识。袁宏在《后汉纪》中进一步总结这种沟通的好处：

> 使言足以宣彼我而不至于辩也，义足以通物心而不至于为佞也，
> 学足以通古今而不至于为文也，直足以明正顺而不至于为狂也。野不
> 议朝，处不谈务，少不论长，贱不辩贵，先王之教也。

"讽"作为君臣交流的一个内在尺度，表现为言在此而意在彼，以点明
双方的差异，不至于达到论辩的形态；倘若涉及君臣关系，点到即止，
不至于显得谄媚；表达可以言明古今通义，不在于卖弄学问；即便是直
接表达，也不至于无拘无束。在袁宏看来，一个有德行的君子要能做到
在野不随便议论朝政，在外不轻易讨论内务，年幼者不随意非议长者，
卑微者不轻易议论在位者，这是个人修养的体现，也是议政的基本
要求。

　　经过《毛诗序》的阐释，采用讽谏的方式干预政治，成为两汉文学
反映现实的基本方式："上以风化下，下以风刺上，主文而谲谏，言之者
无罪，闻之者足以戒，故曰风。"在这样含蓄委婉的交流中，君臣温和而
得体，保持着有面子的沟通。郑玄在《六艺论》中总结到：

> 诗者，弦歌讽谕之声也。自书契之兴，朴略尚质，面称不为谄，
> 目谏不为谤，君臣之接，如朋友然，在于恳诚而已。斯道稍衰，奸伪
> 以生，上下相犯，及其制礼，尊君卑臣，君道刚严，臣道柔顺。于是
> 箴谏者希，情志不通，故作诗者以诵其美而讥其过。

认为《诗经》的温柔敦厚，正体现在采用讽谏进行君臣交流，因此每
一篇诗作背后，都蕴含着作者深沉的讽谏意味。以《诗经》为代表的
文学作品，区别于政论奏疏，就是能在鲜明的文学形象、生动的文学
叙述之中，蕴含着言在此而意在彼的委婉讽谏，使得文学在强化其艺
术性的同时，保留着优雅而含蓄的风度，对现实进行着一定程度的
干预。

　　讽谏的含蓄委婉以及《诗经》所展现出来的温柔敦厚，成为两汉学
者衡量文学讽谏之义的一个标准。以这样的标准衡量两汉日趋流行的
《楚辞》，观察屈原对楚王的态度，便成为两汉学者评价《楚辞》的基本

尺度。在司马迁看来，屈原"作辞以讽谏，连类以争义"，① 合乎讽谏之义。② 但班固却认为屈原有时直接指责楚王，过分强调君之过："竞乎危国群小之间，以离谗贼。然责数怀王，怨恶椒兰，愁神苦思，强非其人，忿怼不容，沈江而死，亦贬絜狂狷景行之士。"③ 已经超出了劝谏的范围，应该有所批评。而王逸在《楚辞章句》中对班固观点的辩驳，也是集中讨论讽谏是否超出君臣之义：

> 而屈原履忠被谮，忧悲愁思，独依诗人之义而作《离骚》，上以讽谏，下以自慰。……且诗人怨主刺上曰："呜呼！小子，未知臧否，匪面命之，言提其耳！"风谏之语，于斯为切。然仲尼论之，以为大雅。引此比彼，屈原之词，优游婉顺，宁以其君不智之故，欲提携其耳乎！

他认为屈原的有些话虽然激切，但与《诗经》中的某些句子相比，还是挺和缓的，应该加以肯定。比较而言，班固和王逸的区别在于屈原之辞是否合乎讽谏之义，班固用"五谏"的标准衡量，显然认为屈原之辞不属于讽谏，而带有强人所难的意味，过在屈原；而王逸则按照文学讽谏理论评论，认为屈原所言之意在规劝而楚王不悟，过在楚王。

讽谏作为君臣交流方式，在行政实践中最为含蓄，相对于直接的政论和劝谏，其作用也最为微弱。但作为一种人格修养，讽谏是君子之间交流的理想境界，因此得到孔子的推崇，并成为文学影响政治的基本模式，得以理论化为讽谏学说，得以系统化为文学理论。两汉赋家因为采用讽谏态度，倚重于辞赋的"讽诵"之义，试图利用文学形式对君王进行委婉劝谏，"入则造膝，出则诡辞，善则称君"，④ 结果不仅没有使得君王醒悟，反而徒博听众的一笑。

---

① 《史记》卷130《太史公自序》，第3314页。

② 《史记》卷84《屈原贾生列传》："屈原既死之后，楚有宋玉、唐勒、景差之徒者，皆好辞而以赋见称；然皆祖屈原之从容辞令，终莫敢直谏。其后楚日以削，数十年竟为秦所灭。"

③ （南宋）洪兴祖：《楚辞补注》，北京：中华书局，1983年，第48—49页。

④ 《风俗通义校注》卷4《过誉》，第173页。

第三节　两汉文学教化功能的形成

文学教化功能的形成，是两汉文学观念演进的主线。先秦诸子的教化学说，至两汉先成为国家行为，又成为政治影响风俗的主导方式。以文学教化百姓被强化为文学的主要功能，并作为经解的理路之一又不断被强化。其教化观念如何形成？两汉行政如何推行文学教化？文学又是如何承担教化使命？这不妨作为我们审视两汉文学功能形成的一个视角。

一　西汉政治教化观念的确立

在传统的治理观念中，国家承担着对普通百姓的教导责任，即国家通过某种组织形式，完成对百姓的教育、培养和训练。作为政治意义上的教化，可以理解为用某种意识形态来统一百姓的思想，维系社会各群体在国家层面上认知的一致。[①]《商君书·错法》言："明君之使其民也，使必尽力以规其功，功立而富贵随之，无私德也，故教流成。"认为通过编户齐民的教战，可以改善民风、改造社会，形成某种齐一的社会风气。《管子·戒》中言齐国通过教民，最终称霸："三年教人，四年选贤以为长，五年始兴车践乘。遂南伐楚，门傅施城。北伐山戎，出冬葱与戎叔，布之天下，果三匡天子而九合诸侯。"国家可以通过建制性的教育，完成强制性的训导，训练出能够赴汤蹈火的国民。

而起身于私学的原始儒家，无法依靠制度的力量去完成礼乐的建构，只能更加专注于以潜移默化的形式完成对社会的改良。之所以言之为潜移默化，一在于儒家认为教导百姓的学理，不是源自国家的法令制度，而是源自圣人的学说。《礼记·曲礼上》言："圣人作，为礼以教人，使人以有礼，知自别于禽兽。"儒家所谓的圣人，是贯通三代知识、经验而能够超越朝代存在的思想化身，因而圣人的教诲是超越一家一国、一朝一代的至理名言。二在于儒家所强调的教育内容，不能依赖建制性的力量来完成，只能通过人的心性修炼来实现，如《孝经·广要道章》所谓的"教民亲爱，莫善于孝；教民礼顺，莫善于悌；移风易俗，莫善于乐；安上治民，莫善于礼；礼者，敬而已矣"。这类内在的体验，是由个体的自我体

---

① 张汝伦：《作为政治的教化》，《哲学研究》，2012 年第 6 期。

认进而转化为行为自觉，人人践行社会公认的规范，最终实现社会风气的整体好转。

在这样的视角中，儒家设计了王者以教民向善而改良风气的基本模式，将之作为国家意识形态调整的方略，是为教化论。① 《论语·子路》载孔子与冉有对话言"富以教之"之言，明确提出以教化民，才能使国家臻于王道。这种教化的做法，孟子做了更为详细的阐释：

> 人之有道也，饱食暖衣，逸居而无教，则近于禽兽。圣人有忧之，使契为司徒，教以人伦，父子有亲，君臣有义，夫妇有别，长幼有叙，朋友有信。②

认为人之区别于动物，在于人与人的关系是通过伦理来维持，父子、君臣、夫妇、长幼、朋友这五种基本的人伦关系涵盖了人类生存的基本方面。一个生活在现实世界中的人，必须学会处理这五种基本关系，才能保证自己能够顺畅地应对周围的人事；一个社会只有实现这些关系的顺利运行，这个社会才能和谐地运转。至荀子，其对教化的设计则更为具体：

> 顺州里，定廛宅，养六畜，闲树艺，劝教化，趋孝弟，以时顺修，使百姓顺命，安乐处乡，乡师之事也。……论礼乐，正身行，广教化，美风俗，兼覆而调一之，辟公之事也。全道德，致隆高，綦文理，一天下，振毫末，使天下莫不顺比从服，天王之事也。③

荀子认为必须从下至上设计出完善的职务系统，具体负责教化事务，比如乡师负责一个地区，劝导百姓顺时劳作，和睦乡里；诸侯则通过礼乐的感

---

① 《汉书·礼乐志》总结为："古之王者莫不以教化为大务，立大学以教于国，设庠序以化于邑。教化已明，习俗已成，天下尝无一人之狱矣。至周末世，大为无道，以失天下。秦继其后，又益甚之。自古以来，未尝以乱济乱，大败天下如秦者也。习俗薄恶，民人抵冒。"另，《白虎通》"三教"阐释了三代之教的经验："王者设三教何？承衰救弊，欲民反正道也。三正之有失，故立三教，以相指受。夏人之王教以忠，其失野，救野之失莫如敬。殷人之王教以敬，其失鬼，救鬼之失莫如文。周人之王教以文，其失薄，救薄之失莫如忠。继周尚黑，制与夏同。三者如顺连环，周而复始，穷则反本。"

② 《孟子·滕文公上》，第 2705 页。

③ 《荀子集解》卷 5《王制》，第 168—171 页。

召确立教化的榜样，天子通过道德的示范引导天下向善。

　　这种日渐明确的教化观念，成为诸子建构有序社会的共识。秦汉间受这些理念综合作用的教化论，融合着教之以德、教之以法两种理念。《郭店楚简·缁衣》言："长民者教之以德，齐之以礼，则民有劝心；教之以政，齐之以刑，则民有遯心。"教之以德，是让百姓知道往哪去；教之以政，是让百姓知道要避免什么。《大戴礼记·礼察》亦言："世主欲民之善同，而所以使民之善者异。或导之以德教，或驱之以法令。导之以德教者，德教行而民康乐；驱之以法令者，法令极而民哀戚。哀乐之感，祸福之应也。"德教、法教并行，实际是从正面引导、反面警戒两个方面给百姓确立安身立命的空间，保证社会在有序的组织、有限的自由中进行。

　　西汉立国之初，陆贾便主张通过教化来引导百姓将全部精力投入到生产之中。《新语·怀虑》："据土子民，治国治众者，不可以图利；治产业，则教化不行，而政令不从。"这种引导既是恢复生产之需，也是汉初重建秩序的手段。此后，贾谊在给汉文帝开出的治国方略中，明确提出教化百姓是丞相必须承担的使命，《新书·辅佐》言："大相，上承大义而启治道，总百官之要，以调天下之宜。正身行，广教化，修礼乐，以美风俗，兼领而和一之，以合治安。"贾谊理解的教化，是经过文化浸润、礼乐熏陶而形成的内在修为，其《陈政事疏》还具体描绘了周成王之所以英武的原因，在于其得到了良好的教育。尽管贾谊在上疏中不时穿插着解释，意图使汉文帝明白，教化是通过心性的改变而最终完成对一个人的塑造。一个国家上自天子，下至庶民，皆能够明理化性，则天下大治指日可待。

　　西汉学者眼中的教化，秉承着儒家君子德风、小人德草的传统认知，更愿意强调在上位者对普通百姓的道德说教和行为垂范。元兴元年（前134）董仲舒在《举贤良对策》中，正是从汉武帝之德高，言及教化之必要：

　　　　凡以教化不立而万民不正也。夫万民之从利也，如水之走下，不以教化堤防之，不能止也。是故教化立而奸邪皆止者，其堤防完也；教化废而奸邪并出，刑罚不能胜者，其堤防坏也。古之王者明于此，是故南面而治天下，莫不以教化为大务。立大学以教于国，设庠序以化于邑，渐民以仁，摩民以谊，节民以礼，故其刑罚甚轻而禁不犯者，教化行而习俗美也。

明确向汉武帝提出，教化是社会秩序建构的基础，也是社会风俗改良的手段。董仲舒在《春秋繁露·立元神》中，把学校教化看成完善人本的基本方法："立辟雍庠序，修孝悌敬让，明以教化，感以礼乐，所以奉人本也。"在《为人者天》中，他指出所谓教化，就是让百姓知道基本的社会价值观："先之以博爱，教以仁也；难得者，君子不贵，教以义也。虽天子必有尊也，教以孝也；必有先也，教以弟也。此威势之不足独恃，而教化之功不大乎？"这就是圣人之道通行天下的做法，久而久之，百姓习以为常，以教化民，是为风化。

董仲舒的理论阐释代表了汉武帝时学界对教化的基本认知。教化是建立符合王道理想的价值判断，将之作为社会个体自觉的价值认知，从而在舆论导向、价值取向和行为规则上建立群体的共识。以这种共识作为社会的基础认知，以人心的干预改变世道，最终形成有利于社会稳定、有助于社会良性运行的舆论环境和判断标准。公孙弘在《上武帝书》中，进一步阐述了通过教育实现社会教化的重要性："闻三代之道，乡里有教，夏曰校，殷曰庠，周曰序。其劝善也，显之朝廷；其惩恶也，加之刑罚。故教化之行也，建首善自京师始，由内及外。今陛下昭至德，开大明，配天地，本人伦，劝学兴礼，崇化厉贤，以风四方，太平之原也。"①主张建立各级各类学校，完善国家教育体系，使之作为教化的基本设施，让百姓树立正确的价值观，形成良好的社会风气，保证在社会层面的长治久安。

元朔元年（前128），汉武帝在诏书中正式提出"教化"的方略："公卿大夫，所使总方略，壹统类，广教化，美风俗也。夫本仁祖义，褒德禄贤，劝善刑暴，五帝三王所繇昌也。朕夙兴夜寐，嘉与宇内之士臻于斯路。"②将"广教化、美风俗"视为社会建构的主要内容，并意识到推广教化的意图在于褒扬德行、选贤任能、劝善惩恶等，目的是要建立起有益于国家良性运转的社会风气，最终实现国家的长治久安。以此为标志，教化遂成为国家建构良性社会秩序的基本策略，也成为衡量国家行政的一项重要内容。汉昭帝即位六年，便"诏郡国举贤良文学之士，问以民所

---

① 《史记》卷121《儒林列传》，第3119页。
② 《汉书》卷6《武帝纪》，第166页。

疾苦，教化之要"。① 从这一诏书中可以看出，汉昭帝对民间关注的两个重点：一是百姓的物质生活情形，即所谓的疾苦；二是社会建构的情形，即所谓的教化。在随后的盐铁辩论中，教化不再被视为要不要做的议题，而是被视为如何建构社会的前提，甚至可以作为论据去讨论。《盐铁论·授时》中文学言："是以王者设庠序，明教化，以防道其民，及政教之洽，性仁而喻善。故礼义立，则耕者让于野；礼义坏，则君子争于朝。"强调教化是建构完善社会秩序的前提：只有在基层建立起基本的价值观，使得百姓能够理解人何以为人、人何以能群的根本，从而在百姓之间形成彼此谦让、相互关怀的良性人际关系，官员才能形成合情合理的行政秩序，国家才能形成合乎道义的政治秩序。

　　无论从政治层面、行政层面还是从社会层面，教化被视为国家建构的基本方略，由丞相负总责。汉宣帝时的名相魏相在《条奏便宜》中说："臣相幸得备位，不能奉明法，广教化，理四方，以宣圣德。民多背本趋末，或有饥寒之色，为陛下之忧，臣相罪当万死。"② 如果说"奉明法"是前提的话，"广教化、理四方"则被看作丞相的基本职责，这显然是对汉武帝以来丞相职责的进一步明确。汉元帝时，王尊在劾奏匡衡时再次强调："丞相衡、御史大夫谭位三公，典五常九德，以总方略，壹统类，广教化，美风俗为职。"③ 认为丞相既然总负责教化，那么社会秩序紊乱、人心思变，丞相就要承揽全部责任。匡衡则辩解说："道德之行，由内及外，自近者始，然后民知所法，迁善日进而不自知。……今长安天子之都，亲承圣化，然其习俗无以异于远方，郡国来者无所法则，或见侈靡而放效之。此教化之原本，风俗之枢机，宜先正者也。"④ 认为教化之事不能一蹴而就，现在社会风气不好，不能一板子打在现任丞相身上，尤其是京城百姓的道德水平，那是向着皇帝学习的，不能让丞相来承担。接着谈了具体的做法，国家必须建立起基本的道德要求，其目的便是引导、鼓励百姓能够不断提高道德水平，形成符合社会良知的价值判断，并付诸行为。匡衡认为应该从京城做起，使之成为首善之区，以之为示范，推广到

---

① 《汉书》卷24《食货志》，第1176页。

② 《汉书》卷74《魏相传》，第3137页。

③ 《汉书》卷76《王尊传》，第3231页。

④ 《汉书》卷81《匡衡传》，第3335页。

郡国，通过教化改良风俗。永始二年（前15）六月，汉成帝罢免丞相薛宣的理由，便是其不能以教化风下："三辅赋敛无度，酷吏并缘为奸，侵扰百姓，诏君案验，复无欲得事实之意。九卿以下，咸承风指，同时陷于谩欺之辜，咎繇君焉。有司法君领职解嫚，开谩欺之路，伤薄风化，无以帅示四方。"① 不能承担起奉明法、广教化、美风俗的职责，那就不宜尸位素餐，应该罢免。

汉成帝以至新莽时期，教化越来越被视为改良风俗的基本手段。鸿嘉二年（前19），汉成帝诏："古之选贤，傅纳以言，明试以功，故官无废事，下无逸民，教化流行，风雨和时，百谷用成，众庶乐业，咸以康宁。"② 期望郡国推举"敦厚有行义能直言者"切言嘉谋，以有助于推行教化，建立起一个上下合同、四海升平的社会。元始元年（1）二月，为推行教化，更是设羲和官，并设置外史、闾师，试图以完善的官吏设置，来保证"班教化，禁淫祀，放郑声。"③ 王莽得以代汉，其重要理据便是实现了自汉武帝以来尚没有实现的社会教化，建立起一个被教化、被引导、被管理的社会秩序。王莽专门设置风俗使者，使之观天下教化的成败，以此作为判断国家教化的实现程度，结果"风俗使者八人还，言天下风俗齐同，诈为郡国造歌谣，颂功德，凡三万言。莽奏定著令。又奏为市无二贾，官无狱讼，邑无盗贼，野无饥民，道不拾遗，男女异路之制，犯者象刑。"这种被官员描绘出来的暂时的繁荣稳定，成为王莽执政的重要成就，也成为王莽代汉的社会基础。随后，刘歆、陈崇等十二人因为"治明堂，宣教化"的成绩被封为列侯，④ 标志着王莽的文治达到了自西汉以来的顶峰。

自汉武帝实现国家一统之后，如何整合社会便成为行政当局思考社会治理的关键。采用教化的方式改良社会，是西汉试图建立王道政治的基本方式，其目的便是通过引导、教育和鼓励的方式，形成一个有利于社会稳定、有益于国家发展、有助于朝野互动的舆论环境，必须建立一个基本的社会共识，形成一个公认的社会价值观，才能保证社会各阶层在最大广度

---

① 《汉书》卷83《薛宣传》，第3393页。
② 《汉书》卷10《成帝纪》，第317页。
③ 《汉书》卷12《平帝纪》，第351页。
④ 《汉书》卷99《王莽法》，第4076—4077页。

上形成共同的价值判断和行为约束，保证社会的良性运转，以具体的做法改良风俗、实现教化。

二 "美风俗"与两汉社会教化的实践

两汉社会的教化实践是以"美风俗"作为目的，期望通过教民礼乐，建立其良好的社会秩序，在基层形成一个稳定有序的社会形态。西汉明确提出以丞相负总责的行政系统担负着教化责任，将教化视为两汉各级政府进行社会治理的基本要求。在这其中，影响最大的便是朝廷委派官员循行天下，以助于教化推广。

汉武帝元狩六年（前117）冬，"遣博士褚大等六人持节巡行天下，存赐鳏寡，假与乏困，举遗逸独行君子诣行在所。郡国有以为便宜者，上丞相、御史以闻。天下咸喜"。① 汉武帝派出博士褚大为首的循行团队，到民间访贫问苦，寻访推举贤能之士，收集普通官吏的意见建议，得到各级官员和百姓的热烈响应。

两汉循行多选博士光禄大夫、谏大夫出任，这最能看出循行的职责在于推行教化。通过对下层百姓宣扬中央政府关心民瘼的德行，对上汇报地方官员行政的得失，既建立一个适宜于利于大一统帝国上下合同的行政秩序，也形成一个有益于稳定有序的基层秩序。从史料的记载来看，皇帝所派出的循行使者具有较大的行政权力，如汉武帝派出申公的博士徐偃循行齐鲁，结果"偃矫制，使胶东、鲁国鼓铸盐铁。还，奏事，徙为太常丞"。徐偃鼓励当地百姓煮盐铸铁，得到了汉武帝的认同，并提拔徐偃出任太常丞。但御史大夫张汤认为，徐偃"矫制大害，法至死"，即假托汉武帝命令，做法却违背律令。徐偃不服，在他看来，既然授权循行，就可以按照百姓的期待改良行政，对自己进行了无罪辩解。汉武帝派终军诘难徐偃，最终使得徐偃意识到自己虽用意之美，但行为不当，愿意服罪。史不载徐偃的答辞，从终军的诘难中可以看出，双方争执的焦点不在于盐铁之事，而在于徐偃"直矫作威福，以从民望，干名采誉"，② 即满足了百姓的期望，最终使得百姓只知道感激徐偃，损害了天下一统于天子的体制。尽管汉武帝最终没有惩罚徐偃，且让他出

---

① 《汉书》卷27《五行志》，第1409页。
② 《汉书》卷69《终军传》，第2817—2818页。

任胶西中尉，但或许是担心循行者的权力过大，此后汉武帝再没有派出循行者。

汉宣帝时，丞相魏相总结汉朝建制以来行之有效的治国策略，认为"遣谏大夫博士巡行天下，察风俗，举贤良，平冤狱"，① 是推向教化、改良风俗最行之有效的策略，值得提倡。元康四年（前62），汉宣帝"遣太中大夫强等十二人循行天下，存问鳏寡，览观风俗，察吏治得失，举茂材异伦之士"，② 通过访贫问苦、推举贤良、观察得失，在全国范围内宣扬王室的德行，推行教化。由此遂成定制，初元元年（前48），汉元帝"遣光禄大夫褒等十二人循行天下，存问耆老鳏寡孤独困乏失职之民，延登贤俊，招显侧陋，因览风俗之化"；③ 建昭四年（前35）又下诏"遣谏大夫博士赏等二十一人循行天下，存问耆老鳏寡孤独乏困失职之人，举茂材特立之士。相将九卿，其帅意毋怠，使朕获观教化之流焉"，④ 重申循行的职责，是观察教化的实现程度。河平四年（前25），汉成帝"遣光禄大夫博士嘉等十一人行举濒河之郡水所毁伤困乏不能自存者"；⑤ 永始三年（前14），汉成帝又"临遣太中大夫嘉等循行天下，存问耆老，民所疾苦"；⑥ 元始四年（4），汉平帝"遣太仆王恽等八人，置副假节，巡行天下，观风俗"，⑦ 进一步明确循行的目的是侧重于考察行政得失，了解教化推行的程度。⑧

中央政府对于教化的关注程度，决定了地方官员的行政指向。汉宣帝曾褒扬颍川太守黄霸"治为天下第一"，正在于其善教化，对其褒扬的诏书中说："宣布诏令，百姓乡化，孝子弟弟贞妇顺孙日以众多，田者让

① 《汉书》卷74《魏相传》，第3137页。
② 《汉书》卷8《宣帝纪》，第258页。
③ 《汉书》卷9《元帝纪》，第279页。
④ 同上书，第295页。
⑤ 《汉书》卷10《成帝纪》，第310页。
⑥ 同上书，第323页。
⑦ 《前汉纪》卷30《平帝纪》，第526页。
⑧ 东汉时期，这一制度依然在运行。汉和帝即位初，便"分遣使者，皆微服单行，各至州县，观采风谣"；汉安元年（142），汉顺帝"遣侍中杜乔、光禄大夫周举、守光禄大夫郭遵、冯羡、栾巴、张纲、周栩、刘班等八人分行州郡，班宣风化，举实臧否"，由于东汉已经建立了完善的刺史制度，循行不再如西汉那样肩负着考察行政得失的使命，更多被用于宣扬德治，考察各地风俗教化的实现程度，带有明显的道德宣示意味。

畔,道不拾遗,养视鳏寡,赡助贫穷,狱或八年亡重罪囚,吏民乡于教化,兴于行谊,可谓贤人君子矣。"① 能够按照朝廷的要求,引导百姓相互礼让,彼此互助,通过道德教育来形成合乎王道政治的社会秩序,使得百姓安居乐业,成为汉宣帝时期社会治理的典范。班固评价韩延寿、黄霸的治绩,在于通过教化彻底改变了颍川的社会风气:"韩延寿为太守,先之以敬让;黄霸继之,教化大行,狱或八年亡重罪囚。南阳好商贾,召父富以本业;颍川好争讼分异,黄、韩化以笃厚。"② 韩延寿、黄霸被视为名臣,在于他们以教化导民,在局部一度形成了儒家所向往、汉政所推崇的王道乐土,成为汉代教化的模范。

司马光曾言光武帝在文治上的努力,确立了东汉以社会教化改良风俗的行政传统。③ 顾炎武所言"三代以下,风俗之美,无尚于东京者",可以视为对东汉教化效果的定论。光武中兴以后,"尊崇节义,敦厉名实,所举用者,莫非经明行修之人,而风俗为之一变",即便在东汉后期宦官专权时,"朝政昏浊,国事日非,而党锢之流,独行之辈,依仁蹈义,舍命不渝",④ 肯定东汉持久而深入的教化彻底改变了士风与民风。从《后汉书》的记载来看,东汉时期的太守确实将光武帝确立的文治思路,以教化百姓的方式进行推广。如秦彭任山阳太守时,"崇好儒雅,敦明庠序。每春秋飨射,辄修升降揖让之仪。乃为人设四诫,以定六亲长幼之礼。有遵奉教化者,擢为乡三老,常以八月致酒肉以劝勉之。吏有过咎,罢遣而已,不加耻辱。百姓怀爱,莫有欺犯"。⑤ 建立学校,使得士人能够读书明理,通过定期的礼仪活动,使得百姓能够了解在日常社会秩序中的基本礼仪,在基层设置三老负责教化劝导百姓。官府不用惩罚伤人自尊,久而久之,人心日渐厚道,社会风气自然好转。贾逵为鲁相时,"以德教化,百姓称之,流人归者八千户",⑥ 大量外迁的百姓回流,便是对教化之所的向往。

---

① 《汉书》卷89《循吏传》,第3631页。

② 《汉书》卷28《地理志》,第1654页。

③ (北宋)司马光《稽古录》言光武帝:"偃武修文,崇德报功,勤政治,养黎元,兴礼乐,宣教化,表行义,励风俗。继以明、章,守而不失,于是东汉之风,忠信廉耻及于三代矣。"

④ 《日知录集释》卷13《两汉风俗》,第752页。

⑤ 《后汉书》卷76《循吏列传》,第2467页。

⑥ 《后汉书》卷36《贾逵传》,第1240页。

教化的做法是按照儒家的礼乐制度引导百姓向善，而不是轻易动用刑罚去惩处。① 这种以鼓励为主，以劝勉为法，以教育示范为方式的做法，可以看成为两汉郡守推行教化的制度行为。② 汉和帝时，许荆初任桂阳太守时，"郡滨南州，风俗脆薄，不识学义"，许荆便为当地百姓设立"丧纪婚姻制度，使知礼禁"，通过设立必要的规范，约束百姓的行为。一次，许荆来到耒阳县，当地蒋均兄弟争夺财产，互相言讼。许荆看到兄弟侵夺而不愿谦让，便感叹教化推行的不好，居然对兄弟俩说："吾荷国重任，而教化不行，咎在太守。"回头便让属下向朝廷上书请罪，兄弟俩这才悔悟，知道谦让自省的美德，方才愿意承认自己的罪过。以太守之职亲自处理兄弟争讼，并将兄弟成仇视为自己工作的失职，当然可以看作许荆个人自觉的道义担当，但其以耿介之性，能够出任桂阳太守，且能够"在事十二年，父老称歌"之后，③ 回朝廷出任谏大夫，可以看出东汉政府对太守政绩的基本态度，就是鼓励各地通过教化，实现风俗之美。

东汉郡守们对社会风气的关注，是基于文治立场而形成的自觉行为。汉顺帝时，周举出任并州刺史，便努力改变风俗以实现教化，太原郡原本推崇介子推，有寒食之俗，"或一月寒食，莫敢烟爨，老小不堪，岁岁多死者。举到，以吊书置子推庙，言盛冬灭火，残损人命，非贤者之意，以宣示愚民，使还温食。于是众人稍解，风俗颇革"。④ 周举认为纪念介子推的精神可行，但冬天长时间不食温食的方式，却不利于百姓的身体健康，便引导百姓改良传统的风俗。范晔肯定东汉官吏这种自觉关注民间风俗，并对此进行引导的风气。如高弘任琅邪相赴任时，"自负笈，单步入界，随路所经之处，听探风俗厚薄"；⑤ 刁曜出任鲁相时，"修德化法教，

---

① 《白虎通·辟雍》对教化的作用与方式进行了总结："古者教民者，里皆有师，里中之老而有道德者为里右师，其次为左师教里中之子弟以道艺、孝悌、仁义。立春而就事，朝则坐于里之门，余子皆出就发而后罢。其有出入不时，早晏不节，有过，故使语之，言心天由生也。若既收藏，皆入教学。其有贤才美质，知学者足以闻其心，顽钝之民，亦足以别于禽兽而知人伦。故无不教之民。"两汉郡守在民间推行的教化，大致类此。

② 张元城：《西汉的儒生郡太守与儒学教化》，《河北师范大学学报》，2007 年第 4 期；雷戈：《两汉郡守的教化职能：秦汉意识形态建制研究之一》，《史学月刊》，2009 年第 2 期。

③ 《后汉书》卷 76《循吏列传》，第 2471—2472 页。

④ 《八家后汉书辑注·司马彪续汉书》卷 4《周举传》，第 447 页。

⑤ 《八家后汉书辑注·谢承后汉书》卷 8《高弘传》，第 256 页。

以厉风俗，威恩并行"等，① 以教化的方式改良风俗。

东汉官员重视教化、改良风俗的做法，得到了班固的高度评价，其在《两都赋》中言光武帝的巡狩，"穷览万国之有无，考声教之所被，散皇明以烛幽"，能够掌握郡国实情，推行德政，而百姓在这样的教化之中，"涤瑕荡秽而镜至清，形神寂漠，耳目弗营，嗜欲之原灭，廉正之心生，莫不优游而自得，玉润而金声"，② 通过教化而形成的风俗之美，是国家长治久安之道。从制度渊源上看，使者循行是天子巡狩制度的延续，目的在于"观察风教，知其善恶"，方式是通过考察官员的行政效果，在社会上建立良好的教化，"信义著而道化成，名器固而风俗淳，推之百世，可久之道也"，③ 最终引导百姓改恶向善，以淳朴的民风实现国家长治久安。从国家治理上来看，一统的行政体制需要上下合同才能形成有效的社会认知，而这种认知的养成需要通过教育引导才能深入人心，从根本上赢得民心，才能实现基层政权的稳定。在这其中，文学被视为最有效的教育手段，风化被视为最直接的教育方式。

三　风化论与文学教化观念的形成

儒家推行教化的方式，是借助"六经"的传授，改变人的内在气质，从而实现人由内到外地修养自己，形成文质彬彬的君子。《礼记·经解》直接阐述了"六经"中蕴含的教化意义：

> 入其国，其教可知也。其为人也，温柔敦厚，诗教也；疏通知远，书教也；广博易良，乐教也；絜静精微，易教也；恭俭庄敬，礼教也；属辞比事，春秋教也。……其为人也，温柔敦厚而不愚，则深于诗者也；疏通知远而不诬，则深于书者也；广博易良而不奢，则深于乐者也；絜静精微而不贼，则深于易者也；恭俭庄敬而不烦，则深于礼者也；属辞比事而不乱，则深于春秋者也。

这一阐释直接表明了儒家的教化论以经学为切入，以改变人的气质为要

---

① 《八家后汉书辑注·谢承后汉书》卷6《刁曜传》，第220页。
② 《后汉书》卷40《班固传》，第1363—1368页。
③ 《后汉记》卷7《光武皇帝纪》，第123页。

求，意在通过经书的引导、经义的理解，培养出温文尔雅的君子人格。在这其中，温柔敦厚、疏通知远、广博易良、洁静精微、恭俭庄敬、属辞比事是蕴含在五经中的人文精神，也是可以形诸个体，见诸社会风气的文化品格。

《礼记》所解读的"六经"的文化精神，确立了儒家以经书教民化民的基本思路。这一思路成为汉代学者讨论经学作用的基本立场。班固撮合《礼记·乐记》的说法，认为礼乐的设计，与其说是作为制度的存在，不如说作为文化的设计："制雅颂之声，本之情性，稽之度数，制之礼仪，合生气之和，导五常之行，……足以感动人之善心也，不使邪气得接焉，是先王立乐之方也。"① 班固认为诗、礼、乐合乎天地秩序，同乎人心感知，能够使得导人向善。五经之所以能够流传，在于其合乎五常之道："《乐》仁、《书》义、《礼》礼、《易》智、《诗》信也。人情有五性，怀五常，不能自成，是以圣人象天五常之道而明之，以教人成其德也。"② 五常为人之基本伦理，其出于五经教义，又辅助五经推广，二者相辅相成，上可以疏瀹士人心性，下可以引导百姓向善。

以仁、义、礼、智、信为指向的道德要求，如何转移为人之行为规范，即五经所体现的教化如何落实到百姓心中？《毛诗序》以"风"之理论作了解释：

> 风之始也，所以风天下而正夫妇也，故用之乡人焉，用之邦国焉。风，风也，教也，风以动之，教以化之。……故正得失，动天地，感鬼神，莫近于诗。先王以是经夫妇，成孝敬，厚人伦，美教化，移风俗。……上以风化下，下以风刺上，主文而谲谏，言之者无罪，闻之者足以戒，故曰风。至于王道衰，礼义废，政教失，国异政，家殊俗，而变风变雅作矣。国史明乎得失之迹，伤人伦之废，哀刑政之苛，吟咏情性，以风其上，达于事变，而怀其旧俗者也。故变风发乎情，止乎礼义。发乎情，民之性也；止乎礼义，先王之泽也，是以一国之事，系一人之本，谓之风；言天下之事，形四方之风，谓之雅。

---

① 《汉书》卷 22《礼乐志》，第 1037 页。
② 《白虎通疏证》卷 9《五经》，第 447 页。

这段讨论汉代文学观念绕不过去的话，将"风"视为诗、乐实现其教化的方式。在这其中，"风"可以通过人心的感动，引导百姓认识到先王所设立的基本道义：以夫妇关系为代表的五伦，是建构社会伦理的基石；以孝敬为代表的德行，是形成社会认知的基础；以人伦为特征的纲常，是构建社会秩序的手段；以教化为方式的德育，是改良社会风气的策略；以改变风俗为方式的努力，是建设完美社会的途径。伦理、德行、纲常、教化、风俗只能采用心的感知、情的疏导来实现。而"风"作为感发情志的形式，可以自上而下地感动人心，导人向善；作为文学形式，可以言外知内、言近旨远，通过自下而上地赞美去劝、批评去讽，使执政者醒悟而改良。

风化论从上下感知、实现教化的角度，阐释了"诗"何以被创作出来，《诗经》被视为宣扬王道、妇道的经典，正在于其通过"风"的形式，既可以委婉劝谏，也可以含蓄赞美，可以被作为两汉经学解释的基石。《汉书·儒林传》载昌邑王刘贺被废后，追究其师傅的责任，认为面对刘贺的荒唐行为，王式居然没有谏书，王式对曰："臣以《诗》三百五篇朝夕授王，至于忠臣孝子之篇，未尝不为王反复诵之也；至于危亡失道之君，未尝不流涕为王深陈之也。臣以三百五篇谏，是以亡谏书。"王式认为《诗经》本身即为讽谏之作，自己讲授《诗经》中的忠臣孝子之道，那就是天天劝谏，可惜刘贺不悟、不改，不入心，错不在师傅不教，而在弟子不化，以此脱罪。

王式以《诗经》作谏书，代表了两汉学者对《诗经》教化作用的习惯性理解。一是认为《诗经》的篇目之中蕴含着深厚的讽谏寓意，如《毛诗》大序、小序对各篇的解释。这一看法形成的原因，在于承认《诗经》出自"观风俗"的用意，每一篇诗作中都具有特定的蕴意。① 二是认为《诗经》诗句中有着丰富的寓意，这些寓意或产生于作者的用心，或产生于后世的解读，如《韩诗外传》的以事证诗、以言证诗。这一看法形成的理由是，作者之所以作诗，是抱着讽上、讽下的意图，所以《诗经》的每一句话中都有弦外之意，都有讽谏之辞。在这样的学术视野中，

---

① 《汉书》卷30《艺文志》："故古有采诗之官，王者所以观风俗，知得失，自考正也。孔子纯取周诗，上采殷，下取鲁，凡三百五篇，遭秦而全者，以其讽诵，不独在竹帛故也。"

《诗经》被视为改善世道人心的教化读本。《诗纬·含神雾》言："诗者，持也……在于敦厚之教，自持其心，讽刺之道，可以扶持邦家者也。"将《礼记·经解》的诗教论、《毛诗序》的讽谏论融通起来，认为《诗经》通过讽刺之道足以改良世道人心。郑玄在《诗谱序》中总结为："论功颂德，所以将顺其美；刺过讥失，所以匡救其恶。各于其党，则为法者彰显，为戒者著明。"以风化解释《诗经》，作为对《诗经》现实作用的基本理解，为孔颖达所宗。

在《诗经》解读中形成的风化论，被两汉学者移作解释文学创作意图和旨归的视角。班固承认赋为古诗之流，自然用诗学的眼光审视辞赋的文学功用。其《两都赋序》认为言语侍从之臣如司马相如、虞丘寿王、东方朔、枚皋、王褒、刘向等，公卿大臣御史大夫儿宽、太常孔臧、大中大夫董仲舒、宗正刘德、太子太傅萧望之等不断作赋献纳，其用意在于风化："或以抒下情而通讽谕，或以宣上德而尽忠孝，雍容揄扬，著于后嗣，抑亦《雅》《颂》之亚也。"① 班固借鉴了《毛诗序》中"上以风化下，下以风刺上"的风化观念，认为这些大臣作赋的意图与《诗经》一脉相承，都有着明确的美、刺用意。正因为如此，汉成帝时期才将这些赋作整理起来，试图用以辅弼政教。

我们以《诗经》作为审视两汉经学阐释向文学观念转移的角度，是因为《诗经》相对于其他的经典更接近于文学的意义。被视为一代之文学的汉赋，又恰恰被两汉赋家视为古诗之流，其赋前序言常常言其作赋的意图在于讽或劝，表明其创作有着明确的现实指向，希望阅读者能够从中领悟到作者委婉劝谏的良苦用心，或者体会到作者代王室立言而张扬德教。也就是说，两汉赋家认为赋作必须承担相应的社会责任，作品才具有一定的社会意义，假如不能承担起类似的责任而形成"劝百讽一"的效果，作者会深感懊悔。

抱着教化的目的进行著述，也是东汉学者的基本视角。王充认为后世儒生对经典的解释，是出于以教化改良风俗的需要："圣人作经，艺（贤）者传记，匡济薄俗，驱民使之归实诚也。……故夫贤圣之兴文也，起事不空为，因因不妄作。作有益于化，化有补于正。"② 而自己作文，

① （南朝·梁）萧统编，（唐）李善注：《文选》卷 1《两都赋序》，第 21—22 页。
② 《论衡校释》卷 29《对作》，第 1177—1178 页。

亦是出于广教化、美风俗的目的："充既疾俗情，作《讥俗》之书；又闵人君之政，徒欲治人，不得其宜，不晓其务，愁精苦思，不睹所趋，故作《政务》之书。"① 试图以文学实现教化。范晔记载朱穆"常感时浇薄，慕尚敦笃，乃作《崇厚论》"，其中有"时俗或异，风化不敦，而尚相诽谤，谓之臧否。记短则兼折其长，贬恶则并伐其善。悠悠者皆是，其可称乎"云云，② 朱穆认为风俗之浇薄，乃教化不行，应该推崇厚道朴实，补益于世。应劭作《风俗通义》，范晔言其意在"以辩物类名号，识时俗嫌疑"，③ 应劭自谓："为政之要，辨风正俗，最其上也。"④ 即通过记述既往风俗，导民向善，以辅弼政教。⑤

　　前文已论，两汉无论在政治层面还是在社会层面，"广教化"是与"美风俗"紧密结合在一起的，两汉学者对风俗的关注，是以教化为要求的。《盐铁论》中所载的文学、贤良对时政的批判，是由古今风俗的对比来展开的。王符言："世之善否，俗之薄厚，皆在于君。上圣和德气以化民心，正表仪以率群下，故能使民比屋可封，尧、舜是也。其次躬道德而敦慈爱，美教训而崇礼让，故能使民无争心而致刑错，文、武是也。"⑥ 认为一国之风俗取决于君主的教化引导。仲长统亦言："明版籍以相数阅，审什伍以相连持，限夫田以断并兼，定五刑以救死亡，益君长以兴政理，急农桑以丰委积，去末作以一本业，敦教学以移情性，表德行以厉风俗，核才蕲以叙官宜，简精悍以习师田，修武器以存守战，严禁令以防僭差，信实罚以验惩劝，纠游戏以杜奸邪，察苛刻以绝烦暴。"⑦ 将这十六条作为汉政之要，其中有关教化百姓，改良风俗、劝善惩恶的内容占了将近三分之一。

---

① 《论衡校释》卷 30《自纪》，第 1194 页。

② 《后汉书》卷 43《朱穆传》，第 1463—1465 页。

③ 《后汉书》卷 48《应劭传》，第 1614 页。

④ 《风俗通义校注·序》，第 8 页。

⑤ 王充、应劭的著述意图，得到了后世学者的认同。四库馆臣评价《论衡》："大抵订讹砭俗，中理者多，亦殊有裨于风教。"以其所论，有助于教化。李晦《跋风俗通义》则说："上行下傚谓之风，众心安定谓之俗，移风易俗在则人，亡则书，此应劭《风俗通》所由作也。"认为其所记录的风俗，可以作为教化的参考，意在改良社会。

⑥ （东汉）王符著，（清）汪继培笺，彭铎校正：《潜夫论笺校正》卷 8《德化》，北京：中华书局，1985 年，第 380 页。

⑦ （东汉）仲长统撰，孙启治校注：《昌言校注》，北京：中华书局，2012 年，第 288 页。

两汉学者对诗歌、辞赋和散文辅弼政教、改良社会之作用的强化，使得文学在从经学脱离之初便自觉承担起教化的使命。这一使命的积极意义在于，文学可以获得足以与经学相提并论的社会价值，尽管不如经学那样直接用于教化，但却比经学更容易疏导人情、引导人心，这便使得文学创作有着强烈的社会关注，有了深广的社会基础。这一使命的消极意义在于，文学若不能将教化使命融化在形象塑造、情绪体悟之中，很容易流于说教，使得文学缺少其灵动的特质，成为迂腐而无聊的道德宣传。两汉围绕文学特征的讨论，正在这样的背景中展开，在重功用还是重形式的争论中前行。

第四节　文学实践与东汉文学的形态突破

我们要探讨文学认知如何自觉，主要指标应该是衡量作者或者文论家如何看待文学的表意功能。[①] 文学表意是指用文学的技法表达创作主体内在的观察、思考或感受，这里所谓的文学技法，主要指带有描述性（如赋、比）、想象性（如兴、象）、审美性（如崇高、优美）等表达技巧。从历时的进程来看，文学表意实际是对文学特征的自觉体认，这一体认的自觉程度，决定了这个时期文学自觉的实现程度。当我们讨论两汉时期文学的概念形成，可以将两汉间人对文学表意功能的讨论，视为衡量文学形态演进的一个参照。

一　两汉对文学表意功能的探讨

周秦学者对于文学表意功能的理解，有两个基本的视角，一是孔子所言的"文质彬彬"，二是诸子所讨论的"名实"问题。孔子眼中的"文质彬彬"，更多指向于礼的文饰与人的质实之间的关系，尽管可以将之视为孔子的文论观点，但孔子的指向不是今天所谓的文学意谓，而是讨论个人与礼文的关系。诸子所讨论的名实主要集中在命名问题上，用现在的话来讲，便是事物之"名"与本质之"实"的关联性，也不着力于文学本身。

---

① 理论界对文学表意进行了诸多阐释。参见陈学广《"语言说我"与"我说语言"：文学如何以言表意》，《江海学刊》，2004 年第 6 期；汪正龙《论文学的指称：超越分析哲学视野的文学表意路径考察》，《文学评论》，2011 年第 3 期等。

作为论辩的基础，先秦诸子所讨论的所指与所谓之间的差异，不仅是诸子著述自身逻辑确立时必须面对的问题，也是诸子争鸣无法在同一个层面进行辩论的原因。老子的"道可道""名可名"之谓，公孙龙子的"白马非马"之论，便是关于同名异实造成的表述困境所产生的命题。《墨子·经》对名实进行规范，可以看成先秦试图解决名实问题的一种尝试。诸子辩论时常常采用随文自注的方式，以确定名所代表的实义，如《韩非子·五蠹》中所言的"自环者谓之私，背私谓之公"之类的解释，便是通过自我界定来明确字词的含义，而不至于被读者误读，被辩论者抓住把柄。

秦汉对名实问题的解决，是以《尔雅》《释名》等字书的出现来实现的。尽管四库馆臣认为《尔雅》"释五经者不及十之三四"，但班固认为"古文读应《尔雅》，故解古今语而可知也"，① 其规范了经书所引之字词的名与实，用以"释六艺文言，盖不误"，从而使得经学的解释更加统一。《释名》的立意，更是要辨析名与所称之实的关系："夫名之与实，各有义类，百姓日称而不知其所以之意。故撰天地、阴阳、四时、邦国、都鄙、车服、丧纪，下及民庶应用之器，论叙指归，谓之释名。"② 进一步明确了日常生活中所用字词的基本含义。此外，扬雄《方言》对各地区异名、异实的汇总，《白虎通》对国家制度所设名物的词义汇通，以及《风俗通义》对民间称谓的解释等，都在不同程度上确立了常用字词的名与实的关系。这样一来，秦汉间对字词意谓的不断规定、界定，使得名实逐渐统一，不再困扰学者的交流与辩论。

如果说，名实问题的关键在于词义的解读，那么文质问题的关键，则在于表达的方式。词义的界定可以采用约定俗成的方式实现，即若干本为大家公认的字书、词书编订之后，作为后世交流的规范，足以解决名实之辨。但文质问题所涉及的如何表达，则仁者见仁智者见智。如墨子反对文饰，认为修饰之辞害于意思的表达；韩非子承认修饰是表达的需要，但不主张使用。而《荀子·正名》中将文饰称为"丽"，认为这是表达的产物："名闻而实喻，名之用也。累而成文，名之丽也。用、丽俱得，谓之知名。名也者，所以期累实也。辞也者，兼异实之名以论一意也。"命名

---

① 《汉书》卷30《艺文志》，第1707页。
② （东汉）刘熙：《释名·序》，北京：中华书局，1985年，第1页。

本身就是文饰，必然带有"丽"的属性。但荀子又认为君子所表达的意思，应该避免以丽名惑实："彼正其名，当其辞，以务白其志义者也。……故愚者之言，芴然而粗，嘖然而不类，诸诸然而沸，彼诱其名，眩其辞，而无深于其志义者也。"① 能够理解文饰的功用，但反对无用的文辞雕饰和不切实际的夸夸其谈。

两汉学者对于文学表意的理解，正是站在文质彬彬的经学立场上，仍以言意相称的标准衡量文学。但问题是，周秦语境下的"文学"，儒家基本指的是礼学，诸子所言的基本是论辩。二者虽然涉及夸饰、象征、比喻等文学技法，因其所涉及的内容多在于明理，文学性的特征尚不明显，因而这些讨论的要点在于何者为重、何者为轻。至于汉代，随着辞赋创作的繁荣，作品中作为"文"的形式要素如夸饰的修辞、虚构的手法和华美的语言，与作为"质"的教化、讽谏、明理等实际功能出现了较大的差异，文学如何表达成为这一时期学者们的困惑。

一个时代的困惑必然会成为这个时代讨论的焦点，虽然并不能够得到解决，但讨论注定很热闹。扬雄意识到"文"与"质"的问题不可回避时，便试图将二者分开讨论。他在评价"景差、唐勒、宋玉、枚乘之赋"时，采用了"诗人之赋丽以则，辞人之赋丽以淫"进行分类处理。② 其所谓的"诗人之赋"，显然是基于经学立场而进行创作的赋，其以《诗经》中的赋法作为标准，讲求雅正规则之美。基于文学立场而进行的赋作，则可以奢侈相胜，靡丽相越，不必归于正。③ 扬雄早年创作辞赋的经验和后来的经学立场，使得他固守"质胜于文"的古文经学视角，④ 对"文丽用寡"的辞赋进行了批评，认为"雾縠之组丽"为"女工之蠹"，提出"书恶淫辞之淈法度也"，主张以经学标准衡量文字的表达："书不经，非书也；言不经，非言也。言、书不经，多多赘矣。"⑤ 由此他反对不合经

---

① 《荀子集解》卷16《正名》，第425—426页。

② 《法言义疏》卷2《吾子》，第49页。

③ （西晋）挚虞《文章流别论》中对此进行了进一步的分析："古诗之赋，以情义为主，以事类为佐。今之赋，以事形为本，以义正为助。情义为主，则言省而文有例矣；事形为本，则言富而辞无常。文之烦省，辞之险易，盖由于此。夫假象过大，则与类相远；逸辞过壮，则与事相违；辨言过理，则与义相失；丽靡过美，则与情相悖。此四过者，所以背大体而害政教。是以司马迁割相如之浮说，扬雄疾辞人之赋丽以淫。"

④ 孙少华：《扬雄的文学追求与文学观念之迁变》，《清华大学学报》，2012年第1期。

⑤ 《法言义疏》卷8《问神》，第164页。

义、经法的文字，要求经言合乎经学原"道"的要求。①

但扬雄无法回避的是，连他自己都已经创作出大量"丽以淫"的辞赋，而且已经成为文学创作的潮流，无可回避，也无法阻止。扬雄只能从理论上表明自己的立场，是要求辞、事相符合："事胜辞则伉，辞胜事则赋，事、辞称则经。足言足容，德之藻矣。"②认为文章将事功、辞美相辅相成，才合乎经典之道。但他不得不承认文质彬彬的要求已经无法实现："今之学也，非独为之华藻也，又从而绣其鞶帨，恶在老不老也？"③不仅在辞赋创作上华美过甚，而且在经学解释上也虚辞过滥。这种虚浮的学风，班固言之为："务碎义逃难，便辞巧说，破坏形体，说五字之文，至于二三万言。"④范晔言之为"繁其章条，穿求崖穴，以合一家之说"，⑤便是对两汉之际虚浮学风影响下的文风之批评。扬雄对待这种学风和文风提出的解决办法，是要求作者自我约束，学风上要"约而解科"，即简约而有条理；文风上要"言必有中"，即中正而不淫丽。

由此观察王充《论衡》中的观点，就会发现其所面临的困惑与扬雄一样，那就是以经学的立场要求文学。经学用意在于经世，即建立一个能够超越朝代而形成的群体共识和价值认知，寻求众人认知的一致性；而文学的用意在于抒写情志，即表达个人的一己之情，是个人情感、认知和思考的独特表达，指向于表达的个性化。这样一来，经学的理论既解释不了文学发展出现的新命题，也使得坚守者对经典中的表述充满了困惑。如王充在《艺增》《儒增》《语增》中，对前代经典"文过其实"的描述表现出的责难，正是对文学表意功能的一种抵触，也因此成为后世经学家对其诟病的原因之一。⑥他反对"华而不实，伪而不真"的文风，因此对前代典籍中的修饰性描述、技巧性表述都予以驳难。显然是因为固守经学立场，而对文学表意存在较深的误解，让王充在看似有理的讨论中，不断兜

---

① 束景南、郝永：《论扬雄文学思想之"文质相副"说》，《文艺理论研究》，2007 年第 4 期。

② 《法言义疏》卷 3《吾子》，第 60 页。

③ 《法言义疏》卷 10《寡见》，第 222 页。

④ 《汉书》卷 30《艺文志》，第 1723 页。

⑤ 《后汉书》卷 79《儒林列传》，第 2588 页。

⑥ 时永乐、智延娜：《清人不重视校注〈论衡〉之原因》，《河北大学学报》，2011 年第 6 期。

着圈子比较指责文学的修饰。

　　我们还可以用《论衡》文本的记述来透视东汉中期的文学风尚。《论衡·艺增》言："世俗所患，患言事增其实，著文垂辞，辞出溢其真，称美过其善，进恶没其罪。何则？俗人好奇，不奇，言不用也。故誉人不增其美，则闻者不快其意；毁人不益其恶，则听者不惬于心。……盖伤失本，悲离其实也。"王充认为言过其实、辞过其事的夸饰手法，是时人好奇所致，而且成为写作的潮流。《对作》又言："世俗之性，好奇怪之语，悦虚妄之文。何则？事实不能快意，而华虚惊耳动心也。是故才能之士，好谈论者，增益实事，为美盛之语；用笔墨者，造生空文，为虚妄之传。"既然大家都这么俗，那自己就固守经学立场，以保守者的心态来做中流砥柱，对流俗进行大无畏的批评和抵抗。王充确定自己著述的用意，在于"铨轻重之言，立真伪之平。……其本皆起人间有非，故尽思极心，以机世俗"，① 立志于此，与流俗抗争。在这抗争中，王充有来自经学的理据，不仅自信，而且坚强。他继承了孔子"有德者必有言，有言者不必有德"的道德判断，认为"大人德扩其文炳，小人德炽其文斑"，② 将繁丽之文视为俗人、小人所为，鼓励君子抱道不屈，固守经训，赞扬述而不作的世儒，反对"为华淫之说，于世无补"的文儒。

　　但与扬雄一样，王充不得不承认，东汉的儒生已经不再固守家法师法，抱残守缺，而开始将著述作为事业，王充用"能说一经者为儒生，博览古今者为通人，采掇传书以上书奏记者为文人，能精思著文连结篇章者为鸿儒"进行分类，承认著述不仅是文人所尚，而且是鸿儒所为。也就是说，王充尽管对文学手段进行排斥，反对的是虚辞滥说，但并不反对著述本身，他甚至赞扬文人、鸿儒"好学勤力，博闻强识，世间多有；著书表文，论说古今，万不耐一"，认为他们"衍传书之意，出膏腴之辞，非俶傥之才，不能任也"；③ 又言"自君山以来，皆为鸿眇之才，故有嘉令之文。笔能著文，则心能谋论，文由胸中而出，心以文为表。观见其文，奇伟俶傥，可谓得论也。由此言之，繁文之人，人之杰也"。④ 由

---

① 《论衡校释》卷 29《对作》，第 1179 页。

② 《论衡校释》卷 28《书解》，第 1149 页。

③ 《论衡校释》卷 13《超奇》，第 606 页。

④ 同上书，第 609 页。

此来看，王充意识到著述的表意是无法回避的"膏腴之辞"，能为繁文已经成为桓谭以来的创作倾向："今尚书郎班固，兰台令杨终、傅毅之徒，虽无篇章，赋颂记奏，文辞斐炳，赋象屈原、贾生，奏象唐林、谷永，并比以观好，其美一也。"① 这种倾向与王充所谓的好奇、好俗遥相呼应，王充既然要批判好俗好奇的学风文风，就必须对桓谭、班固、傅毅等人的创作一并否定，由此上溯，对五经中的大量篇幅一并否定。

　　王充《论衡》的逻辑困境正在于此，东汉经学和文学已经开始分化，以经学的教义立场审视文学的形式，不仅无助于解释文学的表达，而且也会扭曲经学自身的手法。王充著《论衡》的目的，是反对华伪的文风，期望"实虚之分定，而华伪之文灭；华伪之文灭，则纯诚之化日以孳矣"。② 其以经学之正则纠正东汉学风之虚浮、夸伪，在经学史上具有明显的针对性，在思想史也具有相当的地位，但其恰处在文学表达技巧被强化、文学修辞日渐形成的历史阶段，以经学立场审视文学的发展，不可避免地将文学纳入经学的轨道进行臧否。而经学立意于经世，文学立意于审美，二者旨趣不同，因而其呈现形式也存在差异，经学为世人示范，故而其文风讲求正则，格调注重中和；文学重抒情达意，故而文风要求奇伟，情调重乎多姿。

　　以经学眼光审视文学，其优点在于强化文为世用的目的，可以形成文学的教化观；其缺点在于，这种强化要求文学以干预社会生活为目的，会削弱文学的个性化表达。如班固所言的"宋玉、唐勒，汉兴枚乘、司马相如，下及杨子云，竞为侈丽闳衍之词，没其风谕之义"，③ 在承认辞藻之美的同时，要求文学能够担负起经学的使命。从文学的功能来看，这一要求并不过分，因为文学要承担"兴、观、群、怨"的责任，但从文学的特质上来看，在文学技法尚未形成、文学特质尚未明确、文学表意功能尚在讨论的过程中，过于强化文学的现实功用，并以之作为衡量文学得失的尺度，会不可避免地损害文学的自我成长。两汉之际文学观念的徘徊不前，正在于学界以经学的眼光审视文学，忽略了文学特有的因唯美而夸饰、因明确而象征的表意手段，在理论上强化质实、正则的要求，使得文

① 《论衡校释》卷29《案书》，第1174页。
② 《论衡校释》卷29《对作》，第1180页。
③ 《汉书》卷30《艺文志》，第1756页。

学认知难以跳出预设的路径，在两汉间步履蹒跚。

二 著述实践与文学创作的自觉

扬雄、王充对文学表意特征的不解，在于其固守传统的经学立场，将"踵事增华"之类的文学技巧视为虚浮，但两汉不断增加的辞赋创作和日渐丰富的著述，使得文学不仅成为新的表达方式，也成为一种创作的潮流。其对经学立场的突破，不是理论性的逢山开路，而是实践中的水滴石穿。

西汉士人的文学才能，班固《汉书》多以能"属文"括之。《汉书·楚元王传》所言刘辟强"亦好读诗，能属文"；《贾谊传》言贾谊"能诵诗书，属文称于郡中"；《桓宽传》言"宽为人温良，有廉知自将，善属文，然懦于武，口弗能发明也"等，不胜枚举。颜师古注："属文，谓会缀文辞也。"[1] 或注"属"："属，谓缀辑之也，言其能为文也。"[2] 缀文，即缀字成句，联句成章，组章成篇。而被班固描述为"属文"之士者，非以经学取长，而以文章为长，如终军"少好学，以辩博能属文闻于郡中。……至长安上书言事。武帝异其文，拜军为谒者给事中"。[3] 从《汉书·终军传》来看，终军的属文之才主要是能言事立论，自为新辞，而非专守经说。

从西汉学者的视角来看，"属文"之才更多是对撰文著述才能的肯定。贾捐之等人荐杨兴的上奏中，对杨兴的才能进行如下描述：

> 观其下笔属文，则董仲舒；进谈动辞，则东方生；置之争臣，则汲直；用之介胄，则冠军侯；施之治民，则赵广汉；抱公绝私，则尹翁归。兴兼此六人而有之，守道坚固，执义不回，临大节而不可夺，国之良臣也，可试守京兆尹。[4]

用董仲舒的策略、著述之业形容杨兴的文学才能，并以汉之名臣为喻，形

---

① 《汉书》卷36《楚元王传》注，第1926页。
② 《汉书》卷48《贾谊传》，第2221页。
③ 《汉书》卷64《终军传》，第2814页。
④ 《汉书》卷64《贾捐之传》，第2837页。

容杨兴的文学、言辞、品行、能力、德望等。这些类比显然是文学的夸饰,体现出贾捐之"言辞动天下"的功夫。后来因为石显作梗,贾捐之被处死、杨兴髡钳为城旦而结束,从中可以看出汉武帝时期对"属文"之士的界定,主要指以文辞之美进行著述。

在两汉间人看来,著述多由善属文者完成。班固言《盐铁论》的撰成,出于善属文的桓宽的手笔:"汝南桓宽次公,……博通善属文,推衍盐铁之议,增广条目,极其论难,著数万言,亦欲以究治乱,成一家之法焉。"① 高诱也认为,正因为淮南王刘安的"善属文",才使得他有兴致、有能力组织《淮南子》的编纂:"后淮南、衡山卒反,如贾谊言。初,安为辩达,善属文。……孝文皇帝甚重之,诏使为《离骚赋》,自旦受诏,日早食已。上爱而秘之。……于是遂与苏飞、李尚、左吴、田由、雷被、毛被、伍被、晋昌等八人,及诸儒大山、小山之徒,共讲论道德,总统仁义,而著此书。"② "善属文"便是有着高人一等的文学表达能力。后人托名伶玄而作的《飞燕外传》,也是其属文才能的自然流露:"学无不通,知音善属文,简率尚真朴,无所矜式,扬雄独知之。……有才色,知书,慕司马迁《史记》,颇能言赵飞燕姊弟故事。"③ 由此可见,两汉所谓的"属文",不仅限于撰写政论散文或者编纂史书,而是指有能力著书立说、撰写带有虚构性质的文学作品。

范晔《后汉书》首立"文苑传",既可以看成他的创造,也可以视为其对东汉"善属文"者大量涌现史实无可回避的结果。如果说,西汉对属文之士的记述,大多数是对其文章撰写能力的肯定;那么东汉文人的"属文",则是对他们层出不穷的文学才华进行概括。如北海敬王刘睦,"作《春秋旨义终始论》及赋颂数十篇,又善《史书》,当世以为楷则",能为经注、赋、颂、史书。④ 东观史臣班固,"年九岁,能属文诵诗赋。及长,遂博贯载籍,九流百家之言,无不穷究。学无常师,不为章句,举大义而已"。⑤ 属文之才并不局限于经著、政论,而是无所不在、无处不用。范晔言边让"少辩博,能属文。作《章华赋》,虽多淫丽之辞,而终

---

① 《汉书》卷 66《公孙刘田王杨蔡陈郑传》,第 2903 页。
② 刘文典:《淮南鸿烈集解·叙目》,北京:中华书局,2013 年,第 2 页。
③ 《飞燕外传自序》,(清)严可均辑:《全汉文》卷 56,第 578 页。
④ 《后汉书》卷 14《北海敬王传》,第 557 页。
⑤ 《东观汉记校注》,第 675 页。

之以正，亦如相如之讽也"，① 擅长辞赋。司马彪言蔡邕"通达有隽才，博学善属文，伎艺术数，无不精综"②，在辞赋、碑铭等诸多方面，体现出高人一等的文学才华。范晔眼中东汉文人的文学才华，不是出于西汉世儒、文儒那样的照本宣科，而是带有鲜明的文学创作属性。如言赵峻"志性聪敏，又能属文，所制才藻，落纸如飞，下笔即成，都不寻覆也"，③ 其所谓的才藻，便是指其既具有文学才华，又能为藻饰之文，很类似于扬雄所谓的"丽以淫"，也接近于曹丕提倡的"诗赋欲丽"，蕴含着更多的褒义。

　　东汉文学著述的实践，并非像西汉儒生经注那样出于利禄与功名，而是出于一种立言的自觉。有时作者甚至主动拒绝政府的征辟，而宁愿隐遁起来著书立说，将著述作为一项事业。如班固曾言自己："永平中为郎，典校秘书，专笃志于儒学，以著述为业。或讥以无功，又感东方朔、扬雄自喻以不遭苏、张、范、蔡之时，曾不折之以正道，明君子之所守，故聊复应焉。"尽管后来班固也曾出任窦宪幕僚并陷于党争，但其在永平年间，确实将著《汉书》作为其事业追求。王充言自己著《论衡》，也是出于著述的自觉：

　　　　充任数不耦，而徒著书自纪。或亏曰："所贵鸿材者，仕宦耦合，身容说纳，事得功立，故为高也。今吾子涉世落魄，仕数黜斥，材未练于事，力未尽于职，故徒幽思属文，著记美言，何补于身？众多欲以何趋乎？"答曰："……若夫德高而名白，官卑而禄泊，非才能之过，未足以为累也。士愿与宪共庐，不慕与赐同衡；乐与夷俱旅，不贪与蹠比迹。高士所贵，不与俗均，故其名称不与世同。身与草木俱朽，声与日月并彰，行与孔子比穷，文与扬雄为双，吾荣之。身通而知困，官大而德细，于彼为荣，于我为累。偶合容说，身尊体佚，百载之后，与物俱殁，名不流于一嗣，文不遗于一札，官虽倾仓，文德不丰，非吾所臧。……富材羡知，贵行尊志，体列于一世，

---

① 《后汉书》卷 80《文苑列传》，第 2640 页。
② 《八家后汉书辑注·司马彪续汉书》，第 471 页。
③ 《八家后汉书辑注·无名氏后汉书》，第 728 页。

　　名传于千载，乃吾所谓异也。"①

在王充的这段话中，当然有怀才不遇的牢骚，但其面对他人的嘲弄，能够
意识到立德、立言的重要性远比位高有意义，并以此自勉，以此自信。这
一表述可以视为两汉学者已经在功名利禄之外找到了安身立命的新方式。
其中的"身与草木俱朽，声与日月并彰"一段，代表着东汉学者对于著
述之业的理性认知，也是对立言不朽的高度认同。以此观察曹丕所谓的
"寄身于翰墨，见意于篇籍，不假良史之辞，不托飞驰之势，而声名自传
于后"，② 得此泽被。

　　我们以王充这段话的立意来观察东汉士人对待著述的态度，可以看出
东汉的文学实践是建立著书立说的自觉追求之上的。如崔骃"常以典籍
为业，未遑仕进之事"，③ 而张衡更是如此：

　　　　永元中，举孝廉不行，连辟公府不就。……衡乃拟班固《两
　　都》，作《二京赋》，因以讽谏。精思傅会，十年乃成，文多故不载。
　　大将军邓骘奇其才，累召不应。

　　　　永初中，谒者仆射刘珍、校书郎刘騊骏等著作东观，撰集《汉
　　记》。因定汉家礼仪，上言请衡参论其事，会并卒，而衡常叹息，欲
　　终成之。及为侍中，上疏请得专事东观，收捡遗文，毕力补缀。④

范晔描述张衡的才华之高、性情之美："通《五经》，贯六艺。虽才高于
世，而无骄尚之情。常从容淡静，不好交接俗人。"张衡才高而淡泊，多
次拒绝政府征召，甚至直接婉拒大将军的招募，在于强调其文学创作不是
出于现实需求，而是出于立言的自觉。张衡后来在不得已而入仕后，曾在
《表求合正三史》的上表中说："愿得专于东观，毕力于纪记，竭思于补
阙，俾有汉休烈，比久长于天地，并光明于日月，焜示万嗣，永永不
朽。"从此处最能看出张衡愿以"立言"为志业，毕生从事著述。

---

　　① 《论衡校释》卷30《自纪》，第1204—1205页。
　　② 《文选》卷52《典论·论文》，第720页。
　　③ 《后汉书》卷52《崔骃传》，第1708页。
　　④ 《后汉书》卷59《张衡列传》，第1940页。

这种自觉著述的风气，不仅促成了王符"隐居著书三十余篇，以讥当时失得，不欲彰显其名，故号曰《潜夫论》"，①也促成了应劭撰述《风俗通义》："今王室大坏，九州幅裂，乱靡有定，生民无几。私惧后进益以迷昧，聊以不才，举尔所知，方以类聚，凡三十一卷，谓之《风俗通义》。"②制度败坏、士风不振，遂愿以一己之力纂辑旧事，作为东汉改良风俗之用。蔡邕在贬官之后就曾上书汉灵帝，言自己"愿下东观，推求诸奏，参以玺书，以补缀遗阙，昭明国体"，③一度试图以著述终生。

桓灵之时，这种自愿隐遁而以著述为业成为士人的自觉风尚。仲长统"每州郡命召，辄称疾不就。常以为凡游帝王者，欲以立身扬名耳，而名不常存，人生易灭，优游偃仰，可以自娱"。④王符的潜隐带有欲出不得而最终彻底放弃的因素，仲长统的不就则是明显的拒绝，拒绝的原因便是，仲长统清醒地意识到游走于帝王周围所获得所谓名分，不过是朝廷赏赐的暂时声名罢了，朝政日非背景下获得的声名，也赢不得士林的敬重，莫不如安心著述，自娱自乐。与此同时，侯瑾"徙入山中，覃思著述。以莫知于世，故作《应宾难》以自寄。又案《汉记》撰中兴以后行事，为《皇德传》三十篇，行于世。……西河人敬其才而不敢名之，皆称为侯君云"；⑤荀爽"隐于海上，又南遁汉滨，积十余年，以著述为事，遂称为硕儒"；⑥如果说侯瑾、荀爽隐遁著述是个人选择的话，那么世人对他们的敬重而褒扬，则意味着汉末世人对立德、立言者的敬重。

敬重什么人，褒扬什么人，最能看出一个时代的风尚。东汉学者以立德为尚，以著述为业，拒绝征召，自行隐遁，不仅没有为朝廷所责难，反而为世人所赞颂，既意味着东汉士林一改西汉学者多汲汲仕进的功利之心，以清流自居，赓续了"太上立德"的传统；也表明东汉学界意识到"立言"是"名传于千载"的事业，自觉以著述为业，而不再将"立功"视为毕生之追求。由此开端，汉魏之际重视将文章著述视为经国之大业、不朽之盛事，推动了文学创作的独立和繁荣。

---

① 《后汉书》卷 49《王符传》，第 1630 页。

② 《风俗通义校注》，北京：中华书局，1981 年，第 4 页。

③ 《后汉书》卷 93《律历志》注引（东汉）蔡邕言，第 3084 页。

④ 《后汉书》卷 49《仲长统传》，第 1644 页。

⑤ 《后汉书》卷 80《文苑列传》，第 2649 页。

⑥ 《后汉书》卷 62《荀爽传》，第 2056 页。

三　东汉文学新风尚及其理论认知

东汉对文学的认知，一在于重视文章著述，二在于逐渐接受了文学重视修辞的新风尚，由创作实践的积累逐渐到认知的清晰，文学重视修辞、虚构与夸饰的特征越来越被强化，文学也从经学的附庸中独立出来，成为具有独立特征的艺术创作。

西汉时期所谓的文学之士，基本是指经学之士。如本始元年（前73）夏四月，汉宣帝因地震"诏内郡国举文学高第各一人"，其所谓的"文学"，依然是指经学。元康元年（前65）秋八月，诏曰："朕不明六艺，郁于大道，是以阴阳风雨未时。其博举吏民，厥身修正，通文学，明于先王之术，宣究其意者，各二人，中二千石各一人。"① 所谓通文学，正是精通经学。元康三年（前63）又曰："及故掖庭令张贺辅导朕躬，修文学经术，恩惠卓异，厥功茂焉。"② 其所言之事，便是即位前"师受《诗》《论语》《孝经》"等事。③ 即便新莽始建国三年（11）诏："令公卿大夫诸侯二千石举吏民有德行、通政事、能言语、明文学者各一人，诣王路四门。"④ 后录取的文学依然侧重于经学。

而至东汉，文学则更多具有"文章之学"的含义，多被用来形容著述等后世意义上的文学活动。建初中，"肃宗博召文学之士，以毅为兰台令史，拜郎中，与班固、贾逵共典校书。"⑤ 此文学之士的主要职能，不再穷究经学，而是以校书为业。班固在回忆这段经历时说："永平中为郎，典校秘书，专笃志于博学，以著述为业。"⑥ 其中，傅毅"追美孝明皇帝功德最盛，而庙颂未立，乃依《清庙》作《显宗颂》十篇奏之，由是文雅显于朝廷"，⑦ 文学之士更引人瞩目的作用在于创作。

汉章帝初即位，曾赐东平宪王刘苍书中言："先帝每有著述典议之

---

① 《汉书》卷8《宣帝纪》，第255页。
② 同上书，第257页。
③ 同上书，第238页。
④ 《汉书》卷99《王莽传》，第4125页。
⑤ 《后汉书》卷80《文苑列传》，第2613页。
⑥ 《汉书》卷100《叙传上》，第4225页。
⑦ 《后汉书》卷80《文苑列传》，第2613页。

事，未尝不延问王，以定厥中。"① 相对于通经学，东汉更重视著述。虽然此时的著述更多集中于经学章句学，如景鸾"能理《齐诗》《施氏易》，兼受《河》《洛》图纬，作《易说》及《诗解》，文句兼取《河》《洛》，以类相从，名为《交集》。又撰《礼内外记》，号曰《礼略》。又抄风角杂书，列其占验，作《兴道》一篇。及作《月令章句》。凡所著述五十余万言，数上书陈救灾变之术"，② 但文学才能的重点已转移到著述、编纂和撰写。东汉对文学之才的描述，更多指向于诗赋创作，如范晔言李胜，"亦有文才，为东观郎，著赋、诔、颂、论数十篇"；③ 郦炎"有文才，解音律，言论给捷，多服其能理。……有志气，作诗二篇曰"；④ 张超"有文才。……著赋、颂、碑文、荐、檄、牋、书、谒文、嘲，凡十九篇"；⑤ 并直言王粲、刘桢等皆"以文才知名"。⑥ 范晔《后汉书》首立《文苑列传》，正是注意到了东汉士人对文学才能的高度重视，并进行高度推崇的结果。

　　与朝廷提倡经学著述的风气相表里，民间的文学活动则更多体现为对文学技法的自觉追求，虚构性的文字开始大量出现，并且逐渐得到文士的喜爱。在盐铁辩论中，御史大夫们依然认为："文学结发学语，服膺不舍，辞若循环，转若陶钧。文繁如春华，无效如抱风。饰虚言以乱实，道古以害今。从之，则县官用废，虚言不可实而行之；不从，文学以为非也，众口嚣嚣，不可胜听。"⑦ 将文学的修饰视为虚言，认为此类文字惑乱正道，不合雅驯。刘向在《条灾异封事》中也说："群小窥见间隙，缘饰文字，巧言丑诋，流言飞文，哗于民间。"这段文字当然表明了刘向对浮泛文辞的抵触，但却可以看出，文学表达已经在经学之外兴起，而且成为一种时尚。刘歆在《上山海经表》中更是说："朝士由是多奇《山海经》者，文学大儒皆读学以为奇，可以考祯祥变怪之物，见远国异人之谣俗。"也能看出西汉后期朝廷官员对于玄奇文字的爱好。汉哀帝在《罢

---

① 《东观汉记校注》，第 165 页。
② 《后汉书》卷 79《儒林列传》，第 2572 页。
③ 《后汉书》卷 80《文苑列传》，第 2616 页。
④ 同上书，第 2647 页。
⑤ 同上书，第 2652 页。
⑥ 《后汉书》卷 56《王畅传》，卷 80《文苑列传》，第 1826、2640 页。
⑦ 《盐铁论校注》卷 5《遵道》，第 291—292 页。

乐府诏》中明确说："惟世俗奢泰文巧，而郑卫之声兴。夫奢泰则下不孙而国贫，文巧则趋末背本者众，郑卫之声兴则淫辟之化流，而欲黎庶敦朴家给，犹浊其源而求其清流，岂不难哉？"可以看出朝廷对民间追逐文巧之风不甚满意，试图以罢免乐府来恢复雅乐传统。

东汉立国之后，一度反对虚言浮词，如光武帝《赐隗嚣书》中自己"厌浮语虚辞"，汉明帝也说："先帝诏书，禁人上市言圣，而间者章奏颇多浮词，自今若有过称虚誉，尚书皆宜抑而不省，示不为谄子蚩也。"①主张文学要以质实为用，并批评"司马相如污行无节，但有浮华之辞，不周于用"，②显示出东汉初年朝廷仍坚守重质的文学观。但从这些诏书的口气中，可以看出东汉朝野对文学修饰功能日渐喜爱的风尚。

王充在《论衡》中，多次言及世俗之好虚妄："世俗所患，患言事增其实，著文垂辞，辞出溢其真，称美过其善，进恶没其罪。何则？俗人好奇，不奇，言不用也。"所谓的"奇"，一是故事之奇，如刘歆所言朝士多好《山海经》；二是文字之奇，即用全新的表达形式，不再如经典般古奥。在这种风气的影响下，"蜚流之言，百传之语，出小人之口，驰闾巷之间，其犹是也。诸子之文，笔墨之疏，人贤所著，妙思所集，宜如其实，犹或增之。"③修饰、夸张之法不断增多，文学的表达技能愈加出奇。在王充看来，这类文字常常"言事粗丑，文不美润，不指所谓，文辞淫滑"，④但这类文字的作者，却常常得到朝廷的重用。在王充看来，受文学风气的影响，东汉的经学也"多失其实"："前儒不见本末，空生虚说；后儒信前师之言，随旧述故，滑习辞语，苟名一师之学，趋为师教授，及时蚤仕，汲汲竞进，不暇留精用心，考实根核。故虚说传而不绝，实事没而不见，五经并失其实。"⑤经说的无凭之增，使得东汉学风由质实转而玄虚，成为东汉学者施展才能的新领地："实事不能快意，而华虚惊耳动心也。是故才能之士，好谈论者，增益实事，为美盛之语；用笔墨者，造生空文，为虚妄之传。听者以为真然，说而不舍；览者以为实事，传而不

① 《后汉书》卷2《显宗孝明帝纪》，第109页。
② 《文选》卷48《典引序》，第682页。
③ 《论衡校释》卷8《艺增》，第381页。
④ 《论衡校释》卷13《超奇》，第617页。
⑤ 《论衡校释》卷28《正说》，第1123页。

绝。"① 王充是站在经学的立场审视东汉文学的新风尚，对"言奸辞简，指趋妙远；语甘文峭，务意浅小"的新文风极度排斥。②

王符曾描述汉章帝、汉安帝、汉顺帝时期文学风气的变动："今学问之士，好语虚无之事，争著雕丽之文，以求见异于世，品人鲜识，从而高之，此伤道德之实，而或朦夫之大者也。……今赋颂之徒，苟为饶辩屈塞之辞，竞陈诬罔无然之事，以索见怪于世，愚夫戆士，从而奇之，此悖孩童之思，而长不诚之言也。"③ 认为注重辞藻、多用夸饰、讲求技巧已经成为东汉解经、作赋的基本风气。

从刘向、刘歆、汉哀帝、汉光武帝、汉明帝以及王充、王符对虚言浮词的批评中，我们可以看出注重修饰、强调技法，越来越成为东汉文学的新风尚，不仅体现在经学著述中，而且体现在辞赋创作中。尽管他们曾给予了严厉的批评甚至打压，但文学风尚一旦形成，会逐渐成为一种创作潮流，不断销蚀保守的文学认知。从崔瑗对张衡的评价中，我们可以读出较为中和的文学观："道德漫流，文章云浮，数术穷天地，制作侔造化，瑰辞丽说，奇技伟艺，磊落焕炳，与神合契。"④ 对张衡文章的辞采之美进行了高度肯定，可以视为东汉文士对文学新风尚的中肯之辞。

与之相应的是，东汉对屈原辞赋的评价，不再如班固那样以经学本位衡量屈原的讽谏之法，转而以文学本位审视其辞藻之美。王逸在《楚辞章句·叙》中说："屈原之词，诚博远矣。终没以来，名儒博达之士著造词赋，莫不拟则其仪表，祖式其模范，取其要妙，窃其华藻，所谓金相玉质，百世无匹，名垂罔极，永不刊灭者矣。"肯定其华藻之辞美。在《离骚经》中说："其词温而雅，其义皎而朗。凡百君子，莫不慕其清高，嘉其文采，哀其不遇，而愍其志焉。"对其辞才及人品双重肯定。又认为《远游》"乃深惟元一，修执恬漠，思欲济世，则意中愤然，文采铺发，遂叙妙思，托配仙人，与俱游戏，周历天地，无所不到。然犹怀念楚国，思慕旧故。……是以君子珍重其志，而玮其辞焉"，辞藻之美，为后世学

---

① 《论衡校释》卷 29《对作》，第 1179 页。
② 《论衡校释》卷 29《自纪》，第 1200 页。
③ 《潜夫论笺校正》卷 1《务本》，第 19—20 页。
④ （东汉）崔瑗：《河间相张平子碑》，引自（清）严可均辑：《全后汉文》卷 45，第 456 页。

者钦羡效法。同时"读屈原之文，嘉其温雅，藻采敷衍，执握金玉，委之污渎，遭世溷浊，莫之能识。追而愍之"，而作《九怀》。① 王逸从人品、辞藻、文笔、文风上着眼，尤其注重屈原辞赋体现出来的文学特质，不再局限于经学雅训的立场。

新的文学风尚获得官方承认，在于汉灵帝时期设立鸿都门学，并以辞赋之士选用官吏。由于固守经学取士的传统，汉灵帝采用直接敕封的方式，任命文学之士为官，不仅扰乱了东汉的选官制度，而且成为时人诟病文学才能的一个理由。蔡邕便直言鸿都门下"诸生竞利，作者鼎沸。其高者颇引经训风喻之言；下则连偶俗语，有类俳优；或窃成文，虚冒名氏"。② 要反对文学取士，就必须反对文学的功能，蔡邕尽管创作了大量的辞赋，但仍将矛头对准当时流行的通俗而浅白的辞赋创作，认为这些赋作本无多少价值，赋家更无才能，汉灵帝居然待以不次之位，是对汉代取士制度的彻底紊乱。

关于鸿都文学，后世有不同的看法。一是认为鸿都门学的文学价值不足道，刘勰曾言："降及灵帝，时好辞制，造羲皇之书，开鸿都之赋，而乐松之徒，招集浅陋，故杨赐号为驩兜，蔡邕比之俳优，其余风遗文，盖蔑如也。"③ 刘勰不屑于鸿都之赋及其作者的观点，延续了蔡邕的见解，但却无法回避一个事实，即由于汉灵帝的提倡，东汉后期形成了一个短暂的文学创作热潮。刘永济便认为："灵帝以后，学贵墨守，文亦散缓，其时作者，类多浅陋，比之俳优；文章风气，由盛而衰，此五变也。"④ 认为鸿都门学的浅陋之辞是文学衰败风气的开始。站在经学的立场观察，可以认为鸿都文学并不能成为一个文学集团，不能拔高其文学史意义。⑤ 二是认为建安文学重视作品辞藻、讲求文学技巧的风气，恰导源于此。何焯曾言："建安词人后魄兆于此矣。"⑥ 范文澜亦认为："案东汉辞质，建安

①《楚辞补注》，第3、49、163、269页。

②《后汉书》卷60《蔡邕传》，第1996页。

③《文心雕龙注》卷9《时序》，第673页。

④ 刘永济：《文心雕龙校释》，北京：中华书局，1962年，第151页。

⑤ 张新科：《文学视角中的"鸿都门学"：兼论汉末文风的转变》，《陕西师范大学学报》，2005年第1期。

⑥ 詹锳《文心雕龙义证》注引何焯言，上海：上海古籍出版社，1989年，第1686—1687页。

文华，鸿都门下诸生其转易风气之关键欤？"① 认为建安文学的繁荣，是对东汉形成的重视辞藻之美的文学风尚的延续，其中辞赋的大量出现，不仅推动了文学技巧的发展，而且通过赋法为诗，促进了诗歌题材与样式的出新。这里所说的"大量"，不仅是指两汉著名作家作品的不断增多，而且指在民间出现了众多的辞赋作家，即蔡邕所谓的"作者鼎沸"，尽管诸多赋家水平有限，但却对创作乐此不疲，这是文学繁荣的一个表征，也是文学大家得以出现的基础。因为汉赋作为一代之文学，更需要大量的作者参与创作，才能推动辞赋创作技法的不断完善，并为大作家的出现提供创作经验的积累，为文学繁荣提供创作人才的储备。由此观察，王充所谓的"言奸辞简，指趋妙远；语甘文峭，务意浅小"的文学风尚，② 与蔡邕所言的"连偶俗语，有类俳优"，③ 皆体现了民间辞赋创作重视排偶、浅俗、抒情之风，这不仅体现了东汉文学的下行，而且也契合汉魏辞赋发展的总态势，可以视为建安文风新变的先兆。④

　　文学作品评价可以以成败论英雄，但文学思潮的讨论和文学史线索的描述，不能简单以成就论成败，鸿都文学的创作诚不能与此前的明章时期、此后的建安时期相提并论，但其恰恰是二者转换的关键时期。一是从文学认知上，汉灵帝以文学之士取代经学之士出任州郡官员，扰乱了东汉的选官制度；但他能如此褒扬和鼓励文学新风尚，可以看作汉王室对文学脱离经学趋势的一种回应，而这一趋势，不仅代表了两汉文学发展的走势，也符合中国文学发展的大致走向。⑤ 二是从文学思潮上来看，汉灵帝时期出现了一批以文学之才创作辞赋的热潮，蔡邕批驳的是以文学取士，但本人不仅曾入鸿都门，而且大量创作远超过鸿都文学水平的俗赋，更重视文学辞藻和骈偶句法，代表了包括鸿都文学在内的辞赋创作的新倾向，

---

① 《文心雕龙注》卷 9《时序》注，第 681 页。

② 《论衡》卷 30《自纪》，第 1200 页。

③ 《后汉书》卷 60《蔡邕列传》，第 1996 页。

④ 毕庶春：《鸿都门赋考论》，《文史哲》2012 年第 3 期；张朝富：《"鸿都门学"的建立与汉末"文人群落"重组》，《青海社会科学》，2008 年第 3 期；钱志熙：《"鸿都门学"事件考论：从文学与儒学关系、选举及汉末政治等方面着眼》，《北京大学学报》，2008 年第 1 期。

⑤ （明）王夫之《读通鉴论》："呜呼！世愈移而士趋日异，亦恶知其所归哉！灵帝好文学之士，能为文赋者，待制鸿都门下，乐松等以显，而蔡邕露章谓其'游意篇章，聊代博弈'。甚贱之也。自隋炀帝以迄于宋，千年而以此取士，贵重崇高，若天下之贤者，无逾于文赋之一途。汉所贱而隋、唐、宋所贵，士不得不贵焉；世之趋而日下，亦至此乎！"

而"鸿都"也由于重视文才，被视为文笔之工、辞藻之美的象征。①

汉魏之际的著述，不仅延续了东汉重视著述的传统，而且更加注重辞藻，文学的特征不仅得以凸显，而且更为清晰地得以表述。受汉灵帝影响，"献帝颇好文学，悦与彧及少府孔融侍讲禁中"。此事发生在建安元年（196）至三年（198）间。荀悦任秘书监侍中，荀彧以侍中守尚书令，孔融任将作大匠，三人长于史笔、政论和经学。荀悦"能说《春秋》。……尤好著述。……时政移曹氏，天子恭己而已。悦志在献替，而谋无所用，乃作《申鉴》五篇。其所论辩，通见政体，既成而奏之"，②是为政论。汉献帝又"令悦依《左氏传》体以为《汉纪》三十篇，诏尚书给笔札。辞约事详，论辨多美。"荀悦于建安三年（198）完成呈上，③是为史笔。荀彧长于策略，居中持重，曹操"虽征伐在外，军国事皆与彧筹焉"，④长于谋议，其能言者，多为政论。而孔融长于经说，其任职时，"每朝会访对，融辄引正定议，公卿大夫绵隶名而已"，⑤成为建安经学名家。汉献帝所好的文学，兼采史论、策论、经说，多以著述出之，遂开魏晋著述之风。

由此观察，建安时期文学创作的繁荣正是对东汉文学风尚的继承和发扬。陈寿言曹丕"好文学，以著述为务，自所勒成垂百篇。又使诸儒撰集经传，随类相从，凡千余篇，号曰《皇览》"，以魏王太子之重组织文士著述，从汉臣的角度来看，这是对建安文学风尚的响应；从此后魏文帝的身份来看，其"论撰所著《典论》、诗赋，盖百余篇，集诸儒于肃城门内，讲论大义，侃侃无倦"，则是对文学创作的引导、示范和鼓励。⑥ 他的这种创作自觉，正是基于文学观念的自觉，其言"文章经国之大业，不朽之盛事"之论，便是对属文、著述之文化意义的高度概括。以此为开端，文学以其辞采之美、结构之巧、技法之工，成为独立的艺术样式。

---

① （北周）庾信《为杞公让宗师表》："臣幼无学植，长阙裁成。鸿都之门，不能定其章句；鸡鹿之塞，无以名其碑碣。……臣有何德，能兼此荣。"（北宋）欧阳修《又上李学士启》："仰惟俊望，允彼金谐，入聚石渠之书，坐擅鸿都之笔。"

② 《后汉书》卷 62《荀悦传》，第 2058—2062 页。

③ 刘跃进：《秦汉文学编年史》，北京：商务印书馆，2006 年，第 631 页。

④ 《三国志》卷 10《魏书·荀彧传》，第 311 页。

⑤ 《后汉书》卷 70《孔融传》，第 2264 页。

⑥ 《三国志》卷 2《魏书·文帝纪》注引《魏书》，第 88 页。

第 七 章

知识视阈与两汉文学格局的拓展

知识视阈是人类对客观世界认知的基本视角，其观察的深度、广度和维度，决定了人类对客观世界认识的水平。两汉是中国知识体系融会贯通的历史时期，先秦神话传说、原始宗教、诸子学说、文化观念、审美风尚等在汉代大一统的文化环境中得以融通，完善了亦虚亦实的想象世界，建构了带有宗教意味的谶纬信仰，形成了多元多向的审美风尚，从而植入到文学形态之中，拓展了中国文学的格局。

第一节　想象世界与中国文学空间的建构

作为审视文学叙事的一种策略，文学空间在西方叙事学范畴内得到了广泛的讨论，[①] 可以将之作为一种视角，来审视中国文学的空间建构历程，用以分析中国文学何以通过想象建构起文学空间。从文学形成的角度来看，文学空间是指摄取到文学文本之中的想象世界，无论这些想象是基于现实还是超越现实，在作品中皆作为一个独立而自足的存在，成为中国文学抒写情志、表达理想与寄托愿望的所在。思考中国文学格局的形成，早期的想象对于文学空间的拓展是一个不容回避的问题。[②] 诸如神话传

---

① 参见 [法] 莫里斯·布朗肖著，顾嘉琛译：《文学空间》，北京：商务印书馆，2003 年；李荣睿：《文学空间研究》，《叙事（中国版）》第五辑，广州：暨南大学出版社，2013 年；董晓烨：《文学空间与空间叙事理论》，《外国文学》，2012 年第 2 期；郭辉：《文学空间论域下的文学理论之生成》，《学术论坛》，2012 年第 7 期。这类讨论是基于西方文学理论与现代文学实践而展开的。孔建平：《空间意识与中西早期文学叙述样式》，《东方丛刊》，2002 年第 2 期，是基于比较文学的视野讨论。这类研究对秦汉文学空间如何展开，并没有系统直接的讨论。

② 葛兆光曾以想象的世界观察道教与中国文学的形态，意识到想象对于中国文学空间拓展之功。参见《想象的世界：道教与中国古典文学》，《文学遗产》，1987 年第 4 期。

说、巫术视角、地理图式、时间认知汇聚入两汉学者、作家们的知识体系之中，可以视为塑造文学空间的基本要素。其如何形成？又如何拓展？值得我们系统讨论。

一　周秦文学的空间建构

讨论文学空间的建构，需要明确文学空间的存在形态，不是单纯的文本描写中的某些单一构造，而是融汇着作者想象、文本描述和读者还原三位一体的立体结构。这是因为从创作过程来说，作者的构思是以其对客观世界的理解，建构出一个相对真实或者虚幻的世界。所谓的真实，便是作者按照生活的逻辑去描写，尽管有些生活的逻辑，我们后世认为是虚幻甚至荒诞的。所谓的虚幻也有两种，一种是作者信其为虚幻而自觉以此进行文本建构，另一种是作者信其有而后世视为虚幻的。

真实和虚幻，从认识论上来说似乎存在某些差异，但就文学创作而言，二者之间的差异在大量存在的交叉区域内被模糊。因为文学创作本身就是从生活中抽取某些人和事，对其进行重新的加工处理，使之呈现出比现实更集中、更典型的艺术效果。相对于完全存在的现实，其必有虚幻的成分，哪怕是写实的文学，在时间流程、故事进展和人物选取上，都要经过集中化、典型化的处理，因而必然存在虚构的成分。所以说，单从文学形态讨论真实与虚构，很难清晰地界定文学空间的构建方式。

如果我们以作者自觉与否来衡量文学空间，就能相对容易地把握作者对文学空间的建构，是以现实空间、历史空间和想象空间三个维度去实现的。现实空间是作者生活其中而实有的；历史空间是作者对过往事件的追述，这种追述是基于时间还原而产生部分想象；想象空间则完全是作者超越生活现实环境而虚幻出来的、更为宽广博大的意识流动场所。中国文学的空间在其形成之初，便以此三个基本的空间感存在。

现实空间，即第一空间，其作为生活的真实存在是文学空间建构的基础。这种建构完全遵从生活的经验、方式和习惯。如《诗经·国风》中选用了大量的生活空间，《周南·关雎》中雎鸠和鸣的描写及君子好逑的情景、《邶风·静女》中男女约会的叙述、《王风·君子于役》中思妇的期盼、《卫风·氓》中弃妇的哀怨等，皆是对现实生活空间的展现，是符合现实生活逻辑的。作者所能做的，便是强化其中的感情要素，精练其间的文字表述，最终形成一个相对自足而完美的艺术场景。

　　相对于诗歌更多服务于情感表达的需要，而设置相对简单的场景，先秦文学中的故事叙述则是依照现实生活进行重新的建构，这类建构的目的是突出某些人物的德行，或者强化某些生活经验。如《礼记·檀弓上》中的"曾子易箦"，意在强化曾参守礼的形象；《檀弓下》中的"嗟来之食"，也塑造了一位宁肯饿死而不受侮辱的高洁之士的形象。在这样的叙述中，作者按照现实生活的逻辑展开，其中人物活动的场所、故事发展的因果都与现实场景完全吻合，只不过在细节上更突出人物的性情，如曾参病危中所用的语气词"呼"，以及黔敖对饿者所呼的"嗟"，传神地刻画出了说话者的语气与心态。在这样的文学空间中，作者不必要进行更多的设计，而侧重抽取出最为典型的细节、抓住人物最为本质的特点进行勾勒，形成远比现实生活框架细致、清晰、精练的叙事空间。

　　文学空间的形成，正是这些取自生活而又精于生活的描述，使得文学表述与生活常态有了本质的区别。这些区别的强化，便是文学特征得以进一步确立。如诸子散文、策士论政中所刻画出的人物形象，便是通过异化进一步明确其特征，从而形成了一个迥然不同于现实的文学表述空间，如孟子口中的"拔苗助长""齐人有一妻一妾"，庄子眼中的"曹商使秦""东施效颦""庖丁解牛""运斤成风"，韩非子笔下的"自相矛盾""郑人买履""买椟还珠""师旷奏乐""和氏之璧""不死之药"，《吕氏春秋》中的"刻舟求剑""澄子亡衣""次非斩蛟""掩耳盗铃"，以及《战国策》中的"画蛇添足""南辕北辙"等，都是通过对现实生活中某些人、事进行异化的处理，夸大其做法的荒诞，强化其不符合生活逻辑的部分，最终给接受者留下深刻的印象。

　　值得注意的是，诸子和策士们在说理时勾画出的这些不合生活逻辑的形象，不仅没有得到接受者的质疑，反而有助于说明、论证其观点的合理性，在于作者、接受者在听闻这些故事时，进入到一个"相对虚构"的空间中。而这种区别于现实存在的虚构空间，是以通过想象实现的，因而区别于历史的求实性；这种虚构是按照现实的逻辑进行处理的，因而区别于神话的幻想性。由此可以看出，文学空间是对现实空间的典型处理。

　　为了进一步阐释文学空间的独特性，我们甚至可以比较文学与历史在叙述空间行程中的差异。历史区别于文学，在于其更注重真实性，也就是说，历史更在意其叙述的人物、事件、制度等是否更符合客观存在，而文学在此类叙述中，更注重其中的典型性和独特性。因此《诗经》里对周民族某些本立意于客观存在的史实,却因为富有想象而更接近于文学。如《大雅·生民》中姜嫄"履大人迹"而生后稷的描述,便使得叙述的历史附带了想象的成分,这种带有夸张性质的描述,从来源上带有神话的痕迹,从笔法上看则是典型的文学手法。这种基于精神生活而形成的第二空间,便是文学空间。

秦汉是中国历史的整理时期,这种整理一是基于传说,二是基于文献。孔子曾感叹夏殷文献的不足:"夏礼吾能言之,杞不足徵也;殷礼吾能言之,宋不足徵也。文献不足故也。足则吾能徵之矣。"① 而传说中的史实却略于古而详于近:"夫五帝之前无传人。非无贤人,久故也。五帝之中无传政。非无善政,久故也。虞夏有传政,不如殷周之察也。非无善政,久故也。夫传者久则愈略,近则愈详。略则举大,详则举细。故愚者闻其大不知其细,闻其细不知其大。是以久而差。"② 传世文献与传说的粗线条,在为后世叙述提供基本的框架和线索之外,更为后世在历史追述时对叙述细节的增益,提供了巨大的想象空间。如《韩非子·外储说左上》所记载的"曾子杀彘",在《韩诗外传》中则变成了"孟母杀豚教子";《左传·僖公十五年》中的"秦获晋侯"经过演绎,变成了《吕氏春秋·爱士》中的"饮盗马者",《韩诗外传》《淮南子·氾论训》《说苑·复恩》多次进行重述,均强化了秦穆公行德爱人,最终因野人多助而取得胜利的人物形象。

对历史事件来说,历史性的想象一种是历史追述中的想象,是要先有其事,然后将其演义出来,它是以历史事实为根据的;另一种则是历史想象,即这类想象虽然是以历史的手法写出来,但主要是在对精神世界进行描述,是以虚构为旨归的。我们由此观察历史叙述,就会发现,在看似真实的叙述中常常蕴含着某些虚构的成分,如《左传·庄公三十二年》"有神降于莘"、《左传·宣公十五年》"魏颗不听乱命"之类的鬼神之事,便是基于想象而形成的文学化处理。这种处理有两个指标:一是历史叙述者对某些无法解释的历史事件、历史进程或者历史逻辑试图进行解释,只能借助于想象世界中的某些要素,使得历史叙述得以合理;二是这类跳出生活逻辑而进行的叙述,使得历史不再是一个客观时间、现实地点和事件真

① 《论语·八佾》,第2466页。
② 《韩诗外传集释》卷3,第113页。

实所融合形成的二维空间，而是可以因为神异能力、梦境体验等方式跳出二维空间而形成的三维空间。

如果说二维空间源自生活实践，三维空间则更多通过想象、变异、比拟等方式，形成一个超越现实之上的叙述空间。我们可以用想象空间来命名，类似于西方叙事学理论所谓的第三空间。① 如《战国策·齐策三》中苏秦谓孟尝君所言：

> 今者臣来，过于淄上，有土偶人与桃梗相与语。桃梗谓土偶人曰："子，西岸之土也，挺子以为人，至岁八月，降雨下，淄水至，则汝残矣。"土偶曰："不然。吾西岸之土也，土则复西岸耳。今子，东国之桃梗也，刻削子以为人，降雨下，淄水至，流子而去，则子漂漂者将何如耳。"

在这一叙述中，土偶与桃梗可以直接对话，全部出于虚构。这类想象，远绍原始宗教的万物有灵观念，近则出于寓言的比拟思维。值得注意的是，周秦时期这类完全基于想象的叙述，或者作为表达理性思考的喻证出现，如《战国策》中的"狐假虎威"，《庄子》中的"井蛙与河鳖"；或者作为对现实情形的映射，如《韩非子》中的"三虱食彘"，《吕氏春秋》中的"黎丘奇鬼"等；或者是作为作者逃避现实的心灵归宿，如《离骚》中的上昆仑、求女等。

这类出于想象而架构的文学空间，完全超越了现实世界而形成一个相对自足、相对完善的艺术空间，在这样的艺术空间中，人可以不再为现实所束缚，如《庄子》中的"藐姑射山之神人"可以跨越时间，"枕骷髅而卧""鲲鹏高举""任公子为大钓"之类的想象，可以超越空间，形成一个多维的艺术空间。在这个空间中，叙述者与作品中人物可以自由地与万物交流，从而引导读者进入一个完全陌生的世界，可以满足人类渴望超越现实局限的愿望，② 从而使得这个空间具有了合理性而为读者所接受。这样一来，以现实空间、历史空间、想象空间三维并存的空间

---

① 陆扬：《空间理论和文学空间》，《外国文学研究》，2004 年第 4 期。
② 《史记》卷 117《司马相如列传》："相如既奏《大人之颂》，天子大说，飘飘有凌云之气，似游天地之间意。"

结构，是周秦时期对文学空间建构的基本方式，成为两汉文学空间建构的基础。

二 秦汉文学空间的建构方式

早期人类对空间的理解，是融合着生活经验、宗教意识与现实渴求而形成的一个多元空间。在这其中，生活经验作为建构空间的基本尺度，可以依照相似律建构起想象空间的基本要素，从而使得这类想象按照人类的生活逻辑进行。宗教意识作为形成空间的想象源泉，是通过超越自然的神力的描述，作为解释自然形成、社会形态和人生困惑的理据。现实渴求作为组建空间的精神动力，决定了想象空间的基本指向，是要超越现实的困境达到一个更加自由的想象世界。

生活空间是人们在生活中逐渐形成的四方概念，作为最基本的空间架构。如《国语·郑语》在史伯与郑桓公言洛阳"南有荆蛮、申、吕、应、邓、陈、蔡、随、唐；北有卫、燕、狄、鲜虞、潞、洛、泉、徐、蒲；西有虞、虢、晋、隗、霍、杨、魏、芮；东有齐、鲁、曹、宋、滕、薛、邹、莒"；《战国策·秦策中》苏秦言秦"西有巴、蜀、汉中之利，北有胡貉、代马之用，南有巫山、黔中之限，东有肴、函之固"；张良论关中形势所言的"关中左殽函，右陇蜀，沃野千里，南有巴蜀之饶，北有胡苑之利"等皆如此，以四面八方铺排的形式勾勒出空间感。

生活空间是现实的客观存在，但在现实空间之外的未知空间进行描述，则需要借助于想象，从而形成一个陌生化、异己化的想象世界。例如《山海经》在构思上，是以当时人的生活地点为中心，展开方位描写，其《山经》《海经》《大荒经》皆依照南、西、北、东、中为次序排列，对某一方位的确定，则由近及远依次展开，如《中山经》采用"又东二十里，……又东十五里……又北四十里……又东北四百里……西南二百里……又西三百里"之类的描述，即选取一个地理核心，依次向四方扩散，按照距离延展空间，这是基于生活经验。在这些越来越远的空间中，动物、植物、矿物、医药、巫术、宗教、民俗也越来越奇异。可以说，这些奇异性源于人们的原始宗教意识，而其中所形成的奇异描写，恰恰是出于人们对于超越现实生活局限的渴望。

想象境界一旦打开，艺术就不再是循规蹈矩的生活场景记录，而是充满着瑰丽恍惚的形象，洋溢着被解放出来的精神活力。屈原《大招》中对于异域世界的想象，不再如《山海经》那样充满灵异，而是满布着恐惧和阴险：

> 东有大海，溺水浟浟只。螭龙并流，上下悠悠只。雾雨淫淫，白皓胶只。魂乎无东！汤谷寂只。魂乎无南！南有炎火千里，蝮蛇蜒只。山林险隘，虎豹蜿只。鳎鳙短狐，王虺骞只。魂乎无南！蜮伤躬只。魂乎无西！西方流沙，漭洋洋只。豕首纵目，被发鬤只。长爪踞牙，诶笑狂只。魂乎无西！多害伤只。魂乎无北！北有寒山，逴龙赩只。代水不可涉，深不可测只。天白颢颢，寒凝凝只。魂乎无往！盈北极只。

正因为遥远的空间之不可到达，可以按照作者现实渴求进行无拘无束的想象，既可以灵异如《山海经》，也可以恐怖如《大招》，在这类自由的想象世界里，与现实生活空间的写实性描述不同，文学性的想象被强化，从而构筑出一个多彩多姿的艺术世界。

地理区域的拓展，给予了人们更多的想象空间，可以使得人们按照自身生活的经验，依据原始宗教的逻辑，尽情地畅想那些现实中不可获得但又充满渴望的超自然的现象，作为现实客观存在的补充。如《淮南子·坠形训》言：

> 东方之美者，有医毋闾之珣玗琪焉。东南方之美者，有会稽之竹箭焉。南方之美者，有梁山之犀象焉。西南方之美者，有华山之金石焉。西方之美者，有霍山之珠玉焉。西北方之美者，有昆仑之球琳琅玕焉。北方之美者有幽都之筋角焉。东北方之美者，有斥山之文皮焉。中央之美者，有岱岳以生五谷桑麻，鱼盐出焉。

在这其中，四面八方被赋予了诸多神奇之处，以满足人们对理想生活的向往，而在大家生活的现实空间中，则更多满足人的日常生活需求。

汉魏时期形成的博物类小说，便是按照这一逻辑展开的，如《海内十洲记》便是按照《山海经》的地理空间逻辑，对诸多海上岛屿进行了描写，如言"聚窟洲在西海中，申未地。地方三千里，北接昆仑二十六万里，去东岸二十四万里。上多真仙灵官宫第，比门不可胜数。及有狮子辟邪，凿齿天鹿，长牙铜头铁额之兽。洲上有大山，形似人鸟之象，因名之为人鸟山"，空间更为宽大，且描写多杂神仙之辞，对岛上花木、禽兽、灵异的描写更细致具体，有不死草、凤生兽、却死香、返魂树、续弦胶等。《汉武帝洞冥记》更是杂记仙境、灵药、奇木异兽之类，形成一个光怪陆离的灵异世界，辞藻可以丰缛，文华足以曼丽，叙事能呈玄怪，为中国博物、志怪小说的形成不断积累经验。

文学空间拓展的另一个模式，便是不断深化文学形象的塑造，细化文学叙述的笔触，使得原本粗线条勾勒的文本，可以形成细腻的肌理。最突出的表现，便是对原先的故事模型进行重述，形成一个更为具体、更为细致、更为明确的文学空间。如"原宪居鲁"一事，原见于《庄子·让王》，载为"环堵之室，茨以生草，蓬户不完，桑以为枢而瓮牖，二室，褐以为塞，上漏下湿，匡坐而弦。子贡乘大马，中绀而表素，轩车不容巷，往见原宪。原宪华冠縰履，杖藜而应门。……子贡逡巡而有愧色"。后《韩诗外传》重新叙述，于上述描写之外，又增加了"上漏下湿，匡坐而弦歌。……原宪楮冠黎杖而应门，正冠则缨绝，振襟则肘见，纳履则踵决。……子贡逡巡，面有惭色，不辞而去。原宪乃徐步曳杖歌《商颂》而反，声满于天地，如出金石……"等形容，使得原宪安贫乐道的形象更加鲜明。

这类踵事增华的描述仿佛雕塑一般，使得人物形象更加鲜明，叙述中所表达的情感倾向更加突出，而故事的感染力也越发明确。如《论语·微子》中出现的楚狂接舆，《韩诗外传》有重述；《韩诗外传》中的楚庄樊姬故事，《列女传》亦单独成章；谷生汤廷的传说，《吕氏春秋·制乐》《韩诗外传》《说苑·敬慎》不断增益，使得叙述更加细致入微。这类增益的故事叙述，实际是在原本拓展的文学空间中补充了诸多细节，使得故事仿佛如白描变成了素描，可以更为立体地呈现。这种看似简单的做法，是中国文学空间拓展时必不可少的一个环节。如果说《山海经》到《海内十洲记》《汉武帝洞冥记》的发展，是拓宽了文学空间的容量，那么诸子散文到《韩诗外传》《说苑》的发展，则是提升了文学空间的质量，使之更细密、更具体、更精致，内外结合，保证了文学空间的双向拓展。

文学空间的这种双向拓展，很类似于王充所谓的"语增"；融合着想象而对人物形象、故事情节和作品场景进行增益，类似于王充所谓的

"虚增"，即相对于生活现实，作品中增加诸多神话色彩的想象、灵异的艺术描写，使得文学叙述呈现出虚实结合的倾向。其中的"虚"，既包括文学笔法的虚构，更包括作者想象的虚幻。如《竹书纪年》载："穆王十七年西征，见西王母。"而在《穆天子传》中，不仅叙述了"穆王享王母于瑶池之上"，而且二人"赋诗往来，辞义可观。遂袭昆仑之丘，游轩辕之宫，眺钟山之岭，玩帝者之宝，勒石王母之山，纪迹元圃之上，乃取其嘉木艳草奇鸟怪兽，玉石珍瑰之器，金膏烛银之宝，归而殖养之于中国"，① 更注重细节描写，使得《竹书纪年》中写实性的历史叙述转化为真实可感的文学描写。正是其中"多言寡实""恍惚无征"的想象，使得《穆天子传》成为历史小说之祖。

通过想象的增益而开辟文学空间，是秦汉文学性增强的基本手法。这些手法有时来自前文所言的踵事增华，有时则来自神仙、巫术的附会。《太公阴谋》中记载，武王伐殷之前，曾见姜尚与五车两骑之客详见，问之方知为四海之神与河伯、雨师、风伯。武王问众神何以入周，众神答曰："天伐殷立周，谨来授命。顾敕风伯雨师，各使奉其职也。"② 即言得天命之君，行动必有天地神灵护佑，以助其事。从周秦文学来看，神灵护佑出行的观念，成为周秦时人的一种信仰，在文学作品中大量出现，最典型的莫过于《离骚》中屈原对上昆仑的描写："驷玉虬以乘鹥兮，溘埃风余上征。……吾令羲和弭节兮，望崦嵫而勿迫。……前望舒使先驱兮，后飞廉使奔属。鸾皇为余先戒兮，雷师告余以未具。吾令凤鸟飞腾兮，继之以日夜。"以风伯、雨师为使。《九辩》："乘精气之抟抟兮，骛诸神之湛湛。骖白霓之习习兮，历群灵之丰丰。左朱雀之茇茇兮，右苍龙之躣躣。属雷师之阗阗兮，通飞廉之衙衙。"驱驰诸神为使。《远游》："历太皓以右转兮，前飞廉以启路。……风伯为余先驱兮，氛埃辟而清凉。……时暧曃其曭莽兮，召玄武而奔属。后文昌使掌行兮，选署众神以并毂。……左雨师使径侍兮，右雷公以为卫。"太昊、玄武、文昌、风伯、雷公、雨师皆为其驱驰，不断增虚，形成了骚体赋出行场面的宏大描写。至司马相如《大人赋》：

---

① 袁珂校注：《山海经校注·郭璞序》，上海：上海古籍出版社，1990 年，第 478 页。

② （北宋）李昉等编：《太平广记》卷 291《四海神》，北京：中华书局，1961 年，第 2312 页。

遍览八纮而观四海兮，揭度九江越五河。经营炎火而浮弱水兮，杭绝浮渚涉流沙。奄息葱极泛滥水娭兮，使灵娲鼓琴而舞冯夷。时若曖曖将混浊兮，召屏翳诛风伯，刑雨师。西望昆仑之轧沕荒忽兮，直径驰乎三危。排阊阖而入帝宫兮，载玉女而与之归。登阆风而遥集兮，亢乌腾而壹止。低徊阴山翔以纡曲兮，吾乃今日睹西王母。暠然白首戴胜而穴处兮，亦幸有三足乌为之使。

既有八方、四海、九江、五河空间的铺排，又有人对西北地理环境的跨越，还有对灵娲、河伯、风伯、雨师的驱驰，最终渡过大河、登上昆仑，与西王母相见。正是将前文所言的空间铺排、文学增益和想象虚构三种模式融合为一，形成了令汉武帝飘飘欲仙的想象空间。

由此观察汉大赋中对皇帝出行场面的描述，既出于天神护佑的观念，又借鉴了楚辞中的文学笔法，从而形成了写实、虚构相互补充的文学场景。如班固《东都赋》："山灵护野，属御方神，雨师汎洒，风伯清尘，千乘雷起，万骑纷纭，元戎竟野，戈铤彗云，羽旄扫霓，旌旗拂天。"张衡《羽猎赋》："于是凤凰献历，太仆驾具，蚩尤先驱，雨师清路，山灵护陈，方神跸御。羲和奉辔，骍节西征，翠盖葳蕤，鸾鸣珑玲。"以皇帝出行的惊天动地，表明天子得到神仙护佑而合乎正统，这可以视为汉大赋大量出行描写的观念来源和表述模式。

如果说对生活空间的铺排在平面上拓展了想象空间，使之更加博远开阔；那么不断增益的想象细节和描述笔法，则丰富了想象空间的内在，使表述更加具体生动。而借助于宗教、巫术、信仰和神仙观念而形成的虚幻空间，则使得想象空间更加立体多维，为文学表述提供了无限的可能性，也给作者提供了全新的艺术体验，为读者提供了丰富多彩的艺术感受。

三 文学想象的精神形态

想象力是文学作品产生不可或缺的条件。没有想象，就没有文学；想象越丰富，空间感越强，文学塑造的可能性就越多。优秀的文学作品正是作者驰骋想象于文本之中，建构了一个自如、自足的文学空间，才能让自我的情绪得以表达、构思得以实现，才能让读者如同亲炙，感知并进入栩栩如生的文本空间，去还原、去想象、去认同。可以说，文学空间是想象的存在。即便是那些写实的作品，也是作者抽取现实的某些物象，进行典型化、细节化和意象化处理的结果，从而在有意味的形式中，建构起一个或陌生、或熟悉的想象图景。

陌生化的想象是以异己的方式建立起来的想象空间，目的是满足自己在现实生活中无法实现的渴求，其想象中的世界常常与现实生活场景截然不同。文本所塑造的陌生空间，是以满足人的好奇心和想象欲望为特征的，它可以让作者、读者暂时忘记现实。如《列仙传》中的神灵世界、《神仙传》中的神仙世界，完全是一个奇异、奇幻的想象空间。在这其中，江妃二女、萧史、赤松子、宁封子、犊子等往来自如的存在形态、长生不老的安逸心态以及高雅自得的生活情调，是作者驰骋想象而建构的完全陌生的世界。

熟悉化的想象是用律己的方式建立与现实生活类似的想象空间，如《神异经·东荒经》中的东王公与玉女燕饮、投壶游戏等场景，便是按照帝王生活形态设计出来的；而其人形鸟面、白发虎尾的形象，则是按照《山海经》塑造神灵的方式想象出来的。其在《中荒经》中与西王母的相会，便是按照民间夫妻相配的形态进行建构的。在这种不断累加的想象中，二人"共理二气，而育养天地，陶钧万物"，① 最终成为天地秩序的管理者。《东荒经》中塑造的东方善人：

> 东方有人焉，男皆朱衣缟带元冠，女皆采衣，男女便转可爱，恒恭坐而不相犯，相誉而不相毁。见人有患，投死救之。名曰善人。一名敬，一名美，不妄言，嘿嘿然而笑，仓卒见之如痴。

东方善人举止优雅，性情中和，集善良、敬谨、美丽于一体，代表了汉代对理想人格亦善、亦美、亦庄的想象。

由此观察，文学空间建构具有两个基本路径：一是熟悉化的想象意在塑造一个接近于现实感受的空间，让读者在切己的氛围中，身临其境地感受现实生活；而陌生化的想象，则意在建构一个完全异己的空间，形成完全不同于现实逻辑的秩序形态，作为对现实的超越。但这只是从理论对举的角度阐释，在具体的创作之中，切己和异己是相对存在的，不是绝对分离、截然对立的。由于熟悉和陌生本是相对的概念，某种现实生活样式对

---

① 《太平广记》卷56《西王母》，第344页。

某些人是熟悉的，对另外一些人可能就是陌生。同样某一文学空间，对了解其背景者而言是熟悉的，对不甚了解者而言则是陌生的。二是由于生活时代不同，某些想象对当代来讲是想象的、虚构的，对于未来而言可能就会成为真实的存在，比如古人日行千里、行于云上的想象，当前便已经成为现实。而某些想象对过去来讲可能认为是现实，对未来来讲便只能是虚构，例如关于天宫、地狱的描写，古人出于知识的局限便信以为真，今人不视之为实有。所以，想象构成的空间分野是相对存在的，不是绝对存在的。

熟悉的陌生化、陌生的熟悉化是建构文学空间的基本想象模式，即将生活经验、前代传说和艺术想象结合起来，形成一个亦虚亦实的文学空间，使之既有合理性，又有超越性，才更能满足读者对文学空间的想象渴求。如《神异经》所记载"虹与妇通"的故事中，秦氏与身披彩虹的奇伟男子相恋并生育儿子，也是按照人间男女相恋、夫妻情义的生活经验展开。乘虹而来的男子，则寄托了当时妇女对婚恋自由的向往和对男女相聚自如的想象。同样，在《括地图》中对"化民食桑，二十七年化而身裹，九年生翼，十年而死"的化民之国的想象，《春秋合成图》中对尧母庆都神异性的描述，《龙鱼河图》中对黄帝杀蚩尤故事的重新叙述，分别是在《山海经》《帝王世纪》以及黄帝传说的基础上，对故事逻辑重新补充，使得故事的逻辑更合乎时人的认知，是为熟悉化；并进行更为丰富的想象，使其更具有传奇性，是为陌生化。二者相辅相成，文学的想象空间便充满内在张力，愈来愈宽阔。

作者乐于通过想象塑造文学空间，或者读者更喜欢充满想象的文学空间的基本动因，在于将文学空间视为精神生活的存在方式。正是由于想象空间的建构，才使得文学作品区别于现实生活，现实生活中不可获得能力、不能实现的愿望以及无法得到平复的情绪，都可以在文学空间里得到满足。即便是很简单的诗歌意象，也是作者将物象从现实生活中选取出来进行加工，选取和加工的过程融入了作者的价值判断，带有作者的主观倾向，作者的人生体验、现实愿望与内在情绪，可以在文本所建构的想象空间中得以实现。如张衡《四愁诗》以泰山、桂林、汉阳、雁门四个场景为支点，以美人相招为想象，将"我所思"而不得见的痛苦，有美人相赠而无法回报的惆怅，一唱三叹，将心烦纡郁、低徊情深的情绪表达得淋漓尽致。

文学想象是缓解作者精神困顿的一种模式，可以通过艺术世界的建构，进入另外一种精神愉悦中去。如《离骚》中屈原的上昆仑、求女，《神女赋》中男女之间的情感历程，《大人赋》中汉武帝有神人以游的体验，都是在以想象建构的文学空间中，个人的情感得以抒写、渴求得以满足，甚至内心的困惑得以理清。东方朔的《答客难》、扬雄的《解嘲》、班固的《答宾戏》等，便是假托主宾对话，表达自己不同流俗、甘于寂寞的心境。而在更富有文学想象意味的"七体"中，作者往往通过文学想象，勾勒出某些富有吸引力的生活场景，意在引导或者说服主人公改变立场。如张衡《七辩》中的"无为先生，祖述列仙，背世绝俗，唯诵道篇。形虚年衰，志犹不迁"，虚然子、雕华子、安存子、阙丘子、空桐子、依卫子、髣无子七位辩士分别游说，期望无为先生能够为宫室之丽、滋味之丽、音乐之丽、女色之丽、舆服之丽、神仙之丽与功业之美所吸引，不再归隐。但最终无为先生以"君子一言，于是观智，先民有言，谈何容易。予虽蒙蔽，不敏指趣，敬授教命，敢不是务"坚拒，从而表明自己的隐居志趣。

由此来观察中国文学空间的形态，就会发现很多时候，作者塑造的目的在于追求精神上的满足。陶渊明笔下的桃花源就是乱世之外的理想世界，郭璞游仙诗中的场景也是现实中不可得的畅想，李白作品中的虚幻正是作者渴望超越的精神表述，从而使得文学空间不单纯是想象的世界，更是精神生活的一种方式。

作为精神生活的想象空间，尽管在叙述时具有一定逻辑，如按照时间、空间、因果等次序建构，但作为文学想象的空间，还存有大量的非逻辑因素，是以超越现实、超越时空、超越因果的方式存在的。如《山海经·海外南经》所载的"贯胸国"等国，已经带有神异的成分。经过《淮南子·坠形训》的系统化整理，与诸多国度一起成为神奇的四方想象：

> 凡海外三十六国。自西北至西南方有修股民、天民、肃慎民、白民、沃民、女子民、奇股民、一臂民、三身民。自西南至东南方结胸民、羽民、讙头国民、裸国民、三苗民、交股民、不死民、穿胸民、反舌民、豕喙民、凿齿民、三头民、修臂民。自东南至东北方有大人国、君子国、黑齿民、玄股民、毛民、劳民。自东北至西北方有跂踵民、句婴民、深目民、无肠民、柔利民、一目民、无继民。

王充曾批评《坠形训》一篇"道异类之物，外国之怪，列三十五国之异，不言更有九州。"①　正在于王充按照生活的逻辑来审视，认为此类奇怪的事情纯粹出于虚构，不合逻辑。这是按照历史叙述的要求审视文学想象。在文学想象中，自由跳跃的非逻辑因素是构成虚幻的基本策略，生活在文学空间中的人是按照精神的逻辑进行生活的，因而具备了与现实完全不同的可能性。如女娲可以补天、夸父可以逐日、精卫可以填海、愚公可以移山，这在现实空间中不可能存在的故事形态在文学空间中是合理的。因而在《博物志·外国》中，穿胸国的想象被进一步完善：

> 穿胸国，昔禹平天下，会诸侯会稽之野，防风氏后到，杀之。夏德之盛，二龙降之。禹使范成光御之，行域外。既周而还至南海，经房风，房风之神二臣以涂山之戮，见禹使，怒而射之，迅风雷雨，二龙升去。二臣恐，以刃自贯其心而死。禹哀之，乃拔其刃疗以不死之草，是为穿胸民。

穿胸国已经不再被视为遥远而不可及的异域存在，其进入古史系统中，成为远古诸侯之一，对穿胸的来历也得到似乎合理的解释。但这类解释是按照文学想象的逻辑进行的，即虚幻的"迅风雪雨，二龙升去"，与看似真实的历史存在结合起来，对陌生进行了熟悉化的处理，从而使得想象空间既符合历史逻辑，也能够满足文学想象的要求。

在这样的视域下，《汉武故事》《蜀王本纪》《赵飞燕外传》《汉武帝洞冥记》《汉武内传》《徐偃王志》《西王母传》等小说被改编、附益出来，因其采用历史叙述的模式建构文学想象的空间，即便一度被视为"杂史杂传"，但因其本依照想象的逻辑建构起来，最终只能归类于小说，而不为史学家用做史料。由此来看，文学作品中虽有写实的成分，但文学空间是依照情感、想象的逻辑建构起来的，具有诸多非历史逻辑的内容。因而其作为史料，必须选取其中合乎现实逻辑的内容，结合历史记载才能作为历史的参考。而文学则常取历史中的某些人与事进行增益敷加，使之按照想象的逻辑得以展开，形成一个自足的空间，对历史过程、因果重新

---

① 《论衡校释》卷11《谈天》，第474页。

建构，形成一个截然不同于历史真实的叙述形态。文学与历史的界限由此区分。

第二节　谶纬观念与中国文学的表述模式

谶纬之于中国文学的影响，在汉魏六朝早有认知。挚虞言之为："图谶之属，虽非正文之制。然以取其纵横有义，反复成章。"[1] 刘勰亦谓："事丰奇伟，辞富膏腴，无益经典，而有助文章。是以后来辞人，采摭英华。"[2] 谶纬的形成是汉代信仰形态、历史观念和文学意识综合作用的结果。[3] 其作为信仰观念，主导着两汉的社会舆论；作为历史观念，决定了两汉解经的文化倾向；作为文学意识，影响了汉魏文学的表达方式。审视谶纬观念对中国文学格局的影响，我们可以从观念史、文化史和文学史三个维度进行更为详细的探讨。

一　作为信仰形态的谶纬观念

谶纬之说附益于经，一则解释经文之意，如《易纬·乾凿度》依据天人相类的学理对《周易》中名词、算法以及数理进行阐释；《春秋纬·说题辞》对《春秋》中诸多词汇本义的说解；《春秋纬·运斗枢》对星象的解释，试图揭开天人运行的内在关联；《礼纬·含文嘉》中对礼制、礼仪的解释，用意在于阐明"礼"何以如此等，这些解释带有明显的探索性，或牵强附会者为后世弃之不用而湮没，或稍具义理者为后世征引而出新，其能自成体系者如《易纬》流传于世，部分略有价值者遂杂入注疏、类书之中而残存。二则以经断事，猜度天人之际运行的法则，试图建立起洞察天地秩序的理论体系，如《易纬·通卦验》对易卦与历史秩序的说解，《易纬·是类谋》对易卦与天地秩序的对应，《尚书·考灵曜》对星象人事关系的讨论，《尚书·帝命验》对前代帝王兴衰成败征象的描述，都试图用归纳法总结出某些持之以恒的道理，作为现实行政的经验借鉴及观察未来历史走向的学理支撑。

---

① （西晋）挚虞：《文章流别论》，（清）严可均辑：《全晋文》卷 77，第 821 页。

② 《文心雕龙注》卷 1《正纬》，第 31 页。

③ 徐兴无：《谶纬文献与汉代文化构建》，北京：中华书局，2003 年，第 65—80 页。

按照传统的解释，"谶者诡为隐语，预决吉凶""纬者经之支流，衍及旁义"，[①] 二者对举，谶多言图谶、符谶，纬多指附经之辞，义有所别。然就"七纬"与《论语谶》《河图》《洛书》之义理观之，二者内容相互印证，所言学理一以贯之，并无本质差异，皆以解释经书而寻求历史演进之征象，"立言于前，有征于后"，[②] 以为现实观察成败之参考。

谶纬通过对经学的敷益，成为汉代影响最大的信仰观念。这一观念形成的社会基础是物占风俗。远古之民，阙识自然规律，难究天道运行，以为万物受命于乾天，人事得应于坤地，遂笃信占卜之术，以求天佑。其取自然奇异灵怪之物，以其可通天地达鬼神，用于占卜，得象数以示吉凶，故举凡玉竹枚钱、星蚌虫鸡之类，皆取其征象，辅以说解，以审天地之变，探究人事祸福。初以龟卜草筮为灵，如《周礼》言"太卜"之职，用占卜"以观国家之吉凶，以诏救政"，[③] 依照卜筮之力预演，依结果而行，卜筮之象辞、验辞书于简册，集腋成裘，乃有《连山》《归藏》《周易》之书，皆取物以相事，征象而求辞，得辞察吉凶。

物占是以物之灵性为凭据，以之征象天地运行之大道，是殷周时期探索天人关系的方式。随着对天地日月星辰知识的积累，周秦之际，遂有邹衍、公梼生、公孙发等"深观阴阳消息而作怪迁之变，《终始》《大圣》之篇十馀万言。……称引天地剖判以来，五德转移，治各有宜，而符应若兹"，[④] 直言阴阳、五行、天文、地理关系者，观阴阳消息、言五德终始、观察日月星辰变化、审视山川河流异动，成为新的占验视野。秦汉间人以之为新的占验方式，故《史记·天官书》记载星象与朝廷人事的关系，《汉书·五行志》言阴阳异动之事，大则天地失序、风雨雷电不时，小则牛马失正，草木异象，皆以物之征候言天地秩序之异常。汉人以天象运行象征秩序，天象物候之异，乃天示以吉凶。张衡言之："文曜丽乎天，其动者有七，日月五星是也。……众星列布，体生于地，精成于天，列居错峙，各有所属，在野象物，在朝象官，在人象事。其以神著有五列

---

① （清）永瑢等撰：《四库全书总目》卷六《经部·易类六·附录》案语，北京：中华书局，1965 年，第 47 页。

② 《后汉书》卷 59《张衡传》，第 1912 页。

③ 《周礼·春官宗伯·太卜》，第 803 页。

④ 《史记》卷 74《孟子荀卿列传》，第 2344 页。

焉，……日月运行，历示吉凶也。"① 是为汉人对天人关系的基本理解，即天地之运行决定人事之成败，此强调人之行为须合乎天道、地道，方可成功，故在当时的认识水平下，这种简单的因果判断作为观察行政得失的一个视角，在特定的条件下能够约束君王、官员行政，② 于是占星、望气、占梦、风角、逢占、挺专、孤虚、元气、六日七分等观察天地征候而为说解者众出。

　　但问题在于，倘若将天地异象、万物征候全部视为天地对人事的干预，则会令人事无所适从。董仲舒《天人三策》所建立的理论体系，尚停留在天人相感的地步："国家将有失道之败，而天乃先出灾害以谴告之，不知自省，又出怪异以警惧之，尚不知变，而伤败乃至。"《春秋纬·考异邮》则进一步解释说："君行非是，则言不见从；言不见从，则下不治；下不治，则僭差过制度，奢侈骄泰。天子僭天，大夫僭人主，诸侯僭上，阳无以制。从心之喜，上忧下，则常阳从之。推设其迹，考之天意，则大旱不雨，而民庶大灾伤。"③ 更严重的是，如果倒果为因，认为人事会感应天地，会将所有的天地异象皆归因于政治，"僖公三年春夏不雨，于是僖公忧闵，玄服避舍，释更徭之逋，罢军寇之诛，去苛刻峻文惨毒之教，所蠲浮令四十五事。……祷已，舍齐南郊，雨大澍也。"④ 以此为案例，证明君王、官员的修正行为可以影响天地秩序。

　　在这样的视域下，两汉先是重视阴阳刑德中的祥瑞灾异，如汉武帝时李少君、少翁、栾大、公孙卿等方士，以妖昧之术伪造符瑞，故弄玄虚。随后更强调五德学说对成败的决定作用，如公孙臣、新垣平、京房等以五德理论，鼓吹改命，以为更始；进而神化经学，平当、王吉、韦贤、魏相、萧望之、丙吉等引谶决事、以经断狱。及至两汉之际，谶纬之说大行，夏贺良、丁广世、郭昌等以谶言变，王莽以白雉黑雉之献、新井、石文、铜符帛书之谶言、符瑞而代汉，黄巾以谶起事，公孙述引谶称帝，光武帝刘秀因赤伏符而兴汉，汉章帝以《五经》谶记定郊祀礼仪，汉明帝以"聪明渊塞，著在图谶"为庙号，谶纬之说愈演愈烈，成为决定两汉

---

　　① 《史记》卷27《天官书》注引（唐）张守节《史记正义》，第1289页。
　　② 《国语·越语下》记范蠡曾言于勾践："天地未形，而先为之征，其事是以不成，杂受其刑"，"夫人事必将与天地相参，然后乃可以成功。"
　　③ 《后汉书》卷103《五行一》注引《春秋纬·考异邮》，第3276页。
　　④ 《后汉书》卷30《郎顗传》注引《春秋纬·考异邮》，第1059页。

政治走向的学理支撑。

自古君主立国，皆愿假托天意，言出身亦有神佑，及其成事，天降灵物，地出纹契，以瑞祥兆其天命。故阿谀之徒搜罗怪异之事，细加附会，以征圣明，积谶成书而求古源，征圣于经，皆言为孔子所造，以发微汉之盛明，纬书乃成，东汉以谶言之兆得天下，遂以谶纬为至理。汉明帝"诏东平王苍，正五经章句，皆命从谶"，① 上行下效，顿时"儒者争学图纬，兼复附以妖言"，② 无以复加，言谶论纬之风大行，成为两汉之间最为流行的信仰。

信仰对于观念的作用方式，是通过建立一个基本的宇宙解说图式，对天地、万物与人之自身进行系统的解释，这种解释的路径和方式逐渐形成一个固定的模式，决定着人的价值判断、观察角度和思维模式。作为价值判断，谶纬学说中对圣人、帝王、国君带有神异色彩的描述，强化了"天生神圣"的秩序建构，成为稳定汉家天下政治秩序的学理，因而得到东汉光武帝、汉明帝、汉章帝的大力提倡，促成了东汉时期"人心思汉"社会舆论的形成。

作为观察角度，谶纬观念大到国家的治理路径，小到日常的行为规范，皆可以根据天人感应的角度去观察，如《乐纬·动声仪》言音乐何以实现天人以和："圣王知物，极盛则衰，暑极则寒，乐极则哀。是以日中则昃，月盈则蚀，天地盈虚，与时消息。制礼作乐者，所以改世俗，致祥风，和雨露，为万牲，获福于皇天者也。圣人作乐，绳以五元，度以五星，碌贞以道德，弹形以绳墨，贤者进，佞人伏。"音乐对于教化的满足，在于音乐按照天地秩序形成，人秉天地之阴阳，和于五行之生克，故而因之动人心，非在耳目之间，而在天地人之感应。这是在《礼记·乐记》的基础上进一步阐释了乐通天地、人心的作用，成为中国乐论的基本立场。

作为思维模式，天人交感观念被作为阐释外物形态的基础理论。《春秋纬·考异邮》解释禽鸟："鸟鱼者阴中阳，阳中阴，皆卵生，以类翔，故鱼从水，鸟从阳。凡飞翔羽翮、柔良之兽，皆为阳。阳气仁，故鸟哺公，吞龂者八窍而卵生。"以阴阳相感言之。而人之生活也应合乎天地之

---

① 《隋书》卷32《经籍志》，第941页。
② 《后汉书》卷59《张衡列传》，第1911页。

理,《孝经纬·钩命决》言:"先立春七日,敕狱吏决词讼,有罪当入,无罪当出。立春,敕门栏无关籥,以迎春之精,下弓戴楯,鼓示音声,动昆虫也。"罪责处理、家门防范也需要合乎天地运行。天地相合有序,若自然出现某些异动,是为人之干预,《春秋纬·潜潭巴》言"蟋蟀集,天子无远兵""宫桂鸣,下土诸侯号有声"之类的异象,均意味着人事出现变动。

由此可见,作为信仰的谶纬学说是先秦时期对天人秩序探索过程中形成的观念认知,作为一个阶段性结论,其确立了天地人三维同时观察的模式,成为中国学术思考宇宙秩序的基本模式。但其采用的天人相类且互感的直接对应方式,将天地所有的异象归结于人事,已属附会;期望以人事调整缓解异象、恢复天地秩序,则更加牵强;甚至通过人事感动天地进而再影响到人事,则实属荒唐。观念史的演进和信仰史的形成,往往要经过这样一个附会、牵强、荒唐的过程,才会以矫枉过正的形式回归理性,这一过程不能避免,因为不尝试便不知道这条路走不通。因而此后中国的信仰观念中,再难以形成如此狂热而虚妄的理论体系,即便是在道教、佛教形成且成熟的魏晋隋唐时期,人文理性始终伴随着信仰观念的发展,如道教致力于思想的建构、佛教的流派出于学理,也没有在学术层面形成类似于谶纬的神学氛围,或许得益于谶纬学说的教训所在。

二　作为历史观念的谶纬学说

谶纬学说对于两汉文化最大的影响,便是将天人感应学说应用到对神话、传说与古史系统的改造中。在这其中,将上古神话中相对朴素的自发想象改造为自觉想象,通过对神话的古史化处理,在拓展神话、传说的想象空间的同时,也使得神话传说进入中国史前史的序列;并依照天人感应的机理解释诸多古史,通过对古史的神化处理,试图解释历史进程的必然性和历史选择的偶然性。

从文化史的演进来看,产生于蒙昧时期的神话思维及原始崇拜,如果不能以宗教形态将各类观念系统化,则必然要寻找到一个出口进行消解或者整合。而西周所确定并不断强化的人文理性,将神话思维和原始崇拜挤压到文化的底层,以社会风俗与民间信仰的形式存在。在官方的典籍如《尚书》《春秋》《周礼》中,这类想象性的文化并不被重视,但在社会信仰、文化心理及民间风俗中,神话思维和原始崇拜依然支撑着"小传统"的文化形态。最典型的便是在楚文化中，屈原作为负责贵族子弟教育的三闾大夫，依然能用巫术式的神游进入一个神系明确的想象世界中。待西汉立国之后，原出于楚地的刘氏王室，以及汉初的布衣将相之局，使得原本潜行于民间的小传统至少在信仰层面成为社会文化的主导，最典型的便是刘邦以"蚩尤旗"祭军、汉武帝以"太一"为最高神，显示出残留着浓郁原始崇拜的楚文化对汉初信仰世界的影响。

秦汉流行的帝道观念，是以帝王体道、帝王应天的方式解释帝王的合法性，因而对其神化、圣化便成为塑造帝王形象的习惯性想象。商之始祖契、周之始祖后稷都有过神异的降生经历，汉朝也塑造了刘邦出生的神异性："其先刘媪尝息大泽之陂，梦与神遇。是时雷电晦冥，太公往视，则见蛟龙于其上。已而有身，遂产高祖。"① 从而印证了刘邦之得天下以及称皇帝虽因人力，实乃天授。

阐释一个朝代何以建立，以及一家一姓何以称帝，不仅决定了这个朝代的合法性，而且也影响着皇位的传承与统治的稳定。汉朝采用君权神授、帝王应天而生的解释模式，是两汉政治学说的重中之重，不仅难以突破，而且不容挑战。现在来看，这一学说显然是依靠想象建构信仰，无法验证，其要想落实，只能按照想象继续附加，使得演绎出来的一个个故事变成可以归纳的历史经验，用无数的神话建构起一个历史系统，从而显示出这一学说的合理性。

谶纬文献便是依照这一逻辑建构古史系统，用以解释古代帝王之所以称帝称王的合法性，在于天生神异。如《诗纬·含神雾》言伏羲的降临："大迹出雷泽，华胥履之，生伏牺。"与周之始祖后稷之母姜嫄履大人迹而有孕类似。《河图·握矩记》言黄帝："黄帝名轩，北斗黄神之精。母地祗之女附宝，之郊野，大电绕斗，枢星耀，感附宝，生轩，胸文曰：黄帝子。"产生于雷电星辰相互感应。《尚书·帝命验》又言："禹，白帝精，以星感脩纪，山行见流星，意感栗然，生姒戎文禹。"大禹之降生，也是其母感应流星，有天地的眷顾。

此类说法在汉代文献中的集中出现，表明时人试图建构一个学理以系统阐释帝王何以得天下，这种带有假说性质的学理，只能用一个又一个帝王的神异性作为经验，从而印证君权神授。汉初的帝道说和董仲舒的天人

---

① 《史记》卷 8《高祖本纪》，第 341 页。

合一理论，为这类假说提供学理支撑，后学便按照这一假说，想象出前世帝王的降生神话，将这一学理具体化，并将之视为历史来进行解释，以验证神人天象。《洛书·灵准听》言舜："人有方面，日衡，重华，握石椎，怀神珠。……舜受终，凤皇仪，黄龙感，朱草生，蓂荚孽，西王母授益地图。"握石椎谓其通璇玑玉衡之道，怀神珠喻有圣性，西王母给予指导，天地因此呈现祥瑞。《尚书中候·考河命》又言："帝舜至于下稷，荣光休至。黄龙负卷舒图，出水坛畔，赤文绿错。"受命帝王所行之处，阳光普照，异彩纷呈，天地生灵皆为之感动。

　　对帝王的神化是出于解释君权神授，对孔子的神化则意在凸显儒家经典的高明，来自天地所感生之圣人的伟大。《春秋纬·演孔图》更言孔子的出生，也是天地造化的结果："孔子母徵在，游大泽之陂，睡梦黑帝使，请己已往梦交，语曰：'汝乳必于空桑之中。'觉则若感，生丘于空桑。"与汉高祖刘邦的出生一样，这些都是母亲梦与神交的结果，从而证明了孔子之所以为圣人，是与帝王有着一样伟大的背景。谶纬按照这一逻辑对孔子进行了全面的神化，"孔子长十尺，大九围，坐如蹲龙，立如牵牛，就之如昂，望之如斗"，[1] 自然与凡人不同。《孝经纬·钩命决》的描述更是细致："仲尼斗唇，舌理七重，吐教陈机受度""夫子骈齿""夫子辅喉""仲尼虎掌，是谓威射""仲尼龟脊"，孔子神人异象，身形、唇舌、喉齿、掌脊与天地同构，难怪能成为一代圣人。《论语谶·摘辅象》甚至说："孔子胸应矩，是谓仪古。"言孔子志在克己复礼的原因，在于其胸天生便合乎古之规矩，最终验证圣人出于天生，而非养成。天生圣人所作之经，自然也是天地感应的结果，《春秋纬·演孔图》言："孔子论经，有鸟化为书。孔子奉以告天，赤爵集书上，化为玉，刻曰：孔提命，作应法，为赤制。"言经书乃神鸟所化。又云："丘作《春秋》，天授演孔图，中有大玉，刻一版曰：璇玑一低一昂，是七期验败毁灭之徵也。"内容乃天之所赐。再云："趣作法，圣没，周姬亡。彗东出，秦政起，胡破术，书记散，孔不绝。此鲁端门血书。十三年冬，有星勃东方，说题曰：'麟得之月，天当有血书端门。'子夏至期往视，逢一郎，言门有血书，

---

　　① ［日］安居香山、中村璋八辑：《纬书集成·春秋纬·演孔图》，石家庄：河北人民出版社，1994 年，第 576 页。

往写之。血蚩，鸟化为帛，鸟消书出，署曰演孔图。"① 这类带有传奇性质的想象，不仅试图解释朝代兴衰是天地排演的秩序，而且将这类想象作为理据，用以预测此后的历史进程。《孝经纬·雌雄图》便收集不同日期的日蚀，联系到某国之君的死亡："子日日蚀者，燕国王死，期在五月十一月。丑日日蚀者，越国王死，期在六月十二月。"共列举十二例，以证明日食对国君更替的作用方式，试图寻找到二者之间的神秘关系。

我们当然可以惋惜两汉学者以此探讨历史动因的方向性错误，但我们无法否定他们为此而付出的努力：对历史规律的思考，正是在一次次假说被推翻的基础上，得以形成更为合理的解释。两汉学者以神化的观念解释历史的形成及其合理性，是在特定的文化观念中进行的，尽管虚妄得连当时的学者都进行质疑，并在不到百年之后便被基本否定，但其作为一种历史存在和一种支配两汉国家建构的基础性学理，一度被官方接受并视为深沉的文化信仰而存在过，长期被社会认同，被视为影响广远的文化观念而延续。

在天人感应的文化信仰中，历史实有、神话想象和原始崇拜是合而为一的，即对历史真实可以假设，对神话重构进行演绎，原始崇拜无所不在，形成一种既是历史、又非历史、又接近于历史的想象，从而对人类的发展、社会的演进、英雄的产生进行想象的解释。例伏羲画八卦事，《易纬·通卦验》言："伏羲方牙精作《易》，无书，以画事。"合乎生活逻辑，但《礼纬·含文嘉》言："伏羲德洽上下，天应之以鸟兽文章，地应之龟书，伏羲则而象之，乃作《易》卦。"则以为其感天动地而天地相应。《礼纬·含文嘉》又言"神农修德，作耒耜，地应之以醴泉""禹卑宫室，尽力乎沟洫，百穀用成。神龙至，灵龟服，玉女敬养，天赐妾"，意在表明伏羲修文、神农修德、大禹治水，虽得乎人事，尽合乎天地之理，故而能成其功。

在这其中，最能体现谶纬以神话想象观察古史的，便是对周文王灭商的描述。《尚书中候》言："周文王为西伯，季秋之月甲子，赤雀衔丹书入丰鄗，止于昌户。乃拜稽首受，取曰：'姬昌苍帝子，亡殷者纣也。'言周文王之有志灭商，乃天帝授命。而得遇姜尚，也是天帝的安排。"见《尚书纬·帝命验》：

---

① 《艺文类聚》卷98《祥瑞部》，第1694页。

季秋之月甲子，有赤雀衔丹书入酆，止昌户，拜稽首，至于磻溪之水。吕尚钓涯，王下趣拜曰："公望七年，乃今见光景于斯。"答曰："望钓得玉璜，刻曰：姬受命，吕佐旌。"遂置车左，王躬执驱，号曰师尚父。

二处叙述所言时间相同，甲子之日，周文王受命，决心灭商。随后便遇到姜尚，姜尚已知天授命于文王，遂有二人之合作。由这类散见于不同著述之间的历史想象，我们可以拼凑出一个看似残缺、实则完善的认知。谶纬学说实际已经建构起了一个历史叙述，对伏羲、神农、尧、舜、禹、商汤、文王、孔子的事迹及其成因继续解释，已经形成了完整的历史观，并以这个历史观审视历史的动因和结果，进行初步的解释。如《春秋纬·佐助期》言"萧何禀昴星而生"，以解释萧何之所以能辅佐高祖成就帝业，在于天造地设。《论语谶》："'五帝立师，三王制之。'帝颛顼师绿图，帝喾师赤松子，帝尧师务成子，帝舜师尹寿，禹师国先生，汤师伊尹，文王师吕望，武王师尚父，周公师虢叔，孔子师老聃。"将"帝者以贤为师"的帝道学说依照历史经验重新表述，使得政治主张在类似的历史想象中成为历史经验，提供给帝王作为借鉴。

谶纬学说在对"六经"进行解释时，试图建立的历史解释模式，与司马迁的"究天人之际，通古今之变"是同一路径的，都是试图从天人关系的角度对历史人物、历史事件、历史进程进行思考和总结。但司马迁侧重叙述历史人物在历史事件和历史进程中的作用，关注的焦点在于历史本身，尽管他也承认天生神异并对此进行了描述，但司马迁并未将之作为必要条件，而是更关注于人事的安排。而谶纬学说的关注焦点，在于解释历史人物、历史事件形成的动因，过分着力于探求历史何以如此，并将人物的成就、事件的动因全部归之于天人感应，将天生神异作为充分条件，从而使得谶纬学说对历史的解释纠结于无法验证的神话想象、原始崇拜和历史叙述之中，成为中国史学观念一度纠结的徘徊之处。幸运的是，东汉班固、桓谭、王充、张衡、王符、蔡邕、郑玄等思想家们，及时意识到谶纬学说的虚妄之处，不仅对这类学理进行了辨析，而且有意识地扬弃，使得谶纬观念没有成为中国历史叙述的主导。①

三　作为文学意识的谶纬理论

作为信仰形态和历史观念存在的谶纬学说，在观察角度上主动将外在客观与内在体认双观，在思维方式上习惯地将想象与写实融合，由此所形成的天人融通的物感说、咏怀言志的主情性、神思飞动的想象力等，无论是从理论上还是从实践上都开启了中国文学的关注视野，丰富了中国文学的表述模式。

物感说以物我之间的相互感发作为人对自然的体认模式。《诗经》中的"兴"，以人对外物的感知体认入手，选取人与自然相似性的某些关联，但只是将此作为叙述的起点，然后便转入到对人事的描述上，物只是作为意绪的发端而已。《楚辞》中的象征虽然也选取物象，用以比拟人、事的德性，其更多是选取人与物相类的某些属性，赋予其某些特殊的意义，用以表明德行。在比兴和象征的文学表述传统中，主要是人对物的感知、理解和想象，从而将事物作为人类日常生活的场景、有意味的形式存在的外在物象。

而谶纬学说对外物的观察，主要立足于人与物之间的互动关系，即物对于人的启示、人对物的影响。如《尚书中候·考河命》中舜之言："朕维不仁，萤荚浮着，百兽凤晨。"认为天地萤荚萌芽、百兽率舞，凤凰司晨之类的自然现象之所以出现，是对其统治秩序的反应。以这样的视角观察外在的客观世界，自然界的一草一木不再是一个简单的"异己的存在"，而作为一个充满暗示的、寓意的与我息息相关的"类己的存在"。如《春秋纬·感精符》言："麟一角，明海内共一主也。王者不刳胎，不剖卵，则出于郊。"所有的奇特景象皆与人事息息相关，《春秋纬·感精符》又言："若政令苛，则夏下霜。诛罚不行，则冬霜不杀草。"《孝经纬·内事图》亦言："君臣无道，不以孝德治天下，乌云蔽日，茫茫混混，四方凄惶。"人事可以决定物象，物象又暗示人事，物象与人事之间

---

① 谶纬学说所形成的历史观念，一部分后来被作为正史叙述的基本策略，如对帝王降生的神化处理，对天人感应的关注，如五行志、天文志中所记载的诸多灾异祥瑞与人事的关系等，作为对历史动因的某些解释。而由谶纬学说形成的天人交往之故事，在后世的野史、杂史系统中依然存在，如《汉武帝洞冥记》《汉武故事》《明皇杂录》等，谶纬所形成的历史认知依然在某些史学、经学著述中被引用。参见姜忠奎《纬史论微》的论述，上海：上海书店，2005 年。

互为因果的关系，使得外在的物候、物象、物态的空间感和时间感都被赋予了全新的含义。

《周易》采用象、辞结合的形式表述物与人之间的神秘关系，没有上升到系统的理论阐释，很大程度上类似于《诗经》由比兴形成的偶然关联。但在谶纬的理论系统中，这些看似偶然的关系被视为必然，人与外物之间的对应关系被强化，其学理来自当时流行的天人相副："天亦有喜怒之气、哀乐之心，与人相副。以类合之，天人一也。"① 因而人可以感天，天可以动人，《礼纬·含文嘉》言："神农作田道，就耒耜，天应以嘉禾。"《乐纬·叶图徵》亦言："五音克谐，各得其伦，则凤皇至。冠类鸡头，燕喙蛇头，龙形麟翼，鱼尾五采，不啄生虫。"《诗纬·含神雾》又言："尧时嘉禾七茎，连三十五穗。"物之能理，人之能治，天作象以示瑞。由此观察，外在物候不仅是自然奇观，更是人类行为的反映，人可以影响外在物候，这是此前文艺理论尚未有过的表述。

较多关注于物我关系的乐论，虽然也描述过音乐源自天地秩序，并能按照这种秩序的形态，对人情进行泄导调理，② 甚至有过音乐家师旷以音乐改变风云的描述，但只是作为传说或小说家言，并未形成系统的物我相感、人物相应的理论表述。而《乐纬·动声仪》中借助孔子之言："《箫韶》者，舜之遗音也。温润以和，似南风之至，其为音，如寒暑风雨之动物，如物之动人，雷动兽含，风雨动鱼龙，仁义动君子，财色动小人，是以圣人务其本。"认为音乐既体现自然秩序，也体现人类情绪，二者相辅相成，物我相感，物之无穷、情之多方，最终形成了丰富多彩的物象描述和情感书写。

既然自然物象皆是有意味的形式，既是天地秩序的体现，也是人事得失的象征，汉人对外在物候的观察，便不再简单作为节令的符号，如《礼记·月令》《吕氏春秋·十二纪》《淮南子·时则训》中的描述那样，用于提醒人的生活生产节奏，而是充满着道德的评判、治道的衡量和行政的臧否，如"王者德化充塞，照洞八冥，则鸾臻"，③"王者奉己约俭，台

---

① 《春秋繁露义证》卷12《阴阳义》，第341页。

② 《吕氏春秋·仲夏纪·古乐》："昔古朱襄氏之治天下也，多风而阳气畜积，万物散解，果实不成，故士达作为五弦瑟，以来阴气，以定群生。""昔陶唐氏之始，阴多滞伏而湛积，水道壅塞，不行其原，民气郁阏而滞着，筋骨瑟缩不达，故作为舞以宣导之。"

③ 《纬书集成·诗纬·含神雾》，第464页。

榭不侈，尊事耆老，则白雀见"① "荧惑守候星，天下饥，兵革起，国有忧，期二年"② "日蚀之后，必有亡国，杀君奔走，乖离相诛，专政拥主，灭兵车，天下昏乱，邦不宁" 等。③ 这就使得两汉间人对于自然的观察，除了 "多识鸟兽草木之名" "善鸟、香草、以配忠贞" 之外，更加注重对自然物象更为细致深刻的观察。如《春秋纬·汉含孳》言：“穴藏先知雨，阴噎未集，鱼已噞喁，巢居之鸟先知风，树木摇，鸟已翔。”这类连续不断的物象描写，已经走出了比兴、象征中对物象的个别刻画，形成了一个完整的景物描写。

　　谶纬视角中的物象又被赋予了特殊的人事意味，因而这一描写本身便是对人世生活境况的暗示。在谶纬语境下，不必一一道出物象中所蕴含的意思，而深处文化氛围中的读者，自然能够意会到这类阴沉而密集的物象是对沉闷的客观世界的暗喻。看似普通的景物描写，无形之中已经成为情感的寄寓方式，诗歌的想象空间和情感空间在物我同观的视域中被打开，被视为最能表达天人感应的艺术形式。《诗纬·含神雾》言：“诗者，天地之心，君德之祖，百福之宗，万物之户也”，认为诗歌中的景象和情感，沟通天人、关联古今、象征诸德、体察万物，最能体现天人感应的秩序。又言：“诗者，天地之心，刻之玉版，藏之金府。集微揆著，上统元皇，下序四始，罗列五际” “在于敦厚之教，自持其心，讽刺之道，可以扶持邦家者也”。物象之中蕴含着丰富的善恶判断，自然便有了情感导向，因而写物象便是写己心，写己心可以诉诸物象，诗歌成为 “天地之心” 的浓缩，成为人类与外物相互感应关系最为贴切的表述，上可以应天人，中可以扶持家国，下可以安抚人心。《乐纬·动声仪》描述人心之于宇宙的作用方式：“神守于心，游于目，穷于耳，往乎万里而至疾，故不得而不速。从胸臆之中而彻太极，援引无题，人神皆感，神明之应，音声相和。”人心以情绪的体验、物象的暗示，可以游于万仞、翔于九泉，主情性的诗歌不仅因此可以表达想象，而且能够写出情绪的体验、道德的

---

① 《纬书集成·孝经纬·援神契》，第 978 页。
② 《纬书集成·河图·圣洽符》，第 1199 页。
③ 《纬书集成·春秋纬·潜潭巴》，第 846 页。

判断，直接启发了陆机、刘勰对文学想象的描述。①

　　谶纬对于文学想象的开启，源自谶纬所征之事，上穷碧落，下该黄泉，中及人事，同时观照天地人，将现实、理想与神话传说融为一体，常托上古三皇五帝之事，借神话仙巫鬼魅之灵，以叙述历史进程、描绘人世形态。《河图·括地象》曾描述商王见西王母："殷帝大戊，使王孟采药于西王母。至此绝粮，食木实，衣木皮，终身无妻，而生二子，从背间出，是为丈夫民，去玉门二万里。"在西晋咸宁五年（279）《穆天子传》尚未出土、穆王故事已经失传的情形下，汉人的这一描述正反映出谶纬视野中对历史的丰富想象。后郭璞注《山海经》对此进行征引，②恰可以看出周秦汉一脉相承的想象路径。

　　谶纬文献中的想象，可以视为表述的自觉。即不仅是在刻意拓展想象的空间，而且更注重对事件细节的刻画，这就使得文学表达的笔触更为细腻，所形成的文字肌理更加具体。如《尚书中候》言：

　　　　伯禹在庶，四岳师，举荐之帝尧。握括命不试，爵授司空。伯禹
　　稽首，让于益、归。帝曰："何斯若真，出尔命图，示乃天。"伯禹
　　曰："臣观河百，面长人鱼身，出曰：'吾河精也。'授臣河图，覆入
　　渊。"伯禹拜辞。

相对于《尚书》中的叙述，这一段描写显然更具有神话传说的色彩，不仅不能视为经，而且无法视为史，只能算是小说家言。相对于周秦小说家言粗线条勾勒的"丛残小语"，谶纬文献中的形象刻画更为典型。如《春秋纬·合诚图》叙尧之事：

　　　　尧母庆都，有名于世，盖大帝之女，生于斗维之野，常在三河之
　　南，天大雷电，有血流润大石之中，生庆都。长大形象大帝，当有黄
　　云覆盖之，梦食不饥。及年二十，寄伊长孺家，出观三河之首，常若

---

①　陆机《文赋》："其始也，皆收视反听，耽思傍讯，精骛八极，心游万仞。"刘勰《文心雕龙·神思》："寂然凝虑，思接千载；悄焉动容，视通万里；吟咏之间，吐纳珠玉之声；眉睫之前，卷舒风云之色：其思理之致乎。故思理为妙，神与物游。"

②　《山海经·海外西经》"丈夫国"，东晋郭璞注："殷帝太戊使王孟采药，从西王母至此，绝粮，不能进，食木实，衣木皮，终身无妻，而生二子，从形中出，其父即死，是为丈夫民。"

有神随之者。有赤龙负图出，庆都读之：赤受天运。下有图，人衣赤
光，面八彩，须鬓，长七尺二寸，兑上丰下，足履翼翼，署曰：赤帝
起诚天下宝。奄然阴风雨，赤龙与庆都合婚，有娠，龙消不见。既
乳，视尧貌如图表。及尧有知，庆都以图予尧。

形成于西汉中后期的谶纬学说，能用如此细腻的笔触描绘出尧的形态、事
迹，形成一个完整的叙述段落，代表了西汉小说叙述的进步。尽管《史
记》《说苑》《列女传》中的篇幅要比这一段描述更长，叙述更为细腻，
但我们要知道，历史故事的叙述是按照生活的逻辑展开，而且上述诸书中
的故事，经过了长时期的积累和多次重述而谶纬中的虚构性叙述带有明显
的凿空性质，其按照想象的逻辑展开是对博物类想象的延续，应该视为中
国小说史的进化脉络。

谶纬对中国文学想象空间的开启，还在于谶纬中的诸多描写，彻底推
动了汉魏小说的想象。《河图·括地象》言桃树之大："桃都山有大桃树，
盘屈三千里，上有金鸡，下有二神，一名郁，一名垒，并执苇索，伺不祥
之鬼、禽奇之属。乃将旦，日照金鸡，鸡则大鸣，于是天下众鸡悉从而
鸣。金鸡飞下，食诸恶鬼。鬼畏金鸡，皆走之矣也。"《诗纬·含神雾》
中言人之极小："东北极有人，名𪩘人，长九寸。"这类大到无极、小到
无极的想象，在《庄子》中被视为"以谬悠之说，荒唐之言，无端崖之
辞"，① 作为表述思想而假借的手段。但其在谶纬文献中被视为实有，尔
后在小说的叙述中，被作为"想象的真实"进行描述。

从文学的表述来看，"想象的真实"是文学特征得以从史学、哲学独
立出来的一个标识。在史学意识中的想象，是基于现实逻辑进行还原，意
在复制出一个完全类己的场景，这类想象有着明显的外在约束，即不能超
越生活真实；在哲学的表述中，可以以严谨的逻辑表达出之，如《公孙
龙子》之类的辨析，也可以有《庄子》般超然物外的想象，但这类辨析
和想象有内在约束，那便是服务于思想的表达，最终以"得意忘言"为
旨归，忘却想象而归于本旨，想象被作为手段而不是目的。但文学想象是
以想象本身的阅读和体会，形成一个叙述流程，作者和读者置身其中，享
受的恰是想象本身，而不必关注于想象所蕴含的某些思想。没有外在的约

---

① 《庄子集解》卷10《天下》，第295页。

束，便可以超越历史存在、现实环境、古今秩序，在无边无际的时空展开。

第三节　审美认知与汉魏诗歌的艺术品位

汉魏诗歌对中国诗歌风貌的塑造，一在于形成了中国文人诗特有的风神情韵，将"诗三百"、九歌、汉乐府延续而来的民歌情调转化为文人格调，完善了诗的肌理，提升了诗的境界，使得诗歌由自发走向自觉；二在于文人诗草成之初，士人多任气使才，由着性子歌咏，取向多元而风格迥异，形成了不同的审美境界，为诗境的丰富进行了多向的尝试，成为魏晋诗歌成熟的胎基。

一　《古诗十九首》浑雅之美的形成

关于《古诗十九首》的艺术特征，刘勰称其"直而不野，婉转附物，怊怅切情"，① 钟嵘赞之"文温以丽；意悲而远"，② 皎然《诗式》言："辞精义炳，婉而成章。"各言其趣也。孙𬭁《文选评》说："三百篇后便有十九首，闳壮、隐急、婉和，各极其致，而总归之浑雅。"则综述其味旨。浑，应为浑茫饱满，气象充盈；雅，当指含蓄蕴藉，韵味悠长，这种美学特征是诗骚、乐府艺术的总结和升华，也是汉代社会思潮、美学风格的高度浓缩。

一是物我转换自然，象神兼备。《古诗十九首》以前物我关系的照应和对称，《诗经》多表现为比兴手法的采用，意在尽抒其情而畅达其旨，如"桑之未落，其叶沃若"写女子韶华正值，"桑之落矣，其黄而陨"喻女子容光不再。"兴者，先言他物以引起所咏之词"，③ 意在引事引言不致唐突，起接吻合浑然无痕，如关雎兴渚到君子淑女之恋。"兴"多注重外在事物或图景与叙述主体思路之间的某种对应，这种对应最初多是偶然的拈连，彼此存在一定的间隔，在思维过程中具有跳跃性，如《邶风·简

---

① 《文心雕龙注》卷 2《明诗》，第 66 页。

② （南朝·梁）钟嵘著，陈延杰注：《诗品注》，北京：人民文学出版社，1961 年，第 17 页。

③ （南宋）朱熹：《诗集传》卷 1，北京：中华书局，1958 年，第 1 页。

兮》：“山有榛，隰有苓。云谁之思？西方美人。”《卫风·淇奥》：“瞻彼淇奥，绿竹猗猗。有匪君子，如切如磋，如琢如磨。”物与我之间的转化缺乏必要的过渡，只是某种暗示，在审美传达时产生的心理空间也较大。而“比”则是通过对物形或物性的把握，来征验或描述未知事物和陌生客体。与“兴”相比，物我关系比较疏朗，这种把握包含着一些判断、思考、分析、比较的因素，即所求的不仅是外在的形似，还有意神上的相通或相应。《曹风·蜉蝣》：“蜉蝣之羽，衣裳楚楚。心之忧矣，于我归处。”朱熹注：“此诗盖以时人有玩细娱而忘远虑者，故以蜉蝣为比而刺之。”① 总之，《诗经》时代已注意到对事物的具体描摹刻画有助于表达的鲜明、生动、形象，初步出现了物我交融的特征。《楚辞》将比兴发展为象征，重视事物品性的发掘，在感性的观照上也兼顾思致的安排。屈原用一种巫术氛围中的感受和超自然理念附以民俗形态，抛开事物的本体，直接以喻体指代所表现的内容。这种人与自然物性同构、人与自然物态相印的心理意识，极大地增强了《楚辞》的文化内涵，对诗歌兴寄遥深的风格起了推动作用。

比兴、象征是独立于自然之外的旁观者的视角，仍有借喻的成分，较少达到两者的浑融无间。两汉对天人关系的思考，使得诗歌的观察拓展到自然环境、古今演变、天地万物和人际异同，建立起超生命的意识。这种浸润思考和想象的观察，使自然不再是一个独立于人的外在，也不仅是为人所利用的客观，自然的每一种现象都是人类自身的诠解，都是“非异己的存在”，它们与人、事件之间存在着必然的联系。这种重视物我之间的感应和相互观照，是中国文学思维在汉魏诗歌发展中的新趋势，体现着诗人物我浑融的艺术观察眼光。如在《冉冉孤生竹》中，“冉冉孤生竹，结根泰山阿”。作者自然地转换物我关系：“竹结根于山阿，喻妇人托身君子。”首两句直写物态而不涉“我”，然“我”已在其中，非“兴”之引词。接着写“我”，其后却非铺衍首句之比，而是直接拈连，另以“菟丝女萝”之缠绕暗写新婚之缠绵，次叙物理，再抒人情。“千里远结婚”直写人间世象，“悠悠隔山陂”却将无尽离愁荡入茫茫天地之中，使情感饱满而充沛。“思君令人老”，虚写情；“轩车来何迟”，实写景；“伤彼蕙兰花，含英扬光辉”，以物性写时光易逝，“过时而不采，将随秋草萎”，

---

① 《诗集传》卷7，第87页。

以自然观人世沧桑。虚实相间，远近相侔，动静结合，气脉在情思事物间流淌，将物染上情感的色彩，主观与客观在绵延的咏叹中冥契，情志不再是直露的表白。

另外，《诗经》《楚辞》和乐府诗在事物刻画中多求形真肖似，以传达准确的摹刻，如硕人之貌、屈原之佩、罗敷之饰。《古诗十九首》则遗貌取神，仅在《青青河畔草》《迢迢牵牛星》里有一点零星的、朦胧的局部形态刻画，其余多直抒其情，把个人命运的叹喟、思想情绪的流露，直接投放到天地万物之中。我们可以感到抒情主人公的心绪波动，从神韵中窥想其形态。作品把宽疏的艺术再现空间留给读者，使其在再创造中产生浑融悠远的艺术想象，含蓄蕴藉，极备情韵。

二是叙述口吻移代，浑然无痕。中国诗歌的叙述口吻常站在抒情或叙事主人公的角度，体现出两者的一致性，即使以第三人称叙述，也隐含着对主人公自身意识的关注。《诗经·国风》为"劳者""饥者"所歌，"二雅"亦为文士贵族所咏，多以自我口吻或本阶层的语气，情易沟通、志易畅达。汉乐府民歌中，这种叙述口吻的变换和移代更明显，《陌上桑》："日出东南隅，照我秦氏楼。秦氏有好女，自名为罗敷。"作者的视角明显站在罗敷一边，以带有感情倾向的笔触去叙说故事，将一个客观叙述者叠化为事件的参与者。《孤儿行》："孤儿生，孤子遇生，命独当苦！父母在时，乘坚车，驾驷马。父母已去，兄嫂令我行贾。"首句以第三人称叙述，然其后一直到终篇，却以第一人称叙述，抛开了叙述者，直接让主人公倾诉。《孔雀东南飞》："鸡鸣外欲曙，新妇起严妆。著我绣夹裙，事事四五通。"《木兰诗》："脱我战时袍，着我旧时装。"这种叙述口吻的变化能直接拉近读者的心理距离，使作者、主人公的情感迅速沟通，增强诗篇的感染力。①

《古诗十九首》叙述口吻的移代和转换也很独到。《青青河畔草》先进行客观描绘："青青河畔草，郁郁园中柳。盈盈楼上女，皎皎当牕牖。娥娥红粉妆，纤纤出素手。"接着直接走入少妇内心深处，以诗人之口唱出荡子妇的心声："昔为倡家女，今为荡子妇。荡子行不归，空床难独守。"交代了思妇的身世、现状及复杂的心理活动。《迢迢牵牛星》最后四句，也从外部世界走入抒情主人公织女的内心深处，以她的口吻抒情：

① 曹胜高：《中国文学的代际》，北京：商务印书馆，2013 年，第 403—409 页。

"河汉清且浅，相去复几许？盈盈一水间，脉脉不得语。"这种转换体现了对主人公命运和情感的关注，以善意的视角审视其境况，以情感化的笔触勾勒事件。

《古诗十九首》甚至整章以主人公口吻叙述，用悠长的情丝接连万物，以饱满的感受充盈空间。马茂元《论古诗十九首》指出："文人诗和民歌不同，其中思妇词也还是出于游子的虚拟。"如《行行重行行》《孟冬寒气至》《冉冉孤生竹》《客从远方来》《凛凛岁云暮》《明月何皎皎》等，多拟托思妇口吻出之，直接将强烈的情感传递给读者，达到逼真动人的艺术效果。明陆明雍《古诗镜》称为"托"，并说"正之不足而旁行之，直之不能而曲致之。情动于中，郁勃莫已，而势又不能自达，故托为一意、托为一物、托为一境以出之"。这种移代和转换，同时关注主体情感脉络和外部物象，使情、意、境、物交融，浑然无间。陈绎《诗谱》称为："情真，景真，事真，意真。澄至清，发至情。"陈祚明《采菽堂古诗选》也说："人人读之，皆若伤我心者。"可见这种手法的艺术魅力。

三是时空跳跃衔接，情气充盈。《古诗十九首》抒尽夫妻、朋友离愁别绪，仕途失意的苦闷和对人生的感慨。这种感慨来自对时间消磨、韶华流逝而功业难成的忧虑，以及对外部世界异己力量巨大而无法战胜的悲哀。因此，汉代文化特有的时空观经汉赋拓展之后，浸润着汉代哲学的理性，以及对人生命运的关注和自身价值的反思，深深印在汉代文人的创作思维之中。他们在诗歌中对时间绵延而自身短暂、空间辽阔而出路狭隘进行了纵横交错的观照，表达自己无奈的感慨和深沉的思索。如《行行重行行》："行行重行行，与君生别离，相去万馀里，各在天一涯。"先叙往事，言分别之久；再写空间，说相距之遥。从全诗看，前八句总写空间距离，表达思妇之怨，后八句写相思之苦，极言分别时间之长。这种通过时空对照来把握情感的模式，在《古诗十九首》中极为常见。如：

> 青青陵上柏，磊磊涧中石。人生天地间，忽如远行客。（《青青陵上柏》）

> 人生寄一世，奄忽若飚尘。何不策高足？先据要路津。（《今日良宴会》）

> 还顾望旧乡，长路漫浩浩。同心而离居，忧伤以终老。（《涉江采芙蓉》）

千里远结婚，悠悠隔山陂。思君令人老，轩车来何迟。(《冉冉
孤生竹》)

四顾何茫茫，东风摇百草。所遇无故物，焉得不速老？盛衰各有
时，立身苦不早。(《回车驾言迈》)

皆通过时空的跳接与组建，蒙太奇般地展现出立体的抒情世界。在纵横交
错的情感结构里，诗人历时的感慨随着时光的流逝和静态物象的暂时永恒
引发线性的联想，在自身功业的不遂和人生成就的失落这一悲剧性的伤感
中，唱出强烈的不遇之音。而在共时的流观中，高楼弦歌的欢娱、长衢第
宅的繁华与人生斗酒驽马的困顿、黑暗现实中的不遇产生了巨大反差，使
诗人流露出强烈的沧桑之感和悲凉叹息。

　　《古诗十九首》的时空转换并非机械性建构，而是靠情感脉络维系
的。这种情感一方面来自对自身命运的深沉思考，另一方面来自对社会现
状的仔细观察。诗中所表现出来的，多是奋争中的无奈、进取中的失落，
把自身价值的饱满和社会现实的残缺、瞬间的永恒和无限的流逝进行对
比，传达出人生失意的悲剧性情调。这种传达蕴于无限的时空中，给人以
深沉的感发，以此左右物象的组合，充沛饱满。

　　四是生活片段的撷取，诗眼独到。《古诗十九首》重在抒情，如何建
构情感空间传达所思，可以像汉赋那样铺排，以强烈的质感产生炫目的震
撼，使人在崇高的审美心理中接受；也可以像屈骚借香草美人反复倾诉内
心滞郁，使人在肆丽的优美中领会。而《古诗十九首》却在浑茫的时空
中，选取时间上的一点或空间的一角，让它投射到整个感情世界，沟通今
昔的情怀，弥漫成浑茫的艺术氛围。这表现为生活片段的撷采和诗眼的提
炼。如《行行重行行》将笔墨集中在思妇的心理活动中进行描述：回忆、
相思、期盼、幽怨、疑虑、失落、自况，以此作为抒情脉络，紧扣一个
"思"字。《西北有高楼》则选取行旅中听清商一曲刹那间的感受，引出
作者全部的人生沧桑之感，集中刻画弦歌声的悲凉、悒郁、激动，反衬自
己的踯躅失意，围绕一个"稀"字。十九首古诗常因一点触发，引起作
者无限遐思，极目四方。而在这感想的表述中，诗人并不刻求以景衬情，
以情化景，而是随目所遇，随耳所闻，情因景发，景与情共，如"四顾
何茫茫，东风摇百草。所遇无故物，焉得不速老？""愁多知夜长，仰观
众星列。"将所要表达的感情随手荡入茫茫自然中，从中感悟时空的流

殒、人世的苍凉。

这种生活片段的撷取，使《古诗十九首》亲切深挚，它们抛开了具体物象的仔细描摹，而将抽象的思致，凝聚在失落者的喟叹和无奈者的幽怨中，这种情感化的思考因一点生活片段得以具体，这种理性情怀也因此染上真实的亮色，使读者在情绪传达中体会到宇宙流逝的无限悲慨。这样，生活片段立足于一点，诗眼紧扣主旨，以此牵绾物象，集中而丰富，深刻而绵长。

五是句式变化生动，情景浑融。《古诗十九首》多率性而作，生平不遇功名难就，故其悲；气郁不平遭逢离乱，故其怨。悲凉而悠长，幽怨而感伤，这种情绪在现实生活是漫长的痛苦，而在诗作的反映却要在数行之内，集中体现抒情主人公内心活动：跳跃的情绪，难抑的心潮，自况的悲叹，强颜的无奈。《古诗十九首》用句式的变化，在字里行间来体现这种内心深处的波动。

一为反问句式。如：

> 道路阻且长，会面安可知？（《行行重行行》）
> 何不策高足？先据要路津。（《今日良宴会》）
> 谁能为此曲？无乃杞梁妻。（《西北有高楼》）
> 采之欲遗谁？所思在远道。（《涉江采芙蓉》）
> 君亮执高节，贱妾亦何为？（《冉冉孤生竹》）
> 此物何足贵？但感别经时。（《庭中有奇树》）
> 河汉清且浅，相去复几许？（《迢迢牵牛星》）
> 人生非金石，岂能长寿考？（《回车驾言迈》）
> 亮无晨风翼，焉能凌风飞？（《凛凛岁云暮》）
> 以胶投漆中，谁能别离此？（《客从远方来》）

这些对人生、外物、时光的深沉思考和反问，在淡然的叙述中突兀出感情的最强音，是作者的质问和反思，也是情感表达中的重笔，把心潮的起伏波动准确地传达出来。

二为感叹句式，如：

> 上有弦歌声，音响一何悲！（《西北有高楼》）

四时更变化，岁暮一何速！(《东城高且长》)

昼短苦夜长，何不秉烛游！(《生年不满百》)

这种感慨铿锵有力，道出了压抑不下的悲愤、故作旷达的不平，更增一层抑郁，也使诗篇语势跌宕，文气波澜，真实再现了当时士人不定的心态。

另外，讲究结句是《古诗十九首》形成浑雅之美的手法。其结尾或篇终接浑茫，将情感荡入茫茫自然无穷宇宙之中，如《去者日已疏》《今日良宴会》，淡化怨情，愈彰其忧；或顺情感脉络自然而终，如《涉江采芙蓉》《庭中有奇树》，言长情隽，而愈增其味；或在自况中强颜，如《行行重行行》《青青陵上柏》，强抑其忧，弥长其苦；或结句精警，点化其旨，如《西北有高楼》《迢迢牵牛星》。这些结构"随语成韵，随韵成趣，辞藻气骨，略无可寻"，① 也使得语言平淡自然，情韵悠长，"平平道出，且无用工字面，若秀才对朋友说家常话，略不作意"，② 增强了《古诗十九首》的艺术情味，提高了艺术品格。

总之，《古诗十九首》的浑雅之美是先秦两汉诗歌美学流承中的一次质变。它体现出来的浑融饱满，情气充沛，含蓄蕴藉，真挚悲凉的情韵，直接开启了建安风骨和魏晋风度，也为我国诗格、诗式、诗体奠下了基调，誉之为"五言之冠冕"，实赖此浑雅美之品格，有唐音之先声。

二 曹丕对清怨格调的开拓

曹丕诗风，刘勰言之为"洋洋清绮"，③ 又称其"乐府清越"，拈出"清"字以称其诗。钟嵘言"其源出于李陵，颇有仲宣之体"，而李陵"其源出于楚辞。文多凄怆怨者之流"，④ 李陵之诗不足征，所托之诗却有"怨"气，沈德潜以其诗"有文士气，……要其便娟婉约，能移人情"，⑤ 称其诗以幽怨之美胜人，与王夫之"倾情倾度，倾色倾声"之论颇和。⑥

---

① (明) 胡应麟：《诗薮·内编》卷 2《古体中·五言》，上海：上海古籍出版社，1979年，第 25 页。

② (明) 谢榛：《四溟诗话》卷 3，北京：人民文学出版社，1961 年，第 66 页。

③ 《文心雕龙注》卷 10《才略》，第 700 页。

④ 《诗品注》，第 18、31 页。

⑤ (清) 沈德潜：《古诗源》卷 5《魏诗·文帝》，北京：中华书局，1963 年，第 107 页。

⑥ (明) 王夫之：《古诗评选》，上海：上海古籍出版社，2011 年，第 18 页。

可见，魏文诗风在"清"在"怨"，"清"为其意境特征，"怨"为其感情特征。这一诗学品格是曹丕自身的气质使然，也是其有意识的追求，更是汉魏诗风演化的结果。

曹丕尚"清"，既是其本身的个性气质所决定，也是其时代氛围使然。曹丕性情沉静，性格内向，感情细腻，加之良好的教育，自然形成清静优雅的文士气质。同时，五官中郎将、副丞相、太子、皇帝的身份，也使他成为其时社会风尚和文士审美情趣的代表。在这期间，文人诗歌最重要的一个标志就是脱去民歌的质朴、粗鄙和通俗，形成与文人审美要求相一致的诗学品格，着力塑造清幽、清雅、清丽、清厉的境界，同时表现为对于"清"的显性认识。其在《典论·论文》中说："文以气为主，气之清浊有体，不可力强而致。"以"清"作为文章与之俱来的品质，并将之视为一个与哲学相关的美学范畴。其前的郦炎《见志诗》说："贤愚岂常类，禀性在清浊。"其时刘劭的《人物志·九征》言："躁静之决在于气"，"气清而朗者，谓之文理。"《八观》又说："骨直气清，则休名生焉；气清力劲，则烈名生焉。"《七谬》还说："清雅之美，着乎形质，察之寡失。"皆认为清来源于气，《体别》还言："狷介之人，砭清击浊"，《流业》说："德行高妙，容可法止，是谓清节之家。"可见清浊有高下之分。曹丕作为九品中正制的提倡者，自然知道清浊的区别，对于"清"的着力强调，正是其时的时代风尚。曹丕能够将"清"作为诗歌创作的一种品质进行探索，显示出独到的艺术慧眼和高超的艺术品位。

建安诗歌多抒悲情，曹丕亦如此，其诗作充满了伤感、幽怨的情调，如《短歌行》思曹操："靡瞻靡持，泣涕连连。"陈祚明《采菽堂古诗选》评价为："思亲之作，哀情徘徊。"《善哉行》之二写思情："眷然顾之，使我心愁。嗟尔昔人，何以忘忧。"字里行间透露出无奈的悲伤。曹丕诗歌中始终流露出一种无法排遣的伤感，即使在宴会和游乐时也不能获得暂时的愉悦，《铜雀园诗》写宴会中："乐极哀情来，寥亮摧肝心。"《丹霞蔽日行》更是触景生情："孤禽失群，悲鸣云间。月盈则冲，华不再繁。古来有之，嗟我何言？"曹丕常常抓住伤感的情绪来写，如《黎阳作诗》写军旅："南望果园青青，霜露惨悽宵零，彼桑梓兮伤情。"《陌上桑》写行旅："寝蒿草，荫松柏，涕泣雨面沾枕席。"能够直面生活的酸涩表现出独特的情绪感受，是建安诗人情感特征的共性。曹丕没有经历建安诸子的苦难，也没有曹操慷慨的风云历程，更不可能体验曹植后期创作的悲愤，但其却如此集中地表现悲伤之情，不能说不是其创作个性的原因。我们可以理解一个苦难的诗人唱出悲伤的曲调，却无法明白一个相对平静的诗人哀伤地泣诉，这不仅仅是时代的原因，还包括其自身的感情特征和对诗歌创作的理解。

曹丕性情沉静，情感细腻，在汉魏之际不可避免地体会到人生无常、生命短暂的痛苦，曹操、曹植更多地以游仙诗来安慰自己，尽管他们并非完全相信仙人的存在和游仙的作用，但还是期望通过游仙增加生命的长度，曹丕似乎更清醒，即便在游仙时也不能麻醉自己。他在《折杨柳行》中边游边说："王乔假虚辞，赤松垂空言。达人识真伪，愚夫好妄传。"干脆连一时的幻想都没有。面对生命的脆弱、朋友的相继死去，心性细腻内向的曹丕难免不感到伤感无奈，这些交织在清醒的人生认识中，使曹丕不可避免地体味着"怨伤"。

曹丕不仅写自身的伤感，还能揣摩游子失落的情怀和漂泊无依的幽怨。如《秋胡行》写男子期待佳人，《善哉行》之一写旅客怀乡，《杂诗》写游子思归，都着眼于无可奈何之叹，留意于伤感低落之绪。他还拟托女子而歌，如《燕歌行》二首写思妇怀念游子，《艳歌何尝行》写妻子责怪丈夫，《于清河作》写闺女相思，直接继承《古诗十九首》的题材，表现出对于思妇生活深沉的人文关注。曹丕还触景生情，写了不少男女离别的幽怨，如《见挽船士兄弟辞别诗》《代刘勋妻王氏杂诗》《寡妇诗》等，都是直面怨恨和悲伤的题材。

曹丕诗歌多为委婉曲折的表达，抒情既不似曹操，直接倾诉，了无遮拦，具有明显的强势性格；也不似曹植，喜欢不厌其烦地反复申诉，通过赋法来感动人。曹丕诗歌多用比兴起笔，抒情缠绵悱恻，曲折动人，"意旖旎以无方，情纵横而皆可"。① 动人之处至于情感细腻，抒写委婉，"端际密窅，微情正尔动人"。② 所以说，离愁别绪和曲折笔法所形成的感伤情调，既是曹丕继承《古诗十九首》对文人五言诗的新改造，也是曹丕独特个性气质在特定时代氛围下的创作选择。

---

① 《古诗评选》，第 149 页。
② 同上书，第 18 页。

三　曹植对天工之美的熔铸

天工与思力是诗歌构思的两种方式,刘勰认为此种差异出于作者才情、神思的不同:"人之禀才,迟速异分;文之制体,大小殊功:相如含笔而腐毫,扬雄辍翰而惊梦,桓谭疾感于苦思,王充气竭于思虑,张衡研京以十年,左思练都以一纪,虽有巨文,亦思之缓也。淮南崇朝而赋骚,枚皋应诏而成赋,子建援牍如口诵,仲宣举笔似宿构,阮瑀据案而制书,祢衡当食而草奏,虽有短篇,亦思之速也。"① 其成文迟者,乃耽于思虑;成文速者,乃出于才华。在这其中,曹植被视为思之速者,言其构思行文在于天分极高,不待思虑,援笔成章。陈寿在《三国志·魏书·陈思王植传》曾载:"时邺铜爵台新成,太祖悉将诸子登台,使各为赋。植援笔立成,可观,太祖甚异之。性简易,不治威仪。舆马服饰,不尚华丽。每进见难问,应声而对,特见宠爱。……而植任性而行,不自雕励,饮酒不节。"言曹植的为人为文,不加雕饰,纯出于才思。后世遂因此流传曹丕令曹植七步成诗、赋《死牛诗》、听梵识音的故事,② 以证曹植构思之巧、才气之高和作文之速。

从曹植同时期作家们的描述来看,曹植诗文皆出口成章,不假思虑。陈琳在《答东阿王笺》中称赞曹植:"君侯体高世之才,秉青蓱干将之器,拂钟无声,应机立断,此乃天然异禀,非钻仰者所庶几也。音义既远,清辞妙句,焱绝焕炳,譬犹飞兔流星,超山越海,龙骥所不敢追;况于驽马,可得齐足!"其"拂钟无声,应机立断",正言曹植行文之快。杨修《答临淄侯笺》又说:"又尝亲见执事握牍持笔,有所造作,若成诵在心,借书于手,曾不斯须,少留思虑。"也是直接夸赞曹植文思若泉涌。丁廙曾对曹操言曹植文才:"临菑侯天性仁孝,发于自然,而聪明智

---

① 《文心雕龙注》卷 6《神思》,第 494 页。

② 《世说新语·文学》:"文帝尝令东阿王七步中作诗,不成者行大法。应声便为诗曰:'煮豆持作羹,漉菽以为汁。其在釜下燃,豆在釜中泣。本自同根生,相煎何太急?'帝深有惭色。"《太平广记》卷 173《曹植》:"魏文帝尝与陈思王植同辇出游,逢见两牛在墙间斗,一牛不如,坠井而死。诏令赋死牛诗,不得道是牛,亦不得云是井,不得言其斗,不得言其死,走马百步,令成四十言,步尽不成,加斩刑。子建策马而驰,既揽笔赋曰:'两肉齐道行,头上戴横骨。行至凶土头,峥起相唐突。二敌不俱刚,一肉卧土窟。非是力不如,盛意不得泄。'赋成,步犹未竟。"《法苑珠林》:"(陈思王曹植)尝游鱼山,忽闻空中梵天之响,清雅哀婉,其声动心。独听良久……乃慕其声节,写为梵呗。撰文制音,传为后式。"

达，其殆庶几。至于博学渊识，文章绝伦。"认为曹植天分极高，为人处世皆出于自然，不加雕饰。陈琳、杨修、丁廙皆为曹操所任文学，其与曹植贵游日久，切磋诗文，最能见证曹植行文之法，代表了时人对曹植以天工成诗的共识。鱼豢以史学家的眼光，总结道："余每览植之华采，思若有神。以此推之，太祖之动心，亦良有以也。"① 曹操一度想以曹植为嗣，正是出于对曹植才气、天分的赞赏。

讨论曹植以天分、才气作诗，主要是以之来审视这种直抒胸臆、不假思虑的诗法作为建安、黄初间诗歌的基本模式，对中国诗歌艺术格调的影响。艺术格调的高下，一出于器量，二出于文笔。建安诗人"慷慨以任气，磊落以使才；造怀指事，不求纤密之巧；驱辞逐貌，唯取昭晰之能"，② 既有家国天下之忧思，又有宴饮友情之关切，其能成于诗篇者，在于直抒胸臆、了无顾忌，才性不同，气有缓急，器量有别，文有高下。后世言曹植以"微婉之情、洒落之韵、抑扬顿挫之气"作诗，③ 皆出天工，如方伯海言："按子建诗，脱口而出，妙处同天外飞来，起处是也。佳处同化工肖物，中间是也。却绝不见经营之迹。天分之高，才气之雄，建安中当推第一。"④ 认为曹植由着天分作诗，不用经营之思力，因而诗歌不落俗套而格调自出。王士禛将这种做纯任天工的做法视为仙才："汉魏以来两千余年，以诗名其家者众矣。顾所号仙才者，惟曹子建、李太白、苏子瞻三人而已。"视曹、李、苏为中国诗歌最能体现天工之美的诗人。

以天工为思的长处，在于能够磊落使才，诗文由着天性而出，情之多方，应物无穷，故能随意成文，极具情态，此乃刘勰所言："陈思之表，独冠群才。观其体赡而律调，辞清而志显，应物掣巧，随变生趣，执辔有馀，故能缓急应节矣。"⑤ 后世言曹植诗歌之特点，正是看到了曹植诗作的多姿多彩。王世懋《艺圃撷馀》言："古诗两汉以来，曹子建出而始为宏肆，多生情态，此一变也。"将之视为汉魏诗歌转关的标志，便是看到

---

① 《三国志》卷 19《魏书·陈思王植传》注引，第 578 页。

② 《文心雕龙注》卷 2《明诗》，第 66—67 页。

③ 丁福保辑：《历代诗话续编》上册，《岁寒堂诗话二卷》，北京：中华书局，1983 年，第 451 页。

④ 于光华辑：《重订文选集评》中册，北京：国家图书馆出版社，2012 年，第 122 页。

⑤ 《文心雕龙注》卷 5《章表》，第 407 页。

了曹植纯任天性的诗作，对于汉魏诗歌风尚的影响，在于其无拘无束的诗才，呈现出令人无迹可仿的创造力。在陈衍看来，曹植的《箜篌引》《怨歌行》《名都篇》《美女篇》《白马篇》《圣皇篇》《吁嗟篇》《弃妇篇》《赠徐干》《赠丁仪》《赠白马王彪》《杂诗》《七哀诗》等作品，最能体现出曹植纯任天工的价值。其中《箜篌引》中"置酒高殿上"至"罄折欲何求"一节，"使他人为之，词意俱尽，将结束终篇矣，用忽振起云'惊风飘白日''知命复何忧'。世只知'生存'二语之沉痛，不知非有'惊风'四语之兔起鹘落，如何接得上？此子建奇处也"。这种奇，不是曹植刻意以构思求奇，而是出于不羁的诗才，天然为之，不致突兀生硬。这种"使才而不矜才，用博而不逞博"的构思方式，① 正是以天工作诗的典范。

诗三百、汉乐府之创作，出于众口铄金，屈原之辞，本乎天然。三者成诗之初，缘事言情皆非以文学自任，而曹植作诗作文，有为文之自觉，以其奇高之骨气，驱动华美之辞藻而形成诗作，远绍文质彬彬的风雅传统，近承《古诗十九首》的浑雅格调，兼备众体，卓然一家。此既非汉魏其余诗人所能并驱，"魏诗至子建始盛，武帝雄才而失之粗，子桓雅秀而伤于弱；风雅当家，诗人本色，断推此君。"曹植诗作虽有华容，纯出乎天生丽质，风神情韵兼备，自成一家；又非太康诗人所可模拟，"子建诗质朴浑厚，春容隽永，风调非后人易到，陈子昂李太白慕以为宗"。后世能踵武其迹者，非强学可为，乃出于天成。

诗歌史的历史转关处，正需要天分极高的诗人不主常故而自立新法，曹植、李白、杜甫、苏轼等皆以不羁之才，或总承前代诗法之端绪而能自铸伟词，或开启后世诗学之面貌而能泽被深广。曹植在汉魏六朝所受的推崇，刘勰、钟嵘已以一流大家视之，但现在诗歌史上并不将之与李、杜、苏并列，并非是对其诗歌贡献的忽视，而是其恰处于文人诗形成时期。其优长为后人模仿而出新，其弊端为后世弥补而超越。方东树便认为曹植诗作成为汉魏六朝诗人创作的榜样，其主要篇目基本被模仿："子建乐府诸篇，意厚词赡，气格浑雄。但被后人盗袭熟滥，几成习见陈言。"② 这类模仿在整篇上很难超越曹植的才情，但在某些句意上却能后来居上，如曹

<hr/>

① 《古诗源》卷5《曹植》，第111页。
② （清）方东树：《昭昧詹言》卷2《汉魏》，北京：人民文学出版社，1961年，第70页。

植的《赠白马王彪》中的"心悲动我神，弃置莫复陈。丈夫志四海，万里犹比邻"，便被王勃蹈袭为"海内存知己，天涯若比邻。无为在歧路，儿女共沾巾"，超然其上。

　　一个诗人可以超越他同时代所有的人，却无法超越他的时代。文人诗形成阶段的诗作，其指事切情，往往带有未尽完善的痕迹，这自然影响了曹植诗歌的完美，而从后世眼光去审视曹植诗作中的某些典故、辞藻，常常发现带有草创的印痕。刘勰便指出："陈思之文，群才之俊也；而武帝诔云，尊灵永蛰；明帝颂云，圣体浮轻。浮轻有似于胡蝶，永蛰颇疑于昆虫，施之尊极，岂其当乎？"① 认为曹植的这些比喻极不恰当，可见曹植才高八斗之中，难免有秕糙之憾。即便对比前后诗作，有些非常精到的诗作，也有可以进一步完善的地方，胡应麟言："子建《杂诗》、全法《十九首》意象，规模酷肖，而奇警绝到弗如。《送应氏》《赠王粲》等篇全法苏李，词藻气骨有余，而清和婉顺不足。然东、西京后，惟斯人得其具体。"与苏李诗、《古诗十九首》的自然成诗相比，有文人诗难以避免的藻饰。又说："子建《名都》《白马》《美女》诸篇，辞极赡丽。然句颇尚工，语多致饰，视东、西京乐府，天然古质，殊自不同。"② 相比于汉乐府，也缺少脱口而出的素朴之美。陆时雍也客观看待曹植诗作的缺失，在于"任气凭材，一往不制，是以有过中之病"，③ 认为天工之美自然不可蹈袭，但不假思索的背后，往往缺少精致构思而特有的用意，使得诗作缺少一种内敛之美，影响了诗歌的韵致。

　　客观来看，刘勰、方东树、胡应麟、陆时雍等人对曹植诗歌的评判，确实点中了任天工作诗的天然不足，那便是基于才气、才情和才华脱口而出的诗作，常常工于起句而疏于收束，诗句精警不足；长于表达而短于思致，诗作韵致稍逊；汪洋自恣之中略有牛鬼浮沉，个别句式典故突兀，白玉微瑕，虽不掩其美质，然终有所遗憾。故至魏晋，天工之诗作渐少而思力之作渐多，至李白为天工之作集大成后，诗歌遂蹈入以思力出之的路径，以诗为学使得诗有了体式、格调、韵对之要求，以学为诗使得诗歌有了典引、思理之套路。

---

①　《文心雕龙注》卷9《指瑕》，第637页。

②　（明）胡应麟：《诗薮·内编》卷2《古体中·五言》，第29—30页。

③　（明）陆时雍：《诗镜总论》，引自丁福保辑《历代诗话续编》，第1405页。

第 八 章

两汉文体的渗透与融通

　　魏晋文学的自觉，如果视为枯木逢春般地突发，则必然有此前漫长隆冬的孕育。两汉之所以是中国文学的积淀期，乃因为先秦所萌生的文学因子足以孕育着无穷的可能性。但这些可能性要想成长为中国文学的枝干，则必然要经过选择、滤汰、嫁接、生发等运化过程，方能根底槃深，枝叶峻茂。两汉充分吸收了先秦的文学因子，将之通过历史的必然抉择和时代的偶然选择，进行了充分整理、酝酿、组合，使得诸多文体技法、文学手段、文学样式乃至文学情趣发生了连绵不断的反应，最终促成了诗文的新变，为魏晋文学的自觉做了尝试性的准备。

第一节　骚赋新变与两汉文体的演进

　　骚体自《楚辞》定型以来，以骚赋的形式在汉代一度繁荣，成为重要的辞赋文体。汉魏时期骚体的演进，有两大趋向：一是保持"兮"字句式，以骚体延续发展；二是吸收、融化散体赋、诗歌、骈偶等技法，以赋化、诗化、骈化等方式推动散体大赋的抒情化、诗歌的铺陈化和辞赋的骈偶化，成为汉魏文学转型与文体演进的催化剂。刘勰、余冠英、容肇祖等曾意识到骚体对其他文体的影响，[①] 但尚未做全面探讨。本文试以骚体新变这一视角，来探讨骚体与散体赋、诗歌和骈赋之间的互动关系。

一　骚赋散化与散体赋的发展
　　骚体散化是汉代辞赋演进的一个重要方式。其有两个特征：一是骚体

---

① 　郭建勋：《先唐辞赋研究》，北京：人民出版社，2004 年，第 118—130 页。

在自身的结构体系内散化，二是以散化的方式参与到散体赋之中，成为其组成部分。

骚体赋自身的变化是有规律可循的。最初骚体赋的变化，是有意识的打破骚体相对整齐的句式，将长句与短句相结合，形成一种参差错落的散化结构。这种方式起初只是局部引入散文句法，改变骚体大致相同的节奏，突破骚体回环往复的传统特征。贾谊《惜誓》中出现的散化句式："乃至少原之野兮，赤松王乔皆在旁。"与此前的"临中国之众人兮，托回飚乎尚羊"，此后的"二子拥瑟而调均兮，余因称乎清商"，正好形成错综之势，具有顿挫之感。此后在司马相如的作品中，这种倾向得到了有意识的加强。其《大人赋》中的个别句子，不仅增加了字数，甚至还出现了复句化的骚体："骚扰冲苁其纷挐兮，滂濞泱轧丽以林离。攒罗列聚丛以茏茸兮，衍曼流烂坛以陆离。径入雷室之砰磷郁律兮，洞出鬼谷之堀礨崴磈。……奄息葱极泛滥水嬉兮，使灵娲鼓琴而舞冯夷。时若暧暧将混浊兮，召屏翳诛风伯而刑雨师。"在这段描写中，四言、六言、七言、八言、九言相互交织，如果没有"兮"字存在，完全可以当作散体来读。这种打破楚骚句式的手法，可以看成汉人有意识的创新，他们试图摆脱楚骚因句式相对整齐而形成的流畅之感，以追求参差错落的散体之美。

二是将各种骚体句式自由组合，形成叙述单元，表现出散化特征。淮南小山的《招隐士》："猿狖群啸兮虎豹嗥，攀援桂枝兮聊淹留。王孙游兮不归，春草生兮萋萋。岁暮兮不自聊，蟪蛄鸣兮啾啾。块兮轧，山曲岪，心淹留兮恫慌忽。罔兮沕，憭兮栗，虎豹穴，丛薄深林兮人上栗。嶔岑碕礒兮，硱磳磈硊。"不仅把楚骚中传统的四三、三二、四四句式拿来使用，还创造了"罔兮沕，憭兮栗，虎豹穴，丛薄深林兮人上栗"等变句，有意识地打破传统习惯，可以看作散化的尝试。董仲舒的《士不遇赋》"呜呼嗟乎，遐哉邈矣。时来曷迟，去之速矣"，改"兮"为"矣"，继承了《招魂》的基本句式，又有所变化；而"鬼神不能正人事之变戾兮，圣贤亦不能开愚夫之违惑"，则在保留"兮"字的形式下，增长句子，形成散体句法。

三是引入排比句式，形成散化结构。贾谊《惜誓》把先秦散文常用的排比句式引入骚体，把原先两句一组的结构拓展为四句一组，两组形成一个句法上的叙述单元："或偷合而苟进兮，或隐居而深藏。苦称量之不审兮，同权概而就衡。或推迻而苟容兮，或直言之谔谔。伤诚是之不察兮，并纫茅丝以为索。"变骚体的对句为排比，彻底改变骚体上下相抗、两句一对的模式，使骚赋具有更为自由灵活的表现力。

四是形成了简省"兮"字的骚变体。骚体的散化是骚体赋向散体大赋靠拢的一种倾向。这种倾向的产生得益于汉代楚骚演唱功能的失去，不得不采用诵读作为传播手段。在诵读的方式下，传统骚体大致相同的句式缺少散句所特有变化之美，不得不打破相对统一的句式来寻求新变。其中最常用的一个方式，就是为了适应诵读的需要，简略了楚骚在演唱时所保留的大量的"兮"字，形成骚变体。贾谊的《簴赋》残篇，《艺文类聚》载："牧太平以深志，象巨兽之屈奇，妙雕文以刻镂，舒循尾之采垂。举其锯牙，以左右相指，负大锺而欲飞。"而在《古文苑》中则为："妙雕文以刻镂兮，象巨兽之屈奇兮，戴高角之峩峩，负大钟而顾飞。"两书记载均残缺，然不同之处在于一段所载句式有"兮"，一段则减省，这证明减省"兮"字的句式正来自骚体。同样，贾谊的《鹏鸟赋》，《文选》中有"兮"字，而《汉书》中则减省"兮"字。再如，司马迁的《悲士不遇赋》，已经开始出现减省"兮"字的骚体句式："悲夫士生之不辰，愧顾影而独存。恒克已而复礼，惧志行而无闻。""天道微哉，吁嗟阔兮，人理显然相倾夺兮。好生恶死，才之鄙也。好贵夷贱，哲之乱也；……没世无闻，古人惟耻。朝闻夕死，孰云其否？"其间偶尔出现的"兮""也"等词，正体现出骚体向变体过渡的痕迹。西汉后期，骚变体开始成为辞赋的主要句式，如刘歆的《甘泉宫赋》、班婕妤的《捣素赋》等，后来东汉张衡的《定情赋》《归田赋》、马融的《琴赋》等，便采用了这种简省"兮"字的骚变句式。

骚体新变以后向两个相反的方向发展：一是简略虚词、凝练结构，逐渐趋向骈偶化，形成了此后的骈赋；二是参与到散体大赋的建构中，形成散化的骚体。如枚乘《七发》在连缀七事的散体叙述中，引入一段骚体来形容波涛之浩渺：

> 观其所驾轶者，所擢拔者，所扬汩者，所温汾者，所涤汔者，虽有心略辞给，固未能缕形其所由然也。恍兮忽兮，聊兮慄兮，混汨汨兮，忽兮慌兮，俶兮傥兮，浩瀵濊兮，慌旷旷兮。秉意乎南山，通望乎东海。虹洞兮苍天，极虑乎崖涘。流揽无穷，归神日母。汩乘流而下降兮，或不知其所止。或纷纭其流折兮，忽缪往而不来。临朱汜而

　　远逝兮，中虚烦而益怠。莫离散而发曙兮，内存心而自持。

　　这些骚体句式的引入，对散体赋来说，形成了局部的回环美；对骚体赋来说，却是典型的散化，打破了传统句式的相抗之美。以此开端，两汉散体大赋多引入骚体句式，如王褒的《洞箫赋》，开篇用骚体描写洞箫质材竹子的产地，然后杂入散体句式，时骚时散，骚散相间，形成既有抒情意味，又有铺陈效果的艺术形态。此外，扬雄的《甘泉赋》《河东赋》、朱穆的《郁金赋》、班固的《两都赋》、马融的《长笛赋》、张衡的《二京赋》、边让的《章华台赋》等，都引入骚体或骚变体来丰富散体赋的章法和句式。

　　汉魏之际，曹植常用骚变体创作，如《释思赋》《幽思赋》《怀亲赋》《慰子赋》《静思赋》《喜霁赋》《归思赋》《愍志赋》《出妇赋》等。其《洛神赋》参杂多种句式，时而用四言铺陈洛神仪态，时而间杂使用简省"兮"字句，进行过渡，如"腾文鱼以警乘，鸣玉鸾以偕逝。六龙俨其齐首，载云车之容裔。鲸鲵踊而夹毂，水禽翔而为卫。于是越北沚，过南冈，纡素领，回清阳。动朱唇以徐言，陈交接之大纲"。时而用带"兮"的句式书写缱绻情思，如"恨人神之道殊兮，怨盛年之莫当。抗罗袂以掩涕兮，泪流襟之浪浪。悼良会之永绝兮。哀一逝而异乡。无微情以效爱兮，献江南之明珰"。常形成参差错落的叙事抒情单元："虽潜处于太阴，长寄心于君王。忽不悟其所舍，怅神宵而蔽光。于是背下陵高，足往神留。遗情想像，顾望怀愁。冀灵体之复形，御轻舟而上溯。浮长川而忘反，思绵绵而增慕。"骚体及其变体进入到大赋中，能够有效改变大赋的内在章法，并综合各种句式的长处，更适应叙事、抒情、敷陈的灵活转换，避免了此前汉赋板滞凝涩的弊病。

　　骚体进入散体赋中，对于散体赋的影响是巨大的。第一，骚体赋本身多种多样的句式，丰富了散体赋的表达技巧，使之表达更加灵活自如。第二，骚体赋两句一组的模式启发了散体大赋，使之在吸收先秦诸子散文的散句和排比等句法时有了一种内在的约束，形成上抗下谐、前呼后应的句法结构。第三，骚体赋弥补了由荀赋发展而来的"诗人之赋"过于短小拘谨的特征，促使辞赋向着"丽以肆"的风格发展，促进了大赋丽赡风格的形成。第四，骚体赋注重押韵的特点也为散体赋提供了参照，使之更加重视诗骚的押韵习惯，形成了与散文区别明显的内在节奏和韵律。

二 骚赋诗化与七言诗的萌芽

汉代骚体由两部分组成：一是骚体诗，二是骚体赋。骚体诗继承了楚骚作为歌诗的传统，继续采用歌唱作为传播手段。骚体赋虽然保留了楚骚的某些文体特征，甚至采用拟骚的形式出现，但却采用不歌而诵的"赋法"加以传播。而且，骚体赋采用铺陈的手法，反复渲染一个场面或者一段历程，骚体诗则多采用比兴象征，语短情长。因而我们所说的骚体诗化，既包括骚体赋在自身体系内的调整，即通过减短篇幅，整齐句式，向四言、五言、六言和七言靠拢；也包括骚体诗在保持诗歌特性的同时，开始整合句式，借鉴乐府民歌，向着文人诗的方向发展。

除了文献记载的一些骚歌，如项羽的《垓下歌》、刘邦的《大风歌》、刘彻的《秋风辞》等，最能体现骚体诗歌唱性质的是赋中引诗，这类出现在辞赋中的骚体诗，是被作者点明了具有歌唱性质的，如司马相如《美人赋》："女乃歌曰：'独处室兮廓无依，思佳人兮情伤悲。有美人兮来何迟，日既暮兮华色衰，敢讬身兮长自私。'"再如傅毅《舞赋》中的"歌曰"，张衡《南都赋》的"喟然相遇歌曰"，蔡邕《释诲》中的"胡老乃扬衡含笑，援琴而歌"等。这些被注明的歌曲，都以骚歌的形式出现，篇幅短小，结构简单，与屈骚乃属同一体系。

值得注意的是，汉人在创作骚体诗时常将"兮"字省去，形成不带"兮"的句式。这与骚体赋的发展方向是一致的，只不过归宿不同。如汉郊祀歌中的《练时日》："练时日，侯有望，燎膋萧，延四方。九重开，灵之斿，垂惠恩，鸿祐休。灵之车，结玄云，驾飞龙，羽旄纷。"及《华晔晔》《五神》《朝陇首》《象载舆》《赤蛟》等，所采用的三言句式显然是从骚体"练时日兮侯有望"这样的结构改编而来，因为此前的《诗经》系统中尽管也有个别三言句式，但并没有这样长篇整齐的三言诗，而在汉代骚歌中，这种句式却是常见的。我们有理由认为在西汉时期，简省"兮"字已经成为一种创制新诗体的模式。

这种模式在七言诗歌的形成中，发挥了极大的作用。屈原《橘颂》所采用的"后皇嘉树，橘徕服兮。受命不迁，生南国兮"，《招魂》所采用的"天地四方，多贼奸些。像设君室，静闲安些"，可以看作是七言诗句的前身。我们习惯将这种句式分为前后两节，"兮"字之外，形成前四后三的结构，但在汉代诗歌中却有七字连用加"兮"字的句式。如刘安的《八公操》："煌煌上天照下土兮，知我好道公来下兮。公将与予生毛羽兮，超腾青云蹈梁甫兮。观见瑶光过北斗兮，驰乘风云使玉女兮。含精吐气嚼芝草兮，悠悠将将天相保兮。"这些句子完全是前四后三的结构。这就说明，楚骚本身含有七言句式，只不过我们过多使之与四言诗趋同，采用中间点断，形成前后两节。其实在汉代，这种句式向着七言诗发展的趋向非常清楚。

张衡的《四愁诗》正体现了这一发展，其在开头还保留了"我所思兮在太山"，随后便采用"欲往从之梁甫艰，侧身东望涕沾翰。美人赠我金错刀，何以报之英琼瑶"这样完善的七言句式。这首诗给我们的启发是：第一，省却"兮"字是汉骚变化的关键，是骚体诗化的重要手段，也是其区别于骚体诗的重要特征；第二，汉代七言诗与骚体的关系极为紧密，甚至可以说，骚体是七言诗歌的母体。

为了证明这一现象，我们可以来看汉赋中的乱辞。乱辞作为辞赋的结尾，在楚骚时代，是采用合唱而歌的形式出现，因此更多保留了歌辞的意味。尽管汉骚不再采用歌唱而是采用朗诵的手段传播，但在许多骚体中依然保留了乱辞。这些乱辞基本采用的是七言加"兮"句式，也可以说是上四下三的"兮"字结构，如贾谊的《旱云赋》："忍兮啬夫，何寡德矣！既已生之，不与福矣。来何暴也，去何躁也？孳孳望之，其可悼也。憭兮栗兮，以郁怫兮。念思白云，肠如结兮。"虽稍有"也""矣"的掺杂，但总体上采用前四后三句式，保留明显的楚骚痕迹。刘彻《李夫人赋》："佳侠函光，陨朱荣兮。嫉妒闟茸，将安程兮！方时隆盛，年夭伤兮。弟子增欷，洿沫怅兮。悲愁于邑，喧不可止兮。向不虚应，亦云已兮。"除了一句稍有不同外，其余完全可以视为七言"兮"字句。此后，扬雄的《甘泉赋》《太玄赋》、刘歆的《遂初赋》、班彪的《北征赋》、班固的《幽通赋》、班昭的《东征赋》等，乱辞全部是七言加"兮"句。我们今天标点这些辞赋，常常前四后三点断，使之与楚骚保持一致。但我们忽视了另一现象，那就是，这类句式更多是向七言诗发展，而不是向楚骚回归。如张衡《思玄赋》结尾，将"兮"字全部简省，形成了典型的七言句式："天长地久岁不留，俟河之清祗怀忧。愿得远度以自娱，上下无常穷六区。超踰腾跃绝世俗，飘飘神举逞所欲。天不可阶仙夫希，柏舟悄悄吝不飞。松乔高跱孰能离？结精远游使心携。回志朅来从玄谋，获我所求夫何思!"联系到此前骚赋乱辞的句式和张衡的《四愁诗》,我们有理由相信:在骚体诗化的过程中,简省"兮"字的前四后三句式是七言诗的重要源头。

由此我们不能不思考两个问题:第一,既然张衡的实践说明了骚体与七言诗歌关系极为密切,那么西汉时期,七言骚体是否能理解为七言诗?我们知道,在荀子的《成相》中已经有三三七的句式结构,这说明七言句在先秦就已经形成。考虑到荀子曾居于楚地以及齐楚文化的交融,可以认定楚汉骚体大量存在的上三下三节奏的"兮"字句,与《成相》的句式是一脉相承的。同样,其中的七字句与楚汉骚体的七字"兮"字句也有必然的内在联系。由此我们进一步推定:楚骚中的上四下三"兮"字句,应当是七言的前身,因而汉骚中的七言句式,不应该被点断为前四后三。逯钦立将刘安《八公操》视为七言"兮"字句,而非中间点断,卓有见地。① 汉哀帝时,息夫躬也有《绝命辞》,开头采用七言"兮"字句:"玄云泱郁,将安归兮;鹰隼横厉,鸾徘徊兮;矰若浮焱,动则机兮;丛棘栈栈,曷可栖兮;发忠忘身,自绝罔兮!冤颈折翼,庸得往兮!"随后是三三"兮"字句。这可以同样证明,七言诗形成于这些七言"兮"字句中。

第二,既然在汉武帝时期,已经出现了郊庙歌辞省略"兮"字形成的三言诗,又出现了七言"兮"字句,为何不能出现省却"兮"字的七言诗句呢?我们如果仔细思考,就会发现,西汉时期除了骚赋的乱辞采用七言"兮"字句外,还出现了诸多残存的七言诗句,如刘向有七言诗句"博学多识与凡殊""时将昏暮白日午""结构野草起屋庐""宴处从容观诗书"等。② 假如这些句子出现在同一首诗歌中,说明至少在刘向时期就已经形成了七言诗。假如这些句子不在同一首诗歌中,更说明西汉宣元时期七言诗体已经成型,并被刘向多次创作。从刘安的七言"兮"字句到刘向的七言句式,我们能够清晰地看出七言诗从骚体蜕变出来的轨迹。

由此,我们再来看载于《东方朔别传》中的《柏梁诗》,是各类职官对职责的描述:"日月星辰和四时。骖驾驷马从梁来。郡国士马羽林材。

---

① 郭茂倩《乐府诗集·琴曲歌辞》作:"煌煌上天,照下土兮。知我好道,公来下兮。"
② 逯钦立辑校:《先秦汉魏晋南北朝诗》,北京:中华书局,1983 年,第 115 页。

总领天下诚难治。"从形式上看，这些诗句的节奏完全是前四后三，可以看成简省"兮"字的七言骚体。而柏梁体形成的时间正处于七言骚体向七言诗过渡的历史进程中。我们可以将《柏梁诗》看成七言形成过程中一次不自觉的尝试。而且，这一过程在骚赋乱辞中、在骚体的诗化过程中多次被重复。这样，我们基本可以认定：骚体的诗化不仅形成了三言、七言句式，而且还促成了七言诗歌的初步形成。可以说，七言骚体完全可以看作七言诗的母体。[①]

三　骚赋骈化与骈文的积淀

骈偶化是汉魏文学发展的一种趋势，这种趋势体现在散文、辞赋及部分诗歌的创作中。由于骚体采用两句一组的行文习惯，使之更容易比散文和散体赋形成骈偶结构，因而骚体赋也是骈赋形成的文体基础。

骚体向骈偶化发展，最初是将楚骚单句相对，发展成为复句相对，形成更为复杂的骈偶结构。骚体上下相应的习惯是骈偶形成的句式基础。在《离骚》《九章》里已经有很多这样的句式，如"朝饮木兰之坠露兮，夕餐秋菊之落英""步余马兮山皋，邸余车兮方林""朝发枉陼兮，夕宿辰阳"。如果把"兮"字去掉，就是比较规范的对偶句。这类句式在西汉持续增加，且扩大到两句一对，如贾谊的《鵩鸟赋》："彼吴强大兮，夫差以败；越栖会稽兮，句践霸世。斯遊遂成兮，卒被五刑；傅说胥靡兮，乃相武丁。"《吊屈原赋》："鸾凤伏竄兮，鸱枭翱翔。阘茸尊显兮，谗谀得志；圣贤逆曳兮，方正倒植。世谓伯夷贪兮，谓盗跖为廉，莫邪为钝兮，铅刀为铦。"这些句式四四相对，整饬有力，上下相抗，声韵和谐，成为汉代辞赋常用的技法。司马相如《长门赋》："廓独潜而专精兮，天漂漂而疾风。登兰台而遥望兮，神怳怳而外淫。"六六相对，更趋工整。刘彻《李夫人赋》："托沈阴以旷久兮，惜蕃华之未央，念穷极之不还兮，惟幼眇之相羊。"如果去掉"兮"字，几乎就是骈赋句式。无独有偶，《艺文类聚》引此赋时，便去掉了"兮"字，与后代的骈赋句式几无区别。

---

① 郭建勋：《楚辞与七言诗》，中国屈原学会编：《中国楚辞学》第 7 辑，北京：学苑出版社，2005 年，第 1—26 页。

　　与此同时，梁孝王门客的咏物小赋，便有减省"兮"字的对偶句式出现。如枚乘的《柳赋》："忘忧之馆，柔条之木，枝逶迟而含紫，叶萋萋而吐绿。出入风云，去来羽族。既上下而好音，亦黄衣而绛足。蜩螗厉响，蜘蛛吐丝，阶草漠漠，白日迟迟。"四六句式参差出现，偶句错落其间，介于骚散之间。路乔如、公孙乘、邹阳、工孙诡等人的赋作，亦类此。即便我们认为这些赋作不甚可靠，但在孔臧的《杨柳赋》《鸮赋》《蓼虫赋》、刘胜的《文木赋》中，也采用减省"兮"字的对偶句。司马迁的《悲士不遇赋》，减省"兮"字的六字句开始成段："恒克己而复礼，惧志行而无闻。谅才韪而世戾，将逮死而长勤。虽有形而不彰，徒有能而不陈。何穷达之易惑。信美恶之难分。"尽管偶对不如后世精工，且后半段还保留这四言"兮"字句，但司马迁将骚体赋偶化的努力还是很明显的。刘歆的《甘泉宫赋》则大量采用六言、四言对偶，只保留一部分"兮"字句，骚体蜕化为骈赋的倾向十分鲜明。班婕妤的《捣素赋》，六言和四言交错使用："测平分以知岁，酌玉衡之初临，见禽华以麃色，听霜鹤之传音。伫风轩而结睇，对愁云之浮沈，虽松梧之贞脆，岂荣雕其异心。若乃广储悬月，晖水流清，桂露朝满，凉衿夕轻。燕姜含兰而未吐，赵女抽簧而绝声，改容饰而相命，卷霜帛而下庭。曳罗裙之绮靡，振珠佩之精明。"四六相间，对偶精致，已呈现出骈赋的特征。

　　东汉骚体的骈化，一部分以拟楚骚的形式骈化，如崔篆的《慰志赋》、冯衍的《显志赋》、班固的《幽通赋》、张衡的《应间赋》、蔡邕的《述行赋》等。另一部分则省"兮"字进行骈化，如班彪的《览海赋》《北征赋》、黄香的《九宫赋》、王延寿的《王孙赋》等。多数赋作是将四言、六言错落使用，如傅毅的《洛都赋》："分画经纬，开正涂轨，序立庙祧，面朝后市。叹息起氛氲，奋袂生风雨。览正殿之体制，承日月之皓精。骋流星于突陬，追归雁于轩辕。带螭龙之疏镂，垂菡萏之敷荣。"其中还出现了五言对句。班固的《终南山赋》、李尤的《德阳殿赋》、张衡的《归田赋》、王逸的《机赋》、朱穆的《郁金赋》、赵壹的《迅风赋》、蔡邕的《协和婚赋》等，也多如此。

　　需要指出的是，骚赋中骈偶成分的增加与骚体散化倾向是平行发展的。也就是说，当辞赋作家在推动骚体散化的同时，也在促进骚赋的骈偶化。这些尝试不仅同时出现，而且还在许多赋家如贾谊、司马相如、班固、张衡等的创作中大量出现。这就说明，散体赋和骚体赋在西汉时期，已经分途发展：一途把骚赋句式散化，将之引入散体赋中，促成了散体赋句式的多样化；另一途则追求骚体的骈偶化，有意识追求骚赋的精工。而追求句式骈偶，不可避免地限制了这类赋作的长度，使之趋向内在的精致，篇幅减短。这与东汉辞赋抒情化倾向相结合，便促成了抒情小赋的形成。在内容上既不再像拟楚骚的作品那样反复抒写个人的牢骚，也不再像散体大赋那样过分追求铺陈，而是强调在对外物的描绘中，寄托一种含蓄而优雅的情感书写。在形式上减短篇幅，注重偶化，讲究精美。所以说，东汉抒情小赋在形式上更多得自骚体赋的新变。

　　建安时期，辞赋的骈偶化进程加快，呈现出更为自觉的特点，赋家更加注重句式的偶对。如曹丕的《感物赋》《愁霖赋》《登城赋》《悼夭赋》《感离赋》、曹植的《白鹤赋》《蝉赋》《鹖雀赋》《愁霖赋》《归思赋》《幽思赋》《闲居赋》《闵志赋》、应玚的《闵骥赋》、王粲的《槐树赋》《登楼赋》等，无论是使用骚体、骚变体，还是小赋的形式，总用大量的对偶形成一种低回哀怨的美感。特别是魏晋之际，阮籍的《首阳山赋》、夏侯赞的《雷赋》、张华的《鹪鹩赋》、顾恺之的《雷电赋》等，皆采用骚变体来写，对偶精致严整，已经具有骈赋的特征。而此后陆机的《文赋》，更注重句式偶对："伫中区以玄览，颐情志于典坟。遵四时以叹逝，瞻万物而思纷。悲落叶于劲秋，喜柔条于芳春。心懔懔以怀霜，志眇眇而临云。咏世德之骏烈，诵先人之清芬。"标志着骈赋的形成。这些偶对的句式，与简省"兮"字的骚变体一脉相承。

　　由此可见，从楚骚到汉骚，骚体一边在增加对偶成分，一边不断尝试减省兮字、错综四六句式等多种手段，先后发展为小赋和骈赋。在这一过程中，虽然散体赋产生过一些影响，但最基础的句式则完全来自骚体两句一对、前呼后应的结构。

第二节　赋法流播与汉魏文人诗的兴起

　　关于"赋法"，一般有两种解释。一是作文之法，即《诗经》"六义"之一，"敷陈其事而直言之"；[①] 二是传播之法，即《汉书·艺文志》所谓的"不歌而诵谓之赋"。赋法作为先秦诗歌的四种传播手段之一，在

---

　　① 《诗集传》卷1，第3页。

汉代得益于汉赋流播的助力，逐渐成为文学传播的主要手段。这种以诵读为特征的文学传播方式，促使文学逐渐从音乐、舞蹈中解放出来，可以依照自身的节奏和韵律进行创作，成为独立的文学样式。汉魏之际文人诗歌的形成，与以诵读为特征的赋法流播有着密切的关系。

一　"歌诗"传统与秦汉诗歌的衰微

先秦时期，《诗经》本与音乐相配，这些音乐是歌唱和舞蹈的旋律，也是其传播的主要媒介。《论语·阳货》："子之武城，闻弦歌之声。"《左传》也记载，鲁襄公十六年（前557）"晋侯与诸侯宴于温，使诸大夫舞，曰：'歌诗必类。'"① 二十九年（前544），吴公子季札在鲁国观乐，孙穆子为他演奏周乐，"使工为之歌《周南》《召南》"。② 在这些交流中，《诗经》主要是通过歌唱诗篇的方式传播的。

"歌诗"是先秦诗歌传播的主要方式，通过合着音乐的节拍和旋律来歌唱。先秦典籍所记的其他民歌，虽然没有音乐伴奏，也多以徒歌的形式出现，如《论语》所载的《接舆歌》、《孟子》所载的《孺子歌》、《左传》所载的《乞粮歌》《骖乘答歌》《役人又歌》、《国语》所载的《暇豫歌》等，皆为徒歌。此外，楚辞也多是合乐而歌，《招魂》就说："陈钟按鼓，造新歌些；《涉江》《采菱》，发《阳荷》些。"作为祭祀的《九歌》、建立在楚地民歌形态上创作的《离骚》，都可以明显看出可歌的痕迹。因此，先秦所谓的"诗歌"在很大程度上是合乐的歌词，或按照一定形制演唱的歌曲。

秦汉的诗歌也多以"歌诗"的形态出现，合乐演唱是其主要传播方式，我们先看《汉书·艺文志》的著录：

> 高祖歌诗二篇。
> 泰一杂甘泉寿官歌诗十四篇。
> 宗庙歌诗五篇。
> 汉兴以来兵所诛灭歌诗十四篇。
> 出行巡狩及游歌诗十篇。

---

① 《左传·襄公十六年》，第1963页。
② 《左传·襄公二十九年》，第2006页。

临江王及愁思节士歌诗四篇。

李夫人及幸贵人歌诗三篇。

诏赐中山靖王子哈及孺子妾冰未央材人歌诗四篇。

吴楚汝南歌诗十五篇。

燕代讴雁门云中陇西歌诗九篇。

邯郸河间歌诗四篇。

齐郑歌诗四篇。

淮南歌诗四篇。

左冯翊秦歌诗三篇。

京兆尹秦歌诗五篇。

河东蒲反歌诗一篇。

黄门倡车忠等歌诗十五篇。

杂各有主名歌诗十篇。

杂歌诗九篇。

雒阳歌诗四篇。

河南周歌诗七篇。

河南周歌声曲折七篇。

周谣歌诗七十五篇。

周谣歌诗声曲折七十五篇。

诸神歌诗三篇。

送迎灵颂歌诗三篇。

周歌诗二篇。

南郡歌诗五篇。

右歌诗二十八家，三百一十四篇。

从刘向的载录来看，西汉诗歌仍是以"歌诗"的形态出现的。这些歌诗最主要的特征是可以用来歌唱，具有特定的外在演唱形式。根据史料的记载，这些歌诗，一类在创作时就是以歌唱的形态出现的，如《汉书·项羽传》说其"乃悲歌忼慨，自为歌诗曰……"《史记·高祖本纪》记载高祖还乡，亲自"击筑，自为歌诗"。《史记·吕太后本纪》也记赵王："乃为歌诗四章，令乐人歌之。"《史记·乐书》载，西汉得千里马，"次作以为歌。歌诗曰……"这些歌诗本身就是歌辞，具有一定的曲调和声情。

另一类是将歌辞和音乐结合起来，或先成曲，再成歌，如《汉书·元帝纪》载："元帝多材艺，善史书。鼓琴瑟，吹洞箫，自度曲，被歌声。"或先有歌辞，再配以音乐，如《汉书·礼乐志》："以李延年为协律都尉，多举司马相如等数十人造为诗赋，略论律吕，以合八音之调，作十九章之歌。"西汉诗歌仍是"歌诗"，以"合乐而歌"为基本特征，主要依靠音乐的旋律，以歌唱为形式来传播。

以歌唱为主要传播方式的歌诗，对音乐的依附性相当大，只有同时精通音乐，又具备文学才能的通才，方能独立完成，至少也需要文学之士和乐工的合作，才可以进行相应的创作，如上文所引的司马相如等与李延年配合而成《郊祀歌》。所以说，音乐创作的滞后或者音乐人才的匮乏，很容易导致诗歌创作的萧条。

汉代诗歌创作就受到了当时音乐创作滞后和音乐人才匮乏的严重影响。西周乃至春秋时期，无论采诗还是献诗，都有专门的机构和乐工负责诗歌的收集和整理，当时繁荣的音乐创作促进了诗歌创作的繁荣，也促进了民歌、雅乐和宗庙之乐的广泛流传。而在战国时期，由于征伐不断，各诸侯国忽视了民歌收集和音乐整理，从诸子著作引用的歌谣来看，当时也有不少民歌和歌曲，但没有进行有效的收集、整理，流传下来的很少。到了西汉，民歌收集、整理和新乐创制，甚至比不上春秋时期。我们只用两个例子，就可以看出两汉音乐的创作状况。《史记·乐书》：

> 高祖过沛诗《三侯之章》，令小儿歌之。高祖崩，令沛得以四时歌舞宗庙。孝惠、孝文、孝景无所增更，于乐府习常肄旧而已。

高祖过沛诗今仍可见，短小错落，远不能和《诗经》的宗庙之乐相提并论。尽管"高祖时，叔孙通因秦乐人制宗庙乐"，[①] 比较重视宗庙之乐，大概由于音乐人才的匮乏，似乎并没有形成一定的规模，一直到汉景帝时期，音乐的创制仍没有大的起色，"常肄旧而已"，诗歌创作基本处于停滞状态。造成这种歌诗创作衰微局面的根本原因，在于音乐创作能力不足，制约了"合乐而歌"的歌诗的繁荣。汉武帝尽管设立了乐府机构来收集民歌，"采诗夜诵，有赵、代、秦、楚之讴"。但其音乐创制能力有

---

① 《汉书》卷22《礼乐志》，第1043页。

限，并没有进行大量的改编和创作，"今汉郊庙诗歌，未有祖宗之事，八音调均，又不协于钟律，而内有掖庭材人，外有上林乐府，皆以郑声施于朝廷"，[1] 仍大量沿袭以往旧曲，并没有进行春秋时期类似《诗经》收集那样大规模的音乐和诗歌整理活动。

这一局面，在汉宣帝时期仍没有改观，《汉书·王褒传》：

> 颇作歌诗，欲兴协律之事，丞相魏相奏言知音善鼓雅琴者渤海赵定、梁国龚德，皆召见待诏。于是益州刺史王襄欲宣风化于众庶，闻王褒有俊材，请与相见，使褒作《中和》《乐职》《宣布诗》，选好事者令依《鹿鸣》之声习而歌之。时氾乡侯何武为僮子，选在歌中。久之，武等学长安，歌太学下，转而上闻。宣帝召见武等观之，皆赐帛，谓曰："此盛德之事，吾何足以当之！"

汉宣帝喜欢歌诗，"欲兴协律之事"，说明汉武帝、汉昭帝时期协律作歌并未延续。而且，汉宣帝要让各地推荐人才，各地纷纷寻觅这些人才，王褒、何武等才得以到京师集中学习，成为待诏。从这一段记载很容易看出在汉宣帝时期，朝廷音乐人才确实匮乏。正是由于音乐创制能力有限，西汉乃至东汉前期，诗歌并不是文学创作的主流，即便流传下来的，也都是以乐府民歌形式出现的歌谣。这也说明，在诗歌尚未从音乐中独立出来的时候，乐曲创作的滞后和音乐人才的匮乏往往会导致歌词创作的锐减，使以歌唱为主要传播方式的歌诗创作不断被冷落。

由于先秦《诗经》为代表的民歌"收集—整理—流播"创作模式的消歇，汉代乐府创制新声的能力又有限，汉代文人便将注意力转移到了不再依靠音乐和曲调而采取诵读为传播方式的骚体和赋体，使两汉诗歌的创作相对消歇。

二 汉赋的兴起与"赋法"流播

先秦时期，赋法是《诗经》四种表达方式之一。墨子曾说："诵诗三百，弦诗三百，歌诗三百，舞诗三百。"[2] 章太炎在《国故论衡·辨诗》

---

① 《汉书》卷 22《礼乐志》，第 1045、1071 页。

② 《墨子间诂》卷 12《公孟》，第 456 页。

中说："不歌而诵，故谓之赋；叶于箫管，故谓之诗。"认为歌与诵的主要区别在于是否合乐。《左传·文公三年》："晋侯飨公，赋'菁菁者莪'。"《左传·襄公二十八年》卢蒲癸答庆舍手下人的话："赋诗断章，余取所求焉。"大概就是用诵读来演绎本来合乐的诗篇。

这种诵读并不按照原来的曲调。《国语·周语上》："故天子听政，使公卿至于列士献诗，瞽献曲，史献书，师箴，瞍赋，矇诵。"将诗、曲、赋和诵并举。范文澜说："春秋列国朝聘，宾主多赋诗言志，盖随时口诵，不待乐奏也。《周语》析言之。故以瞍赋矇诵并称，刘向统言之，故云不歌而诵谓之赋。窃疑赋自有一种声调，细别之与歌不同，与诵亦不同，荀屈所创之赋，系取瞍赋之声调而作。"① 认为赋、诵存在一定差别，但肯定赋"不待乐奏"，已经摒弃了原有的歌唱形式，而采用另外的"声调"，说明了赋与歌的主要区别在于是否合乐。日本学者铃木虎雄也说："其为韵文形式之赋，则似兼此事物铺陈与口诵二义而得名者也。"② 尽管他们在具体理解上存在差异，但都认为赋诗基本是以口诵的方式来表达《诗经》的内容。

这样看来，先秦时期"不歌而诵"的赋法，实际上是摆脱了《诗经》原有音乐的束缚，摒弃了歌唱的曲调，而完全采用一种新的节奏进行交流。这种方式在先秦只是一种变通，到了汉代，却成为不得不采用的唯一方法。

秦火之后，《诗经》和《楚辞》的伴奏音乐与相配舞蹈或已失传，或残缺不全，其传播只能靠不歌而诵的赋法进行。如贾谊"以能诵诗属书闻于郡中"；③ 周磐"尝诵《诗》至《汝坟》之卒章，慨然而叹，乃解韦带，就孝廉之举"；④ 鲁恭年"十五，与母及丕俱居太学，习《鲁诗》，闭户讲诵，绝人间事，兄弟俱为诸儒所称，学士争归之"；⑤ 邓禹"年十三，能诵诗，受业长安"；⑥ 班固"年九岁，能属文诵诗赋"；⑦ 冯衍"幼

---

① 《文心雕龙注》卷 2《诠赋》，第 137 页。
② ［日］铃木虎雄：《赋史大要》，台北：正中书局，1958 年，第 1 页。
③ 《史记》卷 84《屈原贾生列传》，第 2491 页。
④ 《后汉书》卷 39《周磐传》，第 1311 页。
⑤ 《后汉书》卷 25《鲁恭传》，第 873 页。
⑥ 《后汉书》卷 16《邓禹传》，第 599 页。
⑦ 《后汉书》卷 40《班固传》，第 1330 页。

有奇才，年九岁，能诵《诗》，至二十而博通群书";① 马勃"年十二能诵《诗》《书》"。② 楚辞也是如此，《汉书·朱买臣传》也说："会邑子严助贵幸，荐买臣。召见，说《春秋》，言《楚词》，帝甚说之。"两汉时期，诵读成为《诗经》《楚辞》唯一的传播方式。

对先前歌诗进行诵读，和其他经典的传播一样，推动了诵读逐渐成为两汉文学的最主要传播手段。贾逵"悉传父业，弱冠能诵《左氏传》及《五经》本文，以《大夏侯尚书》教授，虽为古学，兼通五家《谷梁》之说"。③ 郑玄在马融门下"日夜寻诵，未尝怠倦"，④ 邓皇后"昼省王政，夜则诵读""又诏中官近臣于东观受读经传，以教授宫人，左右习诵，朝夕济济"。⑤《东都赋》也写到西都宾听"五篇之诗"后说："美哉乎此诗！义正乎扬雄，事实乎相如，匪唯主人之好学，盖乃遭遇乎斯时也。小子狂简，不知所裁，既闻正道，请终身而诵之。"诵读已经成为经典最流行的传播方式。

其实，赋法的流行与先秦诗歌歌唱形式的衰微是并行的。刘向《诗赋略序》说：

> 《传》曰："不歌而诵谓之赋，登高能赋可以为大夫。"言感物造端，材知深美，可与图事，故可以为列大夫也。古者诸侯卿大夫交接邻国，以微言相感，当揖让之时，必称《诗》以谕其志，盖以别贤不肖而观盛衰焉。故孔子曰"不学《诗》，无以言"也。春秋之后，周道寖坏，聘问歌咏不行于列国，学《诗》之士逸在布衣，而贤人失志之赋作矣。大儒孙卿及楚臣屈原离谗忧国，皆作赋以风，咸有恻隐古诗之义。其后宋玉、唐勒，汉兴枚乘、司马相如，下及扬子云，竞为侈丽闳衍之词，没其风谕之义。是以扬子悔之，曰："诗人之赋丽以则，辞人之赋丽以淫。如孔氏之门人用赋也，则贾谊登堂，相如入室矣，如其不用何！"自孝武立乐府而采歌谣，于是有代赵之讴，秦楚之风，皆感于哀乐，缘事而发，亦可以观风俗，知厚薄云。

---

① 《后汉书》卷28《冯衍传》，第962页。
② 《后汉书》卷24《马援传》，第850页。
③ 《后汉书》卷36《贾逵传》，第1235页。
④ 《后汉书》卷35《郑玄传》，第1207页。
⑤ 《后汉书》卷10《皇后纪》，第424页。

刘向试图从诗赋演化的角度解决二者的关系，他认为：作为作文手法，赋是从先秦诗歌中衍生出来的，"赋"也从"诗经六义"演化成为一种独立的文体；作为传播手段，赋的"不歌而诵"是在"歌咏不行"的春秋以后逐渐替代合乐歌唱的形式，成为诗歌传播的新手段。

程千帆也曾指出"不歌而诵"的传播手法，与汉赋的形成和促进密切相关："单就音节言，不歌而颂一语，显示赋乃不入乐之韵文，同时复具有可以讽诵之音节。此事对于文学作品脱离音乐而创建本身节奏之美，关系颇大。先秦之作，《诗三百篇》全为乐歌，楚辞则有入乐者，有不入乐者。及于汉代，纯资讽诵之长篇赋体乃出。此乃一大进步也。"[①] 汉赋的兴盛得益于诵读这种新的传播方式。由于诵读比歌唱速度快，在同一时间段内能够表达更多的内容，从而使汉赋能够更为丰富、更加细腻地反映现实生活，表达作者情感。同时，赋法不仅要求内容引人入胜，还非常注重字与字之间的搭配及句与句之间的押韵。《西京杂记》载司马相如言："合綦组以成文，列锦绣而为质，一经一纬，一宫一商，此赋之迹也。"这种注重音节搭配和讲究遣词造句的精心安排的赋法，听起来相当铿锵有力，和谐悦耳，给听众带来娱乐享受，深受两汉时人的喜爱。

在这种背景下，以诵读为特点的赋法很快替代歌唱，成为两汉文学主要的传播方式。汉武帝读《子虚赋》而善相如，读《大人赋》而有飘飘凌云之志，遂广延侍从文人，以求娱乐，"每宴见，谈说得失及方技赋颂，昏莫然后罢"。[②] 《汉书·王褒传》也记载了时人对汉赋的喜爱："太子体不安，苦忽忽善忘，不乐。诏使褒等皆之太子宫虞侍太子，朝夕诵读奇文及所自造作。疾平复，乃归。太子喜褒所为《甘泉》及《洞箫颂》，令后宫贵人左右皆诵读之。"正是由于这种新的传播方式的推动，汉赋创作迅速取代诗歌，成为两汉文学创作的主流。

新的文学传播方式、新的文学交流手段给人以全新的艺术感受，赋法深受两汉时人的喜爱，以至于汉代知识分子乐此不疲，大量创作辞赋。班固《两都赋序》说："言语侍从之臣，若司马相如、虞丘寿王、东方朔、

---

① 程千帆：《俭腹抄》，上海：上海文艺出版社，1998 年，第 50 页。
② 《汉书》卷 44《淮南王传》，第 2145 页。

枚皋、王褒、刘向之属,朝夕论思,日月献纳。而公卿大臣御史大夫倪宽、太常孔臧、太中大夫董仲舒、宗正刘德、太子太傅萧望之等,时时间作。"根据《汉书·艺文志》的载录,西汉有赋家七十,作品八百九十四篇,作者数量和作品篇目都是同时期歌诗的两倍多,加上西汉辞赋本身的篇幅远远超过当时的歌诗,西汉时期辞赋的创作规模,简直可以与《诗经》时代"列士献诗"相媲美。

汉赋创作的鼎盛,很大程度上是"诵读"方式把文学创作从音乐的束缚中解放出来,使之成为真正的"语言"艺术,具备了独立的美学特征和独特的表现形式,也使汉赋作者可以更自由地进行艺术创造,把精力集中于文学本身的声情、节奏、结构中,而不再从合乐的角度考虑创作,使文学获得了前所未有的解放。同时,汉赋的兴盛也促进了诵读逐渐超越歌唱,成为文学传播的主要手段,为以后文人诗的形成做了铺垫。

三 "诵读"与文人诗的形成

汉乐府民歌以及此前的诗歌创作,由于采取合乐歌唱的方式进行传播,极大地限制了诗歌中语言要素的发展和更新。当"赋法"流播以后,新创作的诗歌也逐渐采用"诵读"的形式传播,不再过多依靠乐曲的伴奏,而凭借自身的音节呼应和韵律变化,"一宫一商"从其艺术形式内部获得美感,逐渐成为独立于以前歌诗的、独特的"有意味的形式"。这样,"歌诗"才真正变成为典型的、文学意义上的"诗歌"。

这一变化,最初表现为文人诗的出现。文人诗一般采取诵读的方式传播,不再将合乐而歌作为必要条件。这是其不同于汉乐府民歌和此前歌诗的一个显要特征。汉乐府民歌一般都采用一定的曲调,如郭茂倩的《乐府诗集》按照音乐表现特征,将汉乐府民歌分为《相和歌辞》《郊庙歌辞》《杂曲谣辞》等。而文人诗则不同,它不再考虑是否能歌、是否合乐,完全可以自拟新题,自由创作,如班固的《咏史诗》、秦嘉的《赠妇诗》以及后来的《古诗十九首》等,都没有采取"合乐"的歌诗形式,而是依靠诗句内在的韵律和节奏来获得自身艺术美感。其后的《文选》《玉台新咏》等则按照内容分类,这从侧面说明了文人诗与音乐关系的疏远。可以说,文人诗的形成是中国诗歌创作的一大转折,标志着诗歌摆脱了靠一定曲调进行传唱的创作模式,开始成为独立的文学体式。

东汉诗歌大致按照两条途径发展。一是赓续合乐演唱的"歌诗"方式,仍追求诗的"可歌性",主要以乐府诗的形态出现,这是传统诗歌创作的主要方式。二是采用诵读为传播方式,注重诗歌的"可读性",不再要求是否合乐,这种方式在汉魏之际逐渐成为诗歌创作的主流。从"三曹"的诗歌创作中,可以明显看出这一演变轨迹。

现存曹操的诗歌多用乐府歌辞的形式,在汉旧曲的框架内作辞。由于合乐的诗歌创作对作者的音乐才能要求较高,很容易成为诗歌发展的障碍,而曹操精通音律,具备了创作歌诗的必要条件。《三国志·魏书·杜夔传》载:"汉铸钟工柴玉巧有意思,形器之中,多所造作,亦为时贵人见知。夔令玉铸铜钟,其声均清浊多不如法,数毁改作。玉甚厌之,谓夔清浊任意,颇拒捍夔。夔、玉更相白于太祖,太祖取所铸钟,杂错更试,然后知夔为精而玉之妄也,于是罪玉及诸子,皆为养马士。"曹操还非常喜欢音乐。《三国志·魏书·武帝纪》注引《博物志》说:"桓谭、蔡邕善音乐,冯翊山子道、王九真、郭凯等善围棋,太祖皆与埒能。"又引《曹瞒传》:"太祖为人佻易无威重,好音乐,倡优在侧,常以日达夕。"由于精通音律,他才能够将乐府和诗歌创作结合起来,"登高必赋,及造新诗,被之管弦,皆成乐章"。① 所以说,曹操的诗歌创作仍然赓续传统的诗歌创作模式,比较重视诗的可歌性。

而到了曹丕,诗歌创作又出现了两个新动向。第一,采用"拟乐府"的形式,模拟乐府原来的曲调和声情进行创作,如《短歌行》《秋胡行》《善哉行》《陌上桑》等,都是采用乐府旧曲,基本在乐府歌辞的框架内,而不像曹操能够对乐府进行大胆的改革。第二,自拟新体的文人诗创作比重逐渐加大,《黎阳作诗》《于谯作诗》《孟津诗》《芙蓉池作诗》《于武陂作诗》《至广陵于马上作诗》《于明津作诗》《于清河作诗》《杂诗》《夏日诗》《令诗》等,都已经是典型的文人诗。在曹丕现存的诗歌中,文人诗和拟乐府的数量大体相当。可见,曹丕已更多地将创作注意力放到不依靠音乐传播,而采用诵读为传播方式的文人诗创作上。

至于曹植,文人诗已经成为诗歌创作的主要体式。曹植流传下来的文人诗有四十多首,远远超过建安其他诗人。曹植"骨气奇高,辞采华茂,

---

① 《三国志》卷1《魏书·武帝纪》注引《魏书》,第54页。

情兼雅怨，体披文质"，^① 极大地提升了文人诗的品格，如《送应氏》《赠王粲》《赠徐幹》《弃妇篇》《杂诗》《赠白马王彪》等，都是不同时期的代表作，也是文学史上的名篇。在他的推动下，曹魏后期，文人诗歌迅速成为诗歌创作主流。而且，曹植对待乐府的态度也发生了很大的变化，他不再固守旧曲，而是灵活处理曲、调、辞的关系，大量自创新拟，逐渐将辞和曲分离开来，促成了"乐府歌辞"向"乐府诗"的转化，改变了音乐第一、文学第二的关系，突出了文学的地位。^② 因此，曹魏晚期的乐府诗不再是合乐而歌的"歌诗"，只是借用了乐府形式、体裁或者内容，不强调乐府的合乐性。在这种背景下，文人诗迅速成为诗歌创作的主流，给魏晋诗坛注入了新的活力，促进了这一时期诗歌的迅速勃兴。

与建安时期文人诗创作相一致的是，"诵读"成为建安文学传播最重要的手段。曹操"每与人谈论，戏弄言诵，尽无所隐"，^③ 曹丕"是以少诵诗、论，及长而备历五经、四部，《史》《汉》、诸子百家之言，靡不毕览"，^④ 曹植"年十岁余，诵读诗论及辞赋数十万言，善属文"，^⑤ 夏侯荣"幼聪惠，七岁能属文，诵书日千言，经目辄识之"，^⑥ 祢衡"初涉艺文，升堂睹奥；目所一见，辄诵于口，耳所暂闻，不忘于心"，^⑦ 曹据"王以懿亲之重，处藩辅之位，典籍日陈于前，勤诵不辍于侧"。^⑧ 所以说，汉魏时期的诗歌能够脱离音乐的束缚，采用较为灵活自由的文人诗形式，与将诵读方式作为文学传播手段是密不可分的。

总之，由于没有采取"歌诗"的形式，文人诗歌创作便不再依靠"乐工"的帮助，而由个人独立完成。诗歌创作可以更加强化语言本身的呼应和变化，更加注重其中文学要素的组合，更加专注于诗歌本身的艺术美感，更加宽广地表现人生的遭遇和哀乐，更加深入地发掘自身的情感和意绪，逐渐形成独到的美学特征和艺术风貌。经过建安文学集团的推广和

---

① 《诗品注》，第 20 页。
② 徐公持：《魏晋文学史》，北京：人民文学出版社，1999 年，第 90 页。
③ 《三国志》卷 1《魏书·武帝纪》注引《曹瞒传》，第 54 页。
④ 《三国志》卷 2《魏书·文帝纪》注引《典论》，第 90 页。
⑤ 《三国志》卷 19《魏书·陈思王植传》，第 557 页。
⑥ 《三国志》卷 9《魏书·夏侯渊传》注引《世语》，第 273 页。
⑦ 《三国志》卷 10《魏书·荀彧传》注引《平原祢衡传》，第 311 页。
⑧ 《三国志》卷 20《魏书·彭城王据传》注引《魏书》，第 582 页。

大量创作，诗歌得以逐渐摆脱对音乐的依赖，成为可以大量进行创作、能够不断进行创新的独立样式，获得了独立的艺术品格，并按照其本身的特点，遵循自身的规律发展。

第三节　汉赋对汉代诗学的启发

汉代诗歌衰弱而辞赋兴盛，是一个很值得注意的现象。春秋时期以《诗经》为代表的歌诗传统，至战国时代而衰微，一直持续到汉末，文人诗创作才突然大量出现，迅速取代了兴盛四百多年的辞赋，成为中国文学的主流。何景明《骚赋论》曾言："经亡而骚作，骚亡而赋作，赋亡而诗作。"① 程廷祚也说："盖自《雅》《颂》息而赋兴盛于西京，东汉以后，始有今五言诗。五言之诗大行于魏、晋而赋亡，此又其与诗相代谢之故也。"二人都看到了诗歌与辞赋之间的转化关系，但却没有说明诗赋之间的转化过程。也就是说，他们没有意识到汉赋的消亡和诗歌兴起之间的内在联系。其实，汉赋继承和发展了先秦古诗传统，并通过诵读习惯的改变推动了诗歌的独立，改造和创新了赋、比、兴等诗歌技法，并使诗人更加重视形象思维的作用，能够肯定语言形式的审美特征。因此，汉赋在中国诗歌的独立、成熟中具有重要的推动作用。

一　汉赋与汉代诗教的强化

尽管汉赋在体式上与以《诗经》为代表的传统诗歌有着一定的区别，但在汉代的文学理论体系中，大家普遍认为诗赋同源，强调辞赋和诗歌具有相同的社会作用。班固在《两都赋序》中说："赋者，古诗之流也。……或以抒下情而通讽谕，或以宣上德而尽忠孝。雍容揄扬，著于后嗣，抑亦《雅》《颂》之亚也。"认为汉赋与《诗经》中雅颂之辞一样，也是用来表述政治见解的，可以宣扬教化，"兴废继绝，润色鸿业"。汉宣帝也说："辞赋大者与古诗同义，小者辩丽可喜。辟如女工有绮縠，音乐有郑卫，今世俗犹皆以此虞说耳目，辞赋比之，尚有仁义风谕，鸟兽草木多闻之观，贤于倡优博弈远矣。"② "大者"当如班固所言，指那些与

---

① 《何大复集》卷38《杂言十首》，郑州：中州古籍出版社，1989年，第666页。
② 《汉书》卷64《王褒传》，第2829页。

"雅颂"风格相近的，用以表现"仁义讽喻"的创作，以汉大赋为代表；"小者"是指那些用以宣泄哀情、抒发愤懑、摹写个性的游戏之作，这些作品类似《诗经》中的某些"风"诗，汉代小赋之类的创作可以归入这一类。汉宣帝和班固都认为，汉赋具有的"风""雅""颂"精神是对古诗传统的继承。这种看法基本代表了汉代文论家的观点。

　　汉代文论常常诗赋并提，并采用"诗教"理论的标准评价汉赋。汉代"诗教"观念的核心是"美刺"，即通过诗歌创作达到"上以风化下，下以风刺上"的教化作用，使诗歌能够实现"经夫妇，成孝敬，厚人伦，美教化，移风俗"的政治功用。王符说："诗赋者，所以颂善丑之德，泄哀乐之情也，故温雅以广文，兴喻以尽意。"① 认为汉赋和诗歌一样具有明显的讽喻美颂作用。司马迁就曾用诗歌的"讽谏"观念来评价司马相如的创作："相如虽多虚辞滥说，然其要归引之节俭，此与《诗》之风谏何异。"② 贾公彦疏《周礼》"太师"条，也强调汉赋的政治功用："凡言赋者，直陈君之善恶，更假外物为喻，故云铺陈者也。"汉代将"诗教"传统作为评论诗歌的重要标准，并用来衡量汉赋的创作，可见在汉人心目中，汉赋既然是诗歌的支流、后续和发展，也必然要遵循"诗教"的评价标准。这个标准从评论者来说，汉赋作品必须符合"诗教"体系下的"美刺"传统；对作者而言，其创作目的应该服从于"颂美"或者"讽谏"一类的意图。也就是说，汉赋作者必须秉持诗歌的传统精神来创作汉赋，作品要努力反映现实生活，实现创作的积极价值。

　　汉赋作者极为重视辞赋创作的"讽谏"作用，企图通过辞赋创作本身来实现其社会价值和政治作用。他们完全遵循了"美刺"的创作原则，努力表现对于奢靡的畋猎制度、浮华的宫室都城及腐朽政治法度的忧虑，或通过现实和理想的对比，或借助主客的论辩，或直接正话反说，或借古喻今，来陈说自己的政治见解，劝谏帝王消除奢欲，归之于节俭。所以说，汉赋作者在创作时并没有忘记汉赋的社会作用，仍然将"讽谏"作为汉大赋创作的重要目的。而这种创作价值观，既来自当时的"诗教"理论，也来自汉赋作者心目中的古诗创作传统。

　　《诗经》时代，诗歌便有"美""刺"两端，《大雅》《颂》是颂美多

---

① 《潜夫论笺校正》卷1《务本》，第19页。
② 《史记》卷117《司马相如列传》，第3073页。

于讽刺，《国风》《小雅》中讽刺与颂美兼具，屈原辞赋则讽刺多于颂美，汉代乐府中也是"美""刺"互见，这些基本代表了诗歌反映现实生活的两种趋向。不同的是，诗歌常在一章之内，或颂美或讽刺，多直接出之，即使是"温柔敦厚"的委婉劝谏之作，规劝之意也一目了然。汉赋由于篇制宏大，一篇之中既有颂美又有讽刺，因此常将极其委婉的讽谏淹没在颂美之声中。汉赋作者多"类倡优"，地位较低，多奉命创作。而且，汉朝帝王并没有将汉赋看成严肃意义的创作，其目的在于游戏娱乐，并没有在意汉赋中那些"劝百讽一"的良苦用心。这就造成了汉赋作者主观的"美刺"用意和客观实际效果之间的巨大反差，以至于有些赋家一直徘徊在创作的主客观矛盾中。这也造成了其时乃至后代许多评论家对汉赋创作意图的误解，认为汉赋"无贵风轨，莫益劝戒"。① 我们应该考虑到，评论文学创作的社会作用，应首先关注作者的主观意图和创作心态，并结合文学作品反映现实的态度，而不是简单根据作品创作后，对于社会现实或者政治行为的实际效果来评论。

　　历来的评论者多注意到汉赋对于帝王某些奢欲的迎合，通过不厌其烦的夸饰涂饰太平，认为汉赋忽视了对社会生活的描写和反映，这是片面的。其实，汉赋作者是极其关注现实人生的，并非对"统治阶级"的某些罪恶和"下层人民"的某些痛苦视而不见。汉赋广泛反映了汉代社会生活和政治形态，有些描写和议论甚至比汉乐府更为深刻。如贾谊《旱云赋》写汉文帝九年（前171）的大旱，不仅描绘了大旱时千里焦枯的自然状况和农夫望天祈雨的痛苦遭遇，还直接将造成这种不幸的原因"托咎于在位"："何操行之不得兮，政治失中而违节。"扬雄的《长杨赋》借子墨客卿的话，批评汉成帝游猎的奢靡："亦颇扰于农民。三旬有余，其麋至矣，而功不图，……岂为民乎哉！"张衡在《二京赋》甚至描绘天子私开期门，换上便装，与京城纨绔子弟一起四处游荡，嫖娼宿妓的恶行。这些描写的深刻可以补汉史资料的不足，这些议论的深刻可以与政论散文对读，也反映了汉赋作者对当时政治生活的深沉忧虑及对当时民生的无限关怀。此外，汉代大量的抒情小赋中对官僚集团腐败行径的暴露，对贵族豪奢生活的描摹，对士人愤懑痛苦心路历程的抒写，对下层民众生活的刻画，完全可以与汉代乐府民歌相呼应。

---

　　① 《文心雕龙注》卷2《诠赋》，第136页。

辞赋的巨大容量为作者的论说提供了广阔的空间，使其能够全景式地描摹社会现状，也能够深入探讨造成这种现状的原因和后果。尤其是采用主客问答结构，拟托他人之口直接批驳，如《天子游猎赋》中亡是公对子虚、乌有的批驳，《两都赋》中东都主人对于西都宾的批评，《二京赋》中安处先生对凭虚公子的责难，实际都是通过对比，广泛揭露了反方的奢靡和荒诞，从而伸张作者的政治理想和社会主张。因此，从反映社会的广度、反映问题的深度和指责时政的强度上来看，汉赋都充分展现了文学作品对于现实生活的前所未有的干预力度。尽管只是初步的，甚至出现了创作意图与实际效果相反的现象。但毕竟，汉赋的作者明确而自觉地开始用文学创作反映现实、干预政治、表达见解。从这个意义上说，汉赋是和汉乐府"歌食""歌事"精神相呼应的，既是对先秦诗歌创作传统的继承，也是对汉代"诗教"理论的全面实践。

基于"诗赋同源"的认识，汉人的辞赋创作实际是对"诗教"理论的庄重实践，他们将汉赋作为诗歌进一步发展的产物，自觉用"美刺"观念指导汉赋创作；汉代文论对辞赋的评论，也是依据"诗教"理论进行的，这种重视文学干预现实生活、反映现实生活的观念，上承先秦文论，下启魏晋诗论，具有重要的过渡作用。

二 汉赋与汉代诗法的完善

"赋""比""兴"是《诗经》三种基本表现手法。赋，主要用来铺陈场面，进行描绘事物；比，主要用来比喻象征；兴，则多用来表述外物和内心之间的某种感发。据谢榛《四溟诗话》统计，《诗经》共用"赋"720次，"兴"370次，"比"110次，"赋"是《诗经》最重要的表现手法。因此，汉赋把"六义附庸"中最重要的"赋法"拓展为"蔚然大国"，实际也是对《诗经》艺术手法的继承和发展。

汉赋对"赋法"的使用主要在铺陈描写，也就是刘勰说的"写物图貌，蔚似雕画"。① 这与《诗经》《楚辞》中的用法基本相同。如《诗经·周颂·载芟》夸耀田野的收获，《招魂》描绘宫室的华美，可以与《两都赋》《二京赋》中的有关描写相对读。这些描写尺幅千里，目的在于展现广阔生动的画卷。但是，汉赋常用成百上千的字句来刻画一件事

① 《文心雕龙注》卷2《诠赋》，第136页。

物，描摹一个场面，记述一次行程，其精细程度远远超出了之前的任何作品，如傅毅的《舞赋》，全流程地展现了一次舞蹈千姿百态的生动形象。边让的《章华台赋》，全方位展现了章华台上的豪奢饮宴。此外，《南都赋》写城市，《羽猎赋》写校猎，《青衣赋》写情爱，《北征赋》写行旅，几乎汉人所有能够见到、听到和想到的东西，汉赋都进行了渲染和描写，显示出"赋法"丰富多彩的表现力。这与先秦赋法一脉相承，只是描绘更加细腻，观察更加仔细，所使用的语言更加具有表现力和感染力。刘勰充分肯定了汉赋对"赋法"的拓展："至于草区禽族，庶品杂类：则触兴致情，因变取会；拟诸形容，则言务纤密；象其物宜，则理贵侧附，斯又小制之区畛，奇巧之机要也。"① 汉赋在描写中实现了动态与静态、物理与情思、夸张与写实、远景与近景的有机转换和合理搭配，使赋法更成熟，成为描摹物象、勾勒形态、渲染场面的一种重要手段。汉乐府《羽林郎》中胡姬的装束、《陌上桑》中罗敷的夸夫及《孔雀东南飞》中刘兰芝自叙成长的说辞，都是采用赋法进行铺陈。这些描写与其说是传统诗歌自身的发展，不如说是借鉴了汉赋的铺陈描摹技巧。因为这些描写方法在汉赋中已广泛运用，而汉乐府似乎并没有明显的发展痕迹。

　　汉赋对"赋法"的拓展，更重要的表现为发展叙事技巧。《诗经》虽用"赋法"叙事，如《卫风·氓》叙述男女认识到结婚，《邶风·静女》陈述双方约会，但这些多是简单的积蓄，是片段式的勾勒。《离骚》中尽管也有一些"求女""远游"情节的描写，但作者也没有展开。所以，先秦诗歌中并没有完整的叙事模式。宋玉的《登徒子好色赋》《神女赋》开始具备一定的叙事结构，人物、情节都初现端倪，出现具有叙事特征的韵文。此后，汉赋广泛采取虚构情节、塑造人物的手法进行构思，如《七发》《长杨赋》《两都赋》《二京赋》等都采取问对的结构。在这些结构中，人物是虚构的，情节是虚拟的，故事也相对完整，具备了叙事文学的各种要素。其或注意到了人物性格的发展，如《七发》中楚太子听到不同说辞后的不同反应；或能够刻画出人物的神情，采用符合人物身份的语言，如《二京赋》中安处先生对于凭虚公子的嘲弄神态，以及凭虚公子后来的感激态度和谦恭说辞。汉赋作品的叙事大都能做到结构完整，有始有终，即使采用对言体也是首尾呼应，能够完成对一个事件的刻画和抒

———————

① 《文心雕龙注》卷2《诠赋》，第135页。

写，使作品形成一个相对完满的艺术整体。

当然，汉赋的叙事技巧并不完善，在叙事部分多采用散文句式，有些远不如当时散文运用的成熟，显得较为粗糙和稚嫩。但是，汉赋作品不断发展着这种技法。虚构情节、虚拟人物、注重性格、完整叙事的艺术结构在先秦诗歌中尚未出现，正是由于汉赋的广泛使用而得以发展，并和韵文结合起来，有力地推动了中国叙事文学的独立和定型。先秦民歌多抒情诗，西汉民歌也多篇幅短小，叙事结构并不明显。东汉的民歌广泛采取叙事的形式，并且出现了《孔雀东南飞》《陌上桑》等典型的叙事诗。它们的出现，尽管是各方面因素综合的结果，但汉赋相对完善的叙事模式和叙事技巧的影响，也是不可忽视的原因。

汉赋对"比"的发展，主要表现为"体物"的细腻。刘勰说："赋者，铺也，铺彩摛文，体物写志也。"[①]　就是指在对外物的体察中，表达自己的见解和思考。汉代体物赋是将先秦的"比德"传统进一步艺术化，并拓宽范围。荀子的《礼》《智》《云》《蚕》《箴》，借助五种事物功能的铺写表达自己的政治见解。宋玉的《风赋》也是通过对风的铺陈，表露对于苦乐不均的关切。在体物时，汉赋作者不仅用所写物体的品德、品性比德于人，还用来表达自己的某种情感。如枚乘《柳赋》寓以忠诚，路乔如《鹤赋》叙写报恩，公孙诡《文鹿赋》表达知遇的感激，邹阳《酒赋》抒写君臣的相得，实际是用这些外物来比拟人本身的美德、性格、处境、情操和意绪。由于汉赋在描写上更细腻、更精微，并通过对于事物的描摹，揭示出二者之间的必然联系，使其更具有感染力和说服力。这就将先秦的"比德"传统拓展开来，与《楚辞》象征手法一脉相承。

汉赋还常用一种景况来表达另一种景况，寄予作者的身世之感，这是汉赋对《诗经》"比"法的进一步拓展，已经走出了比"物"的范式，成为一种新的构思手法。汉赋常用客观事物来比拟作者的心绪和情感，通过客观物体将抽象的情感外化。如赵壹《穷鸟赋》、祢衡《鹦鹉赋》都是通过对鸟的刻画来寄托作者的愤懑情绪。西汉时期，体物赋多是在体物过程中表露某种寄托，寄寓某种象征。到东汉后期，外物只是一种形式，作者行文的目的不在写物，完全是为了表达情绪，体物本意就是咏怀。这时

---

① 《文心雕龙注》卷2《诠赋》，第134页。

"比物"已发展为"比拟"和"类比",作者更侧重表现内心的感受和思考。

由此可见,汉赋不仅继承《诗经》《楚辞》"比"的传统,进行"比德""比喻",还用来进行"比拟""比类"和"比附",并将其从表现手法拓展为一种表达方式,开创了"体物写志""咏物抒怀""借古讽今"等多种构思模式。这不仅提升了文学的表现力,也丰富了文学的题材。建安和魏晋以后咏物诗、咏史诗及咏怀诗的出现,与汉赋作者在这方面创作的积累是分不开的。

吴乔《围炉诗话》说:"汉人作赋,颇有模山范水之文。"汉赋作者极为重视对客观事物的描写,常常能绘声绘色地渲染出外物所处的氛围,在作品局部形成一个相对完整的艺术境界,以此渲染某种处境,引发与读者相同的某种感受。刘安的《屏风赋》、王褒的《洞箫赋》都着重描写屏风木材和洞箫原料所成长的环境,用以表达材质成长的不易。这种环境描写表面是自然环境的简单刻画,却寄寓了作者对"良才"成长过程的理解,实际是作者自身情绪的某种流露。更关键的是,这种描写本身所创造的广阔画面,已构成了开阔而深邃的意境,如淮南小山《招隐士》塑造的深邃幽美的艺术境界,反衬出隐士高洁孤独的情怀。张衡《归田赋》开阔悠远、安静平和的田园风光,也代表了作者宁静安逸的晚年心态。汉赋创造了丰富多彩的艺术境界,多触物起兴,即景抒情,如《大人赋》陆离迷蒙的神仙境界,《长门赋》凄婉冷落的月下思念,《览海赋》吞吐宇宙的波澜壮阔,《北征赋》苍茫杳渺的历史回音,都是汉赋作者对文学意境的开拓和创新。所以说,尽管汉赋的主要创作模式是铺陈,但在铺陈之中,还是注意到了艺术境界本身的完善。尤其是在小赋的创作中,作者逐渐注意到了意境塑造,使物我冥契、情景交融,逐渐成为了小赋重要的表述特征。东汉晚期的小赋作者非常注重描绘物我交融的情景,这和当时的文人诗歌是相互映发的,这些文人诗歌中情景交融的描写,与其说是得力于并没有多少景物描写的汉乐府,莫不如说是从东汉小赋中汲取了大量的养分。

三 汉赋与汉代诗论的深化

汉代之前的文学评论,主要集中在文学的内容、功用和评论方面,对文学创作本身并没有过多的涉及。《左传》的"诗言志",《国语》的

"献诗讽谏说"，都强调文学反映现实、服务政治的作用。孔子对《诗经》的评论也是如此，《论语·阳货》记载孔子论诗："小子何莫学夫诗？诗，可以兴，可以观，可以群，可以怨。迩之事父，远之事君；多识于鸟兽草木之名。"孔子将学习诗歌的用途分为三层：一是诗歌的社会作用，以"兴""观""群""怨"为特征。二是政治作用，既可以用来事君，这和在《子路》中的论述一致："诵诗三百，授之以政，不达；使于四方，不能专对；虽多，亦奚以为？"也可以通过修身来"事父"，和其"兴于诗、立于礼、成于乐"的道德修身方法是分不开的。三是可以通过学习，积累自然和生活的知识，达到"言之有物"的境界。这段论述，基本代表了儒家乃至先秦学者对以诗歌为代表的文学功用的经典评论。此后，庄子的"诗以道志"、荀子的"诗以明道"、韩非子的"以功用为之的"、刘安的"怨刺"说、《乐记》的"教化说"、《毛诗大序》的"讽谏说"等，都立意于诗歌的内容和功用。

正因为重视诗歌内容的功用性，在很长一段时间内，中国文论并不重视文学的外在形式，如孔子说"辞达而已"，庄子的"得意忘言"，墨子的"先质而后文"等。不过，随着文化的积累和艺术的发展，先秦时代还是意识到了文学作品的一些规律，如《周易·艮》的"言有序"，《庄子》的"以卮言为曼衍，以重言为真，以寓言为广"，《易传》的"立象以尽意"，逐渐意识到了文学艺术独立于其他艺术形态的特点。先秦时代的这些经验，对促进以诗歌创作为代表的文学具有一定的借鉴意义，但目前没有资料表明，这些认识被创作者自觉地运用到文学创造中。

汉赋作者明确意识到了文学自身特有的创作规律，并能够利用这些规律指导汉赋创作，使汉代文学具有了一定的"自觉"特征。《西京杂记》记载了司马相如的创作观和创作过程：

> 司马相如为《上林》《子虚》赋，意思萧散，不复与外事相关，控引天地，错综古今，忽然如睡，焕然而兴，几百日而后成。其友人盛览，字长通，牂牁名士，尝问以作赋。相如曰："合綦组以成文，列锦绣而为质，一经一纬，一宫一商，此赋之迹也。赋家之心，苞括宇宙，总览人物，斯乃得之于内，不可得而传。"览乃作《合组歌》、《列锦赋》而退，终身不复敢言作赋之心矣。

　　这段记载表明：一是要深入进行构思，充分调动一切艺术想象和艺术手法，将自己所要表达的主旨和意图用生动丰富的艺术形象表现出来，实际就是运用形象思维进行艺术构思。二是要讲求汉赋作品自身的形式美，实现声情和文才的并茂，甚至不惜将"锦绣之美"作为汉赋的"质"，从而使汉赋具有独立于内容之外的审美价值。

　　司马相如作赋时的"意思萧散，不复与外事相关""忽然如睡，焕然而兴"，实际就是进行艺术构思和艺术想象的过程。在这种构思过程中，可以将天地古今之事错综排列，形成完全不同于现实生活的艺术形态。这种艺术构思与《文赋》和《文心雕龙·神思》所描写的形象思维是一致的。司马相如正是运用了这种充满艺术想象的感性形态，使其辞赋具有强烈艺术魅力，汉武帝读《大人赋》才"飘飘有凌云之气"。① 《汉书·枚皋传》说："为文疾，受诏辄成，故所赋者多。司马相如善为文而迟，故所作少而善于皋。皋赋辞中自言为赋不如相如。"枚皋没有完整的辞赋存世，我们无法判断其辞赋的优劣，但从班固的记叙和枚皋自己的说辞中，至少可以窥见司马相如极为重视艺术构思，正是这种构思的力量，才使其作品卓然独立于当时，为后来者深为羡慕。

　　如前所述，汉赋作者的创作目的是进行美颂或讽谏，表达自己的政治见解，但他们常通过塑造艺术形象来达到说理或者抒情的目的，如扬雄《长杨赋》的用意在于劝谏汉成帝停止田猎，却通过勾勒形象鲜明的历史画卷，展现血腥的战斗场面，描绘天子醒悟罢猎的过程来行文。班固的《两都赋》也是为了论说东汉的"修文"政治，远比西汉的"尚武"英明，批驳"陋议"，表明洛阳远胜于长安，也是通过一幅幅形象鲜明的画面来阐述。同时，汉代抒情小赋或通过塑造形象来寄予自己的愁思和愤懑，如张衡《应间赋》、蔡邕《释悔》等；或通过描绘环境来阐发哲理，如扬雄《太玄赋》、张衡《思玄赋》等；或通过精细的刻写显示自己才性的高超，如马融"追慕王子渊、枚乘、刘伯康、傅武仲等，箫琴笙颂，唯笛独无，故聊复备数，作《长笛赋》"。② 这些汉赋作者或通过艺术形象来表现抽象的思考，或借助艺术形象来展现自己的情怀和个性，既是对形象思维的实践和运用，也是对文学通过感性形象反映现实、抒写情志特征

---

① 《史记》卷117《司马相如列传》，第3063页。
② 《文选》卷18，第249页。

的认同。从扬雄追慕司马相如而拟其赋作，到张衡仿《两都》而作《二京》，以及马融、蔡邕等人对于辞赋体物摹象能力的向往，可以看到汉代文人对于汉赋"用形象反映现实"这一特征的重视。

汉赋作者的艺术构思，直接继承了屈原以来文人创作和个人创作的特点，注重艺术表现的独创性和艺术形象的独特性。班固《咏史诗》虽然"质木无文"，但是他借助缇萦这一形象进行说理；张衡的《同声歌》《四愁诗》借助男女思念表现某些寓意，情思缅邈，寄托遥深，显示出文人诗与民歌截然不同的艺术风貌。东汉桓灵时期，蔡邕、赵壹等辞赋作家与秦嘉、辛延年、宋子侯等人相呼应，借鉴了辞赋创作中的理论和构思模式进行的大量诗歌创作，从而使文人诗歌创作形成了不同于民歌的美学情调和艺术品格。

在汉赋之前的诗歌多为民歌，民歌的特点是"饥者歌其食，劳者歌其事"，多天性所至，率性而为，相和而歌，形制短小，没有经过严格的艺术构思，只是在传唱过程中不断完善，其中大量的艺术形象，是经过众口铄金不断增润而成的。如反抗官员调戏的女子形象，就有《羽林郎》《董娇娆》《陌上桑》等多种，甚至《陌上桑》还有内容相同、言辞区别很大的不同版本，可以看出民歌中艺术形象的不断鲜明且形成的过程。而文人诗歌中艺术形象的独特性和鲜明性，就在于其自觉运用艺术构思，充分调动各种艺术手法，不再经过反复加工和改造。经过汉赋创作的实践，汉代文人不仅意识到了艺术构思的重要性，也积累了丰富的实践经验。因此，当诗歌的形式要素完成改造之后，这种经验便立刻植入诗歌创作之中，迅速提升了汉代民歌的艺术品格，形成了汉魏之际的诗歌创作高潮。

汉赋作者将"绮丽"看成艺术创造的重要特征，努力追求赋作形式的华美。如司马相如所言的那样"合綦组以成文，列锦绣而为质"，①《七发》言音乐的"靡丽皓侈广博"，《西都赋》写宫殿"世增饰以崇丽"，《南都赋》说故乡"既丽且康"，《羽猎赋》赞叹校猎"丽哉神圣"，《西京赋》写"帝王之神丽"，《鲁灵光殿赋》也夸耀"丰丽博敞"之美，《章华台赋》描摹"丽于阳阿之妙舞"。汉人亦以"丽"形容赋作、评论赋家。司马迁《太史公自序》言西汉文风："唯建元元狩之间，文辞粲如

---

① （东晋）葛洪：《西京杂记》卷2，北京：中华书局，1985年，第12页。

也。"班固亦言扬雄："雄以为赋者，将以风也，必推类而言，极丽靡之辞，闳侈钜衍，竟于使人不能加也。"① 以华美壮丽为辞赋的特征。扬雄《答刘歆书》亦自云："雄为郎之岁，自奏少不得学，而心好沈博绝丽之文。"自谓一度好华丽文风。《论衡·定贤》也说："以敏于赋颂，为弘丽之文为贤乎？则夫司马长卿、杨子云是也。文丽而务巨，言眇而趋深。"认为壮丽是辞赋的特征。《论衡·案书》亦说东汉文风："广陵陈子回、颜方，今尚书郎班固，兰台令杨终、傅毅之徒，虽无篇章，赋颂记奏，文辞斐炳，赋象屈原、贾生，奏象唐林、谷永，并比以观好，其美一也。"可见，汉代文人已经充分意识到了以诗赋为代表的文学特有的"华美靡丽"的外部形态，对于"丽"的追求和崇尚，已经成为当时自觉的艺术观念。

文学的形式一旦成为独立于内容的自主的审美对象，其所带来的创造是开创性的，其产生的影响也是深远的。魏晋诗歌同样重视语言形式的华美，曹丕"诗赋欲丽"的主张代表了汉魏之际文人的普遍认识，曹植的"辞采华茂"、陆机的"举体华美"、谢灵运的繁复、谢朓的清丽，以及宫体诗的华靡，都与汉赋追求"绮丽"的风尚一脉相承。

可以说，汉赋作者自觉采用符合艺术创造规律的形象思维进行艺术构思，把握住了文学创作的独特规律，把议论、情感融会进艺术形象和艺术环境之中，使作品呈现出鲜明的感性特征，为魏晋诗赋文学的自觉提供了良好铺垫，也为魏晋文论对于文学创作规律的总结提供了有益的借鉴。同时，汉赋广泛采用各种语言技巧，强调作品的声情与辞采，自觉重视诗赋独立于其他文体的外部形态，使作品在形式上也表现出相对独立的美感形式，形成了区别于民歌质朴特征的华美风格。这种文风源远流长，魏晋骈文的辞采和骈俪是其后响，魏晋诗风的华丽也是其继续发展的产物。

第四节　汉晋诗歌的文人化路径

我们习惯认为魏晋是中国诗歌成型的关键时期，在文学史的叙述中，至魏晋便以诗歌的描述为主。但这一断限遮蔽了建安诗歌形成的诗体背

---

① 《汉书》卷87《扬雄传》，第3575页。

景，即建安诗歌的春意盎然得益于两汉诗歌近四百年实践的积累。在这其中，传统的歌诗如何通过内在的调整并寻求到新的突破？汉晋期间的诗人如何通过对诗歌样式、题材和情感的探索，完成了诗歌文人化的转型？讨论这些问题，可以从较长的历史时段内来审视中国诗歌的演进过程，勾勒出汉代诗歌内在的演化理路和诗学积淀，以及对建安诗歌的孕育之功、对魏晋诗歌的启动之力。

一 骚体歌诗的内在突破

西汉诗歌的形式演进，是在歌诗系统中寻求内在的突破，因为在此期间流行的歌诗，首先要求合乐。如果我们将歌诗的形式变化归结为音乐形式的变动，就可以清楚地看出这种变化非常缓慢，这是因为古代音乐形式和技巧的变动要远远慢于现代，倘若还要寻求诗句与之相配，这种两相适应的协律之事，要远远逊于音乐或诗句的单项变动。① 周秦歌诗的基本样式，是以《诗经》为代表的四言诗和以《楚辞》为代表的骚体诗，两汉歌诗的发展正是在对这两个歌诗传统的接受中寻求新的突破。

从接受史的角度来看，西汉歌诗是以骚体为起点的。一是因为汉王之封，源出楚之义帝，此乃西汉立国的合法性来源。② 二是刘邦及其重臣多来自楚地，对乡音有着天生的熟谙，故刘、项之歌，常常脱口而出，便是骚声。如项羽的《垓下歌》的："力拔山兮气盖世，时不利兮骓不逝。骓不逝兮可奈何，虞兮虞兮奈若何！"采用句式为前三、后三，中间以"兮"相属。刘邦的《大风歌》亦如此："大风起兮云飞扬，威加海内兮归故乡，安得猛士兮守四方！"与《垓下歌》首句相似，皆为三三节奏，结句则为四三节奏。

这两首诗歌被历史学家放大，是因为他们背后有着深广的本事；被文学史家强化，则在于其代表着汉初骚体歌的基本形式：以三三节奏的骚体句式为主，辅以四三节奏错综，使得歌诗在基本整齐之中，带有若干的变动。此后西汉王室成员中的骚体诗，基本在这一模式中徘徊。如刘彻的

---

① 《汉书·礼乐志》言："武帝定郊祀之礼，……乃立乐府，采诗夜诵，有赵、代、秦、楚之讴。"方得十九章之歌，可知歌诗的生产之缓慢，在于需要诗乐相配以协律。即便是不再协律，五言诗、七言诗形式固定后，后世亦再难突破。

② 曹胜高：《义兵论与秦汉军争的合法性阐释》，《古代文明》，2014 年第 2 期。

《秋风辞》:"秋风起兮白云飞,草木黄落兮雁南归。兰有秀兮菊有芳,怀佳人兮不能忘。泛楼船兮济汾河,横中流兮扬素波。箫鼓鸣兮发棹歌,欢乐极兮哀情多,少壮几时兮奈老何。"按照《汉武帝故事》的说法:"上行幸河东,祠后土。顾视帝京,忻然中流,与群臣饮燕。帝欢甚,乃自作《秋风辞》。"显然与刘邦作《大风歌》类似,以表达俯仰宇宙、君临天下的得意之情。其结句采用四三节奏,与《垓下歌》《大风歌》相似,是其感情的最深处抒写,颇类骚体之乱辞,是为全诗之最高音。

以此为视角,我们便可以理出西汉骚体歌诗的基本线索:一是以三三节奏为王室歌诗的基本样式,如汉武帝的《天马歌》《西极天马歌》、枚乘《七发》所载之歌、司马相如《美人赋》所载之歌,东汉班固《两都赋》所附的《宝鼎诗》《白雉诗》及其《灵芝歌》《嘉禾歌》、张衡《舞赋》所载之歌、唐姬《起舞歌》等,全用三三节奏系以"兮"字。这种三三节奏,若去掉"兮"字,可以看作三言诗,如《安世房中歌》中"安其所"一章、《郊祀歌十九章》中的《练时日》《华晔晔》《五神》《朝陇首》《象载舆》《赤蛟》、广川王刘去《为望卿作》《为修成作》等,皆采用整齐的三言句式。

二是在三三节奏中寻求变动,如汉武帝的《瓠子歌》其一中有"瓠子决兮将奈何?浩浩洋洋兮虑殚为河。殚为河兮地不得宁,功无已时兮吾山平。……为我谓河伯兮何不仁,泛滥不止兮愁吾人"。杂有四四、三四、四三节奏,打破了主体上的三三节奏,其内容恰恰是作者忧虑情绪的强化。其二中的"薪不属兮卫人罪,烧萧条兮噫乎何以御水"一句,更是歌唱的最强音,文字记录者直接将汉武帝的感叹词"噫乎"与"兮"记录下来,可以想见,元封二年(前109)汉武帝面对瓠子口决堤时的忧虑。

文学史家的兴趣,常常是关注于文学演进中的创新之处。两汉骚歌的最大变动,便是对三三节奏的全面突破。如汉武帝元狩年间,远嫁乌孙的细君公主所作《悲愁歌》,全部采用四三节奏:"吾家嫁我兮天一方,远托异国兮乌孙王。穹庐为室兮旃为墙,以肉为食兮酪为浆。居常土思兮心内伤,愿为黄鹄兮归故乡。"相对于三三节奏的舒缓,四三节奏采用在一句之中的错综,使得诗句更增加叹惋之美,更易于表达强烈的情感。

值得注意的是,这些突破主要来自西汉王室子弟激烈的情感体验,从而使得骚歌彻底打破了传统体制。汉惠帝元年(前194)赵王友所作《幽歌》："诸吕用事兮刘氏微，迫胁王侯兮强授我妃。……于嗟不可悔兮宁早自贼，为王饿死兮谁者怜之，吕氏绝理兮托天报仇。"除首句用三三节奏外，其余皆用四四节奏，表明自己被囚禁饿死之前怒不可遏的感情。其中"于嗟不可悔兮"句，将两个语气词保留，也是其情绪表达的最高音。这一变化的形成，在于习惯了三三节奏旋律的作者，在利用骚歌表达面对死亡之前的郁闷，不自觉地采用熟谙的旋律来表达情绪的怒不可遏。

与之经历相类似的燕王刘旦，因政变失败被赐死之前，与华容夫人有对唱，其《归空城歌》："归空城兮狗不吠，鸡不鸣，横术何广广兮，固知国中之无人。"《汉书》所记二句无"兮"字，但我们仍可以看出，此歌体源于三三节奏，其结尾一句直接采用散句，表达他们属下无能、自己壮志难酬的忧懑，最后一句读来几乎不能合乐，更可见作者的情绪变动。与其对唱的《华容夫人歌》也采用骚体形式："发纷纷兮置渠，骨籍籍兮亡居。母求死子兮，妻求死夫。裴回两渠间兮，君子独安居！"两人在最后的晚宴上的死别之歌，班固载为"王自歌……华容夫人起舞曰"云云，[1] 实乃脱口而出的但歌，没有音乐伴奏，原本采用汉王室歌诗常用的三三节奏，歌辞的最高潮完全由着情绪的激动脱口而出，曾令"坐者皆泣"，体现出这两首骚歌的动人力量。广陵王刘胥在被赐死之前亦如此：

> 置酒显阳殿，召太子霸及子女董訾、胡生等夜饮，使所幸八子郭昭君、家人子赵左君等鼓瑟歌舞。王自歌曰："欲久生兮无终，长不乐兮安穷！奉天期兮不得须臾，千里马兮驻待路。黄泉下兮幽深，人生要死，何为苦心！何用为乐心所喜，出入无悰为乐亟。蒿里召兮郭门阅，死不得取代庸，身自逝。"左右悉更涕泣奏酒。至鸡鸣时罢。……即以绶自绞死。

刘胥因为祝诅汉宣帝，被控以大逆不道赐死，其自杀前的"自歌"，本无旋律，而由作者脱口唱出。这与《郊祀歌》《房中曲》配以乐器、有固定旋律不同，这类曲子可以视为有辞而无伴奏的但歌，其所用节奏随意，且

---

[1] 《汉书》卷63《武五子传》，第2757页。

感情常常不可抑制，很容易打破传统骚歌的形制，成为两汉时人表达激烈情感的首选。《汉书·苏武传》记载，李陵置酒送苏武归国，知道一别长绝，"起舞歌曰，……陵泣下数行，因与武决"，其歌辞为："径万里兮度沙幕。为君将兮奋匈奴。路穷绝兮矢刃摧，士众灭兮名已隤。老母已死，虽欲报恩将安归！"也是采用三三句式，但在结尾处，一如上引诸绝命歌，不再固守规格，而是由着情感宣泄，直接采用杂言句式。

　　三三节奏的骚歌是汉王室郊祀歌、房中歌的组成部分，必然有与之相配的音乐形式，而作为王室成员自然熟知其旋律，成为汉朝基本的歌诗形式。如果我们将前引的诸多骚歌省写"兮"字，整齐者可以视为三言诗，错综者则可以视为杂言诗。①《郊祀歌》《房中歌》尚且可以省写，则汉乐府所载诸多歌辞有许多保留从骚歌演化过来的痕迹，完全可以视为省写"兮"字的骚歌。如《上之回》："上之回所中，益夏将至。行将北，以承甘泉宫。寒暑德。游石关，望诸国。月支臣，匈奴服。令从百官疾驱驰，千秋万岁乐无极。"若一句之间以"兮"字相系，则增一唱三叹之美，远比省却后的散乱更胜。西汉乐府诗如《思悲翁》《巫山高》《将进酒》《圣人出》《远如期》等三言诗，也都是两句相关，带有明显的从骚歌演化而出的痕迹。即便是杂言诗如《艾如张》《战城南》《君马黄》《平陵东》《出西门》《东门行》等，亦保留有三三节奏的句式，可以视为骚歌的散化。

　　骚歌体制的消解，使得两汉文人在此基础上可以进行随意改造，如西汉息夫躬的《绝命辞》，杂用四三、三二、三三节奏的骚体形式，表达自己的性命之忧，篇幅较长，显然不是作为歌辞来创作的。东汉梁鸿的《适吴诗》采用三二节奏的骚体，之所以不再如《五噫歌》那样称名，显然在于强调此诗不再追求可歌。正因为如此，《后汉书》言其东游，乃鸿东游思恢作诗曰："鸟嘤嘤兮友之期，念高子兮仆怀思，想念恢兮爱集兹。"②虽用三三节奏的骚歌句式，却不再为歌，即不再追求诗的可歌。

　　文人诗与乐府诗的区别，就创作意图而言，在于文人诗不再追求诗与

---

①　王德华：《骚体"兮"字表征作用及限度：兼论唐前骚体兼融多变的句式特征》，《浙江大学学报》，2008 年第 5 期。

②　《后汉书》卷 83《逸民列传》，第 2768 页。

乐相配，也就是在创作构思阶段，不再将可歌视为写作的首选，从而使得骚体诗可以脱离音乐，成为一种独具意味的形式，如张衡既有《同声歌》，又有《怨诗》，表示自觉对歌、诗的区分。[①] 尤其是其采用三三节奏开篇的《四愁诗》，尽管保留有骚歌的痕迹，但却不再追求诗的可歌性，呈现出向七言文人诗进化的痕迹。[②] 诗、歌在东汉文人创作中的分野，可以看作文人诗兴起的一条路径。

二 拟体与汉魏文人诗的样式探索

讨论汉魏文人诗的发展，一要看此时诗歌所基于的诗学积淀，这是其发展的根基；二要看此时诗人如何利用此前的资源，寻求体式的创新。我们当然可以大而化之地认为，他们是继承了《诗经》《楚辞》所开创的民歌传统，并吸收了汉赋的铺陈手法与不歌而诵的传播手段，创作出了文人诗。但我们还可以更加细致地分析，汉魏文人是如何从可以孕育出无限可能的前代诗体中，寻找到其继续前行的道路，并经过对其模拟和创新，使得诗独立于辞赋，并立于歌诗的新的样式呢？

文人诗的形成，是在对前代诗体的继承、比较和改造中完成的。周秦的四言诗、两汉乐府诗及汉末的文人诗，作为前代诗歌实践的产物和诗歌创作的基本路径，是魏晋文人在接受教育过程中直接承接而来的资源，也是他们探寻新的诗体的基础。魏晋文人诗的形成便是从模拟前代诗体开始的。

拟乐府是诗歌文人化的主要途径。萧涤非曾言："乐府之构成，有两种要素：一为声调，一即歌辞。故其构成之门迳，亦大致有二：（一）先有声调，因而造歌以实之者。（二）先有歌辞，因而制调以被之者。"[③] 此乃汉乐府形成的基本模式，在汉晋期间，文人乐府的发展，不是以"造歌实之"的模式出现的，而是以摒弃音乐形式、改造旧歌的模式发展得来的。

曹操对音律的精通，使得他的诗歌相当多一部分可以视为歌诗。曹植

---

① 赵敏俐：《歌诗与诵诗：汉代诗歌的文体流变及功能分化》，《首都师范大学学报》，2007 年第 6 期。

② 郭建勋：《论楚辞孕育七言诗的独特条件及衍生过程》，《中州学刊》，2002 年第 5 期。

③ 萧涤非：《汉魏六朝乐府文学史》，北京：人民文学出版社，1984 年，第 206 页。

言其"既总庶政，兼览儒林，躬著雅颂，被之瑟琴"，① 曹操能够亲自参与到对乐府诗的改造之中，其既有音乐素养，又有丞相之重，故对汉乐府的改造，更多的是一种又破又立的革新。如汉乐府瑟调曲名《善哉行》，本为四言，古辞首句为"来日大难，口燥唇干"，曹操撰四言《善哉行》，则以"古公亶甫，积德垂仁"开篇，咏史言志，将其改造为咏史诗，是为继承。

以曹操为开端，汉魏乐府诗进入一个新的阶段：一是传统可歌的乐府诗可以重新改造，使之成为新的样式，依然在音乐文学的轨道内进行，尽管体式有所调整，但与乐府旧题相配的音乐依然存在。如曹丕、曹植、曹睿等人所采用的乐府旧题，多数是曹操常采用的，如《短歌行》《善哉行》《薤露行》等，但在内容的开拓和诗意的挖掘方面，他们更善于表达复杂的情感，加之句式的增多和语言的细腻，使得对乐府的改造又前进了一大步。二是失去旋律的乐府诗可以依照旧体进行重新加工，成为新的诗体样式。如曹丕对于《陌上桑》的改造，便是利用乐府旧题所进行的探索。五言的《陌上桑》（日出东南隅）以其高度的表现力，成为汉乐府民歌的标尺。曹丕却将之改为杂言句式，用以表述士卒远戍的无奈：

> 弃故乡，离室宅，远从军旅万里客。披荆棘，求阡陌，侧足独窘步，路局窄。虎豹嗥动，鸡惊，禽失群鸣，相索。登南山，奈何蹋盘石，树木丛生郁差错。寝蒿草，荫松柏，涕泣雨面沾枕席。伴旅单，稍稍日零落，惆怅窃自怜，相痛惜。

其中所采用的三三七句式是民间歌诗常用的句式，荀子《成相篇》便是采用这种结构，两汉歌诗亦多有采用。曹丕以三三七句式为样板，却从中求变，采用三三五、三四四、三五七、三五五三等句式的交错使用，通过新的节奏变化，形成耳目一新的声情，融合了沉痛而艰辛的情绪，更显出顿挫之感。

这种自觉的改造，在曹睿的乐府诗创作中得到了延续。其《短歌行》以赋法咏燕，改变了曹操《短歌行》抒情言志的传统，而且缩短了形制，

---

① 　（三国·魏）曹植：《武帝诔》，引自（唐）欧阳询撰，汪绍楹校：《艺文类聚》卷13《帝王部三·魏武帝》，第242页。

使之更加符合短歌的特点。如果说曹操对《短歌行》的改造，是将之扩编为三十二句，用来反复抒写个人求贤若渴的理想；那么曹睿的《短歌行》，则一反乃祖、乃父的习惯，使之回归到短歌的传统。由此可见，曹魏对乐府的改造和使用是极为自由的，并不受传统格式的制约。

这种自由的改造，使得曹操之后的乐府诗作开始脱离音乐而采用诵读之法，彻底放弃了诗歌对乐的依赖，使得诗体一下子灵活自由。尽管时人对这种变革并不一定认同，刘勰就记载说："子建士衡，咸有佳篇，并无诏伶人，故事谢丝管，俗称乖调，盖未思也。"① 但从文学史的意义来看，这种改变正是诗歌得以独立的前提。如果音乐形式存在的话，无论如何换辞，诗句必须符合这一音乐所固定的长度、句式和节奏。而一旦诗歌摒弃了合乐的传统，诗歌可以自由地在四言、五言、七言、杂言之间转换，或长或短，没有任何外在的拘束，为魏晋文人诗创作提供了足够大的空间。

魏晋四言诗的复兴，也是文人对传统诗体探索的副产品。这一时期四言诗的大量出现，既得益于此时对新诗体的探索，四言被重新重视，钟惺曾言："四言至此，出脱《三百篇》殆尽。"② 言此时直接绍续前武；又得益于四言作为被经学确定为典范的正体，挚虞便言："夫诗虽以情志为本，而以成声为节。然则雅音之韵，四言为正，其馀虽备曲折之体，而非音之正也。"③ 受这种观念的影响，拟四言诗便成为汉魏文人诗的一个重要体式，西汉韦孟的《讽谏诗》《在邹诗》、韦玄成的《自劾诗》《戒子孙诗》、东汉班固的《明堂诗》《辟雍诗》《灵台诗》、傅毅的《迪志诗》、张衡《怨诗》、朱穆的《与刘伯宗绝交诗》、桓麟的《答客诗》、秦嘉的《述婚诗》、蔡邕的《答对元式诗》《答卜元嗣诗》、仲长统的《见志诗》等，皆以四言为体，且标明为"诗"，相对于追求合乐的四言之"歌"，这些采用诵读为特征的四言诗，乃是以《诗经》为典范而创作的文人诗。

曹魏延续了两汉文人的四言诗传统，习惯性地用四言言志。如王粲的《赠才子笃诗》、繁钦的《赠梅公明诗》《远戍劝戒诗》、邯郸淳的《赠吴处玄诗》、焦先的《祝血诗》及曹植的《责躬篇》《应诏篇》等。这些诗

---

① 《文心雕龙注》卷 2《乐府》，第 103 页。

② （明）钟惺、谭元春辑：《古诗归》卷 7，《续修四库全书·集部·总集类》，上海：上海古籍出版社，2002 年，第 424 页。

③ （西晋）挚虞：《文章流别论》，引自（清）严可均辑：《全晋文》卷 77，第 820 页。

作，一出于颂，用于润色鸿业，如曹植的《正会诗》歌颂元旦朝会、裴秀的《大蜡诗》写腊祭等，与郊庙歌诗一脉相承。二出于雅，用于铭记警戒，如曹植的《矫志诗》提醒自己要善于报国、《闲情诗》警诫自己防止女色。三出于风，多见于相互报疏赠答，如曹植的《责躬》《应诏》、阮籍的《四言赠兄秀才入军诗》十八首、阮侃的《答嵇康诗》、郭遐叔的《赠嵇康诗》等，延续着四言诗典正丽雅的传统。

　　值得注意的是，正始年间，四言诗开始打破言志传统，被阮籍、嵇康大量用于咏怀。何焯认为："四言不为风雅所羁，直写胸中语，此叔夜所以高于潘、陆也。"① 阮籍有四言《咏怀诗》十三首，直陈己志，以意立题，嵇康有《诗》《幽愤诗》《四言诗》十一首等，语言清峻，将个人才性情趣植入四言诗，使之不再固守经学的雍容。沈德潜言为："叔夜四言，时多俊语。不摹仿三百篇，允为晋人先声。"② 正是看到了其对经学风度的突破，而这恰是魏晋四言诗文人化的体现。

　　魏晋文人对两汉文人诗的模仿，也是其创作模式之一。阮瑀仿班固的《咏史诗》作《咏史诗》二首，亦是按照历史的事件来写的。傅玄的拟作，有拟"古诗十九首"中的《青青河畔草》《明月篇》，拟蔡邕的《饮马长城窟行》、拟曹植的《美女篇》、拟张衡的《四愁诗》等。而陆机直接拟《古诗十九首》，传世十三首，甚至直接题名为《拟西北有高楼》之类，以显示后来居新。

　　直接拟作前代文人诗的情况，是中国诗歌在积累中前行的必不可少的一个阶段，其可以使得诗体后出转精，在句式、技巧和声情上能够不断完善，寻找到某一诗体的最佳表现力。从班固的《咏史》的叙而感叹、质木无文，到王粲《咏史》的夹叙夹议、情真意切，再到阮瑀《咏史》以史事寄托情怀，至于左思的《咏史》以古观今、错综史事、连类比喻，咏史诗在不断完善中寻找到了最为完善的表达模式，从而进入文学史的视野，成为具有典范意义的诗体。如此我们来观察，就会发现张载的《拟四愁诗》是对张衡《四愁诗》的延续，而庾信《拟咏怀》也是对阮籍《咏怀》的出新。文学史的每一步前行，都是在对前代的模仿与学习中后

---

　　① 何焯《文选评》评《幽愤诗》语，引自戴明扬校注：《嵇康集校注》，北京：人民文学出版社，1962 年，第 34 页。

　　② 《古诗源》，第 141 页。

来居上。

从中国诗歌史来看，魏晋是中国诗歌的积淀期，也是中国诗歌的储备期。先秦两汉所积淀下来的无穷的文学题材，尚没有在诗歌领域被完全消化；所积攒下来的诗歌样式，也还需要继续整合。无论是对题材进行消化，还是对体裁进行组合，需要一个时代的诗人们不断去尝试、去比对、去融通，以寻求到题材与样式的完美契合。这样经过长时间的实践，就会形成一个时代共识，主动或者被动地放弃那些与新题材不相适应的新诗体，如三言体、六言体；逐渐淡化一些与时代风尚不相契合的旧样式，如四言、骚体等；① 采用更容易与时人心性相同、情趣相近、格调相应的新诗体，如五言、七言等，最终推动诗歌成为一代之文学。

三　拟事与魏晋文人诗的踵事增华

从文学的发展规律来看，中国诗歌的演生，其内在的驱动力是形式和内容的相互促进。诗歌形式的不断变动，可以使得某些永恒的主题焕发生机，比如《诗经》、楚骚、杂言、五言、七言及词、曲中的爱情、游仙、宦游、咏物等，虽然内容相仿，却因形式不同而风情各异。尤其是对某些传统主题、场景、情感和故事的不断孳乳，则成为提升诗歌表现力的基本方式。在这其中，拟事便是拓展诗歌表现视域，提升诗歌表现力的一种基本路径。

拟事，是指在诗歌创作中采用前代诗歌中的主题、内容、典故而创作的新诗。在魏晋时期，由于文人生活的稳定和社会阶层的固化，黄初至于元康的诗人，不再像建安诗人那样阅历丰富，在相对稳定的生活环境中，如建安七子那样有颠沛流离的见闻和朝不虑夕的忧患者少，如阮籍和嵇康那样经历痛苦情感体验者寡，诗歌创作的动力更多是唱和、应制，这种创作环境下的诗人要出新，常常会寻求形式上的突破，以技巧的出新、构思的巧妙和形式的独特显示诗才。即便如此，他们仍需要再寻找到合适的题材来充实形式。当现实不能为他们提供足够新鲜的主题时，他们便只好回到书本之中，从前代诗歌的题材中寻求灵感，对前代诗文中的故事、场景

---

① 葛晓音：《论汉魏三言体的发展及其与七言的关系》，《上海大学学报》，2006 年第 3 期；《先唐杂言诗的节奏特征和发展趋向：兼论六言和杂言的关系》，《文学遗产》，2008 年第 3 期；《汉魏两晋四言诗的新变和体式的重构》，《北京大学学报》，2006 年第 5 期等。

和人物进行再塑造。①

秋胡戏妻作为汉代一个著名的故事，成为魏晋诗人感兴趣的诗歌主题。刘向《列女传》述其故事："洁妇者，鲁秋胡子妻也。既纳之五日，去而官于陈，五年乃归。未至家，见路傍妇人采桑，秋胡子悦之，……至家奉金遗母，使人唤妇至，乃向采桑者也，秋胡子惭。……（妇）遂去而东走，投河而死。"刘向颂曰："秋胡西仕，五年乃归，遇妻不识，心有淫思，妻执无二，归而相知，耻夫无义，遂东赴河。"后《西京杂记》亦载其事。汉乐府或有吟此事者，曹操以旧题而作《秋胡行》二首，言游仙之事；曹丕作《秋胡行》二首，一歌魏德，一咏情志。曹植的《秋胡行》二首，言与佳人相期之感全，言"大魏承天玑"者残。曹氏父子所言，皆与秋胡事无关，乃是"以旧题填新辞，其不取秋胡事者同"，②此后嵇康的《代秋胡歌诗》七章，亦为拟乐府旧体而言生死祸福无常、养生安神、游仙太虚之事，与秋胡本事无关。

至傅玄所作的四言《秋胡行》，则重述秋胡之事："秋胡子娶妇三日会行。仕宦既享显爵，保兹德音。以禄颐亲，韫此黄金。睹一好妇，采桑路傍。遂下黄金，诱以逢卿。玉磨逾洁，兰动弥馨。源流洁清，水无浊波。奈何秋胡，中道怀邪。美此节妇，高行巍峨。哀哉可愍，自投长河。"采用四言的形式重写，远比刘向的颂词雍容典雅。其五言《秋胡行》，《玉台新咏》作"和班氏诗"，若是，则班固曾咏秋胡事，今不存，然却可推知其写法当类咏缇萦事。傅玄此诗，采用夹叙夹感的手法，不仅还原了秋胡戏妻的过程，而且在其中增加了许多抒情性的笔触，如"忧来犹四海，易感难可防。人言生日短，愁者苦夜长"；也有更加精致的偶对句式，如"百草扬春华，攘腕采柔桑。素手寻繁枝，落叶不盈筐""负心岂不惭，永誓非所望"等，结尾以"清浊必异源，枭凤不并翔。引身赴长流，果哉洁妇肠。彼夫既不淑，此妇亦太刚"的议论结束。这种对前代诗歌题材的再拟写，使得作者可以充分调动形式要素，对故事的叙述策略、结构章法、修辞技巧和语言声情进行细化、深化和美化。细化，是

---

① 梅家玲《汉魏六朝文学新论：拟代与赠答篇》结合谢灵运《拟魏太子邺中集诗八首并序》和汉晋诗歌中的"思妇文本"，讨论了汉晋诗赋中的拟作、代言现象，对其社会成因和美学特质。北京：北京大学出版社，2004 年，第 1—97 页。

② 《先秦汉魏晋南北朝诗》，第 390 页。

按照诗歌的叙述手段，弱化故事流程中的叙事性语言，采用诗的笔触进行更加细腻的内心刻画，使之更具体；深化，是依托诗的想象机制，对故事中最动人的关节深入勾勒，使之不再如《列女传》般地客观评叙，使之更动情；美化，是调动诗的修辞技巧，综合采用对偶、押韵、比喻、象征等手法，使得叙述流程中充满内在的张力，给读者以审美愉悦，使之更隽永。

我们还可以从罗敷的故事中来看西晋诗人是如何在拟事中提升诗歌的表现力的。崔豹《古今注》言其本事为："秦氏邯郸人有女名罗敷，为邑人千乘王仁妻，王仁后为越（赵）王家令，罗敷出采桑于陌上，赵王登台见而悦之，因饮酒欲夺焉，罗敷乃弹筝，乃作《陌上歌》以自明焉。"此或为"罗敷诗"的本事。在汉乐府民歌《陌上桑》（又名《艳歌罗敷行》）中，已经演化为罗敷拒绝太守的调戏，且结尾是更适合下层民众口味的罗敷夸夫，使太守知难而退，已经从现实故事转变为带有想象空间和情感书写的诗歌题材，与崔豹的叙述相比，《陌上桑》的叙述更富有文学色彩，成为汉乐府的代表作。

傅玄在汉乐府民歌基础上的改造，相对于汉乐府更接近于大众化的色彩，其重新创作的《艳歌行》则按照文人的视角，对罗敷故事进行了再创作。虽然其开篇前三句仍然保留着《陌上桑》的原句，但在第四句便改为"自字为罗敷"，一个"字"字便将罗敷的身份由平民女子改变为贵族女子。随后"一顾倾朝市，再顾国为虚"一句，则直接出自李延年的"一顾倾人城，再顾倾人国"，[①] 相对于原句，显得典雅有余而灵动不足。之后傅玄写道：

> 问女居安在？堂在城南居。青楼临大巷，幽门结重枢。使君自南来，驷马立踟蹰。遣吏谢贤女："岂可同行车？"斯女长跪对："使君言何殊？使君自有妇，贱妾有鄙夫。天地正厥位，愿君改其图。"

傅玄对罗敷的刻画，显然更接近于故事的本事，即罗敷为汉朝中层官员之妇，居住于高堂幽门之内。其与使君对答之辞，显然更符合臣下之妻对上司的应答，且不卑不亢之拒绝，有理有据，更接近崔豹所写的本事。在

---

① 《汉书》卷97《外戚列传》，第3951页。

此基础上，陆机进一步踵事增华而作的《日出东南隅行》，直接塑造了优雅艳丽的贵族女子的形象：

> 扶桑升朝晖，照此高台端。高台多妖丽，濬房出清颜。淑貌耀皎日，惠心清且闲。美目扬玉泽，蛾眉象翠翰。鲜肤一何润，秀色若可餐。窈窕多容仪，婉媚巧笑言。暮春春服成，粲粲绮与纨。金雀垂藻翘，琼珮结瑶璠。方驾扬清尘，濯足洛水澜。蔼蔼风云会，佳人一何繁。

陆机几乎消解了陌上桑的故事，而将笔触直接集中在汉乐府《陌上桑》、傅玄《艳歌行》中所留白的外貌描写，采用赋法，对美丽女子的肌肤、衣着、形体、歌舞等进行精致的刻画，充分展现了他对"才高词赡，举体华美"的追求。①

我们当然直觉地认为傅玄、陆机的改写，相对于汉乐府《陌上桑》的顾盼自如、摇曳生姿，有胶柱之感。从文学欣赏的角度来说，这种云泥之别，会让我们对傅作弃之敝屣；但如果从文学史的角度来审视中国诗歌的演化过程，我们就不能不对这种出力不讨好的创作动因进行思考：那就是中国诗歌的文人化，不是文人成为诗歌创作的主流，而应视为按照文人情趣进行诗歌创作，即诗歌只有成为文人抒情达意的重要载体时，文人才会倾注心力对诗歌进行全面的整理和加工。魏晋之前的歌诗，因为要合着音乐演唱，文人不得不屈从于乐师；即使个别诗人作有不错的文人诗，亦不过是灵光一现。而正是魏晋诗人这样大量、持续、自觉地对按照文人的审美感知对诗歌进行探索，才使得诗歌不再作为歌曲的组成，也不再作为辞赋的附庸，成为文人抒情言志的载体。在这其中，魏晋文人按照自己对生活的理解、对现实的思考、对情感的体验，采用文人能够接受的诗歌样式、叙述策略、接受习惯、审美情趣，对诗歌进行必要的改造，使之更符合文人的生活品位，才使得诗歌从田陌走向案头，成为区别于民歌、歌诗的文人诗。

我们阅读魏晋诗歌，不得不佩服大量诗人的这种尝试，其使得文人诗逐渐从乐府中脱离出来，形成了新的表达模式。他们甚至从辞赋中寻求题

---

① 《诗品注》，第24页。

材，将其中的故事、典故进行改写。如淮南小山的《招隐士》，便成为魏晋招隐诗的母体。张华作《招隐诗》二首，感慨隐士的"雄才屈不伸"，尚存凝滞之气；陆机《招隐诗》三首，既有对"富贵苟难图，税驾从所欲"的彷徨，也有对"嘉卉献时服，灵术进朝餐"的羡慕，渐开境界；左思的《招隐诗》二首，更能舒展自如，其中"非必丝与竹，山水有清音。何事待啸歌，灌木自悲吟""弱叶栖霜雪，飞荣流余津。爵服无常玩，好恶有屈伸"等句，已经是物我双观，情景交融，在同一题材的反复改写中推陈出新。

　　如此来审视魏晋诗歌，我们总能发现其中有诸多脱胎未尽、草创未成的诗作，既不如汉诗质朴，又不及唐诗流丽，甚至不如南朝诗歌华美，但只要我们站在文学史立场上，就不得不感激魏晋诗人为推动诗歌文人化而进行的艰难尝试。尽管这种尝试很多时候是失败的，使得这一时期脍炙人口的好诗，远远少于两汉诗歌中的天籁之音，也少于唐宋诗词中的精工之作，但失败的尝试恰恰否定了诗歌发展的其他可能，避免后世重走那样的弯路，并在此过程中寻求到了诗歌最为关键的表现要素，如形体、粘对、声律、节奏等，使得中国诗歌能够在十字街头找到合适的路口。

余 论

一

文学格局，是指文学的基本格调和总体布局，以及由这些格调和布局所呈现出来的发展态势。在这其中，文学格调是指文学呈现出来的艺术风貌、人文情趣、审美意识及文化品格；总体布局是指文学样式、文学技巧、文学手法与文学理论的分布情形，以及由此衍生出来的内在关系。周秦汉是中国文学的形成期，用文学格局作为视角来观察中国文学的形成过程，有助于更为全面地清理文学形态发展的总体态势，更为深入地分析文学形式形成的关键走势，更为清晰地阐明中国文学的结构组成。

文学史的研究，归根结底是历史研究。中国文学的形成，就文学本位而言，有其内在的自生性，我们很容易描述出文学的断代特点、文体的继承与发展、作家的创作个性，从而建构出清晰而明白的文学史叙述。这种叙述的优点是可以勾勒出文学发展、演变的基本的脉络，合辙入轨般地丝丝相扣，使研究文学者能够循此辙轨越走越深，久而久之形成文学研究的大江大河。但在江河中行舟日久，便容易习惯性地忘记江河之外的崇山峻岭，原本是造就江河、成全江河的外部条件。这种研究常常会有内视性的自我遮蔽，使我们忽略了文学作为社会意识的重要组成部分，既是社会生活的反映，更是社会发展所造就的。因而文学史的研究，更要站在历史的角度来研究文学，而不仅仅是固守文学的一隅来就事论事。这就需要我们以文学本位进行深入研究时，不是局限于文学视角来观察文学之外的领域，而是欲穷千里、更上层楼，用更为开阔的视角来观察文学，这样就能更为清晰地看清文学形成的历史动因、文化需求与社会作用等，才能使得文学研究不因一叶之遮蔽，而不见泰山之巍峨。

历史的总体发展尽管有其必然性，但历史的进程却是以各种各样的偶然性存在的，无数的偶然性合成历史发展的总体趋势。秦汉是中国文学的形成期，其既继承了商周以来的文学传统，如神话的叙述、风雅颂的吟唱、诸子的阐释、历史的叙事及楚辞的骚怨等；又带有秦汉不断强化的文学实践，如基于行政措施讨论形成的政论、基于诗骚传承形成的歌诗、基于文献整理形成的著述、基于历史经验总结形成的史传、基于民间传播形成的歌谣与小说等。这些文学形态，我们已经分门别类地进行了深入的研究，如对作家的研究、作品的系年及文献的考信等，还原了诸多秦汉文学的细节，使我们基本掌握了秦汉文学的基本面目。但相对于隋唐五代文学、宋元文学、明清文学的研究而言，秦汉文学发展的外部动因，还需要进一步勾勒。这是因为，相对于此后的文学进入更为自觉状态的发展，秦汉文学还处在整合的历史阶段，即文学不是作为独立的力量在自足性地发展，而是与经学、史学、子学、艺术等杂糅并生，文学的特征性尚未被全面认知，作者对文学功用的理解也多从政治的、社会的、历史的视角审视。我们必须从文学的外部入手，讨论文学如何从制度建构、行政行为、思想观念、知识视阈中衍生出来，逐渐形成了中国文学的基本格局。这样从整体、从外部观察清楚了文学之渊源的河床，以及决定文学之流向的沟沟壑壑，才能更为深刻地理解中国文学之江河是如何在发源地得以融汇细流，并形成了如此规模的水系。

以这样的视角审视中国文学的格局，我们就会意识到先秦以至于秦汉文学研究，还有诸多可以继续讨论的问题，比如"文学"这一概念是如何生成并演化的？秦汉时期对"文学"的概念如何理解？如何看待"文学"的功能？"文学"是如何通过制度化的路径形成文学群体的？经学与文学的关系如何？学风与文风之间如何互动？士人的文化处境如何、如何表述其政治见解和文化认识？两汉政论散文为什么呈现出"直言"的风格？两汉的知识视域又如何影响了文学的基本形态？这些问题需要站在国家建构、行政运作、文化思潮和社会变动的角度来观察，才能一览众山地看出秦汉文学之所以如此，正是历史合力作用的结果。

二

从国家建构的角度来审视中国文学的生成，目的是要勾勒出秦汉的帝制形态，是如何影响了中国文学的认知。这就要回答一个极为关键的问题：秦汉选择帝制的动因是什么？我们可以从政治、军事、法制等角度进行解释，也有很多学者做了类似的工作。但无论如何解释，都无法绕过周秦时人对"帝"的推崇。由此我们展开对"帝道"的讨论，将之作为帝制形成的思想动因，来辨析帝道学说的内在学理。可以发现，秦国正是在对帝道的崇信中确立了帝制，并按照帝道的刑德论来确立"重刑轻德"的国策。汉初也是在推崇黄帝、老子之道中延续帝道观念，并在此基础上，确立对"五帝三王之道"的推崇，逐渐实现帝道、王道、霸道的学理融通，确立了后世帝制运行的基本模式。

从思想动因的角度分析帝道学说对两汉帝制确立的促进作用，便可以较为明确地解释秦为什么不用德政？汉初为什么主动实行黄老之政？为什么汉代那么强调对天地的祭拜？为何西汉不断推崇五帝三王，以至于其成为纬书的重要内容？思想观念作为人类的基本认知，可以从意识形态的角度，决定朝廷的制度选择、帝王的行事方式，并由此决定两汉国家运行的基本秩序。

相对王道和霸道的学说已得到实践，并形成系统的学理阐释，帝道学说并没有留下全面的概括。《黄帝四经》的出土，使现在的我们可以清晰地看出黄帝学说的本旨，并由此观察秦汉时期帝道学说的基本主张。但显然，汉代的很多儒生及后世的研究者没有能够阅读到，这便使得帝道学说的学理被遮蔽，而多简简单单用"黄老"这一相对笼统的概念来理解秦汉之际的思想史或观念史。西汉儒生便是站在儒家学说的立场上，不仅过秦，而且过汉。在对秦制批判之后，接着对汉政进行批评。他们普遍认为，"汉承秦制"继承的是秦的苛政，而不是"六经"中推崇的王制，汉朝如果想要建立完善完美的制度，就必须回归到"六经"及儒生所阐释的制度形态之中。由此，两汉儒生不仅积极地参与政治，期望能够帮助汉朝建构起合乎"王道"要求的"王制"，还通过对儒家经典的解释，试图为汉朝设计出的一个足以指导政治实践的学说系统：一是从历史经验上，对五帝、三王之道进行还原、增益和补充，形成带有神化意味的古史系统；二是从文献记载里，寻找三代治国经验和两周的行政措施，形成带有集成意味的文本系统；三是按照儒家学说，建构起一个政治的乌托邦，作为学理的来源和改制的参照，形成带有建构意识的思想阐释系统。这些系统在儒生、文吏的推崇中，成为日渐强烈的改制思潮，成为西汉改制的思想动因。

一个学说、一种思想要想成为主导社会的思潮，必须能够与时俱进地进行理论更新，必须能够因地制宜地适应时代需求。儒家学说得以成为官方意识形态，一方面在于其学说不断增益得以调适，如《春秋繁露》结合帝道学说中对天、地、人秩序的推崇，以天人感应的观念，重新解释公羊学的大一统观念；《白虎通》吸收了战国时期形成的义政学理，强化了天下秩序的运作方式。另一方面在于儒生不断与王室、皇权之间的协调，实现学说与帝制之间的相互调适，从而使得儒生、皇帝都寻找到一个相对舒适的区间，实现了儒生与帝制的相互作用。

　　帝道作为一个兼容性较强的理论体系，其对帝制的影响有三个方面：一是将天、地、人作为国家秩序运行的基本架构，帝道对天帝鬼神保持着敬畏、对天地万物保持了尊重，汉代由此建立起的享天、祭地、享祖及礼神的国家礼制，成为古代政权运行的大典，决定了帝制运行的基本形态。二是将五帝视为中华文明的发端，并在仿效五帝执政经验的基础上，确立了中国的政治伦理，即按照阳德阴刑、德主刑辅的观念来治国，并与霸道、王道学说融合，形成具有兼容性质的"帝王之道"，作为国家治理的基本学理和基础学说。三是极其关注人与自然的互动关系，确定中国政治运行的基本模式，如依照月令行政、借鉴灾异调整政策、因祥瑞而改元等。由此形成的中国学术的基本思维路径，认为人类的生产生活，皆取决于自然的运行，从星象的观察、律历的制定、阴阳、五行、四时、五方的参配、月令系统的生成及在此基础上形成的音乐、历法、地理、医学、术数系统中，确立了中国文化的多元认知系统。

三

　　儒生与皇权达成共识的最大公约数，便是秦汉时期形成的道义观。先秦诸子在讨论人之为人时，提出了"仁""兼爱"的概念；在讨论人之能群时，提出了"义"的概念。由此形成的义政说，从学理的层面强化了社会群体建构的基本价值观，在于必须以公共利益、社会责任作为国家建构、政权运行、社会组织和个人行为的外在尺度。我们在对诸子学说进行梳理时发现，"义政""义兵""道义"观念在秦汉之际不仅得到了强化，而且最大程度地进行了全面分析，其作为公共社会建构的学理，在《吕氏春秋》《淮南子》《春秋繁露》《盐铁论》等著述中被深入阐释，确立起中国的政治道义观、历史道义观、行政道义观，成为评骘公共行为的标准。

义政学说的形成，在于为天下秩序确立了一以贯之的法则，即无论皇权还是平民，必须要服从人之能群的基本法则，按照群体共处的基本法则，确定政治行为、确立行政措施、约束个人行为。为了明确"道"与"义"的至上性，诸子提出"圣人配天"与"君子制义"的主张，从而将"道"的理解、"义"的阐释，掌握在士大夫群体的手中，作为对君权、皇权进行干预的手段。

谶纬学说的流行，便是在"圣人配天"的认知中，强化了圣王、圣人的神异性，并将圣王所制的经典、圣人所传的学理作为经验和教条，用于行政的参考。饱读经典、精通学理的儒生，便可以假经立论，促成了以《禹贡》治河、以《春秋》决狱、以《诗经》为谏书的行政习惯。东汉士人对政治的强烈参与，正是以"君子制义"为基本认知，认为对天下秩序的评骘、对政治行为的臧否，必须按照道义的要求，以士大夫的独立视角来完成。因而当皇权与士大夫舆论产生冲突时，士大夫果断选择了抗议，由此形成了党锢之祸。

无论是义政论还是道义观，之所以被作为天下共识，是在于其能为人类社会的整体运行确立起一个基本的、相安无事的空间，无论是皇权、还是朝廷、或是士人，按照一个社会共识各行其是。在秦汉帝制的建构中，作为在野力量的代表者是尚未进入朝廷体制的士人。刘邦在立国之初所宣布的"与贤士大夫共定天下"的约定，在西汉被作为凝聚朝野共识的基础，不仅规定了汉代政治运作的架构，而且也确定了古代中国天子与士大夫共治天下的基本模式。两汉的察举、策试、科考，便是在不断完善地建立一个士大夫议政、参政的合理途径，使朝野能够在一个彼此制约、相互协调的状态下，维持动态的平衡。

西汉的政权运行，在学理上是按照士大夫的主导舆论进行的。陆贾的《新语》、贾谊的《新书》、董仲舒的《天人三策》、盐铁辩论中贤良文学的主张、夏侯胜的天人之论、刘歆、扬雄等人的托古主张等，皆被作为两汉制度调整的理据得以接受。东汉则试图以政权的力量主导学术走向，无论是博士及其弟子的培养，还是经学内部的分歧，其常常用行政的力量进行干预，并加以主导。当政权将学术讨论纳入国家意识形态进行引导，并试图通过官方解释弥合学术争论时，虽然可以迅速促进经学的一统，但却容易形成有朝无野的局面。这种局面在短时间内看似非常稳定，但从长时段看，不是出于学术自觉融通而形成的学说弥合，自然不能让士大夫心服，久而久之士大夫也不再口服，王充、王符、仲长统、崔寔等人的政论，不再如西汉政论家以参与者的立场、建设性的意见苦口婆心地劝谏，而是以旁观者的视角进行客观评骘，甚至不惜冷眼来看朝廷的覆亡，其原因便是东汉在一定程度上忽略了"天下共治"的基本立场，而强化了皇权的主导性。

从天下秩序来看，朝野关系是政权稳定、社会有序的基石。如果社会精英能够按照合理有序的通道进入朝廷体制，且朝野能够形成有效的对话与协调机制，天下秩序便能长时期地保持稳定。两周时期行之有效的讽谏机制、辨风观政等模式，维持了周朝长时间的稳定，而且这种机制在东周诸侯的行政中仍能够得以应用。秦国的"以吏为师"，强化了政权对所有社会事务的管理权，不仅基层的士大夫无法与行政系统沟通，而且连秦始皇的博士们都不允许发表不同的意见。秦之败亡，关键在于君主专制不容非议，最终只能一条路走到尽头。西汉所确立的"共定天下"之论，明确了君主、皇室与士大夫的合作关系，从而吸引了士大夫对朝廷的认同，维持了两汉四百年的政权稳定。

东汉党锢之祸的根本影响，不在于士大夫一人一时之得失，而在于彻底摧毁了皇权与士大夫的合作关系。因巩固君权而形成的外戚、宦官势力，其必然要与士大夫为代表的民间舆论相对抗。外戚、宦官源自君权，桓灵时期的党锢，实际是君王及其所代表的皇权不再保持中立，而在支持势力的影响下，对士大夫一味持续地打压。这一打压的结果，便是体制内与体制外士大夫的分流，体制外的士大夫形成的清议，标志着官方舆论的解体，也意味着朝野的彻底对立。士大夫作为社会精英，其既然不能为朝廷所用，必然依附于郡守、刺史。朝野对立已成定局，没有士大夫的支持，君权一旦削弱，地方势力便会坐大，割据局面便不可避免地形成。汉末三国的动荡，在很大程度上是士大夫群体对皇权的集体背离的结果，袁绍、袁术、刘表、曹操、孙权、刘璋、刘备等能够自立，正是利用了士大夫对汉王室的疏远，广纳贤才，使汉朝皇帝不再能得到天下士人的支持。

由此观察魏晋南北朝的动荡，正在于缺少一个朝野平衡机制，使得皇权与士大夫能够合作而治，六朝的九品中正及门阀观念，人为区隔了贵族与寒族的互动，出身社会底层的士大夫，只能委身于皇权、贵戚门下而缺少上升的通道，使得南朝时寒族与贵族的颠覆与被颠覆，成为政权转移的基本方式。而北朝则试图以宗教的方式，缓解皇权与民众、朝廷与士大夫之间的矛盾，弥合民族之间的冲突。直到隋唐开始科举考试，才从制度上寻找到了士大夫公平进入朝廷的方式，回到了皇权与士大夫共治天下的道路上来。

四

从国家建构的角度来观察，就会发现"文学"在周秦时是被作为一项技能，在秦汉成为一个职务，逐渐被纳入官吏体制中进行管理。而对"文学"的培养，体现了行政系统对文书撰制中经学内涵、义理表达、文辞技巧的重视；对"文学"的选拔，则表明了国家寻求到了士人通过学习得以进入体制的通道，这不仅吸引了士人对文学的学习，而且成为士大夫入仕的常规途径。其端在治，其用在学。从汉武帝开始到东汉末，"文学"作为官吏选拔的常科，既为汉代经学传承，也为汉代文学创作培养了大批人才。至汉魏之际，各郡县普遍设立文学职务，群相切磋，宴饮唱和，为魏晋文学的繁荣做了人才上的储备。

西汉乃至东汉前期的文学，在很大程度上指经学，但随着文学认识的加深和文学实践的增广，文学越来越倾向于文章创作、著述撰写，文学的社会意义、文化价值、文体特征得到了越来越清晰的总结。文学遂从经学中解脱出来，成为具有独特审美价值的艺术形式。在这其中，文学认知成为推动文学自觉的主导力量。

文学认知，一在于文学之本义，二在于文学之特征，三在于文学之功能。周秦诸子对文学前两者的认知日趋明显，而对后者的讨论则日见分歧。秦无文，故汉代的文学认知既要从秦之流弊中走出来，渐次恢复文章著述的传统，又需要继承两周尚文的风尚，赓续六经及诸子中潜藏的文学之论，在峰回路转中寻找到文学发展的新途径。文化的恢复，无论对于群体还是对于个体，必赖数十年之积淀，方才能心领神会其奥义，从骨髓中得其精神，从繁芜中见其本质。西汉的文学认知，不仅发展缓慢，而且步伐凝重。其发展缓慢，在于此前的"文学"，多侧重于言礼乐文化之事，非专论文章。其步伐凝重，在于西汉经学之为用，更注重现实功用，故其讨论文学，多注重教化之论，强调文学服务于现实需求。赋家之撰辞赋，立意多在讽谏，期望读者能从中明白作者的劝善之心、抒情之义，这就使得文学认知仍不能脱离经学的基本立场。

东汉文学的实践，在于文章著述意识的兴起。就政论散文而言，作者不再如西汉那样站在体制内作奏疏，而是站在体制外著书立说，从政治批评到行政批评，从社会关切到文化关切，纵论天下事务。文心既放，文采纷呈，知无不言，言无不尽。故东汉政论散文多纵横开阖，不再如西汉般拘谨，文章的笔法、辞藻、立意、结构、引证等注重文风的自如、文意的自足，不再苛求合乎谏书的要求。文胆一开，文章技巧便得以充分展现。东汉辞赋的变动亦与之同步，一在于东汉赋家虽有模拟之作、献纳之风，然东汉官吏选用之制度已定，士人入仕过程较为规范，司马相如、扬雄试图以献赋来获得超迁的机会较少，除班固以《两都赋》论都、张衡以《二京赋》讽谏之外，大赋创作的动力逐渐消解，赋之规制变小；而士人更多关心个人行藏，赋之抒情渐多。既然散文与辞赋的现实功用在削弱，作家便更多着眼于思想的深刻、情感的丰富及表达的独特，人之才行不同，文学的个性化便不断增强，文学因个人差异而呈现出来的创作风格也日趋明显。

在这其中，散文、诗歌、辞赋、小说所兼容的文学因子如句式、辞藻、文法，以及由传播而形成的诵读、歌唱等技巧开始融通，原本可歌的诗开始使用诵读传播，而原本作为诗法的用韵句式，在辞赋、散文中得以借用，原本作为小说叙事的对话，在辞赋中作为结构手法，原本出于乐府诗的体裁、故事被文人进行重新叙述成为文人诗，而文人诗又借鉴了赋法进行铺陈排比。两汉文学文体之间的渗透交融，不仅促成了文学文体的丰富、文学技巧的提高，而且使得作家能够出入诗、赋、散文、小说之间，迅速提升了文学素养，为魏晋文学的全面繁荣提供了经验的积累。

秦汉文学格局的形成，得益于士人知识视阈的拓展，于文学影响最大的，便是想象世界的形成。作为精神生活的方式，文学想象是建构文学空间的内在张力，两汉在对神话系统的继承中，形成了历时性的时间维度；在对世界的表述中，形成了多维度的空间维度。在被拓展了的时间和空间中，因为有了陌生化和熟悉化的建构，使得文学的时空既有虚构性，又有真实性，呈现出相对自由而自足的想象空间。在这一过程中，谶纬学说作为思想方式，参与了文学空间的整体建构，并以信仰形态、历史意识和文化观念充实着文学的时空，促成了中国文学想象形态的基本框架。

当我们用审美观念来审视中国文学的格调时，就会发现，弥漫在中国文学想象空间之中的，是浑雅、清怨、天工的理性追求。浑雅是要求文学的想象空间作为一个整体呈现出来，同时关注到身与心、物与我之间的对应关系中，将个人的一己之情与天地运行之道融通起来，呈现出怨而不伤的优雅。清怨是要求作者在表达个人的际遇、生命的体验、情绪的流程时，有一个内在的约束，含而不露，呈现出一种清幽的自适。天工是肯定文学的表达，要寻求到情感、辞采之间最完美的表达方式，既不使情感失去约束而显得粗鄙，也不使辞采因为彰显而显得庸俗，以巧夺天工之美，来获得文学内容与形式的高度统一。从《古诗十九首》、曹丕、曹植的创作来看，他们在中国文学自觉之初，便从审美情趣上完成了两汉文学情调的总结，实现了魏晋文学风尚的开启。

五

我们的研究，是要着力解释"秦汉文学何以如此"，从制度、思想和知识的角度对秦汉文学形成的历史动因进行阐释，而不是描写"秦汉文学本身如何"。这就决定了我们的研究，是从历史的视角来观察文学，更着力思考文学形成的历史动因。

从历史的视角观察中国文学的发展，既非康庄大道，又非曲径幽深，是由诸多外在客观条件合力而成，其之所以如此，不是原本就已经设计好，而是不得不如此。两汉是中国文人格调、文化情趣、审美意识、文学认知、文体形态的形成期，文学正是在外力的综合作用下，被雕塑、被熔铸成如此。在这其中，国家的建构理念、政治的作用方式及制度的运行模式，成为熔铸文学形式的模范、雕塑文学形态的刻刀。

当我们试图从模范、刻刀的角度来研究文学时，不可避免地就要思考模范如何形成？分析刻刀如何使用？我们集中了更多的精力从历史、行政、社会等角度，对形成文学的外部要素进行较多的关注。有时候我们会认为，对汉代历史、行政、社会的研究是史学、哲学及社会学的任务。其实，这样的研究并不是"纯粹意义上"的文学研究，文学研究似乎在为其他学科打工。

在研究中，我们也时刻意识到这样几个问题：一是我们研究历史的、思想的、社会的相关情况，出发点是从更广的维度解决文学的问题，而不是讨论历史问题。先秦、秦汉时期是中国文学的形成期，要讨论文学何以形成，只有将历史、思想、社会等外部因素的作用方式勾勒清楚，才能清晰地看到文学是如何在历史环境中萌生、在思想潮流中发展、在社会生活中成长。二是从历史、思想、社会的维度观察文学，立足点在于思考文学何以如此，努力理清外部条件对文学的作用方式，明确文学的历史进程、文人的思想认识、文体的生成方式，更为立体地思考文学发展的外在机遇，是如何成为文学的内在动力，拓展秦汉文学研究的广度。三是文学本位之外的研究是没有边界的，就像我们观察一个雕塑、一个青铜器，我们很容易说清其如何，但要说清刻刀、模范如何，则需要另外一套知识体系。因而，我们必须选取直接影响文学的关键要素进行讨论，而不能一一穷尽形成文学的全部外在要素。

这便决定了我们的研究，更多是从国家建构、制度设计、思想认知、文化思潮等角度对秦汉文学的总体形态进行讨论，而不可能面面俱到。因此，我们尽量围绕一个个具体的问题进行讨论，并努力回避已经陈熟的格套，尽量从更为宏阔的视角，对秦汉帝道、义政、改制等问题深入讨论，从士人的国家想象、行政参与、知识视阈、文学认知等方面，分析文学形成发展的一些机制。在这些尝试中，我们还发现了许多更值得研究的问题，比如制度运作对文体的细化、学风与文风之间的深层关联、经学与文学的互动方式等，在更为深广的层面决定了文学的某些形态，还可以继续深入讨论。

参考文献

《十三经注疏》，中华书局 1980 年影印本

《诸子集成》，上海书店 1986 年版

《新编诸子集成》，中华书局 1984—2011 年版

《二十四史》，中华书局 1959—1978 年版

《四部丛刊初编》，商务印书馆 1936 年版

《四部丛刊续编》，上海书店 1985 年版

《四部丛刊三编》，上海书店 1986 年版

《丛书集成初编》，商务印书馆 1935 年版

《二十五史补编》，中华书局 1956 年版

《二十五别史》，齐鲁书社 2000 年版

（春秋）左丘明撰，（三国·吴）韦昭注：《国语》，上海古籍出版社 1978
年版

（西汉）韩婴撰，许维遹集释：《韩诗外传集释》，中华书局 1980 年版

（西汉）戴德编，（清）王聘珍解诂：《大戴礼记解诂》，中华书局 1983
年版

（西汉）贾谊撰，阎振益、钟夏校注：《新书校注》，中华书局 2000 年版

（西汉）刘向辑：《战国策》，上海古籍出版社 1985 年版

（西汉）刘向撰，向宗鲁校正：《说苑校正》中华书局 1987 年版

（西汉）刘向撰，石光瑛校释：《新序校释》，中华书局 2001 年版

（东汉）桓谭撰，朱谦之校辑：《新辑本桓谭新论》，中华书局 2009 年版

（东汉）许慎撰，（清）段玉裁注：《说文解字注》，上海古籍出版社 1981
年版

（东汉）刘珍等撰，吴树平校注：《东观汉记校注》，中华书局 2008 年版

（东汉）应劭撰，王利器校注：《风俗通义校注》，中华书局 2010 年版

（东汉）袁康、吴平撰，乐祖谟点校：《越绝书》，上海古籍出版社 1985
年版

（东晋）常璩撰，任乃强校补：《华阳国志校补图注》，上海古籍出版社
1987 年版

（东晋）葛洪撰：《西京杂记》，中华书局 1985 年版

（南朝·梁）萧统编，（唐）李善注：《文选》，中华书局 1977 年版

（南朝·梁）刘勰撰，范文澜注：《文心雕龙注》，人民文学出版社 1958
年版

（唐）欧阳询撰，汪绍楹点校：《艺文类聚》，上海古籍出版社 1982 年版

（唐）杜佑撰，王文锦等点校：《通典》，中华书局 1984 年版

（北宋）李昉等撰：《太平御览》，中华书局 1960 年版

（北宋）司马光撰，（元）胡三省注：《资治通鉴》，中华书局 1956 年版

（北宋）郭茂倩编：《乐府诗集》，中华书局 1979 年版

（南宋）朱熹注：《诗集传》，中华书局 1958 年版

（南宋）郑樵撰：《通志》，中华书局 1987 年版

（南宋）徐天麟撰：《西汉会要》，上海古籍出版社 1977 年版

（南宋）徐天麟撰：《东汉会要》，上海古籍出版社 1978 年版

（元）马端临撰：《文献通考》，中华书局 1986 年版

（明）王夫之撰：《读通鉴论》，中华书局 1975 年版

（清）顾炎武撰，黄汝成集释：《日知录集释》，上海古籍出版社 2006
年版

（清）永瑢等撰：《四库全书总目》，中华书局 1965 年版

（清）顾祖禹撰，施和金、贺次君点校：《读史方舆纪要》，中华书局 2005
年版

（清）纪昀等撰：《历代职官表》，上海古籍出版社 1989 年版

（清）沈德潜选：《古诗源》，中华书局 1963 年版

（清）皮锡瑞撰：《经学通论》，中华书局 1954 年版

（清）皮锡瑞撰：《经学历史》，中华书局 1999 年版

（清）孙星衍等辑：《汉官六种》，中华书局 1990 年版

（清）孙楷撰，徐夏定补：《秦会要订补》，中华书局 1959 年版

（清）浦铣著，何新文、路成文校证：《历代赋话校证》，上海古籍出版社

2007 年版

（清）姜忠奎撰，黄曙辉等点校：《纬史论微》，上海书店出版社 2005
　年版

（清）章学诚撰，叶瑛校注：《文史通义校注》，中华书局 2004 年版

（清）严可均辑：《全上古三代秦汉三国六朝文》，商务印书馆 1999 年版

丁福保辑：《历代诗话续编》，中华书局 2006 年版

费振刚、仇仲谦等辑：《全汉赋校注》，广东教育出版社 2005 年版

国家文物局古文献研究室编：《马王堆汉墓帛书》，文物出版社 1976 年版

逯钦立辑校：《先秦汉魏晋南北朝诗》，中华书局 1983 年版

上海古籍出版社编：《汉魏笔记小说大观》，上海古籍出版社 1999 年版

隋树森编：《古诗十九首集释》，中华书局 1955 年版

王水照编：《历代文话》，复旦大学出版社 2009 年版

王明编：《太平经合校》，中华书局 1960 年版

俞绍初辑校：《建安七子集》，中华书局 1989 年版

袁珂校注：《山海经校注》，上海古籍出版社 1980 年版

张烈点校：《两汉纪》，中华书局 2002 年版

周天游辑注：《八家后汉书辑注》，上海古籍出版社 1986 年版

安作璋、熊铁基：《秦汉官制史稿》，齐鲁书社 2007 年版

卜宪群：《秦汉官僚制度》，社会科学文献出版社 2002 年版

常金仓：《周代礼俗研究》，黑龙江人民出版社 2005 年版

晁福林：《上博简〈诗论〉研究》，商务印书馆 2013 年版

晁福林：《先秦社会思想研究》，商务印书馆 2007 年版

陈来：《古代思想文化的世界》，生活·读书·新知三联书店 2009 年版

陈来：《古代宗教与伦理》，生活·读书·新知三联书店 2009 年版

陈戍国：《中国礼制史》，湖南教育出版社 1993 年版

陈苏镇：《〈春秋〉与“汉道”：西汉政治与政治文化研究》，中华书局
　2011 年版

陈致：《从礼仪化到世俗化：〈诗经〉的形成》，上海古籍出版社 2009
　年版

程世和：《汉初士风与汉初文学》，中国社会科学出版社 2004 年版

程水金：《中国早期文化意识的嬗变》，武汉大学出版社 2003 年版

慈继伟：《正义的两面》，生活·读书·新知三联书店 2001 年版

崔明德：《两汉民族关系思想史》，人民出版社 2007 年版

丁原明：《黄老学论纲》，山东大学出版社 1997 年版

冯友兰：《中国哲学史》，生活·读书·新知三联书店 2009 年版

傅道彬：《诗可以观：礼乐文化与周代诗学精神》，中华书局 2010 年版

干春松：《制度儒学》，上海人民出版社 2006 年版

郜积意：《两汉经学的历术背景》，北京大学出版社 2013 年版

葛兆光：《中国思想史》，复旦大学出版社 2001 年版

龚鹏程：《汉代思潮》，商务印书馆 2008 年版

顾颉刚：《古史辨》，上海古籍出版社 1982 年版

顾颉刚：《秦汉的方士与儒生》，上海古籍出版社 2005 年版

管东贵：《从宗法封建制到皇帝郡县制的演变》，中华书局 2010 年版

郭建勋：《先唐辞赋研究》，人民出版社 2004 年版

郭预衡：《中国散文史》，上海古籍出版社 1993 年版

韩高年：《诗赋文体源流新探》，巴蜀书社 2004 年版

韩星：《儒法整合：秦汉政治文化论》，中国社会科学出版社 2005 年版

郝建平：《教育与两汉社会的整合研究》，中华书局 2014 年版

何兹全：《中国古代社会及其向中世社会的过渡》，商务印书馆 2013 年版

侯外庐：《中国思想通史》，人民出版社 1957 年版

华友根：《西汉礼学新论》，上海社会科学院出版社 1998 年版

黄震云、孙娟：《汉代神话史》，长春出版社 2010 年版

金春峰：《汉代思想史》，中国社会科学出版社 1997 年版

蓝旭：《东汉士风与文学》，人民文学出版社 2004 年版

雷戈：《秦汉之际的政治思想与皇权主义》，上海古籍出版社 2006 年版

黎虎：《汉代外交体制研究》，商务印书馆 2014 年版

李炳海：《汉代文学的情理世界》，东北师范大学出版社 2000 年版

李景明：《中国儒学史》，广东教育出版社 1998 年版

李泽厚：《中国古代思想史论》，天津社会科学院出版社 2003 年版

梁涛：《郭店竹简与思孟学派》，中国人民大学出版社 2008 年版

廖伯源：《秦汉史论丛》，中华书局 2008 年版

林剑鸣：《秦汉史》，上海人民出版社 1989 年版

刘立志：《汉代〈诗经〉学史论》，中华书局 2007 年版

刘起釪：《尚书学史》，中华书局 1989 年版

刘师培：《中国中古文学史讲义》，凤凰出版社 2011 年版

刘跃进：《秦汉文学编年史》，商务印书馆 2006 年版

刘跃进：《秦汉文学地理与文人分布》，中国社会科学出版社 2012 年版

陆侃如：《中古文学系年》，人民文学出版社 1985 年版

吕思勉：《秦汉史》，上海古籍出版社 2005 年版

吕思勉：《中国制度史》，上海教育出版社 1985 年版

吕宗力：《汉代的谣言》，浙江大学出版社 2011 年版

马彪：《秦汉豪族社会研究》，中国书店 2002 年版

马积高：《赋史》，上海古籍出版社 1987 年版

梅家玲：《汉魏六朝文学新论：拟代与赠答篇》，北京大学出版社 2004
　年版

蒙文通：《先秦诸子与理学》，广西师范大学出版社 2006 年版

蒲慕州：《追寻一己之福：中国古代的信仰世界》，上海古籍出版社 2007
　年版

钱穆：《两汉经学今古文平议》，商务印书馆 2005 年版

钱穆：《秦汉史》，生活·读书·新知三联书店 2005 年版

钱志熙：《汉魏乐府艺术研究》，学苑出版社 2011 年版

钱钟书：《管锥编》，中华书局 1986 年版

裘锡圭：《古代文史研究新探》，江苏古籍出版社 1992 年版

瞿同祖著，邱立波译：《汉代社会结构》，上海人民出版社 2007 年版

饶龙隼：《上古文学制度述考》，中华书局 2009 年版

任继愈：《中国哲学史》，人民出版社 2003 年版

邵毅平：《论衡研究》，复旦大学出版社 2009 年版

沈立岩：《先秦语言活动之形态观念及其文学意义》，人民出版社 2005
　年版

田昌五、安作璋：《秦汉史》，人民出版社 2008 年版

田余庆：《秦汉魏晋史探微》，中华书局 2004 年版

汪春泓：《史汉研究》，上海古籍出版社 2014 年版

王葆玹：《今古文经学新论》，中国社会科学出版社 2004 年版

王齐洲：《中国古代文学观念发生史》，人民文学出版社 2014 年版

王启才：《汉代奏议的文学意蕴与文化精神》，人民出版社 2009 年版

王瑶：《中古文学史论》，北京大学出版社 1986 年版

王云度：《秦汉史编年》，凤凰出版社 2011 年版

王运熙：《乐府诗述论》，上海古籍出版社 2006 年版

吴稼祥：《公天下：多中心治理与双主体法权》，广西师范大学出版社 2013 年版

吴宗国：《中国古代官僚政治制度研究》，北京大学出版社 2004 年版

郗文倩：《中国古代文体功能研究》，上海三联书店 2010 年版

萧涤非：《汉魏六朝乐府文学史》，人民文学出版社 1984 年版

萧公权：《中国政治思想史》，新星出版社 2005 年版

辛德勇：《建元与改元：西汉新莽年号研究》，中华书局 2013 年版

熊铁基：《秦汉新道家》，上海人民出版社 2001 年版

徐复观：《两汉思想史》，华东师范大学出版社 2001 年版

徐复观：《中国艺术精神》，华东师范大学出版社 2001 年版

徐兴无：《谶纬文献与汉代文化构建》，中华书局 2003 年版

许宏：《何以中国：公元前 2000 年的中原图景》，生活·读书·新知三联书店 2014 年版

许结：《汉代文学思想史》，人民文学出版社 2010 年版

许云和：《乐府推故》，北京大学出版社 2012 年版

阎步克：《察举制度变迁史稿》，辽宁大学出版社 1997 年版

阎步克：《从爵本位到官本位：秦汉官僚品位结构研究》，生活·读书·新知三联书店 2009 年版

阎步克：《品位与职位：秦汉魏晋南北朝官阶制度研究》，中华书局 2009 年版

阎步克：《士大夫政治演生史稿》，北京大学出版社 1996 年版

杨宽：《战国史》，上海人民出版社 1998 年版

杨联陞：《东汉的豪族》，商务印书馆 2011 年版

杨向奎：《宗周社会与礼乐文明》，人民出版社 1992 年版

于迎春：《汉代文人与文学观念的演进》，东方出版社 1997 年版

于迎春：《秦汉士史》，北京大学出版社 2000 年版

余敦康：《魏晋玄学史》，北京大学出版社 2004 年版

余冠英：《汉魏六朝诗论丛》，上海古典文学出版社 1952 年版

余英时：《士与中国文化》，上海人民出版社 2003 年版

余治平：《唯天为大：建基于信念本体的董仲舒哲学研究》，商务印书馆
　　2003 年版

禹平：《两汉儒生的社会角色》，社会科学文献出版社 2012 年版

袁行霈：《中国文学概论》，高等教育出版社 1990 年版

袁行霈：《中国文学史》，高等教育出版社 1999 年版

詹鄞鑫：《神灵与祭祀：中国传统宗教综论》，江苏古籍出版社 1992 年版

张端穗：《西汉公羊学研究》，文津出版社 2005 年版

张峰屹：《两汉经学与文学思想》，生活·读书·新知三联书店 2014 年版

张金光：《秦制研究》，上海古籍出版社 2004 年版

张树国：《宗教伦理与中国上古祭歌形态研究》，人民出版社 2007 年版

张新科：《文化视野中的汉代文学》，中国社会科学出版社 2006 年版

张永鑫：《汉乐府研究》，江苏古籍出版社 1992 年版

张泽兵：《谶纬叙事研究》，社会科学文献出版社 2013 年版

赵伯雄：《春秋学史》，山东教育出版社 2004 年版

赵茂林：《两汉三家〈诗〉研究》，巴蜀书社 2006 年版

赵敏俐：《汉代乐府制度与歌诗研究》，商务印书馆 2009 年版

赵敏俐：《周汉诗歌综论》，学苑出版社 2002 年版

郑均：《谶纬考述》，文史哲出版社 2000 年版

郑文：《汉诗研究》，甘肃民族出版 1994 年版

钟肇鹏：《谶纬论略》，辽宁教育出版社 1991 年版

［澳］陈慧、廖名春、李锐：《天、人、性：读郭店楚简与上博竹简》，上
　　海古籍出版社 2014 年版

［美］康达维著，苏瑞隆译：《汉代宫廷文学与文化之探微》，上海译文出
　　版社 2013 年版

［美］夏含夷著，周博群译：《重写中国古代文献》，上海古籍出版社
　　2012 年版

［美］宇文所安著，胡秋蕾、王宇根、田晓菲译：《中国早期古典诗歌的
　　生成》，生活·读书·新知三联书店 2014 年版

［日］安居香山、中村璋八辑：《纬书集成》，河北人民出版社 1994 年版

［日］冨谷至著，刘恒运、孔秀波译：《文书行政的汉帝国》，江苏人民出

版社 2013 年版

［日］沟口雄三著，孙军悦译：《作为方法的中国》，生活·读书·新知三联书店 2011 年版

［日］鹤间和幸著，马彪译：《始皇帝的遗产：秦汉帝国》，广西师范大学出版社 2014 年版

［日］铃木虎雄著，殷石臞译：《赋史大要》，台湾正中书局 1958 年版

［日］平势隆郎著，周洁译：《从城市国家到中华：殷周春秋战国》，广西师范大学出版社 2014 年版

［英］崔瑞德、鲁惟一编，杨品泉等译：《剑桥中国秦汉史》，中国社会科学出版社 1992 年版

后　记

　　汉代文学是中国文学研究的薄弱环节，主要原因在于汉代是中国文学的形成期，其中关节颇多而肯綮难理。如果按照传统的研究方法，将文学直接作为研究对象而进行艺术分析、文献考证、作家考订，虽不失为一种微观研究方法，也能得出不少有意义的结论。但要描述汉代文学何以从政治、制度、思想、观念、审美之中独立出来，逐步走向自觉，还需要更为宏观地从国家建构的角度对文学如何在制度中滋生、如何在实践中形成进行整体的观照。

　　从 2005 年开始，我便试图对这些问题进行思考，如何选取几个独特的视角，将秦汉文学置于国家建构的视角下进行更为深入的观照。在这十年中，文学、历史和哲学的研究迅速深入，原先设计的诸多思路不得不放弃。例如 2007 年我曾试图从礼制形成的角度对汉代文学进行一些描述，完成了十几万字后，觉得缺少穿透力，便弃而不用。2008—2011 年，我集中精力讨论易代之际的文学转型，并完成了《中国文学的代际》。这一研究的心得，便是侧重从历史纵深对文学问题展开深入讨论，能够发现诸多未能详解却非常关键的研究线索。在这其中，我不断寻找新的视角，寻找两汉文学的研究的新思路。

　　秦汉是帝制形成期，也是统一的国家行政体制形成期，在这其中，文学不是作为一种独立的力量在自我发展，而是依附于国家建构、思想阐释、社会整合和行政运作中，既作为某些要素去推动其他文明形态的演进，也作为文明形态演进的产物，逐渐凝聚而成为具有独特气质的艺术形式。然而要对这些相互作用的诸多要素进行描述，写起来要远比想起来复杂，尤其是何者为因、何者为果，最难斩决。但国家社科基金项目有研究年限，我不得不尽快选取最容易突破的环节切入，先对汉代文学的形成动因进行一些基本的描述，从若干关节处上理解中国文学基本面是如何形成的。这些此前较少被发现了的细节，让我兴致盎然，比如秦汉时期对帝道的推崇、对义政的关注、对文学职务的设计、对知识视域的拓展等，不仅是汉代文学形成的历史契机，更是汉代国家建构中很值得研究的问题。

我在本书中勾勒的只是一些基本的线索，还有诸多细节需要辨析，这也是我未来继续研究的问题，也期待着同道者一起来研究，最大限度地理清中国文学是如何形成，并作为独特的历史创造，开启了中国文学的基本格局。

项目完成结项时，感谢匿名专家的厚爱与奖掖，使得本项目以"优秀"等级结项。另外，在本书的撰写过程中，张甲子、付林鹏、耿战超、侯少博、张劲锋等同学曾帮我校对过文稿，非常感谢这么多年来这些同学相伴而行，一起成长。更要感谢曹宏举总编、张林编辑，促成了"古代中国研究丛书"的陆续出版，使我们的系列研究能够更好地呈现给大家。

曹胜高

2016 年 1 月 6 日